CATHERINE COULTER

JENSEITS DER LIEBE

Roman

Deutsche Erstausgabe

WILHELM HEYNE VERLAG
MÜNCHEN

HEYNE ROMANE FÜR »SIE«
Nr. 04/145

Titel der Originalausgabe
BEYOND EDEN

Aus dem Amerikanischen übersetzt
von Karin Dufner

Published by arrangement with Dutton, an imprint of
New American Library, a division of Penguin Books USA Inc.

Printed in France 1995
Umschlagillustration: Mauritius — Die Bildagentur, Mittenwald
Umschlaggestaltung: Atelier Ingrid Schütz, München
Gesamtherstellung: Brodard & Taupin

ISBN 3-453-08119-6

PROLOG

Gegenwart *NEW YORK CITY*

Die Sirenen heulten schrill, hallten unerträglich in ihrem Kopf wider. Aber es gab kein Entrinnen: Ihr ganzer Körper schien wie gelähmt. Jemand berührte ihre Hand, sie spürte warme, kräftige Finger. Ein Mann redete leise und sanft auf sie ein und wollte einfach nicht aufhören zu reden. Das Geräusch seiner Stimme war so beharrlich wie das Gellen der Sirenen. Sie wollte ihm sagen, er solle den Mund halten, doch es gelang ihr nicht, die richtigen Worte zu finden. Zuerst verstand sie nicht, was er sagte, bemerkte dann allerdings, daß er ständig das gleiche wiederholte, und ganz gegen ihren Willen hörte sie zu. Sie konzentrierte sich auf seine Stimme, die versuchte, ihr eine Antwort zu entlocken.

»Wissen Sie, wer Sie sind?«

Sie schlug die Augen auf — nein, nur ihr linkes Auge. Das rechte ließ sich nicht öffnen. Seltsam, aber es funktionierte einfach nicht. Er saß ganz dicht bei ihr, ein junger Mann mit einem spärlichen Schnurrbart. Seine Augen waren sehr blau, und er hatte große Ohren. Ob er wohl Ire war? In diesem Moment bemerkte sie, daß sie nicht atmen konnte. Sie schnappte nach Luft, und ein entsetzlicher Schmerz durchschoß sie; nur ein Schmerz, keine Luft drang in ihre Lungen.

»Alles in Ordnung, ich weiß, daß es Ihnen nicht gutgeht. Versuchen Sie, ganz flach zu atmen. Nein, nein, keine Panik. Nur ganz flach atmen. Ja, genau so. Vermutlich ist einer Ihrer Lungenflügel kollabiert. Deshalb haben wir Ihnen die Sauerstoffmaske aufgesetzt. Atmen Sie ganz flach. Gut so. Können sie mir jetzt sagen, wer Sie sind?«

Selbst mit flachen Atemzügen fiel es ihr schwer, Luft zu holen. Sie konzentrierte sich auf die Maske, die ihren Mund und ihre Nase bedeckte. Aber es tat so weh! Als sie sich bemühte zu atmen, verlor sie vor Schmerz fast die Besinnung. Er fragte sie wieder, wer sie sei. Was für eine dumme Frage! Selbstverständlich wußte sie es, aber sie hatte keine Ahnung, was hier vor sich ging und was geschehen war. Nur, daß ihr jeder Knochen schmerzte und daß sie kaum Luft bekam.

»Wissen Sie Ihren Namen? Bitte sagen Sie ihn mir. Wer sind Sie? Wissen Sie, wer Sie sind?«

»Ja«, antwortete sie, wollte nur, daß er endlich, endlich still war. »Ich heiße Lindsay.« Mein Gott, es tat so weh, diese Worte hervorzustoßen, so sehr, daß sie am liebsten aufgeschrien hätte. Doch das ging nicht. Sie wimmerte, die Angst verlieh dem Geräusch einen scharfen Klang. »Nur ganz ruhig weiteratmen«, sagte der Mann mit leiser Stimme. »Strengen Sie sich nicht an. Atmen Sie einfach nur; mehr müssen Sie im Augenblick nicht tun. Verstehen Sie mich? Über Ihrem Gesicht liegt eine Sauerstoffmaske, um Ihnen das Atmen zu erleichtern. Kämpfen Sie nicht dagegen an; lassen Sie sich helfen. Wir glauben, Sie haben einen Lungenkollaps. Darum tut es so weh. Aber Sie werden jetzt nicht mehr ohnmächtig werden und mir zuhören, okay?«

Mein Gott, es tat so weh. Vergeblich versuchte sie, die Luft anzuhalten, um dem schrecklichen, stechenden Schmerz Einhalt zu gebieten. Er redete weiter auf sie ein. Warum wiederholte er sich nur ständig? Hielt er sie für beschränkt?

»Ich weiß, daß Sie Schmerzen haben. Halten Sie durch. Wir sind sofort im Krankenhaus, und dort werden Sie schon erwartet. Keine Sorge. Atmen Sie einfach nur ruhig weiter. Schön, Sie kennenzulernen, Lindsay. Ich heiße Gene. Bewegen Sie sich nicht. Gleich sind wir im Krankenhaus. Nein, ganz still liegenbleiben.«

»Was ist passiert?« Das Sprechen tat so weh. Und durch die weiße Plastikmaske hörte es sich an, als kämen ihre Worte von weit, weit her.

»Es hat eine Explosion gegeben, und Sie wurden von umherfliegenden Trümmern getroffen.«

»Werde ich sterben . . . an Lungenkollaps?«

»Aber nein! Sie werden bald wieder gesund sein. Das verspreche ich Ihnen.«

»Taylor. Bitte rufen Sie Taylor an.«

»Klar, selbstverständlich. Nur ganz ruhig liegenbleiben. Sie haben eine Infusion im Arm, und die dürfen Sie nicht herausziehen. Atmen Sie einfach weiter.«

»Die Menschen haben geschrien.«

»Sonst wurde niemand verletzt, aber alle haben einen gehörigen Schrecken abbekommen. Sie sind genau neben der Kulisse gestanden, als sie in die Luft flog. Sagen Sie es mir noch einmal: Wer sind Sie?«

»Ich stand da, weil ich Eden bin.«

Er runzelte die Stirn, was sie jedoch nicht sehen konnte. Es tat so weh, und sie wollte nicht, daß er bemerkte, wie sie die Kontrolle über sich verlor. Also wandte sie den Kopf ab. Die Schmerzen hörten nicht auf. Noch nie zuvor hatte sie sich ausgemalt, wie es wohl war, wenn man keine Luft mehr bekam. Jeder auch noch so winzige Atemzug tat so unerträglich weh, daß ihr gesamter Körper erschauderte. Sie schloß die Augen und konzentrierte sich aufs Überleben.

»Wie geht es ihr, Gene?«

»Den Umständen entsprechend, wenigstens hoffe ich es. Sie hat entsetzliche Schmerzen, aber sie hält durch.« Er wandte sich ihr wieder zu. »Tut mir leid, Eden, daß wir Ihnen noch nichts gegen die Schmerzen geben können. Die Unfallärzte müssen Sie erst untersuchen. Halten Sie durch. Nehmen Sie meine Hand, konzentrieren Sie sich ganz fest darauf und drücken Sie zu, wenn Sie die Schmerzen nicht mehr aushalten. Wir sind fast da, fast da.« Gene fragte sich, ob Taylor ihr Ehemann war. Mein Gott, der Mann würde ordentlich erschrecken, wenn er sie sah. Sie war Model. Er warf einen Blick auf ihre rechte Gesichtshälfte; wegen des vielen Blutes war schwer zu sagen, wie schlimm die Brüche waren. Er umfaßte ihre Hand fester. Gene O'Mallory wünschte sich, daß sie wieder gesund wurde. Er wünschte es sich mit aller Kraft.

In diesem Augenblick rückte sie fast unmerklich von ihm ab, zog sich tiefer und tiefer in ihre Gedanken zurück, um die Schmerzen auszublenden. Sie versuchte in langsamen, flachen Stößen zu atmen. Nein, nein, es war ihre Brust, die se schwachen Atemzüge hervorbrachte, ihre Brust, die sich auf und nieder bewegte und sich wund anfühlte, als tobte ein riesiges Feuer darin. Dazu das seltsame Zischen aus der Plastikkuppel über Mund und Nase, und es tat so weh. Die Schmerzen zerrten an ihr. Immer weiter zog sie sich zurück, bis sie spürte, wie sich Dunkel in ihr ausbreitete, tröstliches Dunkel, das die entsetzlichen Schmerzen linderte. Sie ließ ihre Erinnerungen strömen, ihr Denken richtete sich nach innen. Und es war merkwürdig, denn sie sah vor ihrem geistigen Auge das Gesicht der Reporterin — Kettering hieß sie —, sie sah sie auf der Beerdigung, hörte ihre Stimme, die sagte, wie leid ihr das mit Großmutter täte.

Sie versank immer tiefer in ihre Erinnerungen, schob mit aller Kraft die Schmerzen beiseite. Sie sah das bemitleidenswerte Mädchen, so schüchtern, so unbeholfen. Eine Bohnenstange mit spitzen Knien und Ellenbogen; ein häßliches Entlein. Stets Außenseiterin, die beobachtete und sich wünschte, dazuzugehören, die darunter litt, daß sie immer das fünfte Rad am Wagen blieb. Und das würde sich niemals ändern, denn so war es schon immer gewesen.

1.

Juli 1981 DIE HOCHZEIT

Paula Kettering schloß die Fahrertür ihres silbern lackierten BMW ab, wartete auf das beruhigende Klick der Zentralverriegelung und ging dann die Grant Avenue entlang. Bis zur Old Saint Mary's Cathedral waren es zwei Blocks. Die alte Kirche hatte das Erdbeben im Jahre 1906 mit nur geringen Schäden überstanden und konnte sich außerdem rühmen, von den vielen Bränden, die San Francisco im Laufe der Jahre heimgesucht hatten, verschont geblieben zu sein. Paula liebte diese Kirche, die im Jahre 1853 von San Franciscos erstem Erzbischof, Alemany, erbaut worden war. Außerdem liebte sie San Francisco, auch das Wetter im Juni, das heute wieder einmal typisch war: Um die zwanzig Grad und Nebelfetzen, die sich vielleicht noch auflösen würden; aber das konnte man nie genau sagen, obwohl es in den meisten Fällen dann doch dazu kam. Allerdings, so überlegte Paula mit einem Lächeln, würde um ein Uhr bestimmt die Sonne vom Himmel strahlen, wenn die Braut ein Wörtchen mitzureden hatte. Sydney Foxe duldete keinen Widerspruch: Sie bekam immer, was sie wollte.

Diese Hochzeit war eine der wenigen in den Kreisen der oberen Zehntausend, auf die sich Paula wirklich freute. Den ganzen Sommer lang hatte sie gejammert, wenn auch selten in Gegenwart anderer, denn ihre sämtlichen Wochenenden waren mit den Hochzeiten irgendwelcher Berühmtheiten verplant. Die heutige allerdings bedeutete ein wirkliches Ereignis — die Hochzeit des Jahres. Die erfolgreiche Tochter von Richter Royce Foxe — ihre Stiefmutter war die zweite Frau des Richters, die wohlhabende Jennifer Haven Foxe — würde einem reichen italienischen Prinzen namens Alessandro di Contini das Jawort geben. Paula erinnerte sich an Albo Gadsbys Artikel im Chronicle — ein gräßlich schwülstiges Geschreibsel — und wünschte, sie hätte vor sechs Monaten die Gelegenheit gehabt, die Ankündigung selbst zu formulieren.

Sydney Trellison Foxe, der Inbegriff der Perfektion und Absolventin der juristischen Fakultät in Harvard mit grandiosem Examen, war nun in der international renommierten Kanzlei Hodges, Krammer, Hughes und Kollegen tätig. (Zweifellos würde auch Sydney Foxes Name über kurz oder lang auf dem Briefkopf des Unternehmens prangen.) Und jetzt heiratete sie zu allem Überfluß auch noch einen mailändischen Prinzen. Zusätzlich zur Rechtsanwältin konnte sie sich dann Prinzessin nennen, und außerdem würde sie so unglaublich reich sein, daß jeder normale Mensch vor Neid erblaßte ... Ja, dachte Paula, das alles hätte ich in der Ankündigung erwähnt, denn es ist wahr, und es widert mich an.

Paula konnte es kaum erwarten, Sydneys Hochzeitskleid zu sehen. Es handelte sich um ein Originalmodell von Brali in Rom und hatte Richter Foxe Berichten nach sage und schreibe fünfundzwanzigtausend Dollar gekostet. Nundenn, der alte Schwerenöter konnte es sich leisten.

Paula suchte sich den bestaussehendsten der Trauzeugen aus — einen Franzosen mit makellosen Manieren und pechschwarzen Augen, die mehr Weltkenntnis verrieten, als ihm in seinem Alter eigentlich zustand —, um sich von ihm in die Kirche und an einen Platz inmitten der Verwandtschaft der Braut führen zu lassen. Auf der Seite, wo die Angehörigen des Bräuigams saßen, waren viele Plätze frei, was verständlich war, da er ja aus Italien stammte. Nur seine engste Familie war gekommen. Ein hochgewachsener, schlanker Gentleman um die Siebzig, der Großvater mütterlicherseits, wirkte so majestätisch wie ein Adeliger auf einem Rennaissancegemälde. Neben ihm saß die Mutter des Prinzen, die sich ebenso würdevoll hielt wie der alte Herr. Sie hatte das, was Paula Ausstrahlung nannte. Die beiden verkörperten Generationen von Wohlhabenheit, ohne es aufdringlich zur Schau stellen zu müssen. Neben der Mutter saß eine junge Frau Mitte Zwanzig, die Schwester des Bräutigams, die überhaupt nicht majestätisch aussah. Sie wirkte wie ein Flittchen, das man in teure Kleider gesteckt hatte, die ihr eigentlich nicht gehörten, so als habe sie sich nur widerwillig hineingezwängt. Sie machte ein mürrisches Gesicht, in ihren dunklen Augen loderte Wut. Aber warum war sie denn so zornig? Auch in San Francisco gab es genug heterosexuelle Männer. Wenn Sie eine Adresse brauchte, wollte ihr Paula gern behilflich sein.

Lautlos zog Paula ihren dünnen goldenen Drehbleistift aus der Lasche ihres ledergebundenen Notizbuchs und machte sich für ihre Kolumne, die am Sonntagmorgen erscheinen sollte, Aufzeichnungen. Als sie ein Kälteschauer durchlief, blickte sie ärgerlich auf. Sie kannte keine Kathedrale, die in den nebligen Sommermonaten nicht feucht und kühl gewesen wäre, und sie bekam steife Finger davon. Paula litt unter dem Raynaud's Syndrom, und jeder Temperaturwechsel ließ ihre Finger vor Kälte blau anlaufen. Sie hörte auf zu schreiben, als die vier Brautjungfern zu ihrem ungelenken Marsch den Mittelgang entlang ansetzten. Sie trugen ihre Brautjungferngewänder — alle einheitlich und ziemlich geschmacklos. Die Zeit kroch unendlich langsam dahin. Dann, plötzlich, fing die Luft an, fast elektrisch zu knistern. Gespannte Erwartung breitete sich aus. Der Organist stimmte den Hochzeitsmarsch an (also hatte Sydney einen Hang zur Tradition), der das Eintreffen der Braut ankündigte. Alle erhoben sich und wandten sich um. Zum erstenmal sah Paula die Matriarchin der Familie Foxe aus nächster Nähe: Gates Glover Foxe, eine beeindruckende alte Dame von sechsundsiebzig Jahren. Man hatte Paula gesagt, sie sehe aus wie sechzig, aber da in ihren Augen jeder über sechzig sowieso schon mit einem Fuß im Grabe stand, hatte dieser Hinweis auf die Jugendlichkeit besagter Dame nicht viel zu bedeuten.

Lady Jennifer, die zweite Frau des Richters, trug, wie Paula rasch notierte, eine Kreation aus blaßrosa Seide. Sie sah aus, als habe sie zugenommen, und das Kleid war so geschnitten, daß es diesen Umstand bestmöglichst vertuschen sollte. Allerdings war diese Mühe vergebens, wenigstens in Paulas erfahrenen Augen. Lady Jennifer wirkte älter als ihre einundvierzig Jahre, und ihr dunkles Haar wies bereits graue Strähnen auf. Wirklich scheußlich. Warum ließ sie sich nicht das Haar färben? Aber die aristokratisch geschwungenen hohen Wangenknochen und das hoch erhobene Kinn, das trotz der Gewichtszunahme nichts an Festigkeit verloren hatte, waren unverkennbar.

Hinter Jennifer Foxe ging ihre Tochter Lindsay, ein Mädchen wie eine Bohnenstange, etwa fünfzehn oder sechzehn Jahre alt und offenbar zu schnell gewachsen. Sie bestand nur aus unbeholfenen, langen Armen und Beinen und spitzen Knochen. Ihr gekräuseltes Haar hatte man offenbar mit Haarspray bearbeitet und dann streng gegen die Kopfhaut gedrückt. Ihr Teint hatte einen fahlen Ton, ihr Mund war zu groß. Ihr einzig hübscher Zug wurde leider von ihrer sonstigen Unscheinbarkeit überschattet: Es waren ihre unglaublich großen tiefblauen Augen. Nun, das Kind hatte wenigstens etwas von ihrem guten, alten Vater geerbt, nämlich die tiefliegenden, verführerischen Augen, mit denen er jeder Frau zwischen sechzehn und sechzig das Herz brechen konnte.

Paula wandte, methodisch wie immer, jetzt ihre Aufmerksamkeit Sydney zu, die neben ihrem Vater herging. Ihre haselnußbraunen Augen blitzten vor Aufregung, ihr inneres Leuchten übertrug sich auf jeden in der Kathedrale. Wie alle anderen hielt auch Paula den Atem an — man konnte gar nicht anders. Wenn es in San Francisco so etwas wie eine Märchenprinzessin gab, sah Paula sie nun mit eigenen Augen. Was ihre Figur betraf, hatte der Prinz keinen Grund zur Klage. Sydney war von der Natur mit einer vollen Büste, einer schlanken Taille und langen Beinen bedacht worden. Anders als die meisten Rothaarigen, hatte sie eine milchweiße Haut und keine Sommersprossen, die es sowieso niemals gewagt hätten, eine solche Vollkommenheit zu schmälern. Sie wirkte gesund, unbeschreiblich schön und elegant. Sie hatte Stil. Ihr langes rotbraunes Haar war zu einer romantischen Steckfrisur aufgetürmt, über beiden Ohren ringelte sich eine Lockensträhne. Ihr Hochzeitskleid war so schlicht, daß man es fast nicht beschreiben konnte — es bestand aus Spitze. Für Sydney Foxe kamen Rüschen, ein tiefer Ausschnitt, ein Mieder, um die Brust hervorzuheben, oder ähnliches nicht in Frage. Die enganliegenden Ärmel des Kleides reichten bis zu den Handgelenken hinab, und die Schleppe war die längste, die Paula jemals gesehen hatte. Die Schilderung klang zwar langweilig, aber dieses Wort wurde dem Kleid ganz und gar nicht gerecht. In Wirklichkeit war es vollkommen. Sydney trug keinen Schleier. Bei einer anderen Frau hätte das geschmacklos gewirkt — nicht bei ihr.

Paula schrieb rasch; nur spontane Eindrücke, denn Lady Jennifers Sekretärin würde später eine genaue Beschreibung des Kleides an die Presse verteilen. Dann wandte sie ihre Aufmerksamkeit dem Richter zu. Royce Foxe war ein gutaussehender Schwerenöter, er hielt sich ebenso majestätisch wie der Großvater des Bräutigams, nur daß Royce nicht über siebzig war, sondern Ende Vierzig. Außerdem wußte die ganze Stadt, daß seine Bettgeschichten in den letzten Jahren keineswegs nachgelassen hatten. Seine letzte Geliebte, eine junge Modefotografin, nicht älter als Sydney, die seine Töchter fotografiert hatte, hatte er erst vor zwei Monaten aufgegeben. Gerüchte besagten, daß er wieder auf der Pirsch war.

Paula warf einen Blick auf den Prinzen. Mit gezücktem Bleistift wartete sie darauf, was für ein Gesicht er machen würde, wenn seine Braut die Kirche betrat. Doch seine Miene blieb unbewegt, und es war ihm keine Gemütsregung anzusehen. Seltsam, dachte Paula. Wie viele südländische Männer hatte er dunkle, unergründliche Augen, aber sie wirkten auf Paula ausdruckslos. Nicht die Spur eines Funkens war zu sehen, als er beobachtete, wie Sydney den Mittelgang der Kirche entlangschritt. Mein Gott, sah der Mann gut aus, und Paula, die auf eine beachtliche Erfahrung mit Männern zurückblicken konnte, ahnte instinktiv, daß er wußte, wie man eine Frau zufriedenstellte. Außerdem würde er sein Leben lang darauf achten, daß seine Figur nicht aus dem Leim ging. Ein Bierbauch an einem solchen Mann wäre wahrlich ein Stilbruch gewesen. Nein, das kam nicht in Frage, niemals. Komisch, dachte sie, während der Stift immer noch über dem Notizbuch schwebte. Warum zeigte er bei Sydneys Anblick keine Begeisterung? Er wirkte nicht einmal erfreut oder triumphierend, weil er der Glückliche war, der ihr Herz erhobert hatte. Sydney Foxe war doch so etwas wie ein Lotteriegewinn: Sie war nicht nur bildschön und intelligent, sondern hatte dazu noch Geld und einen Treuhandfonds — und wenn die alte Lady Foxe einmal starb, würde sie noch viel vermögender sein. Also warum sah dieser Mann nicht im mindesten zufrieden aus, oder wenigstens sexuell erregt? . . .

Jennifer Haven Foxe beobachtete, wie ihre Stieftochter Royce zulächelte, als er ihre Hand in die ihres Bräutigams legte. Dann küßte er sie väterlich auf die Wange und tätschelte ihr Kinn. Immer noch lächelnd ließ er sich auf dem Platz neben Jennifer nieder.

»Sie ist einfach unglaublich«, sagte er, den Blick auf seine Tochter gerichtet.

»Sie ähnelt dir«, antwortete Jennifer.

»Richtig, sie ähnelt mir in allem. Und außerdem ist sie schön, erfolgreich, und sie heiratet genau den Mann, den ich für sie ausgesucht hätte. Jetzt hat sie alles, was man sich wünschen kann, so wie ich es geplant habe.«

»Wie selbstzufrieden du klingst. Schön wäre es, wenn das Leben so verlaufen würde. Aber das tut es nie. Ich muß das schließlich am besten wissen. Auch für dich werden einmal schlechte Zeiten kommen, das verspreche ich dir, Royce.«

»Du redest wie eine verbitterte, alte Frau. Sydney wird es nie an etwas fehlen. Du irrst dich. Schau sie dir doch nur einmal an. In ihrem Leben wird es keine schwarzen Tage geben. Und ihre Figur ist — wie die meine natürlich — ebenso vollendet.«

Bei diesem so offensichtlich verächtlichen Ton zuckte Jennifer zusammen, aber sie verkniff sich eine Antwort.

Royce lächelte wieder. Gerade hatte Bischof Claudio Barzini, ein alter Freund von Gates Fox, der eigens aus Chicago gekommen war, das Wort ergriffen. Seine tragende, dunkle Stimme hallte in der Kathedrale wider und jagte selbst den größten Zynikern einen Schauer über den Rücken. Royce hatte nicht widersprochen, als der Prinz selbstverständlich auf einer katholischen Trauung bestanden hatte. Während er Sydney nun zufrieden betrachtete, stellte er fest, daß all der Prunk und die prächtigen Gewänder der Priester und Ministranten die perfekte Kulisse für seine wunderbare Tochter abgaben. Das hier war viel besser als eine schlichte, presbyterianische Zeremonie oder sogar eine katholische in der schockierend modernen neuen Saint Mary's Cathedral an der Gough Avenue.

Auch Jennifer musterte ihre Stieftochter und hörte, wie sie mit klarer, lieblicher Stimme dem Prinzen das Ehegelöbnis gab. Sie war so selbstsicher, so arrogant, sich so sehr ihrer Fähigkeiten bewußt. Doch das war schon immer so gewesen, selbst im Alter von sechs Jahren, als Jennifer in das Haus Foxe eingezogen war, um ihr eine neue Mutter zu sein. Damals hatte Sydney zu Jennifer aufgeblickt und ganz leise, daß nur diese sie hören konnte, gesagt: »Du kannst meine Mutter nicht ersetzen. Dafür werde ich schon sorgen.«

Lächelnd sah Jennifer zu, wie der Prinz Sydney den Ehering der di Continis an den Finger steckte. Wenigstens wirst du in Zukunft weit fort von mir sein, du verdammtes, zerstörerisches Biest, dachte sie.

Lindsay Foxe konnte förmlich spüren, wie ihr Körper wuchs, besonders ihre Beine. Sie schmerzten, verkrampften sich und prickelten, während sie immer mehr in die Länge schossen. Die ungewohnte Nylonstrumpfhose machte es noch schlimmer und auch die Schuhe mit dem flachen Absatz, die sie an den Zehen drückten. Sie rutschte auf der harten Holzbank hin und her und versuchte, es sich bequem zu machen. Als ihre Mutter ihr einen tadelnden Blick zuwarf, blieb sie still sitzen. Wie groß sollte sie denn noch werden? Sie versuchte, sich auf die Hochzeit zu konzentrieren, aber in Wirklichkeit achtete sie nur auf den Prinzen.

»Alessandro, nimmst du diese Frau, Sydney Trellison Foxe, zu deinem angetrauten Weibe . . .?«

Lindsay betrachtete das Profil ihrer Mutter und bemerkte das zufriedene Lächeln auf ihren Lippen. Sie fragte sich, was Mutter wohl dachte. Als der Prinz das Eheversprechen wiederholte, blickte sie wieder zu ihm hinüber. Eigentlich wollte sie das gar nicht, aber sie konnte nichts dagegen tun. Sie war bis über beide Ohren verliebt in ihn, und das seit dem Tag vor etwa acht Monaten, als Sydney ihnen das Foto geschickt hatte, das ihn auf seiner Jacht vor der Küste Korsikas zeigte. Er war ganz in Weiß gekleidet, und mit seinem schwarzen Haar, den dunklen Augen und der sonnengebräunten Haut hatte er ausgesehen wie ein Teufel in der Verkleidung eines Engels. In dieser Nacht in ihrem Bett hatte Lindsay sich vorgestellt, er würde sie entführen und mit ihr auf seiner Jacht weit, weit wegfahren. Er würde ihr vorsingen, ihr sagen, wie sehr er sie liebte und sie mit Weintrauben und Honigmelonen füttern. Als Sydney und er in der letzten Woche endlich eingetroffen waren, hatte Lindsay festgestellt, daß er noch viel attraktiver war als auf dem Foto. Sie hatte bei seinem Anblick nicht gekichert oder ihn angehimmelt. Nein, es hatte ihr einfach die Sprache verschlagen, und immer, wenn sie ihm über den Weg gelaufen war, war sie geflohen. Wenn er ihr leibhaftig gegenüberstand, konnte sie sich einfach nicht vorstellen, daß er sie liebte, ihr jemals etwas vorsingen oder sie mit Obst füttern würde. Er war wie ein Gott — unerreichbar fern.

Etwas war allerdings merkwürdig: Er warf ihr nie die gönnerhaften Blicke zu, mit denen er ihre Freundinnen bedachte. Nein, er nickte einfach nur, sein Gesicht ernst, sein Mund ohne Lächeln. In ihrer Gegenwart war er meist wortkarg. Lindsay wußte, wie gut er aussah, ein wirklicher Prinz, der zu einer Prinzessin paßte. Aber es war nicht nur sein Aussehen, das sie in Schweiß ausbrechen, über ihre eigenen Füße stolpern und verstummen ließ. Wenn er das Wort an sie richtete, war er stets freundlich, seine Stimme klang leise und beruhigend, als ob es ihn nicht kümmerte, wer sie war, ein schlaksiger Teenager nämlich, und dazu fast so groß wie er. Offenbar bemerkte er ihr albernes Benehmen überhaupt nicht. Wahrscheinlich war sie nicht wichtig genug. Schließlich war sie nur ein Kind, tolpatschig, dumm und mit ihrem krausen Haar so häßlich wie die Nacht schwarz. Und er heiratete die schöne Sidney, deren Körper wohlgeformt war. Der Prinz hatte sicher noch nicht bemerkt, daß sie Haare auf den Zähnen hatte. Lindsay hätte wetten können.

Gerade versprach der Prinz mit kräftiger, dunkler Stimme, Sydney für immer zu lieben und ihr die Treue zu halten. Seine Stimme war so schön wie die des Bischofs. Warum sollte es ihn kümmern, daß Lindsay sich geschworen hatte, nötigenfalls sogar ihr Leben für ihn hinzugeben? Er hatte Sydney. Ihm gehörte die ganze Welt.

Lindsay wandte den Blick ab und unterdrückte die Tränen. Es tat so weh. Als sie die Beine bewegte, knackten ihre Knie schmerzhaft. Mit ihren sechzehn Jahren war sie zu dem Schluß gekommen, daß das Leben aus wenigen Augenblicken des Glücks und langen Stunden der Traurigkeit bestand. Sie dachte daran, wie sie von dem Prinzen geträumt hatte. Dumm und albern. Ihre Hirngespinste waren nichts weiter als peinlich.

». . . und allen anderen entsagen, bis daß der Tod uns scheidet.«

Draußen vor der Kirche stand die Sonne hell am Himmel. Es war ein Uhr mittags. Paula Kettering schüttelte den Kopf; also hatte sich ihre kleine Wettervorhersage doch bewahrheitet. Eine wunderbare Hochzeit, perfekt geplant, vollkommen durchgeführt. Sie lenkte ihren BMW zum Haus der Familie Foxe an der Ecke Pacific und Bayberry. Dort würde der wahrscheinlich eleganteste und prunkvollste Empfang des Jahres stattfinden.

Prinzessin Sydney, wie ihre Freunde sie schon nannten, stand oben in ihrem Schlafzimmer und betrachtete sich im Spiegel.

Ihr Gesicht war vor Freude gerötet, ihre Wangen schimmerten rosig. Alles hatte ausgezeichnet geklappt. Aber selbstverständlich hatte sie auch nichts dem Zufall überlassen. So etwas war nicht ihre Art, denn sie war ein sehr gewissenhafter Mensch. Diesem Umstand hatte sie ihren Erfolg als Anwältin zu verdanken, obwohl auch ihre Schönheit dazu beigetragen hatte. Häufig war der Anwalt der Gegenseite so in ihren Anblick versunken, daß er den Grund seines Hierseins vergaß und deshalb die Verhandlung verlor. Falls die gegnerische Partei von einer Frau vertreten wurde, gelang es Sydney zumeist, das arme, unscheinbare Geschöpf einzuschüchtern.

Nachdem sie Lipgloss aufgetragen hatte, drehte sie sich um und sah Lindsay schüchtern hereinkommen. Sie runzelte die Stirn.

»Du meine Güte, nimm doch die Schultern zurück. Du siehst aus, als hättest du einen Buckel. Aber wenigstens hast du keine Akne, das würde gerade noch fehlen.«

Lindsay fuhr sich mit den Händen durchs Gesicht, dann hingen ihre viel zu langen Arme wieder unbeholfen herab. Ihre Hände fühlten sich riesig und nutzlos an, die Fingerknöchel schmerzten. »Stimmt. Du siehst wunderschön aus, Sydney. Der Prinz sagt, ich soll dich fragen, ob du jetzt hinunterkommst. Mutter möchte, daß der Kuchen angeschnitten wird.«

»Lady Jennifer soll warten, bis ich fertig bin. Das wird ihr nicht schaden. Außerdem ist sie zu dick. Bei ihrer Figur sollte sie sowieso besser auf den Hochzeitskuchen verzichten.«

Lindsay trat verlegen von einem Fuß auf den anderen und wünschte, Sydney würde ihre Zunge im Zaum halten. Aber sie konnte der Schwester das nicht durchgehen lassen. »Mutter ist unglücklich, das weißt du doch«, sagte sie.

Sydney zuckte die Achseln und strich vorsichtig die Spitze an ihrem Handgelenk glatt. »Wenn Sie sich nicht so gehenlassen würde, würde Vater nicht mit anderen Frauen herumvögeln. Mir hat er gesagt, daß es ihm keinen Spaß macht, mit einer Kuh ins Bett zu gehen.«

Rasch wandte sich Lindsay um. »Ich sage Bescheid, daß du gleich herunterkommst.«

»Ja, tu das. Ach, und noch etwas, Lindsay. Daß du den Prinzen so anhimmelst, ist ja ganz reizend. Wenigstens dachte ich das am Anfang. Aber er hat mir gesagt, daß ihm das peinlich ist. Vater bat mich, mit dir zu sprechen. Er findet es jämmerlich. Also versuch, deine Kleinmädchen-Seufzer für dich zu behalten, okay, Liebes?«

Lindsay ergriff die Flucht.

»Das ist eine Lüge, und du weißt es genau!«

»Ach, wenn das nicht Lady Jennifer ist. Lauschst du seit neuestem an der Tür?«

»Es besteht kein Grund, Lindsay zu verletzen«, sagte Jennifer und kam ins Zimmer. »Sie ist ein liebes Mädchen und hat ein freundliches Naturell. Und trotzdem demütigst du sie, wo du nur kannst. Aber du hast damit erst vor kurzem angefangen. Wahrscheinlich hast du es ihrem Vater abgeschaut, richtig? Du kannst einfach nicht selbständig handeln, Sydney, sondern ahmst nur deinen Vater nach. Ganz gleich, was es für Konsequenzen hat, und ganz gleich, wer darunter leidet. Du gehst einfach davon aus, daß er recht hat. Nun, in diesem Fall irrt er; er benimmt sich nur grausam und gemein, und du plapperst alles nach wie ein Papagei.«

Sydney zuckte die Achseln. »Eigentlich ist mir das Mädchen völlig gleichgültig, und Vater geht es genauso. Sie ist ein jämmerliches Geschöpf, was Alessandro übrigens auch findet. Wie Vater schon immer sagt, ist sie wie ein Unkraut in seinem Garten: groß, dürr und häßlich. Er kann ihren Anblick nicht ertragen. Wie du weißt, beabsichtigt er, sie ins Internat zu stecken.«

Jennifer hätte ihre Stieftochter am liebsten geohrfeigt. Sie log. Royce würde ihr so etwas nie antun. Nie würde er Lindsay fortschicken, niemals, seine Mutter würde das nie zulassen. Sie zitterte vor Wut, ihre Hände waren zu Fäusten geballt.

»Und jetzt komm herunter. Schneide den verdammten Kuchen an und dann verschwinde. Nur der Gedanke, daß du in Zukunft achttausend Meilen fort von hier leben wirst, hilft mir, den Tag zu überstehen.«

»Und allein der Gedanke, daß er nur achttausend Meilen fliegen muß, um mich in Mailand zu besuchen, hilft Vater, das hier auszuhalten.«

2.

August 1981 EXIL

»Nein, das kann nicht wahr sein. Sydney hat mir gesagt, daß du Lindsay fortschicken willst, aber ich habe ihr das nicht geglaubt. Nicht eine Minute lang, und deshalb habe ich auch noch nicht mit dir darüber gesprochen. Jetzt allerdings . . .« Jennifer Foxe schwenkte einen dicken Briefumschlag. »Sag mir, daß das nicht stimmt, Royce. Sag mir, daß es sich um einen Irrtum handelt.«

»Ganz im Gegenteil, Jennifer, es ist absolut wahr. Ich schicke deine Tochter fort. Sind das ihre Anmeldungsunterlagen? Endlich? Wunderbar! Ich habe mich schon gefragt, ob ich diese Mrs. Anglethorpe noch einmal anrufen soll — das ist die Dame, die das Internat leitet. Vielleicht hat sie sie ja vergessen.«

»Die ›sie‹ hat einen Namen, verdammt! Royce, der Name deiner Tochter lautet Lindsay Gates Foxe. Bei Gott, wann willst du endlich aufhören, sie mit deiner kostbaren Sydney zu vergleichen? Was macht es, wenn sie nicht Anwältin wird, oder, um Gottes willen, nicht Richterin am Bundesgericht wie ihr lieber, netter Daddy? Und wenn sie keinen italienischen Prinzen heiratet? Verdammte Scheiße, was für einen Unterschied macht das?«

»Dieser Gossenjargon paßt nicht zu einer Dame deines Alters und deiner Figur, Jennifer. Andererseits, wenn ich genauer darüber nachdenke, möglicherweise doch zu einer Frau, die säuft, wie das sprichwörtliche Loch. Deine Tochter ist unnützer als ein Atomkrieg. Und ich weigere mich, diese häßliche Vogelscheuche bis zum Sankt Nimmerleinstag am Hals zu haben. Wenn Sydney dir schon davon erzählt hat, warum hast du es dann nicht früher angesprochen?«

»Weil ich annahm, daß sie log, wie ich dir schon sagte. Ich glaubte, sie hätte nur damit angefangen, um mich zu quälen. Überhaupt macht es Sydney Spaß, anderen wehzutun, aber das weißt du ja.«

Royce Foxe zuckte nur die Achseln. »Sie hat nicht gelogen. Sydney lügt nie. Und nun willst du sicherlich wissen, wohin ich sie schicke . . .« Royce nahm ihr den Umschlag aus der Hand. Jennifer wandte sich schnell ab und ging zu dem großen Bogenfenster hinüber, von wo aus man die Francisco Bay überblicken konnte. Es war ein dunstiger Morgen, doch der Nebel würde sich bald auflösen. Das geschah meistens im Sommer, schoß es ihr durch den Kopf, während sie versuchte, ihre Wut zu unterdrücken. Sie zitterte am ganzen Leib. Sie haßte diese Ohnmacht, diese verdammte Verletzlichkeit. Er behielt immer die Oberhand; sie mußte sich zusammennehmen.

Als sie sich gerade wieder ihrem Mann zuwenden wollte, hörte sie von der Tür zur Bibliothek die herrische Stimme ihrer Schwiegermutter, Gates Foxe. »Lindsay kommt in ein Mädcheninternat nach Connecticut, das ich persönlich ausgesucht habe, Jennifer. Du brauchst dir keine Sorgen zu machen. Ich habe Royce gesagt, daß es sich um die richtige Schule für sie handelt, die Stamford Akademie, die ein hohes Ansehen genießt. Das Unkraut wird dort sicherlich gedeihen.«

Jennifer warf ihrer Schwiegermutter einen entsetzten Blick zu, und Royce besaß tatsächlich den Anstand zu erröten. Er bemühte sich, die harten Worte zu glätten. Bei Gott, er fürchtete sich immer noch vor seiner Mutter. Es war das Geld, Jennifer wußte, daß es das Geld war und nichts anderes. »Mutter, ich wollte doch nicht . . .«

»Ich weiß genau, was du wolltest, Royce. Und jetzt kein Wort mehr von euch beiden. Ihr solltet außerdem daran denken, daß das Mädchen nicht taub und außerdem sehr neugierig ist. Ich habe euch schon vom Flur aus gehört.«

Jennifer reckte das Kinn. »Ihr Name ist Lindsay.«

»Ja, meine Liebe, das ist mir bekannt.«

Jennifer reckte das Kinn noch ein wenig höher und erhob die Stimme. »Und ihr zweiter Vorname lautet Gates. Nach dir, Mutter.«

»Ich habe mich schon immer gefragt, warum ihr das Mädchen nach mir benannt habt«, sagte Gates. »Royce hat mir einmal gestanden, daß es deine Idee war. Aber du mochtest mich doch nie besonders, Jennifer, du hast es gehaßt, in diesem Haus zu leben, gehaßt, einer alten Schachtel wie mir gehorchen zu müssen. Ich konnte mir beim besten Willen nie vorstellen, warum du das alles mitgemacht hast. Vermutlich willst du zu einer angesehenen Familie gehören und über das ganze wunderschöne Geld verfügen. Ich frage mich manchmal, was Cleveland wohl von alldem gehalten hätte — davon, daß unser Sohn noch hier im Hause wohnt. Er war immer der Auffassung, daß ein junger Mann sich allein durchschlagen und nicht seinen Eltern auf der Tasche liegen sollte. Oder wie in diesem Fall seiner Mutter.«

Royce wirkte auf einmal so ernst, als säße er auf seiner Richterbank. Wie immer wunderte sich Jennifer, daß es ihm gelang, sich so schnell auf die verschiedensten Situationen einzustellen. Nun sagte er: »Da du nicht mehr die Jüngste bist, Mutter, nahm ich an, du würdest dich freuen, wenn jemand hier im Haus lebt und sich um dich kümmert; ein Mensch, den es interessiert, wie du dich fühlst.«

»Das wäre wirklich hübsch«, meinte Gates Fox.

»Aber das ist doch alles Unsinn«, unterbrach Jennifer. »Ich will meine Tochter nicht an die Ostküste schicken. Sie ist zu jung, sie wird unglücklich sein, sie . . .«

»Um die Wahrheit zu sagen, freut sie sich darauf«, meinte Royce ruhig.

Jennifer erstarrte. »Ich glaube dir kein Wort, du lügst.«

»Warum zum Teufel sollte ich das? Einen schrecklichen Moment lang befürchtete ich schon, sie würde mir ihre mageren Arme um den Hals schlingen.«

»Nein, nein, das ist nicht wahr. Sie würde mich nicht verlassen wollen. Ich werde Lindsay suchen, dann wird sie mir die Wahrheit sagen, nämlich, daß sie sich nicht ins Exil schicken lassen will.«

»Davon würde ich nicht ausgehen«, sagte Gates mit plötzlich sanfter Stimme. »Royce hat keinen Grund zu lügen, denn man kann es, wie dir sicherlich klar ist, zu leicht nachprüfen. Und was dich betrifft, Royce: Ganz gleich, was du denkst, aber das Mädchen ist nicht dumm. Es würde mich nicht wundern, wenn sie von deinen Plänen gewußt hätte, ehe du mit ihr gesprochen hast. Sie hört vieles, sie ist feinfühlig und durchschaut andere Menschen ziemlich schnell. Royce sagt die Wahrheit, Jennifer. Sie freut sich wirklich darauf, an die Ostküste in ein Internat zu gehen. Nur weil sie dich nicht verletzen will, hat sie bis jetzt geschwiegen. Aber sie möchte weg aus diesem Haus. Nein, Royce, sie ist nicht dumm. Vielleicht ist sie unscheinbar, zu groß, ein bißchen tolpatschig und verstockt, aber dumm ist sie nicht. Sie erinnert mich an dich, Jennifer. Und im Gegensatz zu Royce, kann ich mir vorstellen, was aus ihr in einigen Jahren werden könnte.«

»Ich gehe«, sagte Jennifer.

»Vergiß nur nicht, daß die Versammlung des Moffitt-Hospital-Ausschusses heute nachmittag um vier Uhr stattfindet, meine Liebe. Als Sekretär und Schatzmeisterin ist deine Anwesenheit unbedingt erforderlich. Und was dich betrifft, Royce, wirst du verschwinden, ehe die Damen eintreffen.«

»Ja, Mutter.«

Gates Foxe entließ beide mit einer Handbewegung. Sie strengten sie an. Dann ging sie zu ihrem Lieblingssessel hinüber, der mit dem Rücken zu den riesigen Fenstern vor einer Wand stand, an der ein Ölgemälde hing. Es handelte sich um ein recht gut gelungenes Porträt ihres verstorbenen Mannes, Cleveland, gemalt von Malone Gregory im Jahre 1954. Er war bereits alt gewesen, dachte sie, als sie den schlaffen Kiefer und die Tränensäcke unter seinen Augen betrachtete. Aber in seinen Augen sprühten immer noch Funken, obwohl er damals schon fast sechzig Jahre alt gewesen war. Sie fragte sich, ob er während der Porträtsitzung wohl an die alberne Zwanzigjährige gedacht hatte, mit der er bis zu seinem Herzinfarkt ins Bett gegangen war. Sydney war ihm sehr ähnlich, auch sie besaß das kühne Funkeln, das die Menschen beflügelte und sie dazu brachte, alles zu tun, um sie zufriedenzustellen. Jetzt war Sydney mit einem italienischen Prinzen verheiratet. Gates fragte sich, ob sie wohl die Kanzlei aufgeben und sich in eine traditionelle Ehefrau verwandeln würde. Eigentlich konnte sie sich das nicht vorstellen, aber man wußte ja nie.

Wieder einmal dachte Gates an die ständigen Spannungen in diesem Hause. Hatte Lindsay den lautstarken Streit ihrer Eltern gehört? Andererseits spielte das keine Rolle. Lindsay würde sich nichts anmerken lassen. Sie würde alles hinter dem mürrischen Ausdruck auf ihrem unscheinbaren Gesicht verbergen und keinen Mucks von sich geben, nicht einmal gegenüber ihrer Großmutter.

Lindsay stand reglos im Schatten unter der großen Haupttreppe und sah zu, wie Mutter und Vater die Bibliothek verließen. Sie rührte sich nicht. Ein Unkraut, dachte sie, ein Unkraut in ihrem Garten. Sie fuhr sich mit den Fingern durchs lockige Haar. Wie immer war es ein krauses Gestrüpp und fettig, denn wenn sie es zu oft wusch, fühlte es sich an wie Stroh. Auf einmal wurde ihr klar, daß sie bis jetzt gar nicht geahnt hatte, wie gern sie dieses Haus verlassen wollte. In Connecticut im Internat würde sie frei sein. Nur noch zwei Wochen, und sie war frei. Stamford, Connecticut. Das klang ganz weit weg. Einen kurzen Augenblick hatte sie ein schlechtes Gewissen wegen ihrer Mutter, doch sie schob es beiseite. Mutter mußte lernen, auf sich selbst achtzugeben. Lindsay blieb noch eine Viertelstunde in ihrem Versteck, schlüpfte dann aus dem Haus und ging die Bayberry Street hinab in Richtung Union Street.

Das Dinner im Hause Foxe verlief stets formell und elegant und folgte einem unveränderlichen Ablauf. Auch der Abend vor Lindsays Abreise bildete keine Ausnahme. Dorrey, die Köchin, kam schnaufend herein, denn die beiden Platten unter den silbernen Hauben waren schwer, und sie hatte im letzten Jahr zugenommen. Vorsichtig stellte sie die Platten vor dem Hausherrn ab und hob auf sein Nicken hin die Hauben. Er begutachtete fachmännisch das Steak und wandte sich dann den beiden kleinen Schüsseln mit frischem Gemüse, kleinen Kartoffeln und grünen Bohnen mit Buttermandeln und japanischen Perlzwiebeln zu. Nachdem er seinem Wohlwollen Ausdruck verliehen hatte, entfernte Dorrey die Salatteller und die fast leere Terrine mit der Pilzsuppe vom Tisch und begab sich wieder in die Küche. Sie hatte sich auch ein ordentliches Stück Fleisch abgeschnitten, und beim bloßen Gedanken daran lief ihr schon das Wasser im Munde zusammen.

Royce saß am Kopf der Tafel und Großmutter Gates am Ende. Abwechselnd bestimmten sie das Gespräch. Wie seit ihrem Einzug in dieses Haus saß Jennifer zur Rechten ihres Mannes.

Sie sprach nur, nachdem dieser oder ihre Schwiegermutter ein Thema angeschnitten hatten und sie nach ihrer Meinung fragten. Jennifer warf über den Tisch hinweg einen Blick auf ihre Tochter und fragte sich nicht zum erstenmal, was sie wohl dachte, denn ihrem Schweigen war nichts zu entnehmen. Nicht einmal beim Essen gab sie ein Geräusch von sich. Jennifer war sich nicht sicher, ob es eine weise Entscheidung gewesen war, Lindsay gemeinsam mit den Erwachsenen das Abendessen einnehmen zu lassen. Das Mädchen war entsetzlich mager und außerdem in einem Alter, in dem die meisten Jugendlichen ungeschickt sind. Die Wahrscheinlichkeit, daß die Suppe auf ihrem Schoß statt in ihrem Mund landete, war ziemlich hoch. Wenn sie nicht bald etwas wegen ihres Äußeren unternahm, würde sie es nie zu etwas bringen.

»Ich habe heute einen Brief von Sydney erhalten«, sagte Royce, nachdem er prüfend ein Stück *Sirloin*-Steak verzehrt hatte. Er beschloß, daß Dorrey eine Gehaltserhöhung verdiente.

»Geht es ihr gut?« fragte Jennifer, wobei sie wünschte, Sydney möge auf wundersame Weise aus ihrem Leben verschwinden. Mailand war nicht weit genug weg für ein Mädchen, das Jennifer das Leben zur Hölle gemacht hatte, bis sie mit siebzehn Jahren nach Harvard gegangen war.

»Sie kommt mit ihrem Mann im Herbst nach San Francisco. Wir sollten eine Dinner-Party für die beiden geben, findest du nicht, Mutter? Nichts Großes, nur etwa hundert Gäste.«

»Natürlich, das wäre genau das richtige. Wie lebt sich Sydney in Italien und bei den Italienern ein?«

Royce nahm sich Zeit, einen weiteren Bissen Fleisch zu verspeisen. »Selbstverständlich ist sie glücklich«, antwortete er achselzuckend, ohne seine Mutter anzusehen. »Sie und Alessandro sind gerade von ihrer einmonatigen Hochzeitsreise in die Türkei und die Ägäis zurückgekehrt. Sie schreibt, die Villa der Continis sei sehr alt und müsse dringend modernisiert werden. Außerdem schreibt sie, ihre Schwiegermutter mache einen vernünftigen Eindruck und ihre Schwägerin sei eine Hure.«

Gates' gab kommentierende Geräusche von sich, während ihr Sohn mit seinen Ausführungen zum Thema Sydney fortfuhr. Zwar hatte sie das Wort »Hure« gehört, fand es aber nicht weiter von Belang. Als Gates zufällig aufblickte, sah sie, wie Lindsay ihren Vater anstarrte. In den Augen des Mädchens spiegelte sich Sehnsucht und ein seltsam resignierter Ausdruck wider. Gates bemühte sich, nicht darauf zu achten. Das war zwar nicht richtig, aber im Leben herrschten eben nun einmal weder Fairneß noch Gerechtigkeit. Das Mädcheninternat war eine ausgezeichnete Lösung. Lindsay würde dort Freundinnen finden und sich endlich zugehörig fühlen. Wenn sie hierblieb, würde es zu einer Katastrophe kommen. Royce hatte immer nur Sydney geliebt. Ja, es war wirklich besser, daß Lindsay San Francisco verließ, wenigstens solange, bis sie sich einen Schutzpanzer zugelegt hatte, um sich gegen ihren Vater zu wehren — denn den würde sie bis zu Royces Tod brauchen.

An diesem Abend begleitete Jennifer Lindsay in ihr Zimmer, um die neue Garderobe durchzusehen, die für die Schule angeschafft worden war — besonders Wintersachen für das rauhe Klima in Connecticut.

»Gefällt dir das, Lindsay?«

Es handelte sich um einen hübschen hellblauen Pullover. Lindsay nickte nur schweigend, was Jennifer ziemlich verärgerte.

»Warum hast du mich ihn kaufen lassen, wenn er dir nicht gefällt?«

»Er gefällt mir schon, Mutter. Ich finde nur, daß ich darin noch größer und noch magerer aussehe.«

»Nein, das stimmt nicht.« Sie hielt inne, da sie wußte, daß Lindsay ihr nicht widersprechen würde. »Bist du aufgeregt?« fragte sie schließlich.

»Ich glaube schon. Hoffentlich gefällt es mir in der Schule.«

»Ganz sicher wird es das. Deine Großmutter hat die Schule persönlich ausgesucht. Bestimmt fühlst du dich dort wohl.«

Lindsay nickte auf diese Feststellung. Sie wußte, daß ihre Mutter sich alle erdenkliche Mühe gab. Aber sie war unruhig. Warum konnte Mutter sie nicht alleinlassen und zu Bett gehen? Lindsay drehte an einem ganz besonders häßlichen Ring herum, den sie an der rechten Hand trug. Es war die Art Ring, wie man sie in einer Schachtel mit Frühstücksflocken fand, und erregte die Aufmerksamkeit ihrer Mutter. »Woher hast du denn dieses Ding?«

»Ein Freund hat ihn mir gegeben.«

»Etwa ein Junge?«

»Ja.«

»Und wie heißt dieser Junge?«

»Allen.«

»Allen. Und wie weiter?«

»Carstairs. Seine Familie wohnt in Filbert. Er ist in meiner Klasse.«

»Der Ring ist billig und geschmacklos.« Jennifer streckte die Hand aus. »Gib ihn mir. Ich werde ihn beseitigen.«

Zum erstenmal in ihren sechzehn Lebensjahren weigerte sich Lindsay zu gehorchen. »Nein«, sagte sie. »Er gehört mir. Er ist ein Geschenk, und ich werde ihn behalten.« Blitzschnell versteckte sie die Hand hinter dem Rücken.

Jennifer fühlte sich lächerlich, als sie mit ausgestreckter Hand wartete, daß ihre Tochter ihren Befehl befolgte. Sie wußte, daß Lindsay den Ring nicht herausgeben würde. Hoffentlich war das dumme Mädchen nicht mit diesem Allen Carstairs ins Bett gegangen. Eine schwangere Lindsay, die kaum selbst ohne zu stolpern die Treppe hinabgehen konnte, hatte ihr gerade noch gefehlt.

»Nun gut. Tu, was du willst«, sagte sie deshalb ärgerlich. »Dann behalte das billige Ding, aber deine Fingerknöchel sehen damit noch größer aus. Paß nur auf, daß dieser Allen Carstairs dir nicht an die Wäsche geht. Dein Vater würde es nicht billigen, wenn du ein Kind erwartest.«

Lindsay starrte ihre Mutter an, die auf wundersame Weise seit Sydneys Hochzeit mindestens drei Kilo abgenommen hatte. »So etwas würde ich nie tun, Mama. Das weißt du doch.«

»Dann ist es ja in Ordnung.« Jennifer wurde klar, daß sie völlig grundlos herumnörgelte. Kein Junge würde sich von Lindsay sexuell angezogen fühlen. Wahrscheinlich war dieser Allen Carstairs schwul und betrachtete Lindsay nur als Freundin, nichts weiter. Sie fühlte sich schuldig. Rasch zog sie ihre Tochter an sich. »Dir wird die Schule gefallen, Lindsay, das weiß ich genau. Du bist ein liebes Mädchen.«

FEBRUAR 1982

Lindsay liebte die beißende Kälte. Sie liebte den Schnee, die vollkommene Stille und die Tannen, die aussahen, als wären sie mit Puderzucker bestreut. Inzwischen hatte sie sich zu einer ausgezeichneten Skiläuferin entwickelt. Jedes Wochenende fuhr sie mit ihren Freundinnen zum Elk Mountain in Vermont. Seltsamerweise war sie auch nicht mehr so tolpatschig wie noch vor sechs Monaten. Sie bewegte sich elegant und geschickt, besonders auf Skiern, und fühlte sich anmutig, was sie ihrer besten Freundin, Gayle Werth, erzählte, als sie gerade mit dem Lift zu einem schwierigen Hang hinauffuhren, der unter Eingeweihten den Spitznamen ›Berg der Wahnsinnigen‹ trug.

Gayle war eine attraktive Blondine. Sie ruckte an ihrer Zahnspange herum, die erst kürzlich angezogen worden war und bestimmt noch eine Woche lang wehtun würde.

»Selbstverständlich bist du kein Tolpatsch mehr, Lindsay. Deine Haare sehen immer noch entsetzlich aus, aber wenn du nächstes Wochenende mit mir nach Hause kommst, wird Mama bestimmt wissen, was man dagegen unternimmt.«

Lindsay zog sich die rote Skimütze vom Kopf und wandte sich zu Gayle um. »Wie eine Bürste«, sagte sie gewollt scherzhaft. »Und deine Mutter weiß wirklich, was man dagegen tun kann?«

»Ganz bestimmt. Komm einfach mit, okay?«

»Ich habe ja sonst nichts zu tun. Warum nicht? Ich möchte deine Mutter, die Zauberkünstlerin, gern kennenlernen.«

»Weißt du, Lindsay, so struppig ist es doch gar nicht mehr. Die Locken sehen wirklich hübsch aus und so kräftig ... du mußt nur Form hineinbringen. Mama weiß bestimmt einen Rat.«

»Wer zuerst unten ist!« rief Lindsay, als sie aus dem Sessellift stiegen.

Es war diese Abfahrt, die für Lindsay die Skisaison 1982 zu einem jähen Ende brachte. Auf der Hälfte der Piste brach sie sich das Bein. Es war ein glatter Bruch, doch Lindsay zitterte am ganzen Leibe und mußte sich fast übergeben. Der Mann, der den Zusammenstoß verschuldet hatte, war Anfänger und hatte die Kontrolle über seine Skier verloren. Ihm war nichts geschehen, was wieder einmal typisch war, wie Gayle meinte. Lindsay wäre nie eingefallen, ihre Eltern anzurufen, bis die Ärztin, eine junge Frau mit leuchtend türkisfarbenen Kontaktlinsen, sie darauf ansprach.

»Soll ich es nicht für Sie tun, Lindsay? Wegen der Schmerzmittel, die ich Ihnen gegeben habe, sind Sie nicht ganz klar, und Sie würden ihnen vielleicht noch mehr Angst einjagen. Sie wissen ja, wie Eltern sind.«

»Meinen Vater kann nichts aus der Ruhe bringen«, meinte Lindsay.

»Aber doch Ihre Mutter.«

»Meine Mutter auch nicht. Machen Sie sich nicht die Mühe, Frau Doktor. Es ist wirklich nicht so wichtig. Ich bin hier, und meine Eltern sind in San Francisco. Ich möchte nicht, daß sie es erfahren.«

»Unsinn«, meinte Dr. Baines.

Zu Lindsays Erstaunen war es ihre Großmutter, siebzig

Jahre alt und in ein schickes rosafarbenes Wollkostüm von Givenchi gekleidet, die drei Tage nach dem Unfall neben ihrem Bett im Schülerwohnheim stand.

»Du bist über Weihnachten nicht nach Hause gekommen«, sagte Gates. Lindsays eingegipstes Bein lag auf einem Stuhl. Sie hatte sich gerade fröhlich mit einigen Freundinnen unterhalten. Gates sah sich um und entdeckte die zusammengeknüllten Chipstüten und mehr Limodosen, als sie auf einen Blick zählen konnte. Im Zimmer herrschte ein furchtbares Durcheinander, und nachdem Lindsay der Großmutter ihre Freundinnen vorgestellt hatte, ergriffen diese schleunigst die Flucht. Gayle packte auf dem Weg nach draußen eine Chipstüte — wie Gates vermutete, ihr Beitrag zur Abfallbeseitigung. Sie versuchte, sich zu erinnern, ob sie sich auch jemals so benommen hatte. Sie konnte es sich nicht vorstellen. Nein, sie hatte immer einen Hüftgürtel, einen Unterrock und Nylonstrümpfe getragen. Und dazu Handschuhe. Sie hatte fast nie einen Fluch in den Mund genommen, aber der liebe Gott wußte, daß sie im Laufe ihres Lebens so manchen unterdrückt hatte.

»Bitte, setz dich, Großmutter.«

Gates lehnte sich vor und gestattete Lindsay, ihr die Wange zu küssen. Als sie sich wieder aufrichtete, sagte sie mit einem Lächeln: »Wahrscheinlich war ich früher genauso. Mir läuft das Wasser im Munde zusammen. Sind in irgendeiner dieser Tüten noch Tortillachips?«

»Ich glaube schon, aber sie sind inzwischen bestimmt nicht mehr frisch und total zerkrümelt. Ich rufe Gayle, damit sie neue holt.«

Gates lehnte dieses Angebot mit einem leisen Seufzer ab und tröstete sich mit dem Gedanken, daß ihr empfindlicher Magen wahrscheinlich sowieso verärgert auf diese Köstlichkeit reagiert hätte. »Ich bin gekommen, um zu sehen, wie es dir geht. Und offenbar geht es dir gut. Außerdem soll ich dir sagen, daß deine Eltern sich scheiden lassen. Deine Mutter fühlt sich nicht wohl, sonst wäre sie selbst gekommen. Und ich fand, man sollte so etwas nicht am Telefon erörtern.«

Lindsays Herz klopfte heftig. Eigentlich war es gar keine

so große Überraschung. Sie konnte sich an die lautstarken Streitgespräche erinnern, an die entsetzlichen Dinge, die ihre Eltern einander an den Kopf geworfen hatten. Und sie hatte auch die Beleidigungen nicht vergessen, mit denen ihr Vater sie bedacht hatte. Immer hatte er sie nur mit Sydney verglichen. Jennifer hatte sie stets verteidigt, stets nur verteidigt, aber trotzdem ... »Sie lassen sich scheiden? Warum?«

Gates zuckte die Achseln. »Was weiß ich. Weil sie übergeschnappt sind.«

»Aber ich bin doch gar nicht mehr da!«

Gates war nicht überrascht, daß das Mädchen sich automatisch selbst die Schuld gab. Kinder konnten sich so schlecht gegen die Launen der Erwachsenen wehren. »Du bist nicht der Grund, warum sie sich scheiden lassen.« Einen Moment lang wandte Gates den Blick ab. Sie wußte, daß das nur die halbe Wahrheit war. Doch dann sprach sie weiter: »Du könntest überhaupt nicht der Grund sein«, sagte sie mit fester Stimme. »Hör mir zu, Lindsay. Du bist jetzt siebzehn und kein Kind mehr. Du weißt, dein Vater war nie ein treuer Ehemann. Auch nicht bei seiner ersten Frau. Wäre sie nicht vorher gestorben, hätte sie sich ebenfalls von ihm scheiden lassen.« Achselzuckend dachte sie an ihren verstorbenen Mann, den es auch immer in fremde Betten getrieben hatte, und sprach dann, selbst überrascht über ihre Offenheit, den Gedanken laut aus. »Manche Männer sind eben so. Bei deinem Großvater war es genauso. Er hatte mehr Geliebte, als dein Vater je zu träumen wagen würde. Aber ich gehörte einer anderen Generation an; ich habe die Augen davor verschlossen und getan, als bemerkte ich es nicht. Doch inzwischen haben sich die Zeiten geändert. Frauen sind nicht mehr gezwungen, so etwas hinzunehmen. Deine Mutter konnte es einfach nicht mehr ertragen, wenigstens sagt sie das. Interessanterweise ist sie jetzt ganz schlank, zu schlank. Ist das nicht seltsam?«

»Sie ist doch nicht krank?«

»Ich weiß nicht, Kind. Ich bin müde, Lindsay, und viel zu alt für ein solches Theater. Aber ich fand, daß ich es dir persönlich und nicht nur am Telefon erzählen sollte. Du hast dich verändert, scheinst reifer geworden zu sein. Das freut mich. Ich habe deinen Vater aufgefordert, das Haus zu verlassen. Es kam mir seltsam vor, nur noch ihn und nicht mehr deine Mutter um mich zu haben. Es ist ein Jammer, aber ich mochte deine Mutter schon immer. Das Problem ist nur, daß sie bei deinem Vater nie eine Chance hatte, besonders nach ... Doch das soll nicht deine Sache sein. Nun, er hat sich eine elegante viktorianische Villa am Broadway in der Nähe der Steiner Street gekauft und eine Horde von Innenarchitekten angeheuert. Deine Mutter hat sich eine Penthaus-Wohnung am Nob Hill zugelegt.«

»Dann bist du ganz allein, Großmutter?«

»Ja, und es ist ein wunderbares Gefühl. Also denk jetzt nicht, ich würde an Einsamkeit sterben. Ich möchte meine letzten Lebensjahre in Ruhe verbringen.«

Schweigend blickte Gates aus dem Fenster und betrachtete die schneebedeckte Landschaft. Sie konnte sich kaum noch an Schnee, Kälte und eisige Winde erinnern. Mein Gott, wer hielt denn so etwas aus?

»Vater war vor drei Wochen hier«, erzählte Lindsay plötzlich, ohne ihre Großmutter anzusehen.

Gates machte ein überraschtes Gesicht. »Er hat dich besucht?«

»Nein, er hat mich überhaupt nicht gesehen, und ich habe ihn nur zufällig bemerkt. Ich weiß nicht, was er hier wollte. Vielleicht wollte er nur nachprüfen, ob ich nicht durch schlechte Noten, Drogen oder irgend etwas anderes Schande über die Familie Foxe bringe.«

»Oder irgend etwas anderes«, meinte Gates. »Er hat mir nie gesagt, daß er hier war, aber andererseits ist er über einundzwanzig und kann gehen, wohin er will. Er hat Anteile an der Schule gekauft, also wollte er vielleicht nur nach seiner Investition sehen. Ja, das ergibt Sinn. Bestimmt wollte er das Geschäftliche mit seinen neuen Partnern besprechen. Das ist ein Grund, warum auch ich hier bin.«

»Aha.« Warum war er nicht wenigstens vorbeigekommen und hatte Hallo gesagt? Wenn sie nur Sydney gewesen wäre! Dann wäre er sofort an ihre Seite geeilt, hätte sie in die besten Restaurants geführt, ihr teure Geschenke gemacht, über jeden ihrer Witze gelacht und sie in den Arm genommen. Warum hatte er Anteile an der Schule gekauft? Sie hatte eine der Sekretärinnen darüber reden hören, aber nicht weiter darauf geachtet. Also stimmte es doch. Befürchtete er, sie würde den Abschluß nicht schaffen, und versuchte deshalb so, den Namen der Familie Foxe zu retten? Wie peinlich! Hoffentlich würden die anderen Mädchen das nie erfahren. Und warum hatte er sie nicht wenigstens angerufen? »Mutter hat sich seit Weihnachten nicht mehr gemeldet.«

»Das kann ich mir vorstellen. Wie ich schon sagte, fühlt sie sich nicht wohl. Sie wird dich bald anrufen. Ach, ja, noch etwas, Lindsay: Sydney hatte eine Fehlgeburt. Es geht ihr gut, aber der Prinz ist am Boden zerstört. Seine Mutter und seine Schwester machen sich Sorgen um ihn. Eigentlich war es gar keine richtige Fehlgeburt. Sydney ist Auto gefahren, und es hat einen Unfall gegeben, der vorzeitige Wehen ausgelöst hat. Es war ein Junge, aber er wog weniger als ein Kilo und hatte keine Überlebenschancen.«

»Oh.«

»Dein Vater ist nach Italien geflogen, um bei ihr zu sein. Bald kommt er wieder zurück. Er sagt, sie wird wieder in die Kanzlei einsteigen. Du weißt, daß sie versucht hat, eine traditionelle Ehefrau zu spielen, wie es von einer di Contini in Mailand erwartet wird. Wer weiß, ob ihr das geglückt ist. Jedenfalls war es damit vorbei, nachdem sie das Kind verloren hatte. Wir werden sehen, wie es weitergeht. Alessandro ist nicht glücklich über diese Entscheidung, aber er kann nichts dagegen tun. Sydney setzt stets ihren Kopf durch. Sie ist stark, das war sie schon immer, also brauchst du dir wegen ihr keine Sorgen zu machen.«

Allein diesen Namen zu hören, löste in Lindsay ein schreckliches Gefühl der Verletzlichkeit und Ohnmacht aus. Sie spürte einen Schmerz tief in ihrem Innersten. Der arme Alessandro. Sie fragte sich, wie schnell Sydney wohl gefahren war, und ob es sich wirklich um einen Unfall gehandelt hatte. Bestimmt war Sydney gerast, und alles war ihre Schuld. Der arme Prinz hatte sich so darauf gefreut, Vater zu werden, einen Sohn zu haben, doch Sydney hatte ihm das verdorben. Instinktiv wußte Lindsay, daß Sydney für den Tod ihres Babys verantwortlich war. Und nun wollte sie ihn auch noch verlassen und weigerte sich, ihre Pflicht als Ehefrau zu tun!

Lindsay blickte zu ihrem Schreibtisch hinüber. Sorgfältig in einem Umschlag mit Batikmuster verstaut, lagen dort die drei Postkarten, die der Prinz ihr in den letzten sechs Monaten geschickt hatte. Jede aus einer anderen Stadt, jede unbeschreiblich wertvoll. Die erst kam aus Santorin, wo er und Sydney in ihren Flitterwochen einige Tage verbracht hatten. Sogar dann hatte er an sie gedacht, als er mit Sydney zusammen war. Was er geschrieben hatte, war freundschaftlich und interessant gewesen. Und er hatte die Karten mit »in Liebe« unterzeichnet. Nicht mit »Dein Schwager«, sondern mit »in Liebe, Alessandro«.

Lindsay schluckte. Sydney hatte diesen Mann sowieso nicht verdient, und man mußte sich nur ansehen, was sie ihm jetzt antat. Sie hatte ihn um das Recht betrogen, Vater zu werden. Sie hatte sein Baby ermordet. Plötzlich bemerkte Lindsay, daß ihre Großmutter sie merkwürdig anblickte. Also fragte sie sie nach dem Krankenhausausschuß, nach Dorrey und nach Lansford, der seit dreißig Jahren der Butler der Familie Foxe war.

Am nächsten Vormittag hatte Gates eine Unterredung mit Mrs. Anglethorpe, der Schuldirektorin, einer Frau Anfang vierzig, die ihr schwarzes Haar, das von einer breiten grauen Strähne durchzogen wurde, in einem Knoten trug. Sie hatte eine volle Büste, lange Beine und war elegant gekleidet. Trotz ihrer leisen Sprechweise, nahm sie nie ein Blatt vor den Mund.

Nachdem Candice Anglethorpe Gates mit dem gebührenden Respekt begrüßt hatte, bewirtete sie sie mit Tee und den besten Hörnchen, die diese je außerhalb von Edinburgh gegessen hatte.

Während Gates Candice Angelthorpe musterte, fühlte sie sich bestätigt. Die Frau war angenehm, intelligent, anmutig, selbstbewußt, aber trotzdem sensibel. Sie würde sich gut um Lindsay kümmern. »Ich würde gerne wissen, wie sich meine Enkeltochter macht.«

»Ach, wir haben uns alle sehr gesorgt, als sie sich beim Skilaufen das Bein gebrochen hat. Soweit ich weiß, hätte der Unfall kaum vermieden werden können. Der Schuldige war ein Anfänger, wissen Sie.«

»Ich habe nicht von ihrem gebrochenen Bein gesprochen. Wie hat sie sich eingelebt? Wie steht es mit ihren schulischen Leistungen?«

Candice Anglethorpe machte eine Geste, als wolle sie etwas an den Fingern abzählen. »Sie ist still, aber nicht schüchtern. Sie ist klug, aber nicht überdurchschnittlich intelligent. Sie hat einige Freundinnen, aber nur eine enge, namens Gayle Werth. Gayles Eltern sind in der Politik tätig. Ihr Vater ist Senator George Werth aus Vermont, ihre Mutter bekleidet eine hohe Position in der Justizbehörde. Wie ich bereits sagte, ist Lindsay in keinster Weise auffällig. Sie interessiert sich noch nicht für Jungen, aber die Mädchen kichern und tuscheln natürlich und denken sich die unglaublichsten Geschichten aus. Und was das Einleben betrifft, Mrs. Foxe, habe ich den Eindruck, daß unsere Schule das beste für sie ist. Sie ist sehr glücklich hier . . . sie fühlt sich zugehörig.«

»Ich wußte, sie würde hier glücklich sein. Wie Sie sicherlich wissen, lassen sich ihre Eltern gerade scheiden.« Gates hielt nur für einen Augenblick inne, aber Mrs. Anglethorpe schwieg und ließ sich nicht anmerken, wieviel sie wußte. Gates rechte Augenbraue hob sich unmerklich. »Ach, das wußten Sie nicht? Nun, ich habe es Lindsay soeben eröffnet. Anscheinend berührte es sie nicht allzusehr, aber wer kennt sich bei jungen Mädchen aus? Möglicherweise gibt sie sich selbst die Schuld, doch das ist Unsinn, wie ich ihr bereits gesagt habe. Ich wollte es Ihnen nur mitteilen, damit Sie Bescheid wissen, falls sie sich merkwürdig benimmt.«

»Ich verstehe. Es hieß außerdem, Sie seien im Auftrag Ihres Sohnes hier, der nun einer der neuen Teilhaber der Stamford Girl's Academy ist. Sagen Sie nur, welche Unterlagen Sie einsehen wollen, und ich werde dafür sorgen, daß sie Ihnen zugänglich gemacht werden. Meine Sekretärin steht Ihnen zur Verfügung, Mrs. Foxe.«

Gates nickte nur und biß noch einmal in das köstliche Hörnchen. Der geronnene Rahm schmeckte einfach himmlisch. »In Ordnung«, meinte sie nach einer Weile. »Und Sie müssen mir das Rezept für die Sahnetörtchen schicken.«

Candice Anglethorpe lachte. In ihrem Innersten allerdings war sie so erleichtert, daß sie am liebsten laut aufgeseufzt hätte. Offenbar wußte die alte Dame nichts, und falls sie es doch tat, hatte sie wohl nicht vor, sich einzumischen.

Candice leitete die Akademie erst seit vier Jahren, und ihrer Meinung nach hatte sie Unglaubliches, ja nahezu übermenschliches, geleistet. Aber man konnte nie wissen, vor allem, wenn ein Bundesrichter, der dreitausend Meilen weit entfernt lebte, neuer Teilhaber wurde. Sie mußte herausfinden, warum er sich in die Schule eingekauft hatte. Für ihn war es sicherlich nicht wichtig, für sie jedoch hatte es eine große Bedeutung. Und diese scheinbar gleichgültige Einstellung der Wohlhabenden, die sie nun wieder bei dieser alten Dame miterlebte, überraschte sie immer wieder.

»Selbstverständlich möchte ich, wenn ich schon einmal hier bin, mit den Treuhändern der Schule und der Buchhaltung sprechen. Aber das ist rein geschäftlich und soll Ihre Sache nicht sein, Mrs. Anglethorpe. Nennen Sie sich eigentlich nur der Mädchen wegen ›Mrs.‹?«

Candice Anglethorpe fuhr zusammen, beherrschte sich aber. Die alte Dame wollte also Offenheit. Nun gut, sie würde ihr ein wenig Einblick verschaffen. Und falls sie sich damit nicht zufriedengab, würde sie sie eben geradeheraus darauf ansprechen müssen. Candice hatte nicht vor, Dinge offenzulegen, nach denen sie niemand gefragt hatte. »Ja, Mrs. Foxe, das ist richtig. Auf diese Weise verschaffe ich mir größeren Respekt, sowohl bei den Mädchen als auch bei deren Eltern. Zudem gebe ich mich als Witwe aus.«

»Als Geschiedene würde man Sie nicht akzeptieren. So etwas klingt immer, als habe man sich etwas vorzuwerfen.«

»Darin stimme ich Ihnen vollkommen zu.«

»Ich möchte Sie nicht kritisieren. An Ihrer Stelle würde ich ebenso handeln, und zwar aus den gleichen Gründen. Andererseits wäre es klüger, wenn Sie solche Dinge nicht verheimlichen würden, besonders nicht einer neugierigen alten Dame gegenüber. Mein ganzes Leben lang habe ich immer alles herausgefunden, was ich eigentlich nicht hätte wissen sollen. Seltsam, aber es ist nun einmal so.«

Nachdem Gates Foxe gegangen war, kümmerte sich Candice darum, daß ihre Sektretärin das Rezept für die Sahnetörtchen an Mrs. Foxe in San Francisco schickte. Dann ging sie nach oben, um nach Lindsay zu sehen. Schon vor der Tür konnte sie die Mädchen drinnen lachen und plaudern hören. Lächelnd klopfte sie leise an. Sie wußte, daß die Schülerinnen sie wahrscheinlich nicht gehört hatten, und das war auch so. Candice schob die Tür lautlos auf.

Bitsie Morgan pinselte gerade das Bild eines nackten Jungen auf Lindsays Gipsbein. Gayle Werth saß daneben und hielt sich den Bauch vor Lachen. Sie beratschlagten, wie sie mit dem Penis des Jungen verfahren sollten: Ihn verstecken oder offenkundig zur Schau stellen. Schließlich entschieden sie, ihn sich um Lindsays Bein ranken zu lassen. Candice musterte Lindsay einen Augenblick lang. Ihre Wangen waren gerötet. Offenbar hatte sie keine Schmerzen und amüsierte sich großartig. Ja, sie war glücklich hier. Sie gehörte hierher und vertrug sich mit den anderen. Nein, die Scheidung ihrer Eltern schien sie überhaupt nicht zu belasten. Als Lindsays Blick auf sie fiel, lächelte Candice ihr zu. Ach, diese wunderschönen Augen. Lindsay war sich ihrer noch nicht bewußt, aber eines Tages würden Männer wegen dieser unglaublich schönen Augen den Verstand verlieren. Ja, sie ähnelten denen ihres Vaters. Immer wenn Royce in sie eindrang, auf die Ellenbogen gestützt und stöhnend vor Anstrengung, blickte Candice in seine wunderschönen, erotischen blauen Augen und spürte, wie der Orgasmus über sie kam.

3. April 1983 DER VERRAT

Endlich würde sie ihn wiedersehen. Lindsay hatte den ganzen Tag keinen Bissen heruntergebracht; sie war zu aufgeregt. Nur beim Gedanken an Essen wurde ihr übel, selbst bei Cheeseburgern, ihrer Lieblingsspeise. Sie hatte sich verändert, dessen war sie sich ganz sicher, aber reichte das auch? Schließlich war er an Sydney gewöhnt, und die war vollkommen. War, Lindsay war nicht mehr das tolpatischige Ding, das verstummte und ihn anstarrte, unfähig, etwas zu sagen oder mehr zu tun, als ihn nur anzuhimmeln. Allerdings waren seitdem fast zwei Jahre vergangen. Damals war sie noch sehr jung, unbeholfen und albern gewesen. Inzwischen war sie erwachsen, gereift, achtzehn Jahre alt und fast eine Frau. Trotzdem hatte sie feuchte Hände.

Lindsay befand sich in Frankreich. Sie fuhr in einer weißen Limousine, die dem Prinzen gehörte, ins George V. Zum erstenmal seit seiner Hochheit mit Sydney würde sie ihn wiedersehen. Wie gut erinnerte sie sich noch an seinen Anblick im Frack; daran, wie elegant und weltmännisch das weiße Hemd im Kontrast zu seiner sonnengebräunten Haut gewirkt hatte. Und an seine dunklen Augen, die sie musterten, so eindringlich, so ernst ... Es durchlief sie ein wohliger Schauder. Natürlich würde Sydney auch dort sein, aber das war Lindsay egal. Sie wollte ihn nur wiedersehen, ihn betrachten, sich vergewissern, ob er glücklich war.

Sie zog den zerknitterten, oft gelesenen Brief aus der Handtasche und studierte ihn noch einmal. Da der Chauffeur die gläserne Trennwand geschlossen hatte, war sie ungestört. Der starke Motor der Limousine lief rund und ruhig. Lindsay strich das Blatt Papier glatt und las:

Liebste Lindsay!

Sydney und ich werden das Wochenende vom 11. April in Paris verbringen. Beiliegend findest du ein Ticket. Wir würden uns freuen, wenn du bei uns wärst. Komm. Ich möchte dich ganz besonders gern wiedersehen.

Und wie die anderen Karten in den vergangenen zwei Jahren, hatte er diesen Brief mit »in Liebe, Alessandro« unterschrieben. Vor einem Monat war sie achtzehn Jahre geworden. Sie war ausgewachsen, und ihr Körper hatte sich gerundet. Zwar war ihre Figur nicht so perfekt wie Sydneys, aber recht passabel. Sie hatte einen schönen Busen und einen knackigen Po. Leider war sie immer noch sehr groß, doch sie erinnerte sich, daß er sie überragt hatte. Nun würde er sie als Erwachsene akzeptieren, er mußte es einfach. Aber wie immer verbat sie sich, ihre Gedanken von diesem Punkt aus weiterzuspinnen. Er war der Ehemann ihrer Halbschwester und damit basta!

Soweit Lindsay wußte, war Sydney nicht mehr schwanger geworden. Der arme Prinz. Wenn er ihr Ehemann gewesen wäre, hätte sie alles für ihn getan und so viele Kinder zur Welt gebracht, wie er sich wünschte. Er war etwas Besonderes, er verdiente alles Gute, das das Leben ihm bieten konnte. Er war einfach wunderbar.

Wieder einmal versank sie in einen Tagtraum, der ihn zum Thema hatte. Es war immer das gleiche, nur mit kleinen Veränderungen. Er hielt sie in seinen Armen. Er sagte ihr, er liebe sie mehr als das Leben, und sie bedeute ihm so viel. Nur sie gebe ihm das Gefühl, sich öffnen und hingeben zu können. Er trug sie an Bord seiner Jacht, und die Mannschaft lächelte und nickte mit den Köpfen; sie mochten sie und freuten sich über ihr Glück, und alles war vollkommen. Sydney war wie durch Zauberhand verschwunden. Nicht tot, denn das wäre zu hart gewesen. Sie war einfach fort, der Prinz war frei, und Lindsay war bei ihm. Und sie würde für den Rest ihres Lebens bei ihm bleiben. Ach, wie sehr sie ihn liebte! Und in ihren Tagträumen liebte er sie noch viel mehr. Er war ihr Alessandro. Ihr Prinz. Ihr Gott. Sie seufzte, als das Geräusch des Pariser Straßenverkehrs gedämpft an ihr Ohr drang. Diese Tagträume bedeuteten ihr ganzes Glück, und es fiel ihr stets schwer, wieder in die Wirklichkeit zurückzukehren.

Sie besaß drei Zeitungsausschnitte über ihn, einen sogar mit Foto. Das Foto bewahrte sie in ihrer Brieftasche auf. Jetzt zog sie es heraus und betrachtete es. Er machte darauf ein strenges Gesicht, aber seine Anziehungskraft war für sie ungebrochen. Auch seine Schönheit und sein zärtlicher Blick waren deutlich zu erkennen. In dem Artikel neben dem Foto stand etwas darüber, es habe in der Munitionsfabrik der Familie in der Nähe von Mailand in letzter Zeit Schwierigkeiten gegeben. Irakische Terroristen hätten einen Anschlag auf eine Lieferung verübt, die für den Iran bestimmt gewesen sei. Lindsay hatte das nicht weiter interessiert; sie hatte nur danach gesucht, ob etwas über ihn persönlich geschrieben stand. Ein Artikel hatte erwähnt, er sei mit der amerikanischen Erbin und Anwältin Sydney Foxe di Contini verheiratet, die bei der internationalen Kanzlei Hodges, Krammer, Hughes und Kollegen arbeite und kürzlich Teilhaberin geworden sei. Das Paar habe keine Kinder. In dem Bericht stand noch etwas über seine Vorfahren, doch nichts, was Lindsay wissen wollte.

Lindsay hatte Sydney seit der Hochheit nicht gesehen. Nicht einmal ein Foto von ihr. Immer wenn Sydney und der Prinz in den letzten Jahren die Vereinigten Staaten besucht hatten, hatte niemand Lindsay aufgefordert, nach San Francisco zu kommen. Und sie hatten sie auch nie im Internat besucht. Lindsay war sich sicher, daß sie das Sydney zu verdanken hatte. Sydney verabscheute sie, hatte sie wahrscheinlich immer verabscheut und irgendwann aufgehört, das zu verschleiern. Als Lindsay sich daran erinnerte, wie Sydney sie am Tag der Hochzeit verhöhnt hatte, krümmte sie sich jetzt noch vor Verlegenheit in den Ledersitz der Limousine. Damals hatte ihre Schwester ihr gesagt, der Prinz sei von ihrer albernen Schwärmerei amüsiert; er fände sie peinlich, ebenso wie ihr Vater. Lindsay zwang sich, nicht mehr daran zu denken.

Warum hatte Sydney ihre Meinung plötzlich geändert? Warum wollte sie Lindsay nun wiedersehen? Lindsay wußte nicht, wie sie das verstehen sollte? Sie war der festen Überzeugung, daß der Prinz seinen Willen durchgesetzt hatte. Es war ihm zu verdanken, daß sie heute hier in Paris war. Und Sydney hatte wahrscheinlich keine Wahl gehabt, als klein beizugeben. Er war der Boß, und Sydney mußte sich seinem Willen beugen.

Was Lindsays Vater betraf, war es, als existiere sie nicht länger für ihn. Sie wußte, daß er sich mehr als drei Monate im Jahr in Italien aufhielt, doch weiter wußte sie nichts. Denn wenn ihr Vater gezwungen war, das Wort an sie zu richten, erzählte er nur davon, wie wunderschön und vollkommen ihre Halbschwester sei. Über seinen Schwiegersohn verlor Royce keine Silbe, und Lindsay hatte nie gewagt, ihn danach zu fragen. Einmal hatte sie sich unüberlegt nach ihrer Mutter erkundigt, und Vater hatte einfach aufgelegt.

Jetzt fuhr die Limousine durch die Pariser Innenstadt. Lindsay drückte auf den Knopf, um das Autofenster zu öffnen. Die Luft war kühl und duftete, die Sonne schien hell am Himmel. Schließlich war es April, der romantischste Monat in der schönsten Stadt der Welt. Lindsay berührte ihr Haar. Die dicken Locken waren geordnet, kleine Strähnen ringelten sich um ihr Gesicht. Gayles Mutter hatte nicht viel an ihrem kräftigen, stark gewellten Haar verändert. Sie hatte Lindsay nur gesagt, sie solle sich keine Sorgen machen. In ein paar Jahren würde solches Haar sicherlich der letzte Schrei sein. Lindsay zog ihre Puderdose heraus und musterte prüfend ihr Gesicht. Zu blaß, aber sie hatte kein Rouge bei sich. Sie hatte nur Lipgloss aufgetragen, und das war zartrosa und kaum mehr zu sehen, weil sie es abgeleckt hatte.

Sie war so nervös, daß ihr fast übel wurde. Sie schluckte, atmete die wunderbare Pariser Luft ein und versuchte, im Geiste noch einmal durchzugehen, was sie ihm sagen wollte. Doch es fiel ihr nichts ein, und sie kam sich entsetzlich dumm vor. Ihre Laune sank zusehends, als sie sich vorstellte, wie sie sich vor ihm und vor Sidney zum Narren machen würde. Sydney würde sie auslachen. Und dann würde sie alles Vater erzählen, der sich auch königlich amüsieren würde.

Man hatte ihr gesagt, sie sollte sich im Hotel George V. an die Rezeption begeben und sich in die Suite von Prinz Alessandro di Contini führen lassen. Sie fragte sich, ob der Prinz sie wohl erwarten würde, oder ob nur Sydney zu ihrer Begrüßung abgestellt war. Doch das tat nichts zur Sache, sagte sie sich. Sie würde ihn noch früh genug zu Gesicht bekommen. Sie betete, es möge ihr etwas Geistreiches einfallen, um ihn zu beeindrucken, etwas, damit sogar Sydney Respekt vor ihr bekam.

Ihre Koffer waren alt und abgeschabt, und zum erstenmal schämte sie sich deswegen. Allerdings schien der Portier das gar nicht zu bemerken. Sie wurde hineingeführt und erhielt — freundlich aber ein wenig gönnerhaft — die Möglichkeit, ihr Französisch auszuprobieren. Dann begleitete sie ein Angestellter durch die riesige Hotelhalle zum richtigen Aufzug.

Der Page ging vor ihr her einen breiten, mit Teppich ausgelegten Flur im zwölften Stock entlang. Lindsay wurde immer langsamer; ihre Hände waren feucht, und sie spürte ein klebriges Gefühl in den Achselhöhlen. Als sie sich am Vorabend die Beine rasiert hatte, hatte sie sich dreimal kräftig geschnitten. Aber wenigstens blutete es nicht mehr, so daß sie keine Pflaster unter der Nylonstrumpfhose tragen mußte.

Der Page klopfte leise an die Tür der Suite — keine Antwort.

Lindsay war so aufggeregt, daß sie das Gefühl hatte, sich jeden Moment übergeben zu müssen.

Der Page klopfte noch einmal. Lindsay hörte Schritte. Dann wurde die Tür langsam geöffnet. Da war er, in schwarzen Hosen und weißem Hemd, das am Hals offenstand. Er lächelte sie an, und er war so schön, daß sie außer ihm nichts mehr wahrnahm. Um den Hals hatte er an einem Goldkettchen ein Medaillon mit dem Bild des heiligen Christopherus hängen. Er bedeutete dem Pagen, die Koffer hineinzustellen, und gab ihm ein Trinkgeld. Sie beobachtete jede seiner Bewegungen, lauschte seinem fließenden Französisch, bemerkte, wie sogar der Page seinem Charme und seiner Anziehungskraft erlag.

Als er sich Lindsay zuwandte, wurde sein Lächeln breiter. »Du bist gekommen«, sagte er. Er breitete die Arme aus und zog sie an sich, wie sie es sich immer erträumt hatte. Sie konnte es nicht glauben. Er hielt sie, freute sich, sie zu sehen, und sein Körper war warm und weich, als sie sich an ihn schmiegte. Sie spürte seinen Atem süß und warm auf ihrem Gesicht.

In diesem Augenblick schob er sie von sich und musterte sie von Kopf bis Fuß. Lindsay stand hoch aufgerichtet in voller Größe da, denn ihre Großmutter hatte ihr angedroht, sie werde sie erwürgen, sollte sie jemals versuchen, kleiner zu wirken, indem sie sich krumm hielt. Lindsay war eins achtzig groß — nun, eins einundachtzig, um genau zu sein.

»Mein Gott«, sagte Alessandro.

Sie lächelte verlegen.

»Du hast dich viel besser entwickelt, als ich gedacht habe. In zwei Jahren wirst du eine wunderschöne Frau sein.«

Sie lachte und schubste ihn am Arm, wie es ein Kind getan hätte. Am liebsten hätte sie sich geohrfeigt, aber andererseits waren seine netten, übertriebenen Komplimente so komisch.

»Vor zwei Jahren war ich eine Vogelscheuche«, antwortete sie ein wenig zu laut, weil es sie so verwirrte. »Inzwischen sehe ich nur ein bißchen menschlicher aus.«

»Unsinn«, widersprach er, umarmte sie noch einmal und küßte sie auf die Wange. »Schade, daß du erwachsen werden mußtest. Jetzt bist du fast so groß wie ich.«

Sie widerstand der Versuchung, die Schultern nach vorne hängen zu lassen.

»Nein, nein, das war nicht als Kritik gemeint, cara. Mir gefällt es. Alle kleinen Mädchen müssen erwachsen werden, und mir gefällt deine Größe. Bei deiner Schwester muß ich mich vorbeugen und verrenke mir fast den Hals. Ein großes Mädchen ist wirklich ein sehr hübscher Anblick.«

»Wo ist Sydney?«

Der Prinz wandte den Blick ab und zuckte die Achseln. »Sie ist nicht hier.«

Lindsay spürte, wie ihr der Magen in die Knie sank. Jetzt würde sie sich verabschieden müssen. Das war nicht fair. Nach all dieser Zeit ... es war nicht fair. Ohne Sydney würde er sie bestimmt nicht hierbehalten wollen. Am liebsten hätte sie geweint oder ihre egoistische Schwester ermordet. Warum mußte sie ihr das antun?

»Sie ist heute morgen nach London geflogen«, sagte der Prinz nach einem beklemmenden Augenblick.

»Aber warum wollte sie mich nicht sehen? Sie wußte doch, daß ich heute nachmittag ankomme. Warum?«

»Es tut mir leid, Lindsay. Sie wollte dich sehen. Doch noch wichtiger war es ihr, von mir wegzukommen. Nimm es nicht persönlich. Ich will ehrlich mit dir sein. Sidney liebt mich nicht mehr, und deshalb tut sie solche verletzenden Dinge. Wahrscheinlich weißt du von deinem Vater, daß sie wieder arbeitet. Sie macht Karriere! Ich bin doch reich, ich kann ihr jeden Wunsch erfüllen. Aber sie behauptet, sie muß unabhängig von mir sein. Ich habe sie angefleht, es zu lassen. Ich bat sie inständig, in der Villa zu bleiben, als Dame des Hauses die Gäste zu bewirten, sich mit den alten Bekannten der Familie anzufreunden, wieder schwanger zu werden. Jedoch, sie weigerte sich. Ach, liebe Lindsay, ich sollte dich nicht mit diesen Problemen belasten. Bitte, vergiß, was ich dir gesagt habe. Glaube mir, Sydney ist nicht deinetwegen abgereist.«

Er erkannte an ihrem Blick, wie sehr sie ihn verehrte, und auch den Zorn, den sie gegen ihre Schwester empfand. Er lächelte müde. »Du bist ein liebes Mädchen, Lindsay. Komm, bringen wir dein Gepäck in dein Zimmer, und dann können wir beide die Stadt erkunden. Es gibt so viel in Paris, was ich dir gerne zeigen möchte. Und es gibt keinen Grund, deinen Besuch abzukürzen, oder?«

Sie sah ihn lächelnd an und schüttelte glücklich den Kopf.

Lindsay versuchte, nicht an seine Worte zu denken. Sydney liebte ihn nicht mehr? Warum nur, um Himmels willen? Bedeutete das, daß sie sich scheiden ließen? Bei diesem Gedanken drehte sich alles in ihrem Kopf. Wenn ja, würde er frei sein, und sie hatte eine Chance. Aber sie war doch erst achtzehn; der Prinz war einunddreißig oder sogar zweiunddreißig. Er würde sie nie heiraten. Das war albern. In seinen

Augen war sie nichts weiter als ein Kind, seine junge Schwägerin.

Aber was war, wenn Sydney und er sich scheiden ließen? Würde sie ihn nie wiedersehen? Als sie daran dachte, schossen ihr Tränen in die Augen.

»Was ist denn, cara? Warum weinst du? Magst du die Schnecken nicht? Erzähl mir, was dich bedrückt.«

Was sollte sie jetzt sagen? Lindsay blickte ihn über den kleinen Tisch vor dem Les Deux Magots hinweg schweigend an. Die Franzosen waren so laut, dachte sie, als Gesprächsfetzen von den Nebentischen an ihr Ohr drangen. So viele Menschen, und sie alle waren an diesem lauen Aprilabend auf der Straße. Und er hatte sie auf Italienisch »Liebling« genannt.

»Hier, trink noch einen Schluck Wein.« Sie wollte keinen Wein mehr. Bis jetzt hatte sie nur selten Wein getrunken, und ihr wurde schwindelig davon. Sie befürchtete schon, ihr könnte übel werden. Trotzdem hielt sie ihm ihr noch halbvolles Glas hin, das er lächelnd bis zum Rand füllte.

»Trink aus, Lindsay.«

Sie tat es, um ihm eine Freude zu machen. Sie wollte ihn lächeln sehen, wollte wenigstens für ein paar Augenblicke Sydney und die schrecklichen Dinge vergessen, die sie ihm angetan hatte.

»Erzähl mir von der Schule«, meinte er, lehnte sich zurück, verschränkte die Arme und schlug die Beine übereinander. »Redet ihr Mädchen über eure Verabredungen? Darüber, wie gut die Jungs sind? Oder vergleicht ihr die körperliche Ausstattung eurer Freunde?«

Sie schüttelte den Kopf.

»Komm schon, du hast doch bestimmt einen Freund?«

»Nein. Vielleicht später, wenn ich ins College gehe. Meine Freundin Galye sagt, das ist der Zeitpunkt, wenn man ...«

»Wenn man was? Ach, mein süßer, kleiner Liebling, du meinst, wenn man seine Jungfräulichkeit verlieren sollte?«

Sie konnte nicht sprechen und nickte nur. Sein Liebling? Das mußte der Wein sein. Sie konnte ihn nicht richtig verstanden haben. »Ich ... ich habe noch nie einen Jungen kennengelernt, der mir gut genug gefallen hätte, nicht einmal zum Küssen.«

Als ob er ihre Verlegenheit bemerkt hätte, wechselte er das Thema.

Es fing an zu regnen.

Ohne sich darum zu kümmern, daß sie bald völlig durchnäßt waren, gingen sie im Regen spazieren. Der Prinz hatte den Arm um sie gelegt und drückte sie eng an sich. Sie lachten. Lindsay bewunderte und liebte ihn so sehr, und sie ahnte, daß er es bemerkte. Doch das kümmerte sie nicht.

Als sie in der Suite angekommen waren, versuchte er nicht, ihr Gespräch weiterzuführen. Er drückte ihr nur einen brüderlichen Kuß auf die Stirn und schob sie sanft in ihr Zimmer. Eigentlich wollte sie den Abend noch nicht enden lassen, aber sie spürte, daß sie betrunken war, nicht stark, doch trotzdem war ihr ein wenig schwindelig. Außerdem hatte sich ihr Körper noch nicht an die Zeitverschiebung gewöhnt. Also putzte sie sich die Zähne, wobei sie in den Spiegel lächelte und ein bißchen kichern mußte. Sie zog ein Baumwollnachthemd an und ging zu Bett. Um sie herum tanzten verschwommene Schatten durchs Zimmer wie eine Fata Morgana in der Wüste. Sie fühlte sie warm und kuschelig, und das leicht schwindelige Gefühl paßte zu ihrer Hochstimmung. Was für ein wunderschöner Abend. Besser als alles, was sie sich ausgemalt hatte. Der schönste Abend, den sie jemals im Leben haben würde. Der Prinz war so vollkommen, so liebenswert und so zärtlich. Ja, vollkommen, und vielleicht würde der morgige Tag ebenso traumhaft werden.

Sie fragte sich, welchen Teil von Paris er ihr wohl morgen zeigen würde. Am heutigen Abend waren sie durch Montmartre geschlendert, und er hatte ihr anzügliche Geschichten über die Künstler erzählt, die am Ende des letzten Jahrhunderts hier gelebt hatten. La Belle Epoque nannte man diese Zeit. Eine der Geschichten handelte von einem Künstler, der auf einem Gemälde festgehalten hatte, wie er sein Modell liebte. Als seine Frau das Bild in der Ausstellung gesehen hatte, hatte sie sowohl das Kunstwerk, als auch Urheber und Modell angesteckt. Das Bild war erst vor drei Jahren für eine erstaunliche Summe hier in Paris verkauft worden. Von einem Japaner, meinte der Prinz lachend.

Er war der romantischste Mann der Welt.

Lindsay war schon fast eingeschlafen, als sich leise die Tür öffnete, und ein Lichtschein aus dem Salon auf ihr Gesicht fiel.

Verwirrt fuhr sie hoch. »Ist etwas passiert, Alessandro?«

Der Prinz stand, in einen dunkelblauen Morgenmantel gehüllt und barfuß, in der Tür. Lindsay erkannte, daß er lächelte. Schüchtern erwiderte sie sein Lächeln.

»Ich habe nachgedacht, cara«, sagte er, während er näher kam. »Seit der Hochzeit gehst du mir nicht mehr aus dem Kopf, und ich konnte dich nicht mehr vergessen.«

Lindsay bemerkte, daß er keine Pyjamahosen trug. Seine Beine waren nackt und schwarz behaart. Er hatte lange, schmale Füße. Ein Gefühl regte sich in ihr, ein beängstigendes, ihr völlig unbekanntes Gefühl, das ihr das Herz bis zum Halse klopfen ließ. Etwas, das in ihr Todesangst auslöste. Sie zog die Bettdecke hoch und wartete. Sie verstand nicht, wollte nicht verstehen, als seine Worte sich immer wieder in ihrem Kopf drehten.

»Ich habe mir gedacht, daß es Unsinn ist, wenn ein hübsches, unschuldiges Mädchen wie du seine Jungfräulichkeit einem unbeholfenen Burschen schenkt. Es würde dir keinen Spaß machen. Du würdest weinen und es widerlich finden. Nein, ich habe beschlossen, daß ich das nicht zulassen darf.«

In diesem Augenblick wußte sie, worauf er hinauswollte. Sie erstarrte, konnte keinen klaren Gedanken fassen, sich nicht rühren und kein Wort herausbringen. Ihre Träume von ihm waren mit einemmal erstorben und wertlos. Er war ein Fremder, und sie fürchtete sich vor ihm. Sie war nicht nur eine Närrin gewesen, sondern dazu noch blind. Ein dummes, kleines Mädchen. O Gott, was sollte sie jetzt tun? Sie war allein mit ihm in diesem Zimmer. Und sie zitterte vor Angst.

»Du hast großes Glück, Lindsay«, fuhr er mit weicher

Stimme fort und kam noch näher. Ängstlich beobachtete sie jeden seiner Schritte. Ihr Atem stockte. »Schau mich nicht so an, cara, ich bin immer noch Alessandro, der Mann, den du jetzt schon seit fast zwei Jahren liebst. Ich habe mich nicht verändert. Und ich werde dich zur Frau machen; du wirst mir dafür dankbar sein. Sag mir, cara, wie weit bist du gegangen, wenn du mit einem dieser ungehobelten Burschen geknutscht — so sagt man doch bei euch Teenagern — hast?«

Ihr trockener Mund konnte die Worte kaum hervorbringen. »Du bist mit meiner Halbschwester verheiratet«, flüsterte sie.

Er zuckte die Achseln. »Sydney ist ein männerhassendes Biest. Sie ist frigide, und ihre bürgerlichen Moralvorstellungen gehen mir ziemlich auf die Nerven. Außerdem ist sie strohdumm, ganz gleich, was ihr Vater, der völlig in sie vernarrt ist, von ihr denkt. Sie ist nicht schön, sie ist nicht vollkommen, sie ist überhaupt nichts. Sie ist mir gleichgültig, genau wie mir das Baby, das sie erwartete, nichts bedeutete. Während der Schwangerschaft hat sie sich so übertrieben aufgeführt. Es sei so wichtig für sie, für mich, für meine Familie. Sie allein auf dem Hals zu haben, hat mir schon genügt. Und dann noch mit aufgetriebenem Kugelbauch wegen diesem Balg! Das war zuviel. Ich weiß noch, wie ich dich zuerst gesehen habe. Du warst nur Haut und Knochen, ein Tolpatsch mit spitzen Knien und mageren Ellenbogen. Und du hast mir sehr gut gefallen. Ich wußte, als ich dich bei der Hochzeit sah, daß du einmal sehr schön werden würdest, aber ich wußte auch, du würdest älter werden, und das fand ich bedauerlich. Ich wollte dich damals mit all deiner jugendlichen Unbeholfenheit, ein unschuldiges, kleines Mädchen. O Gott, ich wollte dich und deine Jungfräulichkeit. Ich wollte deine süße Unschuld genießen. Und ich will dich immer noch. Ich will deine Jungfräulichkeit noch mehr als damals. Eigentlich dachte ich, daß meine Sehnsucht verflogen ist, weil du nun schon achtzehn bist, aber das ist nicht so. Vielleicht werden dich andere Männer in einigen Jahren noch schöner finden, aber das ist ihre Sache, nicht die meine. Nein, ich kann nicht länger warten, Lindsay. Ich habe schon zu lange gewartet. Ich hatte schon Angst, es könne zu spät sein. Und der Narr, der dein Vater ist, hat dir alle Freiheiten gegeben, als er dich nach Connecticut zur Schule schickte. Ich weiß, wie die Mädchen von heute sind — sie haben Sex, wenn sie noch viel zu jung sind, und lassen sich von jungen Burschen auf dem Rücksitz eines schmutzigen Autos entjungfern. Aber du hast es geschafft, mit achtzehn immer noch Jungfrau zu sein. Der Himmel weiß, mit zwanzig hast du vielleicht schon mit einem halben Dutzend Jungen geschlafen. Alles Amerikaner und Tolpatsche. Nein, das werde ich nicht zulassen. Ich werde dir beibringen, wählerisch zu sein. Ich werde dir zeigen, wie es mit einem Prinzen ist.«

Inzwischen stand er neben dem Bett. Er beugte sich über sie und knipste die Tiffany-Lampe an. Dann setzte er sich neben sie, nahm ihre kalte Hand und drückte ihre schlaffen Finger.

»Sag mir, cara, hast du einem Jungen erlaubt, dir die Zunge in den Mund zu stecken?«

Sie nickte und sah ihn weiterhin an.

»Hat es dir gefallen?«

Sie schüttelte den Kopf. Er beugte sich vor; sein Mund berührte ihre Lippen.

»Nein, das hat es bestimmt nicht. Diese Burschen sind Idioten, nicht wie ich, keine Männer. Nein, sie sind mit mir nicht zu vergleichen. Es stört mich nicht, daß du Angst hast, Lindsay, weil es für mich keinen Unterschied macht. Vielleicht amüsiert es mich sogar. Hast du Jungen an deinen Brüsten herumspielen lassen? Hast du zugelassen, daß sie deine Brustwarzen küssen?«

Lindsay starrte ihn an. Sie war gelähmt vor Angst.

»Oder zwischen den Beinen. Haben sie den Finger in dich hineingesteckt? Nein? Nun, ich werde dafür sorgen, daß es dir gefällt. Mädchen mögen es, wenn man ihre Lippen streichelt und küßt. Und dann deine kleine Klitoris. Masturbierst du viel, Lindsay? Gibst du dir selbst Lust? Reden die Mädchen an deiner Schule darüber? Darüber, wie sehr sie sich danach sehnen?«

Wieder beugte er sich über sie, die Lippen halb geöffnet, die Augen auf ihren Mund gerichtet. »Kannst du dir das Gefühl vorstellen, wenn meine Zunge heiß deine Klitoris berührt?«

Lindsay schrie auf, der Klang ihrer eigenen Stimme holte sie wieder in die Wirklichkeit zurück. Aber diese Wirklichkeit war häßlich, und die Bedrohung saß ganz dicht neben ihr auf der Bettkante. Sie rollte ich von ihm weg und sprang auf.

Er lächelte immer noch, erhob sich und kam ihr nach. »Wovor fürchtest du dich? Ich bin es, Lindsay. Du liebst mich doch schon, seit du mich zum erstenmal gesehen hast. Gib es zu.«

»Nein, nein, laß mich in Ruhe. O Gott, das hätte ich nie von dir gedacht.«

Als sie versuchte, an ihm vorbeizulaufen, sprang er plötzlich auf sie zu, packte sie beim Oberarm und zerrte sie wieder ins Bett. »Es stört mich nicht, wenn du dich wehrst«, sagte er immer wieder, während er sein Gesicht fest an sie drückte. Sein Atem war heiß, seine Stimme gepreßt. »Vielleicht gefällt es dir dann nicht so gut, aber mir wird es jedenfalls Spaß machen. Bei Gott, mir wird es großen Spaß machen.« Er lächelte immer noch, und Lindsay konnte die Goldplombe in einem seiner Backenzähne sehen.

»Nein, verdammt noch mal, nein!« Sie erkannte, daß Worte keine Wirkung auf ihn hatten. Er würde sie vergewaltigen. Bei diesem Gedanken schoß ihr eine Unzahl gräßlicher Bilder durch den Kopf. Sie sträubte sich wie eine Besessene. Als er ihr das Nachthemd aufriß, spürte sie die kühle Luft auf ihrer Brust. Sie zog ruckartig die Beine hoch, die durch das Fußballspielen glücklicherweise sehr kräftig waren. Er stöhnte vor Schmerz auf. Mit dem Knie traf sie seine Hoden. Doch er packte sie bei den Handgelenken, warf sich auf sie und drückte mit seinem Gewicht ihre Beine gegen die Matratze. Vor Anstrengung keuchte er. Aber sein Versuch, ihre beiden Handgelenke mit einer Hand festzuhalten, scheiterte — sie hatte zu viel Kraft, denn sie war nicht nur groß, sondern sportlich in Topform.

»Du benimmst dich wie eine verdammte, amerikanische Schlampe!« brüllte er sie an. »Hör auf, zum Teufel! Halt still! Führ dich nicht so dämlich auf wie deine blöde Schwester!«

Das also war der wirkliche Alessandro, der Mann, dessen Frau Sydney in gutem Glauben geworden war. Der Mann, von dem Lindsay geträumt und sich die wunderbarsten Dinge ausgemalt hatte ... Er hatte ihre Reise arrangiert, und das von Anfang an mit dem Plan, sie zu vergewaltigen ... Sie konnte es nicht glauben ... Sie zerrte an seinen Händen und versuchte wieder, die Beine hochzuziehen, um eine bessere Hebelwirkung zu bekommen. Sie war kräftig, und sie würde nicht wie ein wehrloses Opfer daliegen. Ihre Selbstverteidigungskurse fielen ihr ein: Schreien, schreien, schreien. Hatte er so etwas schon öfter getan? Mit italienischen Mädchen? Und waren die nur wimmernd dagelegen und hatten sich vergewaltigen lassen? Sie schrie ihm ins Gesicht, spuckte ihn an und schnellte gleichzeitig hoch; fast wäre es ihr gelungen, ihn zu Boden zu schleudern.

Plötzlich ließ er ihre linke Hand los, und sie nützte die Gelegenheit, ihm das Gesicht zu zerkratzen. Doch er versetzte ihr einen Faustschlag gegen das Kinn. Ein scharfer Schmerz durchschoß ihren Kiefer, und sie sah Lichtpunkte vor ihren Augen tanzen. Er schlug noch einmal zu. Sehr fest.

Einige Sekunden lang lag sie benommen da, und das gab ihm genug Zeit, ihr das Nachthemd bis zum Saum aufzureißen. Er zerrte den Stoff auseinander.

Nun hockte er breitbeinig auf ihr und drückte mit seinem Gewicht ihre Beine hinunter. Lächelnd blickte er sie an. In seinen Augen stand ein triumphierender Ausdruck. Dann zwang er ihre Hände auf ihren Bauch und hielt sie dort fest.

»Ich hätte nicht gedacht, daß du so große Brüste und Brustwarzen hast«, meinte er mißmutig. Seine sanfte Art war nun völlig verschwunden. »Die meisten jungen Mädchen sind nicht so üppig gebaut wie du, aber das macht nichts. Schließlich habe ich beschlossen, zu warten, also bin ich selbst schuld daran.« Weil er nicht ihre beiden Hände mit einer festhalten konnte, mußte er sie in der Bewegung mitführen, um ihre Brüste berühren zu können.

Als sie seine Finger auf ihrer kalten Haut spürte, schrie sie auf.

Darauf ließ er ihre Hand los und versetzte ihr noch einen Faustschlag. Dabei lächelte er.

Sie bemerkte gar nicht, daß sie weiterschrie, der Schrei erstarb zu einem Gurgeln, und fast wäre sie am eigenen Speichel erstickt.

Alessandro stieß ein zorniges Grunzen aus und preßte seinen Mund fest auf den ihren, und das mit einer Gewalt, daß Lindsay Blutgeschmack auf der Zunge spürte. Sie hatte sich selbst auf die Zunge gebissen. Sie wünschte, er hätte ihr die Zunge in den Mund gesteckt, damit sie sie abbeißen konnte, aber er tat es nicht.

Dann, ohne Vorwarnung, schlug er wieder zu.

Ihr Kopf zuckte zurück, und sie mußte das Bewußtsein verloren haben. Als sie die Augen aufschlug, lag er zwischen ihren Beinen und sah sie an. Er hielt sie fest und bohrte in sie hinein. Es tat weh. Sie wußte, daß er bereit war, er hatte nur darauf gewartet, daß sie aufwachte. Er bemerkte ihre offenen Augen, stellte fest, daß sie bei Bewußtsein war, und drang in sie ein.

Schreiend vor Schmerz bäumte Lindsay sich auf. Doch er stieß immer fester zu und kümmerte sich nicht darum.

Die Tränen erstickten sie fast, aber sie hörte nicht auf zu schreien.

»Halt das Maul, verdammt!«

Er versetzte ihr einen heftigen Schlag, der ihren Kopf nach der Seite zucken ließ. Er stieß weiter und weiter, die Schmerzen wurden unerträglich. Lindsay ahnte, daß ihm das Vergnügen bereitete. So gefiel es ihm, so hatte er es am liebsten. Und das hatte er immer von ihr gewollt. Wieder schrie sie. Ihre Unterlippe blutete, und sie spürte den Blutgeschmack im Mund. Plötzlich gelang es ihr, ihre rechte Hand zu befreien. Ihre Faust schoß vor und traf seinen Mund. Doch das brachte ihn nur noch mehr in Rage. Mit jedem Stoß in sie hinein schlug er sie gleichzeitig ins Gesicht. Dann, auf einmal, verspannte sich sein Rücken. Schreiend bäumte sie sich auf und versuchte, ihn wegzustoßen. Da fühlte sie, wie er tief in ihr ejakulierte, und in diesem Augenblick wäre sie am liebsten gestorben.

»Mein Gott! O, mein Gott, nein!«

Als Lindsay die unwartete Stimme hörte, fuhr sie zusammen und stieß einen Schrei aus. Es war Sydney, die mit offenstehendem Mund die Szene beobachtete und starr vor Schreck in der offenen Schlafzimmertür stand.

»Hilf mir Sydney! Bitte, hilf mir!«

Offenbar hatte der Prinz die Stimme seiner Frau nicht gehört. Er lag immer noch auf Lindsay und wand sich zuckend und stöhnend im Orgasmus.

»Hilf mir, Sydney!«

Der Prinz lachte auf und schlug sie wieder ins Gesicht. Lächelnd holte er zum nächsten Schlag aus. Ja, er lächelte breit, denn er hatte seine Befriedigung bekommen; nur seine Lust auf Gewalt war noch nicht gestillt.

In diesem Moment ertönte ein lautes »Plopp«. Der Prinz fuhr zusammen, blickte auf Lindsay hinunter und machte ein verwirrtes Gesicht. Langsam, den Penis immer noch in Lindsay, drehte er sich um: Keine drei Meter von ihm entfernt stand seine Frau und hatte eine Zweiunddreißiger auf ihn gerichtet.

»Sydney? Bist du es? Was willst du hier? Du solltest dich doch zu Hause um meine Mutter kümmern. Warum hast du auf mich geschossen? Warum?«

Sydney war kreidebleich. Nun schrie sie: »Mein Gott, meine eigene Schwester!« Wieder legte sie die Pistole an und drückte ab.

Er erschauderte, als die Kugel in ihn eindrang, dann fiel er zur Seite, rutschte aus Lindsay hinaus und kippte zu Boden.

Lindsay konnte es nicht fassen. Sie sah die Pistole, sah das blutverschmierte Bett. Sie beugte sich über die Bettkante und sah ihn an: Seine Brust war voller Blut. Dann bemerkte sie ihr eigenes Blut zwischen ihren Beinen und sein Sperma, das langsam aus ihr herausfloß. Sie fing an zu zittern.

Sie fror, hatte sich nicht mehr in der Gewalt, aber sie konnte nichts dagegen tun. Alles tat ihr weh, und es gelang ihr nicht, einen klaren Gedanken zu fassen. Sydney stand da, leichenblaß, mit weit aufgerissenen Augen, und hielt die Pistole weit von sich gestreckt. Mit beängstigend monotoner Stimme sagte sie: »Bist du okay, Lindsay?«

»Nein.«

»Verdammt, ich bin zu spät gekommen. Es tut mir leid, Lindsay. Es tut mir so leid. Ich bin losgefahren, sobald ich herausfand, was er vorhatte. Diesmal hat das Schwein alles so gut geplant, daß ich einige Zeit brauchte, um ihn zu finden. Als mir klar wurde, daß er es immer noch auf dich abgesehen hat, habe ich fast den Verstand verloren. Zuerst wollte ich es nicht glauben. Es war zu verrückt, sogar zu verrückt für ihn. O Gott, was sollen wir jetzt nur tun?«

»Ist er tot?«

»Tot? Hoffentlich. Ich habe zweimal auf ihn geschossen.« Sie betrachtete den ausgestreckten, nackten Körper des Prinzen. »Ich habe auf ihn geschossen«, sagte sie wieder. »Ich habe zweimal auf das Schwein geschossen.«

Plötzlich sank Sydney in die Knie. Sie schaukelte auf und ab, und ein seltsames Wimmern drang aus ihrer Kehle. Die Pistole entglitt ihren Fingern und fiel auf den Boden.

Es war der Anblick ihrer Schwester — der vollkommenen Sydney, der erfolgreichen und schönen Sydney —, die sich jetzt wie eine Wahnsinnige gebärdete, der Lindsay wieder zur Vernunft brachte. Die Wirklichkeit nahm wieder Gestalt an, und Lindsay ahnte, was ihnen nun bevorstand.

Sie kroch aus dem Bett zu ihrer Schwester hinüber, wobei sie sich bemühte, den Prinzen nicht anzusehen. Er war jetzt nicht von Bedeutung. Auch um das Nachthemd, das in Fetzen an ihr herunterhing, kümmerte sie sich nicht.

Sie packte ihre Schwester bei den Schultern und schüttelte sie. »Wir müssen etwas unternehmen! Hör auf damit, Sydney, bitte, hör auf. Reiß dich zusammen!«

»Ich habe ihn ermordet, es gibt nichts, was ich tun kann. Ich habe ihn ermordet, und alles ist vorbei.«

Sie nahm die Hände vom Gesicht und blickte Lindsay an, ohne sie wirklich zu sehen. »Unser Daddy ist Richter. Ist das nicht ein Witz, Lindsay? Ein gottverdammter Richter.«

»Jetzt hör mir mal zu, du hast mich gerettet. Er hat mich

vergewaltigt, und du hast mich gerettet! Es war Notwehr. Uns kann nichts geschehen. Das schwöre ich dir, Sydney.«

Doch Sydney starrte sie nur an und schüttelte langsam den Kopf. Sie war so bleich, daß Lindsay schon dachte, sie würde jeden Moment in Ohnmacht fallen. Doch sie hielt sich aufrecht.

»Du dumme, kleine Närrin«, fing Sydney an zu sprechen. Ihre Stimme war scharf geworden, ihre dunklen Augen funkelten zornig. »Du dummes Gänschen. Du hast ihn glauben lassen, daß du es willst. Er ist nicht normal. Er hat deine kindische Vernarrtheit für sexuelle Annäherungsversuche gehalten. Zwei Jahre hast du zugelassen, daß er sich in diese Sache hineinsteigert. Warum glaubst du, hat er dir diese verführerischen Postkarten geschrieben? Um dir zu zeigen, was für ein liebenswerter, netter Mensch er ist? Wieviel du ihm bedeutet hast, du, ein kleines Mädchen? Nein, du brauchst nichts zu sagen. Es ist sowieso schon zu spät. Das weiß ich, weil er immer auf die gleiche Weise vorgeht. Er hat es nicht nötig, seine Methoden zu ändern, weil ich ihm sein Vergnügen lasse. Eigentlich hatte ich keine andere Wahl, seit ich herausfand, wie es um ihn steht. Weißt du, warum er mich geheiratet hat, Lindsay? Mein Gott, woher solltest du das wissen? Er hat mich wegen der Erbschaft geheiratet! Die Zinsen aus meinem Treuhandfonds sind für ihn nur kleine Fische. Und dann kamst du und hast ihn angehimmelt, als wäre er der liebe Gott. Er steht auf junge Mädchen, hast du das noch nicht begriffen? Für ihn bin ich alt. Ich war ihm schon bei unserer Hochzeit zu alt. Achtzehn ist seine Altersgrenze. Auf dich mußte er warten, weil er vorher nicht an dich herankonnte. Ich wette, er hat die quälende Ungewißheit kaum ausgehalten, ob er dich erwischen würde, ehe ein amerikanischer Junge dich entjungfert hat. Ach, es macht keinen Unterschied. Ich hätte ihn sowieso getötet, ganz gleich, ob er dich nun vergewaltigt hätte oder nicht.«

Sydney schlug die Hände vors Gesicht und weinte. Lindsay beobachtete sie. Sie war wie gelähmt und konnte keinen klaren Gedanken fassen. Die Worte ihrer Halbschwester hallten ihr im Kopf wider. Nein, es war keine Zeit, jetzt darüber nachzudenken. Sie mußte handeln.

Lindsay streifte das zerfetzte Nachthemd ab. Sie spürte das widerlich klebrige Gefühl zwischen ihren Beinen und einen dumpfen Schmerz in ihrem Unterleib. Ihr Gesicht pochte von seinen Schlägen. Am liebsten hätte sie sich übergeben. Sie war achtzehn Jahre alt, zu jung, viel zu jung. Und trotzdem gab es niemanden, der ihr hätte helfen können. Es war, als wäre sie mit dem Toten allein gewesen. Was sollte sie tun?

Es gelang ihr aufzustehen. Sie fing an zu zittern und ahnte, sie würde bald ebenso wie Sydney die Fassung verlieren. Doch das durfte sie nicht zulassen. Sie ging zu dem verschnörkelten Telefon hinüber und hob den Hörer ab. Während sie ihn anstarrte, überlegte sie, wie man wohl auf Französisch die Polizei rief. Sie unterdrückte das Zittern ihrer Hand. Als die Dame von der Telefonzentrale abhob, riß sie sich zusammen: »Les gendarmes, si'l vous plait. C'est très important.«

Plötzlich gab der Prinz ein Stöhnen von sich.

4.

DAS NACHSPIEL

Als die Polizisten in die Suite gestürmt kamen, kniete Lindsay gerade vor der Toilette und übergab sich. Sie rappelte sich auf und wickelte sich in eine Decke. Im Mund hatte sie einen bitteren und trockenen Geschmack. Sydney war inzwischen aufgestanden. Sie hatte wieder die Zweiunddreißiger in der Hand und betrachtete ihren Mann, der blutend und stöhnend auf dem Boden lag.

Lindsay bemerkte, daß die Männer sie, Sydney und den Prinzen anstarrten und versuchten, die Situation zu erfassen. Sie schlang die Decke enger um sich. Ihr Gesicht schmerzte, in ihrem Unterleib brannte es, und ihr war übel. Wortlos sah sie die Männer an. Dann hörte sie Sydney schluchzen und beobachtete zwei weitere Männer, die eine fahrbare Krankentrage hereinrollten. Sie legten den Prinzen darauf, deckten ihn zu und schoben ihn hinaus. Sein Gesicht war aschgrau, das schwarze Haar klebte ihm verschwitzt am Kopf, und er stöhnte. Außerdem war noch ein Mann da, bei dem es sich offenbar um einen Hotelangestellten handelte. Er war völlig außer sich, rang die Hände und redete auf die Polizisten ein.

Einer der Polizisten, ein junger Mann mit dichtem schwarzem Haar und einem riesigen Schnurrbart, kam auf Lindsay zu. Sie streckte die Hand abwehrend aus und wich zurück. Es war wie ein Reflex. Also hielt der Mann inne und sprach sie mit ruhiger Stimme an. Doch sie konnte kein Wort verstehen. Einer der anderen Männer sagte auf Englisch: »Sie sind zu krank, um zu Fuß zu gehen, Mademoiselle. Er will Ihnen nichts tun. Ich verspreche Ihnen, daß jetzt alles gut wird.«

Gut? Das war verrückt. Und mit französischem Akzent klang es sogar noch verrückter. Als der Mann sie hochhob, schloß sie die Augen. Er trug sie durch die prunkvolle Halle des George V zum Polizeiauto, das, mit den Vorderrädern auf dem Bürgersteig, vor dem Hotel geparkt war. Sie lehnte sich an ihn, hörte die Sirenen und die leise Unterhaltung der beiden Männer auf dem Vordersitz. Neugierige Gesichter drückten sich an die Fenster des Streifenwagens, dazu Stimmengewirr. Das war die Wirklichkeit, und Lindsay konnte sie nicht ertragen. Sie fragte sich, wo Sydney war. In ihr steigerten sich der Schmerz und die Erinnerung an das entsetzliche Erlebnis. Sie hatte zugelassen, daß so etwas mit ihr geschah. Sie zitterte und zitterte, aber sie wußte doch, daß sie nicht fror!

Der Mann, der sie festhielt, redete weiter beruhigend auf sie ein. Sie hörte zwar seine Stimme, aber hatte dabei das gespenstisch graue Gesicht des Prinzen vor Augen. Um sie herum drängten sich Neugierige, die nichts versäumen wollten.

Im Polizeiauto brachte man sie in die Notaufnahme des St. Catherine Krankenhauses, was Lindsay dem riesigen Schild entnehmen konnte. Der Polizist trug sie in einen kleinen, durch einen Vorhang abgetrennten Raum und legte sie auf einen Untersuchungstisch. Sie zitterte wie Espenlaub, ihre Zähne klapperten, und sie klammerte sich an ihre Decke wie an einen Rettungsanker. Als der Polizist sich wieder entfernen wollte, hielt sie ihn fest, so daß er erst wieder beruhigend auf sie einreden mußte, ehe er sich freimachen konnte. Dann war er fort. Eine Schwester beugte sich über sie. Lindsay verstand das Wort americaine, aber mehr nicht. Auf einmal standen zwei Männer vor ihr, beide in weißen Kitteln. Sie sahen gehetzt und ungeduldig aus und versuchten, ihr die Decke zu entreißen. Aber sie war doch nackt, sie wußte, daß sie nackt war; das Sperma des Prinzen klebte noch an ihren Schenkeln, alles war feucht und klebrig und voller Blut. Sie wehrte sich nach Leibeskräften, schrie, sie sollten sie in Ruhe lassen. Tränen liefen ihr übers Gesicht.

Aber es nützte ihr nichts. Einer der Männer hielt sie fest, während der andere ihr die Decke wegriß und zu Boden schleuderte. Dann beugte er ihr die Knie und drückte ihr die

Schenkel auseinander. Beide redeten auf sie ein, doch sie verstand kein Wort.

Lindsay bäumte sich auf und versetzte dem einen Arzt einen Kinnhaken, so daß er zurücktaumelte. Er ruderte mit den Armen, um das Gleichgewicht zu bewahren, und stieß dabei ein Tablett mit Instrumenten hinunter. Lindsay machte Anstalten, nach ihrer Decke zu greifen, aber die lag zu weit entfernt. Auf einmal war noch ein dritter Mann im Raum, und alle drei hielten sie fest. Wieder wurden ihr die Beine auseinandergedrückt. Die Schwester stand hinter ihr, streichelte ihr die Wange und versuchte, sie zu beruhigen. Aber Lindsay nahm nur die drei Männer wahr, die zwischen ihre gespreizten Beine schauten und sie dort berührten. Dann schob einer der drei plötzlich zwei Finger in sie hinein. Ein schrecklicher Schmerz durchschoß sie. Lindsay schrie auf und versuchte, auf dem kalten Tisch seiner Hand auszuweichen, denn sie spürte seine Finger tief in sich. Sie schrie und schrie, aber er hörte nicht auf. Sie beobachtete sein Gesicht, während er sie abtastete, und sah, daß er den anderen Ärzten zunickte. Er betrachtete den Finger, den er in ihrem Körper gehabt hatte.

Die Schwester sah zornig aus und sprach in scharfem Ton mit den Männern. Einer von ihnen gab ihr eine unfreundliche Antwort und schob dabei ein langes Instrument in Lindsays Vagina.

Die Untersuchung dauerte und dauerte. Ein hartes, kaltes und dickes Instrument nach dem anderen wurde eingeführt und wieder herausgezogen. Dazwischen unterhielten sich die Männer, und die Schwester warf gelegentlich ein kurzes Wort ein. Benommen vor Schmerzen und Scham sah Lindsay sie nicken. Sie spürte ein Brennen tief in ihrem Körper. Dann fühlte sie, wie eine kalte Nadel in ihre Hüfte drang. Einer der Männer tätschelte ihren Schenkel, als wäre sie ein Kind oder ein Haustier gewesen. Dann wurde es schwarz um sie.

Als sie erwachte, lag sie allein in einem Krankenzimmer. Von der Hüfte abwärts war sie nackt, und ihre Beine waren gespreizt. Mit einem Aufschrei fuhr sie hoch, doch die Männer waren nicht da. Nur eine Schwester, die sie mit warmem Seifenwasser wusch.

Die Frau war jung und hübsch. Sie lächelte Lindsay an und tätschelte ihr mit feuchten Fingern den Bauch. Dann sagte sie in deutlichem, akzentfreiem Englisch: »Haben Sie bitte keine Angst. Bleiben Sie einfach nur still liegen, genau so. Legen Sie sich wieder hin. Endlich haben sie mir erlaubt, Sie zu waschen. Die Ärzte haben alle Beweise gesichert und sich vergewissert, daß Sie keine inneren Verletzungen erlitten haben. Es tut mir so leid. Ich gebe Ihnen gleich noch eine Spritze, nachdem ich Sie gesäubert habe. Aber vorher müssen Sie noch Ihre Tabletten nehmen. Wir wollen ja nicht, daß Sie durch dieses Erlebnis auch noch schwanger werden. So ist es richtig, bleiben Sie einfach ruhig liegen. Nein, Sie brauchen nicht mehr zu weinen. Sie haben einen Schock, das ist völlig normal. Ach, diese verdammten Ärzte, die haben Ihnen einen ganz schönen Schrecken eingejagt, stimmt's? Männer sind einfach Idioten. Und das noch nach alldem, was Ihnen passiert ist! Giselle sagt, sie sind ganz schön grob mit Ihnen gewesen. Sie haben einfach nicht begriffen, was Sie durchgemacht haben, und außerdem waren sie in Hetze.«

Jetzt liege ich nackt da, dachte Lindsay. Eine fremde Frau wäscht mich, und ich bin vergewaltigt worden. Sydney hat ihren Mann erschossen. Er ist tot. Es war einfach zu viel. Sie schloß die Augen und wünschte, sie hätte all die widerwärtigen und grausamen Bilder ausblenden können, die sich in ihr Gedächtnis eingegraben hatten. Die Frau sprach immer weiter und erzählte, Lindsay sei gleichzeitig mit den Opfern von drei Verkehrsunfällen eingeliefert worden. Und dann dazu noch ein gutaussehender junger Mann — Amerikaner wie sie — mit einem gebrochenen Arm. Die Ärzte hätten wirklich nicht so gefühllos sein wollen, aber sie hätten so wenig Zeit gehabt, und die anderen Patienten seien noch viel schwerer verletzt gewesen als sie.

Ja, ein Verkehrsunfall war eben ernstzunehmender als eine schlichte Vergewaltigung. Die Schwester gab Lindsay ihre Tabletten und wieder eine Spritze in die Hüfte. Sie blieb bei ihr und hielt ihre Hand, bis sie eingeschlafen war. Dabei sprach sie leise und beschwörend auf Lindsay ein: »Ich komme aus Kansas City, wissen Sie. Mein Name ist Ann O'Conner. Ich wohne schon seit elf Jahren in Paris. Gut, daß ich Dienst hatte, als man sie eingeliefert hat. Jetzt haben Sie jemanden, mit dem Sie sprechen können. Selbst die Schwestern sind bei Ausländern oft kurz angebunden. Ein Jammer, aber leider wahr. Ihr Gesicht ist ziemlich zerschrammt, aber es ist kein Knochen gebrochen. Die Abschürfungen werden in ein paar Tagen nicht mehr zu sehen sein. Schlafen Sie. Wenn Sie aufwachen, wird es Ihnen schon viel besser gehen. Und dann komme ich wieder zu Ihnen. Versprochen.«

Lindsay tat, was Schwester O'Conner gesagt hatte. Als sie die Augen aufschlug, war es draußen hell, und die Sonne stand hoch am Himmel. Fast Mittag, dachte sie überrascht, denn es war mitten in der Nacht gewesen, als der Prinz sie . . .

Zuerst wußte sie nicht, wo sie sich befand. Sie blickte in die Sonne, lehnte sich ihr, ohne es zu bemerken, entgegen und ließ sich von ihren Strahlen wärmen. Dann fiel es ihr wieder ein, obwohl sie sich mit aller Macht gegen die Erinnerung wehrte. Tränen liefen ihr übers Gesicht, und es gelang ihr nicht, ihnen Einhalt zu gebieten. Ihr Hals war rauh, und das Schlucken schmerzte. Ganz gleich, wie sehr sie sich auch räusperte und die Augen wischte, sie konnte nicht aufhören zu weinen. Endlich beschloß sie, daß es keine Rolle spielte. Sie war ja allein. Glücklicherweise war sie allein. Auch ihr Gesicht tat entsetzlich weh, und sie fühlte sich, als wäre auch das Innere ihres Körpers mit blauen Flecken bedeckt.

Die Tür ging leise auf, doch Lindsay wandte den Kopf ab. Sie wollte niemanden sehen. Vielleicht war es ja einer dieser gräßlichen Ärzte, die ihr so wehgetan, gleichgültig Instrumente in sie hineingeschoben und sie so abgrundtief gedemütigt hatten.

Da hörte sie eine Männerstimme: »Mademoiselle? Sind Sie wach?«

Anders als Schwester O'Conner hatte er einen starken französischen Akzent, aber man konnte ihn gut verstehen. Trotzdemn rührte sie sich nicht und gab keine Antwort. Möglicherweise würde er ja einfach verschwinden. Hoffentlich ging er wieder.

»Es tut mir leid, daß ich Sie nach diesem furchtbaren Erlebnis stören muß, aber ich komme nicht darum herum. Ich bin Inspektor Galvain von der Pariser Sureté. Man hat mich geschickt, weil ich einigermaßen Englisch spreche. Ich hoffe, Sie werden mit mir zusammenarbeiten, Mademoiselle. Bitte, Sie müssen mit mir reden. Es tut mir leid, es muß sein. Ich habe keine andere Wahl, und Sie auch nicht.«

Langsam drehte sie den Kopf. Entsetzen und Mitleid standen ihm einen Moment lang ins Gesicht geschrieben, doch er ließ sich nichts anmerken. Sie berührte ihre geschwollene Wange und den schmerzenden Kiefer. Der Prinz hatte viele Male und mit aller Macht zugeschlagen.

»Ist er tot?«

»Nein, er lebt noch«, erwiderte der Inspektor in sachlichem Ton. »Ihre Schwester hat nicht sehr gut gezielt. Prinz di Contini wird es überstehen. Vielleicht fühlte er sich in den nächsten zwei Wochen nicht besonders wohl, aber er wird leben. Allerdings möchte ich im Augenblick nicht über ihn sprechen. Mir geht es um Sie. Bitte, Sie müssen mir genau erzählen, was geschehen ist.«

Lindsay schüttelte den Kopf. Wieder schossen ihr Tränen in die Augen, und sie schluckte. Ihr Hals tat so weh.

»Bitte, fassen Sie sich. So ist es besser. Lassen Sie sich Zeit, wir haben keine Eile. Ich weiß, petite, wie schwer es Ihnen fallen muß. Lassen Sie sich nur Zeit.«

»Von ihr werden Sie nichts Wissenswertes erfahren. Ich werde Ihnen sagen, was geschehen ist, Inspektor.«

Es war Royce Foxe, der in der Tür stand. Er wirkte stark, ruhig und selbstsicher. Lindsay traute ihren Augen nicht. Ihr Vater war zu ihr gekommen, gleich nachdem er erfahren hatte, was ihr geschehen war. Er war bei ihr, weil sie ihn jetzt brauchte. Er hatte das gespürt, und war nun hier. Erleichterung, Liebe und Verzeihung durchfluteten Lindsay. Sie wollte ihm die Gleichgültigkeit und das grausame Verhalten der Vergangenheit vergeben. Sie versuchte, sich aufzusetzen, aber sie war zu schwach. Doch das machte jetzt nichts mehr, denn ihr Vater war bei ihr. Sie lächelte ihm zu und hob die Hand. »Daddy«, flüsterte sie.

Ihr Vater wandte rasch den Blick ab. Ehe der Inspektor etwas sagen konnte, fuhr er fort: »Das dumme Ding hat sich schon vor zwei Jahren, als sie sechzehn war, auf der Hochzeit ihrer älteren Schwester Sydney mit dem Prinzen Alessandro di Contini verliebt. Sie hat ihm Versprechungen gemacht, ihn angebetet und ihn mit ihren kindischen Gefühlen bedrängt. Sie hat ihn vergöttert. Was sollte er tun? Schließlich ist er nur ein Mann. Er hat sie eingeladen und ihren Flug bezahlt. Und sie ist freiwillig gekommen, daran gibt es keinen Zweifel, Herr Inspektor. Und als er beschloß, sich zu nehmen, was sie ihm in Aussicht gestellt hatte, hat sie ihre Meinung geändert und sich gewehrt. Meine arme ältere Tochter mußte sie schützen. Sie war gezwungen, auf ihren eigenen Gatten zu schießen.« Er wandte sich an Lindsay. »Du jämmerliche, kleine Hure«, sagte er ganz leise. »Schau dich doch bloß einmal an . . . Ich kann mir nicht vorstellen, daß ein Mann dich freiwillig anrühren würde. Und jetzt hast du auch noch Schande über unsere Familie gebracht.«

»Monsieur! C'est assez! Es reicht!«

Royce wich zurück. Sein Atem ging schwer, und er kochte vor Wut. Diese verdammte Göre hätte Sydney fast das Leben ruiniert. Und jetzt versuchte sie, aus dem Bett zu klettern. Sie heulte und zitterte und zerrte an ihrem lächerlichen Krankenhausnachthemd, das ihre häßlichen, langen Beine nicht bedecken konnte. »Das ist nicht wahr«, stammelte sie. »Daddy, du weißt, daß es nicht wahr ist! Sydney hat mir erzählt, daß er junge Mädchen mag. Mädchen, die noch jünger sind als ich, und daß er sie nicht liebt, weil er sie schon bei der Hochzeit zu alt fand. Sie hat gesagt, er hat auf mich gewartet, weil er früher nicht an mich herankonnte. Sie sagte, er wäre krank, und sie sei sofort losgefahren, als sie herausfand, was er vorhatte . . .«

»Halt den Mund, du blöde Gans!« Mit einschüchternder

Miene drehte Royce sich zu ihr um. Seine Stimme wurde leise und gemein. »Lüg mich nicht an, Lindsay. Du hast freiwillig eine Affäre mit ihm gehabt. Als er ein bißchen grob wurde, und dich ein wenig fester angepackt hat, hast du Vergewaltigung geschrien, und deine Schwester war gezwungen, dir zu helfen. Mein Gott, ich hätte nie gedacht, daß es einmal so weit kommen wird, daß ich Sydney vor dir schützen muß! Schau dir an, was du getan hast! Du hast deiner Schwester das Leben ruiniert!«

Inspektor Galvain trat zwischen Vater und Tochter. Er konnte die unglaubliche Dreistigkeit dieses Mannes kaum fassen. Er war so überrascht, daß ihm anfangs die Worte gefehlt hatten. Was hatte das arme Mädchen getan, um eine solche Behandlung zu verdienen? »Verlassen Sie bitte den Raum, Monsieur Foxe«, sagte er ruhig und in offiziellem Ton. »Die Ärzte sagen, daß Ihre Tochter immer noch unter Schock steht. Und wenn Sie sich die Zeit nehmen würden, über die Sache nachzudenken, würden Sie verstehen, warum. Außerdem hat sie Schmerzen. Wie Sie an ihrem Gesicht sehen können, hat der Prinz sehr fest zugeschlagen. Und sie hat innere Verletzungen erlitten. Meiner Ansicht nach ist der Ausdruck ›ein bißchen grob‹ wohl ein wenig beschönigend. Ich würde Ihnen raten, noch einmal über diesen Vorfall nachzudenken. Der Prinz hat sich brutal verhalten wie ein Tier. Mit Ihnen befasse ich mich später, Monsieur.«

Am liebsten hätte Royce diesem dämlichen Inspektor gesagt, er solle doch zur Hölle fahren. Aber selbst in seinem Zorn war ihm klar, daß das keine kluge Idee gewesen wäre. Der Inspektor konnte ihm Schwierigkeiten machen. Das war sein Land, und Royce hatte hier keine Macht. Er blickte den Mann, der so überhaupt nicht wie ein Inspektor aussah, wütend an: Der Inspektor war klein, zierlich, fast kahl und hatte traurige braune Augen. Das sollte ein Polizist sein? Selbst in seiner Stimme lag keine Autorität. Und seine Versuche, sich eines offiziellen Tons zu bemühen, waren albern. Dann dachte Royce an seine süße Sydney, die unten im Mietauto auf ihn wartete. Sie war so erschöpft, verzweifelt und still und geisterhaft bleich. Es ging ihr viel schlechter, als dieser kleinen verlogenen Schlampe, die hier im Bett lag und ihn anstarrte, als hätte es ihr die Grütze verhagelt. Sydney brauchte ihn, damit er ihr sagte, was zu tun war. Sie brauchte ihn, damit er alles wieder in Ordnung brachte. Er war ihr Vater, und er liebte sie. Er würde sich um alles kümmern. Royce nickte dem Inspektor zu.

Schließlich hatte er doch nur die Wahrheit gesagt. Er hatte gesagt, was nötig war und was gesagt werden mußte. Ohne Lindsay eines Blickes zu würdigen, drehte er sich um und ging hinaus.

Schweigend sah der Inspektor Lindsay an. Sie tat ihm leid. Am liebsten hätte er Royce Foxe einen Kinnhaken verpaßt. Statt dessen fing er mit sanfter Stimme an zu sprechen und unterdrückte den Impuls, tröstend ihre Hand zu nehmen. »Ich habe eine Tochter in genau Ihrem Alter, Mademoiselle. Sie heißt Felice. Im letzten Jahr hat sie sich in einen älteren Mann verliebt und sich so kindisch aufgeführt, daß sie uns alle damit an den Rand der Verzweiflung trieb. Doch dieser Mann war geistig normal, und deshalb verstand er, daß sie ein junges Mädchen war, das unter einer jugendlichen Schwärmerei litt. Er war freundlich zu ihr, aber auch nicht mehr. Er hat die Situation nicht ausgenützt. Das würde kein normaler Mann tun, verstehen Sie?«

Sie starrte ihn ausdruckslos an. Seine dumme Tochter war ihr vollkommen gleichgültig. »Ja, ich verstehe.«

»Gut. Dann erzählen Sie mir alles, was geschehen ist.«

Es machte ihm Sorgen, daß ihre Stimme ebenso ausdruckslos war wie ihr Blick. »Mein Vater hat Ihnen doch gesagt, was geschehen ist, und es ist wahr, aber gleichzeitig doch nicht, nicht wirklich. Der Prinz hat mir geschrieben, daß Sydney und er sich freuen würden, wenn ich sie beide in Paris besuche. Es stimmt, daß ich ihn sehen wollte. Ich hielt ihn für den wunderbarsten Mann der Welt. Ich habe ihn angebetet. Ich dachte, meine Halbschwester paßte nicht zu ihm, und sie hätte ihn nicht verdient . . .«

»Aha, und Sie, Mademoiselle, waren also die einzige Frau, die zu ihm paßte?«

»Ja. Ich glaubte, daß sie ihn schlecht behandelte, daß sie ihm nicht gab, was er brauchte, was er wollte, was er verdiente. Natürlich hat er mir gesagt, sie hätte ihm übel mitgespielt.«

»Also sind Sie geblieben, als Sie feststellten, daß Ihre Schwester gar nicht da war?«

»Ja, es kam mir so normal vor, verstehen Sie. Er erzählte mir, Sydney liebt ihn nicht mehr und hätte ihn verlassen. Er sagte mir, ich sollte mir keine Vorwürfe machen. Er tat mir so leid. Und ich war wütend auf meine Schwester, weil sie ihn schlecht behandelt hatte. Er war so wunderbar, so nett, und er hatte mich ausgeführt, mir den ganzen Montmartre gezeigt und mir alte Geschichten erzählt. Es war, als wären all meine Tagträume Wirklichkeit geworden. Und dann, nachts, kam er in mein Schlafzimmer und stellte mir Fragen. Er wollte wissen, was ich bis jetzt schon mit Jungs gemacht hätte. Und er sagte, er würde mir all diese Dinge beibringen. Er meinte, er hätte so lange auf mich warten müssen. Er war gar nicht mehr schön oder charmant oder freundlich. Ich hatte solche Angst vor ihm, und dann, endlich, begriff ich, daß ich ihn falsch eingeschätzt hatte. Er tat mir weh, aber ich wehrte mich und schrie und schrie, wie ich es im Selbstverteidigungskurs gelernt hatte, und dann hat er mich geschlagen und geschlagen und dann . . .«

Der Inspektor wartete. Er erkannte, daß sie die Worte nicht herausbrachte, und sagte sanft: »Und dann kam Ihre Schwester und schoß auf ihn. Hatte er bereits in Ihnen ejakuliert?«

Sie sah ihn an.

Galvain suchte nach einem anderen Wort. »Hatte er einen Samenerguß?«

Sie nickte, und ein Schauder durchfuhr sie.

»Und Ihre Schwester hatte noch einmal geschossen?«

»Ja, sie mußte es tun, um mich zu beschützen. Er fiel von mir herunter und auf den Boden. Zuerst hielten wir ihn für tot, doch dann stöhnte er.«

Galvain tätschelte ihr die Hand. Er schaffte es nicht, ihr diesen kleinen zwischenmenschlichen Kontakt zu versagen. Allerdings überraschte es ihn nicht weiter, als sie die Hand wegzog. Armes Mädchen, dachte er, armes Mädchen. »Ruhen Sie sich aus, Mademoiselle, und schöpfen Sie wieder Kraft. Irgendwann denken Sie nicht mehr daran.« Er hoffte, daß das wahr war, aber er bezweifelte es. Vielleicht würde sie nicht mehr ständig an dieses grauenvolle Erlebnis denken müssen, ganz vergessen würde sie es nie. Er fragte sich, was aus ihr wohl in fünf Jahren werden würde. »Ihr Vater hat zwei Wachmänner angeheuert, um die Reporter fernzuhalten«, fügte er hinzu. »Und auch die anderen sensationslüsternen Medienleute. Bald werden sie das Interesse an Ihnen verlieren. Ich komme wieder. Schlafen Sie gut, petite.«

Royces Stimme war schwer von Müdigkeit. Die Augen tränten ihm, als er die Tür der Suite öffnete. Vor ihm stand der gleiche Inspektor, dem er bereits in Lindsays Krankenhauszimmer begegnet war. »Was zum Teufel wollen Sie? Geht es wieder um den Prinzen? Ich sagte Ihnen doch schon, er fühlt sich von Stunde zu Stunde besser.« Royce hatte in den letzten drei Tagen nicht viel geschlafen. Auch jetzt gab es, wie er wußte, noch viel zu tun. Und nun stand schon wieder dieser kleine französische Inspektor vor der Tür, dieser ruhige, unauffällige Mann, den Royce allmählich anders einzuschätzen begann. Vielleicht war er doch nicht so ungefährlich. Aber trotzdem würde er gegen einen Richter Foxe keine Chance haben. »Man hat mir versichert, daß meine Tochter nicht unter Mordanklage gestellt werden wird. Und man wird sie auch nicht wegen irgendeiner anderen Sache vor Gericht stellen. Sie hat ihre Schwester verteidigt. Ich bin Anwalt und Bundesrichter in den Vereinigten Staaten. Also machen Sie sich klar, daß Sie hier nicht einem Laien gegenüberstehen.«

»Ja, ich weiß, Sie sind Richter, Monsieur.«

»Und der Kerl wird überleben. Was wollen Sie denn sonst noch?«

»Welch gute Nachricht«, meinte Galvain, während er sich im Raum umsah. »Nein, Ihre Tochter wird man nicht vor Gericht stellen. Das lag auch nie in unserer Absicht. Deswegen bin ich auch nicht hier, Monsieur. Ich möchte wissen, ob die junge Mademoiselle, Lindsay Foxe, Anzeige erstatten will. Im Krankenhaus teilte man mir mit, Sie hätten sie gestern hierhergebracht.«

»Was haben Sie da gesagt?«

Der Inspektor blieb ruhig und geduldig. »Prinz di Contini hat sie vergewaltigt. Er hat sie mißhandelt. Ist Ihre Tochter hier, Monsieur? Ich muß mit ihr sprechen.«

»Nein, Sie werden nicht mit ihr sprechen. Das ist überflüssig. Halten Sie mich für verrückt? Es wird keine Anzeige gegen Prinz Contini geben. Guten Tag, Inspektor.«

»Ich muß das von Mademoiselle persönlich hören.«

Royce wußte nicht, was er tun sollte. Der verdammte Inspektor hatte die Macht des Polizeiapparates hinter sich. Offenbar hatte Royce die Konsequenzen nicht gründlich genug durchdacht. »Ich werde meiner Tochter sagen, daß sie sich morgen mit Ihnen in Verbindung setzen soll, Inspektor. Ich dachte, Sie machten sich Sorgen um ihre Gesundheit. Nun, stellen Sie das unter Beweis, indem Sie sie jetzt in Ruhe lassen. Sie ruht gerade.«

»Nein, ich bin wach. Lindsay kam, in Nachthemd und Morgenmantel und die Füße in Hauspantoffeln, langsam in den Salon. Die Locken hingen ihr wirr ums Gesicht. Sie hätte ausgesehen wie sechzehn, wären die Schrammen nicht gewesen und ihr Blick, der wissender war, als er bei einem Mädchen ihres Alters hätte sein sollen.

»Geh wieder zu Bett, Lindsay«, sagte Royce. »Sofort. Du wirst hier nicht gebraucht.«

Inspektor Galvain war erfreut, als sie nicht auf ihren Vater achtete und sich ihm zuwandte. »Hallo, Inspektor. Ist alles in Ordnung? Sydney hat doch keine Schwierigkeiten?«

»Nein, um Ihre Schwester brauchen Sie sich keine Sorgen zu machen.«

»Die Sorge um ihre Schwester kommt ein bißchen spät, würde ich sagen.«

Galvain sah, wie das Mädchen unter den harten Worten ihres Vaters zusammenzuckte. Verdammter Mistkerl, er behandelte sie ebenso kalt und grausam wie der Prinz. Ob mit Worten oder mit Fäusten, es machte wenig Unterschied. Die

Seele wurde trotzdem in Mitleidenschaft gezogen. Am liebsten hätte Inspektor Galvain sie mit nach Hause zu seiner Frau Lisse genommen, die sie mit Liebe überschüttet und ihr versichert hätte, daß sie keine Schuld trug.

Statt dessen bemühte er sich, einen formellen Ton anzuschlagen. »Ich habe eine Frage, Mademoiselle. Ich muß wissen, ob sie Anzeige gegen den Prinzen erstatten.«

Ihr Gesicht wurde schlaff.

»Ich sagte Ihnen doch, Inspektor, daß sie nichts dergleichen tun wird.«

»Mademoiselle?« Während er sie so sachlich wie möglich ansah, wußte er, daß sie keine Chance hatte. Aber er wollte es wenigstens versuchen. Er wollte sehen, aus welchem Holz dieses Mädchen geschnitzt war. Wenn er nur den Vater hätte aus dem Zimmer schicken können, doch der Mann würde weiterhin Zugriff auf sie haben und sie quälen, wie der Prinz es getan hatte. Nur mit dem Unterschied, daß er ihre Seele und nicht ihren Körper mißhandelte. Er hatte jahrelang Zeit gehabt, sein Waffenarsenal in dieser Hinsicht auszubauen.

Lindsay sah ihren Vater nicht an. Plötzlich wirkte sie uralt und unglaublich müde. Zu Galvains Überraschung sagte sie ganz ruhig: »Wenn ich Anzeige erstatte, Herr Inspektor, was genau würde dann geschehen?«

Mit einer Handbewegung brachte der Inspektor den Vater zum Schweigen. »Ich bin stolz auf Sie, daß sie den Vorschlag, diesen Mann der Gerechtigkeit zuzuführen, nicht sofort verwerfen«, sagte er sanft. »Sie sind ein kluges Mädchen.«

»Ich würde ihn gerne anzeigen. Er hat mir sehr wehgetan. Er hat mich vergewaltigt. Er ist nicht normal. Ich könnte ruhiger schlafen, wenn ich wüßte, daß kein junges Mädchen mehr auf sein Aussehen und seinen Charme hereinfallen kann und dann das gleiche Schicksal erleidet wie ich. Er sollte wenigstens gezwungen werden, sich behandeln zu lassen.«

»Ausgezeichnet, Mademoiselle. Ich stimme Ihnen voll und ganz zu. Sie sagen das Richtige.«

»Das ist vollkommen gleichgültig!« schrie Royce. »Sie wird keine Anzeige erstatten, verdammt noch mal!«

Galvain achtete nicht auf Royce Foxe. »Wie ich schon sagte, Mademoiselle, sind Sie ein kluges Mädchen. Sie haben Mut.« Soviel hatte er ihr wirklich nicht zugetraut. Doch nun mußte er der Sache Einhalt gebieten. Er konnte nicht zulassen, daß sie es auf einen Prozeß ankommen ließ. Vielleicht hatte ihr Vater seine Tochter nun wenigstens von einer anderen Seite kennengelernt, obwohl er bezweifelte, daß Mr. Foxe die Lektion begriffen hatte. »Sie wollten wissen, was genau geschieht«, fuhr er mit sanfter Stimme fort. »Also werde ich Ihnen die ungeschminkte Wahrheit sagen. Eine Gerichtsverhandlung würde zu einem internationalen Skandal führen. Ihre Familie ist in Amerika allen bekannt, und die Familie des Prinzen genießt einen guten Ruf in Europa. Sowohl in der Presse als auch vor Gericht würde man über Sie herfallen. Ihre Familie würde durch den Schmutz gezogen, Ihre Schwester käme, falls die Klage abgewiesen wird, wahrscheinlich wegen versuchten Mordes vor Gericht. Verstehen Sie mich, Mademoiselle?«

Sie starrte ihn an. Er konnte es kaum ertragen, daß der lebendige Ausdruck wieder aus ihrem Gesicht wich und ihr stumpfer Blick zurückkehrte.

»Bitte mißverstehen Sie mich nicht. Es wäre richtig, Anzeige zu erstatten, und ich bin froh, daß Sie es in Erwägung ziehen. Aber ich muß offen mit Ihnen sein. Es würde mit Ihnen und auch mit Ihrer Schwester ein schlimmes Ende nehmen. So leid es mir tut, darf ich Ihnen die Wahrheit nicht verschweigen. Für ein junges Mädchen, das Opfer einer Vergewaltigung wird, gibt es keine Gnade, vor allem nicht, wenn der Täter ein Familienmitglied ist. In diesen Fällen greift unser Rechtssystem leider nicht. Ich bedauere das sehr.«

»Genau das hätte ich ihr auch gesagt.«

Lindsay schwieg eine lange Zeit und blickte zu Boden. Schließlich hob sie den Kopf, ihr Gesicht und ihre Stimme waren ausdruckslos. »Ich danke Ihnen, Inspektor. Sie waren sehr freundlich zu mir. Sie haben mir die Wahrheit gesagt.

Wahrscheinlich sollte ich Ihnen auch danken, weil Sie mir geholfen haben, dem Ereignis ins Auge zu sehen. Auch wenn ich weiß, daß es nie so weit gekommen wäre, wenn ich nicht so vernarrt in ihn gewesen wäre. Allerdings habe ich geglaubt, ich würde als einzige ins Kreuzfeuer geraten, wenn ich Anzeige erstatte, und nicht meine ganze Familie. Ich habe schon vor Ihrem Besuch darüber nachgedacht. Der Prinz ist ein schrecklicher Mann, aber jetzt, jetzt, da ich weiß ...« Kopfschüttelnd hielt sie inne.

Langsam ging sie hinaus, und ihre letzten Worte hallten traurig im Zimmer nach. Der Gürtel ihres Morgenmantels schleifte auf dem Boden. Galvain blickte ihr hinterher und spürte einen solchen Schmerz, daß er bezweifelte, er würde ihn jemals wieder vergessen.

Royce war zufrieden. Nachdem seine Tochter das Zimmer verlassen hatte, wandte er sich mit triumphierendem Lächeln an den Inspektor. »Sind Sie jetzt endlich mit uns fertig?«

»Ich schon. Aber jetzt werden sich die Paparazzi auf Sie stürzen. Diese Leute sind sehr hartnäckig. Sie haben sicherlich schon die Zeitungen gelesen und ferngesehen. Ich würde Ihnen raten, daß Sie Ihre Tochter nehmen und Paris so schnell wie möglich verlassen.«

»Da stimme ich zu. Allerdings befindet sich die Familie des Prinzen hier, in völliger Abgeschiedenheit natürlich. Sie haben den Prinzen in eine Privatklinik vor der Stadt verlegen lassen, die wie eine Festung bewacht wird. Jedoch, ich kann mir nicht sicher sein, daß sie den Mund halten. Seine Mutter, die arrogante Schlampe, hat mir mitgeteilt, sie sei ärgerlich auf Sydney. Stellen Sie sich vor, sie gibt Sidney die Schuld! Ich muß bleiben, den Ruf meiner Tochter und ihre Interessen schützen und mich darum kümmern, daß Sie nicht die Presse gegen sie aufbringen.«

Royce fuhr sich mit den Fingern durchs Haar. Einen Moment lang wirkte er verletzlich, als laste eine zu große Bürde auf seinen Schultern. »Sagen Sie mir, Inspektor, was soll ich gegen diesen verdammten Schweinehund unternehmen?«

»Das fragen Sie mich, Monsieur? Nundenn, ich werde es

Ihnen sagen. Ich würde mir eine Pistole besorgen und ihm die Eier abschießen.«

Galvain salutierte und ging hinaus.

Gegenwart NEW YORK

TAYLOR

Bleich und außer sich vor Angst kam Taylor in die Notaufnahme gestürmt.

Die Oberschwester, Ann Hollis, war sechzig Jahre alt, ein Haudegen und mit allen Wassern gewaschen. Als sie den Mann völlig verstört auf sich zulaufen sah, machte sie sich schon auf eine Szene gefaßt. Zu oft hatte sie miterlebt, daß Ohnmacht und Hilflosigkeit sich in Wut äußerten. Als er sie ansprach, war seine Stimme zu ihrer Überraschung ruhig und leise.

»Könnten Sie mir bitte helfen . . .« Er warf einen Blick auf ihr Namensschild. »Ms. Hollis. Die Frau, die ich suche, heißt Lindsay oder Eden. Soweit ich weiß, hat es einen Unfall gegeben. Sie soll verletzt sein und wird im Augenblick hier im Krankenhaus behandelt. Bitte sagen Sie mir, was los ist. Ich mache mir große Sorgen.«

Und Ann Hollis sagte ihm die Wahrheit. »Ich werde Ihnen alles verraten. Also machen Sie sich nicht verrückt. Ich gehe nachsehen, was sich tut. In Ordnung?«

Taylor nickte zustimmend, und sie machte sich auf den Weg. Er bewegte sich nicht von der Stelle. Alles, was ihm tief in seinem Innersten etwas bedeutete, war nun gefährdet.

Schwester Hollis berührte ihn am Arm. »Zwei gebrochene Rippen und ein kollabierter Lungenflügel, der im Moment wieder aufgerichtet wird.«

»Wie funktioniert das?«

»Durch einen kleinen Einschnitt zwischen zwei Rippen wird ein Schlauch eingeführt, der an eine Herz-Lungen-Maschine angeschlossen ist. Auf diese Weise fällt ihr das Atmen leichter.«

»Vielen Dank.«

»Außerdem Prellungen und Abschürfungen, aber die sind nicht weiter schlimm.« Ann Hollis hielt inne, dann holte sie tief Luft. »Ihr Gesicht allerdings ...« Wieder berührte sie ihn am Arm. »Im Augenblick kann man noch nichts mit Sicherheit sagen, denn Dr. Perry ist noch nicht fertig. Er muß noch einige Untersuchungen durchführen. Erst nach den Röntgenaufnahmen kann er eine endgültige Diagnose stellen.«

»Was ist mit ihrem Gesicht?«

»Es wurde ziemlich schwer verletzt.«

Gräßliche Bilder blitzten vor seinem geistigen Auge auf, und er zuckte zusammen. Aber er war der Schwester dankbar.

»Dr. Perry ist einer der besten plastischen Chirurgen in New York. Wahrscheinlich wird er sofort operieren, ehe es zu Schwellungen kommt.«

Taylor antwortete nicht. Es kostete ihn alle Mühe, nicht zu zittern anzufangen. Schwester Hollis tätschelte wieder seinen Arm. Sie wußte, wie wichtig es war, einen Menschen zu berühren; es tröstete, munterte auf und vermittelte Zwischenmenschlichkeit und Wärme. Wenn man jemand berührte, fühlte er sich nicht mehr allein.

»Sobald ich Näheres herausfinde, rufe ich Sie. Bitte setzen Sie sich. Ich weiß, wie schwer es für Sie ist, aber Sie müssen jetzt die Ruhe bewahren. Sie wird nicht sterben. Ihr Gesicht wird heilen. Wie ich schon sagte, ist Dr. Perry eine Kapazität auf dem Gebiet der plastischen Gesichtschirurgie.«

»Ich danke Ihnen, Ms. Hollis.«

Schwester Hollis schaute ihm nach, als er langsam davonging. Sie hatte das Gesicht der jungen Frau gesehen. Man hatte es zwar noch nicht gesäubert, aber es bestand nur noch aus Blut, Knochensplittern und blutverkrustetem Haar. Ja, es war schwierig schön zu sein, nachdem einem das Gesicht zertrümmert worden war.

Taylor konnte die Hilflosigkeit kaum ertragen. Und plötzlich fiel ihm ein, wie er sie in Paris im Stich gelassen hatte.

Damals war sie ein junges Mädchen gewesen, sie hatte geweint und nicht verstanden, was mit ihr geschehen war. Sie war brutal vergewaltigt und mißhandelt worden und befand sich im Krankenhaus. Doch den tiefen Schmerz in ihr konnte niemand lindern, und sie war nicht in der Lage, ihn zu verarbeiten. Und er war unfähig gewesen, ihr zu helfen. Genau so, wie er ihr auch diesmal nicht geholfen hatte.

Sie hatte schwere Gesichtsverletzungen erlitten. Mein Gott, was war nur vorgefallen? Aber ihm stand nur die achtzehnjährige Lindsay in Paris vor Augen, erschüttert, voller Angst und am Boden zerstört. Und sie trug nicht die mindeste Schuld daran, ebenso wenig, wie an dem heutigen Ereignis. Und er hatte nicht helfen können, konnte ihr auch jetzt nicht helfen . . .

6. April 1983 TAYLOR

Als er ihre Schreie hörte, reagierte er sofort. Schließlich war er ja Polizist. Er versuchte aufzustehen, bemühte sich nach Leibeskräften, ihr zur Hilfe zu eilen, aber er konnte es nicht. Taumelnd kam er auf die Beine, doch er sank zurück gegen den Untersuchungstisch und umklammerte seinen gebrochenen Arm. Wegen der Gehirnerschütterung war ihm übel und schwindelig, und die Schmerzen im Arm wurden unerträglich.

Er befand sich im Untersuchungszimmer in der Kabine neben ihr und hatte beobachtet, wie ein Polizist sie vor wenigen Minuten hereingebracht hatte; ein junges Mädchen, in eine Decke gehüllt, mit wirrem Haar und einem entsetzlich zerschundenen Gesicht. Sie starrte verstört vor sich hin. Offenbar stand sie unter Schock, und Taylor hörte jemanden etwas von Vergewaltigung sagen.

Okay, dann war sie also vergewaltigt worden. Aber warum schrie sie denn immer noch? Was stellten sie mit ihr an? Rasch stellte er fest, daß sie Amerikanerin war und kein Französisch sprach. Taylor sprach fließend Französisch, er liebte Frankreich und besuchte dieses Land seit seinem achtzehnten Geburtstag mindestens zweimal im Jahr. Diesmal war er zwei Wochen lang auf seinem Motorrad durch das Loiretal gefahren und hatte vorgehabt, die letzten drei Tage in Paris zu verbringen. Und jetzt das hier. Was zum Teufel machten die denn mit ihr?

Sie schrie und schrie und schrie, durchdringend und markerschütternd, und in ihren Schreien lag Schmerz, Angst und Hoffnungslosigkeit. Nun konnte er die Ärzte deutlich verstehen, weil sie ihre Schreie übertönen mußten. Sie waren ärgerlich, daß sie sie nicht verstehen konnte, ärgerlich, daß sie ihnen Schwierigkeiten machte, ärgerlich, daß sie sich wehrte. Offenbar war das Mädchen so kräftig, daß sie sie kaum festhalten konnten. Die Ärzte waren ungeduldig und in Eile. Sie wollten, daß die Kleine endlich den Mund hielt, damit sie mit ihrer Arbeit fertig wurden. Eigentlich hätte Taylor hinübergehen und ihr helfen sollen. Er hätte übersetzen können, doch er wußte, daß er stürzen würde, wenn er versuchte aufzustehen. Also lauschte er, denn die Ärzte sprachen jetzt noch lauter.

»... vergewaltigt von ihrem Schwager, hat der Bulle gesagt. Schau dir ihr Gesicht an — der Kerl muß ein Sadist sein.«

»Hilf mir, ihr diese Decke abzunehmen. Nein, jetzt hören Sie doch mit dem Gestrampel auf! Verdammt, sie versteht kein Wort. Halt sie fest, Giselle! Jacques, schau dir nur diese Sauerei an! Sie war noch Jungfrau, alles ist voller Blut. Der Typ hat es ihr ordentlich besorgt. Verdammt, sorg dafür, daß sie stillhält!«

»Halt ihr die Beine auseinander! Ich muß mit dem Finger in sie hinein. Genau so. Drück ihr die Beine einfach gegen die Brust. Hör auf, nein, halt sie fest. Verdammt, sie versteht mich nicht! Autsch. Scheiße!«

Sie hatte den Arzt geschlagen. Dem Geräusch nach zu urteilen, ziemlich kräftig. Taylor konnte den Mann durch den Raum taumeln hören. Dann fiel ein Tablett mit Instrumenten scheppernd auf den Boden. Er lächelte. Gut gemacht. Dann sah er einen weiteren Arzt in die Kabine stürmen. Das

Mädchen war vergewaltigt worden, und nun rissen sie ihr die Decke weg und bohrten in ihr herum, als sei sie ein Stück Fleisch. Wahrscheinlich war sie außer sich vor Angst und Schmerzen. Wie er gehört hatte, hatte es außerdem noch einen Unfall mit drei Autos gegeben, weshalb sich niemand um ihn kümmerte. Wenigstens wurde das Mädchen versorgt, aber mußten die Ärzte deshalb gleich so grob mit ihr sein?

Er hörte sie weinen und nach Luft schnappen. Giselle, die Krankenschwester, sagte den Ärzten, sie sollten ein wenig zartfühlender sein.

Die Kleine sei doch noch so jung und fürchte sich vor ihnen. Schließlich sei sie vergewaltigt worden und habe nun Angst vor Männern. Doch einer der Ärzte meinte nur: »So jung ist sie auch nicht mehr, Giselle. Halt sie schon fest, los.«

»Stimmt«, warf ein zweiter Arzt ein, »die ist ganz schön gut gebaut, die Kleine.«

Der dritte Arzt sagte nichts; er atmete nur schwer.

Taylor hätte diesen Schweinen am liebsten eine verpaßt. Aber er lag nur da und mußte mitanhören, wie die Ärzte das Mädchen beschimpften, weil sie sich gegen die Untersuchung wehrte. Er lauschte ihren Schreien, während seine eigenen Schmerzen immer unerträglicher wurden. Taylor schloß die Augen, aber das nützte auch nichts, und er wußte, er würde ihre Schreie lange nicht vergessen.

»... zwei Finger, verdammt, du mußt tiefer hinein und alles aus ihr rausholen. Die Bullen wollen das Sperma von dem Typen, und außerdem solltest du nachschauen, ob sie innere Verletzungen hat.«

Mittlerweile schluchzte sie nur noch hilflos. Endlich sah Taylor den dritten Arzt aus der Kabine kommen. Er wischte sich die Finger ab und betrat Taylors Kabine. Er nickte ihm zu und stellte ihm eine Frage auf Französisch, wobei er sehr langsam sprach, damit der dumme Ausländer ihn auch wirklich verstand. Taylor antwortete ihm in fließendem, akzentfreiem Französisch. »Wie geht es dem Mädchen, das vergewaltigt wurde?« wollte er wissen. »Kommt sie wieder in Ordnung?«

Der Arzt nuschelte etwas über Amerikaner, die ihre Nase in alles hineinstecken müssen, doch Taylor bedachte ihn nur mit einem finsteren Blick und wiederholte seine Frage. Achselzuckend widmete sich der Arzt Taylors Arm. »Sie ist achtzehn und Amerikanerin. Ihr Schwager, ausgerechnet ein verdammter italienischer Prinz, hat sie ordentlich in die Mangel genommen. Er hat ihr das Gesicht zerschlagen, und sie hat innere Verletzungen und blutet entsetzlich. Aber sie kommt wieder in Ordnung, wenigstens körperlich. Ich hörte, ihre Schwester hat auf ihn geschossen. Er ist gerade oben im OP. Mein Gott, was für ein Durcheinander.« Dann zuckte er die Achseln. Was konnte man von Ausländern schon anderes erwarten, als daß sie sich danebenbenahmen?

Der Arzt befaßte sich mit dem gebrochenen Arm und drehte ihn unsanft, so daß Taylor die Zähne zusammenbiß. Wahrscheinlich die Strafe, weil er so neugierig gewesen war. Doch er ließ sich die Schmerzen nicht anmerken und sagte gleichmütig: »Ich bin Polizist in New York City. Wie lange wird der Arm brauchen, um zu heilen? Ich muß nach Hause und schnellstmöglich wieder an die Arbeit.«

Lächelnd hob der Arzt den Kopf und ließ einen französischen Wortschwall auf Taylor los. »Etwa sechs Wochen, wenn sie einen Bogen um ihr Motorrad machen. Was Ihren Kopf betrifft, haben Sie Glück gehabt, daß Sie einen Helm trugen. Diese verdammten Feuerstühle sind mörderisch.«

»Das war kein Glück«, meinte Taylor leichthin. »Schließlich bin ich ja nicht wahnsinnig.«

Der Arzt machte ein überraschtes Gesicht. »Sagen Sie, sind Sie Franzose? Wann sind Sie denn in die Vereinigten Staaten gezogen?«

»Falsch geraten«, antwortete Taylor mit einem breiten Lächeln. »Ich bin in Pennsylvania geboren und aufgewachsen.« Nach einer kleinen Pause fügte er hinzu: »Ich bin nur sprachbegabt, und um die Wahrheit zu sagen, ist Französisch ziemlich einfach.«

Allerdings bereute er diesen Satz sofort, denn der Arzt versetzte seinem Arm einen Ruck, daß er nach Luft schnappte.

»Tut mir leid. Jetzt müssen Sie in die Röntgenabteilung. Aber Schmerzmittel dürfen Sie noch nicht nehmen, nicht bei Ihrer Gehirnerschütterung. Warten Sie einen Moment, ich werde jemanden schicken, der sie abholt. Ach, übrigens, es ist mir gleich aufgefallen, daß Sie kein Franzose sind.«

Seufzend schloß Taylor die Augen. Das Mädchen nebenan schluchzte laut. Sie mußte Halsschmerzen haben, denn ihr Weinen klang rauh und heiser. Er wartete fünf Minuten. Als sie auf einer Trage hinausgerollt wurde, lag er immer noch in seiner Kabine und konnte einen kurzen Blick auf sie werfen. Ihr Haar hing ihr in wirren Strähnen ums Gesicht, das völlig zerschunden war. Ihr eines Auge war zugeschwollen, die Unterlippe war dick und blutete viel schlimmer als bei ihrer Einlieferung. Sie war bewußtlos, wahrscheinlich hatte man ihr ein Betäubungsmittel gegeben.

Das Mädchen sah so jung, so hilflos und so unglaublich verletzlich aus. Wenigstens hatte ihre Schwester dem Schwein ein paar Kugeln verpaßt.

Taylor konnte nicht begreifen, was einen Mann zu einer solchen Tat bringen mochte. Allerdings hatte er in den letzten zwei Jahren im Laufe seiner Arbeit im zwölften Revier genug solcher Fälle gesehen.

Ein verdammter italienischer Prinz. Nicht einmal auf den Adel konnte man sich mehr verlassen. Taylor seufzte wieder. Warum konnte nicht endlich jemand kommen und ihn von diesen Schmerzen befreien?

Zwei Tage später wurde er mit eingegipstem Arm aus dem Krankenhaus entlassen. Er hatte immer noch pochende Kopfschmerzen. Da die Krankenhausrechnung achthundert Dollar betrug, blieb ihm gerade noch genug Geld für den Heimflug nach New York. Glücklicherweise hatte er das Motorrad, das er in Paris gemietet hatte, versichern lassen und mußte deswegen nur hundert Dollar Selbstbeteiligung bezahlen.

Er war müde und tat sich selbst leid, obwohl er, wenn er es genau betrachtete, von Glück reden konnte, daß er überhaupt noch lebte. Ein Autofahrer war aus einer engen Seitenstraße direkt in seine weiße Peugeot-Maschine gerast.

Durch den Aufprall war Taylor durch die Luft geschleudert worden und glücklicherweise nicht auf dem Asphalt, sondern in einem dichten Gebüsch gelandet. Die Büsche hatten ihm das Leben gerettet. Während Taylor fluchend dagestanden und sich den Arm gehalten hatte, war der Mann einfach weitergefahren. Die Polizei hatte Taylor dann ins St.Catherine Hospital gebracht. Er lag dort und lauschte den Schreien des armen Mädchens. Als Polizist hätte er so etwas eigentlich leichter nehmen müssen, aber er konnte es nicht.

Am nächsten Tag wartete Taylor auf dem Charles de Gaulle Flughafen auf seinen Flug mit der Pan Am, als er die riesige Zeitungsschlagzeile in einer der Pariser Tageszeitungen sah. Ein Prinz Alessandro di Contini sei von seiner Frau angeschossen worden. In diesem Moment wurde Taylors Flug aufgerufen. Also verließ er den kleinen Kiosk. Seine Kopfschmerzen setzten wieder ein. Die Zeitung ließ er auf der Theke liegen. Nachdem die Stewardeß ihm zwei Aspirin gegeben hatte, lehnte er sich zurück und sprach sein übliches Gebet, daß das Flugzeug ihn wohlbehalten nach Hause bringen sollte.

Er dachte an Diane, mit der er seit vier Monaten verlobt war, und fragte sich wieder einmal, ob es wirklich eine gute Idee war, sie zu heiraten. Schon sechs Monate lang lebten sie zusammen in Dianes geräumiger Wohnung in der East Side. Sie war reich, was er von sich nicht behaupten konnte. Er war Polizist, und sie versuchte, ihn zu überreden, diesen Beruf aufzugeben. Doch er war jung und sich seiner selbst sicher und wollte nichts davon hören. Sie würde ihre Meinung schon noch ändern. Es war ihr Problem. Im Bett klappte es gut zwischen ihnen. Diese Reise nach Frankreich war für ihn die letzte Gelegenheit gewesen, sich als Junggeselle auszutoben. Diane hielt ihn für verrückt, weil er allein in den Urlaub fahren und mit einem Motorrad in einem fremden Land herumkurven wollte. Allerdings hatte sie diesmal nur ein kleines bißchen genörgelt und sich damit zufriedengegeben, ihn davor zu warnen, sich ja keine Krankheit bei einem französischen Mädchen einzufangen. Schließlich wußte doch jeder, daß die es mit jedem trieben.

Taylor wußte das zwar nicht, aber er hatte sich die Mühe gespart, sie darüber aufzuklären. Statt dessen hatte er ihr zu vermitteln versucht, daß ihn dieses Land auf unbeschreibliche Weise anzog. Als er mit achtzehn zum erstenmal per Anhalter in Frankreich gewesen war, hatte er gewußt, daß er eines Tages dort leben würde; er wollte Teil dieses Landes und Teil seiner Kultur werden. War er in einem früheren Leben vielleicht Franzose gewesen? Das wußte er nicht, aber dafür wußte er genau, wie wundervoll es war, auf dem Motorrad am Ufer der Loire entlangzufahren, die reifenden Trauben in Bordeaux zu riechen und ehrfürchtig die römischen Ruinen zu betrachten, die überall in der Provence standen.

Bald würde er zu Hause sein; ein paar Tage zu früh. Er fragte sich, wann der Frankreich wohl wiedersehen würde, und spürte bereits die Sehnsucht. In zwei Wochen würde er seinen fünfundzwanzigsten Geburtstag feiern; in drei Wochen seine Hochzeit.

Wieder dachte er an das junge Mädchen in der Notaufnahme. Er wußte, er würde die Vergewaltigung nicht vergessen und auch nicht ihr zerschundenes Gesicht und ihre Schreie. Und nicht den Namen, der in der Schlagzeile unter dem des Prinzen gestanden hatte: Lindsay Foxe. Nicht, daß das eine Rolle spielte, dachte er. Nicht, daß das wichtig war.

1987 LINDSAY

Obwohl es erst Anfang Mai war, brannte die Sonne heiß. Lindsay saß auf einer steinernem Bank unter einer Eiche auf dem Campus der Columbia University. Sie trug bequeme Khakibermudas und eine kurzärmelige, weiße Bluse; dazu Reebok-Turnschuhe und dicke weiße Socken. Am rechten Handgelenk hatte sie ein Tennisarmband, ein Geschenk, das sie sich selbst gemacht hatte; sie bewunderte Chris Evert sehr. Ihre Beine waren bereits sonnengebräunt, weil sie in den letzten zwei Monaten so viel Tennis gespielt hatte. Inzwischen war sie recht gut, wenn auch nicht außergewöhnlich begabt. Ihrer Vorhand konnte man nichts entgegensetzen, ihre Rückhand war recht passabel, und auch ihr Aufschlag verbesserte sich stetig. Morgen würde sie wieder mit Gayle Werth Tennis spielen, ihrer besten Freundin aus der Stamford Academy, die auch an der Columbia studierte. Gayle stand kurz vor ihrem Abschluß als Sportlehrerin und war Lindsays Doppelpartnerin, obwohl sie viel besser spielte als ihre Freundin.

Lindsay hatte noch eine Abschlußprüfung vor sich. In zwei Wochen würde sie fertige Psychologin sein und ein Diplom der Columbia University — einer angesehenen Universität — in der Tasche haben.

Aber was sollte sie dann tun? In den letzten Monaten waren Firmenvertreter auf dem Campus gewesen, die sich nach Nachwuchskräften umsahen, aber keines dieser Stellenangebote hatte Lindsay interessiert. Einige Jahre im Ausland zu arbeiten, hatte sie anfangs gereizt, doch der junge Mann, der dafür zuständig war, hatte nur von Italien geredet. Und nach Italien wollte Lindsay um keinen Preis.

Als ihr Magen knurrte, fiel ihr ein, daß sie seit gestern abend bei Marlene nichts mehr gegessen hatte. Salamipizza mit einer Extraportion Käse und dazu eine Dose Light-Bier. Lindsay war davon übel geworden.

Die Pizza war wirklich abscheulich gewesen, doch Lindsays Unwohlsein hatte nicht allein daran gelegen. Der wirkliche Grund war dieser junge Mann, Peter Merola, der ein Freund von Marlene war und mit ihr ein Seminar besuchte. Er hatte nicht lockergelassen, und als er — angeblich rein zufällig — mit der Hand über Lindsays Brust gestrichen hatte, war sie ins Badezimmer gestürzt und hatte sich übergeben. Als sie wieder herausgekommen war, hatte sich Peter schon an ein anderes Mädchen herangemacht, das interessiert schien.

Lindsay war in Sicherheit.

Ehe Lindsay aufstand, zog sie einen Stapel Notizen aus ihrer großen, weichen Tasche. Sie bestand aus feinem Saffianleder, war hellbraun und wurde mit den Jahren immer anschmiegsamer. Seit vier Jahren besaß Lindsay diese Tasche nun schon, und sie bewahrte alles Notwendige darin auf: Ihren Taschenrechner, Bücher, Tennisbälle, einen Rasierapparat, Socken und Unterwäsche zum Wechseln. Sie breitete die Notizen auf ihrem Schoß aus. Es waren die ihres letzten Seminars, das von Professor Gruska, einem glühenden Anhänger Freuds, abgehalten wurde. Gruska hatte einen eindringlichen Blick, sah wirklich aus wie ein Professor und lebte mit seinem Vater in der 84th Street in der West Side. Er mußte mindestens fünfzig sein und war nie verheiratet gewesen. Er war seltsam, aber seiner Ansicht nach war Lindsay noch seltsamer. Zu diesem Schluß war er gekommen, nachdem er ein kurzes Theaterstück von ihr gelesen hatte. Das Stück war eine Hausaufgabe gewesen, und die Studenten hatten darin demonstrieren sollen, wie die Mitglieder einer Familie miteinander umgingen. Lindsay hatte eine Familie erfunden, doch Dr. Gruska hatte ihr keine Ruhe gelassen. Er war sogar so weit gegangen, einen Teil ihres Stücks im Seminar vorzulesen. Dann hatte er sie in sein Büro bestellt und sie über ihre Familie ausgefragt und die Vermutung ausgesprochen, daß sie wohl für ihn schwärmte. Er hatte den Vorschlag gemacht, er könne ihr helfen, sich mit ihren Problemen auseinanderzusetzen.

Lindsay war wortlos hinausgegangen. Schon in seinem kleinen Büro hatte sie die Angst überkommen, und sie zitterte immer noch am ganzen Leibe. Mit der Zeit hatte dieses Gefühl nachgelassen, aber sie haßte Gruska von ganzem Herzen. Hätte sie sein Seminar nicht für ihren Abschluß gebraucht, wäre sie nie mehr hingegangen. Also zwang sie sich zwei Wochen später, sich bei ihm zu entschuldigen; das Schwerste, was sie jemals getan hatte. Er hatte genickt und sie ernst angesehen. Sie könne ihn jederzeit anrufen oder in sein Büro kommen und müsse keine Angst vor ihm haben. Lindsay vermutete, daß er wahrscheinlich in alten Zeitungen über sie gelesen hatte und wußte, daß sie von ihrem Schwager vergewaltigt worden war. In diesem Moment wurde ihr auch klar, daß sie gar keine Ahnung hatte, was überhaupt in diesen Zeitungen stand. Damals hatte sie sich geweigert, sie zu lesen. Sie war davon überzeugt, daß sie Alessandro verführt und dann auf ihn geschossen hatte, alle anderen Erinnerungen hatte sie verdrängt. Und nun würde sie sich Gruskas Abschlußprüfung stellen müssen — einem Aufsatz, wie er gesagt hatte, denn schließlich stünden sie kurz davor, einen akademischen Abschluß zu machen und seien angeblich des Lesens und Schreibens mächtig. Auf dem Weg in die Cafeteria las Lindsay ihre Aufzeichnungen noch einmal durch. Sie fand sie absolut lächerlich. Sie war niemals in ihren Vater verliebt gewesen; sie hatte nie mehr von ihm verlangt, als daß er ihre Existenz zur Kenntnis nahm und begriff, daß sie seine Tochter war. War das schon abnormal? Wahrscheinlich nicht abnormaler als Psychologie zu studieren, denn tief in ihrem Innersten hatte sie gehofft, dadurch Einblick zu gewinnen und zu verstehen, warum sie jedesmal vor Angst zitterte, wenn ein Mann sich ihr näherte. Einige Kurse und einige Professoren waren ihr eine Hilfe gewesen. Kein Außenstehender hätte jemals geahnt, was ihr geschehen war. Lindsay hatte sämtliche psychologische Theorien in sich aufgesogen; sie war erwachsen geworden und verstand jetzt, daß der Prinz psychisch krank war. Sie war nur ein hilfloses Mädchen gewesen und seinem Bann erlegen. Daß sie sich vor allen Männern fürchtete, akzeptierte sie als ihre persönliche Marotte, denn angesichts dessen, was der Prinz ihr angetan hatte, war es doch ganz normal. Lindsay akzeptierte alles, sie konnte sogar mit wissenschaftlicher Überlegenheit lächeln, wenn jemand sich tatsächlich vor dem anderen Geschlecht fürchtete. Aber wenn sie des nachts allein war, überkamen sie häufig schmerzliche Erinnerungen — die Erniedrigung und ihre eigene Dummheit. Wenigstens hatte die Psychologie sie gelehrt, damit zurechtzukommen. Nur der Umgang mit Gruska überforderte sie.

Als sie die Papiere wieder in die Tasche steckte, sah sie den Brief ihrer Großmutter, der gestern nachmittag eingetroffen war. Sie hatte vergessen, ihn zu lesen. Also zog sie ihn heraus und hielt ihn an die Nase. Das Papier roch immer noch zart nach Moschusrosen, dem Lieblingsduft ihrer Großmutter, den sie sich eigens in Grasse, in Frankreich mischen ließ. Der Parfümspezialist nannte sich d'Alembert nach einem französischen Philosophen aus dem achtzehnten Jahrhundert. Gates Foxe war zweiundachtzig und bezog ihr Parfüm nun schon seit fast vierzig Jahren von d'Alembert. Auf Einladung ihrer Großmutter war Lindsay über Weihnachten nach San Francisco geflogen. Lindsay hatte sie seit einigen Jahren nicht gesehen. Zwar war sie körperlich nicht mehr so beweglich, aber ihr Geist war scharf wie eh und je. Gates Foxe liebte immer noch das Leben, und sie versuchte immer noch, alle Menschen in ihrer Umgebung herumzukommandieren. Nur gab es in ihrer Umgebung niemanden mehr, den sie tyrannisieren konnte. Royce hatte vor einem Jahr wieder geheiratet. Seine neue Frau war auch zum Weihnachtsfest dagewesen, sie war allerdings keine sehr angenehme Zeitgenossin. Holly Jablow war vor ihrer Ehe mit Royce mit dem Senator Martin Jablow aus Washington verheiratet gewesen. Sie war fünfunddreißig Jahre alt, eitel und habgierig, und ihr Interesse galt außer ihrem neuen Ehemann nur ihrer eigenen Person. Sie liebte Spiegel. Sofort spürte sie die Abneigung ihres Mannes gegen seine Tochter und paßte sich sofort der Situation an. Ihre Gönnerhaftigkeit zerrte an Lindsays Nerven, denn sie wurde mit Ratschlägen zum Thema Mode, Frisuren und Nagelpflege überschüttet. Doch Lindsay ertrug ihre Stiefmutter schweigend. Ihre eigene Mutter, Jennifer, sah Lindsay nur einmal. Jennifer war mager, sehr nervös, rauchte eine Zigarette nach der anderen und hatte einen sechsundzwanzigjährigen Liebhaber. Sie war gezwungen gewesen, Lindsay diesen Mann vorzustellen, da diese ihr einen Überraschungsbesuch abgestattet hatte. Aber sie behandelte ihre Tochter wie eine Rivalin, so daß Lindsay sich rasch verabschiedet hatte. Sie war traurig und fühlte sich allein. Ihre Verbindungen mit San Francisco rissen eine nach der anderen ab.

Lindsay zog die beiden Seiten aus dem Umschlag. Mit einem Lächeln auf dem Gesicht erwartete sie, den neuesten Klatsch über Freunde und Feinde, die Reichen und die Superreichen in San Francisco zu lesen. Wenigstens hatte ihre Großmutter Sinn für Humor.

Am Anfang des Briefes stand dann auch Geplauder über das Moffitt Hospital und darüber, daß der Aufsichtsrat sich weigerte, Geld für die Modernisierung der Röntgenabteilung auszugeben. Die Großmutter schimpfte auf Reagan und betrauerte den Umstand, daß die Demokraten den Republikanern in Kalifornien weiterhin zahlenmäßig unterlegen waren. Doch dann erstarb das Lächeln auf Lindsays Gesicht.

»Ich glaube, keiner hat sich die Mühe gemacht, dir mitzuteilen, daß Sydney schwanger ist. Ich habe keine Ahnung, ob der Prinz der Vater ist. Dein Vater weiß es übrigens auch nicht. Aber ich nehme an, die Familie di Contini wird das Kind trotzdem akzeptieren. Sie hat keine andere Wahl, denn Sydney ist bei Alessandro geblieben. Sie hat die brave Ehefrau gespielt und sich reuig in Sack und Asche gehüllt. Wie ich feststellen mußte, bietet das Leben für mich sogar nach so vielen Jahren noch Überraschungen. Sydney hat sich verändert, Lindsay, aber du müßtest sie selbst sehen, um zu wissen, was ich meine. Vor einigen Wochen hat sie mir allein einen Besuch abgestattet. Sie ist hart geworden, hat sich gleichzeitig in sich zurückgezogen und beobachtet ständig. Es ist, als fühlte sie sich für die ganze Welt verantwortlich. Merkwürdig, sie ist so ganz anders als früher. Du hast sie seit vier Jahren nicht gesehen, richtig? Seit diesem entsetzlichen Erlebnis in Paris?«

Lindsay erstarrte. Ihre Großmutter wußte doch, daß sie Sydney seit dem furchtbaren Erlebnis in Paris nicht mehr gesehen hatte. Warum konnte sie die Vergangenheit nicht ruhen lassen? Aber es tat nichts zur Sache: Eine vernünftige, erwachsene und informierte Frau kam mit allem zurecht, lächelte und führte ihr Leben weiter.

»Sie erzählte mir, der Prinz sei so wie immer, und ich deute das so, daß er die Finger weiterhin nicht von jungen Mädchen lassen kann. Verzeih mir, wenn ich dir damit wehtue, Lindsay, doch es ist nun vier Jahre her und an der Zeit, daß du dich damit auseinandersetzt. Ich habe an Weihnachten beobachtet, wie übervorsichtig du dich verhältst, und wie du diesem netten Jungen, Cal Faraday, aus dem Weg gegangen bist. Er ist der Sohn von Clay und Elvira und studiert im ersten Semester Medizin. Ich weiß, was dein Vater sagt, Lindsay, und er wiederholt diesen Unsinn ständig. Aber er irrt sich, und du darfst ihm nicht glauben. Die Vergewaltigung war nicht deine Schuld, nicht im geringsten. Werde erwachsen, liebes Kind, werde damit fertig . . .«

Lindsay hob den Kopf und ließ den Blick über den Campus schweifen. Wie leicht es doch war, eine Sache zu analysieren und ein Urteil darüber zu fällen und einem Menschen einen wohlmeinenden Rat zu geben. Auch das hatte sie im Psychologiestudium gelernt.

Schnell faltete sie den Brief zusammen und schob ihn tief in ihre Tasche. Dann ging sie zum psychologischen Institut. Sie stieg die Treppen hinauf in den zweiten Stock. In Zimmer 218 setzte sie sich auf ihren üblichen Platz. Niemand sagte ein Wort. Alle Studenten spürten, daß die letzte Hürde vor ihnen lag, und sie wollten sie nur hinter sich bringen. Dr. Gruska und eine wissenschaftliche Hilfskraft teilten die Blätter mit den Prüfungsaufgaben aus. Lindsay zog einen Kugelschreiber aus der Tasche und fing an zu schreiben.

Sie schrieb drei Stunden lang, bis sie zwei der blauen Bögen gefüllt hatte. Dann überreichte sie die Papiere wortlos Dr. Gruska und verließ eilig das Gebäude. Es war noch wärmer geworden. Lindsay hatte kein Seminar mehr, sie war frei, fertig mit Columbia. Bald würde sie ihr Abschlußzeugnis in der Tasche haben. Aber sie hatte immer noch keine Arbeit und wußte auch nicht, was sie eigentlich tun wollte.

Lindsay nahm die Fähre zur Freiheitsstatue, saß in der heißen Sonne und beobachtete die Touristen, die ehrfürchtig staunend das Denkmal bewunderten.

An diesem Abend rief Cal Faraday sie überraschend an und lud sie zum Essen und ins Kino ein. Er hatte gerade sein erstes Studienjahr an der John Hopkins Universität beendet und war für einige Tage in New York, um Freunde zu besuchen. Sie lehnte die Einladung freundlich ab und ging zu Bett, wobei sie sich fragte, wie er wohl auf diesen Gedanken gekommen war.

1987 TAYLOR

Taylor hatte frei. Er trug seine liebsten Hosen aus dunkelbraunem Cordsamt und dazu ein weißes Hemd und eine ärmellose Daunenweste. Er befand sich gerade auf dem Weg, um Dorothy Ryan zum Essen abzuholen. Sie wohnte Ecke Lexington Avenue und 63th Street. Taylor pfiff vor sich hin. Er war mit sich und der Welt zufrieden. Dorothy war hübsch und witzig und hatte eine glänzende Karriere in der Werbebranche vor sich. Taylor hatte sie bei einem Spiel der Giants kennengelernt, als das Team aus Montana seine Mannschaft vernichtend geschlagen hatte. Sie hatte geschrien und geflucht, und bald hatte Taylor nur noch auf sie und nicht mehr auf das Spiel geachtet. Er hatte sie zu einem Bier und einem Hot-Dog eingeladen. Noch am selben Abend waren sie miteinander ins Bett gegangen.

Sex machte ihr Spaß, sie neckte ihn und küßte ihn am ganzen Körper, bis er sich stöhnend unter ihr gewunden hatte. Sie war liebevoll und mit ihrem Leben von Grund auf zufrieden. Als sie sagte, daß sie keine Lust zum Heiraten hätte, glaubte er ihr. Für ihn war es eine Erleichterung. Taylor pfiff lauter und beschleunigte seinen Schritt, als er plötzlich einen lauten Schrei hörte. Darauf folgte noch einer und dann ein weiterer. Die Schreie kamen aus einem niedrigen Backsteingebäude. Auf einmal flog die Milchglastür auf, und eine Frau rannte die sechs Stufen der Vortreppe hinunter. Sie ruderte mit den Armen und schrie aus vollem Halse.

Die Frau wirkte wie eine Hausangestellte mit wenig modischem Feingefühl. Ihr Haar war leuchtendrot gefärbt, ihre Fingernägel orangefarben lackiert, und ihr Kleid zeigte Südseemotive in grellen Farben. An den Füßen hatte sie merkwürdigerweise Gesundheitsschuhe, und ihre Strümpfe warfen Ziehharmonikafalten um ihre Knie. Sie war ziemlich beleibt, hatte ein Mondgesicht und dicke schwarze Augenbrauen. Dazu war sie stark geschminkt. Inzwischen kreischte sie aus Leibeskräften, doch man konnte kein Wort verstehen. Taylor hatte all diese Einzelheiten sofort registriert. Nun lief er auf sie zu.

»Ich bin Polizist. Was ist los?«

Sie schnappte nach Luft und beäugte ihn, als ob sie es nicht glauben konnte, daß ein leibhaftiger Polizist vor ihr stand. Dann runzelte sie die Stirn. Scheinbar war er nicht erwünscht, hinderte er sie doch daran, im Mittelpunkt zu stehen.

Taylor packte sie fest bei den Oberarmen und schüttelte sie leicht. Glücklicherweise blieb ihr der nächste Schrei im Halse stecken.

»O, mein Gott, mein kleines Mädchen. Sie verblutet da oben.«

»Haben Sie einen Krankenwagen gerufen?«

Die Frau schüttelte den Kopf. Ihre Augen blickten wirr.

»Bringen Sie mich zu ihr.«

Er mußte die Frau schubsen, damit sie sich in Bewegung setzte. Einige Leute eilten vorbei, sie senkten den Kopf und schauten in die andere Richtung. Schließlich war man ja in New York, und ein solcher Wirbel paßte nicht in dieses Stadtviertel.

Taylor folgte der Frau einige Stufen hinauf. Die Treppe war breit und bestand aus poliertem Eichenholz. Ein gut gepflegtes Haus, kein Schmutz, nicht die Gerüche einer Mietskaserne wie in der Flatbush Avenue. Es duftete nur dezent nach einem teuren Raumspray. Ihre Schritte hallten dumpf auf der Treppe wider.

»Hat Ihre Tochter sich verletzt? Was ist geschehen? Warum blutet sie?«

Die Frau schüttelte den Kopf. Sie bog in einen breiten, makellos sauberen Flur ein und stieß eine schwere Mahagonitür auf.

»Ellie?« schrie sie. »Wo steckst du?«

Taylor hörte ein schwaches Wimmern. Er drängte die Frau beiseite und durchquerte eilig ein großes Wohnzimmer, das auf einen weiteren Flur führte. Als er das erste Zimmer betrat, fand er sie. Das Mädchen, nicht mehr als fünfzehn Jahre alt, lag nackt auf einem Bett. Ihr Gesicht war gerötet und geschwollen, ihre Beine und die weißen Laken waren mit Blut beschmiert. Sie schnappte nach Luft. Bei Taylors Anblick bedeckte sie sich hastig mit dem Bettlaken und wich zurück, bis sie ans Kopfende des Bettes stieß. Ihre tränenfeuchten Augen waren vor Angst geweitet. Offenbar hatte sie Schmerzen.

Taylor blieb stehen und lächelte sie an. »Was ist geschehen? Ich heiße Taylor und bin Polizist. Ich werde dir nichts tun. Komm, laß mich dir helfen, okay? Sag mir, was passiert ist.«

»Bandy hat ihn mir reingesteckt, er hat mir wehgetan und jetzt verblute ich.«

»Wie heißt du?«

»Ellie.«

»Ellie«, wiederholte er lächelnd. Vergewaltigung, dachte er. Als er das Telefon neben dem Bett sah, lächelte er das Mädchen wieder an und bewegte sich langsam auf den Apparat zu. »Alles wird wieder gut. Ich rufe jetzt einen Kankenwagen. In Ordnung? Nein, du brauchst nicht mehr zu schreien. Ich tu dir nicht weh.«

Sie erstarrte vor Furcht, gab aber keinen Mucks mehr von sich. Ihr kleines Gesicht erbleichte. Während Taylor 911 wählte und einen Krankenwagen bestellte, drehte er sich um und sah die Frau in der Tür stehen. Sie musterte das Mädchen händeringend. Er mußte sie zweimal nach der Adresse fragen. Nachdem er alle Daten durchgegeben hatte, legte er den Hörer auf.

»Nun«, fing er freundlich an, »erzähl mir erst mal von Bandy.« Er beugte sich über sie und zog sanft das Laken weg. »Nein, ich tu dir nichts. Ich muß nur nachschauen, wieviel Blut du schon verloren hast. Bitte, vertrau mir, okay, Ellie?«

Das Mädchen nickte. »Bandy hat mir wehgetan.«

»Ich weiß. Nun laß mich mal sehen. Ganz ruhig.« Noch während er das blutbefleckte, weiße Laken weiter herunterstreifte, mußte er an jene Nacht in der Pariser Notaufnahme vor vielen Jahren denken. Und er wußte, warum Elli blutete.

»Wer ist Bandy?« fragte er wieder. Die arme Kleine! Beim Anblick des Spermas, das sich mit dem Blut mischte, dem vielen Blut, das immer noch aus ihr herausfloß, fuhr er zusammen. »Beweg dich nicht, Ellie.« Er wandte sich an die Frau. »Bringen Sie mir vier Handtücher, schnell!«

Er hob die Hüften des Mädchens an und schob zwei Kopfkissen darunter. Als die Frau ihm wortlos die Handtücher reichte, preßte er eines zwischen Ellies Beine und bedeckte mit dem anderen ihren Unterleib. Dann setzte er sich neben sie und drückte das Handtuch so fest wie möglich an.

»Erzähl mir von Bandy.«

»Nein!«

Die Frau hatte das gerufen. Ihr Gesicht war gerötet, und sie zitterte. »Bandy hat überhaupt nichts getan, gar nichts! Das dumme Gör hat sich ihm an den Hals geworfen. Was sollte er da anderes tun?«

O Gott, dachte Taylor. Es war wie in jener Nacht in Paris. Und die Zeitungen hatten einige Tage später berichtet, Lindsay Foxe habe ihren Schwager verführt . . . dann hatte er nicht mehr weitergelesen. Er konnte nicht vergessen, was der Arzt ihm erzählt hatte. Doch er war ins Flugzeug gestiegen und nach Hause geflogen. Er blickte auf Ellie hinunter. Verdammt, dieses kleine, verängstigte Geschöpf hatte nicht einmal geschrien. »Erzähl mir von Bandy, Ellie«, sagte er noch einmal. Als die Frau wieder den Mund aufmachen wollte, zischte er: »Seien Sie still. Gehen Sie raus und führen Sie die Sanitäter hinauf. Raus!«

»Sie lügt! Glauben Sie kein Wort, was diese undankbare kleine Schlampe sagt!«

Mein Gott, dachte Taylor. Mit den Fingerspitzen der rechten Hand strich er Ellie sanft über die Wange. »Alles wird wieder gut, Ellie.«

»Bandy ist mein Onkel, der Bruder meiner Mama. Ich kenne ihn schon, seit ich klein bin.«

Taylor nickte. Er hätte es nicht ertragen, wenn Bandy ihr Schwager gewesen wäre.

»Ist es das erstemal, daß er seinen Penis in dich reingesteckt hat?«

Das Mädchen nickte. »Ich muß schon lange Spiele mit ihm machen, aber das dicke Ding hat er mir erst heute reingesteckt. Ich wollte es nicht, aber er hat mich gezwungen.«

»Wo ist er?«

»Als Mama früher zurückkam, ist er fortgelaufen. Er hat mich verlassen.« Tränen traten aus ihren Augen und flossen ihr in den Mund, daß sie kaum genügend Luft bekam.

Er spürte, wie das Blut das Handtuch durchweichte, zog es weg und warf es auf den Boden. Als er bemerkte, daß es kräftig weiterblutete, drückte er fluchend das nächste Handtuch zwischen ihre Beine. »Lieg nur ganz still, Kleine. Dir geht es bald wieder besser. Ich werde Onkel Bandy fangen. Damit kommt er nicht durch.«

Aber tief im Grunde seines Herzens wußte Taylor, daß die Mutter nie in Panik geraten wäre, hätte das Mädchen nicht so stark geblutet. Sie wäre nie aus dem Haus gelaufen, um Hilfe zu holen, und niemand hätte erfahren, daß das Mädchen vergewaltigt worden war. Onkel Bandy hätte wahrscheinlich fröhlich weitergemacht, bis sie alt genug gewesen wäre, um diesem Zuhause zu entrinnen.

Als die Sanitäter, ein Mann und eine Frau, weniger als fünf Minuten später eintrafen, erzählte Taylor, was geschehen war und welche Erste-Hilfe-Maßnahmen er eingeleitet hatte.

»Gut gemacht, Lieutenant. Komm, Linda, bringen wir das arme Kind ins Krankenhaus. Lassen Sie sich bitte später blicken, Lieutenant, wahrscheinlich wollen die Ärzte mit Ihnen sprechen.«

»Klar, ich komme. Kümmern Sie sich gut um die Kleine.« Er lächelte dem Mädchen zu und sagte: »Keine Angst, sie werden dich behandeln, als wärest du der Präsident. Und«, fügte er an die Sanitäter gewandt hinzu, »ich will das Schwein erwischen, das ihr das angetan hat. Sagen Sie den Ärzten, sie sollen sie sorgfältig untersuchen. Wir brauchen Spermaproben. Aber Sie kennen das ja.«

Er rief Dorothy von einem öffentlichen Telefon an und sagte ab. Obwohl er sie seufzen hörte, machte sie ihm keine Vorwürfe, sondern erkundigte sich pflichtschuldig nach dem Mädchen.

Dann nahm er ein Taxi nach Lenox Hill und ging in die Notaufnahme. Schon als er den schmalen, langen Raum betrat, konnte er Ellie schluchzen hören. Wieder drangen die Erinnerungen auf ihn ein. Ohne es zu bemerken, rieb er sich den linken Arm, wo der Bruch schon längst geheilt war.

Er war nicht in der Lage gewesen, Lindsay Foxe zu helfen. Also betrat er ohne zu zögern die kleine Kabine. Die Ärztin, die Ellie untersuchte, blickte stirnrunzelnd auf.

»Ich bin Lieutenant Taylor. Ich habe sie gefunden. Ich habe sie gerade weinen gehört, kann ich irgend etwas tun?«

Die Ärztin nicke. »Okay, Lieutenant Taylor. Reden Sie mit ihr. Sagen Sie ihr, daß alles in Ordnung kommt.«

Taylor streichelte Ellies Gesicht und sprach leise auf sie ein. Als sie erschauderte, hielt er sie fest und hörte nicht auf, bedeutungslose und tröstende Worte zu murmeln.

»Ich bin jetzt fertig, Lieutenant. Vielen Dank. Ach, sind Sie die Mutter, Mrs. Delliah?«

»Ja, ich bin ihre Mutter. Sie wird doch wieder gesund, nicht wahr, Frau Doktor?«

»Ja, aber ich möchte sie noch für einige Tage hierbehalten. Die Blutungen haben fast aufgehört. Ich habe alle Proben genommen, die die Polizei braucht.«

»Keine Polizei«, sagte Mrs. Delliah und verschränkte die Arme über dem riesigen Busen. »Keine Polizei.«

»Ich verstehe«, meinte die Ärztin mit ausdrucksloser Stimme. »Welches Familienmitglied hat ihr das angetan? Vater? Onkel? Bruder?«

Überrascht blickte Taylor auf. Dann dämmerte ihm, daß die Ärztin sicherlich genügend Fälle von sexuellem Mißbrauch und Vergewaltigung gesehen hatte. Wahrscheinlich zu viele. Sie sah unglaublich erschöpft aus. Wut blitzte in ihren Augen.

»Niemand«, sagte Mrs. Delliah mit Nachdruck. »Das Mädchen hat mit einem Kleiderbügel gespielt. Sie hat es selbst getan.«

Ellie weinte, tiefe, rauhe, häßliche Schluchzer. Taylor hätte die Frau am liebsten erwürgt.

»Warum sollte sie das tun?« fragte er, während er Ellie immer noch bei der Hand hielt. »Hören Sie auf zu lügen. Warum schützen Sie Ihren Bruder, Mrs. Delliah? Schauen Sie doch, was er mit Ihrem Kind gemacht hat! Um Himmels willen, soll er damit einfach durchkommen? Der Mann ist krank.«

Er schrie und zitterte vor Wut. Die Ärztin legte ihm die Hand auf die Schulter. Mrs. Delliah war erschrocken zurückgewichen.

Ellie weinte immer heftiger.

Um Mitternacht kehrte Taylor in seine Wohnung in der 55sten Straße in Lexington zurück. Er war todmüde und angewidert. Aber er würde Onkel Bandy schon kriegen. Er würde dieses miese Schwein fertigmachen. Und niemand würde ihn daran hindern.

7.

TAYLOR

Am nächsten Tag nahm Taylor Ellies Aussage auf Band auf. Kurz nach sieben Uhr morgens erschien er schon bei ihr im Krankenzimmer. Er hoffte, daß ihre Mutter noch nicht dagewesen war. Der Himmel wußte, welche Lügen diese Frau ihm heute auftischen würde.

Als Ellie ihn sah, lächelte sie und streckte ihm die Hand entgegen; sie benahm sich schüchtern wie ein Kind gegenüber einem Erwachsenen, der freundlich zu ihm gewesen ist. Taylor hatte sich seine Fragen und Formulierungen gut überlegt, und er sprach langsam und leise. Ihre traurige Geschichte brach ihm fast das Herz. Seit sie elf Jahre alt war, wurde sie von ihrem Onkel mißbraucht. Er hatte ihr gesagt, daß sie nett zu ihm sein müsse, sonst könnten sie und ihre Mutter nicht mehr in dieser wunderschönen Wohnung wohnen. Außerdem würde man sie aus der hübschen Privatschule nehmen, und sie würde all ihre Freundinnen verlieren. Wenigstens hatte er mit der Vergewaltigung gewartet, bis sie fast fünfzehn war. Taylor wußte nicht, ob er sie auch zum Analverkehr gezwungen hatte, und brachte es nicht über sich, sie danach zu fragen. Onkel Bandy machte ihr immer Geschenke, aber er tat ihr weh, und sie fürchtete sich vor ihm. Und diesmal hatte sie sogar geblutet.

Nachdem Taylor alle notwendigen Informationen hatte, hörte er zu, wie Ellie ihm von ihrer Privatschule und den Freundinnen erzählte, die sie dort hatte. Er freute sich, daß sie eigentlich ein ganz normales, junges Mädchen war, und hätte sie am liebsten mit nach Hause genommen.

Da erschien Mrs. Delliah. An diesem Morgen hatte sie sich dezenter gekleidet. Sie trug einen teuren Kamelhaarmantel über einem schlichten fahlbraunen Wollkleid. Ihr Gesicht war sauber geschrubbt, und Taylor erkannte überrascht, daß sie wahrscheinlich noch nicht einmal vierzig Jahre alt war. Ihr rotes Haar sah heute weniger künstlich aus und war zu einem Dutt aufgesteckt. Sie wirkte sogar noch mehr wie eine Hausangestellte als gestern, und zwar diesmal wie eine, die sich ihre Nebeneinkünfte nicht auf dem Strich verdiente. Zu Taylors Erleichterung fiel sie nicht sofort über ihre Tochter her. Sie verhielt sich ihm gegenüber kühl, aber wenigstens beschimpfte sie Ellie nicht. Statt dessen küßte und streichelte sie ihre Tochter und sagte ihr, sie solle mit nach Hause kommen.

»Ich würde gern mit Ihnen sprechen, Mrs. Delliah, nachdem Sie sich vergewissert haben, daß es Ellie gut geht«, meinte Taylor. »Ich warte draußen auf sie.«

Zehn Minuten später kam Mrs. Delliah heraus. Sie sah ängstlich und gleichzeitig trotzig aus. Nachdem Taylor sie in ein Wartezimmer geführt hatte, sagte er ohne Umschweife:

»Ihr Bruder ist krank. Er muß sofort psychiatrisch behandelt werden. Verdammt, wahrscheinlich hätte er es schon vor zwanzig Jahren nötig gehabt. Er hätte ihre Tochter umbringen können. Sie müssen dem ein Ende bereiten, indem sie Anzeige erstatten und dafür sorgen, daß er Hilfe bekommt.«

Sie rang die Hände, daß ihre schweren Ringe gegen ihre Fingernägel kratzten. »Ich kann nicht.«

»Wenn Sie es nicht tun, wird er Ellie wieder und wieder vergewaltigen. Sicherlich haben Sie das gewußt. Wußten Sie denn nicht, daß er sie schon seit vier Jahren mißbraucht? Nun, selbst wenn Sie ahnungslos waren, hat sich nun alles geändert. Sie ist jetzt wirklich vergewaltigt worden. Bald wird sie wissen, daß ihr Leben zerstört worden ist, und sie wird nicht in der Lage sein, damit zurechtzukommen. Wünschen Sie Ihrer Tochter so ein Leben? Sie wird den Mißbrauch nur so lange hinnehmen, bis sie alt genug ist davonzulaufen. Und dann ist sie allein auf der Straße, wo es Drogen und Prostitution gibt, und wer weiß was sonst noch. Wünschen Sie sich das für sie?«

»Ich habe kein Geld.«

»Es gibt Organisationen, die ihnen helfen können. Außerdem sind Sie nicht dumm, Mrs. Delliah. Sie könnten arbeiten gehen.«

»Sie verstehen gar nichts.«

»Ich verstehe, daß Sie ihr kleines Mädchen an Ihren Bruder verkaufen. Wenn Sie nicht Anzeige erstatten, melde ich Sie bei den Behörden, dann wird Ihnen das Kind weggenommen.«

Sie weinte. Doch Taylor rührte das gar nicht. Die Frau widerte ihn an. »Also, was ist? Werden Sie Anzeige erstatten, oder soll ich dafür sorgen, daß Ellie in eine Familie kommt, in der sie sich sicher fühlen kann?«

»Er wird mich umbringen«, stöhnte sie. Sie hatte die Arme um ihren Leib geschlungen und schaukelte hin und her.

»Reden Sie keinen Unsinn. Natürlich wird er Sie nicht umbringen. Sagen Sie mir jetzt seinen Namen, Mrs. Delliah.«

»Ich wußte ja nicht, daß er sie vergewaltigen wird. Ich wußte nicht, was er mit ihr gemacht hat. Wirklich nicht. Ich dachte nur . . .« Nein, dumm war diese Frau nicht. Sie war schlau genug, um rechtzeitig zu reden aufzuhören.

Am liebsten hätte Taylor sie geschlagen. Aber er fragte nur: »Werden Sie Anzeige erstatten?«

Schließlich willigte sie ein. Er nahm sie mit aufs Revier, wo sie die Vollmacht und ein Protokoll unterzeichnete. Am späten Nachmittag gingen Taylor und sein Partner, Enoch Sackett, zu Onkel Bandys Adresse.

Eigentlich war Taylor nicht weiter überrascht, doch der lange, spindeldürre Enoch stand ehrfürchtig vor dem prächtigen Backsteingebäude. »Wow, Taylor«, meinte er. »Dieser Bursche quält kleine Mädchen? Und er wohnt in so einem Haus? Sieht aus, als hätte er jede Menge Geld. Warum? Ein Mann, der alles hat? Warum?«

»Ich weiß es nicht.«

Onkel Bandy entpuppte sich als Mr. Brandon Waymer Ashcroft, Teilhaber der Maklerfirma Ashcroft, Hume, Drinkwater und Henderson, Water Street, New York. Als er die Tür öffnete, trug er eine Hausjacke, der man schon von weitem ansah, daß sie in London geschneidert worden war.

Dazu hatte er gestreifte Wollhosen und Lederpantoffeln an. Sein Gesicht war attraktiv und kantig. Ashcroft mußte Mitte Vierzig sein, war schlank und hatte ausgezeichnete Manieren. Das Auftauchen der beiden Polizisten schien ihn zu verblüffen, denn eine seiner gepflegten, dunklen Augenbrauen zog sich fragend nach oben, als er die zwei Männer auf seiner Türschwelle musterte. Aber er blieb sehr höflich. Nachdem er ihre Ausweise studiert hatte, trat er zurück und bat sie herein. Sie folgten ihm über einen wunderschönen, antiken Tabriz in ein Arbeitszimmer, das mit poliertem Mahagoni möbliert war. In den in die Wand eingelassenen Bücherregalen standen schwere Folianten. Über allem lag der Duft teuren Pfeifentabaks.

»Was kann ich für Sie tun, Gentleman? Bitte, nehmen Sie Platz. Etwas zu trinken vielleicht? Einen Sherry? Verzeihung. Oder ein Bier?«

»Es wäre besser«, meinte Taylor, »wenn Sie Schuhe anziehen und Ihr schickes, englisches Jackett in den Schrank hängen. Ein hübscher, konservativer Blaser von einem amerikanischen Hersteller wäre genau das richtige. Sie sind verhaftet, Mr. Ashcroft, wegen Vergewaltigung Ihrer Nichte, Miss Eleanor Delliah.«

Sein Blick wurde noch erstaunter, er runzelte die Stirn. Offenbar schien er dieses Ansinnen als unter seiner Würde zu empfinden, und seine vollkommenen Manieren litten keine Sekunde lang. Er versuchte vergeblich, sich eine Pfeife anzuzünden, wie Taylor vermutete, ein Trick, um Zeit zu gewinnen. Aber seinetwegen sollte Ashcroft alle Zeit der Welt haben. Es würde ihm nichts nützen.

»Ich verstehe wirklich nicht, wovon Sie sprechen, Gentlemen«, sagte er schließlich. »Wahrscheinlich sollte ich jetzt meinen Anwalt anrufen.« Außerdem meinte er, er wolle mit seiner bedauernswerten Schwester sprechen, um sich von ihr diesen Wahnsinn erklären zu lassen.

Taylor war einverstanden.

Enoch zwinkerte seinem Partner zu und fesselte Mr. Ashcroft dann die Hände mit Handschellen auf den Rücken. Eigentlich war das überflüssig, aber Taylor fand diese kleine

Demütigung angebracht. Der Mann hatte es verdient. Auf dem Weg zum Revier erzählte Mr. Ashcroft, seine arme Schwester sei vor Jahren schwanger geworden. Er hatte den Mann gezwungen, sie zu heiraten — genauer gesagt, er habe ihn dafür bezahlt. Doch der Mann habe sie trotzdem sitzengelassen, und er, Ashcroft, habe seine Schwester und deren Tochter über all die Jahre hinweg freiwillig und großzügig unterstützt. Mutter und Tochter mußten sich um ihr Auskommen nicht sorgen. Sei das nicht sehr freundlich von ihm? Teilten die Herren von der Polizei nicht seine Ansicht? Hier müsse doch ein Mißverständnis vorliegen.

Taylor, der vorne saß, drehte sich zu Mr. Ashcroft um. »Ich verstehe, Mr. Ashcroft. Sie gaben ihrer Schwester im Austausch für den sexuellen Mißbrauch eines kleinen Mädchens Essen und ein Dach über dem Kopf.«

Wären Mr. Ashcrofts Hände nicht gefesselt gewesen, hätte er diesen Vorwurf wohl mit einer wegwerfenden Geste abgetan. »Das ist Unsinn, Lieutenant. Vollkommener Unsinn. Ich bin ein erfolgreicher Mann. Ich bin ein vernünftiger Mann. Und ich bin ein gebildeter Mann. Warum um alles in der Welt sollte ich, ein Mann von Rang und Namen, etwas so Verächtliches und völlig Unverständliches tun, wie ein Kind zu mißbrauchen? Es ergibt keinen Sinn, meine Herren.«

»Vielleicht werden die Psychologen diese Frage beantworten können.«

Mr. Ashcroft kam nie ins Gefängnis. Innerhalb einer Stunde war sein Anwalt da, der Richter setzte eine niedrige Kaution an, und der Gefangene konnte wieder in seine hübsche Villa zurückkehren.

Taylor widerte das an, aber es war ihm nichts Neues. Geld war in diesem Rechtssystem die schlagkräftigste Waffe, die man haben konnte. Aber er würde Ashcroft fertigmachen. Er hatte die Aussagen von Ellie und ihrer Mutter. Er hatte die Untersuchungsergebnisse des Arztes und Ashcrofts Sperma. Außerdem waren alle Polizisten, die an dem Fall beteiligt waren, scharf, ihn zu schnappen.

Trotzdem beschwerte sich Taylor bitterlich bei seinem Vorgesetzten, Captain Dennis Bradley, einem äußerst geduldigen und wohlwollenden Mann, der schweigend zusah, wie sein Untergebener in seinem engen Büro auf und ab lief.

»Der Mann hat Macht. Er ist es gewöhnt, zu kriegen, was er will, weil er reich ist. Er wird seine Schwester und Ellie einschüchtern. Das wissen Sie so gut wie ich. Und der Staatsanwalt weiß es auch. Die Frage ist, wie wir sie davor schützen können? Wie erwischen wir dieses Schwein?«

»Hören Sie mal, Taylor ...« Bradly fuhr sich mit der Hand durch das schüttere graue Haar. »Ich weiß, daß Sie bis über beide Ohren in dieser Sache stecken. Schließlich haben Sie dem Mädchen wahrscheinlich das Leben gerettet. Sie sind persönlich zu sehr beteiligt und nicht mehr objektiv. Sie müssen lockerlassen.«

»Wo lockerlassen, Captain?«

»Im Fall Ashcroft.«

»Er ist ein Arschloch.«

»Richtig. Und was weiter kommt, sehen wir noch. Schauen Sie, der Fall ist im Augenblick absolut wasserdicht. Und der Staatsanwalt wird Sorge tragen, daß das auch so bleibt, aber ...« Achselzuckend griff er nach seinem Styroporbecher mit kaltem Kaffee. »Verlieren Sie nicht den Kopf, Taylor. Ich weiß, daß Ihnen der Fall Kreider vor einigen Monaten wirklich zu schaffen gemacht hat. Wir alle wissen, daß Sie Ihr möglichstes getan haben, aber das Gesetz sagt nun mal, daß der Angeklagte das Recht hat, dem Menschen, der ihm etwas vorwirft, gegenübergestellt zu werden.«

»Ja, und ganz zufällig geht besagter Mensch zwei Tage vor dem Prozeß über den Jordan. Da waren Profis am Werk. Unser Angeklagter spaziert einfach mit einem breiten Lächeln raus, und eine einundzwanzigjährige Frau, die nie in ihrem Leben etwas Böses getan hat, die nur gesehen hat, wie Kreider einem anderen Halunken das Lebenslicht ausblies, bekommt eine Kugel in den Kopf. Und das, weil ich sie überredet habe, gegen ihn auszusagen.«

»Es war nicht Ihre Schuld. Sowas passiert eben. Sie wissen ja, daß wir versucht haben, die Frau zu schützen. Aber manchmal genügt das nicht. Verdammt, Taylor, sie sind jetzt schon so lange bei der Polizei, sechs Jahre, oder?«

Taylor nickte. »Ashcroft wird damit nicht durchkommen, Captain.«

»Hoffentlich nicht«, antwortete Captain Bradley, aber er klang nicht sehr überzeugt.

Taylor hatte eine Unterredung mit dem stellvertretenden Staatsanwalt, einem jungen Mann, der zwar fähig war, aber über wenig Berufserfahrung verfügte. Allerdings war er jung genug, um seinen Gerechtigkeitssinn noch nicht verloren zu haben. Er war zufrieden mit den bereits vorliegenden Beweisen gegen Ashcroft. Und er war sicher, daß der Prozeß gegen ihn eröffnet werden würde. Er verriet Taylor, Ashcrofts Anwalt habe sich bereits an seinen Vorgesetzten gewandt, aber der Staatsanwalt würde sich nicht auf so etwas einlassen. Taylor war froh. Er hatte Hoffnung. Endlich würde die Gerechtigkeit siegen. Doch Enoch sah ihn nur kopfschüttelnd an und warnte ihn davor, sich zu viel zu erwarten.

Die Vorverhandlung war auf den Morgen des kommenden Dienstags angesetzt. Taylor saß wie auf Kohlen. Ashcroft würde sich trotz seines vielen Geldes und seines teuren Anwalts nicht aus dieser Sache herauswinden können. Keine Chance. Er würde schuldig gesprochen werden.

Zu seiner Freude erfuhr er, daß Richter Riker den Vorsitz führen würde, der als sehr streng und unnachgiebig bekannt war. Ihm konnte keiner etwas vormachen. Gewaltverbrecher verabscheute der Richter besonders, und wenn es um Vergewaltigung ging, hatte er fast Schaum vor dem Mund. Es hieß, seine Nichte sei vor etwa zehn Jahren vergewaltigt worden. Man hatte den Täter freisprechen müssen, weil die Polizei die Beweise nicht richtig gesichert hatte.

Richter Riker kam mit wehender schwarzer Robe in den Gerichtssaal gerauscht. Mit seinem dichten weißen Haar wirkte er wie Moses aus der Bibel. Er wies den stellvertretenden Staatsanwalt an, zu beginnen.

Dieser folgte der Aufforderung, und von da an ging alles bergab.

Die Spermaproben, die in Ellies Körper gefunden worden waren und zweifelsfrei von Mr. Ashcroft stammten, waren aus dem Labor verschwunden. Niemand wußte, wohin.

Dann trat Mrs. Delliah in den Zeugenstand und sagte Richter Riker, ihre Tochter habe einen Jungen in der Schule an sich herumspielen lassen, bis sie zu bluten angefangen habe. Ellie habe Angst bekommen und die Schuld auf ihren Onkel geschoben, weil er der einzige Mann sei, den sie kenne. Es sei ein Jammer, meinte Mrs. Delliah und tupfte sich mit einem Taschentuch die Augen, denn Ellies Onkel liebe das kleine Mädchen so sehr. Und nun müsse er ihretwegen das alles über sich ergehen lassen.

Richter Riker warf dem stellvertretenden Staatsanwalt einen prüfenden Blick zu. Dann meinte er leise: »Möchten Sie, daß das Mädchen aussagt?«

»Im Richterzimmer, wenn Euer Ehren gestatten.«

»Nun gut.«

Taylor wartete und lief eine Dreiviertelstunde lang auf dem Flur vor dem Gerichtssaal auf und ab. Als Richter Riker zurückkam, ging alles sehr schnell.

»Ich stelle das Verfahren gegen Mr. Ashcroft ein. Der nächste Fall.«

Es war vorbei. So einfach. Nichts ging mehr. Das Verfahren war eingestellt, der Mann war frei. Taylor ging auf die Herrentoilette und erbrach die drei Tassen Kaffee, die er getrunken hatte. Enoch tat sein bestes, um ihn zu beruhigen.

»Schau, Taylor. So ist es nun mal. Das weißt du so gut wie ich. Verdammt, mehr kann man eben nicht machen.«

Taylor sah ihn an. Dann zog er das kleine Diktiergerät aus der Anzugtasche. »Ich werde das dem Richter vorspielen«, sagte er.

Reglos hörte der Richter das Band mit Ellies Aussage an. Als das Band abgelaufen war, drückte der Richter mit seinem dicken Finger auf die Löschtaste.

»Tut mir leid, Lieutenant, aber das Mädchen hat geschworen, daß ihre Mutter die Wahrheit sagt. Allerdings hat sie sich geweigert, uns den Namen des Jungen zu nennen. Ich glaube Ihnen. Natürlich ist der Onkel schuldig, und er gehört in psychiatrische Behandlung. Aber ich kann überhaupt nichts tun. Vergessen Sie es, Lieutenant. Es tut mir ebenso leid wie Ihnen, doch Gesetz ist Gesetz. Gehen Sie wieder an die Arbeit und denken Sie nicht mehr daran.«

Taylor erhob sich und starrte das nun gelöschte Tonband an. »Das Leben dieses kleinen Mädchens wird die Hölle sein, und das wissen Sie. Oder glauben Sie etwa, daß er jetzt damit aufhört. Wahrscheinlich kennt er nun gar keine Grenzen mehr. Er hat doch gerade erst bewiesen, daß ihm das Gesetz nichts anhaben kann.«

»Nein, ich glaube, der Onkel hat die Mutter bezahlt, damit sie ihre Geschichte ändert. Bestimmt hat es ihn ein ordentliches Sümmchen gekostet. Sie können drauf wetten, daß Mutter und Tochter bald ihre Siebensachen packen und mit unbekannter Adresse umziehen. Also hat es wenigstens etwas gutes gehabt. Das Mädchen ist von ihm befreit.«

Taylor konnte darin nur wenig Trost finden. Doch er dankte Richter Riker, schüttelte ihm die Hand und verließ das Gebäude. Er betete, es möge wahr sein. Wenn das Verfahren eingestellt war, waren auch den Sozialarbeitern die Hände gebunden. Es gab keinerlei Möglichkeit, Mrs. Delliah das Sorgerecht für ihre Tochter zu entziehen.

Drei Wochen später kam Taylor gerade von einer Kokainrazzia zurück, die drei Teenager das Leben gekostet hatte — ein neunzehnjähriger Dealer war noch auf freiem Fuß —, als der Captain ihn in sein Büro rief. Er schloß die Tür und sagte ihm, daß Ellie Delliah tot sei.

»Es tut mir leid, Taylor«, meinte er leise. Das Kind war aus einem Toilettenfenster im dritten Stock ihrer Privatschule in der 81th Street Ecke Madison Avenue gesprungen. Sie war auf einem betonierten Bürgersteig aufgeschlagen und sofort tot gewesen.

Am nächsten Tag kündigte Taylor seine Stelle bei der New Yorker Polizei. Sein langjähriger Partner und Freund, Enoch Sackett, gab ebenfalls seine Polizeimarke zurück.

1987 LINDSAY

Ein vorbeifahrendes Taxi ließ den Schneematsch hochspritzen, daß Lindsays neue hellbraune Wildlederstiefel davon getroffen wurden. Fluchend betrachtete sie den Schaden. Sie waren von oben bis unten fleckig und verdorben. Lindsay hatte sie mit ihrem letzten Gehaltsscheck von Hoffmann und Meyers gekauft. Hoffmann und Meyers war ein kleiner Privatverlag, wo Lindsay freudlos fünf Monate lang in der Presseabteilung gearbeitet hatte. Lindsay war so wütend, daß sie am liebsten etwas kaputtgeschlagen hätte. Sie ging in eine kleine Bar in der 56sten Straße Ecke Broadway Avenue, gleich neben dem Lincoln Center. Es handelte sich um eine altmodische irische Bar namens County of York, schummrig und gemütlich und mit einem abgewetzten, doch liebevoll polierten Tresen. Über allem lag ein heimeliger Geruch.

Sie ließ sich in eine Nische gleiten, die mit schwarzem Leder gepolstert war. Es roch nach Bier und Whiskey und ganz leicht nach gesalzenen Erdnüssen. An diesem Mittwochnachmittag kurz vor vier waren nur wenige Gäste da, denn die meisten Menschen arbeiteten noch. Alle, außer ihr. Sie hatte gerade ihre Stelle gekündigt und fühlte sich nun gleichzeitig erleichtert und bedrückt.

Sie bestellte ein Glas Weißwein und begutachtete dann ihre wunderschönen, neuen Wildlederstiefel. Die Flecken trockneten und bildeten ein häßliches Muster auf dem goldbraunen Leder.

Als der Barmann den Wein brachte, hätte sie ihn am liebsten in einem Zug hinuntergestürzt, doch sie zwang sich, ihn in kleinen Schlucken zu trinken. Grübelnd betrachtete sie den zerkratzten, ordentlich polierten Tisch. Sie dachte an ihren Chef, Nathan mit dem fliehenden Kinn. Warum hatte sie ihm keine darauf verpaßt, als sie vor einer Stunde die Arbeit hingeworfen hatte. Statt dessen hatte sie ihm ganz ruhig und erwachsen erklärt, er solle sich einen anderen bedauernswerten Menschen mit einem Abschluß in Psychologie suchen, der für ihn auf den Strich ging. Beim Gehen hatte sie sich nur gefragt, ob er sie noch für die beiden Tage bezahlen würde. Doch wen kümmerte das? Sie war den Laden los. Teil ihres Aufgabengebietes war gewesen, als Fremdenführerin und Begleiterin für Autoren zu fungieren, die New York besuchten, und ihnen alle Unannehmlichkeiten aus dem Weg zu räumen. Sie mußte dafür sorgen, daß alles klappte. Der letzte Autor war ein Golfspieler gewesen, dessen Buch sich mit den Skandalen in Profi-Golf-Kreisen beschäftigte. Sie hatte ihm New York von seiner besten Seite gezeigt, über seine Witze gelacht und ihn bei Laune gehalten. Doch dann hatte er versucht, sie in seine Hotelsuite abzuschleppen. Als sie zu ihrem Chef ging, um sich über diesen Menschen zu beschweren, hatte dieser ihr nur gesagt, sie solle zurück ins Hotel gehen und dafür sorgen, daß der Mann sich amüsierte. Ihre Antwort hatte gelautet, in ihrer Arbeitsplatzbeschreibung habe kein Wort von Prostitution gestanden.

Okay, es war vorbei. Noch während des Gesprächs mit ihrem Chef, hatte der Golfer angerufen und sich über ihre mangelnde Kooperation beklagt. Lindsay hatte nicht anders gekonnt, als ihrem Chef ins Gesicht zu lachen. Nun kam ihr Lachen wieder von Herzen, denn sie war frei. Wenigstens so lange, bis sie eine neue Arbeitsstelle fand. Sie sah sich in der Bar um, trank ein Schlückchen von ihrem Wein, und als sie aufblickte, bemerkte sie plötzlich einen Mann. Er saß allein am Tresen und kippte, wenn sie nicht alles täuschte, einen Scotch herunter, während er dem Barmann sein Leid klagte. Der Barkeeper war ziemlich beleibt, trug eine Schürze, die ihm bis unter die Achseln reichte, und hatte einen riesigen braunen Schnurrbart. Er polierte Biergläser mit einem großen weißen Lappen, seine Bewegungen waren ruhig und gleichförmig, und er blickte verträumt ins Leere. Lindsay fragte sich, ob er dem Mann wirklich zuhörte, oder ob er einfach an etwas anderes dachte.

Der Mann redete von seinem BMW, darüber, wie schlecht das Auto den Schnee und den Matsch vertrug und wie es wegen des Salzes, das die Stadtverwaltung nach dem Schneesturm auf die Straßen gestreut hatte, von unten her verrostete. Der Barmann nickte nur und polierte weiter seine Biergläser. Der Mann leerte sein Glas und bestellte noch einen Whiskey. Dann sprach er weiter, aber Lindsay konnte nichts verstehen. Er war Mitte vierzig, hatte eine olivfarbene Haut, dichte schwarze Locken und war schlank gebaut. Sein Gesicht wirkte jungenhaft, er lächelte charmant und seine Kleider sahen teuer aus. Seine Stimme war so weich und sanft wie der Weißwein in ihrem Glas. Wider Willen hörte Lindsay zu, was er sagte. Schließlich wollte sie ja nur die Zeit totschlagen, bis ihre Stiefel trocken waren. In diesem Wetter hatte sie keine Lust, auf der Straße herumzulaufen. Da sie zum Abendessen mit Gayle Werth in ihrem liebsten mexikanischen Restaurant in der 72th Street verabredet war, mußte sie noch einige Stunden abwarten.

In diesem Augenblick kam eine Frau in die Bar gerauscht — ihren Eintritt mit anderen Worten zu beschreiben, war nicht möglich. Lindsay mußte sie einfach anstarren. Sie war in schwarzen Nerz gehüllt und trug hochhackige schwarze Lederstiefel. Auf ihrem Kopf saß ein riesiger Nerzhut, und in der Hand hatte sie ein Täschchen von Sharif, in das wahrscheinlich nicht mehr als ein Lippenstift hineinpaßte. Sie war wunderschön, selbstsicher und offensichtlich nicht zufällig hier. Der Mann wandte sich nach ihr um, als sie ihm ihre behandschuhte Hand auf die Schulter legte. »Hallo, Rotschopf«, sagte er lächelnd. »Schön, daß du da bist. Möchtest du etwas trinken?«

»Ja, danke, Vinnie, ein Ginger Ale. Und dann muß ich mit dir reden. Glen sagte mir, daß ich dich hier treffen würde.«

»Glen kann den Mund nicht halten, Dickie, gib dem Rotschopf ein Mineralwasser. Keine Kalorien. Schau dir deine Beine an, Janine, ich sehe das Fett schon durch den Mantel. Heute gibt's nichts mehr, Liebling. Verstanden?«

In diesem Moment erkannte Lindsay die Frau. Sie war Model, und Lindsay hatte sie erst im Wartezimmer ihres Zahnarztes auf dem Titelblatt einer Frauenzeitschrift gesehen. Im Augenblick war sie nicht so schön, denn sie war furchtbar wütend auf den Mann. Sie redete zornig auf ihn ein, und ihre Stimme wurde mit jedem Wort lauter.

»... Es reicht, Vinnie, es reicht, kapierst du, es reicht. Verdammt, ich habe es satt!«

Lindsay fragte sich, was sie wohl satt haben mochte, und spitzte die Ohren. Der Mann unterbrach die Frau mit einer wegwerfenden Handbewegung und sagte: »Schau, Baby, entweder hältst du dich an die Regeln, oder du verschwindest in der Versenkung.«

Der Barmann reichte der Frau ein Glas Mineralwasser. »Von deinem ständigen Genörgel kriegst du Falten um den Mund«, sagte der Mann jetzt. »Hör auf damit. Heute wird nicht mehr geschmollt, kapiert?«

Die Frau schüttete dem Mann das Mineralwasser ins Gesicht. Die Zitronenscheibe landete auf seinem Schoß. »Übrigens, Demos, ich heirate Arthur Penderley III., und dann kann ich deinen ganzen Laden aufkaufen, du kleine, miese Schwuchtel!« Sie hüllte sich wieder in den prächtigen Nerzmantel, warf in einer herrischen Geste, die ihr fast den Hut herunterrutschen ließ, den Kopf zurück und rauschte hinaus.

»Wow«, meinte der Barkeeper. »Die hat aber Temperament.«

»Das kann man sagen«, antwortete Vinnie und wischte sich das Gesicht ab. »Ach, zum Teufel, Dickie, ich bin froh, daß sie aus dem Geschäft aussteigt. Sie ist ausgebrannt, und das zeigt sich allmählich in ihrer Arbeit. Ich habe sogar schon wegen ihrer Art Beschwerden bekommen. Wenn ein Regisseur oder ein Fotograf erst einmal bemerken, daß ein Model eingebildet ist, wird es meistens schwierig. Denn normalerweise sind diese Typen so mit sich selbst beschäftigt, daß sie nicht mal den lieben Gott erkennen würden, wenn er am Drehort auftaucht. Okay, das war's dann also. Kannst du mir noch ein Handtuch geben? Danke.«

Während er sich die Hosen abtupfte, rief der Barmann zu Lindsay hinüber: »Hey, Lady, möchten Sie noch ein Glas?«

Lindsay, die die Szene fasziniert beobachtet hatte und noch nicht gehen wollte, rief zurück: »Ja, geben Sie mir gleich ein doppeltes.«

Der Mann blicke langsam hoch und hörte auf, an seinen

Hosen herumzuwischen. Er musterte Lindsay sehr lange, dann nickte er und prostete ihr schweigend zu.

Lindsay lächelte ihn an. Es gab nichts besseres als ein kleines Drama, um die eigenen Sorgen zu vergessen, dachte sie. Wie schön, daß das Leben manchmal noch angenehme Überraschungen parat hatte. Ohne es zu bemerken, lächelte sie weiter zu ihm hinüber.

Vincent Rafael Demos traute seinen Augen nicht. Es muß der Whiskey sein, dachte er. Dieses Lächeln hatte etwas an sich. Elektrisierend, ja, das war das richtige Wort. Und dazu noch ihr feuchter, wirrer Haarschopf — wild wie bei einer Medusa, doch dicht und in den verschiedensten Farben schimmernd, von einem hellen Aschblond bis hin zu einem dunklen Braun. Die Farben schienen das Licht in sich aufzusaugen, und die Naturwellen verstärkten diesen Eindruck noch. Und ihre Augen, nun das würde er gleich sehen. »Ich bringe ihr den Wein, Dickie. Setz ihn auf meine Rechnung.«

Lindsay sah den Mann, ihren Wein in der einen und seinen Whiskey in der anderen Hand, auf sich zukommen. Er lächelte nicht mehr, und sie überkam sofort Angst. Sie unterdrückte sie. Keine Angst mehr, wenigstens keine unbegründete Angst. Was machte es schon, wenn der Mann sie zu einem Glas Wein einladen wollte? Schließlich war sie ja arbeitslos. Es mußte ja nicht bedeuten, daß er sie überfallen wollte. Außerdem brauchte sie ein wenig Aufmunterung.

»Ich heiße Vincent Demos oder einfach nur Vinnie, falls Sie meinen kleinen Streit mit Janine mitangehört haben. Oder Demos, wie es mir am liebsten wäre. Hier ist Ihr Wein, ich lade Sie ein. Darf ich mich für einen Moment zu Ihnen setzen?«

»Solange Sie nicht von Ihrem BMW reden, gern.«

Er grinste, setzte sich ihr gegenüber und hob sein Glas. Sie stießen an.

»Sind Sie Studentin?«

»Nicht mehr. Ich bin eine selbständige, berufstätige, seit heute arbeitslose Erwachsene. Ich habe heute nachmittag meinen ersten Job gekündigt, und ein Taxi hat mir die neuen Wildlederstiefel verdorben. Ich heiße Lindsay Foxe.«

Sie gaben sich die Hand. Seine war trocken und schmal, sein Griff fest.

»Nett, Sie kennenzulernen, Ma'am.«

Sie nickte.

»Sie haben die schönsten Augen, die ich jemals gesehen habe. Ungeschreiblich sexy und intelligent. Eine ganz ungewöhnliche Kombination.«

»Und Ihr Versuch, mich anzusprechen, ist auch recht ungewöhnlich.«

»Das ist kein leeres Kompliment, sondern eine Tatsache. Oder tragen Sie bunte Kontaktlinsen? Nein, ich glaube nicht. Wieviel wiegen Sie?«

»Mein Kampfgewicht oder in Turnschuhen mit dicken Socken?«

»Kampfgewicht.«

»Zweiundsechzig Kilo. Was bekomme ich, wenn ich alle Fragen richtig beantworte?«

»Und wie groß sind Sie?«

Sie sah ihn mit schräggelegtem Kopf an. »Eins einundachtzig.«

»Sie haben ganz bestimmt kein Übergewicht. Haben Sie lange Beine?«

»Bis zum Mars.«

»Okay, schlagfertig sind Sie auch. Das gefällt mir. Wie ich schon sagte, heiße ich Demos. Mir gehört die Demos Modellagentur Ecke Madison und dreiundfünfzigste Straße. Alles ganz seriös, fragen Sie nur Dickie. Ich bin kein Sittenstrolch. Ich würde gern ein paar Probeaufnahmen von Ihnen machen. Es kostet Sie keinen Pfennig. Sind Sie interessiert?«

»Sie sehen nicht aus wie ein Sittenstrolch.«

»Ich bin auch keiner. Großes Indianerehrenwort. Und Sie müssen sich für die Aufnahmen auch nicht nackt ausziehen. Ich mache keine Pin-Up Kalender oder Material für Herrenmagazine. Nur Modeaufnahmen, und alles seriös, wie ich schon sagte. Wenn Sie gut sind, können Sie eine Menge Geld verdienen, und ich ebenfalls. Wie alt sind Sie?«

»Zweiundzwanzig. Ich habe im letzten Frühling meinen Abschluß in Psychologie an der Columbia gemacht. Ich weiß, er ist keinen Pfifferling wert, aber wenigstens habe ich ihn.«

»Haben Sie schon einmal als Model gearbeitet?«

Lindsay schüttelte den Kopf. »Die Frau, die gerade hier war«, sagte sie dann. »Sie ist Model. Ich habe sie auf einer Zeitschrift beim Zahnarzt gesehen.«

»Das war der Cosmopolitan-Titel vom letzten Monat, wobei die besondere Betonung auf dem Wörtchen ›war‹ liegt. Ja, Janine hat sich soeben aus dem Geschäft zurückgezogen. Ich rieche immer noch nach Zitrone.«

»Und Sie suchen Ersatz für Janine?«

Allzulang musterte er sie wortlos. »Nein«, antwortete er schließlich. »Ich suche etwas ganz Neues, und das könnten Sie sein.« Nachdenklich lehnte er sich zurück und leerte sein Glas.

»Sie haben eine zeitlose Figur. Das ist meistens das Wichtigste. Nun? Wollen Sie es versuchen, Lindsay Foxe?«

»Wann?«

»Sagen wir morgen um eins?«

»Warum nicht? Seit zwei Stunden gehört meine Zeit wieder mir.«

»Haben Sie einen festen Freund?«

Lindsay stutzte. »Nein.«

»Gut. Freunde können eine wirkliche Plage sein, wenn Fototermine zu ungewöhnlichen Zeiten stattfinden.«

»Nein, keine Männer.«

»Das hört sich wie ein Dauerzustand an.«

»Das ist es auch, Mr. Demos.«

»Stehen Sie auf Frauen?«

»Ich stehe auf niemanden.«

»Gut. Wenn es klappt, werden Sie etwa fünf bis sieben Kilo abnehmen müssen. Die Kamera trägt auf, wissen Sie?«

»Das habe ich schon gehört. Fünf Kilo sind eine ganze Menge, sieben geht unmöglich. Ich bin kein Fliegengewicht. Eigentlich bin ich zur Zeit für meine Verhältnisse recht dünn. Ich weiß nicht, ob ich das schaffe oder ob ich überhaupt ständig hungern will.«

»Nun, ich überstürzte schon wieder alles. Vielleicht sind

Sie ja gar nicht fotogen. Vielleicht kann man diese wunderschönen Wangenknochen gar nicht erkennen. Und ihr Kiefer könnte aussehen wie der eines Nußknackers. Außerdem sind Sie für eine Anfängerin fast schon zu alt. Überlegen Sie es sich unbedingt, Lindsay. Rufen Sie mich morgen vormittag an und lassen Sie mich bitte Ihre Entscheidung wissen. Und daß Sie mir bis dahin bloß keine roten Augen kriegen.«

»Ich fasse es kaum, daß das alles Wirklichkeit ist. Daß Sie Wirklichkeit sind. Es kommt mir vor wie in einem schlechten Film.«

»Ich weiß«, meinte Demos grinsend, wobei zwei goldplombierte Backenzähne zum Vorschein kamen. »Aber ich dachte sowieso schon immer, daß das Leben ist wie ein schlechter Film.

Wissen Sie, Lindsay, Topmodels erscheinen nicht einfach wie durch Zauberhand in meinem Büro. Da stellen sich nur die vor, die keiner haben will. Janine habe ich auf einer Party im Greenwich Village entdeckt. Sie hatte schiefe Zähne und blondierte Haare, aber ich habe ihre Möglichkeiten erkannt. Zwei meiner erfolgreichsten Models habe ich in Bars kennengelernt — so wie Sie. Eine von ihnen mußte sich die Ohren operieren lassen. Einem Model bin ich auf der Beerdigung meiner Tante begegnet, und einer bin ich über den Weg gelaufen, weil meine Mutter mich mit ihr verkuppeln wollte. Das Leben steckt voller Überraschungen. Wenn eine Agentur so erfolgreich sein will wie meine, ist man ständig auf der Suche. Also rufen Sie mich bitte an, okay?«

»Vielleicht bin ich nächstes Jahr schon auf dem Titel von Vogue«, sagte Lindsay zu Gayle, als sie später an diesem Abend bei Margeritas, Chips und scharfer Sauce im Los Panchos saßen.

»Klar, Kleine, und vielleicht wählen sie dich auch in die Vereinten Nationen.«

»Da gibt es keine Wahlen, Gayle.«

»Ich meine ja nur, daß du dir keine übertriebenen Hoffnungen machen sollst, Lindsay. Vielleicht ist der Typ ja ein Betrüger, ein Perverser oder ein gesuchter Verbrecher. Du schaust dir alles genau an, bevor du hingehst, versprichst du mir das?«

»Hab ich schon. Er ist ziemlich bekannt. Er steht im Telefonbuch, eine gute Adresse und wirklich echt. Der Mann ist eine große Nummer. Ich habe sogar bei Cosmopolitan angerufen und mich nach ihm erkundigt.«

Lindsay lehnte sich in ihrem Stuhl zurück und betrachtete den leeren Chipskorb. »Ich habe einen Riesenbusen. Müssen Models nicht magersüchtig und flachbrüstig aussehen?«

Gyle zuckte die Achseln. »Ich werde dich morgen begleiten, um aufzupassen, daß du nicht zu leichtgläubig bist und Unsinn machst.«

»Ich, leichtgläubig?« Davon war Lindsay wirklich überrascht. »Du machst wohl Witze!«

»Nein. Du bist nämlich schrecklich naiv, Lindsay. Ach ja, ich habe heute morgen diesen komischen Psychoprof gesehen, diesen Dr. Gruska, als ich mich an der Uni nach einem Gymnastikkurs erkundigen wollte. Er ist mir förmlich nachgerannt. Kannst du dir das vorstellen? Er wollte wissen, wo du bist, und hat mich dann nach deiner Telefonnummer gefragt.«

Lindsay wäre fast an ihrem Tortillachip erstickt und griff nach dem Wasserglas. »Du hast doch nicht etwa . . .«

»Keine Angst, eine Nummer habe ich ihm schon gegeben, aber die habe ich mir selbst ausgedacht. Und der Widerling schlich beglückt von dannen.«

»Ich frage mich, was er will.«

»Wahrscheinlich, was alle Männer wollen: Dir an die Wäsche gehen.«

»Das glaube ich nicht. Das würde ihm sein Vater nicht erlauben.«

Gayle schwenkte einen Tortillachip unter Lindsays Nase. »Du überraschst mich immer wieder, Lindsay. Einerseits bist du so jenseits von Gut und Böse, und andererseits entdecke ich immer wieder eine andere Seite an dir: immer zynisch und witzig. Wenigstens an der Oberfläche. Manchmal verstehe ich dich nicht.«

»Da gibt es nichts zu versehen«, erwiderte Lindsay und bestellte bei Ernesto noch zwei gefrorene Margaritas mit Salzrand.

8.

1988 LINDSAY/EDEN

Es war ein heißer Julitag. Obwohl es noch nicht einmal Mittag war, war das Thermometer schon auf dreißig Grad geklettert. Lindsay bedauerte schon, sich zu Fuß zur Demos Agentur aufgemacht zu haben, doch sie hatte ein Kilo zugenommen, und Laufen und Schwitzen waren die beste Methode, es wieder loszuwerden. Als sie in die dreiundfünfzigste Straße einbog, blickte sie nach oben. Sie erwartete schon, daß Glen ihr aus dem Fenster im elften Stock des Hauses zuwinkte. Das Gebäude stammte aus der Zeit vor dem Zweiten Weltkrieg, und seine geschwärzte Backsteinfassade hätte — wie die der meisten Häuser in dieser Straße — eine Säuberung gut vertragen können. Doch Lindsay konnte Glen nicht entdecken. Sie lächelte, denn heute stand ihr ein sehr angenehmer Tag bevor, der sich von dem anstrengenden Modelalltag angenehm abheben würde: Eine Make-up-Sitzung für Lancôme. Die Leute von der zuständigen Werbeagentur waren nett und fröhlich und neigten zu lustigen Streichen. Nun, heute würde sie nicht mehr lachen, denn sie hatte sich entsetzlich hergerichtet. Bei ihrem Anblick würden die Werbeleute bestimmt einen Herzanfall bekommen.

Lindsay bückte sich, um ihre schlabberigen Armeesocken hochzuziehen. Ein hübsches Detail, dachte sie, besonders zu dem ausgeleierten matschgrünen Baumwollpullover, den sie zu zerschlissenen Jeans trug. Als sie sich wieder aufrichtete, sah sie eine elegant gekleidete Frau aus einem Taxi steigen. In ihrem rosafarbenen Seidenkleid, das sich merkwürdigerweise nicht mit ihrem rotbraunen Haarschopf schlug, sah sie aus wie aus einem Modejournal. Lindsay starrte sie an. Sie fuhr zusammen, und eine schmerzhafte Erinnerung bemächtigte sich ihrer. Zuerst schüttelte sie den Kopf, als ob sie es nicht glauben wollte, doch dann sagte sie ruhig: »Sydney, bist du es?« Ihre Halbschwester drehte sich um und erfaßte mit einem Blick den mit Gel zurückgeklatschten Pferdeschwanz, der von einem Gummiband zusammengehalten wurde, das ungeschminkte, glänzende Gesicht und das weite weiße Hemd.

Schweigend, schlank, schön und vollkommen wie immer stand sie da und betrachtete Lindsays Gesicht, ihr Haar und die baumelnden Ohrringe mit den kleinen Colafläschchen.

»Sydney, bist du es?«

»»Hallo, Lindsay. Lange her.«

Lindsay wußte nicht, was sie sagen sollte. Es kam so überraschend, denn niemand hatte ihr mitgeteilt, daß Sydney in New York war. Schmerz und Wut breiteten sich in ihr aus. Also stand sie nur da und starrte ihre Halbschwester an.

Dieses kühle, elegante Geschöpf ähnelte in nichts der völlig aufgelösten Frau vor fünf Jahren in Paris. Sydney hatte sich gegen sie gewandt und sich auf die Seite ihres Vaters geschlagen.

»Ja«, sagte Lindsay. »Ziemlich lange her. Du siehst zauberhaft aus, Sydney.«

»Und du, du bist immer noch die alte Lindsay, stimmt's?«

»So sehr verändert man sich nicht.« Verblüfft stellte Lindsay fest, daß sich bei den Worten ihrer Schwester noch ein weiteres Gefühl ihrer bemächtigte: Unterlegenheit. Plötzlich fühlte sie ich unterlegen, häßlich, wertlos und unbeholfen. Lindsay richete sich zu voller Größe auf, wodurch sie ihre Schwester, die in ihren schicken, hochhackigen Schuhen nur etwa eins achtundsechzig maß, um einiges überragte.

»Offenbar hast du dich ganz schön verändert. Zumindest auf den bunten Fotos siehst du ganz anders aus. Wie machen die das — mit Rauch, Spiegeln und Doppelgängern?«

»Fast.« Lindsay lachte. »Zuerst ist da der Fotograf, der einem manchmal mit seiner Arroganz ziemlich auf die Nerven gehen kann, dann der Aufnahmeleiter, der normalerweise herumschreit, wilde Drohungen ausstößt und Tobsuchtsanfälle kriegt, dann die Maskenbildnerin, der Friseur, die Garderobiere, die Techniker ... du verstehst schon, was ich meine. Es klingt verrückt, ist es aber nicht. Normalerweise läuft alles glatt, nur daß die Leute ständig durcheinanderreden und brüllen. Manchmal fühle ich mich wie ein Stück Holz, während alle an mir herumfuhrwerken.«

Die beiden Schwestern standen auf dem Bürgersteig. Menschen drängten sich an ihnen vorbei, und die Sonne brannte heiß am Himmel.

»Ich möchte mich mit dir versöhnen, Lindsay«, sagte Sydney plötzlich.

Lindsay musterte ihre Schwester prüfend, konnte ihrem Gesichtsausdruck aber nichts entnehmen. Die haselnußbraunen, klugen Augen erwiderten nur schweigend ihren Blick. »Es ist heiß hier draußen. Ich habe noch ein wenig Zeit, ehe ich nach oben muß. Gehen wir doch rüber und trinken etwas Kaltes.«

Sydney Foxe de Contini, die allgemein nur als La Principessa bezeichnet wurde, rührte sich nicht von der Stelle. Fünf Jahre waren eine lange Zeit, eine sehr lange Zeit, dachte sie. Sie war ziemlich erschrocken, als sie ihre Halbschwester auf dem Titelblatt der Elle-Ausgabe vom April gesehen hatte — ihre Schwester, so unbeschreiblich schön, schlank und schick. Nachdem sie das Foto näher betrachtet hatte, war ihr klar geworden, daß Lindsay mehr war als nur schön, ja, nicht einmal eine klassische Schönheit: Nein, ihr Gesicht zeigte vielmehr einen kaum zu beschreibenden Ausdruck, den eine Frau entweder hatte oder nicht. Sydney hatte das Bild nur verblüfft anschauen können. Jetzt musterte sie die durchschnittlich wirkende junge Frau, die vor ihr stand. Nein, nicht einmal durchschnittlich, sondern schlampig. Die Baskettballstiefel waren grauenhaft. Sie fragte sich, ob es Lindsay Spaß machte, so herumzulaufen und sich dann für die Modeaufnahmen in einen anderen Menschen verwandeln zu lassen.

Wieder dachte Sydney an das traumhaft schöne Geschöpf auf dem Elle-Titel. Das dichte, glänzende Haar, das überhebliche Lächeln und die erotischen blauen Augen. Das konnte nicht Lindsay gewesen sein. Nein, Lindsay war doch das klägliche, häßliche Entlein, das sie zuletzt bei der Vergewaltigung gesehen hatte. Sie hatte sofort ihren Vater angerufen. Warum hatte er ihr nichts von Lindsay erzählt? Sie hatte aufgelegt. Vater sprach nie über Lindsay; es machte ihn wütend, und Sydney mochte es nicht, wenn er wütend wurde, denn dann kannte er keine Gnade mehr. Doch dann war ihr eine ausgezeichnete Idee gekommen: Schließlich war sie ja La Prinzipessa, überall bekannt für ihre Schönheit, ihren Charme und ihren guten Geschmack. Ihren Einfall in die Tat umzusetzen, dauerte nicht lang. Alles hatte wie am Schnürchen geklappt, doch daran hatte sie auch niemals gezweifelt. Vor drei Tagen hatte sie Melissa bei ihrer Großmutter, dem Urgroßvater und den drei Dienstboten zurückgelassen und die erste Maschine nach New York genommen.

Wie seltsam, daß niemand ihr erzählt hatte, wie erfolgreich Lindsay als Model war, dachte sie sich noch auf dem Flug. Sie hatte nicht gewußt, wo Lindsay wohnte, hatte sich auch nicht dafür interessiert. Sie hatte gezögert, Großmutter Foxe danach zu fragen, denn die alte Dame hätte es ihr übelnehmen können, daß sie nicht einmal die Adresse ihrer Halbschwester kannte. Wie hätte sie jemandem erklären sollen, daß Lindsays Adresse sie nur an das schreckliche Erlebnis in Paris erinnert hätte? Sie wollte nicht mehr an diese Stunden der Schwäche denken und nicht daran, daß sie die Fassung verloren hatte. Sie war nicht sie selbst gewesen, und immer, wenn ihr die Szene in Paris wieder einfiel, wurde ihr übel.

Nun lächelte sie die so durchschnittlich aussehende Frau, die vor ihr stand, an. Lindsay leibhaftig zu begegnen, verlieh ihr wieder Selbstbewußtsein und erinnerte sie überhaupt nicht an Paris. Lindsay war dieselbe wie früher. Weder ihr Aussehen noch sonst etwas an ihr hatte irgend etwas Zauberhaftes an sich. Überhaupt nichts. Sie sah verheerend aus: groß, dürr und in diesen schrecklichen Kleidern, in denen sie wie ein Überbleibsel aus den Siebzigern wirkte. Über der Schulter hatte sie eine Tasche hängen, in der man eine ganze Kücheneinrichtung hätte unterbringen können. Woher hatte sie diese Sachen? Sie sah lächerlich aus, und Sydneys Schuldgefühle wegen des Vorfalls in Paris waren wie weggeblasen. Sydney war erleichtert. Bald würde sie den Gipfel des Ruhms erreicht haben.

»Sydney?«

»Klar, gehen wir rüber in diese kleine Bar. Ich bin für einige Tage in der Stadt — geschäftlich —, und ich dachte mir, es wäre gut, wenn wir uns einmal unterhalten. Bist du in Eile? Oder hast du jetzt ein paar Minuten Zeit? Ein Glas Wein wäre in dieser entsetzlichen Hitze einfach wunderbar. Ich hatte schon vergessen, wie sehr ich New York im Sommer verabscheue. Wie erträgst du das nur?«

»Man erträgt es nicht, man überlebt es eben.«

Im Jay Glock's Saloon rief Lindsay sofort die Agentur an. Glen war übler Laune.

»Ja, Süßes, ich bin da, aber wo bleibst du? Wo zum Teufel steckst du? Ich habe runtergeschaut und dich mit dieser bezaubernd schönen Frau reden sehen. Ist das wirklich eine Frau, Süßes, oder könnte ich möglicherweise endlich einmal Glück haben? Ein Kerl vielleicht?«

»Pech gehabt, Glen, sie ist meine Halbschwester. Bitte sag Demos, ich werde pünktlich da sein. Ich habe immer noch fast eine Dreiviertelstunde Zeit, ehe die Leute von Lancôme anrücken.« Sie lauschte Glens wortreichen Ergüssen. Als er endlich fertig war, meinte sie: »Nein, Glen, meine Halbschwester, die ich seit Jahren nicht gesehen habe. Genau, die berühmte Principessa. Okay, bis später. Sag Demos, ich werde mich mit Kuchen vollstopfen. Klar, Glen, dann kriegt er endlich einen Herzinfarkt. Ach ja, ich habe übrigens eine hübsche Überraschung für die Werbeleute auf Lager. Du wirst mich noch zur Witzkönigin ernennen. Bis später.«

Lindsay nahm gegenüber ihrer Schwester Platz. Ein Glas Weißwein stand schon auf dem Tisch. Sie hob es, seufzte dann und bestellte ein Mineralwasser. »Weißt du, daß ich eine Tochter habe?« eröffnete Sydney das Gespräch.

»Ja, sie heißt Melissa. Großmutter hat mir ein Foto geschickt. Sie ist wunderschön und sieht dir sehr ähnlich.«

»Ich wußte gar nicht, daß du inzwischen Model bist.«

Lindsay zuckte die Achseln, nahm ihr Mineralwasserglas und stieß mit Sydney an. Sie hatte ein flaues Gefühl im Magen. Sydney hielt sie offenbar immer noch für ein Nichts. Lindsay hatte zwar ihrer Mutter und ihrer Großmutter von ihrem neuen Beruf erzählt, aber offenbar hatte es keine für nötig befunden, diese Information an Sydney oder Vater weiterzugeben. Vielleicht wußte Vater es sogar und interessierte sich einfach nicht dafür. Allerdings überraschte das Lindsay nicht weiter. Warum jedoch hatte Großmutter Sydney gegenüber nie davon gesprochen?

»Ich habe dich auf dem Titel von Elle gesehen.«

»Da haben wir Glück gehabt, hat Demos gesagt. Die Frau bei Elle hat beim Anblick meiner Ohren oder sonst so etwas Lächerlichem fast einen Anfall bekommen.«

»Du arbeitest für Vincent Rafael Demos?«

»Dann hast du von diesem Wahnsinnigen schon gehört? Woher kennst du ihn?«

»Die meisten Frauen der guten Gesellschaft wissen über Demos und seine, äh, Models Bescheid, Lindsay.«

»Aha, gute Gesellschaft. Kein Wunder, daß ich ihn zuerst für einen Kredithai aus New Jersey gehalten habe.«

Belustigt über Sydneys Versuch, sie zu demütigen, lachte Lindsay laut auf, und zu ihrer Überraschung errötete Sydney.

»Ich habe nur einen Witz gemacht.«

»Klar, Sydney.« Zum erstenmal im Leben fühlte sich Lindsay einen Moment überlegen. Ein sehr angenehmes Gefühl. »Was sagt man denn über ihn und seine, äh, Models?«

Sydney zuckte die Achseln. »Es ist sein Ruf, den er, wie ich verstanden habe, auch verdient.«

»Glen kümmert sich um alles.« Am liebsten hätte Lindsay erzählt, daß Glen Demos' Liebhaber war, aber sie verkniff es sich. »Er ist seine Mutter, sein Beichtvater, sein Sekretär und sein Assistent, kurz gesagt, seine rechte und linke Hand gleichzeitig. Vor einigen Jahren hat er beschlossen, daß sein Ruf als Verführer Demos Image schaden könnte. Also hat außer seinem Pudel und seinen drei Siamkatzen niemand Zutritt zu Demos Bett. Außer Glen natürlich.«

»Und was machst du in New York? Erkundigungen anstellen, ob ich mit Demos ein Verhältnis habe?« Sie machte nur eine Kunstpause, ehe sie hinzufügte: »Und du bist allein in New York?«

Sydney nickte, sie spürte, daß es mit dem Selbstbewußtsein ihrer Schwester nicht weit her war. Auf den ersten Blick wirkte sie sehr verändert, aber das stimmte nicht, manche Dinge blieben eben bestehen. Lächelnd lehnte sie sich zurück. »Wahrscheinlich meinst du meinen Mann. Alessandro ist diese Woche in Rom. In Mailand hält er sich kaum noch auf. Nur sein Großvater, seine Mutter, Melissa, ich und die Dienstboten wohnen in der Villa. Die mürrische Schlampe, die sich seine Schwester nennt, hat einen griechischen Schiffsmagnaten geheiratet und lebt den Großteil des Jahres auf Kreta. Ich arbeite jetzt im Familiengeschäft; einer Munitionsfabrik, kannst du dir das vorstellen? Vater verbringt etwa drei Monate im Jahr bei uns. Natürlich ist er gern mit mir und Melissa zusammen. Seine Frau ist einfach unerträglich. Du hast sie doch auch schon kennengelernt, oder? Holly ist ein Biest, aber man kommt einigermaßen mit ihr zurecht, wenn man weiß, wie man sie nehmen muß, was mir recht gut gelingt. Letztesmal ist sie zu Hause geblieben. Sie ist eifersüchtig auf mich. Nach nur zwei Monaten Ehe mit Holly hat Vater sich eine Geliebte genommen. Wie deine Mutter bald herausgefunden hat, ist er eben kein treuer Ehemann. Du hast dich verändert — ein bißchen.«

»Ich bin eben erwachsen geworden und komme mit meinem Leben klar. Wahrscheinlich war er auch deiner Mutter nicht treu, Sydney.«

»Meine Mutter ist gestorben! Das weißt du doch. Er hat sie geliebt, und niemand anderen. Nach ihrem Tod hat er sich verändert.«

Lindsay machte schon den Mund auf, schloß ihn aber wieder. Sie hatte gehört, wie Lansford, der Butler der Familie Foxe, vor vielen Jahren zu Dorrey, der Köchin, gesagt hatte, die erste Mrs. Foxe sei dem Richter davongelaufen und nach Neuseeland gezogen. Offenbar war sie gar nicht tot, und Sydney mußte das doch wissen. Obwohl sie so tat, als wäre das nicht der Fall. Jetzt hatte Lindsay wieder die Oberhand.

Sie lächelte. »Wolltest du mich wegen etwas Bestimmten sprechen, Sydney?«

»Du meine Güte, muß ich denn einen Grund haben? Schließlich bin ich doch deine Schwester.«

»Ich bin schon seit dreiundzwanzig Jahren deine Schwester. Warum so plötzlich? Du hast dir fünf Jahre Zeit gelassen.«

Sydney nahm wortlos einen Schluck Wein. Lindsays Versuche, sarkastisch zu sein, amüsierten sie nur. Allerdings mußte ja in den fünf Jahren etwas geschehen sein, und der Sarkasmus war wenigstens eine kleine Verbesserung. Was sollte sie ihr sagen? Am besten ließ sie sie noch ein bißchen schmoren.

»Vielleicht bin ich ja hier, um einige Jungfrauen für Alessandro aufzugabeln. Er braucht jedes Jahr Nachschub. Wahrscheinlich könntest du dich ihm jetzt zu Füßen werfen, und er würde dich keines Blickes würdigen. Du bist zu alt, dein Gesicht und dein Körper. Weißt du, daß Alessandro mir gesagt hat, du würdest einmal eine Schönheit werden? Ich habe ihn damals ausgelacht, denn ich habe nur deine dürren Beine, die spitzen Ellbogen und die zerzausten Haare bemerkt, die aussahen, als wären sie mit dem Rasenmäher abgeschnitten. Selbstverständlich gefielst du Klappergestell ihm besser als ich, weil du noch unschuldig warst. Wenn er dich jetzt sehen könnte, würde er dich vielleicht immer noch begehren. Vielleicht würde er sogar seinen Irrtum eingestehen. Ich werde ihn einmal fragen.«

Lindsay erstarrte.

»Du denkst immer noch an jene Nacht? Aber Lindsay, was ist schon ein bißchen Sex im Vergleich mit dem, was man empfindet, nachdem man auf seinen Ehemann geschossen hat. Ich sehe seinen Gesichtsausdruck noch deutlich vor mir. Völliges Erstaunen, und dann ist er von dir heruntergefallen.« Sydney zuckte die Achseln. »Doch das ist nun fünf Jahre her, Lindsay. Zeit für dich, es zu vergessen. Aber weißt du, ich habe noch oft bereut, daß ich so eine schlechte Schützin bin.«

»Ich glaube nicht, daß man so etwas so leicht vergessen

kann. Warum hast du dich nicht von ihm scheiden lassen?«

»Ganz einfach aus Angst vor einem Skandal. Aus dem gleichen Grund, warum du ihn nicht angezeigt hast. Vater war sehr beschäftigt, uns beide zu bearbeiten. Und es ging um so viel Geld. Aber jetzt genug von meinem Mann. Wie bist du in die Modellbranche gekommen?«

Lindsay war mehr als erfreut, dieses Thema zu beenden. Gott, sollte es denn nie ein Ende haben? Wie konnte man so etwas vergessen? Es schnürte ihr die Kehle zu, nur darüber zu reden. Sie spürte, daß Sydney sie beobachtete. »Demos hat mich im letzten Jahr in einer Bar entdeckt«, erklärte sie deshalb schnell. »Ich hatte gerade meinen Job bei einem kleinen Verlag gekündigt, und dann hat mir ein Taxi noch Schneematsch auf meine neuen Wildlederstiefel gespritzt. Ich versuchte gerade, mich bei einem Glas Wein zu trösten, als er mich sah und an meinen Tisch kam. Es klingt entsetzlich kitschig, aber genau so war es. Er sagte, so etwas sei gar nicht unüblich. Jedenfalls mag ich Demos. Er ist klug und amüsant.«

»Amüsanter als Alessandro?«

Lindsay umklammerte ihr Weinglas so fest, daß der Stiel abbrach. Die Scherben schnitten ihr in die Finger, und sie saß einfach nur da und betrachtete das Blut, das aus der Wunde floß.

»Möchtest du ein Pflaster?«

»Ja, das wäre vielleicht eine gute Idee.« Sydney wischte das Blut mit einer Serviette von Lindsays Finger und wikkelte ein Pflaster darum. »Jetzt ist er so gut wie neu.«

»Warum hast du das eben gesagt, Sydney? Warum willst du mich verletzen?«

»Das will ich doch gar nicht, Lindsay. Sei nicht albern. Aber du hattest doch Spaß mit Alessandro, gib es zu. Zwei Jahre lang hast du ihn angehimmelt, erinnerst du dich? Und du hast keine Anstalten gemacht, abzureisen, als du feststelltest, daß er ohne mich in Paris war. Er gab sich Mühe, daß du dir als etwas Besonderes vorkamst. Ach ja, sein Charme ist legendär, wenn er Lust hat, ihn einzusetzen.«

»Ich war ein naives, junges Mädchen.«

»Richtig. Weißt du, daß Alessandro bis heute behauptet, du hättest ihn verführt? Er sagte, er habe dich gar nicht gewollt, aber solches Mitleid mit dir empfunden, weil du so tolpatschig, peinlich und jämmerlich gewesen seist. Deswegen habe er dich nach Paris eingeladen, denn niemand wollte mit dir zusammensein, und du seist so einsam gewesen. Er hätte keine Ahnung gehabt, daß du es ernst mit ihm meintest. Er behauptet, du hättest ihn verführt und einfach nicht lockergelassen.«

Lindsay betrachtete ihren verpflasterten Finger. Auf einmal fühlte sie sich nackt, und ein Kälteschauer durchlief sie bis auf den Grund ihrer Seele. Es würde niemals aufhören, dessen war sie sich ganz sicher. Immer würde es im Hintergrund lauern, finster und widerlich, und auf sie warten. Darauf warten, daß Sydney sie immer wieder daran erinnerte. An ihre Schuld an dem Vorfall, an die ihr Vater und Sydney ganz fest glaubten. Selbst nach fünf Jahren ... Sie durfte nicht zulassen, daß Sydney sie so demütigte, nicht mehr, nicht so wie früher. Schließlich war sie dreiundzwanzig Jahre alt und erwachsen.

Sie sah ihre Halbschwester an und sagte sehr ruhig: »Was du mir eben erzählt hast, ergibt für mich einen Sinn. Im nachhinein glaube ich auch, daß Alessandro gegen meine jugendlichen Verführungskünste keine Chance hatte. Ich habe sogar gedroht, ihm den Arm zu brechen, wenn er sich weigern sollte, mich zu schlagen. Und wenn er es ablehnen sollte, mir nicht nur einen, sondern gleich drei Kinnhaken zu verpassen, würde ich das gesamte Hotelpersonal zusammenschreien. Ja, es war einfach phantastisch. Besonders die inneren Verletzungen waren der Gipfel der Erotik. Wirklich unvergleichlich. Jedes junge Mädchen sollte so etwas einmal erleben, damit es sich ihrer eigenen Macht bewußt wird. Okay, es ist lange her, und wenn du nichts dagegen hast, können wir uns auch übers Catchen oder etwas ähnlich Aufregendes unterhalten.«

»Du hast dir einen ganz schönen Schutzpanzer zugelegt.«

»Und du gehst mir allmählich auf die Nerven, Sydney. Warum bist du wirklich hier? Was hast du vor? Oder willst du mich nur quälen, damit du nicht aus der Übung kommst?«

»Ach nein, du warst niemals eine große Herausforderung. Es war viel zu leicht, dir weh zu tun. Schon beim kleinsten Stich wußtest du keine Antwort mehr. Du warst viel zu häßlich.«

»Schon wieder die alte Leier. Warum bist du hier? Was habe ich dir getan?«

Lindsay sah ihre Halbschwester an. Sie wünschte, in sie hineinschauen zu können, um zu wissen, was sie im Schilde führte. Aber sie war wirklich schön, neben ihr fühlte Lindsay sich klein und häßlich. Die wunderschöne, vollkommene Sydney mit ihrem vollkommenen Kind und einem Mann, der es mit Minderjährigen trieb.

»Um die Wahrheit zu sagen, kleine Schwester, habe ich meinen Mann mitgebracht, weil mich deine Reaktion interessiert. Du behauptest, du seist erwachsen geworden, und das wollte ich gern nachprüfen. Ob du es glaubst oder nicht, Alessandro ist ein guter Vater und vielleicht sogar ein annehmbarer Ehemann. Es tut ihm leid, daß er grob mit dir war, das soll ich dir von ihm ausrichten. Ich weiß aber nicht, ob ich ihm das glauben soll.«

»Warum hast du mir dann in Paris all diese Dinge gesagt? Warum bist du deinem Mann nachgereist? Warum hast du eine Pistole dabeigehabt? Mein Gott, Sydney, schließlich hast du auf ihn geschossen!«

Sydney zuckte arrogant die Achseln. »Ich erinnere mich nicht, was ich zu dir gesagt habe. Ich war nur außer mir, weil ich meine kleine Schwester mit meinem Mann im Bett erwischt habe. Wenn du oben gelegen wärst, hätte ich dich wahrscheinlich zuerst erschossen.« Noch ein Achselzucken. »Alessandro ist wie die meisten Männer, einschließlich meines Vaters — verzeih mir, unseres Vaters. Er treibt sich eben manchmal herum. Und wie ich schon sagte, tut es ihm leid. Er würde dich gern wiedersehen, um den Schaden wieder gutzumachen.«

»Nein, diesem Schwein will ich mein Leben lang nicht mehr begegnen. Und du lügst, Sydney, warum?«

»Lindsay, ich sehe, daß du dich kein bißchen verändert hast. Fünf Jahre sind eine lange Zeit. Damals warst du jung und hast ihn angehimmelt. Er hätte dich nicht in seiner Suite übernachten lassen sollen, aber es ist nun einmal passiert, Es ist vorbei. Vergiß es.«

Es würde nie vorbei sein, solange Sydney sich alle fünf Jahre in ihr Leben drängte und Salz in die Wunde streute. Sie wußte, sie würde die schmerzlichen Erinnerungen bis zu ihrem Tode mit sich herumtragen, und das mußte sie akzeptieren.

»Du bist nicht der einzige Grund meines Hierseins. Ich habe weder dir noch Vater davon erzählt. Bestimmt wird er einen Tobsuchtsanfall bekommen, aber das ist mir egal. Ich habe vor einigen Wochen ein Gespräch mit Vincent Demos geführt, nachdem ich ihm einige hübsche Fotos von mir geschickt hatte. Kurz gesagt, liebe Schwester, er möchte, daß wir uns zusammen fotografieren lassen. Er hält mich für schön, elegant und aristokratisch, das ganze Gegenteil von dir. Denn du siehst mit dem richtigen Make-up und den passenden Kleidern eher robust und ländlich aus. Seiner Ansicht nach sind zwei so unterschiedliche Schwestern, von denen die eine italienische Prinzessin ist und die andere ein bißchen Erfolg als Model hat, ein großer Verkaufsschlager. Arden will ein neues Parfüm auf den Markt bringen, und sie sind an der Sache mit den zwei Schwestern sehr interessiert. Du weißt schon, ein Parfüm, das sich an verschiedene Frauentypen richtet.«

Lindsay traute ihren Ohren nicht. »Mir hat er nichts davon gesagt.«

»Ich habe ihm gedroht, daß die Sache gestorben ist, wenn er das tut, denn ich wollte mir das Vergnügen gönnen, es dir selbst mitzuteilen. Ich sehe es schon vor mir: La Principessa und Eden. Wir beide, wie wir eine Parfümflasche küssen oder uns gegenseitig einsprühen.«

»Aber warum solltest du als Model arbeiten wollen? Die Arbeit ist kein Honigschlecken, Sydney. Sie ist hart und anstrengend. Du mußt ständig Diät halten und um neun ins Bett gehen, weil die Aufnahmen meistens in aller Früh stattfinden, und du schon vorher zum Schminken, Einkleiden und Frisieren dasein mußt. Es ist schwere Schufterei. Oft ist der Regisseur ein Vollidiot, der Fotograf ist ein Trottel, und die beiden machen dir das Leben zur Hölle. Um Himmels willen, du bist Anwältin und eine Prinzessin und führst eine eigene Firma!«

Lachend nahm Sydney einen Schluck Wein. »Habe ich dir schon gesagt, daß mir dein Künstlername gefällt? Eden. Der Name hat Stil und Klasse und klingt geheimnisvoll. Hat Demos ihn für dich ausgesucht?«

»Das haben wir zusammen getan.«

»Ich verstehe. Wie interessant. Wahrscheinlich muß ich mir an dir ein Beispiel nehmen und mit dem Alkohol aufhören. Wie du sicher weißt, steckt er voller Zucker. Aber natürlich hatte ich noch nie Gewichtsprobleme.«

Warum tut sie das? fragte sich Lindsay, während sie ihre Schwester musterte. Nur, um mich zu quälen? Nein, so viel Zeit und Mühe bin ich ihr nicht wert. »Warum? Warum tust du das?«

»Weshalb sollte ich dir nicht die Wahrheit sagen? Es macht nichts. Das Geld, meine Liebe, das Geld. Nachdem ich auf Alessandro geschossen hatte, dauerte seine Genesung recht lang. Und danach hatte er einfach den Biß verloren. Er hat sich verändert — natürlich nur durch deine Schuld —, und auch in geschäftlicher Hinsicht ist er nicht mehr so risikofreudig. Er hat die Firma fast in den Bankrott getrieben, bis ich die Sache in die Hand genommen habe. Diese Modelgeschichte wird mir ein hübsches Sümmchen einbringen und mich noch berühmter machen. Und da gibt es einen weiteren Grund, Lindsay, die Freude, dich wiederzusehen und mich mit dir fotografieren zu lassen. Stell dir nur vor — wir zwei werden zusammen arbeiten. Ich frage mich, welche von uns beiden die Leute für die ältere halten werden.«

»Ich mache da nicht mit.«

»Natürlich wirst du mitmachen. Oder bist du immer noch so eifersüchtig auf mich, daß du es vor der Kamera nicht verbergen könntest?«

»Ich bin nicht eifersüchtig auf dich.«

»Das nehme ich dir nicht ab.«

»Ich habe keine Lust mehr, darüber zu reden, Sydney.«

»In Ordnung. Um zwei Uhr heute nachmittag haben wir beide einen Termin mit Demos. Was hältst du denn von Vaters Frau, Holly? Eine widerliche Zicke, hab ich nicht recht?«

»Wußtest du, daß Vater und sie wieder zu Großmutter in die Villa gezogen sind? Holly hat es auf Großmutters Geld abgesehen. Schließlich wird Großmutter dieses Jahr dreiundachtzig. Aber sie macht Vater immer noch die Hölle heiß. Andererseits wird sie nicht mehr lange die Möglichkeit dazu haben. Vater hat davon gesprochen, sie in ein Altersheim zu stecken.«

»Das schafft er nicht! Sie ist geistig rege und hat zu viele Verbindungen, als daß er das bewerkstelligen könnte. Und was Holly betrifft, verdient er alles, was sie ihm antut.«

»Daran muß es wohl liegen, daß Daddy dich nicht sehr mag, Lindsay. Immer hast du ihn nur kritisiert, seine Männlichkeit in Frage gestellt und deine Abneigung gegen ihn offen zur Schau gestellt. Du bist immer auf Seiten deiner Mutter gestanden. Und die ist, was ja kein Zufall sein kann, Alkoholikerin und schläft mit Männern, die so alt sind wie du.«

Lindsay konnte ihre Schwester nur entsetzt anstarren. Ihre Worte trafen sie wie das Messer eines Chirurgen. Sydney war wirklich geschickt. Doch zum erstenmal seit Paris hatte Lindsay das Gefühl, daß sie sich wacker geschlagen hatte.

Sydney erhob sich und strich ihren Seidenrock glatt. »Ich glaube, ich habe dir genug gesagt, worüber du nachdenken kannst. Im Denken warst du ja sowieso nie die Schnellste. Heute nachmittag sehen wir uns bei Demos. Hoffentlich hast du dich bis dahin ein bißchen zurechtgemacht. Ach, erlaube, daß ich bezahle.«

Taylor beugte sich über den alten Mann und fühlte seinen Puls. Er war tot, offenbar Herzinfarkt, nichts wies auf eine andere Todesursache hin. Allerdings glaubte Taylor nicht eine Sekunde lang, daß dieser Mann an einem Herzinfarkt gestorben war. Langsam erhob er sich und sah sich um. Die Frau war natürlich verschwunden.

»Hol einen Krankenwagen«, rief er Enoch zu, der gerade um die Ecke kam. »Und halte die Augen offen, ob du die Frau oder die Bullen irgendwo siehst.«

Schnell durchsuchte Taylor die Taschen des Mannes. Kein Ausweis, keine Kreditkarten, keine Fotos, nichts als ein gefaltetes Stück Papier in seiner Brieftasche. War es versehentlich zurückgelassen worden? Vielleicht, aber Taylor ging nicht davon aus. Er strich den Zettel glatt und las: »Wenn du Gloria siehst, sag ihr, Demos versteckt sich, aber nicht lange. Er taucht wieder auf. Das tut er immer.« Keine Unterschrift.

Als Taylor die Polizeisirenen hörte, blickte er auf. Schnell faltete er das Papier wieder zusammen. Gerade wollte er es schon wieder in die Brieftasche des Mannes schieben, als er innehielt. Es gab keinen Grund dafür.

Wer zum Teufel war Demos? Das klang nach einem kleinen Mafiatypen aus New Yersey oder einem schäbigen Buchmacher.

Taylor erhob sich, denn zwei Polizisten kamen mit gezückter Pistole auf ihn zu.

»Ach, Sie sind's, Taylor«, meinte der ältere der beiden und steckte die Waffe weg. Er wies auf den Toten. »Was ist denn los? Wer ist das?«

Der Polizist hieß Mahonney und war bei der Polizei von East Orange tätig, ein beleibter Mann, überlegt und gerissen. Sein Partner war ein junger Bursche mit entsetzlich unreiner Haut.

Taylor wünschte, er wäre in Frankreich gewesen, anstatt in East Orange, New Jersey neben einer Leiche zu stehen. Erst vor zwei Wochen war er von einer Motorradtour durch die Bretagne zurückgekehrt.

»Ich habe das in seiner Brieftasche gefunden. Sonst nichts, keinen Ausweis, gar nichts. Vielleicht ist er gefilzt worden, und die Täter haben das da übersehen.«

Taylor reichte Mahonney den Zettel. Dieser las ihn und zuckte dann die Achseln. »Keine Ahnung, wer dieser Demos ist. Wissen Sie's vielleicht, Taylor?«

»Keinen Schimmer. Ich habe diesen Kerl beschattet, weil seine Frau mich und Enoch dafür bezahlt, ihn auf frischer Tat zu ertappen.«

Mahonney ließ sich in die Knie sinken und untersuchte den Toten. »Er scheint nicht mehr der Jüngste zu sein. Kann mir nicht vorstellen, daß er noch die Kraft hat, mit anderen Frauen rumzumachen. Was würden Sie sagen? Etwa sechzig? Herzinfarkt?«

»Sieht ganz so aus, nirgends Blut oder eine Verletzung. Aber ich glaube nicht, daß sein Herz einfach zu schlagen aufgehört hat. Nein, jemand hat nachgeholfen. Und ja, er ist wirklich zu alt, und ich vermute fast, Enoch und ich sind reingelegt worden. Jetzt sehe ich ihn zum erstenmal aus der Nähe. Seine Frau hat uns ein Foto eines viel jüngeren Mannes gezeigt, und der Typ hatte immer einen Hut auf. Wollen Sie den Namen der Frau?«

»Die ganze Sache kommt mir sinnlos vor«, meinte Mahonney und kratzte sich am linken Ohr. »Warum sollten Sie und Enoch ihn beschatten? Wenn ihn jemand umgebracht hat, konnte der doch keine Zeugen gebrauchen.«

Taylor zuckte die Achseln.

»Wissen Sie«, sagte er, »vielleicht ist dieser Mord mit uns als Zeugen als Botschaft an diesen Demos gedacht. Sie wissen schon, zwei Ex-Bullen standen quasi daneben und konnten nichts tun. Der Bursche ist trotzdem hopsgegangen. Oder vielleicht ist die Botschaft auch an jemand anderen gerichtet. Jedenfalls ergibt es Sinn, Enoch und mich mit reinzuziehen.«

Mahonney nickte. »Diese Überheblichkeit riecht geradezu nach Profikillern. Jetzt können sie sich ganz groß fühlen. Praktisch unbesiegbar, wenn sie sogar einen Kerl umpusten können, während Sie beide ihn beschatten. Ich werde mich mal mit der Ehefrau unterhalten. Wollen Sie und Enoch mitkommen?«

»Klar.«

Wie sich herausstellte, war die Frau, die sie angeheuert hatte, gar nicht die Ehefrau des Toten. Sie beschuldigte Taylor und Enoch, den Falschen beschattet zu haben. Diesen alten Knacker habe sie ihr Lebtag nicht gesehen. Außerdem sei er häßlich wie die Nacht schwarz. So einen Kerl hätte sie nie geheiratet. Sie war entrüstet und weigerte sich, ihnen auch nur einen Pfennig zu bezahlen und bezeichnete sie als Versager. Die Polizisten hatten zwar einen Verdacht, aber keine weiteren Anhaltspunkte. Taylor und Enoch grübelten und grübelten, wie sie die Frau überführen könnten, aber es fiel ihnen nichts ein.

Später am nächsten Vormittag kam Enoch in das kleine Büro im zweiten Stock des Cox Buildings in der 54th Street Ecke Lexington Avenue in Manhattan. Auf der Milchglastür des Büros stand in großen Buchstaben: »Taylor & Sackett«. Enoch nahm sich die Post von Maudes Schreibtisch und ging in das Zimmer, wo er und Taylor ihre Schreibtische stehen hatten, und setzte sich. »Alles nur Reklame«, meinte Taylor und zeigte auf die Briefe. »Verschwende deine Zeit nicht damit. Soll Maude sich darum kümmern?«

»Okay.« Enoch warf den Stapel rückwärts über seine Schulter zu Boden und sah Taylor an. »Schöne Scheiße, Mann. Was machen wir jetzt?«

Er beugte sich vor und ließ die langen Arme zwischen den Knien baumeln.

»Mach dir keine Sorgen«, meinte Taylor. »Wir verhungern schon nicht, und Sheila wird es dir auch nicht aufs Butterbrot schmieren. Für den kommenden Montag habe ich eine Computersache angenommen. Die Salex Company hat einen Virus im Programm für die Export-Buchführung und die bezahlen mich gut dafür, daß ich ihn wieder beseitige. Wir schaffen's schon. Und du machst dich an den Fall Lamack, okay?«

»Ja, okay. Industriespionage in einer Kosmetikfirma, stimmt's? Das dürfte nicht schwierig sein, der Laden ist klein, und es kommen nur wenige Leute in Frage.« Er seufzte. »Sheila wird das gar nicht gefallen. Sie bekommt einen Anfall, wenn ich einer Leiche zu nahe komme. Ich hatte Glück, daß sie gestern beim Bridgespielen war, und ich ihr nichts erklären mußte. Wahrscheinlich bin ich deshalb Bulle gewesen, nur um sie zu ärgern. Und was das Geld betrifft, einen Schlag ins Wasser kann man sich schon mal leisten.«

Enoch wohnte schon sein ganzes zweiundvierzigjähriges Leben mit seiner Mutter zusammen. Er nannte sie nur Sheila, wenigstens wenn er direkt mit ihr sprach. Enochs Vater war gestorben, als Enoch achtzehn Jahre alt gewesen war. Damals hatte Sheila zehn Millionen Dollar und ein Dutzend Schuhgeschäfte geerbt. Sie war reich, hatte eine scharfe Zunge und Humor. Außerdem war sie musikalisch. Taylor mochte sie sehr gern. Sie lag ihm ständig in den Ohren, er solle wieder heiraten, doch wenn es um Enoch ging, war das Thema für Sheila plötzlich nicht mehr aktuell, obwohl er im Laufe der Jahre verschiedene Beziehungen mit Frauen gehabt hatte.

»Ich frage mich, wer dieser Demos ist«, sagte Taylor.

»Mahonney sagte mir, das könne man nur über einen Informanten herausfinden. In dieser Gegend wimmelt es nur so von Demoses. Viel Vergnügen. Dieses trifft übrigens auch auf den Schreiber dieses Zettels zu.«

»Ich glaube, du hast recht, und die Bullen auch. Man hat uns nicht nur reingelegt, sondern benutzt, um jemandem eine Botschaft zukommen zu lassen. Wahrscheinlich diesem armen Schwein Demos. Damit er sieht, daß er bei den großen Fischen vorsichtig sein muß. Ich habe mich, bevor ich von daheim los bin, mit Boggs, dem Gerichtsmediziner, unterhalten. Er sagte, der Mann ist mit einer schmalen, runden Klinge genau ins Herz gestochen worden. Da das Loch sehr klein war, hat es kaum geblutet. Und deshalb hat Mahonney auch nichts gesehen. Glaubst du, die Frau war's, diese Gloria? Oder war es Demos selbst? War Gloria die Frau, die wir mit ihm zusammen gesehen haben?«

»Das weiß nur der liebe Gott. Mahonney hat den Toten noch nicht einmal identifizieren können. Magst du ein Bier?«

»Gut, Sheila wird einen Tobsuchtsanfall bekommen. Ich glaube, ich schütte mir ein bißchen davon aufs Jackett. Dann schreit sie rum und nennt mich einen Säufer.« Grinsend rieb Enoch sich die Hände. »Und dann erzähle ich ihr von der Leiche. In allen Einzelheiten.«

»Du bist gemein, Enoch.«

»Das ist Teil meines Charmes, Taylor, nur Teil meines Charmes.«

9.

LINDSAY

Hoch aufgerichtet und kerzengerade stand Lindsay vor Demos' Schreibtisch. Noch einmal sagte sie — diesmal ruhiger: »Ich werde es nicht tun, Vinnie. Und du kannst mich nicht überreden, also vergiß es.«

»Habe ich dir schon gesagt, daß du in diesem Outfit wirklich süß aussiehst, Lindsay? Wie aus der Müllhalde aufgelesen. Ist deine Unterwäsche genau so vergammelt? Glen hat mir erzählt, daß du mit den Leuten von Lancôme so eine Art Wettbewerb am Laufen hast. Diesmal gewinnst du, da geh ich jede Wette ein.«

»Hör mir zu, Vinnie. Ich werde mich nicht mit meiner Halbschwester fotografieren lassen. Ich will nichts mit ihr zu tun haben. Ich werde niemandem verraten, daß ich überhaupt mit ihr verwandt bin. Lieber breche ich meinen Vertrag, dann kannst du mich verklagen, und es gibt ein schönes Durcheinander. Aber ich meine, was ich sage, ich werde es nicht tun.«

Vincent Rafael Demos lehnte sich zurück und faltete die Hände vor dem Gesicht. Er runzelte die Stirn. Glen sagte immer, sein Gehirn funktionierte wie eine Kettensäge, es sägte und sägte, bis sich die Lösung zu dem Problem schimmernd aus den Trümmern erhob. Doch diesmal fiel ihm nichts ein.

»Du weißt auch, warum ich es nicht tun werde.«

Vincent zuckte die Achseln. »Deine Schwester hat mir erzählt, es liegt daran, daß du schon immer eifersüchtig auf sie warst. Dann hat sie gelacht und gemeint, du seist doch bereits ein erfolgreiches Model, während sie ein Niemand sei. Ist es das, Kleine? Hast du Angst, sie könnte dir Konkurrenz machen?«

Zum erstenmal seit sie Demos Büro — ein prächtiger aber

zu kahler Raum, der ganz mit weißem Leder möbliert war — betreten hatte, mußte Lindsay lächeln. »Weißt du, Vinnie, zuerst dachte ich das auch. Ich dachte, ›Vorsicht, da ist sie wieder!‹ Ich habe etwas, das sie nicht hat, und ihre erste Reaktion ist, es mir wegzunehmen. Doch ich habe lange überlegt und bin zu dem Schluß gekommen, daß das nicht der Grund ist. Durch mich ist sie nur auf die Idee gekommen, mehr nicht. Schau, ich bin eine erwachsene Frau, und wenn es nur um Eifersucht ginge, würde ich damit zurechtkommen.«

Lindsay holte Luft.

»Komm, spuck es aus.«

»Ich werde mich aus dem gleichen Grund nicht mit ihr fotografieren lassen, aus dem du und ich uns auch den Namen Eden für mich ausgedacht haben. Nur Eden und sonst nichts.«

»Oh.«

»Ich wußte, du hattest es vergessen.«

»Aber die Sache in Paris ist jetzt fünf Jahre her, Lindsay. Das interessiert doch heute keinen Menschen mehr. Nicht einmal die Skandalblätter. Geraldo wird schon nicht vor deiner Tür stehen.«

»Das stimmt nicht, und jetzt, da du dich wieder daran erinnerst, weißt du das auch. Ich sehe schon die Schlagzeilen: 'LA PRINCIPESSA UND IHRE KLEINE SCHWESTER LINDSAY/EDEN WIEDER VEREINT. SIE TEILEN ALLES MITEINANDER. SOGAR DEN MANN. WIRD DIE KLEINE LINDSAY DIESMAL WIEDER VERGEWALTIGUNG SCHREIEN? WO IST DER PRINZ?' Es kommt nicht in Frage, Vinnie, vergiß es.«

»Mir war nicht klar, daß es dich noch so mitnimmt, Lindsay, wirklich nicht.«

»Wenn du Sydney für die Arden-Sache willst, wird sie es allein machen müssen.« Lindsay steckte die zitternden Hände in die Taschen. Sie fror, aber sie würde sich nicht umstimmen lassen.

»In Ordnung.«

»Was ist in Ordnung?«

»Dann macht sie es allein. Die Leute von Arden haben wirklich einen Narren an ihr gefressen. Sie ist so verdammt schön, elegant und klug. Und glücklicherweise sieht man das ihrem Gesicht an. Ich wünschte, ich hätte sie schon vor Jahren kennengelernt. Wirst du damit klarkommen, wenn sie sich entscheidet, als Model zu arbeiten, Lindsay?«

»Solange niemand weiß, wer ich bin.«

»Ich kann ihr keinen Maulkorb verpassen. Wenn sie allen erzählen will, wer Eden ist, dann wird sie es tun.«

Das würde sie ganz bestimmt, und Lindsay wußte, daß nichts sie daran hindern konnte.

Als sie zu den Lancôme-Aufnahmen ging, gerieten die beiden Werbeleute wegen ihres Aufzugs schier außer sich. Aber Lindsay konnte sich nicht darüber freuen, daß ihr Streich so erfolgreich gewesen war. Sofort nach den Aufnahmen ging sie nach Hause, stellte die Klimaanlage an, nahm sich ein Cola-Light aus dem Kühlschrank und grübelte. Was sollte sie tun?

Sie kannte Sydney. Sydney würde alles ins Lächerliche ziehen. Entweder das, oder sie würde alles in ihrer süßlichen, herablassenden Art so verdrehen, daß Lindsay am Schluß dastehen würde wie ein Mädchen vom Babystrich. Lindsay konnte es sich gut vorstellen: Was für ein Jammer, daß ihre Schwester, die arme Lindsay Eden, alles mißverstanden hätte, welchem tragischen Mißverständnis sie selbst, Sydney, aufgesessen sei. Und der arme Prinz habe doch solches Mitleid mit dem häßlichen Entlein gehabt ... Und alle würden denken: Lindsay hatte alles mißverstanden. Ja klar.

Lindsay konnte es nicht mehr ertragen. Sie mußte etwas tun.

Sydney wohnte im Plaza Hotel. Sie würde sie aufsuchen, sie anflehen, den Mund zu halten, ihr anbieten, sich auf alles einlassen ... So gut erinnerte sich Lindsay noch daran, wie sie Vinnie alles erzählt hatte. Er hatte nicht viel gesagt, sondern nur hin und wieder genickt, kein Mitleid geäußert und nicht einmal ihre Hand getätschelt. Aber, was viel besser war, er hatte ihre Worte nicht angezweifelt.

»Kein Problem«, hatte er gesagt, nachdem Lindsay fertig gewesen war. »Weißt du was, Lindsay? Der Name paßt eigentlich nicht zu dir. Du siehst eher aus wie Eden. Was hältst du von Eden als Künstlername? Einfach nur Eden. Bei diesem Namen stellt man sich wunderschöne Bilder, Geheimnisse und rätselhafte Frauen vor. Niemand wird jemals deine Geschichte erfahren. Was meinst du?«

Aber jetzt war Sydney sicher. Lindsay griff zum Telefon und rief die Auskunft an. Innerhalb weniger Minuten hörte sie Sydneys Stimme am anderen Ende der Leitung.

»Ach, Lindsay, bist du es? Was willst du denn?«

»Ich möchte wissen, ob du weiterhin als Model arbeiten willst.«

»Aber ja doch. Ganz bestimmt. Arden will mich unbedingt, und das Geld, das sie bieten, ist sogar mir zu Kopfe gestiegen. Schließlich bin ich eine wirkliche Prinzessin und laufe nicht mit einem erfundenen Namen wie Eden herum. Eigentlich hätten sie dich nur genommen, weil Demos den Einfall mit den zwei Schwestern hatte. Ja, ich glaube, ich werde die Frau sein, die für ihr neues Parfüm steht. Weißt du, daß sie planen, es La Principessa zu nennen? Und dann bin ich in allen Werbebroschüren, im Fernsehen, in Zeitschriften, überall. ›People‹ wird mich interviewen wollen.«

Lindsay umklammerte den Telefonhörer so fest, daß ihre Knöchel weiß hervortraten. »Wirst du etwas über mich erzählen? Hast du vor, den Leuten zu erzählen, daß ich deine Halbschwester bin, und daß es dir ja so leid tut, und daß dein Mann, der Prinz, und . . .« Lindsay fehlten die Worte. Ihr Atem stockte, und ihre Hände waren so feucht, daß sie den Telefonhörer kaum festhalten konnte.

Sydney überlegte laut. »Glaubst du, daß mich jemand danach fragen wird, Lindsay? So heißt du doch wirklich, oder? Wie traurig es für Vater sein wird, daß du dich deines Namens schämst. Natürlich wird er andererseits erleichtert sein, daß dich niemand mit ihm in Verbindung bringt.«

Lindsay wußte, daß Sydney es bei der erstbesten Gelegenheit herausposaunen würde. Ganz einfach deswegen, weil man sie bestimmt bald als die Frau erkannte, die ihren Mann vor fünf Jahren mit ihrer kleinen Schwester im Bett ertappt und auf ihn geschossen hatte. Das würde Sydney niemals hinnehmen. Sie würde alles verdrehen und Lindsay mit hineinziehen, und Lindsay würde wieder der Sündenbock sein. Ganz vorsichtig legte Lindsay den Hörer auf. Sie leerte ihre Cola-Light und ging zu Bett.

Um Mitternacht lag sie immer noch wach. Sie überlegte und erinnerte sich. Der Atem stockte, als ihr der Mann wieder einfiel ...

Sein Name war Edward Bensonhurst. Er besaß eine Firma für Autoersatzteile; seine geschiedene Frau lebte mit den beiden Kindern in New Jersey, und er hatte sich eine Wohnung in Manhattan genommen. Lindsay hatte ihn auf einer Party kennengelernt und sympathisch gefunden. Doch er wollte nur mit ihr ins Bett. Als sie sich weigerte, war er unverschämt geworden. Sie hatte ihn heruntergeputzt und stehengelassen. Zwei Tage später hatte er sie angerufen. Lachend hatte er gesagt, er wisse nun, wer sie sei. Falls sie Lust hätte, könnte er ja die Rolle des Prinzen übernehmen. Er sei genauso alt wie der Prinz damals in Paris. Vielleicht könnte seine Ex-Frau ja mit Platzpatronen auf sie schießen. Wenn sie es wünschte, könne er auch Ledersachen anziehen.

Lindsay hatte nie herausgefunden, wie er davon erfahren hatte, und er hatte es ihr nicht verraten. Sie hatte aufgehängt und die nächsten drei Wochen lang den Anrufbeantworter laufen lassen. Der Mann hatte noch zehnmal angerufen, sie verhöhnt und bedroht. Aber schließlich hatten die Anrufe aufgehört. Voller Angst hatte Lindsay auf den nächsten Anruf gewartet, aber offenbar war sie die Mühe doch nicht wert.

Mein Gott, sollte es denn niemals ein Ende haben?

Als das Telefon klingelte, hob Lindsay ab. Im ersten Moment glaubte sie schon, Edward Bensonhursts Stimme zu hören. Wie albern! Es war ihr Vater.

Vincent Rafael Demos saß sehr lange schweigend in seinem dunklen Büro. Die Klimaanlage übertönte alle Geräusche von der Straße, elf Stockwerke unter ihm. Es war zehn

Uhr nachts. Sogar Glen war verärgert vor einer Stunde gegangen und hatte sich geweigert, das Abendessen zu kochen. »Für dich würde ich nicht einmal ein Omelett in die Mikrowelle schieben!« hatte er gebrüllt.

Obwohl es kühl im Büro war, schwitzte Demos. Er hatte den kurzen Zeitungsbericht so oft gelesen, daß er ihn auswendig kannte.

»Ein unbekannter Mann, etwa sechzig Jahre alt, wurde gestern erstochen in East Orange, New Jersey, aufgefunden. Er hatte keine Ausweispapiere bei sich. Man fand bei der Leiche einen Brief, auf dem stand . . .«

Der verdammte Zettel! Was war, wenn jemand wußte, welcher Demos und welche Gloria gemeint waren, und die Polizei anrief? Das hätte ihm gerade noch gefehlt! Besuch von der Polizei! Aber er wußte, daß er keine Wahl mehr hatte. Wenn er jetzt nichts von sich hören ließ, würde die Polizei neue Hinweise erhalten, und langsam, ganz langsam würde sich das Netz um ihn zuziehen. Man mußte sich nur anschauen, wie die beiden Privatdetektive, diese Ex-Bullen, hereingelegt worden waren, nur damit Demos sah, daß diese Leute es ernst meinten. Ja, und dieser Taylor hatte das Opfer sogar beschattet, und sie hatten den Mann trotzdem ermordet. Sie verhöhnten die Bullen, ihn und diesen Taylor. Er mußte etwas unternehmen, denn wenn er es nicht tat, würde bald wieder etwas geschehen. Und dann würde die Polizei kommen. Noch jemand würde sterben, und vielleicht war dieser jemand dann ein Mensch aus Demos Bekanntenkreis.

Schließlich griff er zum Telefon und wählte die Nummer. Ein Anrufbeantworter sprang an. Nach dem Pfeifton sagte Demos: »Ich hinterlege das Geld morgen am gewohnten Ort.«

Er dachte an das wunderschöne Original-Ölgemälde von Stanislas, das er würde verkaufen müssen, um das Geld lockerzumachen. Er hatte es 1968 in Greenwich Village für ein Butterbrot erworben; damals, als er noch arm gewesen war. Er hatte sein Messer dafür versetzt. Der Tote war wahrscheinlich Ellery Custer. Die Beschreibung paßte auf ihn.

Der arme Custer, ermordet, nur um Demos eine Botschaft zukommen zu lassen. Bestimmt hatte Susan, dieses Biest, ihn mit ihrem silbernen Eispickel erstochen, den sie von ihrem Ex-Mann geschenkt bekommen hatte. Den Zettel hatte sie an der Leiche versteckt. Der Name Gloria war frei erfunden.

Nun, das war vorbei, er war in Sicherheit.

Lindsay nahm sich ein Taxi vom Flughafen in San Francisco zum Presbyterian Hospital in der Webster Street. Es war schon Nachmittag, als sie endlich ankam. Der erste Mensch, dem sie über den Weg lief, war ihre neue Stiefmutter. Holly saß in dem kleinen Wartezimmer und las in einer Zeitschrift. Sie hatte die Schuhe ausgezogen und baumelte mit den Beinen. Als sie aufblickte und Lindsay erkannte, lächelte sie.

»Die pflichtbewußte Enkelin. Gut, die alte Dame fragt unentwegt nach dir. Eigentlich wollte ich nicht, daß dein Vater dich anruft; es ist ja so ein langer Flug, aber er sagte, seine Mutter würde ihm die Schuld geben, wenn du nicht kommst. Sie hat gedroht, ihm Ärger zu machen, und das bedeutet, wie wir alle wissen, Geld. Sie wußte, du würdest kommen, ganz gleich, wie beschäftigt du gerade bist. Alle Achtung, die alte Hexe ist ziemlich zäh.«

»Ja, ich würde immer zu ihr kommen.«

»Du glaubst wohl, sie vererbt dir einen Teil ihres Vermögens, Lindsay? Bist du deshalb so ein braves, kleines Mädchen?«

»Nein.«

»Gut, mach dir keine Illusionen, denn das wird sie nicht tun. Dein Vater und ich werden alles erben, und das ist nur recht und billig. Schließlich ist er ihr einziger Sohn. Außerdem weiß sie, daß du jetzt als Model gut verdienst.«

»Ich werde jetzt zu ihr gehen. Wo ist Vater?«

»Bei Gericht natürlich. Er muß arbeiten. Er hat mich gebeten, auf dich zu warten. Jetzt, da du da bist, kann ich ja verschwinden. Viel Spaß mit der alten Hexe. Ach, übrigens, du wohnst in der Villa, Großmutters Befehl.«

Lindsay hatte nicht das geringste Bedürfnis, in der Villa zu übernachten, aber sie sagte nichts. Statt dessen ging sie zum Zimmer ihrer Großmutter und öffnete leise die Tür. Es war ein hübsches Einzelzimmer und in sanften Pastelltönen gehalten — Pfirsichfarben und Hellgrün. An den Wänden hingen einige ausgezeichnete Drucke französischer Expressionisten. Neben dem Krankenhausbett standen ein kleines Sofa und zwei Stühle. Das Zimmer hatte ein großes Fenster.

Lindsay stand still vor ihrer Großmutter und betrachtete sie. Ihr erster Gedanke war, wie klein sie wirkte. Sie war dreiundachtzig Jahre alt, aber das sah man ihr nicht an, denn ihre Haut wirkte glatt und weich, ihr weißes Haar war immer noch dicht, ihre Augenbrauen waren deutlich konturiert und ihre Wangen rosig. Die anderen alten Menschen, die Lindsay bis jetzt gesehen hatte, hatten gewirkt wie Mumien, nur Haut und Knochen mit dünnem Haar, durch das die Kopfhaut schimmerte. Gates Foxe aber sah aus wie immer. Sie trug eine gelbe Bettjacke aus weichem Material, deren Kragen mit antiker Spitze eingefaßt war. Lindsay trat leise an ihr Bett.

Gates schlug die Augen auf.

»Hallo, Großmutter.«

»Ich bin froh, daß du da bist, Lindsay.«

Lindsay lächelte sie an. »Wie machst du das nur? Du siehst immer so wunderschön aus, daß ich mir ganz klein und häßlich vorkomme.«

»Es ist der Knochenbau. Aber du hast ihn auch, Liebling. Nur meine verdammte Hüfte. Ich bin auf der Treppe ausgerutscht, wie ungeschickt von mir, und sie ist einfach gebrochen. Aber ich bin bald wieder auf den Beinen. Im Bett bleibe ich nicht länger als unbedingt nötig. Man fühlt sich so gedemütigt, wenn man ständig zu anderen aufblicken muß.«

»Das kann ich mir vorstellen. Hast du große Schmerzen?«

»Nein. Siehst du diesen Schlauch da? Immer wenn die Schmerzen zu schlimm werden, drücke ich auf diesen kleinen Knopf, und sofort fließt ein Schmerzmittel in meinen Blutkreislauf. Ich muß nicht warten, bis eine Schwester beschließt, daß seit der letzten Dosis genug Zeit verstrichen ist. In der Medizin hat sich wirklich einiges getan. Nun, mein Liebling, sag mir, wie lange kannst du bleiben? Wie geht es mit deiner Arbeit als Model? Wann sehe ich dich wieder auf dem Titel einer großen Zeitschrift?«

Lindsay hatte ihr ein halbes Dutzend Exemplare von Elle geschickt.

»Ich habe drei Termine abgesagt, aber sie waren nicht so wichtig. In anderthalb Wochen muß ich wieder in New York sein, wegen einer wichtigen Aufnahme für ›Women's World‹. Ich glaube, ich werde als Börsenmaklerin fotografiert, mit allem drum und dran, Kostüm und Aktentasche, und zwar in der Wall Street in der Nähe der Trinity Church. Ein neuer Titel ist mir noch nicht angeboten worden.«

»Setz dich, Lindsay. Du beugst dich so über mich. Genau, hol dir diesen Stuhl da. Du bist so riesengroß, genau wie dein Großvater, und seit du Model bist, hältst du dich viel gerader. Das gefällt mir. Ich konnte es noch nie ausstehen, wenn du gebuckelt hast. Du meine Güte, mitzuerleben, wie ihr alle erwachsen werdet. Ich fühle mich wirklich alt. Deine Mutter war heute vormittag hier. Du wirst sie selbstverständlich besuchen.«

»Ja.«

»Sie hat sich, glaube ich, nicht verändert. Sie ist stolz auf dich, aber . . .«

»Aber was?«

»Sie ist so unglücklich. Sie hat nie gelernt, sich anderen mitzuteilen. Also frißt sie ihr Unglück in sich hinein. Und der Alkohol hilft ihr auch nicht.«

»Nein.«

Lindsay beobachtete, wie ihre Großmutter leicht auf den Knopf mit dem Schmerzmittel drückte, und wartete, bis sie wieder das Wort ergriff.

»Ich bin müde, Lindsay. Warum fährst du nicht zur Villa und richtest dich häuslich ein. Komm mich doch heute abend noch einmal besuchen.«

»Ich würde diesmal lieber anderswo übernachten, Großmutter.«

»Unsinn. Du bist jetzt eine erwachsene Frau und keine achtzehn Jahre mehr. Früher oder später mußt du lernen, mit deinem Vater zurechtzukommen. Es ist Zeit, Lindsay, höchste Zeit. Hör auf, dich von deinen Erinnerungen quälen zu lassen. Du bist kein kleines Mädchen mehr, das er verletzen kann, wie es ihm gefällt. Setz dich mit der Gegenwart auseinander. Es gibt vieles, was du nicht über deinen Vater weißt, aber das ist nicht wichtig. Vergiß nicht, daß du dich von niemandem einschüchtern lassen darfst, nicht einmal von Royce.«

Leicht gesagt, dachte Lindsay.

Lindsay fragte sich, ob es jemals ein Mensch gewagt hatte, ihrer Großmutter zu widersprechen. Lächelnd nahm sie die Großmutter bei der Hand. »Ich weiß, du würdest mich einschüchtern, wenn ich jetzt nein sage«, meinte sie.

»Das ist etwas anderes. Ich bin deine Großmutter und sehr alt und krank, und du mußt mir den gebührenden Respekt erweisen. Jetzt geh schon. Ach, übrigens, Holly ist ziemlich am Boden zerstört. Verkneif es dir, ihr ihre Bosheiten mit gleicher Münze heimzuzahlen. Das wäre nicht fair, obwohl du dich danach bestimmt besser fühlen würdest. Im Augenblick geht es ihr nicht sehr gut.«

Draußen führte Lindsay noch ein Gespräch mit dem Arzt. Er hieß Boyd und galt als einer der besten orthopädischen Chirurgen an der ganzen Westküste. Wenigstens hatte Lindsays Vater das am gestrigen Abend behauptet. Offenbar war der Arzt überrascht, wie schnell Mrs. Foxe sich erholte. Falls die Genesung weiterhin so schnell voranschritt, würde er sie in etwa einer Woche aus dem Krankenhaus entlassen können. Dann lächelte er Lindsay zu und lud sie zu einer Tasse Kaffee in die Cafeteria ein, um die Krankheit ihrer Großmutter noch eingehender zu erörtern. Er war sich seiner Sache sehr sicher.

Mit einem ebenso freundlichen Lächeln lehnte Lindsay die Einladung ab und verließ das Krankenhaus. Von dort aus bis zur Villa der Familie Foxe war es nicht weit. Lindsay bezahlte den Taxifahrer, stellte ihre beiden Koffer auf den Bürgersteig und blieb eine Weile reglos stehen. Sie betrachtete das Haus und den klaren blauen Himmel über der San Francisco Bay. Merkwürdig für einen Junitag, aber es herrschte kein Nebel. Die Luft war klar und duftete so süß und frisch, daß Lindsay fast Tränen in die Augen traten. Kahl hob sich der kühne Schwung der Golden Gate Bridge vom wolkenlosen Himmel ab.

Die Villa wirkte massiv und erdrückend, die hellen Ziegel stumpf und bröckelig vom Alter. Wie seltsam, daß sie ihr jetzt, da sie erwachsen war, größer vorkam als in ihrer Kindheit. Der Garten war makellos gepflegt. Die Bougainvilleas, Rosen, Fuchsien und Hortensien leuchteten orangefarben, rot, rosa und weiß. Das Gras war ordentlich gemäht, die Hecken vollkommen gestutzt. Doch Lindsay rührte sich nicht von der Stelle. Sie sah, wie sich die Vordertür öffnete, und eine fremde Frau erschien. Sie winkte Lindsay zu.

Mrs. Dreyfus, die neue Haushälterin, begleitete Lindsay zu ihrem alten Zimmer, im zweiten Stock, das vom östlichen Flur abging. Lindsay dankte ihr und erkundigte sich nach Lansford, der dreißig Jahre lang Gates Foxes Butler gewesen war. Er war nun im Ruhestand, wie Mrs. Dreyfus erzählte, doch Dorrey, die Köchin, arbeitete noch für die Familie. Da Richter Foxe und seine Frau nun wieder im Haus wohnten, seien noch zwei Mädchen eingestellt worden.

Nachdem sie gegangen waren, blickte Lindsay durch die Bogenfenster nach Alcatraz hinüber. Dann legte sie sich aufs Bett und schlief sofort ein.

Eines der Mädchen weckte sie um sechs.

Es war Zeit, ihren Vater zu sehen, Lindsay wollte nicht, aber sie hatte keine andere Wahl.

Also wusch sie sich das Gesicht und steckte ihr Haar im Nacken zu einem lockeren Knoten zusammen. Lockige Strähnchen ringelten sich über ihre Wangen, und das Haar floß in weichen Wellen über ihren Hinterkopf. Sie schminkte sich dezent. Dann streifte sie ein seidenes Wickelkleid mit blauweißem Muster über. Wie ihr die Verkäuferin versichert hatte, paßte das Kleid zu ihren Augen. Lindsay war sich dessen nicht sicher, aber sie mochte das Kleid und fühlte sich darin wohl. Dazu trug sie weiße, hochhackige Schuhe, in denen sie fast einen Meter neunzig groß war, so groß wie ihr Vater. Lächelnd bewunderte sie sich im langen Spiegel. Sie würde genau auf Augenhöhe mit ihm sein. Wenn sie sich ganz gerade hielt, würde sie ihn sogar überragen. Zum erstenmal im Leben trat sie ihrem Vater mit einem selbstsicheren Gefühl gegenüber. Sie würde sich nicht von ihm einschüchtern lassen. Sie würde nicht zulassen, daß er sie erniedrigte.

Sie war bereit für ihn, und der Rat ihrer Großmutter war ihr noch deutlich im Gedächtnis.

Doch ihr Selbstbewußtsein sank in dem Moment, als sie das geräumige Wohnzimmer betrat. Vor dem Kamin stand Sydney mit einem Weinglas in der Hand und unterhielt sich mit ihrem Vater. Sie lachte und streckte die linke Hand nach seinem Ärmel aus. Er redete hastig auf sie ein, und als er eine Sprechpause machte, warf Sydney den Kopf zurück und lachte laut.

»Ach, hallo, Lindsay, komm herein.«

Lindsay nickte Holly zu, die in einem beigen Hausanzug aus Seide auf dem Sofa saß, und betrat zögernd das Zimmer.

Seit sie sechzehn Jahre alt gewesen war, hatte sie sich nicht mehr gemeinsam mit Syndey in diesem Raum aufgehalten. Es war an Sydneys Hochzeit gewesen. Nur ihre Mutter und die fünfhundert Gäste fehlten. Doch Holly war ein guter Ersatz dafür. Sie hatte zugenommen, und die Flüssigkeit in ihrem Glas sah aus wie ein doppelter Martini.

»Hallo, kleine Schwester.«

»Sydney. Hallo, Vater.«

Royce musterte sie von oben bis unten und runzelte die Stirn. »Du bist ja noch größer geworden. Du siehst aus wie eine gottverdammte Amazone.«

»Mit Absätzen bin ich so groß wie du.«

»Zieh die Schuhe aus. Du wirkst einfach lächerlich. Nicht wie eine Frau, sondern wie ein Transvestit.«

Lindsay streifte die Schuhe ab. Schon wieder hatte sie sich einschüchtern lassen, oder war es einfach die lebenslange Gewohnheit, ihrem Vater zu gehorchen? Sie fragte sich, ob sie ihm einfach geradewegs in die Augen sehen und ihm sagen sollte, er könne sich zum Teufel scheren.

»Schon besser«, meinte Royce. »Es ist zwar ziemlich hoffnungslos, aber mehr ist bei dir eben nicht möglich.«

Lindsay lachte. Sie konnte nichts dagegen tun. Dann bückte sie sich und zog die Stöckelschuhe wieder an. Dann streckte sie sich. »Ah, so ist es bequemer. Wie ich schon sagte, Vater, ich bin so groß wie du. Du vergißt, daß ich Model bin; man verlangt von mir, eine Amazone zu sein.«

Am liebsten hätte Royce sie geschlagen. Einen Augenblick lang fehlten ihm die Worte. Noch nie hatte sie ihm widersprochen, niemals. Und wie sie aussah! Wie eine klapperdürre Vogelscheuche. Verdammt, am liebsten hätte er ... Er holte tief Luft. Er wollte einen besseren Zeitpunkt abwarten, wenn sie ihm ohne Widerspruch gehorchen mußte; dafür würde er schon sorgen. Er pflückte einen Fussel von seinem hellgrauen Anzug und sagte: »Holly hat erzählt, sie hätte dich heute nachmittag im Krankenhaus getroffen. Wie geht es deiner Großmutter?«

Lindsay bemerkte, daß sie die Luft angehalten hatte, während sie seine Reaktion abwartete. Sie hatte gewonnen. Diesmal hatte sie gewonnen. Ihre Großmutter hatte recht: Sie durfte sich nicht mehr einschüchtern lassen. Aber warum tat es nur so weh, wenn er sie so voller Abscheu ansah. Ihre Antwort fiel dementsprechend kühl aus: »Dr. Boyd ist sehr beeindruckt, wie schnell sie sich erholt.«

»Sie wird uns noch alle überleben.« Holly befingerte die Goldketten um ihren Hals. Sie trug auch vier Ringe an der rechten Hand, allerdings keinen Ehering. »Sydney sagt, du trinkst keinen Alkohol, weil du Gewichtsprobleme hast. Möchtest du ein Mineralwasser?«

»Ja, danke, Holly. Ich bin überrascht, dich hier zu sehen, Sydney.«

»Warum?« Schließlich ist sie auch meine Großmutter, und ich war in New York, nicht in Italien. Ich habe Vater gerade erzählt, daß Arden mich als Model will — nichts Schäbiges, nichts dessen sich ein einflußreicher Bundesrichter schämen müßte. Stell dir nur vor, jetzt sind wir beide Models.«

»Alle werden dich bewundern, Sydney.«

»Sicherlich. Ich habe Vater gerade erzählt, wie deine Eifersucht — so kindisch für eine Frau in deinem Alter — dein Urteilsvermögen getrübt hat. Wie gerne hätte ich die Werbeaufnahmen zusammen mit dir gemacht: zwei Schwestern, so verschieden . . .«

Lindsay unterbrach sie in lässigem Ton. »Das hatte nichts mit Eifersucht zu tun.« Holly drückte ihr ein Glas Mineralwasser in die Hand, und Lindsay nahm einen Schluck. »Es hängt mit dem Vorfall vor fünf Jahren zusammen. Ich habe Demos erzählt, warum ich nicht möchte, daß die ganze Angelegenheit wieder aufgewärmt wird.« Lindsay machte eine Sprechpause. »Und ich bitte dich, Sydney, daß du, wenn du erst einmal dein Debüt als Model gegeben hast, niemandem meinen wirklichen Namen und unser Verwandtschaftsverhältnis verrätst.«

Sydney musterte sie in belustigtem Schweigen.

»Eden«, schnaubte Royce. »Dieser Name ist albern, und ich schüttle mich jedesmal, wenn ich daran denke. Ich hoffe auch, daß man die Vergangenheit ruhen läßt, doch die Boulevardzeitungen sind immer auf billige Sensationen aus. Ich glaube nicht, daß Sydney vorhat, von der Vergangenheit zu sprechen, denn es würde ihr wehtun, Lindsay, und sie weiß, daß ich nicht zulassen kann, daß sie leidet. Sie hat durch deine Schuld schon zu viel durchmachen müssen.« Er wandte sich an Sydney. »Bist du entschlossen, Karriere als Model zu machen?«

»Wir brauchen das Geld«, sagte Sydney in sachlichem Ton. »Und Arden wird, wie Demos sagt, eine Unsumme bezahlen. Außerdem ist Italien langweilig und so weit weg von zu Hause. Eine echte Prinzessin ist etwas Besonderes, sagt Demos. Und eine, die auch ungeschminkt nicht aussieht wie eine Vogelscheuche, ist so etwas wie ein Weltwunder. Und da sein Anteil davon abhängt, wie hoch er mein Honorar treiben kann, wird er sein Bestes tun.«

Royce nickte. »Ich bin immer noch skeptisch. Hoffentlich hast du recht. Ich vertraue darauf, daß du deine Beziehung zu Lindsay für dich behältst, denn ich will nicht, daß wieder über diesen Skandal geredet wird. Und ich will auch nicht, daß du noch mehr leiden mußt.«

»Mein Leiden ist endgültig vorbei, Vater, das verspreche ich dir.«

Royce schaute immer noch zweifelnd drein. Dann blickte er zu dem Porträt von Gates hinüber, das im Jahr 1955 gemalt worden war. Sie wirkte elegant, kühl und selbstbewußt, und man konnte erkennen, welche Macht sie über ihn hatte.

»Mein Gott, diese alte Frau wird ewig leben. Da hat Holly recht.«

Lindsay trank noch einen Schluck Mineralwasser und bemühte sich, den Mund zu halten. Doch dann hörte sie sich selbst fragen: »Sydney, wirst du den Leuten sagen, wer ich bin?«

Sydney lächelte. »Vater hat recht, weißt du. Eden ist so ein billig klingender Name, so albern und kindisch. Vielleicht wäre es besser für dich, wenn du reinen Tisch machst, dich der Vergangenheit stellst und einfach darüber lachst. Vielleicht würde das deiner Karriere auf die Sprünge helfen. Vielleicht aber auch nicht.«

Richter Royce Foxe tätschelte seiner Tochter Sydney lachend die Wange. »Deinen Sinn für Humor habe ich schon immer gemocht, du kleines Miststück.«

»Kommt, essen«, meinte Holly und sprang auf. Sie hatte, wie Lindsay feststellte, wirklich zugenommen. Mindestens sieben Kilo. Es war genau, wie bei ihrer Mutter. Sie sah Holly vor einem Spiegel genau neben der Tür stehenbleiben; einem Spiegel, der früher nicht dort gehangen hatte.

»Ich weiß nicht, was ich tun soll, Großmutter.«

Der Nachmittag des nächsten Tages war angebrochen. Dichter Sommernebel hüllte die Stadt vor dem Fenster des Krankenzimmers in einen Schleier. Drinnen fühlte sich Lindsay warm, gemütlich und geborgen.

»Nun, wenigstens erzählst du mir jetzt, warum du schon seit einer Stunde in diesem Zimmer herumzappelst. Was ist los?«

»Ich möchte dich nicht damit belasten . . .«

»Ich langweile mich, Lindsay, ich langweile mich zu Tode.

Erzähl mir dein Problem, erzähl mir etwas, worüber ich nachdenken kann, ehe mein Gehirn Schimmel ansetzt.«

»Sydney will Model werden wie ich.«

»Das ist doch albern!«

»Nein. Sie hat es gestern abend sogar Vater erzählt. Er war skeptisch, aber sie hat ihn überredet. Ist dir aufgefallen, daß Holly zugenommen hat?«

»Sie trinkt auch mehr. Ja, ich weiß, es ist wie bei deiner Mutter. Aber erzähl mir von Sydney. Warum tut sie das?«

»Vater hat sie gesagt, sie brauche Geld.«

»Nun gut, aber warum kümmerst du dich darum?«

Lindsay spürte, wie sich ihr Magen zusammenkrampfte, als sie sich zwang, die Worte auszusprechen. »Man wird sehr bald wissen, wer sie wirklich ist, und dann wird sie allen verraten, wer ich bin, und alles fängt wieder von vorne an. Deshalb nenne ich mich Eden; ohne Familiennamen. In New York bin ich nicht Lindsay Foxe. Seit einem Jahr kann ich mich sicher fühlen.«

Gates Foxe blickte ihre Enkelin wortlos an.

Lindsay sprach immer weiter; nun sprudelte alles aus ihr hervor. »Sie wird es so verdrehen, daß alle glauben, ich hätte den Prinzen verführt, daß alle glauben, ich bin schuld, daß alle glauben, ich bin eine Hure und pervers.«

»Nein, Liebling. Glaub mir, sie wird kein Wort sagen.«

»Aber du hast sie gestern abend nicht gehört! Ich weiß nicht, was ich tun soll. Ich habe sie angefleht und . . .«

»Wie kannst du nur so dumm sein? Sydney fleht man nicht an. Das ist Zeitverschwendung. Sie verachtet Schwäche. Es überrascht mich, daß dir das noch nie aufgefallen ist. Doch, um der Gerechtigkeit Genüge zu tun, hast du ja kaum Zeit mit ihr verbracht. Zwischen euch besteht ein Altersunterschied von neun Jahren. Jedenfalls wirkt bei Sydney nur eines: Vernunft und ihr persönlicher Vorteil, sonst nichts. Und diesen Vernunftsgründen muß eine Drohung folgen. Sydney hat im Leben viel durchgemacht; ein schwächerer Mensch hätte es nicht verkraftet. Aber sie hat es geschafft. Sie kommt damit zurecht, und sie ist erfolgreich. Wenn sie sich etwas in den Kopf gesetzt hat, läßt sie nicht mehr locker.

Außerdem macht es ihr Spaß, dich zu quälen. Du bist für sie die ideale Zielscheibe wie schon deine Mutter vor dir. Denn du bist ein gefühlvoller Mensch und denkst auch an andere. Sie nicht.«

»Wenn sie über Paris und Alessandro spricht, wird sie sich doch auch selbst schaden, oder? Ich verstehe nicht, warum sie überhaupt mit diesem Gedanken spielt.«

»Du hast vorhin recht gehabt. Sie würde dich als kleine Lolita hinstellen. Sydney ist so klug, daß es mir manchmal angst macht. Wenn sie sich entscheidet, alles über Paris zu erzählen, würdest du als gewissenlose, kleine Schlampe dastehen. Und alle würden Sydney für die tapfere Ehefrau und Märtyrerin halten, sie in den Himmel loben und bewundern.«

»Ich muß sie aufhalten. Ich kann mich nicht ... noch einmal damit auseinandersetzen.«

»Also hast du dich damit auseinandergesetzt. Hast du deswegen Psychologie studiert? Das habe ich mir beinahe gedacht. Einen solchen Skandal kann man nicht einfach vergessen.«

»Ich bringe sie um.«

»Das wäre zwar eine Möglichkeit, aber nicht sehr empfehlenswert. Nein, Lindsay, ich werde mir Sydney vorknöpfen. Du kannst das nicht, wenigstens noch nicht. Überlaß sie nur mir.«

Am folgenden Nachmittag kam Sydney in Lindsays Zimmer. Wie immer wirkte sie wunderschön und makellos elegant. Sie machte ein zorniges Gesicht, aber als sie sprach, klang ihre Stimme reumütig und amüsiert.

»Diesmal hast du gewonnen.«

»Was meinst du damit?«

»Du hast Großmutter die Drecksarbeit für dich machen lassen. Ich werde niemandem von dir erzählen, abgemacht. Also kannst du weiter die nette, kleine Eden mit dem süßen Lächeln spielen. Selbstverständlich werden die Medien sofort herausfinden, wer ich wirklich bin, und mich über Alessandro und Paris ausfragen. Aber ich werde dich nicht verraten, kleine Schwester. Doch eines vergiß nicht: Ich werde dich verdrängen, Lindsay. In einem halben Jahr wird niemand mehr etwas von dir wissen wollen.«

Doch Lindsay hörte gar nicht richtig zu. Sie fragte sich, womit Großmutter wohl gedroht hatte, um sich Sydneys Schweigen zu sichern. Sydneys persönliche Interessen liefen sicherlich auf Geld hinaus.

10.

1991 LINDSAY

Es war Ende Oktober, und die Blätter verfärbten sich schon. Der Herbst war die schönste Jahreszeit im Central Park. Während Lindsay ihn durchquerte, um sich in der West Side mit Gayle Werth in ihrem liebsten mexikanischen Restaurant zu treffen, schob sie mit dem Fuß rotes Laub vor sich her.

Die Luft war kühl, aber beim Gehen geriet Lindsay ein wenig ins Schwitzen.

Als sie Kinderstimmen hörte, hob sie den Kopf. Die Kleinen stritten sich um einen Spielzeuglaster und zerrten ihn hin und her. Zwei Mütter standen, ins Gespräch vertieft, daneben und kümmerten sich nicht darum. Lindsay lächelte und ging wortlos weiter. Die Kinder waren niedlich. Da überkam sie wieder wie aus heiterem Himmel der Gedanke, vor dem sie sich so sehr fürchtete: Ich bin sechsundzwanzig. Ich habe eine Heidenangst vor Männern. Ich werde nie heiraten und Kinder haben.

Hör auf damit, sagte sie sich und trat mit aller Kraft in einen Haufen welken Laubs. Du führst ein angenehmes Leben ohne Probleme und Schwierigkeiten. Du kommst mit allem prima zurecht. Und wirklich hatten sich die letzten beiden Jahre für sie und auch für ihre Schwester wunderbar entwickelt, wenn man es vom richtigen Standpunkt aus betrachtete.

Sydney, La Principessa, war nicht nur in den Zeitschriften und im Fernsehen, sondern auch bei allen wichtigen gesellschaftlichen Anlässen in New Yok präsent. Den Prinzen bekam nie jemand zu Gesicht. »Er ist in Mailand und kümmert sich um den Familienbetrieb, der Gute«, pflegte Sydney stets wehmütig zu sagen. »Ich besuche ihn und meine süße Tochter, wann immer ich kann. Aber ich bin einfach so gefragt! Natürlich gebe ich mir die größte Mühe. Nächstes Wochenende setze ich mich bestimmt ins Flugzeug.« Doch Lindsay hatte nicht den Eindruck, daß sie jemals nach Italien fuhr. Allerdings hatten die Schwestern auch kaum etwas miteinander zu tun, und Lindsay war es herzlich gleichgültig.

Wie Lindsay zugeben mußte, wurde sie zuweilen neidisch, wenn Sydney ihr von der Seite einer Zeitschrift entgegenlächelte: Vollkommen von Kopf bis Fuß. Es spielte keine Rolle, daß sie inzwischen fünfunddreißig Jahre alt war und ihre Karriere als Model erst mit über dreißig begonnen hatte. Nichts schien eine Rolle zu spielen, wenn Sydney sich etwas in den Kopf gesetzt hatte.

Glücklicherweise jedoch hatte Sydney sich geirrt, als sie Lindsay damit gedroht hatte, sie zu verdrängen. Lindsay war weiterhin erfolgreich; zwar kein Top-Model wie ihre Schwester, aber trotz alledem gut im Geschäft. Lindsay war beliebt, die meisten Fotografen arbeiteten gern mit ihr, und auch die Kunden waren stets zufrieden.

Die wahre Identität der Lindsay Foxe war immer noch ein gut gehütetes Geheimnis. Niemand wußte, daß es sich bei Eden und Lindsay, die Lolita aus Paris, um ein und dieselbe Person handelte. Sydney hatte dank des Bestechungsgeldes ihrer Großmutter Wort gehalten. Beim Gedanken an eine Margarita und Tortilla-Chips lief Lindsay das Wasser im Munde zusammen. Danach würde sie zwar zwei Tage hungern müssen, aber das war die Sache wert.

TAYLOR

Vinnie Demos starrte den Mann an und fragte sich, warum zum Teufel Glen sich ausgerechnet an ihn gewandt hatte. Er hatte ihn natürlich in dem Moment erkannt, als er zur Tür hereingekommen war. Dieser Mann war der Privatdetektiv, der vor fast drei Jahren Custer beschattet hatte. Der Ex-Bulle. Ja, er hatte Glen gebeten, ihm einen Leibwächter zu besorgen, einen wirklich guten, und dann hatte Glen diesen Typen ausfindig gemacht. Hatte Glen das absichtlich getan, um ihn zu bestrafen? Das war durchaus möglich, denn Glen konnte ein ganz schönes Biest sein. In letzter Zeit wurde es immer schlimmer mit ihm. Vinnie holte tief Luft und zwang sich, ruhig zu bleiben. Er würde auch damit zurechtkommen. Das hatte er doch im Laufe der Jahre bewiesen. Der Mann konnte nichts wissen, konnte nicht die geringste Ahnung haben, wer Demos war. Auf dem Zettel hatte nichts gestanden, nur der Name Demos. Und wer würde sich nach all der Zeit noch daran erinnern? Trotzdem . . . ein schöner Mist!

Vinnie steckte bis über beide Ohren in der Tinte. Und zu allem Überfluß hatte Glen ihn auch noch angeschrien. Alles sein Fehler, aber . . .

»Warum brauchen Sie einen Leibwächter, Mr. Demos?«

Vinnie kratzte sich am Ohr. »Es geht eigentlich nicht um mich, Mr. Taylor, sondern um einen Drehtermin nächsten Freitag im Central Park. Es handelt sich um einen Werbespot fürs Fernsehen, ein teures Shampoo. Falls es sonnig wird — was es angeblich werden soll — werden sie unter freiem Himmel filmen. Der Wind, der das Haar zerzaust. Alles ganz natürlich. Ist Ihnen Eden ein Begriff?«

Taylor schüttelte den Kopf. »Wer ist das?«

»Ein Model. Ein sehr bekanntes Model. Sie hat Drohungen erhalten. Sie und auch die Produktionsfirma.«

»Was hat sie getan?«

Vinnie befingerte den mit weißem Leder bezogenen Briefbeschwerer auf seinem Schreibtisch. Sollte er den Mann einweihen? Nein, noch nicht. Im Augenblick war es genug, wenn er seine Muskeln spielen ließ. Vinni wollte weder einen Vortrag zu hören bekommen noch riskieren, daß der Typ vielleicht die Polizei ins Spiel brachte.

»Es ist ziemlich kompliziert, und ich stelle Sie zu unserem Schutz an. Das ist alles.«

Diese Begründung war ziemlich fadenscheinig, aber Taylor konnte sich im Moment keinen Reim auf die Sache machen. Also beschloß er, alles auf sich zukommen zu lassen. Er würde diese Eden während des Werbespots beschützen. Dann würde er weitersehen.

»Sind nur für diesen bestimmten Drehtermin Drohungen eingegangen?«

»Ja.« Bis jetzt, dachte Vinnie, aber es würden bestimmt noch weitere folgen, wenn er nichts tat. Und er mußte etwas tun, sonst würde es ein böses Ende nehmen. Aber andererseits waren ihm die Hände gebunden. Immer tiefer verstrickte er sich ins Spinnennetz. Warum hatte er Sydney in einem Anfall von Moral vor zwei Jahren zu einem anderen Agenten geschickt? Doch es war nun einmal geschehen, und jetzt mußte er dafür büßen. Wenn er sie behalten hätte, hätte er die Sache durchstehen können. Zu spät.

»Werden Sie den Auftrag übernehmen, Mr. Taylor?«

Taylor nickte und sagte Demos, wieviel er für seine Dienste in Rechnung stellen würde, schüttelte ihm die Hand und ging.

»Glen, du Biest, komm sofort her!«

Glen erschien grinsend in der Tür. »Was ist, Boß?«

»Warum gerade ihn?«

»Warum wen?« fragte Glen in gespielter Ahnungslosigkeit und zuckte übertrieben die Achseln. »Angeblich ist er einer der besten. Ich habe das überprüft. Und hast du seine Figur gesehen? Nichts als Muskeln. Und dieser kantige Kiefer ...« Glen leckte sich die Lippen. »Der Kerl hat Kraft und weiß, was er will. Und er lächelt so hübsch. Am liebsten hätte ich gefragt, ob ich mal seine Bauchmuskeln fühlen darf, aber ich glaube, er hätte kein Verständnis dafür gehabt.«

»O doch, das hätte er schon verstanden. Du Idiot, das ist derselbe Privatdetektiv, der damals Custer gefunden hat. Wann war das? Vor drei Jahren etwa.«

Glen wurde ernst. Sein Lächeln erstarb. »Ja, ich weiß, Vinnie. Er ist der Ex-Bulle.«

»Warum hast du das getan?«

Glen machte ein finsteres Gesicht. Er beugte sich vor und stützte sich mit den Händen auf die Schreibtischkante. Er hatte lange, schlanke Finger mit kurzgeschnittenen Nägeln. »Du mußt den Tatsachen ins Auge sehen, Vinnie. Kapier's endlich. Verkauf noch ein Gemälde. Versuch nicht, diese Typen zu verarschen. Wenn du dich nicht an den Deal hältst, werden sie dich fertigmachen. Willst du wissen, warum ich gerade ihn herbestellt habe? Um dich festzunageln, um dich zu zwingen, etwas zu tun. Vielleicht knöpfen sie sich ja das nächstemal mich vor. Also rück endlich die Kohle raus.«

Glen wandte sich zum Gehen, aber er drehte sich noch einmal um. »Ich fasse es nicht, daß du Eden diesem Risiko aussetzt.«

»Sie haben nicht sie persönlich bedroht, sondern den ganzen Dreh und das Team. Also wirf mir jetzt nicht auch noch vor, ich würde Edens Leben gefährden. Die Sache mit dem Leibwächter ist einfach übertrieben. Du findest den Kerl doch so toll und so sexy. Er wird sich schon um sie kümmern. Also, warum machst du dir Sorgen?«

»Du bist eiskalt, Vinnie, eiskalt.«

»Wirklich? Vielleicht zeigt er ihr sogar, wie man Spaß am Sex hat. Das hat sie verdammt dringend nötig.«

Taylor nahm ein Taxi zu Valeries Wohnung Ecke Lexington Avenue und 50ste Straße. Seit dem 4. Juli, als Taylor sie am Strand in Hyannisport kennengelernt hatte, gingen sie miteinander. Ihm hatte gefallen, daß sie sportlich war — sie war eine ausgezeichnete Schwimmerin. Später hatte er herausgefunden, daß sie über Humor, Intelligenz und erotische Ausstrahlung verfügte. Und dazu war sie wunderschön. Dichtes rotbraunes Haar und grüne Augen — moosgrün. Ihre Haut war unglaublich weiß; Sonnenbaden war nicht ihre Sache. Taylor mochte sie, mochte es, mit ihr zu sprechen. Sie war ein wenig älter als er, aber was machte das? Erst letzte Nacht, nachdem sie sich zweimal hastig geliebt hatten — drei lange Tage hatte er bei der Claymore Corporation in Minneapolis über einem Computerproblem gebrütet —, hatte er ihr sogar von seiner ersten Frau, Diane, und vom Scheitern seiner Ehe erzählt.

»Wir waren beide noch so jung«, sagte er. »Obwohl das keine Entschuldigung ist.« Als Valerie ihm eine Tasse Tee reichte, trank er einen Schluck.

»Diane war — ist — sehr reich. Ich glaube, sie wollte einen normalen Mann von der Straße in ihrem Bett und ist an mich geraten. Dann beschloß sie, daß es zu gefährlich für mich sei, Polizist zu bleiben. Sie hatte Angst, ihrem normalen Mann könnte etwas zustoßen. Mit der Zeit haßte sie meinen Beruf immer mehr. Sie hat mich natürlich gegen den Willen ihrer Familie geheiratet, aber davon erfuhr ich erst später, als es vorbei war, und sie mir wehtun wollte. Die Ehe hat nur zwei Jahre gedauert. Rückblickend betrachteet, wundert es mich, daß wir überhaupt so lange zusammengeblieben sind.«

»Keine Kinder?«

»Nein. Sie war erst zweiundzwanzig, als wir uns kennenlernten, und hatte gerade ihren Abschluß in Radcliffe gemacht. Und ich war vierundzwanzig.«

»Wie sah Diane aus?«

Taylor grinste Valerie an. Das zerzauste Haar fiel ihr über die weißen Schultern. Die Bettlaken bedeckten sie nur bis zur Taille; sonst war sie nackt. Er berührte ihre Brust. »Warum interessiert dich das?«

Valerie zuckte die Achseln.

Taylor beugte sich vor, küßte ihre Brust und zupfte zart an ihrer Brustwarze. Er hörte sie nach Luft schnappen. Spitzbübisch grinsend lehnte er sich in die Kissen zurück. »Sie war hellhäutig mit blauen Augen und kohlrabenschwarzem Haar. Sie war — ist — hübsch, klein und zierlich. Aber sie hatte Haare auf den Zähnen, fluchte wie ein Müllkutscher. Wenn wir uns stritten, hatte sie immer das letzte Wort. Ich war meistens so überrascht, wenn sie loslegte, daß ich nicht mehr genau wußte, was ich eigentlich hatte sagen wollen.«

»Und warum habt ihr euch getrennt?«

»Ich wollte nicht bei der Polizei aufhören. Und eines Abends hat es mich erwischt. Nicht weiter schlimm, aber sie ist explodiert und konnte sich gar nicht mehr beruhigen. Sie wollte, daß ich in das Geschäft ihres Vaters einsteige. Antiquitäten. Aber ich konnte keinen *Sheraton* von einem *Chippendale* unterscheiden, und es interessierte mich auch nicht besonders.« Er zuckte die Achseln. Sein Blick schweifte ins Leere. »Ich wußte nicht, wie wichtig es ist, Kompromisse zu schließen, und sie auch nicht.«

»Doch du hast die Polizeiarbeit aufgegeben.«

Man sah Taylor an, daß er sich unbehaglich fühlte. »Ja, ich weiß. Das war allerdings später, nach unserer Scheidung. Es gab Gründe.«

»Was für Gründe?«

»Na, Gründe eben«, wiederholte er. Er trank seinen Tee aus und stellte die Tasse auf den Nachttisch. Dann wandte er sich wieder ihrer linken Brust zu. »Wunderschön«, sagte er. »Einfach wunderschön.«

»Du siehst auch nicht gerade schlecht aus, Taylor.«

»Ach?«

Sie liebten sich noch einmal und schliefen schließlich ein. Nur ungern verließ Taylor sie am nächsten Morgen, um Vincent Demos aufzusuchen.

Valerie wohnte in einem Mietshaus, einem prächtigen Gebäude aus den Zwanzigern mit riesigen Wohnungen. Nur zwei Parteien pro Etage. Taylor nickte dem Pförtner zu, und plötzlich fiel ihm ein, daß Diana in einem ähnlichen Haus gewohnt hatte. War es sein Schicksal, immer wieder an reiche Frauen zu geraten? Okay, dann war es eben so, es spielte ja keine Rolle. Er hatte nicht die Absicht, wieder zu heiraten, auch wenn ihn manchmal der Wunsch überkam, Vater zu werden, genauso zu leben wie die meisten Männer in seinem Alter. Familie, Kinder, ein Hund und alles, was sonst noch dazugehörte. Er schüttelte den Kopf. Enoch hatte Sheila, seine Mutter, und war fröhlich wie ein Fisch im Wasser. Er hatte seine kleinen, geheimen Liebschaften und schien damit völlig zufrieden zu sein. Aber Taylor wußte, daß er anders war als Enoch. Gerade erst war er zweiunddreißig geworden, war immer noch ein junger Mann. Doch er mußte sich allmählich Gedanken über seine Zukunft machen. Er fühlte sich unruhig.

Er zwang sich, an Valerie zu denken. Seit langem war er keiner Frau mehr begegnet, die so gut zu ihm paßte. Sex machte ihr Spaß, sie stellte keine Forderungen an ihn. Allerdings wußte er nur wenig über sie, und er respektierte ihr Recht auf eine Privatsphäre. Sie war klug, manchmal zu wortgewandt, doch sie gefiel ihm trotzdem. Zuweilen fragte er sich zweifelnd, ob dieses Gefühl auf Gegenseitigkeit beruhte.

Auch Diane war klug gewesen und hatte Spaß am Sex gehabt. Allerdings hatte das nicht genügt. Nur noch selten dachte Taylor an Diane. Zuletzt hatte er gehört, daß sie jetzt in Boston wohnte und ihr eigenes Antiquitätengeschäft besaß — sie hatte den florierenden Laden von ihrem Vater geerbt. Taylor wünschte ihr Glück. Er fragte sich, wie reich Valerie Balack wirklich war, und ebenso fragte er sich, womit sie ihr Geld verdiente.

EDEN

Der Morgen war sonnig, die Temperaturen lagen etwas über zwanzig Grad. Nur ein leichter Wind wehte durch den Central Park. George Hudson sollte in dem Werbespot für Jezerell Shampoo Regie führen. Heute war er schlechter Laune. Er schrie den Fotografen an, der seine Anweisungen allerdings meist ignorierte. Doch schließlich war er, George, für diesen Dreh verantwortlich und nicht dieser Fotograf, der von Tuten und Blasen keine Ahnung hatte. Die Arbeit schleppte sich quälend voran, aber immerhin war sie gut bezahlt. Das Geld stimmte, bei den Leuten, auf die es ankam, würde er jedoch damit keinen Eindruck schinden können.

George Hudson bestand auf fähigen Technikern, guten Maskenbildnern und erfahrenen Kameraleuten. Und er bekam sie auch. Allerdings ging es ihm auf die Nerven, sich mit einem Model herumplagen zu müssen, das fünfzehn Zentimeter größer war als er. Und das noch für einen miesen Fernsehspot, der höchstens vierzig Sekunden dauern würde. Außerdem rückten ihm die Leute von der Agentur und von Jezerell ständig auf die Pelle und sagten ihm, wie er seine Arbeit zu machen habe. Als er aufblickte, sah er, wie Eden — groß und schlaksig — auf ihn zukam. Ihre Beine waren so lang wie bei einem Mann. Wenigstens hatte sie traumhaftes, dickes und schön gewelltes Haar mit attraktiven Lichtreflexen, die vollkommen natürlich wirkten. Er wußte, daß das Blond an manchen Stellen ein wenig aufgehellt worden war, aber das war kaum zu erkennen. Er musterte sie, während er sich mit seiner Assistentin unterhielt. Im Augenblick war ihr traumhaftes Haar noch zurückgesteckt. Der Friseur hatte sich noch nicht mit ihr befaßt. George fragte sich, wer wohl schon wieder einen Fehler gemacht hatte. Sie hatte einen guten Ruf, was auch immer das heißen mochte. George, der noch nie mit ihr gearbeitet hatte, überlegte spöttisch, ob das bedeutete, daß sie mit jedem ins Bett ging.

»Ja?«

»Mr. Hudson? Ich bin Eden.« Zu ihrer und auch zu seiner eigenen Überraschung nahm er ihre ausgestreckte Hand und schüttelte sie.

»Ja?« Er sah sie argwöhnisch an. »Sie haben bestimmt auch ein Problem, so wie alle anderen hier.«

»Nicht wirklich, wenigstens hoffe ich das nicht. Aber Demos ist nicht hier. Dafür dieser Mann — der dort drüben. Ich kenne ihn nicht. Sie vielleicht?«

George warf einen Blick auf den Mann, der sich lässig ein wenig abseits aufgebaut hatte. Er trug braune Cordhosen, ein weißes Hemd und eine hellbraune Lederjacke und machte einen sauberen und seriösen Eindruck. Doch das hatte in New York nicht viel zu bedeuten.

Er wandte sich an seine Assistentin. Gina war zweiundzwanzig Jahre alt, übergewichtig und betete ihn an. »Gina, geh mal rüber und frag diesen Kerl, was er will. Sag mir Bescheid.«

Gina fuhr sich mit der Zunge über die Lippen, nickte schüchtern und trabte los.

»Und Sie haben diesen Typen noch nie gesehen?«

Lindsay schüttelte den Kopf. »Nein. Ich habe inzwischen nur gelernt, besser vorsichtig zu sein. Sonst scheint ihn auch niemand zu kennen.«

Sie sah Gina zu dem Mann hinübergehen. Die junge Frau wirkte wie ein zutraulicher Welpe. Beim Sprechen lächelte der Mann beruhigend auf sie hinunter. Er tätschelte sogar ihren Arm.

Mit erleichtertem Gesicht kam Gina zurück.

»Er sagt, sein Name sei Taylor, und er sei auf Mr. Demos Anweisung hin hier.«

»Und was will er?« fragte Lindsay.

»Er sagt, Demos käme gleich, um Ihnen alles zu erklären, Eden.«

»Ich verstehe«, meinte Lindsay, obwohl sie kein Wort verstand. »Dann fangen wir inzwischen doch mit der Arbeit an.«

»In etwa vierzig Minuten.« George schickte sie mit einer Handbewegung weg. »Lassen Sie sich Haar und Gesicht zurechtmachen und ziehen Sie sich um.«

Mit einem Nicken ging Lindsay zum Friseur und den Maskenbildnern hinüber, die sich gerade an Kaffee und Krapfen gütlich taten.

Taylor beobachtete sie. Das also war Eden, das erste Model, das er leibhaftig zu Gesicht bekam. Sie war sehr groß, sicherlich über eins achtzig und mager. Eigentlich sollte das ja eine Shampoowerbung werden, aber ihr Haar sah ziemlich jämmerlich aus, es war einfach zurückgeklatscht. Hoffentlich stellten sie noch etwas mit ihr an. Sie mußte mehr an sich haben, als nur ihre Größe. Im Augenblick trug sie Jeans, ein ausgeleiertes T-Shirt und knöchelhohe Joggingschuhe. Taylor sah sie in einen Wohnwagen gehen. Die Tür klappte zu. Komisch, daß gerade sie sich über seine Anwesenheit gewundert hatte. Fürchtete sie sich vor etwas? Hatte er Demos falsch eingeschätzt? War Eden diejenige, die bedroht wurde, und versuchte Demos, sie zu beschützen?

Er musterte jeden Mann in der Gruppe und beobachtete, was er tat. Ihm lag eine Liste aller Personen vor, die an dem Werbespot beteiligt waren. Eine ziemlich umfangreiche Liste. Taylor konnte sich nicht vorstellen, was dieser kleine Ausflug wohl kosten mochte. Er hatte jeden auf der Liste überprüft — keiner hatte sein Mißtrauen erregt.

Als er aufblickte, bemerkte er, daß die kleine, pummelige Gina ihm zulächelte. Er winkte ihr zu.

Es gefiel ihm gar nicht, daß sie sich hier im Central Park befanden. Überall Büsche und Bäume, und ein endloser

Strom von Spaziergängern schlenderte vorbei. Die Leute versuchten, cool zu wirken und sich ihre Neugier nicht anmerken zu lassen, aber sie wurden trotzdem langsamer und gafften. Außerdem lungerten merkwürdige Gestalten im Park herum. Taylor hielt die Augen offen, bis jetzt hatte sich noch nichts Außergewöhnliches ereignet.

Er war Warten gewöhnt und darin geübt, reglos zu verharren, wenn die Situation es verlangte. Als er ein Geräusch hörte, drehte er sich um. Zwei schwarze Jugendliche mit riesigen Kassettenrekordern und Kopfhörern tänzelten einen Pfad entlang. Taylor beobachtete sie, bis sie verschwunden waren. Dann lehnte er sich an eine Eiche. Es war ein beruhigendes Gefühl, die neun Millimeter Automatik in seinem Schulterhalfter zu spüren. Dreißig Minuten später ging die Tür des Wohnwagens auf, drei Leute kamen heraus und wandten sich um. Einer der Männer streckte mit einer Verbeugung die Hand aus.

Sie wurde von einer unglaublich schönen Frau ergriffen, die ein weißes, wehendes Gewand trug. Ihre Füße waren nackt. Und dann ihr Haar: In dicken Wellen fiel es ihr lang über die Schultern; die verschiedenfarbigen Strähnchen glänzten in der Sonne. Das Model Eden. Nicht zu fassen! Ohne es zu wollen, starrte Taylor sie an. Er hatte sie noch nie aus der Nähe gesehen.

Auf einmal hob sie den Kopf, und ihre Blicke trafen sich. Taylor fühlte sich wie ein Teenager unter plötzlichem Hormonansturm. Und albern. Er nickte ihr zu und widmete sich wieder der Aufgabe, für die er schließlich bezahlt wurde, beobachtete den Drehort und musterte jeden, der so aussah, als wolle er stehenbleiben. Er betrachtete die Hände der Männer, ihre Gesichter, und wie sie den Kopf hielten. Dann sah er wieder Eden an. Demos wollte, daß sich Taylor ständig in ihrer Nähe aufhielt. Nun, wenn man sie sich so anschaute, bedeutete das kein Problem.

Der Regisseur machte sich mächtig wichtig, brüllte Anweisungen und kritisierte ständig an Eden herum. Sie lächelte falsch, bewegte sich nicht anmutig genug, sei steif wie eine Marionette. Am liebsten hätte Taylor dem Kerl ein paar verpaßt. Doch Eden nickte nur oder schüttelte den Kopf und bat ihn, sich besser zu erklären.

Widerspruchslos tat sie, was der Regisseur von ihr verlangte, stellte sich in die gewünschte Position und blieb stehen, wenn er es ihr befahl. Die Maskenbildner stürzten sich auf sie, ein Friseur zupfte überflüssigerweise an ihrem Haar herum. Der Fotograf und der Regisseur stritten sich unentwegt, und Taylor fragte sich, wer hier der Boß war. Ein völliges Chaos.

Die Dreharbeiten dauerten zweieinhalb Stunden. In dieser Zeit hatte Taylor zwanzig mögliche Verdächtige beobachtet, aber sie waren alle wieder verschwunden. Und immer wieder war sein Blick zu Eden zurückgekehrt. Er sah zu, wie ein Mann einen Ventilator vor ihr Gesicht hielt, damit ihr Haar zurückgeweht wurde. Er sah zu, wie sie den Rücken durchbog und die Brust nach vorne streckte. Er sah zu, wie sie sich auf ein Pferd setzte, wobei ihre langen Beine sichtbar wurden. Von einem der Kutscher, die durch den Park fuhren, hatte man eine zahme alte Fuchsstute gemietet, die geduldig alles über sich ergehen ließ.

Taylor wunderte sich, daß Eden immer freundlich blieb und lächelte. Er fragte sich, wie sie diesen aufgeblasenen Regisseur nur ertrug, und rechnete jeden Moment damit, daß sie ihn endlich anschreien würde, aber sie tat es nicht, wenigstens nicht diesmal. Als der Film im Kasten war, atmete Taylor erleichtert auf. Der einzige Verdächtige war ein Mann gewesen, der etwas fallengelassen hatte und solange danach suchte, daß Taylor schon zu ihm hatte hinübergehen wollen. Doch schließlich war der Bursche verschwunden. Taylor sah, daß Eden sich räkelte, sich kurz mit dem Regisseur unterhielt, dem Fotografen die Hand schüttelte und sich dann wieder in den Wohnwagen begab.

Nach einigen Minuten tauchte sie — in Jeans, T-Shirt und mit zurückgestecktem Haar — wieder auf. Komisch, dachte Taylor, sie sieht jetzt noch hübscher aus als mit der wild flatternden Mähne.

Er löste sich von dem Baum, an den er sich gelehnt hatte, und ging auf sie zu.

»Demos hat sich nicht blicken lassen«, sagte er. Er streckte die Hand aus. »Ich heiße Taylor.«

»Taylor? Und wie weiter?«

»Taylor ist mein Familienname. So nennen mich alle.« Sie zog fragend eine Augenbraue hoch. Er zuckte die Achseln.

»Okay, mein vollständiger Name lautet S.C. Taylor, aber wie ich schon sagte, nennen mich alle nur Taylor.«

Da er offenbar nicht mehr verraten wollte, nahm Lindsay seine Hand. »Ich bin Eden. Warum sind Sie hier?«

»Demos hat mich angeheuert, um Sie und den Dreh zu beschützen.«

Lindsay blieb der Mund offenstehen. Ganz offensichtlich war sie überrascht. »Was?«

»Eigentlich wollte er selbst kommen. Er wollte Ihnen persönlich erklären, wer ich bin und was ich hier suche. Ich soll Ihnen in den nächsten Tagen nicht von der Seite weichen.«

»Das ist doch verrückt! Mich beschützen? Aber wer sollte denn . . .?«

»Genau das gleiche habe ich mir auch gedacht. Meiner Ansicht nach schuldet unser Freund Demos jemandem Geld, und dieser jemand ist zur Zeit mit ihm unzufrieden.«

»Er liebt Pferderennen.«

»Wie lange arbeiten Sie schon für ihn?«

»Ungefähr seit vier Jahren.«

»Möchten Sie ihn anrufen und ihn selbst fragen?«

Seufzend schüttelte sie den Kopf. »Verstehen Sie mich nicht falsch, sonst bin ich nicht so vertrauensselig. Aber so etwas paßt zu Vinnie. Allerdings bin ich überrascht, daß Glen mir nichts davon erzählt hat.«

»Gehen wir zusammen Mittagessen?«

Lindsay wußte nicht, was sie sagen sollte. Sie mißtraute diesem Mann auf den ersten Blick. Er war zu selbstsicher, zu überheblich, zu gutaussehend, und besonders letzteres machte sie immer argwöhnisch. Außerdem war er kräftig gebaut, und auch das gefiel ihr gar nicht. Der Prinz war zierlicher und schlanker gewesen, und trotzdem hatte er leichtes Spiel mit ihr gehabt. Dieser Mann war fast eins neunzig groß, fast so groß wie ihr Vater. Sie wünschte, sie hätte hohe

Hacken anstatt der Turnschuhe getragen, damit sie ihm geradewegs in die Augen sehen konnte. Allerdings bedeutete der Auftrag, nicht von ihrer Seite zu weichen, wahrscheinlich, daß sie sich mit seiner Gegenwart würde abfinden müssen. »Zum Mittagessen gibt es nur Joghurt. Gestern abend habe ich in einem mexikanischen Restaurant gesündigt und muß heute büßen.«

»Macht nichts«, sagte Taylor. »Sind Sie fertig?«

Sie nickte. Plötzlich bemerkte sie die Menschenmassen, die sie umringten. »Ist es nicht gefährlich, zwischen all diesen Leuten herumzulaufen?«

»Keine Sorge. Ich bleibe ganz dicht bei Ihnen, und ich bin bewaffnet. Ich möchte nicht, daß Sie wie eine Gefangene in Ihrer Wohnung sitzen und sich nicht mehr ans Telefon oder an die Tür trauen. Das wäre nicht das Richtige. Wir müssen einfach vorsichtig sein, und die Augen offenhalten. Und selbstverständlich werde ich mich wie ein Schatten an Ihre Fersen heften.«

Sie nickte. Wenn sie nur diesen Demos in die Finger bekommen könnte! Diesen Dreckskerl! Am liebsten hätte sie ihn kaltblütig ermordet. Wie konnte er es wagen, sie in so eine Lage zu bringen? Und noch dazu mit diesem Mann, der ihr völlig fremd war.

»Vielleicht hätte ich Ihnen nicht die Wahrheit sagen sollen«, sagte er, während er neben ihr herging. »Oder mich wenigstens etwas vager ausdrücken. Aber Demos hat sich nicht wie versprochen blicken lassen. Und ich dachte mir, etwas anderes als die Wahrheit würden Sie mir nicht abkaufen.«

»Da haben Sie recht«, antwortete Lindsay eisig und beschleunigte ihren Schritt, so daß er fast rennen mußte, um nicht zurückzubleiben. »Das soll mir dieser Mistkerl büßen.«

»Vielleicht habe ich ihn ja falsch verstanden«, versuchte Taylor, sie zu beschwichtigen. »Er hat mir nichts Genaues mitgeteilt.«

Zum erstenmal sah Lindsay ihn direkt an. Was war los mit dieser Frau? fragte er sich. »Ja klar«, sagte sie. »Offenbar bin ich so wertvoll, daß er plötzlich Angst bekommen hat, ein orientalischer Scheich könnte mich entführen.«

»Das würde ich dem Scheich nicht verdenken.«

Sie zog sich zurück. Merkwürdig, dachte sich Taylor: Sie war einfach weg, obwohl sie weder schneller ging, noch sonst irgend etwas getan hatte. Doch sie hatte sich ihm völlig entzogen. Er runzelte die Stirn und meinte: »Ich habe mir zuviel herausgenommen. Entschuldigen Sie.«

Aber auch das nützte nichts. Sie nickte nur und machte riesengroße Schritte.

»In der 57th Street Ecke 6th Avenue gibt es einen Laden mit gutem Joghurt. Wollen Sie den mal ausprobieren?«

Sie nickte. Auf den Bürgersteigen wimmelte es von Menschen, die einherhasteten, weil das die beste Methode war, um sich gegen unwillkommene Zeitgenossen zu schützen. In den Straßen stauten sich die Autos, meist Taxis. Alle hupten und drängelten und versuchten, zuerst die nächste Kreuzung zu erreichen. Lindsay ertappte sich dabei, wie sie die Gesichter der Menschen musterte, sie abschätzte, als ob sie plötzlich eine Bedeutung gehabt hätten. Sie hatte sich verändert, war argwöhnisch und ängstlich. »Das brauchen Sie nicht zu tun«, sagte Taylor neben ihr leise. »Alles ist in Ordnung. Ich verstehe mein Geschäft. Übrigens war ich früher jahrelang bei der Polizei, wenn Sie das beruhigt.«

»Okay«, meinte Lindsay und musterte die Passanten nun so, daß er es nicht mehr bemerkte.

In der Joghurtbar herrschte Hochbetrieb, so daß sie zehn Minuten warten mußten.

Lindsay bestellte ein mittelgroßes, fettfreies Bananenjoghurt und setzte sich an eines der runden weißen Plastiktischchen, das gerade freigeworden war. Taylor holte sich das gleiche und nahm neben ihr Platz.

Sie aß sehr langsam und ließ jeden Löffel auf der Zunge zergehen. Taylor beobachtete sie. »Müssen Sie immer hungern?«

Sie antwortete erst, nachdem sie genüßlich hinuntergeschluckt hatte. »Eigentlich nicht. Ich muß nur sieben Kilo weniger als mein Normalgewicht auf die Waage bringen. Die

Kameras tragen auf. Das sind eben die Spielregeln«, fügte sie rasch hinzu, als sie bemerkte, daß er etwas sagen wollte. »Wenn ich in diesem Beruf arbeiten möchte, muß ich mich daran halten.«

»Ich verstehe. Hält Ihnen Ihre Familie denn keine Vorträge, daß Sie nicht genug essen?«

»Nein, sie . . . Wie ist Demos an Sie geraten?«

»Glen, der schöne Glen mit den vielen Diamantohrringen, hat mich angerufen und mich gebeten, mich vorzustellen. Trägt er eigentlich immer Schwarz?«

Lindsay lächelte. Allmählich fühlte sie sich wohler. Er rückte ihr nicht mehr so nahe, wofür sie ihm unglaublich dankbar war. Merkwürdigerweise traute sie ihm auch zu, sie zu beschützen. Und sobald sie Demos in die Finger bekam, würde sie diesen Mann sowieso wieder los sein. »Der schöne Glen ist vollkommen übergeschnappt. Wenn er nicht Schwarz trägt, trägt er Violett. Er sagt, es paßt zu seinen Augen. Sie haben Glück gehabt, daß sie seinen Anblick nur in Schwarz ertragen mußten. Im Moment ist er wegen irgend etwas sauer auf Demos. Was hatte Glen an, als Sie ihn kennengelernt haben?«

»Enge schwarze Designerjeans, einen Rippenpulli mit Rollkragen, auch schwarz, einen Westerngürtel mit riesiger, runder Silberschnalle und schwarze italienische Slipper.«

»Das sind seine Lieblingssachen. Sie sind ein guter Beobachter. Ich lasse mich zur Zeit so selten wie möglich im Büro blicken: Jeder der beiden versucht, mich auf seine Seite zu ziehen.«

»Ich bin Privatdetektiv, wenn ich mich nicht als Hacker betätige. Und dafür bezahlt mich Demos. Hoffentlich stört es Sie nicht, wenn ich einige Tage in Ihrer Nähe bleibe.«

»Wie genau meinen Sie das mit dem in der Nähe bleiben? Heißt das, Sie wollen mir sagen, was ich zu tun und zu lassen habe?«

Taylor zuckte die Achseln. Als Demos ihn am gestrigen Abend zu Hause angerufen hatte, hatte er ein wenig aufgeregt geklungen. Bei dieser Gelegenheit hatte er Taylor gebeten, auch nach den Dreharbeiten ein Auge auf Eden zu haben. Er wolle kein Risiko eingehen, hatte er gesagt. Eden müsse Tag und Nacht bewacht werden.

Natürlich hatte Taylor sofort den Preis erhöht, womit Demos widerspruchslos einverstanden gewesen war. Taylor hatte sich gefragt, ob er ihn womöglich übers Ohr hauen wollte, und bei Glen sofort einen Vorschuß eingefordert. Dieser war umgehend bezahlt worden.

»Wie wollen Sie in meiner Nähe bleiben?« fragte Lindsay wieder.

Als er sie anlächelte, bekam sie es mit der Angst zu tun. Sie wich zurück. Im nächsten Augenblick war das Lächeln verschwunden.

Er beugte sich vor und sagte leise: »Ich weiß nicht, was mit Ihnen nicht stimmt, Lady, aber ich habe nicht vor, mir die ganze Zeit den Kopf darüber zu zerbrechen, wie Sie auf mich reagieren. Und ich werde auch nicht jedes Wort, das ich sage, auf die Goldwaage legen. Ich habe einen Auftrag, und dieser Auftrag sind Sie. Also werde ich Ihnen auf Schritt und Tritt folgen, bis Demos aufhört, meine Rechnungen zu bezahlen. Wenn Ihnen das nicht paßt, rufen Sie ihn an. Was ist? Wollen Sie ihn gleich anrufen, oder gehen wir? Zufällig liebe ich schöne Kleider. Falls Sie einen Einkaufsbummel machen wollen, stehe ich Ihnen gern zur Verfügung.«

Lindsay schwieg eine Weile. »Entschuldigen Sie.«

Er nickte nur.

»New York macht mir manchmal angst.«

»Stimmt.«

»In einer Stunde habe ich Karatekurs.«

»Wie gut sind Sie?«

»Dritter Grad.«

»Wie lange nehmen Sie schon Unterricht?«

»Seit einem Jahr. Damals bin ich Zeugin eines Raubüberfalls geworden, und das hat mir einen ganz schönen Schrecken versetzt.« Halbwahrheiten, dachte sie, immer Halbwahrheiten. Das Problem war, daß sie ihr mit den Jahren immer leichter über die Lippen kamen.

»Sie wissen, daß es richtig ist, was die Polizei über Selbstverteidigung gegen einen Straftäter sagt. In den meisten Fällen ist es ein Fehler.«

»Sie empfehlen also, sich einfach hinzulegen und stillzuhalten?«

»Nein, ich empfehle, daß Sie Ihren Verstand einsetzen, um die Situation abzuschätzen. Die Angst ist Ihr schlimmster Feind, da sie Sie meistens zu unüberlegten Handlungen hinreißt. Männlichkeitswahn ist fast ebenso fatal.«

Lindsay stand langsam auf. »Sie waren bei der New Yorker Polizei?«

»Ja.«

»Und warum haben Sie aufgehört?«

Lächelnd hielt er ihr die Tür der Joghurtbar auf. »Wo liegt Ihr Sportstudio?«

»In der 44th Street Ecke Madison Avenue. Kann ich hingehen?«

»Ja, vertrauen Sie mir«, antwortete Taylor. »Machen wir uns auf den Weg, es ist ziemlich weit. Vermutlich gehen Sie viel zu Fuß, um abzunehmen.«

Lindsay nickte.

Taylor sah ihr beim Training im Lin Ho-Sportstuio zu. Sie war nicht schlecht, ihre Bewegungen waren ausladend, koordiniert und kräftig. Das Mädchen hatte eine gute Kondition. Ihr Problem war nur, daß man jeden Stoß und jeden Tritt vorhersehen konnte. Ihre Absichten waren so klar wie ihre tiefblauen Augen. Vielleicht konnte er ihr etwas beibringen. Ein wirklicher Angreifer würde leichtes Spiel mit ihr haben. Er mußte ihr unbedingt klarmachen, was Verbrechen in New York tatsächlich bedeutete. Bei diesem Gedanken fuhr er zusammen. Er, S.C. Taylor, der ausgezeichnete Polizist, der immer für Recht und Gesetz eingetreten war, der mit Leib und Seele an die Justiz geglaubt hatte, hatte nach Ellies Sprung aus dem Toilettenfenster im zweiten Stock ihrer Privatschule zwei Monate gewartet; genau genommen, einen Monat, drei Wochen und zwei Tage nach Ellies Beerdigung. Mein Gott, die Beerdigung. Die Mutter und Onkel Bandy waren einander in den Armen gelegen, und das miese Schwein hatte tatsächlich eine Rose auf den Sarg gelegt.

Am liebsten hätte Taylor sich in diesem Moment auf ihn gestürzt, aber er hatte sich beherrscht.

Allerdings nicht lange. Er hatte Onkel Bandy aus seinem hübschen Häuschen geholt und ihn anständig vermöbelt. Seltsamerweise hatte er sich danach nicht besser gefühlt. Der Mann hatte sogar den Nerv gehabt, Taylor zu drohen, hatte gebrüllt, alles sei ganz allein Taylors Schuld. Voller Wut hatte Taylor noch einmal zugeschlagen. Doch das machte Ellie auch nicht mehr lebendig. Sie war auf dem Mountain View Friedhof beigesetzt, und Taylor besuchte manchmal ihr Grab. Er erkundigte sich nie, was aus der Mutter geworden war; es kümmerte ihn nicht. Doch Onkel Bandy erholte sich schnell, und Taylor wußte, daß er seine Gewohnheiten nicht geändert hatte. Macht und Geld öffneten ihm alle Türen.

Als er mit Eden das Sportstudio verließ, war er in Gedanken immer noch bei Ellie. Lindsay fragte sich, was ihn wohl beschäftigte. Ganz offensichtlich war er geistesabwesend. Sie hatte vom Umkleideraum aus im Büro angerufen. Glen war an den Apparat gegangen. »Der Boß ist für einige Tage verreist, Eden.«

»Warum hast du mir diesen Taylor auf den Hals gehetzt, Glen? Hat jemand Demos bedroht?«

»Ja, Schätzchen. Sei nicht sauer auf Demos und häng den Kerl nicht ab. Bleib immer in seiner Nähe. Er ist ein Profi. Und ist er nicht süß? Hast du dir schon mal seine Brust angeschaut? Und dieses niedliche Grübchen auf seinem Kinn?«

»Schon gut, Glen. Bis nächste Woche.«

»Paß nur auf Eden. Wenn du es schaffst, ihn ins Bett zu kriegen, kratz ich dir die Augen aus.«

Lindsay lachte pflichtschuldig.

11.

TAYLOR/EDEN

Von Edens Wohnung aus rief Taylor Valerie an und fragte sie, wie es ihr gehe und wie sie den Tag verbracht habe. Er bekam die gleiche Antwort wie immer: Es gehe ihr gut, sie habe sich amüsiert, sei einkaufen gegangen und habe dieses und jenes erstanden. Außerdem vermisse sie ihn. Dann erkundigte sie sich nach ihm. Nichts Außergewöhnliches also, nichts, bis auf das Ende des Gesprächs.

»Ich kann heute abend nicht«, meinte er bedauernd, was man ihm auch anhörte. »Ich weiß, du wolltest dir diesen Film ansehen, aber ich habe einen Auftrag und bin das ganze Wochenende über beschäftigt. Wahrscheinlich sogar noch nächste Woche. Tut mir leid, Baby. Ich tausche die Tickets um und besorge welche fürs nächste Wochenende, okay? Oder soll ich sie dir vorbeischicken, damit du allein hingehen kannst? Du kannst ja eine Freundin mitnehmen.«

»Ich will nicht mit jemand anderem hingehen! Du bist bei einer anderen Frau, stimmt's?«

»Ja, das ist mein Auftrag.« Als er ihr Mißtrauen spürte, runzelte er die Stirn. »Wirklich nur ein Auftrag, Valerie, ich habe dir doch schon gesagt, daß so etwas manchmal passieren kann. Was ist also das Problem?«

»Du lügst!« brach es plötzlich aus ihr heraus. »Du Schwein, wie heißt sie? Du bist auch nicht anders als all die anderen Dreckskerle! Sag mir, wie sie heißt!«

Entsetzt hielt Taylor den Hörer von sich. Valerie schrie ihn an, ja, sie kreischte regelrecht. Er traute seinen Ohren kaum. Und ihr Wortschwall dauerte an und wurde immer lauter. Sie nannte ihn einen Lügner, unterstellte ihm Untreue, warf ihm vor, er würde sie mit einer jüngeren Frau betrügen. Alles, was er sagte, sei sowieso nicht wahr. Taylor blieb ruhig. Was gab es für ihn noch hinzuzufügen? Mein Gott, die Menschen steckten doch voller Überraschungen. Er hatte immer geglaubt, Valerie zu kennen. Er dachte an ihr Lachen, ihren schönen Körper, ihren manchmal zu scharfen Witz, ihre Intelligenz und ihr vollkommenes Gesicht. Aber er hätte nie damit gerechnet, daß hinter dieser Fassade unbezähmbare Wut lauerte. Welchen Grund hatte sie zur Eifersucht? Hatte irgendein Mann sie früher einmal schlecht behandelt? Er konnte sich ihr Verhalten nicht erklären, vor allem deshalb nicht, weil sie immer so beherrscht wirkte. Bei Gott, sie war die schönste Frau, die er jemals gesehen hatte. Diese Szene war doch einfach verrückt!

Als sie endlich aufhörte, war Tylor seinerseits ziemlich erbost und mit seiner Geduld am Ende. »Wenn du mir nicht glaubst, tut es mir leid, Valerie. Du irrst dich wirklich. Ich rufe dich am Montag an. Ich erwarte, daß du dich bei mir entschuldigst.«

Sie zögerte kurz, ehe sie wieder anfing, ihn zu beschimpfen. Langsam legte er den Hörer auf und betrachtete angewidert das Telefon.

Als er sich umdrehte, sah er Eden in der Küchentür stehen. Sie betrachtete ihn fragend. Taylor schüttelte den Kopf. Ihm war flau im Magen. »Man weiß doch nie, woran man mit einem Menschen ist, habe ich recht?«

»Stimmt«, antwortete sie. »Man kann sich wirklich nie sicher sein. Jeder hat etwas zu verbergen. Vielleicht ist es besser, es nicht zu wissen. Möchten Sie ein Cola-Light? Oder einen Tee?«

Bier wäre ihm in diesem Moment lieber gewesen »Tee bitte. Vielen Dank«, erwiderte er.

Lindsay verschwand in der Küche. Also hatte er eine Beziehung. Gut so. Sie brauchte sich keine Sorgen zu machen. Lindsay fragte sich, warum die Frau am Telefon wohl zornig wegen einer anderen Frau war, die sie noch nie zu Gesicht bekommen hatte. Und er hatte ihr ruhig gesagt, es handle sich nur um einen Auftrag. Seltsam.

Taylor setzte sich aufs Sofa, dessen Bezug bunte Südseemotive aufwies. Etwa ein halbes Dutzend Kissen lag darauf verstreut. Er lehnte sich zurück, machte es sich bequem und sah sich um. Das Wohnzimmer war nicht groß, aber gemütlich und ziemlich chaotisch. Obwohl Taylor ein sehr ordentlicher Mensch war, gefiel es ihm merkwürdigerweise. Auf dem Couchtisch aus Rattan stapelten sich verschiedene Romane, ein weiterer Bücherhaufen lag auf dem Boden neben dem Sofa. Zwischen den beiden einladenden Sesseln gegenüber stand eine Leselampe. Taylor betrachtete die Bücher, meist Taschenbuchausgaben. Offenbar hatte sie einen breitgefächerten Geschmack: Kriminalromane, Spionagegeschichten, Historienschinken, Science Fiction. Er entdeckte fast jeden Roman von Dick Francis, der jemals geschrieben worden war. Und überraschenderweise lagen auch Bücher über Architektur herum, dicke Bände, die man normalerweise ordentlich auf dem Couchtisch zur Schau stellte, um Gäste zu beeindrucken. Doch Eden besaß eine Menge davon, und sie schienen ihr nicht mehr zu bedeuten als die anderen Bücher. Es handelte sich um großformatige Bildbände und Biographien weniger bekannter Architekten wie Barry, Pudin und Dominico. Auch ein Buch über Telford war dabei, der Mann, der die erste Hängebrücke gebaut hatte.

Keine Sachbücher, keine Zeitungen, keine Zeitschriften. Komisch, daß sie auch keine Zeitschriften las. Als Model war sie doch bestimmt in vielen von ihnen abgebildet. Er stand auf und ging zum Kamin hinüber. Auf dem Sims standen Fotos; auf einigen von ihnen war eine alte Dame zu sehen, die sehr aristokratisch wirkte und sehr elegant gekleidet war. Auf einem Foto erkannte er einen Mann, offenbar ihr Vater, denn er hatte die gleichen Augen. Dann war da noch ein kleines Bild: Eine sehr magere, ausgezehrte Frau mit tiefen Sorgenfalten auf der Stirn. Ihre Mutter? Taylor konnte keinerlei Ähnlichkeit feststellen. Keine Geschwister?

»Zitrone oder Milch?« Sie klang ängstlich und mißtrauisch. Langsam wandte er sich um. Wahrscheinlich dachte sie, er wolle sie ausspionieren, was eigentlich auch der Fall war. »Nein danke«, antwortete er leichthin. »Ich mag den Tee pur. Hoffentlich ist es nicht eine dieser exotischen Sorten mit gemahlenen Mäusezehen und Orangenblüten.«

Lachend beruhigte sie ihn und zog sich dann wieder in

die Küche zurück. Er setzte seinen Rundgang fort. Der Kamin war vom Gebrauch geschwärzt und mußte dringend geputzt werden. Als sie mit dem Tablett zurückkam, sagte er: »Sie sollten einen Kaminkehrer anrufen. Dieser Kamin ist feuergefährlich.«

Lindsay grinste ihn an. Ihre Angst schwand angesichts seiner lockeren Art. Ihr Lächeln war dementsprechend ungezwungen. Irgendwie wußte sie, daß sein Lächeln etwas Besonderes war. Es galt ganz allein ihr.

»Sie haben mich hereingebeten«, meinte Taylor, nachdem er von dem Jasmintee, den er verabscheute, getrunken hatte. »Ich bin überrascht.«

Lindsay zuckte die Achseln. »Was sollte ich sonst mit Ihnen tun? Sie im Treppenhaus stehen lassen? Oder etwa an der Straßenecke?«

»Wir hätten bummeln gehen können. Ich sagte Ihnen schon, daß ich einen guten Geschmack habe. Vielleicht zu Bloomingdale's.«

»Um die Wahrheit zu sagen, bin ich todmüde. Müssen Sie wirklich bei mir bleiben? Die ganze Zeit? Was ist mit heute Nacht?«

»Sie werden mich nicht so schnell los. Da Demos die Rechnungen bezahlt, können wir auch ins Kino gehen. Ich habe gehört, der ›Schwarze Prinz‹ soll ein ausgezeichneter Film sein. Wenigstens hatte er gute Kritiken.« Warum sagte er ihr nicht, daß er die Karten schon in der Tasche hatte? Er hatte die möglichen Risiken durchdacht und beschlossen, daß er sie ausreichend verringern konnte. Schließlich war er nicht dumm und verfügte über genügend Erfahrung. Und er wollte nicht, daß sie sich wie eine Gefangene fühlte.

Ihre Augen leuchteten auf. Ihr ganzes Gesicht leuchtete auf. Taylor war überrascht. Sie war schön, sie war erfolgreich, wahrscheinlich wurde sie von Männern nur so belagert und brauchte sich nur einen auszusuchen. Und trotzdem reagierte sie, als hätte er ihr eben ein wunderbares Geschenk gemacht, etwas Traumhaftes, Unerwartetes.

»Wir könnten chinesisch essen gehen — keine Kalorien, nach einer halben Stunde sind sie alle verbrannt.«

Sie wandte den Blick ab. »Das ist doch nur ein Auftrag für Sie«, meinte sie, während sie Tee einschenkte. »Sie versuchen nicht etwa, mich anzumachen?«

»Ich würde nicht im Traum daran denken, Sie anzumachen.«

Er meinte das als Witz, doch sie nahm ihn ernst. »In Ordnung. Es wird bestimmt lustig.«

»Mir gefällt Ihre Wohnung.«

Sie sah ihn an, wußte offenbar nicht, ob er es ehrlich meinte. Taylor erkannte genau den Moment, in dem sie beschloß, ihn beim Wort zu nehmen. Er sollte sie zum Pokern überreden; er würde jedes Spiel gewinnen, denn sie war so leicht zu durchschauen.

»Danke«, sagte sie schließlich und sah sich stolz um. »Sie ist zwar klein, aber mein, und ich habe sie so eingerichtet, wie es mir gefällt. Ich habe sie günstig bekommen.«

»Wie ich sehe, interessieren Sie sich für Architektur.«

»Oh, ja. Besonders für das Leben der Architekten aus dem letzten Jahrhundert. Ihre Lebensgeschichte ist einfach faszinierend, und ihre Leistungen, du meine Güte ...« Sie brach ab, und er erkannte, daß es ihr peinlich war. Wahrscheinlich glaubte sie, ihn mit ihrem Geplauder zu langweilen.

»Erzählen Sie mir von Telfort«, meinte er aufmunternd. »Ist sein Entwurf für die London Bridge nicht abgelehnt worden?« Als sie überrascht nickte und sich offensichtlich freute, daß er das wußte, war er zufrieden mit sich, weil er dieses Detail beim Durchblättern des Buches behalten hatte.

Auf dem Weg in seine Wohnung, nur acht Blocks entfernt, war Lindsay merkwürdig glücklich. Seit Jahren schon war sie nicht mehr mit einem Mann ausgegangen, ohne sich Sorgen zu machen oder sich, ohne es zu wollen, zurückzuziehen. Schließlich ging sie ja nicht wirklich mit ihm aus. Er hatte einen Auftrag ... aber trotzdem war es eine Abwechslung für sie. Bitte, flehte sie, laß ihn einen netten Menschen sein.

Seine Wohnung, in die er hatte gehen wollen, um sich umzuziehen, war viel hübscher als ihre. Das Haus war älter, die Räume waren größer, und die Decken waren mit Stuck verziert, der merkwürdigerweise zu der sehr modernen Einrichtung paßte, die aus einem dunkelgrünen Ledersofa, zwei ebensolchen Sesseln, Lampen aus Holz und Glas und kleinen Tischchen bestand. Zuerst fiel ihr auf, wie sauber und ordentlich alles war. Und er hatte guten Geschmack. Offenbar hatte er eine Vorliebe für Erdtöne — kräftiges Beige und Goldbraun. Sie fühlte sich eingeschüchtert. Der Mann schien Geld zu haben. Warum hatte sie nicht damit gerechnet? Weil er Leibwächter war? Auf einmal bemerkte sie, daß er sie beobachtete, wie sie seine Wohnung musterte.

»Schön hier«, meinte sie.

»Danke. Fühlen Sie sich wie zu Hause.« Er wies auf das Sofa und ließ sie allein.

Sie stellte schnell fest, daß er keine Leseratte war. Und die Ordnung, die hier herrschte, weckte in ihr den Wunsch, seine wenigen Bücher und Zeitschriften zu verstreuen. Es machte sie richtiggehend nervös: Computerzeitschriften waren sauber auf nahezu jeder verfügbaren Oberfläche aufgestapelt und füllten die Bücherregale. Sie griff zu einem sehr dicken Band mit dem Titel PC-Magazin und blätterte die Seiten durch, die mit geheimnisvollen Zahlen und Wörtern bedruckt waren. Ein Artikel hieß ›Der Dizzo-Chip‹. Lindsay runzelte die Stirn. Beim Weiterblättern stieß sie auf Abbildungen unbekannter Gegenstände und las ein paar Sätze über Modeme, weil sie wußte, worum es sich hierbei handelte. Aber sie verstand trotzdem nicht mehr als ein Wort hie und da. Also legte sie die Zeitschrift vorsichtig auf den ordentlichen Stapel und sah sich weiter um. Zu ihrem Schrecken entdeckte sie eine Zeitschrift mit einem muskelbepackten Mann auf dem Titel. Er sah aus wie Rambo und hielt ein riesiges Maschinengewehr vor die Brust gedrückt. Seine Augen blickten böse und hart und . . . dann fand sie die Waffenzeitschriften, Jagdzeitschriften, Sportzeitschriften, Zeitschriften zum Thema internationale Handfeuerwaffen. Sie schlug eine auf und las einen Artikel über eine gewisse Glock 17, ein österreichisches Plastikgewehr. Unter dem Hochglanzfoto des Gewehrs stand: »Für jeden Hausbesitzer in den USA — Jetzt im Handel erhältlich.« Mein Gott, dachte sie. Das Ding sah aus wie ein Spielzeug, fast durchsichtig und sehr zerbrechlich. Aber es war kein Spielzeug. Für jeden Haushalt erhältlich. Wunderbar. Auf den nächsten Seiten waren noch mehr Männer mit Gewehren abgebildet: auf Schießplätzen, im Wald, in Gruppen zusammenstehend. Alle hatten Waffen in der Hand und waren bereit zu töten. Hatte Taylor eine Waffe? Selbstverständlich mußte er eine haben. Er war ein Privatdetektiv und ihr Leibwächter. Trug er die Waffe bei sich?

Als die Dusche ansprang, drehte sie sich um. Durch die geschlossenen Türen wurde das Geräusch zwar gedämpft, war aber deutlich zu hören. Nur wenige Meter von ihr entfernt, stand ein Mensch unter der Dusche. Ein merkwürdiges Gefühl. Sie lebte schon so lange allein. Sie schlenderte durch sein Wohnzimmer und ging dann in die Küche. Er war ein Technikfreak. Sie entdeckte Geräte, die sie noch nie zuvor gesehen hatte. Als sie das funkelnde, blitzsaubere Waffeleisen betrachtete, das aufgeklappt nur darauf zu warten schien, daß man es benutzte, lief ihr das Wasser im Munde zusammen. Der Dosenöffner war ein solches Wunderwerk der Technik, daß ihr die Dose leid tat. Sie öffnete den Kühlschrank, um sich ein Cola-Light zu holen. Sie fand viel rohes Gemüse, Orangensaft, Thunfischdosen, verschiedene Salatsaucen, einen Laib Weißbrot, cholesterinfreie Butter, zuckerfreie Marmeladen, aber kein Cola-Light. Sehnsüchtig betrachtete sie die Weißweinflasche und schloß enttäuscht den Kühlschrank.

Dann kehrte sie zurück ins Wohnzimmer. Die Dusche wurde abgeschaltet, und plötzlich fiel ihr ein, daß er ja nackt war, und was das für sie bedeutete. Jetzt war es nicht mehr nur merkwürdig, mit einem Mann allein in seiner Wohnung zu sein — es war beängstigend. Nicht weit von ihr befand sich ein nackter Mann. Zwei Türen — möglicherweise auch nur eine — trennten sie voneinander. Das Bild in der aufgeschlagenen Zeitschrift auf dem Tisch zeigte einen Mann mit nacktem Oberkörper, der eine Flinte in der Hand hielt. Hinter ihm stand eine Frau, die ihn ehrfurchtsvoll und bewundernd ansah. Ihre Lippen waren leicht geöffnet. Sie konnte nicht mehr als höchstens zweiundzwanzig Jahre alt sein.

Ein Mann konnte einer Frau wehtun. Dieser Mann, Taylor, konnte ihr wehtun. Er war groß und kräftig. Eigentlich war er ja nett zu ihr, aber vielleicht handelte es sich nur um einen Trick, um sie in seine Wohnung zu locken. Und hier saß sie nun, war ihm einfach gutgläubig nachgelaufen, wie ein Hündchen, wie ein Lamm auf dem Weg zur Schlachtbank. Dabei hatte sie über Architekten aus dem siebzehnten Jahrhundert dahergeplappert. Sie hatte ihn mit ihrem albernen Geschwätz gelangweilt, und nun war sie ihm hilflos ausgeliefert.

Er war nackt. Im Moment war er noch im Badezimmer, aber was war, wenn er herauskam? Würde er einen Bademantel tragen wie der Prinz und das Spiel ein wenig weitertreiben? Nein, sie war sich sicher, daß Taylor nackt vor sie treten würde. Italienische Morgenmäntel paßten nicht zu ihm. Und sie hatte nichts weiter an als Hosen und einen weiten Pullover.

Mein Gott! Er sah aus wie die Männer in den Waffenzeitschriften. Auch mit ihren Selbstverteidigungskenntnissen hatte sie gegen einen solchen Mann keine Chance. Sie erinnerte sich daran, wie er sich im Sportstudio mit Lin Ho, ihrem Lehrer, unterhalten hatte. Die beiden hatten Strategien erörtert, wie man sich gegen mehr als einen Angreifer zur Wehr setzte, wenn die Täter mit Messern bewaffnet waren. Er hatte ihr nicht gesagt, ob er mit Kampfsport vertraut war, aber das war bestimmt der Fall. Das hatte sie schon an seiner Haltung gesehen, als sie ihn mit Lin Ho beobachtet hatte. Er war stark und gewiß ein guter Kämpfer. Gegen ihn war sie rettungslos verloren.

Lindsay nahm ihre Handtasche, rannte zur Tür und verließ fluchtartig die Wohnung. Sie wagte nicht, auf den Aufzug zu warten, denn dann würde er sie sicherlich einholen. Und falls der Lift rechtzeitig kam, würde er die Treppe hinunterlaufen und sie abfangen. Er würde in der Vorhalle auf sie warten, sie packen, sie wieder in den Aufzug stoßen und sie zurück in die Wohnung bringen. Außer Atem und mit Seitenstechen kam sie unten an. Sie krümmte sich und preßte sich die Handtasche vor die Brust. Dann rannte sie auf die Straße und versuchte wild winkend ein Taxi anzuhalten.

Sie mußte fort.

Als Taylor die Tür ins Schloß fallen hörte, stürzte er ohne nachzudenken nackt ins Wohnzimmer. O Gott, jemand war gekommen und hatte sie entführt. Nein, das war nicht möglich. Er rief ihr nach. Doch dann fiel ihm ein, daß er splitternackt war. Er konnte ihr nicht nachlaufen.

Aber warum war sie geflohen?

Tropfend stand er da und fragte sich, was geschehen war. Es war seltsam. Sie war seltsam. Seufzend ging er ins Schlafzimmer und zog sich schnell an. Sie war allein, und niemand beschützte sie. Was war, wenn die Kerle, die Demos auf den Fersen waren, sich an sie hielten?

Lindsay nannte dem Taxifahrer Gayles Adresse. Gayle wohnte in der West Side gegenüber vom Lincoln Center im sechsunddreißigsten Stock einer Eigentumswohnanlage. Lindsay rannte durch die riesige Vorhalle zu den Aufzügen, drückte die Knöpfe und ließ sich gegen die Wand sinken. Sie war in Sicherheit. Doch wie sich herausstellte, war Gayle nicht zu Hause.

Lindsay lehnte sich mit geschlossenen Augen an die Wand neben Gayles Wohnungstür. Was sollte sie jetzt tun?

Schließlich konnte sie nicht ewig hier herumstehen. Das Gebäude wurde gut bewacht, und irgendeiner der Nachbarn würde sie bald beim Sicherheitsdienst melden. Sie hängte sich die Tasche wieder um und fuhr hinunter in die Vorhalle. Sie würde dort warten. Wenn sie in aller Öffentlichkeit herumstand, würde sie keinen Verdacht erregen, und niemand würde sie hinauswerfen. Und wenn Taylor ihr nachkam ... Oh, nein, nein, nein ...

Zwei Stunden später wurde sie von einem Sicherheitsbeamten angesprochen. Man wollte sie nicht länger warten lassen.

Mit einem Taxi fuhr Lindsay nach Hause. Zum erstenmal seit ihrer Flucht aus Taylors Wohnung wurde ihr klar, daß jemand sie bedrohte. Wie eine dumme Göre war sie kopflos durch die Stadt gestürmt und hatte sich selbst in Gefahr gebracht. Ihr wurde bewußt, daß sie nirgendwo hin konnte, außer vielleicht in ein anonymes Hotel. Sie hatte keine engen Freunde. Selbst Demos und Glen hatte sie immer auf Distanz gehalten. Eigentlich hatte sie zu allen Menschen Abstand gewahrt, die im Laufe der Jahre hatten nett zu ihr sein wollen. Sie waren nichts weiter als Bekannte, denn sie mißtraute allen, auch den Frauen. Nur Gayle war ein Ausnahme, sie war schon in Paris ihre Freundin gewesen.

Mit gesenktem Kopf schleppte sie sich aus dem Aufzug. Sie fühlte sich wie betäubt und war todmüde. Fast wäre sie geradewegs in ihn hineingelaufen.

Als sich seine Hände um ihre Schultern schlossen, fuhr sie auf. Sie wollte schreien, aber er hielt ihr den Mund zu.

»Verdammt, halten Sie die Klappe!«

Sie versuchte, sich freizumachen. Er war so stark, wie sie vermutet hatte. Er würde sie nicht entfliehen lassen. Er würde sie in die Wohnung zerren und . . .

Taylor erkannte die Todesanst in ihren Augen. Nicht die Angst vor einem der Kerle, vor denen sie sich eigentlich hätte fürchten sollen, wie er erschrocken feststellte, sondern Angst vor ihm. Deshalb sagte er sehr ruhig: »Ich muß auf die Toilette. Seit zwei Stunden stehe ich schon hier herum und warte darauf, daß sie sich endlich nach Hause bemühen. Würden Sie bitte die Tür aufmachen?«

Sie starrte ihn an. Es sah nicht so aus, als wolle er ihr gleich die Kleider vom Leibe reißen. Er machte vielmehr ein ärgerliches Gesicht. Und offenbar war er wütend auf sie. »Sie müssen auf die Toilette?«

»Ja. Und Sie sind meine letzte Chance, Eden. Ich konnte doch schlecht bei den Nachbarn läuten, und sie bitten, ihr Badezimmer benutzen zu dürfen. Öffnen Sie die Tür.«

»Oh.« Sie kicherte. Ihre Angst . . . Du meine Güte, sie hatte sich fast zu Tode gefürchtet, und dabei mußte er nur aufs Klo.

Sie schloß die Tür auf, trat zur Seite und zeigte geradeaus. »Gleich hinter dem Schlafzimmer.« Nach einem langen, ärgerlichen Blick ging Taylor ins Badezimmer.

Als er herauskam, wartete sie immer noch an der gleichen Stelle.

Etwa einen halben Meter von ihr entfernt, blieb er stehen. »So machen Sie schon den Mund auf.«

Aber sie starrte ihn nur an.

»Außerdem habe ich das Herumstehen satt. Kommen Sie, setzen wir uns. Und Sie erzählen mir, was los ist.«

»Ich habe Hunger.«

»Ich weigere mich, noch eins von diesen verdammten Joghurts zu essen.«

»Chinesisch?«

»Werden Sie mir noch einmal davonlaufen?«

»Nein.«

»In Ordnung«, seufzte Taylor. Die ganze Situation kam ihm komisch vor. »Gehen wir ins Chow Fang's; drüben in Chinatown.«

»Ich mag es gerne scharf.«

»Das Essen ist sehr scharf dort.«

Zu Lindsays Überraschung und Erleichterung wollte Taylor nicht wissen, warum sie vor ihm davongelaufen war. Eigentlich hatte sie damit gerechnet: mit Vorwürfen, Wut, verletztem männlichen Stolz oder sogar mit kaltem Sarkasmus wie bei ihrem Vater. Doch er sagte nichts, erwähnte nicht einmal, wie sehr sie sich selbst in Gefahr gebracht hatte.

Sie gingen in ein Szechuan-Restaurant, das schäbig wirkte und einen neuen Innenanstrich dringend nötig gehabt hätte. Von der Decke hingen staubige rote Laternen. Das Restaurant befand sich mitten in Chinatown und war, wie Taylor ihr sagte, für seine authentische und wohlschmeckende Küche bekannt.

Lindsay bestellte Omeletts mit Frühlingszwiebeln und Erdnußsauce.

»Mein Lieblingsgericht«, meinte Taylor und orderte das gleiche.

Dann erzählte er ihr von dem Besitzer des Restaurants, Mr. Chang, der in den frühen sechziger Jahren aus Taiwan eingewandert war. Er redete von Mr. Changs Familie und schilderte jedes seiner sechs Kinder in allen Einzelheiten, bis Lindsay ihn unterbrach. »Hören Sie auf! Sie denken sich das alles nur aus!«

»Sie haben aber lange gebraucht. Mir wäre bald nichts mehr eingefallen. Beim nächsten Kind hätte ich wahrscheinlich erzählt, daß es ein jugendlicher Krimineller ist. Vielleicht bei der Chinesenmafia.«

Sie musterte sein Gesicht, konnte jedoch nichts darin erkennen. Er blickte sie offen und freundlich an. Allerdings hatte er selbst vorhin gesagt, daß man einen anderen Menschen nie wirklich kennen konnte. Verlegen öffnete sie ihren Glückskeks und entrollte den dünnen Papierstreifen. ›Sie sollten Ihre Umgebung verändern. Tapezieren Sie Ihr Schlafzimmer‹.

Lachend reichte sie Taylor den Zettel. »Behalten Sie ihn«, sagte er und öffnete seinen eigenen Keks. ›Eine Frau, die es den Männern gleichtun will, hat zu wenig Ehrgeiz‹.

Grinsend hielt Taylor ihr das Stück Papier hin. Ihre Augen funkelten.

»Aha!« rief sie aus. »Wie Sie sehen, treffen alte chinesische Weisheiten immer noch zu. Offenbar glaubt der Restaurantbesitzer, daß Sie eine doppelte Dosis davon nötig haben. Machen Sie den anderen auf.«

Er folgte ihrer Aufforderung und erstarrte. ›Sie haben endlich die Liebe Ihres Lebens gefunden. Lassen Sie Vorsicht walten; schließlich möchten Sie sie nicht verlieren‹.

Er runzelte die Stirn. Was für ein Unsinn. Und das, nachdem Valerie ihn ein Schwein und einen Lügner genannt hatte? Kam nicht in Frage. Er wurde nachdenklich. O nein, nicht dieses merkwürdige Geschöpf, das ihm gegenübersaß, den Blick auf seinen Glückszettel gerichtet, und wartete, daß er ihn ihr hinüberreichte. Ihr erwartungsvoller Blick gefiel ihm, doch er ließ dieses Gefühl nicht zu. Schließlich war sie einfach davongelaufen, ohne sich Gedanken um ihre eigene Sicherheit zu machen. Und das offenbar völlig grundlos. Nein, das war verrückt.

Dann lachte er auf. Ein alberner Glückskeks, wahrscheinlich in einer Fabrik in New Jersey hergestellt; bestimmt von Italienern.

»Was steht darauf? Werden Sie eine Weltreise unternehmen? Oder hat Konfuzius Ihnen etwas zu sagen?«

Aber er lächelte nur, faltete das Papier zusammen und schob es in seine Brieftasche.

Als sie auf die Straße hinaustraten, war die Luft angenehm kühl. Das nächtliche Chinatown hatte seine eigenen Gerüche und Geräusche. »So liebe ich New York«, meinte Lindsay und atmete tief durch. »Die Luft ist so frisch.«

Taylor sah sich aufmerksam um. Nichts Verdächtiges in Sicht. Offenbar interessierte sich niemand für sie. Dann wandte er sich wieder Lindsay zu, die immer noch im Zauber dieser Nacht versunken war. Er lächelte und winkte ein Taxi heran.

»Ich begleite Sie nach Hause und schaue nach, ob alles in Ordnung ist. Dann warte ich, bis Sie sich eingeschlossen haben. Und morgen, wenn Sie das Haus verlassen wollen, komme ich wieder.«

»Okay.«

»Werden Sie dasein? Tun Sie auch nichts Leichtsinniges? Werden Sie wirklich nicht ohne mich ausgehen?«

»Nein.«

»Da bin ich aber erleichtert.«

Sie drehte sich zu ihm um. »Hören Sie, es ist nicht so, wie Sie denken. Vielleicht verstehen Sie es nicht, aber . . .«

»Vergessen Sie es einfach. Ich hätte auch keine Lust, diesen Gedanken zu Ende zu denken.«

Sie verstummte.

»Und Sie machen niemandem auf, den Sie nicht kennen, okay?«

Sie nickte immer noch schweigend. Taylor sah sich in ihrer Wohnung um. Alles lag noch so herum wie vorhin. Ihr Schlafzimmer war ein kleiner, quadratischer Raum, wirkte aber durch das weiße Rattankopfende des Bettes, die Frisierkommode, den Stuhl und die weißen Teppiche auf dem polierten Eichenparkett hell und freundlich. Beim Anblick von Strumpfhosen und Unterwäsche, die achtlos auf einen Stuhl geworfen waren, mußt er lächeln. Ein Basketballstiefel ruhte auf einer hellblauen Daunendecke; sein Gegenstück lag umgestürzt auf dem Boden neben dem Bett. Ein Socken steckte noch darin. Das kleine Badezimmer stand ihm noch deutlich vor Augen. Dann wandte sich Taylor zu Lindsay um und hielt ihr einen kleinen Vortrag über ihre Schlösser, von denen sie vier an den Türen hatte, und über die sie bereits bestens Bescheid wußte.

»Haben Sie einen Anrufbeantworter? Gut. Gehen Sie nicht ans Telefon, sondern hören Sie sich erst an, wer dran ist, ehe Sie sich melden.«

Nachdem er mit einem letzten, rätselhaften Blick auf sie gegangen war, lehnte sie sich an die Eingangstür und schloß die Augen.

Was war auf dem Zettel in seinem zweiten Glückskeks gestanden?

Lindsay wollte Joggen gehen. Es war sieben Uhr morgens an einem sonnigen Samstag, und sie langweilte sich. Außerdem fühlte sie sich unruhig. Schon zweimal hatte sie versucht, Demos zu erreichen, aber er war nicht da. Offenbar war auch Glen vom Erdboden verschluckt. Diese beiden Feiglinge. Und Taylor meldete sich ebenfalls nicht. Sie hatte noch nichts von ihm gehört.

Sie schlenderte durch ihre kleine Wohnung, nippte dabei geistesabwesend an ihrem Tee und knabberte an einer trockenen Scheibe Toastbrot.

Warum zum Teufel hatte sie sich nicht seine Telefonnummer geben lassen? Nun, er hatte es ebenfalls vergessen. Niemand hatte angerufen.

Immer wieder fiel ihr Blick auf die doppelt und dreifach verriegelte Tür. Als es um genau acht Uhr klingelte, ließ sie fast ihre Teetasse fallen. Ungeduldig fummelte sie an den Schlössern herum und riß dann die Tür auf.

»Ich bin schon seit Stunden wach! Wo haben Sie gesteckt?«

»Erstmal guten Morgen. Warum, verdammt noch mal, haben Sie nicht gefragt, wer draußen steht? Ich hätte ja ein Vergewaltiger sein können. Oder einer von Demos' lieben Freunden.«

Er stellte fest, daß sie einfach nicht daran gedacht hatte.

Auf einmal zitterte sie, und es tat ihm leid, daß er so direkt gewesen war. Aber sie durfte es eben nicht vergessen.

»Kommen Sie. Ich wollte Ihnen keine Angst einjagen. Doch Sie müssen vorsichtiger sein.« Er wollte sie schon bei den Schultern nehmen, überlegte es sich aber anders. Wahrscheinlich würde sie sofort zurückweichen.

»Nein, ich habe eigentlich keine Angst. Ich habe es vergessen. Ich habe gewartet und gewartet und bin erschrocken, als Sie geklingelt haben. Ich wollte Joggen gehen, hatte aber Ihre Telefonnummer nicht. Und schließlich habe ich Ihnen ja versprochen, nicht allein die Wohnung zu verlassen. Ist es gefährlich, Joggen zu gehen?«

Ihm wäre es lieber gewesen, nicht zu joggen und nicht in aller Öffentlichkeit herumzulaufen. Auf diese Weise würden sie eine gute Zielscheibe abgeben. Doch dann sah er die freudige Erwartung in ihren Augen und lächelte sie an. »Ich glaube, das geht schon in Ordnung. Und ich bin auf alles vorbereitet.«

Er hob eine schwarze Leinentasche hoch. »Hier habe ich alles drin, denn ich wußte ja nicht, was Sie normalerweise an einem Samstagvormittag machen.« Er hielt inne und zog die Augenbrauen hoch. »Kann ich mich in Ihrem Schlafzimmer umziehen, ohne daß Sie gleich wieder davonlaufen?«

»Ja.«

»Gut. Haben Sie Lust, mir eine Tasse starken Kaffee zu machen?«

»Möchten Sie auch Eier mit Speck oder Toast?«

»Nein, nicht wenn ich mit Ihnen Joggen gehen soll. Aber vielen Dank für das Angebot.«

»Dann gehen Sie sich umziehen«, bat sie ihn. »Und es tut mir leid, wenn ich unhöflich war.«

Sie nahmen ein Taxi zum Südende des Central Parks und joggten eine Stunde lang in gemächlichem Tempo. Nachdem er herausgefunden hatte, daß sie sonst immer am anderen Ende des Parks um den Teich joggte, sagte er ihr, daß sie in Zukunft einen berechenbaren Tagesablauf vermeiden müsse. Taylor trug ein Schulterhalfter unter einem lockeren

Sweat-Shirt. Er fragte sich, ob sie es wohl durch das Kleidungsstück sehen könne. Das Gewicht der Waffe beruhigte ihn.

Er lief dicht neben ihr. Ihr Durchhaltevermögen gefiel ihm. Er mußte sich keine Mühe geben, langsamer zu laufen als sonst. Zwar überanstrengte er sich auch nicht, aber er geriet doch ein wenig ins Schwitzen. Bis jetzt hatte er noch nichts Verdächtiges bemerkt. Einige fragwürdige Gestalten kamen ihm noch aus seiner Zeit als Polizist natürlich bekannt vor, machten ihm jedoch keine Sorgen. Einer von ihnen, ein zahnloser, alter Halunke, winkte ihm sogar grinsend zu.

Lindsay trug schillernde, orangefarbene Shorts, ein weites, grünes T-Shirt, abgenützte Joggingschuhe und ein kreischend rosanes Stirnband. Das Haar, dessen dichte Wellen zu einem Pferdeschwanz zusammengebunden waren, klebte ihr verschwitzt am Kopf. Sie war ungeschminkt, keuchte und schwitzte, und ihr Hemd hatte zwischen den Brüsten einen nassen Fleck.

Auf einmal überkam Taylor der Wunsch, sie von Kopf bis Fuß zu küssen, keine Stelle ihres Körpers auszulassen, was ziemlich lange dauern würde, denn ihre Beine wuchsen bis in den Himmel. Er blieb stehen und warf ihr ein Handtuch zu.

Sie ergriff es und wischte sich das Gesicht ab. »Sie schwitzen ja kaum, sie Mistkerl.«

»Ich bin ein Mann«, sagte er, und zu seinem Erstaunen erstarrte sie und wich zurück, wie sie es schon gestern getan hatte. Er beschloß, nicht darauf zu achten, und fügte beiläufig hinzu:

»Wie ich schon einmal sagte, bin ich ein Mann und kein Waschlappen, der schon außer Puste gerät, wenn er nur einmal über den Tennisplatz läuft. Außerdem dachte ich auch immer, daß Frauen überhaupt nicht schwitzen, sondern nur erröten. Ich glaube fast, ich muß Sie umtauschen.«

Langsam, ganz langsam wurde ihr Gesichtsausdruck wieder offener, die Angst war für den Moment verschwunden. Aber unter der Oberfläche lauerte sie immer noch.

Was zum Teufel war nur los mit ihr? Vielleicht lag es nur an den Morddrohungen und hatte nichts weiter zu bedeuten. Ja, das mußte es sein. Aber eigentlich glaubte Taylor das nicht.

Nein, er war es, der ihr angst machte, weil er ein Mann war.

12.

TAYLOR/EDEN

Lindsay war Stammkundin im Challed Lebensmittelmarkt an der Ecke. Diesmal jedoch ließ Taylor sich eine Einkaufsliste geben; für heute waren sie schon genug Risiken eingegangen.

»Es ist eine Gewohnheit«, sagte er, »und Gewohnheiten dürfen Sie in nächster Zeit keine haben. Entweder gehen wir zusammen, was nicht besonders schlau wäre, oder ich gehe allein.«

Pfeifend legte Taylor zusätzlich zu den Lebensmitteln, die Lindsay auf die Liste gesetzt hatte, Kekse, Wein, Bier, Chips und Aufschnitt in den Einkaufswagen. Zum Teufel mit dem Cholesterin. Vielleicht würde er sie ja zu ein paar Chips überreden können.

Sie verspeiste ein Sandwich ohne Butter und Majonaise mit einer Scheibe fast fettfreiem Schinken und trank dazu ein Glas Cola-Light. Taylor fühlte sich wie ein Vielfraß, denn auf seinem Teller häuften sich Chips und zwei Scheiben Brot mit Schinken und Salami, von denen der Senf tropfte. Die Mahlzeit wurde mit einer Dose Amstel-Bier abgerundet.

»Möchten Sie heute abend den Film sehen — ›Der schwarze Prinz‹?«

Wieder strahlte sie, und wieder erstaunte ihn, wie sehr sie sich über seinen Vorschlag freute. Fast hätte er gesagt, daß es sich doch nur um einen Film handelte, doch angesichts ihrer Begeisterung schwieg er.

Als ehemaliger Polizist fand Taylor den Film unglaubwürdig und streckenweise ziemlich albern. Aber es machte ihm trotzdem Spaß. Endlich schien Eden Vertrauen zu ihm zu fassen. Beim Verlassen des Kinos sah er sich routiniert um und musterte die Passanten, wobei er sein Augenmerk hauptsächlich auf ihre Hände richtete. Währenddessen redete Eden über den Hauptdarsteller. Sie meinte, man könne ihm eigentlich keinen Vorwurf daraus machen, daß er seinen Bruder für einen Verräter gehalten habe. Niemand habe wissen können, daß er nicht mit den Drogenbaronen zusammenarbeitete, sondern als Undercover-Agent tätig war.

Schon gut, dachte Taylor. Von Zeit zu Zeit gab er ein zustimmendes Geräusch von sich. Er ging dicht an ihrer Seite. Falls sie das bemerkte, ließ sie es sich nicht anmerken.

Es dauerte eine Weile, bis sie endlich ein Taxi fanden, was Taylor ein wenig nervös machte. Wahrscheinlich wäre es besser gewesen, nicht auszugehen. Doch nachdem er sich vergewissert hatte, daß niemand ihnen folgte, beruhigte er sich wieder. Zurück in der Wohnung, durchsuchte Taylor gründlich jedes Zimmer und gab ihr seine Telefonnummer. »Danke für den schönen Abend, Eden«, sagte er schon im Gehen. »Mir hat es Spaß gemacht, Job oder nicht. Vergessen Sie nicht, was ich Ihnen gesagt habe.«

Als er fort war, überprüfte Lindsay noch einmal alle Schlösser. Dann machte sie sich eine Tasse Tee und ging ins Wohnzimmer, wo sie sich aufs Sofa kuschelte. Sie war überhaupt nicht müde, sondern fühlte sich eher unruhig, aufgewühlt, wie ihre Großmutter gesagt hätte. Sie schlug einen historischen Roman auf, konnte sich aber nicht auf die Handlung konzentrieren. Nachdem sie eine Weile in der Wohnung auf und ab gelaufen war und sich über sich selbst geärgert hatte, stellte sie sich unter die Dusche. Und plötzlich wußte sie, was das Problem war: Es war nicht die Morddrohung, sondern Taylor. Deutlich sah sie vor sich, wie er sie anlächelte. Sie mochte ihn und hatte es bedauert, daß er sie alleingelassen hatte. Am liebsten wäre ihr gewesen, er wäre geblieben, obwohl er doch ein Mann war! Sie mochte ihn wirklich, und was noch wichtiger war, sie vertraute ihm. Wenigstens soweit, daß sie sich darauf verließ, sie zu beschützen.

Am Sonntagabend, den sie vor dem Fernseher mit Footballspielen verbracht hatten, ging Taylor, allerdings nicht ohne seine Anweisungen und Ermahnungen noch einmal zu wiederholen. Lindsay duschte, zog ihr Nachthemd an und räumte das Durcheinander im Wohnzimmer auf. Nur mit halbem Ohr hörte sie dabei die zehn-Uhr-Nachrichten. Fast hätte sie die Popcornschüssel fallengelassen. Sie wirbelte herum und starrte den Fernseher an. George Hudson, der Regisseur, mit dem sie am Freitagvormittag den Werbespot im Central Park gedreht hatte, war übel zusammengeschlagen worden. Man hatte ihn im Kofferraum seines Autos auf einem Parkplatz in der Nähe des Lincoln Tunnels gefunden. Er lebte noch, sein Zustand war jedoch besorgniserregend, und er war sofort ins St.Vincent's Hospital eingeliefert worden. Hudson hatte Rippenbrüche und Verletzungen an Leber und Milz davongetragen. Man hatte ihm wiederholt kräftig ins Gesicht geschlagen, und außerdem litt er an einer Gehirnerschütterung. Die Polizei ging noch von einem Raubüberfall oder einem Bandenverbrechen aus, obwohl sie sich nicht erklären konnte, weshalb die Täter über zweihundert Dollar in Hudsons Brieftasche zurückgelassen hatten. Auch von Drogengeschäften war die Rede, was allerdings etwas weit hergeholt klang. Es gab keine Indizien, keine Verdächtigen. Hudson hatte nicht mehr berichten können, als daß er vor etwa drei Stunden von zwei maskierten Männern auf dem Parkplatz überfallen worden sei. Mehr wisse er nicht. Die Männer hätten kein Wort gesprochen, sondern einfach nur auf ihn eingeprügelt.

Während er Nachrichtensprecher sich dem nächsten Thema zuwandte, klingelte das Telefon. Sie sprang auf, um den Hörer abzunehmen, aber dann fiel ihr Taylors Rat ein. Also wartete sie mit ausgestreckter Hand, bis der Anrufbeantworter ansprang. Als sie Taylors Stimme hörte, hob sie ab. »Ich weiß«, sagte er, noch ehe sie Gelegenheit hatte, ein Wort zu sagen. »Ich habe gerade die Nachrichten gesehen. Bleiben Sie, wo Sie sind. Ich bin in zehn Minuten bei Ihnen. Rühren Sie sich nicht aus dem Haus, Eden.«

Acht Minuten später stand er vor ihrer Tür. Nach einem Blick auf ihr bleiches Gesicht breitete Taylor die Arme aus und zog sie ganz langsam an sich. »Alles in Ordnung, Sie sind in Sicherheit.«

In diesem Moment klingelte das Telefon.

Taylor bedeutete ihr, sich zu setzen. Jetzt erst bemerkte er, daß sie ein langes weißes Nachthemd trug, das sie vom Hals bis zu den Zehen einhüllte. Er nahm ab. Es war Demos, der verängstigt unzusammenhängendes Zeug stammelte.

»Mein Gott, sind Sie's, Taylor? Haben Sie's schon gehört? O, mein Gott. Sie dürfen nichts sagen, Taylor, Sie dürfen nicht. Verstanden? Halten Sie den Mund. O, mein Gott!« Taylor wartete, bis der Mann sich wieder beruhigt hatte. Dann sagte er: »Ich muß mit der Polizei sprechen, Demos. Sicherlich ist Ihnen klar, daß mir gar nichts anderes übrigbleibt. Ich würde vorschlagen, daß Sie diese Gangster endlich auszahlen und danach die Finger von solchen Geschäften lassen.«

»Ja, ja, ich schwöre es. Aber Sie dürfen nicht mit der Polizei sprechen, auf keinen Fall!«

Taylor starrte den Telefonhörer an. »Warum?«

»Sie Dummkopf! Weil sie mich sonst umbringen! Wenn Sie mit der Polizei reden, stehen die Bullen sofort vor meiner Tür. Und was zum Teufel soll ich ihnen dann sagen? Ihnen Namen und Adressen nennen? Sie sind wohl vollkommen übergeschnappt! Gott, wenn ich nur einen einzigen Namen ausspucke, ist's aus und vorbei mit mir! Die machen mich kalt. Diese Typen wußten nicht, daß Sie für mich arbeiten, Taylor — und sie haben es immer noch nicht herausbekommen, weil sie es überhaupt nie auf Eden abgesehen hatten. Sie denken, ich bin der einzige, der Bescheid weiß. Sie dürfen einfach nicht die Polizei rufen!«

Taylor seufzte. Demos hatte recht. Schließlich wollte er nicht an Demos Tod schuld sein, auch wenn der Mann noch so ein Idiot war. »Versprechen Sie, die Kerle zu bezahlen?«

»Ja, bei Gott, ja!«

»Morgen?«

»Ja!«

»Und versprechen Sie auch, daß Sie sich nie mehr auf so eine Geschichte einlassen?«

Demos zögerte.

»Ich meine das verdammt ernst, Demos. Zum Teufel, ich will nicht, daß Eden noch einmal in Gefahr kommt. Solange diese Burschen nur Sie bedrohen, soll es mir egal sein, aber nicht Eden oder irgend einen anderen unbeteiligten Menschen. Kapiert?«

»Ja, ich habe verstanden. Ich schwöre, Taylor, ich schwöre. Sie können mir vertrauen.«

Taylor bezweifelte das.

»Gut. Doch vergessen Sie nicht, Demos, daß ich über alles im Bilde bin. Wenn Sie noch einen Fehler machen, gehe ich zur Polizei, und dann ist es aus und vorbei mit Ihnen. Und noch etwas: Wenn George Hudson stirbt, gelten andere Regeln. Dann ist Schluß mit dem Versteckspiel. Ich werde zur Polizei gehen.«

»Er stirbt schon nicht. Gehen Sie nur nicht zur Polizei. Ich tue alles, was Sie wollen. Ich schwöre.«

»Ja, ja.« Taylor legte auf und wandte sich langsam zu Lindsay um. »Es ist vorbei«, sagte er. »Demos hat versprochen, seine Schulden zu bezahlen.«

»Das ist gut«, antwortete sie mit ausdrucksloser Stimme. »Hoffentlich kommt Hudson durch.«

»Das hoffe ich auch. Ich werde ihn morgen besuchen und nachsehen, wie es ihm geht.«

Er lächelte sie an. Offenbar hatte sie sich wieder gefangen. »Gute Idee. Wissen Sie was? Ich glaube, Sie brauchen immer noch einen Beschützer. Jeder, der vor dem Fernseher wegen einem abgefangenen Paß an den Fingernägeln kaut und bei jedem Strafstoß aufheult, kann nicht unbeaufsichtigt in der Gegend herumlaufen. Kurz und gut: Ich möchte Sie wiedersehen. Diesmal nicht beruflich, sondern privat. Was halten Sie davon, Eden?«

Obwohl sie ihn erst seit zwei Tagen kannte, kam es ihr schon viel länger vor. Er lächelte, aber sie erkannte an seinem Blick, daß er es ernst meinte. Er wollte sie wirklich wiedersehen. Lindsay war freudig überrascht, und ihre Angst war wie weggeblasen

»Ja«, sagte sie, wobei sie seinem Blick auswich. »Ich würde mich freuen.«

Am nächsten Dienstag fielen die Temperaturen unter den Gefrierpunkt. Die ganze Nacht über hatte es geregnet, und die Niederschläge hatten Straßen und Bürgersteige in spiegelglatte Eisflächen verwandelt. Der Verkehr war zusammengebrochen. Taxifahrer fluchten aus Leibeskräften, und die Fußgänger tasteten sich vorsichtig über die Straße, auch wenn die Ampel auf Grün stand. Lindsay hatte sich warm eingepackt. Sie wollte zur Bibliothek der Columbia University, um für Gayle Artikel über die Gefahren des Sports für Kinder vor der Pubertät herauszusuchen. »Nur die allerneuesten Veröffentlichungen, Lindsay«, hatte Gayle gesagt. »Du bist ein Schatz, und ich werde dir ewig dankbar sein. Du kannst es ja als Weihnachtsgeschenk betrachten, dann mußt du keinen Pfennig mehr für mich ausgeben.«

Es war so kalt, daß Lindsay ihre Großzügigkeit fast bereute. Das Bibliotheksgebäude war noch ein gutes Stück entfernt. Sie dachte an George Hudson. Wie sehr war sie erschrocken, als sie ihn am Vortag besucht hatte. Sein Gesicht war völlig zertrümmert, die Nase gebrochen, Wunden am Kiefer und über dem linken Auge waren mit mehreren Stichen genäht. Durch die Beulen und Abschürfungen sah er entsetzlich entstellt aus. Er war überrascht gewesen, sie zu sehen, hatte sich aber gefreut. Er würde überleben, und auch die Wunden würden heilen. Allerdings verstand er nicht, warum ihn jemand zusammengeschlagen hatte. Für ihn war es ein Rätsel. Lindsay hatte sich so schuldig gefühlt, daß sie sich schnell verabschiedet hatte. Unterwegs war sie noch in ein Blumengeschäft gegangen, um ihm einen Strauß schicken zu lassen.

Endlich hatte sie die Bibliothek erreicht, die farblose Fassade wirkte auf sie immer noch so kalt und abweisend wie damals in ihrer Zeit als Studienanfängerin.

Als sie — zwei Stufen auf einmal nehmend — die Treppe hinauflief, hörte sie plötzlich eine Männerstimme. »Lindsay! Lindsay Foxe! Warten Sie einen Moment. Bleiben Sie stehen!«

Aber Lindsay hatte nicht das Bedürfnis, anzuhalten. Drinnen angekommen, wickelte sie sich den Schal vom Hals. Sie hatte keine Lust, sich umzudrehen, aber sie wußte, daß er ihr gefolgt war und daß sie nicht um ein Gespräch herumkommen würde.

Schwer atmend kam Dr. Gruska auf sie zu. Über seinem Tweedanzug trug er einen Burberry Mantel.

Lindsay zwang sich, ruhig zu bleiben. Um sie herum befanden sich andere Studenten. Es war warm. Nichts konnte ihr geschehen.

Er hatte sich nicht verändert. Es waren seitdem nur vier Jahre vergangen, aber sie hatte erwartet, daß er inzwischen weißhaariger und faltiger sein würde. Doch er sah nicht anders aus als damals. Er mußte Mitte Fünfzig sein, etwa so alt wie ihr Vater.

»Lindsay«, sagte er lächelnd und breitete die Arme aus. Als sie sich nicht rührte, ließ er sie wieder sinken. »Ich habe versucht, Sie ausfindig zu machen, aber Sie haben ja eine Geheimnummer«, meinte er hastig. »Und dabei habe ich mir solche Mühe gegeben. Vor einiger Zeit bin ich Ihrer Freundin Gayle Werth begegnet, und Sie hat mir Ihre Nummer gegeben. Leider hat sie sich geirrt.« Ein »diese blöde Kuh« hing unausgesprochen in der Luft, was Lindsay nicht entging.

Und jetzt stand er vor ihr und sah sie erwartungsvoll an. Dann nahm er die teure Kappe aus Fuchspelz ab und zog die ebenfalls teuren Lederhandschuhe aus.

»Wie geht es Ihnen, Dr. Gruska?«

»Kann nicht klagen. Allerdings hat sich einiges geändert, und das nicht zum Besten. Der Großteil meiner Kollegen — heuchlerische, unwissende Narren — hat sich von den Lehren Freuds abgewandt. Und ich muß mich nun mit Denkansätzen beschäftigen, die ich rundheraus ablehne. Können Sie sich das vorstellen? Heutzutage erwartet man von einem Psychologen, daß er sich mit den abweichenden Symptomen anstatt mit den Wurzeln einer Krankheit auseinandersetzt! Diese Narren nennen das Überlebenstherapie oder Realitätstherapie, damit es wissenschaftlicher klingt. Einfach absurd. Und dann dieser ganze Unsinn, Menschen durch Medikamente beeinflussen zu wollen. Aber davon verstehe ich nichts. Ich erwäge, eine Privatpraxis zu eröffnen, denn meine Kollegen sind mir intellektuell zu seicht. Allerdings hat es mir schon immer Freude bereitet, mich mit begabten Studenten zu beschäftigen. Wie ich festgestellt habe, erfassen sie stets den wahren Kern der Sache und begreifen, daß Freud und nur Freud allein der Wahrheit letzter Schluß ist.«

Idiot.

»Das tut mir aber leid, Dr. Gruska. Und wie geht es Ihrem Vater?« Der alte Dr. Gruska erinnerte, soweit Lindsay gehört hatte, an die Räuberbarone des letzten Jahrhunderts. Er war immer noch Aufsichtsratsvorsitzender der Northwestern New York Bank und regierte alle Menschen in seiner Umgebung — einschließlich seines Sohnes, Dr. Gruska den Jüngeren — mit eiserner Hand. Seinen Doktor hatte er in den späten siebziger Jahren von der Northwestern University verliehen bekommen und war seitdem überall nur als Dr. Gruska der Ältere bekannt.

»O ja, mein lieber Vater erfreut sich bester Gesundheit. Wie Sie wissen, ist er fast achtzig, strotzt aber immer noch vor Lebenskraft. Ich schätze mich glücklich, daß er mir mit Rat und Tat zur Seite steht. Wenn er Sie kennen würde, würde er Ihnen sicherlich seine besten Wünsche übermitteln. Ich habe ihm schon so oft von Ihnen erzählt. Bitte, ich würde Sie gern zu einer Tasse Kaffee einladen. Eigentlich wollte ich bei dieser Kälte heute zu Hause bleiben, doch jetzt freue ich mich, daß ich das nicht getan habe. Ich muß mit Ihnen sprechen. Es gibt so viel, was ich Ihnen gerne sagen würde.«

Lindsay zwang sich, ihn furchtlos anzusehen. Sie erinnerte sich an die Auseinandersetzung mit ihrem Vater wegen ihrer Stöckelschuhe. Sie hatte gesiegt und hatte sich nicht einschüchtern lassen. Und das würde auch nie mehr wieder geschehen. Sie setzte ein unbekümmertes Lächeln auf. »Nein, vielen Dank, Dr. Gruska. Ich habe es leider ziemlich eilig. Schön, daß wir uns getroffen haben.«

»Nein! Warten Sie. Sie müssen mir Ihre Adresse und Telefonnummer geben!«

In ihrer Nähe befanden sich mindestens sechs Studenten. Lindsay schüttelte den Kopf. »Ich glaube nicht, Dr. Gruska.

Wozu wollen Sie überhaupt meine Telefonnummer?« Im gleichen Moment wünschte sie sich, sie hätte die Frage nicht gestellt, denn auf einmal war Dr. Gruska gar nicht mehr unsicher, sondern legte eine selbstbewußte Arroganz an den Tag, die Lindsay erschreckte. »Aha«, sagte er und strich sich langsam über das Kinn. »Sie fürchten sich, wie ich sehe, immer noch vor Männern.«

Lindsay wurde von lähmender Angst ergriffen. Doch äußerlich wirkte sie gefaßt. Sie lächelte Dr. Gruska zu. »Ich glaube nicht, daß Sie das etwas angeht.«

Er streckte die Hand aus und berührte sie am Arm. »Sie irren sich, Miss Foxe. Ich weiß, daß Sie inzwischen unter dem Namen Eden als Model arbeiten. Mein lieber Vater, Dr. Gruska, findet Sie äußerst attraktiv. Wie ich bereits sagte, habe ich ihm alles über Sie erzählt. Auch mir haben die Fotos von Ihnen sehr gut gefallen, aber ich weiß, was sich dahinter verbirgt. Man verändert Sie, und Sie lassen es geschehen. Sie verwandeln sich in eine andere Frau, eine Frau, die es nicht gibt. Sogar Ihr Name, Eden — der Anfang, die Unschuld und die Reinheit — symbolisiert nicht Ihr eigentliches Ich, sondern ist nur Mittel, um sich vor der Welt und vor sich selbst zu verstecken. Sie müssen mich . . .« Er brach ab, als ob er spürte, daß seine Worte nicht die gewünschte Wirkung hatten, denn ihr Gesicht war bleich und angespannt. Seltsamerweise stand Wut und nicht Angst in ihren Augen. Mit ruhigerer Stimme fuhr er fort. »Ich wollte Sie nicht ängstigen. Es ist viel Zeit vergangen, seit ihr Schwager . . . nun, seit Ihrer traumatischen Erfahrung in Paris. Sehr viel Zeit. Wenn Sie sich nur von mir helfen lassen würden. Ich kann das sowohl als Arzt als auch als Freund, als Freund, der auch ein Mann ist, der sich um Sie kümmern und Sie beschützen könnte. Der Sie versteht.«

Eine Studentin rempelte Lindsay an und entschuldigte sich geistesabwesend. »Sie sind ein alter Mann, Dr. Gruska«, antwortete Lindsay mit einer Stimme, die so kalt war wie die Luft jenseits der Bibliothekstüren. »Und ich kann Sie nicht leiden. Ich mochte Sie schon während des Studiums nicht, als ich gezwungen war, Ihr Seminar zu belegen. Ich finde, Freud ist ein alter Schwachkopf, und Sie verachte ich, weil Sie mich gerade an eine Zeit erinnert haben, die für mich sehr schmerzlich gewesen ist.«

Er rührte sich nicht von der Stelle. Ein Lächeln stand auf seinem Gesicht. Lindsay spürte ein flaues Gefühl im Magen. »Ich weiß, daß es weh tut, mein liebes Mädchen. Manchmal müssen wir leiden, um uns von unseren Krankheiten zu befreien. Kommen Sie mit, Lindsay.«

Er hielt ihr die Hand hin. Lindsay betrachtete sie und musterte dann wieder sein Gesicht.

Am liebsten hätte sie ihn niedergeschlagen. Er war alt und schwach, und sie hätte es mühelos mit ihm aufgenommen; Sie wollte fortlaufen, spürte aber wieder Angst. Sie starrte ihn weiter an und hoffte, daß er ihre Furcht nicht bemerkte. »Sie sollten sich auf die Verhaltensforschung verlegen. Dann können Sie den ganzen Tag lang Ratten terrorisieren. Auf Wiedersehen, Sir.« Und mit diesen Worten eilte sie aus der Bibliothek und die Stufen hinab.

Er rief ihr nach, bis er sie zwischen den Studenten aus den Augen verlor.

»Was ist los, Eden? Verdammt, machen Sie den Mund auf.«

Taylor packte sie bei den Oberarmen und schüttelte sie leicht. »Heute ist etwas passiert. Wußten Sie nicht, daß ich Ihnen jedes veränderte Gefühl an der Nasenspitze ansehen kann? Also spucken Sie's schon aus.«

Es war kurz nach ihrer Begegnung mit Dr. Gruska. Noch zwei Stunden später fühlte sie sich bedroht, sie hätte sich am liebsten in eine Ecke ihres Wohnzimmers gekauert.

Doch tief in ihrem Innersten empfand sie Stolz, weil sie es geschafft hatte, sich gegen Dr. Gruska zu behaupten. Sie hatte sich ihm gestellt. Aber gleichzeitig war da noch ein Gefühl der Dunkelheit und Leere. Lindsay wollte nicht, daß jemand sie so sah, aber Taylor ließ sich nicht abwimmeln.

»Nein, das Kopfschütteln genügt mir nicht. Ich habe Sie seit vier Tagen nicht gesehen, und ich merke Ihnen an, daß etwas nicht in Ordnung ist.« Stirnrunzelnd ließ er sie los. »Soll ich Ihnen eine Tasse Tee machen?« fragte er. Seiner

Stimme war nun nichts mehr von seiner Besorgnis anzumerken.

»Ja, danke.«

Er hatte etwas Nützliches herausgefunden, fand er, während er den roten Teekessel aufsetzte: Sie reagierte auf einen beiläufigen, sachlichen und ruhigen Ton. Bedrängte man sie, zog sie sich nur noch weiter zurück. Und wenn man die Stimme erhob, verschloß sie sich so, daß man nicht mehr zu ihr durchdringen konnte.

»Was für einen Tee? Den guten, alten Lipton?«

»Ja, gerne.«

»Zitrone? Milch?«

»Zitrone.«

Nicht mehr als zwei Wörter auf einmal, überlegte Taylor, während er das kochende Wasser auf den Teebeutel goß. Ganz langsam, ganz ruhig. Was zum Teufel war nur geschehen?

Er brachte den Tee ins Wohnzimmer. Lindsay kam ihm nach. Als er die Romane auf dem Couchtisch beiseite schob, um Platz für die Tasse zu schaffen, fiel eines der Bücher zu Boden, aber sie schien es nicht zu bemerken.

Dann setzte er sich schweigend auf einen Sessel ihr gegenüber.

Lindsay schlürfte ihren Tee und blickte ihn über den Rand der Tasse hinweg an. Er bedrängte sie nicht, saß einfach da und wartete.

Lindsay war unglaublich erleichtert. Erst jetzt fühlte sie sich in der Lage, über den Vorfall von vorhin zu sprechen. »Ich war heute in der Columbia University, weil ich für eine Freundin ein paar Artikel nachschlagen wollte«, fing sie an. »Ich bin dem Professor begegnet, bei dem ich im letzten Semester vor vier Jahren ein Seminar belegt hatte. Schon damals konnte ich ihn nicht ausstehen und hätte das Seminar am liebsten hingeworfen. Aber das ging nicht, weil ich den Schein für meinen Abschluß in Psychologie brauchte. Kurz gesagt, er wollte sich privat mit mir verabreden. Ich habe abgelehnt und bin so schnell wie möglich verschwunden.«

»Warum?«

»Was meinen Sie mit ›warum‹?«

»Warum sind Sie so schnell wie möglich verschwunden? Sie haben nein gesagt, das hätte doch eigentlich genügen müssen. Weshalb mußten Sie davonlaufen?«

»Ich wollte nicht, daß er bemerkt, wie sehr ich mich vor ihm fürchte. Nein! Das stimmt nicht ganz ... Er ist ein aufgeblasener, arroganter Unsympath. Vielleicht hätte ich ihm eine Ohrfeige geben sollen.«

»Und warum haben Sie das nicht getan?«

»Ich wollte vernünftig sein, mich ihm stellen und mit ihm umgehen wie eine Erwachsene.«

»Waren Sie allein?«

»Nein. Wir standen in der Bibliothek der Columbia University. Um uns herum wimmelte es von Studenten.«

»Sie waren nicht allein, und außerdem beherrschen Sie Karate. Ich wette, Sie wären mit links mit ihm fertiggeworden. Sie hätten nicht einmal Hilfe gebraucht. Warum hatten Sie also Angst vor ihm?«

»Das ist es nicht ... es sind seine Gedanken, was in seinem Kopf vorgeht, was er herausgefunden hat, was er über mich weiß. Er hat finstere Andeutungen gemacht.«

Diese Aussage war für Taylor etwa ebenso klar wie ein beschlagenes Fenster. Er suchte nach Worten, von denen sie sich nicht bedroht fühlen würde.

Lindsay beruhigte sich wieder. Mit Entsetzen wurde ihr klar, was sie soeben gesagt hatte. Und das war ganz allein Taylors Schuld. Warum mußte er sie auch aushorchen und auftauchen, ehe sie sich wieder gefangen hatte? Sie setzte ein ausdrucksloses, höfliches Lächeln auf. »Es ist mitten am Tag. Warum sind Sie hier? Müssen Sie denn niemanden bewachen oder einen Computer reparieren?«

»Eigentlich schon«, antwortete er und lehnte sich lässig zurück. »Ich war gerade auf dem Weg zu einem Maklerbüro in der Wall Street. Ihr Computer spielt verrückt, und sie haben mich gebeten, den Schaden zu beheben. Aber ich habe an Sie gedacht, und deshalb bin ich hier.«

Um die Wahrheit zu sagen, hatte er den Eindruck gehabt, daß etwas nicht stimmte. Das kam bei ihm häufig vor, um

Himmels willen, er litt nicht unter Vorahnungen, aber manchmal überkam ihn ein seltsames Gefühl, das sich einfach nicht vertreiben ließ. Als er noch jünger gewesen war, hatte er sich gezwungen, dieses Gefühl zu ignorieren, doch seit eine alte Frau in seiner Straße überfallen worden war, hatte sich das geändert. Jetzt hörte er auf seine innere Stimme, selbst wenn sich später alles als Irrtum erwies, und handelte entsprechend. Diesmal hatte ihn sein Gefühl nicht getrogen. Das Problem war nur, daß Eden sich weigerte, mit der Sprache herauszurücken. Sie vertraute ihm nicht. Nun gut, schließlich kannten sie sich noch nicht sehr lange. Es würde seine Zeit brauchen. Taylor war entschlossen, Geduld walten zu lassen. Und außerdem würde er listig vorgehen müssen.

»Ich bin schon wieder in Ordnung, Taylor. Vielen Dank. Dieser Professor . . .«

»Machen Sie sich keine Sorgen.«

»Danke für den Tee. Er ist köstlich.«

»Schön, daß er Ihnen schmeckt. Ich mag auch keinen Zucker im Tee. Am liebsten ist er mir heiß und stark. Kein Kräuterkram. Wie heißt er übrigens?«

»Gruska . . . nein, vergessen Sie's einfach, okay?«

»Klar. Ich muß jetzt los. Steht unsere Verabredung heute abend noch?«

Sie nickte und kam sich entsetzlich albern vor. Aber es schien ihm gar nicht aufgefallen zu sein, daß sie ihm den Namen verraten hatte. Nachdem Taylor fort war, verriegelte sie die Eingangstür.

Um vier Uhr verließ Taylor die Weyfarer Versicherung in der Wallstreet. Er hatte das Computerproblem ermittelt und behoben. Sein Glück war gewesen, daß einer seiner Freunde, ein Hacker, genau zu diesem Problem vor drei Tagen eine Lösung gefunden und Taylor davon erzählt hatte. Also war Taylor wie ein Genie dagestanden, was ein sehr angenehmes Gefühl gewesen war. Er war gut in seinem Fach, aber eine Portion Glück war niemals zu verachten — Glück, das richtige Timing und Hacker als Freunde. In den letzten vier

Jahren hatte er sich ein Netzwerk von Computerfans im ganzen Land aufgebaut; wer einem neuen Phänomen auf die Spur kam, teilte es sofort den anderen mit.

Mr. Phiffe, der stellvertretende Direktor des Unternehmens, war mindestens siebzig Jahre alt, weißhaarig und eine der führenden Persönlichkeiten in der Versicherungsbranche. Mit Entsetzen hatte er Taylors Rechnung zur Kenntnis genommen.

»Fünftausend Dollar! Aber Sie hatten doch das Problem, wie Jackson sagt, in zehn Minuten behoben!«

»Richtig. Allerdings habe ich Jackson schon im Voraus mitgeteilt, daß ich einen festen Betrag verlange, ganz gleich, wieviel Zeit die Arbeit in Anspruch nimmt. Sie wissen, daß die Fehler in der Datenaktualisierung weiterhin Folgen gehabt hätten.«

»Doch er ist nicht davon ausgegangen, daß es nur zehn Minuten dauert!«

Taylor lächelte. »Mr. Phiffe, Sie haben mich kommen lassen, um den Defekt zu beheben. Sie sagten mir, wenn Sie die Daten verlieren, würde es Tausende von Arbeitsstunden dauern, sie wieder einzugeben, ganz zu schweigen von den notwendigen Programmierungen und dem Umstand, daß auch die Datenausgabe in Mitleidenschaft gezogen worden wäre. Und jetzt können Sie ungehindert weiterarbeiten, und das, wie ich hinzfügen möchte, in Rekordzeit.«

Phiffe lächelte bemüht. »Natürlich haben Sie recht. Ich bin nur erschrocken. Leistung hat eben ihren Preis. Und wenn man einen Fachmann haben will, muß man dafür bezahlen. Zeit ist da kein Kriterium.« Über die Gegensprechanlage gab er seiner Sekretärin einige Anweisungen. Taylor schüttelte ihm die Hand und holte im Vorzimmer seinen Scheck ab.

Taylors nächstes Ziel war die Columbia University. Dr. Gruska, Professor für Psychologie, hatte sein Büro im Adams-Building, zweiter Stock, Zimmer 223. Taylor fragte die Dame in der Universitätsverwaltung, welcher psychologischen Richtung dieser Dr. Gruska anhing. »Der Ödipuskomplex ist sein Steckenpferd«, antwortete die Frau lachend. »Und das, obwohl er ohne Mutter aufgewachsen ist.

Dafür hat er einen alten Haudegen als Vater, der ihn von früh bis spät herumkommandiert. Komisch, wie alle immer den Müttern die Schuld in die Schuhe schieben.«

Taylor pflichtete ihr bei.

Es war eiskalt. Bald würde es dunkel werden, und die Temperaturen schienen von Minute zu Minute zu sinken. Eigentlich erwartete Taylor nicht, Dr. Gruska in seinem Büro anzutreffen. Deshalb war er überrascht, als eine kräftige Stimme auf sein Klopfen antwortete.

»Herein!«

Taylor folgte dieser Aufforderung und schloß leise die Tür hinter sich. Er musterte den Mann, der Eden solche Angst eingejagt hatte. Er wirkte recht harmlos, trug einen Tweedanzug und hatte eine Pfeife im Mund. Sein Gesicht war lang und schmal. Bei Taylors Anblick zuckten die Flügel seiner langen Nase leicht, denn offenbar hatte er nicht erwartet, einen Fremden vor sich zu sehen. Gruska mußte über fünfzig sein, er war bleich und offenbar nicht besonders kräftig. Ja, Eden wäre ohne weiteres mit ihm fertig geworden.

»Was kann ich für Sie tun? Es ist schon spät, und ich wollte gerade gehen.«

»Nur eine kurze Frage, Dr. Gruska.« Taylor hielt dem Mann seine behandschuhte Hand hin. »Ich heiße Oliver Winston, Dr. Winston, um genau zu sein, und bin Psychoanalytiker. Ich habe schon viel von Ihnen gehört, und wollte Sie gern kennenlernen, da ich gerade in der Stadt bin, um Freunde und Verwandte zu besuchen. Ein Dr. Graham in meiner Heimatstadt, Columbus, hat mir empfohlen, Sie aufzusuchen, wenn sich mir die Möglichkeit bietet. Er sagte, Sie seien eine Kapazität.«

Dr. Gruska strahlte und wies auf einen Stuhl.

»Ach, Dr. Graham. Äh, welcher Dr. Graham?«

»Dr. Joseph Graham in Columbus.«

»Ach ja, Joe. Ein sympathischer, zuverlässiger Mensch. Gute Ausbildung. Wie geht es ihm?«

»Ausgezeichnet, und wie ich schon sagte, hat er eine hohe Meinung von Ihnen.«

»Es freut mich, das zu hören. Ich nehme an, Sie stehen auf unserer Seite, Dr. Winston?«

Taylor hatte keine Ahnung, wovon der Mann redete, aber Dr. Gruskas Körpersprache und sein Tonfall sprachen Bände. Deshalb nickte er ernsthaft. »Ja, in der Tat. Doch ich bin mit meiner Weisheit am Ende.«

Fasziniert beobachtete Taylor, wie eine Unzahl von Gefühlsregungen über Dr. Gruskas Gesicht huschten: Zorn, Überraschung, Freude, noch mehr Zorn, noch mehr Freude und schließlich ein verschwörerischer Blick. Dann beugte sich der Professor vor und faltete die Hände. Eine Rauchwolke entstieg seiner Pfeife. Sie duftete angenehm nach Nadelwald.

Gruskas Stimme klang eindringlich. »Ach, mein lieber Freund, dann leiden Sie, wie wir alle leiden. Der bloße Gedanke, für alles eine chemische Erklärung zu finden, ist einfach unglaublich! Diese lächerlichen Ärzte können doch nicht mehr, als dem Patienten in manchen Fällen Medikamente zu verabreichen, damit er wieder funktioniert.«

Taylor gab ein zustimmendes Geräusch von sich und machte eine verzweifelte Handbewegung.

»Sicherlich hat Ihr Freund Sie zu mir geschickt, weil er weiß, daß ich Sie verstehen und Ihnen beipflichten würde. Ich werde Psychoanalytiker bleiben, ganz gleich, wer sich mir auch entgegenstellt. Und ich kümmere mich auch nicht um die Albernheiten, die immer mehr um sich greifen. Denn wir kennen die Wahrheit, und diese Wahrheit erklärt, warum die Menschheit sich so und nicht anders verhält.«

Wieder machte Taylor ein Gesicht, als sei er von Dr. Gruskas flüssigem Vortrag begeistert. Langsam tastete er sich vor: »Meiner Ansicht nach legt Freud ein besonders tiefes Verständnis des weiblichen Geschlechts an den Tag.«

»O ja, was nicht bedeuten will, daß wir ihm wie gläubige Jünger zu Füßen liegen. Doch Freud hat uns die Grundwahrheiten geliefert, auf die wir unsere Theorien aufbauen konnten, was uns ausgezeichnet gelungen ist. Frauen kann man am leichtesten verstehen und mühelos interpretieren, denn ihre Denkweise führt zu ihrem teilweise bizarren Handeln, das in seiner Gesamtheit mit einer übermächtigen und determinierten unbewußten Intuition zu tun hat. Kinder wissen, Erwachsene unterdrücken es, besonders Frauen. Wie wahr das doch ist.«

Für Taylor klang das alles völlig unsinnig, aber er nickte. »Ich habe eine junge Frau als Patientin«, fing er an. »Sie fürchtet sich entsetzlich vor Männern. Doch sie will sich mir nicht öffnen, obwohl ich schon seit langem versuche, ihr Vertrauen zu gewinnen. Ich habe versucht, sie zu den prägenden Jahren zurückzuführen, allerdings wehrt sie sich und verweigert auch die Hypnose, die sie von ihrer Blockade befreien würde. Was soll ich Ihrer Meinung nach tun, Dr. Gruska?«

Dr. Gruska schwieg nachdenklich und fuhr mit seinen langen Fingern über den Stiel seiner Pfeife. Einerseits schien ihn die Frage zu verunsichern, andererseits freute er sich, um Rat gebeten worden zu sein.

Taylor erhob sich schnell. »Ach, du meine Güte«, sagte er entschuldigend. »Es ist schon fast dunkel draußen, und ich habe Sie viel zu lange aufgehalten. Verzeihen Sie, Dr. Gruska, aber es hat mir so viel bedeutet, Ihnen zuzuhören; Ihr tiefes Gefühl, Ihr Wissen . . .«

»Setzen Sie sich, Dr. Winston, setzen Sie sich! Sie dürfen mich noch nicht verlassen.«

Erleichtert nahm Taylor wieder Platz.

»Ist diese junge Dame hübsch?«

»Sehr.«

»Macht sie äußerlich einen gut angepaßten Eindruck?«

»Ja, bis ein Mann ihr zu nahe kommt.«

»Gehört sie zu diesen unangenehmen Karrierefrauen, oder ist sie ein sanftes, traditionelles, nichtberufstätiges weibliches Wesen?«

»Berufstätig, unverheiratet, aber nicht unangenehm.«

»Ach ja, ein kassischer Fall. Ich würde vorsichtig zu Werke gehen, Herr Doktor, und sie über ihre Jugend befragen. Nicht über ihre Kindheit, dieses Thema sollten Sie für den Augenblick meiden. Fragen Sie sie nach ihren unterdrückten sexuellen Trieben, den Schuldgefühlen, die sie empfand, wenn sie ihnen Ausdruck verlieh. Finden Sie heraus, wie sie masturbiert hat, das ist sehr wichtig. Es ist möglich, daß sie mit etwa achtzehn Jahren einen Familienangehörigen verführte — vielleicht sogar ihren Vater — und dieses Ereignis verdrängt hat. Sie hat, wenn man so sagen kann, den Vorfall umgedeutet, um sich von ihren Schuldgefühlen zu befreien, zu rechtfertigen, was sie damals getan hat, und um einen Grund zu haben, warum sie so ist, wie sie heute ist.«

»Mein Gott«, entfuhr es Taylor, und diesmal meinte er, was er sagte. »Sie haben mir einen sehr wichtigen Rat gegeben, Dr. Gruska. Haben Sie vielleicht eine Patientin mit einem ähnlichen Problem?«

»Ach, ich habe viele solcher Mädchen kennengelernt. Nichts als unterdrückte Schuld und sexuelle Spannungen, die darauf warten, freigesetzt zu werden, ja, regelrecht danach drängen. Doch die Betroffenen können das nicht zulassen, denn das würde bedeuten, daß sie zu ihren Gefühlen stehen. Ich kenne ein Mädchen, das diese Befreiung besonders dringend nötig hätte, und die dazu meine Hilfe braucht. Doch es gelingt mir nicht, ihr Vertrauen zu gewinnen, ihre Angst vor sich selbst und ihre Blindheit gegenüber ihren eigenen Bedürfnissen zu durchbrechen . . . Ach ja, es wird spät. Mein lieber Herr Kollege, ich habe mich über Ihren Besuch gefreut. Grüßen Sie Joe von mir.« Dr. Gruska erhob sich und streckte die knöcherne Hand aus, die Taylor nahm und kräftig schüttelte.

Zwei Stunden später kehrte er wieder in Edens Wohnung zurück.

13.

TAYLOR/EDEN

Als Taylor bei Eden läutete, hatte er bereits beschlossen, ihr nichts von seinem Gespräch mit Dr. Gruska zu sagen. Noch nicht. Er war sich ziemlich sicher, daß es sich bei der jungen Frau, von der Gruska gesprochen hatte, um Eden handelte. Daß sie sich vor Männern fürchtete, traf eindeutig zu, und daß sie Gruska nicht vertraute, war nur allzu offensichtlich. Doch was diesen Unsympathen betraf, konnte Taylor ihr das nicht verdenken. Er fand, daß man Dr. Gruska nicht über den Weg trauen konnte. Aber wie sollte Taylor nur Licht in dieses Dunkel bringen?

Lindsay spähte durch den Spion in der Tür. Dann wurden sämtliche Schlösser und Riegel geöffnet oder zurückgeschoben. »Du meine Güte, Taylor! Sie sind zu früh dran, und ich sehe entsetzlich aus.«

Bis zu diesem Augenblick war ihm gar nicht bewußt gewesen, wieviel Uhr es war. »Tut mir leid. Ich war gerade in der Gegend und . . .«

»Ach, kommen Sie herein. Ich muß nur noch schnell unter die Dusche.«

Taylor bemerkte, daß sie einen abgetragenen weißen Frotteebademantel und nichts darunter trug. Das Haar hatte sie mit einem Gummiband zurückgebunden. Er lächelte. »Ich muß Sie noch einmal um Verzeihung bitten. Am besten nehme ich mir ein Bier und schaue mir die Nachrichten an.«

Sie machte eine zustimmende Handbewegung und zog sich ins Schlafzimmer zurück. Kopfschüttelnd räumte Taylor einige Bücher aus dem Weg und setzte sich. Anstatt den Fernseher einzuschalten, dachte er weiter über Gruska, seine Worte und seine Theorie nach. Und er erinnerte sich an das, was Eden ihm erzählt hatte; in jenem Moment war es ihm wie ein unverständliches Durcheinander vorgekommen: ... was er denkt, was er herausgefunden hat, was er über mich weiß. Er hat finstere Andeutungen gemacht ...

Taylor überlegte, wovor sie sich wirklich fürchtete: Ihr machte angst, was Gruska über sie wußte. Und er mußte selbst herausfinden, worum es sich handelte, wenn er ihr helfen wollte. Taylor fuhr zusammen. Gerade hatte er entschieden, daß Eden einen Platz in seinem Leben hatte; er wollte, daß sie gesund und glücklich war, er wollte sie im Bett und im Alltag, er wollte sie ganz und gar.

Diese Erkenntnis traf ihn wie ein Donnerschlag. Mein Gott, er hatte sich doch geschworen, nie mehr zu heiraten. Und jetzt sehnte er sich nach einer Frau, die er erst seit vier Tagen kannte, und er wollte sie auf keinen Fall verlieren. Er stellte sich ihre gemeinsamen Kinder vor: große schlaksige Mädchen in weißen Karateanzügen und mit wunderschönen Augen. Du meine Güte, jetzt verlor er vollkommen den Verstand!

Er erhob sich und ging zum Telefon. Immer eins nach dem anderen. Er wählte Valeries Nummer. Es war Dienstag, und er hatte versprochen, sie am Montag anzurufen.

Nach dem zweiten Läuten nahm sie ab.

»Hallo, Valerie, ich bin's, Taylor. Wie geht es dir?«

»Gut, danke.« Doch diesmal plauderte sie nicht weiter wie gewöhnlich, sondern schwieg eine Weile. Dann sagte sie: »Hör mal, Taylor, das mit vorgestern abend tut mir leid. Ich war gereizt und habe es an dir ausgelassen. Verzeihst du mir?«

»Klar. Kein Problem.«

»Hast du heute abend schon was vor?«

»Ja.«

Wieder entstand eine lange Pause. »Bist du immer noch mit diesem Auftrag beschäftigt?«

»Nein, er ist erledigt.«

»Erfolgreich, wie ich hoffe.« Taylor hörte, welche Mühe sie sich gab, ruhig und höflich zu bleiben, und fragte sich, warum ihr das so schwer fiel.

»Ja«, sagte er, »sehr erfolgreich.«

Er malte sich aus, wie sie auf ihrem eleganten, seidenbezogenen Stuhl neben dem Louis XV Tisch saß. Das Telefon war auf antik getrimmt und hatte eine altmodisch geschwungene Gabel. Er fragte sich, was sie jetzt dachte. Gerade wollte er ansetzen, es ihr schonend beizubringen, als sie mit scharfer Stimme wieder das Wort ergriff. »Du hast eine andere Frau, stimmt's, Taylor?«

»Wir sind nicht verheiratet«, antwortete er ruhig.

»Aber ich wollte, daß du heute abend zu mir kommst.«

»Hast du morgen abend Zeit?«

»Nein, verdammt, ich bin beschäftigt.«

»Nun denn, wie ich schon sagte, sind wir nicht verheiratet. Was ist mit Dienstagabend?«

»Du willst doch sowieso nur mit mir ins Bett!«

»Vermutlich spricht dich diese Vorstellung nicht an.«

»Acht Uhr. Ich lasse von Carroussel ein Abendessen kommen. Sei pünktlich.«

Sie legte auf. Auge um Auge, dachte er, und hängte den Hörer ein. Schließlich hatte er beim letztenmal das Gespräch abgebrochen.

Wenn er sie am Dienstag sah, würde er die Beziehung beenden. Das mußte sein, denn der einzige Mensch, der noch Platz in seiner Gegenwart und in seiner Zukunft hatte, war Eden.

Eden, die sich vor Männern fürchtete. Als sie frisch gewaschen, in einem blaßgelben Seidenkleid, die langen Beine in Strumphosen gehüllt und mit hochhackigen Schuhen aus dem Schlafzimmer kam, mußte er lachen.

»Jetzt werden Sie mir streng ins Auge blicken und mich in die Schranken weisen, was?« meinte er.

»Einschüchterung«, antwortete sie lächelnd. »Meiner Meinung nach würde Ihnen das nicht schaden. Ich glaube, jetzt bin ich sogar ein wenig größer als Sie.«

»Tun Sie sich keinen Zwang an. Sie sehen bezaubernd aus. Es gefällt mir, wenn Sie Ihr Haar zu diesem altmodischen Dutt zusammenstecken.«

Sie nickte nur. Dann stellte sie sich neben ihn und zog die Augenbrauen hoch. »Vielleicht nicht nur ein wenig«, meinte sie.

Es gab so viel, was er nicht über sie wußte, dachte Taylor, so viel, was er erfahren, schätzen lernen und schließlich genießen wollte. Er spielte mit dem Gedanken, ihr Schuhe mit zehn Zentimeter hohen Absätzen zu schenken.

»Wohin gehen wir?«

»Überraschung.«

An diesem Abend nahm er sie mit, um Enoch und seine Mutter kennenzulernen, die in der Maple Street 230 in Fort Lee, New Jersey wohnten.

Sheila durchlief gerade eine exotische Phase, weshalb es im Garten gegrilltes Schweinefleisch mit Palmblättern gab. Sheila war froh über die Kühle; ansonsten hätte sie das stundenlange Stehen vor dem Grill, wie sie sagte, wahrscheinlich nicht überlebt. Zum Schweinebraten gab es Süßkartoffeln, Hawaiianisches Wurzelgemüse, das ziemlich grau und merkwürdig aussah, und köstliche Brötchen. Sheila musterte Eden prüfend und ließ dann ihren Charme spielen, von dem sie im Überfluß besaß, auch wenn sie die Freundlichkeit zuweilen übertrieb. Schon während des Nachtischs, der aus mit Vanilleeis gefüllten Papayas bestand, sah Enoch Eden an, als ob er über etwas nachdachte.

»Enoch ist eins fünfundneunzig. Du mußt ein bißchen nach oben schauen.«

Lachend schüttelte Lindsay den Kopf.

»Eine schöne Abwechslung, einmal nicht den Kopf nach vorne beugen zu müssen«, meinte Enoch.

»Wie heißen Sie denn mit Familiennamen, Liebes?« fragte Sheila und zerlegte dabei fachmännisch ihre Papaya. »Ich habe ihn nicht ganz verstanden. Der Schweinebraten hat meine Aufmerksamkeit vollkommen in Anspruch genommen«

Taylor stutzte.

»Ach, ich habe keinen, Mrs. Sackett. Einfach nur Eden.«

»Diese Leute aus dem Showgeschäft — geheimnisvoll bis zum letzten!«

»Ich bin Model, Ma'am, nicht im Showgeschäft.«

»Das ist doch ungefähr das gleiche«, meinte Sheila in die Runde gewandt. »Noch etwas von dem Nachtisch?«

»Nein, danke, Ma'am. Er schmeckt wunderbar.«

Schade, dachte Taylor. Er hatte sich schon damit abgefunden, daß er Edens wirklichen Namen erst erfahren würde, wenn sie bereit war, ihm diesen zu verraten. Er würde nicht ihre Post durchsuchen, um ihn in Erfahrung zu bringen, und er würde sich nicht in Dinge einmischen, die sie offenbar geheimhalten wollte.

»Ist Eden ihr richtiger Name?«

»Sheila«, meinte Enoch und drohte ihr scherzhaft mit der Gabel, »das geht dich doch nichts an. Laß Eden in Ruhe.«

Lindsay lächelte, aber es fiel ihr schwer. Diese Frau war nicht neugieriger als andere Menschen, denen sie begegnet war, aber sie ließ nicht locker, und Eden war ihr für den Rest des Abends ausgeliefert. Sie warf Taylor einen Blick zu, und bemerkte zu ihrer Überraschung, daß er verstand. Nach fünf Minuten meinte er laut: »Du meine Güte, Sheila, weißt du, wie spät es ist?«

»Spät? Aber es ist doch erst neun, Taylor.«

Enoch, der sofort begriffen hatte, spielte das Spiel mit. »Ja, Sheila, es ist schon spät, ich habe morgen früh eine Sitzung.«

»Und Eden und ich müssen auch fort. Sie muß schon um halb sechs aufstehen, weil sie morgen einen Fototermin hat.«

Sheila Sackett betrachtete die drei jungen Leute mit offensichtlicher Mißbilligung. Ihr Sohn wich ihrem forschenden Blick aus. Mit ihm würde sie später ein ernstes Wörtchen reden. Und was diese Eden betraf. Sie war ganz sicher hübsch genug für Taylor und machte einen sympathischen Eindruck, allerdings . . . »Eigentlich wollte ich noch Kaffee machen, Taylor, und euch auf meinem Saxophon ein bißchen Jazz vorspielen.«

Taylor war ehrlich enttäuscht, denn Sheila hatte wirklich Talent. »Beim nächstenmal«, sagte er und erhob sich. Er ging um den Tisch herum und küßte sie auf die Wange. »Das Essen war großartig. Vielen Dank für die Einladung.«

»Ich wette, ihr beide wollt nach Hause ins Bettchen.«

»Sheila, bitte!«

Lindsay fragte sich, warum Enoch seine Mutter mit Vornamen nannte.

»Eine großartige Idee«, meinte Taylor, während er Sheila noch einmal auf die Wange küßte.

»Junge, Junge«, sagte Lindsay auf ihrer Fahrt zurück in die Stadt. »Sie läßt nicht locker, was?«

»Das kann man sagen. Seit Jahren liegt sie mir in den Ohren, ich solle wieder heiraten. Wenn ich Kinder hätte, würde sie sich wie eine Großmutter fühlen.«

»Wieder heiraten?« Lindsay, die auf einmal stocksteif dasaß, warf ihm einen Blick zu.

»Ich war mit einer sehr netten Frau verheiratet, als wir beide noch sehr jung waren. Die Scheidung ist schon einige Jahre her.«

»Wie lange waren Sie verheiratet?«

»Etwas mehr als zwei Jahre.«

Lindsay konnte sich keine so enge Beziehung zu einem anderen Menschen vorstellen. Mit jemandem im gleichen Bett zu schlafen, mit ihm zu essen, einander Gedanken und Sorgen mitzuteilen — immer dieselbe Person um sich zu haben, auch wenn man schlechter Stimmung war, und es nicht verbergen zu müssen. Sich zu streiten, wer das Bad oder die Tiefkühltruhe putzte. Sie sehnte sich nach dieser kompromißlosen Nähe, nach der Freiheit, die man besaß, wenn man keine Geheimnisse und keine Schuldgefühle mehr hatte, wenn man nicht mehr aufpassen mußte, was man sagte, damit einen der andere nicht voll Abscheu verließ. Aber sie konnte es sich nicht vorstellen. Nicht für sich selbst. Nicht für Lindsay Foxe.

Zu Taylors Überraschung wechselte sie das Thema. »Spielt Sheila wirklich Saxophon? Jazz?«

»Ja, und sie ist ziemlich gut. Ihre große Liebe ist der Blues, und sie fährt häufig nach Atlanta, um dort in den Clubs zu spielen. Wenn sie das Mundstück im Mund hat, kann sie einen wenigstens nicht mehr ausfragen. Außerdem ist ihr Anblick in einer Abendrobe bestimmt ein wahres Ereignis. Enoch hat mir erzählt, daß sie bei ihren Auftritten lange schwarze Gewänder trägt wie Kate Smith.«

Lindsay lachte. »Sie und Enoch sehen sich überhaupt nicht ähnlich. Sheila ist klein und dick, und er ist so groß und mager. Warum liegt sie ihm nicht in den Ohren, daß er heiraten soll?«

»Das ist etwas ganz anderes«, meinte Taylor, während er in die Tiefgarage einbog, die zu seinem Haus gehörte. »Für Enoch kommt eine Ehe nicht in Frage. Sheila hat nichts dagegen, wenn er ab und zu eine kleine Affäre hat, aber eine Ehefrau würde sie niemals akzeptieren.«

»Komisch.«

»Ja, ziemlich.« Er machte eine Pause und fügte dann leichthin hinzu: »Natürlich würde ein Freudianer so etwas für einen klassischen Ödipuskomlex halten. Habe ich das richtig gesagt? Schließlich sind Sie hier die Psychologin.«

»Ja, Sie haben recht.«

Er hörte ihrer Stimme an, daß sie sich wieder zurückzog. »Möchten Sie auf eine Tasse Tee oder Kaffee heraufkommen, ehe ich Sie nach Hause begleite?«

Er sah ihr an, daß sie seinen Vorschlag gern angenommen hätte, aber sie schüttelte den Kopf. Sie vertraute ihm noch nicht. So einfach war das. Ihre Angst hatte wieder Oberhand behalten.

Er begleitete sie bis an ihre Wohnungstür und strich ihr leicht über die Wange.

Wie gerne hätte er sie geküßt. Es war ihm sogar schwergefallen, ihr nicht ständig auf den Mund zu starren. Lindsay blieb auf dem Flur stehen und blickte ihm nach, bis er um die Ecke verschwunden war. Dann ging sie seufzend in ihre Wohnung, schloß die Tür ab, legte alle Ketten vor und schob den Riegel zu. Als sie ein Geräusch hörte, fuhr sie erschrocken herum. In ihrem Wohnzimmer, ein Glas Weißwein in der einen und eine Zeitschrift mit einem Foto von sich selbst in der anderen Hand, saß ihre Halbschwester.

Lindsay klopfte das Herz bis zum Halse, und sie preßte die Hand vor die Brust. »O Gott, hast du mich erschreckt, Sydney. Wie bist du denn hereingekommen?«

»Hallo, Schwesterherz. Dein Hausmeister hat mich hereingelassen. Ich war schon einmal hier, und er hatte mich nicht vergessen. Ich warte erst seit einer Viertelstunde. Dein Freund ist ja ziemlich schnell verschwunden, ich nehme doch an, daß er dein Freund ist. Ich habe gehört, wie du dich von ihm verabschiedet hast, und ich muß zugeben, daß ich überrascht war, eine Männerstimme zu hören. Wer ist er? Sollte ich ihn kennenlernen? Nachprüfen, ob du ihm vertrauen kannst?«

Wortlos schüttelte Lindsay den Kopf.

»Ach, wahrscheinlich war es nur Demos.«

»Nein. Was willst du, Sydney?«

Sydney Foxe di Contini — La Principessa — erhob sich und strich ihre schwarzen Lederhosen glatt. Darüber trug sie eine grellrosane Korsage und eine schwarze Lederweste, die über der Brust von goldenen Kettchen zusammengehalten wurde. Wie immer wirkte sie elegant, schlank und vollkommen.

»Ich habe angerufen, aber du warst nicht zu Hause. Ich habe mich nur gefragt, wo du wohl stecken könntest. Schließlich gehst du ja nie mit Männern aus, und ich habe mir Sorgen gemacht. Du hast doch so wenig Freunde, und ich weiß, daß du Gayle erst letzten Montag gesehen hast, und deshalb wahrscheinlich nicht mit ihr verabredest warst. Ich wollte dir nur sagen, daß ich nächstes Wochenende nach Mailand fliege.«

»Soll ich deine Blumen gießen?«

Sydney lachte. »Ach nein. Ich wollte nur allen erzählen können, daß ich dich gesehen habe und daß es dir gutgeht.«

»Mir geht es gut.«

»Ausgezeichnet. Und du hast offenbar auch nicht zugenommen. Nein? Vielleicht solltest du noch ein bißchen abspecken, ein Kilo weniger würde dir besser stehen. Wer ist der Mann, Lindsay?«

»Niemand, den du kennst.«

»Nun, angesichts deines Geschmacks, der sich wahrscheinlich nicht geändert hat, seit deinem sechzehnten Lebensjahr, ist er wahrscheinlich schlank, attraktiv und charmant.«

Lindsay zwang sich zu einem Lächeln. »Genau.«

»Ach, ein New Yorker aus guter Familie? Ist er auch in der Modebranche? Möglicherweise ist er schwul, und du bist einfach zu naiv, um das zu bemerken. Oder er ist schwul, und du fühlst dich wohler damit. Seine Stimme klang ziemlich tief.«

»Nein, er ist nicht schwul. Hör mal Sydney, ich habe morgen in aller Früh einen Termin. Ich bin todmüde.«

»Okay, ich verschwinde. Ich habe alle Fototermine abgesagt, die mein Agent für mich vereinbart hatte. Ist nichts Wichtiges dabei. Ich sage ihm außerdem ständig, er soll härter verhandeln und wählerisch sein. Schließlich sind es mein Gesicht, mein Körper und meine Zeit. Vielleicht sollte ich dich ihm einmal vorstellen. Ich kann dir garantieren, daß er dich nicht über den Tisch zieht.«

»Das Foto von dir in Self ist wirklich wunderschön. Sogar Demos hat es letzte Woche bewundert. Es ist erste Wahl.«

»Ja, es ist recht hübsch geworden, und ich bin zufrieden. Drake Otis hat es aufgenommen. Schade, daß er schwul ist wie ein . . . Nun, es tut nichts zur Sache. Ich melde mich, wenn ich aus Italien zurückkomme. Übrigens, falls es dich interessiert: Vater geht es gut. Er war mit einem wichtigen Drogenfall beschäftigt. Der Verteidiger glaubte, er könnte die wichtigsten Beweise für unzulässig erklären lassen, weil die Polizei sie angeblich auf illegale Weise gesichert hatte. Vater hat dem Antrag zwar stattgegeben, aber dafür dem Staatsanwalt große Freiheiten eingeräumt. Also sind die drei Männer, alles Columbianer, schuldig gesprochen worden. Vater hat sie zu zwanzig Jahren Gefängnis verurteilt, ohne Bewährung. Er hat die Beweise nicht zugelassen, denn die Verteidiger wären sonst in die Berufung gegangen, und das Urteil wäre wahrscheinlich aufgehoben worden. Jetzt reibt er sich die Hände und ist in großartiger Stimmung. Du weißt, daß er die liberalen Richter in Kalifornien nicht ausstehen kann. Er hat den Verteidigern den Boden unter den Füßen weggezogen. Jetzt heulen sie sich alle im Fernsehen aus, und da alle Journalisten liberale Dummköpfe sind, fallen sie nun über Vater her. Aber ihm macht es einen Heidenspaß. Holly ist inzwischen so fett wie deine Mutter damals, ehe Vater sie vor die Tür setzte. Er hat eine neue Geliebte, die etwa so alt ist wie ich. Sie heißt Cynthia — Abkürzung Cyn. Klingt das nicht hübsch? Großmutter ist ganz die alte. Vater glaubt, sie wird uns noch alle überleben.«

Sie warf Lindsay eine Kußhand zu. An der Tür wandte sie sich noch einmal um. »Ich werde dem Prinzen liebe Grüße von dir ausrichten. Dann erinnert er sich bestimmt an deine Küsse und zieht eine Grimasse, die Milissa zum Lachen bringt. Wie du siehst, hat alles sein Gutes.«

Lindsay wünschte, ihre Halbschwester möge nie mehr aus Italien zurückkehren. Dann mußte sie zu ihrer Überraschung lachen. Sydney würde sich niemals ändern, doch in Lindsay war ein Wandel vorgegangen. Merkwürdig, aber wahr.

Wie verabredet suchte Taylor am Dienstag Valerie auf. Als sie die Tür öffnete, bemerkte er, daß er vergessen hatte, wie wunderschön sie war. Sie trug einen Hausanzug aus hellblauer Seide; das lange, dichte Haar fiel ihr bis auf die Schultern und wurde auf einer Seite von einer goldenen Spange zurückgehalten.

Sie sah ebenso reich aus wie Diane, seine Ex-Frau.

»Hallo«, sagte er.

»Hallo, Taylor. Du meine Güte, du siehst zum Anbeißen aus. Komm herein. Das Essen wird in etwa einer Stunde geliefert. Möchtest du einen Drink?«

Taylor folgte ihr in die Wohnung. Er fragte sich, was er sagen und wie sie darauf reagieren würde. Erleichtert stellte er fest, daß sie nicht vorhatte, sofort zum Angriff überzugehen. Sie klang eher, als wollte sie ihn auf der Stelle ins Bett schleppen, und das würde zu einer noch peinlicheren Situation führen. Das Problem war, daß es in seinem Leben nun wirklich eine andere Frau gab. Sie hatte recht gehabt, und er kam sich wie ein Schwein vor. Aber am Anfang war es noch nicht so gewesen, nicht am Anfang.

Valerie griff ihn weder an, noch versuchte sie, ihn zu verführen. Sie plauderte nur, bis sie den Hummer, den gemischten Blattsalat mit leichter Vinaigrette und die gedünsteten Kartoffeln in dünnen Scheiben verspeist hatten und bei dem köstlichen Mousse au Chocolat angekommen waren. Der Chateau le Duc-Dupres Jahrgang 79 war trocken und leicht. Doch für Taylor schmeckte er wie der Schierlingsbecher.

Er wollte es hinter sich bringen. Da er sich unwohl und schuldig fühlte, hatte er kaum etwas gegessen.

»Also«, sagte sie und lehnte sich, einen Cognacschwenker in der Hand, zurück, »erzähl mir von deinem Auftrag.«

»Von dem, den ich bereits abgeschlossen habe?«

»Ja.«

»Ich habe eine Frau bewacht, deren Arbeitgeber eine Morddrohung erhalten hatte. Statt ihrer wurde jedoch ein anderer Angestellter überfallen. Und jetzt ist die Sache ausgestanden.«

»Ich verstehe.« Langsam stand sie auf und schenkte ihm ein Lächeln, das ihn noch vor einer Woche zu wilder Leidenschaft hingerissen hätte. Dann löste sie den Bindegürtel um ihre Taille.

Er hob die Hand, hatte die Augen auf den Gürtel gerichtet. »Moment, Valerie, warte. Bitte laß das.«

Sie hielt inne und zog die Augenbrauen hoch.

»Ich möchte mit dir sprechen.«

»Wir reden doch schon die ganze Zeit, Taylor.« Sie warf einen Blick auf ihre Cartier-Uhr. »Seit fast anderthalb Stunden unterhalten wir uns. Also, Liebster, entspann dich und laß mich . . .« Mit einem Lächeln hielt sie inne und legte den Finger an die Lippen. »Nein, Taylor, genug. Eigentlich habe ich dir auch einiges zu sagen. Du bist später an der Reihe. Schon beim Essen wollte ich damit anfangen, aber dir hat es so gut geschmeckt, daß ich dir den Appetit nicht verderben wollte. Tut mir leid, Baby, ich will dir nicht wehtun, doch ich habe einen Mann kennengelernt, den ich einfach göttlich finde. Er hat alles, was du nicht hast, und er hat dich aus dem Rennen geworfen. Ich dachte nur, ein kleiner Fick zum Abschied wäre ganz nett, um meine Schuldgefühle loszuwerden. Und du bist recht gut im Bett, fast so gut wie er.«

Taylor war so erleichtert, daß er fast vom Stuhl gefallen wäre.

»Komm, Süßer, ein letztes Mal, und dann tschüs und vorbei. Mein Neuer wollte mich später besuchen.«

Er starrte sie an. »Warum willst du mit mir schlafen, wenn du einen anderen liebst? Das ist doch verrückt, Valerie.«

Sie zuckte die Achseln. »Ich habe schon immer gern Vergleiche angestellt, und dieser hier kommt mir interessant vor. Vielleicht möchtest du ja nachher bei einer deiner Freundinnen vorbeischauen und es genauso machen.«

»Nein, Valerie, diesmal nicht. Ich wünsche dir Glück. Du bist schön und klug, und ich hatte viel Spaß mit dir.« Mein Gott, er klang wie eine Figur aus einer Schnulze.

Das Lächeln schien in ihrem Gesicht festgefroren, und ihre Augen blickten eiskalt. Er hatte keine Ahnung, was sie jetzt dachte. War sie wütend, weil er sich weigerte, mit ihr ins Bett zu gehen? Oder spielte sie nur ein neues Spiel? Möglich war es ja.

»Ja, es war ein Riesenspaß, nicht wahr, Taylor? Nun, Liebling, hoffentlich wird es mit deinem neuen Schätzchen genauso schön. Du weißt schon, die Kleine, die du erst beschützen solltest, und die du jetzt vögelst. Und lüg mich nicht an. Hat die Puppe auch Hirn? Oder besteht sie nur aus Arsch und Titten? Warum rufst du nicht an, nachdem du mit ihr im Bett warst, und erzählst mir, welche von uns besser ist?«

»Ich glaube nicht, daß ich das tue. Leb wohl, Valerie.«

Sie sah zu, wie er zum Flurschrank ging und seinen Kamelhaarmantel vom Bügel nahm. Er schlüpfte hinein und zog die braunen Lederhandschuhe über. Dann ging er, ohne sich umzublicken, zur Tür. Valerie beobachtete jede seiner Bewegungen. Sie sah zu, wie er die Wohnung verließ. Die Tür schloß sich leise hinter ihm. Sie wurde von solcher Wut und Enttäuschung ergriffen, daß sie daran zu ersticken drohte. Sie ging zum Telefon und wählte eine Nummer. Eine Männerstimme antwortete.

»Barry? Hier spricht Valerie. Ja, Liebling. Komm vorbei, ist doch egal, was du deiner Frau erzählst. Sag einfach, du hast

Verstopfung und brauchst einen Spaziergang. Ja, in einer halben Stunde. Beeil dich.«

Am Erntedanktag erfuhr Lindsay, daß Taylors Eltern beide nicht mehr lebten. Er hatte eine ältere Schwester namens Elaine, die mit ihrem Mann, einem Steuerberater, und drei Kindern in Phoenix wohnte. Für einen Besuch über die Feiertage sei das zu weit, wie Taylor zu Lindsay sagte. Und dann fragte er sie, ob sie schon etwas vorhabe.

Wie vorauszusehen, wollte sie sich nicht festlegen, was ihn verärgerte. Aber er setzte sie nicht unter Druck, und schließlich verbrachten sie den Tag mit einem weiteren Besuch bei Enoch und Sheila.

Sheila spielte ihnen zwei Stunden lang auf dem Saxophon vor. Die klagenden Töne jagten Lindsay eine Gänsehaut über den Rücken. Beim Spielen trug Sheila ein langes schwarzes Kleid. Sie war unglaublich talentiert. Und diesmal kam es auch nicht zu neugierigen Fragen.

An diesem Abend küßte Taylor Lindsay zum erstenmal. Sie standen vor ihrer Wohnungstür, und sie wollte ihn nicht fortgehen lassen. Andererseits aber hatte sie Angst, ihn hereinzubitten.

Also beugte er sich einfach vor, umfaßte dann zärtlich ihr Kinn mit der Hand und küßte sie. Ganz leicht, damit sie sich nicht bedroht fühlte und sich wieder vor ihm zurückzog.

»Oh!«

Freundlich lächelte er sie an. Er wollte, daß sie ihm vertraute, daß sie ihm ihre Wärme schenkte. »Hat dir das wenigstens ein bißchen gefallen?«

»Ich weiß nicht.«

»Wenigstens bist du ehrlich. Willst du immer ehrlich zu mir sein, Eden?«

»Kommt drauf an«, antwortete Lindsay zögernd und betrachtete dabei die Knöpfe seines Mantels. »Manchmal ist es eben nicht möglich.«

»Wenn du mir endlich vertraust, wirst du feststellen, daß es so einfach ist wie Kaugummikauen. Wenigstens hoffe ich das. Gute Nacht, Liebling. Ein frohes Erntedankfest. Schlaf gut.«

»Das tue ich bestimmt. Ich habe heute mehr Essen in mich hineingestopft, als ich normalerweise in einer Woche zu mir nehme. Wußtest du, daß während der Feiertage viel weniger Fototermine stattfinden als sonst? Das liegt daran, daß Models auch nur Menschen sind und nicht ständig jeder Versuchung widerstehen können. Bis zum ersten Dezember habe ich Zeit, mir den Truthahn mit Füllung wieder abzuhungern.«

Er freute sich, daß sie das Gespräch noch nicht beenden wollte, freute sich wahrscheinlich mehr, als die Situation es rechtfertigte. Aber was sollte es? Als sie eine Pause machte, ergriff er das Wort: »Morgen muß ich nach Chicago fliegen. Ein Fleischfabrikant ist mit seiner Firma ins zwanzigste Jahrhundert eingetreten und hat sich einen Computer angeschafft, der jeder Kuh auf amerikanischem Boden das Fürchten lehren sollte. Leider Gottes steckt in seinem Programm der Wurm, und er ärgert sich schon so lange mit dem Hersteller herum, daß er jetzt beschlossen hat, mich hinzuzuziehen. Ich rufe dich morgen abend von Chicago aus an und sage dir, unter welcher Nummer ich dort zu erreichen bin.«

Ehe sie etwas erwidern konnte, beugte Taylor sich vor und küßte sie noch einmal, ebenso sanft wie vorhin. Seine behandschuhte Hand liebkoste ihre Wange. Sogar mit Handschuhen war es ein Genuß, sie zu berühren. Er umfaßte ihr Kinn mit der Hand. »Wirst du mich vermissen?«

»Ich glaube schon«, antwortete Lindsay und wußte, daß das wahr war.

Bei diesem Auftrag hatte Taylor nicht das Glück, das Problem sofort ausfindig machen zu können, und auch der ersehnte Geistesblitz blieb ihm versagt. Deshalb kostete es ihn drei anstrengende Tage, den Fehler zu ermitteln und zu beheben. Mr. Closse, sein Auftraggeber, stand währenddessen ständig hinter ihm, rang die pummeligen Hände und schimpfte auf die Technik.

In Chicago war es kalt und regnerisch. Selbst durch die

Schallschutzfenster seines Hotels konnte Taylor den Wind heulen hören. Er war müde und ungeduldig, und er vermißte Eden, vermißte sie mehr, als er je gedacht hätte. Er freute sich auf ihre langen, allabendlichen Gespräche.

Als der Auftrag endlich erledigt war und sich fünftausend Dollar in Taylors Brieftasche befanden, flog er zurück nach New York.

Um sechs Uhr abends stand er vor Edens Wohnungstür.

Zu seiner Überraschung öffnete ihm eine junge Frau, die er noch nie zuvor gesehen hatte. Überrascht starrten sie einander an.

»Wollen Sie etwas verkaufen? Warum hat der Hausmeister Sie nicht angemeldet?«

»Mein Name ist Taylor, und ich bin häufig hier. Der Hausmeister und ich sind alte Freunde. Und wer sind Sie? Wo ist Eden? Ist etwas geschehen?«

»Sind Sie ein Freund von Lin . . . von Eden?«

Sie klang schockiert und schien ihren Augen nicht zu trauen.

»Ja«, erwiderte er. »Ein sehr guter Freund. Ich habe sogar das Erntedankfest mit ihr verbracht. Wer sind Sie?«

»Mein Name ist Gayle Werth. Bitte kommen Sie herein. Es tut mir leid, daß ich Sie so ausgefragt habe, aber Eden hat mir nichts von einem Mann oder einem männlichen Bekannten erzählt . . . Ach, du meine Güte, geben Sie mir Ihren Mantel.«

»Wo ist Eden?«

»Im Schlafzimmer. Sie hat sich eine heftige Grippe zugezogen, und es geht ihr nicht sehr gut.« Gayle musterte ihn. Sie konnte es immer noch nicht fassen, daß dieses Prachtexemplar von einem Mann, und dabei ganz offenbar nicht schwul, mit Lindsay befreundet war. Duldete Lindsay einen solchen Mann wirklich in ihrer Nähe? Wie eng waren die beiden befreundet? »Ich sehe nach, ob sie wach ist. Sie hat einen schweren Tag hinter sich.«

»Jetzt kann ich mich ja um sie kümmern.«

Wieder machte die junge Frau ein ungläubiges Gesicht. Wegen seines Vorschlags? Aufgrund seiner Anwesenheit?

Taylor hatte den Eindruck, daß zweiteres der Grund sein mußte.

»Kennen Sie Eden schon lange?«

»Wir waren zusammen im Internat in Connecticut. Die Stamford Girl's Academy. Klingt das nicht großartig? Wie dem auch sei, wir sind schon seit einer Ewigkeit befreundet. Setzen Sie sich, Taylor. Ich sehe nach, was Eden . . .«

»Machen Sie sich keine Mühe.« Taylor ging an ihr vorbei. Sie folgte ihm auf den Fersen und war sich unsicher, was sie tun sollte.

Als Taylor Edens Schlafzimmer betrat, blieb er erschrocken stehen. Sie lag auf dem Rücken und hatte die Decke bis zum Kinn hochgezogen. Ihr Gesicht war kreidebleich. Das Haar war zu einem glanzlosen Zopf geflochten. In diesem Moment schlug sie die Augen auf. »Oh«, stöhnte sie. »Ich hatte gehofft, du würdest anrufen, damit ich dich warnen kann. Komm ja nicht näher, Taylor, ich bin todkrank.«

»Ich stecke mich nie an«, antwortete er und setzte sich auf die Bettkante. Dann fühlte er ihre Stirn. »Fieber. Wie lange hast du das schon? Welche Medikamente hast du genommen und wann?«

»Dr. Taylor, nehme ich an.«

»Eden, was kann ich für dich tun?«

»Oh, Gayle . . .«

Taylor wandte sich zu der Frau um, die ihn mit besorgtem und erstauntem Gesicht beobachtete. Er setzte ein freundliches Lächeln auf. »Ich habe mich gefreut, eine Freundin von Eden kennenzulernen«, sagte er, so beruhigend wie möglich. »Sie können Sie jetzt meiner Obhut überlassen, Gayle.«

Hätte Lindsay sich nicht wie ein Häufchen Elend gefühlt, hätte sie beim entsetzten Anblick von Gayle laut aufgelacht. »Er ist ein Freund, Gayle, mach dir keine Sorgen. Falls ich morgen noch lebe, rufe ich dich an. Danke, daß du dich von mir hast herumkommandieren lassen.«

»Bist du dir sicher, Eden?«

»Ja. Taylor geht sowieso bald.«

Taylor sagte kein Wort. Er nickte Gayle zu und schwieg, bis sich die Eingangstür hinter ihr geschlossen hatte.

»Und warum hast du mir nicht gesagt, daß du krank bist, als ich dich gestern abend angerufen habe?«

»Da war ich noch nicht krank. Es ist über nacht losgegangen. Etwa um zwei Uhr habe ich Gott geschworen, Missionarin zu werden, wenn er mich verschont, aber er muß gewußt haben, daß ich lüge, denn es wurde immer schlimmer.«

Kaum hatte sie diese Worte ausgesprochen, erbleichte sie und sprang aus dem Bett. Ihre langen Beine ragten unter ihrem Nachthemd hervor.

Er folgte ihr ins Badezimmer, wo sie sich keuchend übergab. Dann nahm er sie in die Arme und trug sie zurück zum Bett.

»Du bist krank, ich werde einen Arzt rufen.«

Sie machte eine abwehrende Handbewegung, widersprach aber nicht. Sie fühlte sich einfach elend. Als er zum Telefon griff, bat sie ihn: »Mir wäre es lieber, wenn du das lassen würdest. Es ist doch nur eine Magengrippe.«

»Ich habe einen Freund, der mir sagen kann, was gut für dich ist. Übergibst du dich schon den ganzen Tag?«

Sie nickte.

»Hast du versucht, etwas zu essen?«

»Gayle hat mir Götterspeise gemacht, aber die habe ich nicht vertragen.«

»Okay. Bleib einfach liegen und halt dich ruhig.« Taylor rief Dr. Metcalf am New Yorker gerichtsmedizinischen Institut an. Er hatte nicht vor, Eden zu erzählen, daß Dr. Metcalf sonst nur Patienten behandelte, die schon verstorben waren.

Nach fünf Minuten erreichte er den Arzt.

»Verdammt, Taylor, ich war gerade mitten in einer Autopsie.«

Taylor erklärte ihm das Problem und fragte um Rat. Dann dankte er Metcalf und legte auf.

»Okay, ich sag dir, was wir jetzt tun. Zuerst geh ich in den Supermarkt und in die Apotheke. Rühr dich nicht.«

Eine halbe Stunde später sah Lindsay ihn überrascht an. Der salzige Kräcker und der dünne Tee hatten Wunder gewirkt.

»Jede Stunde bekommst du einen Kräcker und etwas Tee. Dann sehen wir weiter.«

»Danke«, sagte sie und schloß die Augen. »Mir ist das alles so peinlich. Bitte, geh. Ich komme jetzt alleine zurecht.«

Taylors Antwort bestand in einer groben Bemerkung über Unabhängigkeit um jeden Preis. Sie riß die Augen auf.

»Aber du mußt mich nicht bemuttern. Das ist doch albern. Wir kennen uns doch kaum und . . .«

»Jetzt sei still. Ich bleibe hier. Ich schlafe hier genau neben dir, und wenn es dir schlechter gehen sollte, werde ich mich um dich kümmern. Und jetzt nimmst du zwei von diesen Tabletten und schläfst. Darf ich deine Zahnbürste benutzen?«

14.

TAYLOR/EDEN

Als Taylor wieder ins Zimmer kam, schlief Lindsay fest. Leise zog er Hemd, Schuhe und Socken aus und legte seine Kleider ordentlich über die Lehne eines Rattanstuhls neben eine Strumpfhose und einen Büstenhalter. Für gewöhnlich schlief er nackt, aber hier bei Eden war es wahrscheinlich besser, das nicht zu tun. Wenn er sich völlig auszog, würde er sie zu Tode erschrecken.

Er vergewisserte sich, daß Kräcker, fiebersenkende Tabletten und das Medikament gegen den Brechreiz neben dem Bett standen.

Dann legte er sich neben sie und breitete auch die zweite Decke über ihre schlafende Gestalt. Er selbst gab sich mit einem Laken zufrieden. In der Wohnung war es still und warm. Lindsay atmete tief und regelmäßig. Sanft nahm er ihre Hand und blickte zur Zimmerdecke empor. Die Uhr auf ihrem Nachtkästchen tickte leise, von der Straße war gedämpfter Verkehrslärm zu hören.

Um drei Uhr morgens schreckte er hoch. Das Bett neben ihm war leer. Er sprang auf, und dann hörte er sie: Sie übergab sich im Badezimmer.

Mein Gott, er hatte nichts mitbekommen! Wahrscheinlich deshalb, weil er in Chicago so schlecht geschlafen hatte. Taylor lief ins Bad, half Lindsay auf die Füße und wischte ihr das Gesicht mit einem feuchten Waschlappen ab. »Möchtest du dir den Mund ausspülen?«

Als sie seiner Aufforderung folgte, wurde sie von einem Krampf ergriffen. Sie sank in die Knie. »O Gott«, stöhnte sie und ließ sich von ihm wieder ins Bett helfen. Dort blieb sie, von Koliken geschüttelt, mit angezogenen Beinen liegen.

Nachdem die Schmerzen nachgelassen hatten, blickte sie keuchend zu ihm auf. Überraschenderweise lag ein Lächeln auf ihrem Gesicht. »Es ist entsetzlich. Du solltest mich nicht so sehen. Wahrscheinlich findest du mich jetzt ekelhaft.«

»Du müßtest schon eine Massenmörderin sein, damit ich dich ekelhaft finde. Hast du noch Schmerzen?«

»Nein. Im Augenblick nicht.«

Er gab ihr einen Keks und maß ihr Fieber. Nur noch achtunddreißig Grad.

»Einen Schluck Tee? Nein? Ich kann es dir nicht verdenken. Möchtest du versuchen, ein wenig zu schlafen?«

»Ich würde lieber ein bißchen reden.«

»Klar.«

Sie lagen nebeneinander im Bett und hielten sich bei den Händen.

»Fang du an«, sagte sie, und Taylor, der hörte, wie schwach ihre Stimme war, fragte:

»Habe ich dir jemals erzählt, daß ich frankophil bin?«

»Was?«

»Ich liebe Frankreich. Das war schon immer so. Manchmal glaube ich, ich muß in einem früheren Leben Arbeiter in einem Weinberg gewesen sein. Wie dem auch sei, wenn es mich überkommt, miete ich mir eine Harley und fahre in der Gegend herum. Im September bin ich zwei Wochen lang kreuz und quer durch die Bretagne gekurvt, nachdem die meisten Touristen schon fort waren. Es war wunderschön und warm und . . .«

Auf einmal bemerkte er, daß etwas sich verändert hatte. Sie lag ganz still da, aber ihre Hand fühlte sich steif und kalt an. Sie hatte sich wieder vor ihm zurückgezogen.

»Eden? Was ist los? Hast du Magenschmerzen? Mußt du dich übergeben?«

»Nein, das ist es nicht.«

»Was ist es dann?«

»Ich hasse Frankreich.«

»Du meine Güte, warum?«

»Ich war vor vielen Jahren dort, und es war entsetzlich.« Es war leichter, als sie gedacht hatte, diese Worte im Schutz der Dunkelheit laut auszusprechen. Sie konnte sein Gesicht nicht sehen, konnte nicht feststellen, wie er auf das, was sie soeben gesagt hatte, reagierte.

»Was ist in Frankreich geschehen?«

Schweigen. Ein gequältes Schweigen. Sie zog sich zurück.

Nach einer Weile fragte er beruhigend: »Wann warst du da?«

»1983.«

»Ich war damals auch dort, obwohl das kein großer Zufall ist, weil ich häufig hinfahre. Zu welcher Jahreszeit?«

»Im April.«

»Ich erinnere mich. Das Wetter war wunderschön. Aber ich erinnere mich hauptsächlich deshalb an diese Reise, weil ich am Ende meines Aufenthalts in Paris einen Unfall hatte. Meine Harley und ich haben einiges abgekriegt. Ich hatte einen gebrochenen Arm und eine Gehirnerschütterung. Hattest du auch einen Unfall?«

Er ahnte, daß er sich auf gefährliches Terrain vorgewagt und ein Tabuthema angesprochen hatte, doch er ließ nicht locker. Er hatte leise und beruhigend auf sie eingeredet, und nun wartete er und hoffte auf eine Antwort. Er hoffte, mehr über sie zu erfahren, hoffte auf irgend etwas.

»Ja, so ähnlich. Ich bin jetzt müde. Gute Nacht.«

»Gute Nacht, mein Liebling.«

Ihre Hand entspannte sich wieder, wurde warm und weich. Ein Anfang war gemacht, obwohl er nicht wußte, wohin all das führen sollte.

Am nächsten Morgen wachte er vor ihr auf. Doch er rührte sich nicht, sondern blieb einfach nur liegen und hielt ihre Hand. Er wollte sie für immer neben sich wissen.

Vorsichtig schob er die Hand unter ihre Schulter und wandte sich ihr zu. Sie murmelte etwas, schlief aber selig weiter. Er nahm sie in seine Arme, drehte sich dann wieder auf den Rücken und drückte sie fest an sich.

Er lächelte. So gefiel es ihm. Am liebsten wäre er jetzt nackt gewesen, hätte ihren Körper an seinem gespürt. Ihre Wange schmiegte sich an sein Unterhemd.

Ein weiterer Anfang.

Er schlief ein.

Lindsay wachte langsam auf. Sie blieb still liegen und horchte in sich hinein. Keine Krämpfe, kein Brechreiz, keine Kopfschmerzen. Dann bemerkte sie, daß sie auf Taylor lag, den Kopf an seine Schulter gebettet, ein Bein um ihn geschlungen.

Er hatte das Gesicht ihr zugewandt und das Kinn in ihr Haar gestützt. Lindsay spürte seinen warmen Atem und die Wärme seines Körpers. Plötzlich überkam sie Todesangst.

Sie wand sich aus seinem Griff und stürzte ins Badezimmer. Sollte er doch denken, daß ihr wieder übel war. Genau, besser, er glaubte, daß sie sich übergab, als daß er sie für verrückt hielt. Sie verriegelte die Badezimmertür.

Sie hörte, wie er im Schlafzimmer über einen Stuhl stolperte. Dann klopfte er an die Tür und rief ihren Namen; nein, nicht ihren Namen, sondern das Pseudonym, das sie inzwischen haßte. Dr. Gruska hatte recht gehabt: Es war nichts weiter als ein Schutzschild, eine Barriere — eine Lüge.

Sie zwang sich, ruhig zu bleiben. »Ich bin in Ordnung, Taylor. Ich dusche nur und säubere mich ein wenig. Es dauert nicht länger als zehn Minuten. Mach dir keine Sorgen.«

Als er von der Tür zurücktrat, atmete sie erleichtert und gleichzeitig enttäuscht auf. Während sie duschte und sich das Haar wusch, dachte sie wieder über Nähe nach. Jeder Außenstehende hätte sie für ein Paar oder sogar für Eheleute gehalten. Doch das stimmte nicht. Sie versteckte sich hinter einer Illusion, und er . . .

Sie fühlte sich so schwach, daß sie kaum stehen konnte, als sie in ihrem Fotteebademantel aus dem Bad kam. Aus ihrer Kommode nahm sie das lange Flanellnachthemd, das sie im vorigen Winter gekauft hatte, und das sie von den Schultern bis zu den Zehen einhüllte, und zog sich damit wieder ins Bad zurück. Sie hörte Taylor in der Küche hantieren.

Gott sei Dank, er war vollständig bekleidet. Er pfiff vor sich hin und schien sich hier zu Hause zu fühlen.

»Guten Morgen«, sagte er und sah von der Kaffeekanne auf. Er schaute sie an und wies auf einen Stuhl. »Setz dich, ehe du umfällst. Ich weiß nicht, ob ich dich auffangen könnte. Bevor ich nicht meine morgendliche Dosis Koffein gehabt habe, bin ich zu nichts zu gebrauchen.«

Als sie sich setzen wollte, wäre sie fast nach links gekippt.

»Du hast dich in der Dusche überanstrengt«, meinte Taylor ruhig. »Ich bringe dich wieder ins Bett, okay?«

»Das Bett ist schmutzig, und . . .«

»Nein. Ich habe die Bettwäsche gewechselt, während du im Bad warst. Hoffentlich macht es dir nichts aus, daß ich deine Schränke durchsucht habe, aber ich mußte das Bettzeug finden. Alles ist wieder in Ordnung.«

Als sie ihn ansah, brachen ihm ihre Schwäche, die Angst und der Schmerz in ihren Augen fast das Herz. Wie gern hätte er sie in die Arme genommen! Doch dann wäre sie wahrscheinlich außer sich geraten. Also würde er sich gedulden müssen.

Nachdem er sie ins Bett verfrachtet hatte, sagte er: »Du darfst nicht mit nassen Haaren herumliegen. Wo ist der Föhn?«

Während die warme Luft um ihren Kopf strich, schlief sie ein.

Wenige Minuten später läutete das Telefon. Beim zweiten Klingeln nahm Taylor ab.

Es war Demos, der wissen wollte, wo zum Teufel Eden steckte, und mit wem er das Vernügen hatte.

»Hier spricht Taylor. Eden liegt mit Magengrippe im Bett. Sagen Sie all ihre Termine ab und rufen Sie morgen wieder an.«

Schweigen am anderen Ende der Leitung. Dann: »Taylor? Sind Sie bei ihr? Sie durften bei ihr bleiben? In ihrer Wohnung?«

Wie offen sollte er sein? Anscheinend wußte Demos etwas. Verdammt, jedenfalls mußte Demos Edens wirklichen Namen kennen.

»Ja, ich bin wirklich hier. Ich bleibe, bis sie wieder allein zurechtkommt.«

»Das ist aber eine Überraschung«, meinte Demos, und Taylor konnte sich sein ungläubiges Gesicht vorstellen. »Wirklich. Also vertragen Eden und Sie sich gut, hey? Das muß ich Glen erzählen, er wird ganz schön sauer sein; er hat es nämlich auf Sie abgesehen.«

»Sagen Sie Glen, es tut mir leid.«

Demos erzählte ihm, daß Eden zur Zeit sowieso nicht viele Termine hat.

»Sie hat mir gesagt, es läge daran, daß während der Feiertage die kulinarischen Verlockungen einfach zu groß sind.«

»Richtig, nundenn, viel Glück, Taylor. Ach, noch etwas, kümmern Sie sich gut um sie. Und keine Annäherungsversuche, verstanden? Ich rufe morgen wieder an.«

»Keine Annäherungsversuche, Demos.«

Als er den Telefonhörer auflegte, betrachtete er Eden. Wer bist du? fragte er sich schweigend.

Am Sonntag war sie immer noch schwach, aber schon fast wieder die alte. Freitag- und Samstagnacht hatte er auch bei ihr verbracht.

Als sie am Sonntagmorgen an ihn gekuschelt erwachte, sprang sie nicht aus dem Bett. Warm und zufrieden blieb sie liegen, denn sie wußte, er würde ihr bestimmt nicht wehtun.

Gerade wollten sie ausgehen, da der Sonntagnachmittag hell und sonnig war, als das Telefon klingelte. Taylor bedeutete Eden, sich zu setzen, und hob ab.

»Wer spricht da?«

»Ich heiße Taylor. Ich bin ein Freund von Eden.«

»Äh, Eden? Ach, ich verstehe. Ich bin ihre Großmutter, kann ich sie sprechen?«

Taylor reichte Eden das Telefon. Sie sagte nichts von Bedeutung, und er wußte, daß das an seiner Anwesenheit lag. Er sollte nichts über ihre Grßmutter erfahren, und das machte ihn wütend.

»Sie klingt sehr sympathisch«, meinte er, nachdem Eden aufgelegt hatte.

»Das ist sie auch.«

»Wo wohnt sie?«

»In San Francisco«, antwortete Eden nach kurzem Zögern.

»Ist sie alt?«

»Sehr alt.«

»Komm, machen wir Weihnachtseinkäufe.« Sie gingen ins Spielwarengeschäft FAO Schwarz in der Fifth Avenue, weil Eden sagte, sie habe eine Nichte.

»Wie heißt sie?«

»Melissa. Sie ist drei Jahre alt und lebt in Italien.«

»Ist sie die Tochter deines Bruders oder deiner Schwester?«

»Meiner Halbschwester.«

Er fand sich damit ab, daß sie sich wieder zurückzog. Sie schlenderten weiter durch den erstaunlichen Spielwarenladen, um Geschenke für seine beiden Neffen und seine Nichte in Phoenix zu kaufen. Als er einen Drachen hochhob, lachte sie. »Der ist wunderschön. So einen hatte ich auch, als ich etwa sechs war.«

»Oh«, sagte er. »Und ich wollte ihn schon für mich selbst kaufen.«

Sie lachte immer weiter, und er grinste verlegen. Als sie die Teddybären betrachteten, fragte Taylor: »Möchtest du einmal Kinder?«

»O ja.« Beim Zurückweichen stieß sie eine Dekoration um. Mindestens zwanzig Teddybären flogen umher. Doch das Personal bei FAO Schwarz ließ sich durch nichts aus der Ruhe bringen. Sie waren solche Unfälle gewohnt, und die Bären wurden schnell wieder angeordnet. Lindsay kam sich wie ein Tolpatsch vor. Sie bemerkte, daß Taylor sie fragend ansah, und hörte sich sagen: »Kinder sind wundervoll, aber wir können nicht alle Eltern werden. Es ist unmöglich. Meistens akzeptiere ich es, manchmal allerdings macht es mich traurig und . . .«

Taylor, der gerade eine Dartausrüstung betrachtete, meinte vorsichtig: »Ich möchte auch einmal Kinder. Doch das ist mir erst kürzlich klargeworden. Wahrscheinlich haben Männer auch eine biologische Uhr, denn plötzlich konnte ich mir vorstellen, wie ich das Familienauto wasche, während ein flohbedeckter Hund hin und her läuft und mich mit schmutzigem Wasser bespritzt, und drei Kinder johlend auf mir herumklettern.«

»Klingt nett.«

»Und ich schätze, eine Ehefrau gehört mit dazu.«

»Außer du bist ein biologisches Wunder. Wahrscheinlich spritzt sie dich mit dem Schlauch ab.«

Er legte die Dartausrüstung zurück ins Regal und ging zu den Spielzeugpanzern hinüber. »Du bist noch jung, Eden, wie alt? Fünfundzwanzig?«

»Sechsundzwanzig.« Sie hatte gedacht, daß er das wußte. Stirnrunzelnd sah sie ihn an und fragte sich, was im Moment wohl in ihm vorging. Er war aalglatt und entlockte ihr mühelos alles, was er wissen wollte, so daß sie es fast mit der Angst zu tun bekam.

»Du hast noch viel Zeit. Und ich gehöre mit meinen zweiunddreißig Jahren auch noch nicht zum alten Eisen. Warum lassen wir beide uns nicht zwei oder drei Jahre Zeit?«

»In Ordnung«, antwortete sie, den Blick fest auf eine Modelleisenbahn gerichtet.

Sanft berührte er ihre Wange. Dann beugte er sich vor und küßte sie mitten im FAO Schwarz Spielwarenladen auf den Mund. »Gut«, sagte er.

Sie war erschöpft; er war glücklich. Gemeinsam hatten sie zweihundert Dollar für Kinderspielzeug ausgegeben und waren in bester Stimmung. Auf dem Weg zurück zur Wohnung erfuhr Taylor von der völlig benommenen Lindsay, daß sie Eltern hatte, die in San Francisco lebten. Ich mache Fortschritte, dachte er zufrieden. Er hatte nicht die geringsten Gewissensbisse, weil er ihre körperliche Schwäche nach der Krankheit ausnützte.

Während des Spiels Redskins gegen San Francisco 49 schlief Eden ein; die 49er hatten hart zu kämpfen, holten aber in den letzten zehn Sekunden durch einen Paß von Montana an Rice wieder auf. Eden schlief eng an ihn gekuschelt; er hatte den Arm um sie gelegt.

An diesem Abend ging er, da er sie nicht unter Druck setzen wollte. Zu seiner Freude küßte sie ihn an der Tür. Es war kein leidenschaftlicher, wilder Kuß, aber immerhin ein Kuß. »Danke«, sagte sie. »Du bist so nett zu mir.« Pfeifend machte er sich auf den Heimweg. Nettigkeit war fürs erste einmal genug.

Nach der gemeinsam überstandenen Magengrippe waren

Taylor und Lindsay ein Paar. Wenn Lindsay daran dachte, bekam sie manchmal noch Angst, aber sie war so glücklich, daß sie sich weigerte, auf ihre innere Stimme zu hören: Er war ein Mann, und irgendwann würde er sie begehren. Er war stark genug, um es eines Tages zu schaffen. Sie trafen sich mit Enoch und Sheila und gingen sogar manchmal mit Demos und Glen und anderen Frauen aus, von denen eine attraktiver war als die andere. Demos umgab sich gern mit schönen Frauen, um seinen Ruf als Playboy zu wahren. Er wirkte gern »verwegen« — ein Journalist hatte ihn einmal so bezeichnet, und er bewahrte den inzwischen vergilbten Zeitungsausschnitt unter der Glasplatte auf seinem Schreibtisch auf.

Am 4. Dezember schickte Lindsay Melissas Weihnachtsgeschenk nach Italien. Etwa zehn Minuten nachdem sie zurück in ihrer Wohnung war, rief Dr. Gruska an. Lindsay hatte keine Ahnung, woher er ihre Nummer kannte, die doch nicht im Telfonbuch stand. Der Angstschweiß stand ihr auf der Stirn, als sie auflegte. Sofort wandte sie sich an die Telefongesellschaft und beantragte eine neue Geheimnummer.

Taylor gegenüber erwähnte sie den Anruf nicht, aber sie fürchtete sich wieder. Immer, wenn sie das Haus verließ, sah sie sich ängstlich um. Offenbar hatte er ihre Adresse nicht herausgefunden. Falls er plötzlich vor ihrer Tür stehen sollte, würde sie schon mit ihm fertig werden, aber sie wollte keine Konfrontation riskieren. Sie wollte nicht mehr vor ihm davonlaufen müssen.

Am Weihnachtstag herrschte ein solcher Schneesturm, daß Lindsays Flugzeug nach San Francisco nicht starten konnte. Also mußte sie in New York bleiben, worüber sie sehr froh war. Sie rief ihre Familie an und sagte ab. Zum erstenmal in ihrem Erwachsenenleben verbrachte sie ein ruhiges Weihnachtsfest mit einem Mann, und die Gefühle, die es in ihr auslöste, waren völlig neu für sie. Sie schenkte ihm ein Mobiltelefon, das neueste Modell, das gerade erst auf den Markt gekommen war. Es war so klein, daß es in seine Hemdtasche paßte. Als erstes programmierte er ihre Telefonnummer ein. Sie bekam von ihm einen Damenrasierer mit den Worten, daß er von nun an ihren alten Rasierapparat allein benutzen würde.

Lindsay zögerte, als Taylor ihr eine Schachtel mit der Aufschrift ›Tiffany's‹ überreichte. Ihre Hände zitterten.

»Mach es auf.«

Vorsichtig wickelte sie das Papier ab, ohne es zu zerreißen. So quälend langsam, so verängstigt. Dann hob sie den Deckel und entdeckte eine zweite, kleinere Schachtel. Sie enthielt einen Ring, der fest in das schwarze Samtfutter gesteckt war: ein Diamant. Lindsay schnappte nach Luft. Es war der schönste Ring, den sie jemals gesehen hatte. Und es war mehr als nur ein Schmuckstück. Viel mehr. O Gott. Voller Furcht sah sie ihn an.

»Heirate mich, Eden, werde meine Frau.«

Sie starrte ihn an. Am liebsten hätte sie herausgeschrien, daß sie nicht Eden war. Er hatte einer Frau einen Heiratsantrag gemacht, die es eigentlich gar nicht gab, die eine Lüge war, ein Trugbild. Sie wagte nicht, den Ring zu berühren, wußte nicht, was sie sagen sollte, befürchtete, sie würde in Tränen ausbrechen. Lindsay holte tief Luft. »Ich kann dich nicht heiraten, Taylor, denn ich bin nicht die, für die du mich hältst.«

Er lächelte bei diesen Worten. »Es macht nichts, daß dein wirklicher Name nicht Eden ist«, sagte er. »Ich weiß, daß du Lynn heißt. Lynn ist ein hübscher Name, solide und bodenständig. Mit Lynn kann ich leben.«

»Was?«

»Als du letzten Monat krank warst, hat Gayle sich versprochen und dich Lynn genannt, doch dann hat sie es bemerkt und hat schnell zu Eden gewechselt. Wenn dir Eden besser gefällt, soll es mir egal sein. Verstehst du, es ist mir gleichgültig.«

»Ich hasse den Namen Eden. Und was Lynn betrifft . . .«

»Was weiter . . .?«

»Es ist noch viel mehr, und ich weiß nicht, wie ich . . . Du verstehst alles falsch.«

Er sagte nichts und zwang sich zu warten; Geduld zu üben. Sie betrachtete schweigend den Ring. Taylor stand auf, um den Kamin nachzuschüren. Im Zimmer duftete es nach Wacholder, Tannennadeln und heißer Schokolade. Auf dem kleinen Weihnachtsbaum funkelten bunte Lichter. Sie hatten ihn zusammen mit auf Schnüre gefädeltem Popcorn geschmückt und heftig debattiert, wo man die Birnchen am besten anbringen sollte. Er hatte darauf bestanden, den Baum zur Hälfte mit seinem Christbaumschmuck zu dekorieren, einer Ansammlung von Lämpchen, die seine Schwester ihm vor etwa zehn Jahren gegeben hatte, und uraltem, verfilztem Lametta, das aussah, als hätte eine Katze damit gespielt. So hing eine Birne, die den Nikolaus darstellte, neben einem sehr wertvollen, antiken Weihnachtsmann. Jedesmal, wenn er die beiden Nikoläuse nebeneinander betrachtete, mußte er lächeln. Es war der schönste Baum, den er jemals gesehen hatte. Das Wohnzimmer schimmerte im Schein des Kaminfeuers. Er hatte sich im Leben noch nie so gefürchtet; und er war sich seiner noch nie so sicher gewesen. Er hängte den Schürhaken wieder an seinen Platz, zog das Schutzgitter wieder vor den Kamin und setzte sich Lindsay gegenüber auf den Boden. Schließlich hatte er den ganzen Abend Zeit, seinem Ziel näherzukommen.

»Der Ring ist wunderschön, Taylor.«

»Ja, ich habe mich nach einem besonders schönen Ring umgesehen, da du ihn ja für den Rest unseres gemeinsamen Lebens am Finger tragen sollst.«

»Ich bin überrascht, ich habe nicht damit gerechnet . . .«

»Daß ein Mann dir einen Heiratsantrag macht? Ein Mann, der dir noch nicht einmal gesagt hat, daß er dich liebt? Du hast recht, ich habe es nicht richtig angefangen. Ich liebe dich, Lynn-Eden. Werde meine Frau.«

Schweigend wich sie seinem Blick aus.

»Soll ich auf die Knie fallen und meine Bitte wiederholen? Allerdings hätte das nicht die gewünschte romantische Wirkung, weil wir sowieso schon auf dem Boden sitzen.«

»Nein, nein.«

»Und ich mußte auch nicht mein Auto verkaufen, um den Ring bezahlen zu können. Ich verdiene genug, daß wir beide bequem davon leben können. Mein Geschäft läuft gut, nur die Arbeitszeiten sind, wie du weißt, manchmal etwas ungewöhnlich.«

Immer noch schwieg sie und betrachtete das Muster des Teppichs.

»Wenn du weiter als Model arbeiten willst, kannst du das gern tun. Wenn du lieber zu Hause bleibst und dich den ganzen Tag mit Schokolade vollstopfst, bringe ich dir jeden Abend eine Schachtel Pralinen mit. Wenn du sofort eine Familie gründen möchtest, bin ich auch damit einverstanden, Liebling. Wie es dir am liebsten ist. Ich will nur, daß du glücklich bist mit mir.«

Ihr Herz klopfte, und ihr Mund fühlte sich ausgetrocknet an. Er fragte sich, was sie wohl am Muster des Teppichs so faszinierend fand, daß sie jetzt sogar mit dem Finger darüberfuhr. Warum zum Teufel sagte sie nichts? Sie schwieg. Also sprach er weiter. »Wenn du hier wohnen bleiben möchtest, ziehe ich bei dir ein. Wenn dir meine Wohnung besser gefällt, können wir auch dort leben. Aber ich finde, daß wir beide mehr Platz brauchen. Meiner Meinung nach sollten wir uns eine größere Wohnung suchen. Mir gefällt die East Side, doch mit der West Side bin ich auch zufrieden. Ich kenne dort ein paar tolle Kneipen. Wie ich schon sagte, stelle ich keine großen Ansprüche. Du mußt nur sagen, was du willst.«

Sie sah immer noch zu Tode erschrocken aus und blieb stumm wie ein Fisch.

»Liebst du mich, Eden?«

Sie blickte ihn an, aber sie saß so reglos da wie eine Statue. Dann holte sie tief Luft und sagte: »Ich weiß nichts über die Liebe. Ich weiß nur, daß ich dich wunderbar finde, Taylor.«

Er warf ihr einen erstaunten Blick zu. »Du überraschst mich immer wieder«, antwortete er, und das ensprach der Wahrheit.

»Das meine ich ernst. Bis jetzt ist mir nicht klar gewesen, daß es einen Mann wie dich geben kann.«

»Warum nicht?«

Nun war er schon wieder ungeduldig gewesen. Am liebsten hätte er sich selbst geohrfeigt. Zu geradeheraus, zu drängend.

Sie zuckte nur die Achseln. Immer noch hielt sie die Schachtel mit dem Ring in der Hand, aber sie berührte ihn nicht.

»Man könnte sagen, ich habe wenig gute Erfahrungen mit Männern gemacht.«

»Doch ich bin nicht wie diese Männer.«

»Nein«, sagte sie. »Sie waren ganz anders.«

»Weil ich wunderbar bin, und ich möchte nicht, daß du das jemals vergißt. Ich liebe dich.«

Als er die Angst in ihren Augen bemerkte, wünschte er sich, den Mann oder die Männer in die Finger zu bekommen, die ihr das angetan hatten. Und was hatten sie ihr eigentlich angetan? Er ballte die Fäuste.

In ihren Augen standen Tränen. »Ich kann nicht. Noch nicht. Es tut mir leid, Taylor . . .«

Er hob die Hand. »Ich habe eine Idee«, meinte er ungezwungen. »Ich frage, du antwortest. Hat es dir Spaß gemacht, die letzten anderthalb Monate mit mir zusammenzusein?«

»Ja.«

»Habe ich dir jemals angst gemacht?«

»Ja.«

»Laß es mich einmal anders formulieren: Vertraust du mir jetzt mehr als vor zwei Wochen?«

»Ja.«

»Vertraust du mir soweit, daß du nicht mehr glaubst, ich könnte dich vergewaltigen?«

Sie zögerte.

»Ja«, anwortete sie schließlich.

Okay, dachte er. Wahrscheinlich war sie vergewaltigt worden.

Und sie war im April 1983 in Paris gewesen. Er konnte in französischen Zeitungen und Zeitschriften nachlesen, ob dieses Ereignis in Paris stattgefunden hatte. Hier galt es eine Schlacht zu gewinnen, und er durfte sich nicht mehr von Gewissensbissen aufhalten lassen. »Weißt du noch, wie du zwei Nächte neben mir geschlafen hast? Weißt du auch noch, wie du in meinen Armen aufgewacht bist?«

»Ja.«

»Habe ich versucht, dir zu nahe zu treten?«

»Vieleicht hattest du Angst, ich müßte mich wieder erbrechen.«

Er grinste. »Schon möglich, aber ich glaube nicht. Er war die ganze Nacht steinhart, ich rede von meinem Penis, falls du nicht weißt, was ich meine. Aber, Eden, das spielt keine Rolle, und das wird es auch weiterhin nicht. Ich würde dir nie wehtun, und das heißt, daß ich dich nie zu einer sexuellen Handlung zwingen würde, mit der du nicht einverstanden bist.«

»Hör auf, Taylor! Hör auf! Das ist es nicht. Es ist nur, daß ich nicht kann ... Ich weiß, was du ... daß alle Männer Sex wollen, und zwar oft, aber ich kann nicht, ich kann einfach nicht ...«

»Du mußt auch nicht«, sagte er beruhigend. »Alles kein Problem. Ich bin nicht blind, Eden. Ich weiß schon seit einiger Zeit, daß du sexuell nichts mit mir zu tun haben willst. Jetzt schau nicht so überrascht. Ich lüge dich nicht an. Das wäre auch ziemlich dumm, denn wenn ich dich küsse, kannst du spüren, wie sehr ich dich begehre, besonders wenn du hohe Absätze trägst, dann sind wir gleich groß. Wir passen gut zusammen. Es macht mich ganz verrückt, ich will dich so sehr, daß ich es kaum noch ertragen kann. Aber ich bin weder ein rasender, von Hormonstößen gebeutelter Teenager noch ein Macho. Ich will dich ganz und gar und nicht nur deinen Körper. Kannst du das verstehen?«

Nein, stellte er sofort fest, sie verstand es nicht.

»Macht nichts. Wir werden daran arbeiten.«

In diesem Augenblick machte sie Anstalten, ihm die Schachtel mit dem Ring zu geben, doch im gleichen Moment zog sie sie wieder zurück. Ihre Unentschlossenheit erfüllte Taylor mit tiefer Freude.

»Der Ring gehört dir, Eden, ebenso wie ich dir gehöre. Wenn du ihn wegwirfst, wirfst du auch mich weg. Behältst du ihn, behältst du auch mich.«

»Ich weiß nicht . . .«

»Hör zu, ich mache dir ein Angebot.« Er lehnte sich gegen das Sofa und verschränkte die Arme vor der Brust. Er sah so stark und so männlich aus. Als Lindsay auffiel, daß sie ihn beobachtete, wich sie zurück.

»Du kannst ins andere Zimmer gehen, wenn du dich dann sicherer fühlst«, meinte Taylor sanft. »Mache ich dir angst, wenn ich so dasitze? Nein? Dann okay. Wenigstens siehst du jetzt wieder überrascht aus. Allmählich lerne ich dich kennen, mit jedem Tag ein bißchen mehr. Man muß dich behandeln wie ein rohes Ei. Das ist ziemlich anstrengend, und ich habe es allmählich satt. Also schlage ich vor, daß wir das Problem angehen.«

»Was meinst du?«

»Du bist immer noch hier? Du hast beschlossen, etwas Mut zu zeigen? Bist du sicher, daß ich mich nicht auf dich stürzen werde?«

»Hör auf, verdammt!« Sie nahm den Karton, der sein Mobiltelefon enthalten hatte, warf ihn nach Taylor und traf ihn damit am Kinn.

»Guter Wurf. Ein Glück, daß nichts kaputtgegangen ist. Hier ist mein Angebot: Ich ziehe morgen bei dir ein. Wir gründen eine Wohngemeinschaft. Wir werden uns so nah sein, wie zwei Menschen sich sein können, ohne daß sie miteinander schlafen. Kein Sex, Eden, ehe du nicht dazu bereit bist. Das ist ein Versprechen.«

»Wo willst du übernachten?«

»In deinem Bett. Genau wie damals, als du krank warst.«

Sie runzelte die Stirn und kaute an ihrer Unterlippe. Gut, dachte er, vielleicht habe ich sie jetzt endlich so weit.

»Das würde bedeuten, daß du all meine schlechten Angewohnheiten mitbekommst«, sagt sie schließlich.

»Davon habe ich auch sehr viele. Also ist es gegenseitig. Benützt du morgens oder abends Zahnseide?«

»Abends.«

»Ich morgens. Schnarchst du wie ein Sägewerk?«

»Das weiß ich nicht«, antwortete sie ernst. »Ich habe mich noch nie gehört. Und du?«

»Nur wenn ich unter Streß stehe oder todmüde bin. Ich jogge dreimal wöchentlich am Vormittag und trainiere zweimal in Müller's Sportstudio in der 66sten Straße. Also mußt du keine Angst haben, daß ich einen Bauch ansetze. Außerdem koche ich recht gut.«

»Ich werde auch nicht zunehmen«, meinte sie.

»Ja, aber tust du das freiwillig, oder weil du von Berufs wegen hungern mußt? Wirst du fett werden, wenn du mit dem Modellstehen aufhörst?«

»Ich glaube nicht. Ich hatte früher nie Gewichtsprobleme.«

Er lächelte sie an. »Gut, ich glaube wir haben alles Grundsätzliche geregelt.«

»Ich kann nicht kochen.«

»Kein Problem. Da du sowieso nichts ißt, brauchst du es auch nicht zu lernen. Ich bin ein wahrer Zauberkünstler mit Salat, Tofu und Schweinekoteletts.«

»In Ordnung.«

»Gib mir den Ring.« Er streckte die Hand aus. Sie reichte ihm die Schachtel.

Er nahm den wertvollen Ring heraus. »Und jetzt gib mir deine linke Hand.«

Sie zögerte, aber er wartete einfach mit ausgestreckter Hand.

Schließlich hielt sie ihm ihre linke Hand hin. Er betrachtete den Ring und steckte ihn ihr auf den Finger. Er war sehr eng, und sie mußte ihm helfen. Sie zuckte zusammen, als er ihr das Schmuckstück über den Fingerknöchel schob. Taylor hatte gedacht, daß Größe fünf passen würde.

»Sehr gut. Den kriegst du sowieso nicht mehr ab. Wenn du jemals Wut auf mich habe solltest und mir den Ring ins Gesicht werfen willst, wird es dir schwer fallen, es sofort, sozusagen in der Hitze des Augenblicks, zu tun. Dadurch, mein Liebling, hast du Zeit, dich zu beruhigen, und ich bekomme die Gelegenheit, um gut Wetter zu bitten.«

»Du bist nicht nur wunderbar, Taylor, du bist auch teuflisch klug.«

»Red nur weiter. Komm her, ich möchte dich umarmen.«

Sie legte sich zwischen seine Beine und lehnte sich zurück. Er schlang die Arme um ihre Taille. Dann küßte er ihren Scheitel. »Jetzt bist du meine Verlobte. Es ist offiziell. Wie hört sich das an?«

»Wunderbar.«

Lachend bog er ihren Kopf zurück und biß sie ins Ohr.

»Taylor, warum bleibst du heute nacht nicht hier?«

Er fragte sich, ob sie seine Erektion spürte. »Okay«, sagte er. »Wir müssen morgen früh noch unsere Weihnachtsstrümpfe auspacken. Schön, daß ich nicht morgen früh um sieben durch Eis und Schnee stapfen muß. Wenn ich hierbleibe, können wir im Bett sitzen, Kakao trinken und uns an die Strümpfe machen, wenn wir Lust dazu haben.«

»Ich fasse es immer noch nicht«, sagte sie mit leiser, ungläubiger Stimme.

»Ich aber«, antwortete er und küßte ihr Ohrläppchen. »Ich kann es mir sehr gut vorstellen.«

»Als ich das letztemal einen Weihnachtsstrumpf bekam, war ich elf.«

»Tatsächlich? Willst du eine wirkich traurige Geschichte hören? Meinen letzten Strumpf habe ich auf der Polizeiakademie bekommen, von meiner Lehrerin. Eine harte Frau, meine Lehrerin. Viele hübsch verpackte Geschenke — Handgranaten, Tränengas, eine Spielzeugpistole, Handschellen, sogar pelzgefüttert. Mein Gott, meine Lehrerin war wirklich ein Original, besonders wegen der Handschellen. Sie hieß Marlene Knochenbrecher-Jakoby, und sie war . . .«

Lindsay dreht sich um und boxte ihn kräftig in den Bauch. »Handschellen!«

»Ja, Ma'am. Ich war eine Nacht lang ihr Sklave.«

»Und ich dachte immer, Weihnachtsstrümpfe kriegt man am ersten Weihnachtstag.«

Taylor machte ein nachdenkliches Gesicht. »Kommt auf die Umstände an.«

15.

TAYLOR/EDEN

Um zehn Minuten nach Mitternacht warf Taylor Lindsay einen Blick zu und gähnte. Morgen früh waren die Weihnachtsstrümpfe dran, und sie brauchten ihren Schlaf. Also stand er auf und hielt ihr die Hand hin.

Zögernd griff sie danach, erhob sich und strich ihren weiten weinroten Pullover glatt. Um ihre plötzliche Verlegenheit zu verbergen, sagte sie: »Ich gehe zuerst ins Bad, wenn es dir nichts ausmacht. Es dauert nur zehn Minuten.«

Er nickte und wandte sich zum Kamin um und versuchte, sich so cool zu geben wie seine Computerfreunde in Kalifornien.

Lindsay empfand plötzlich Wut: Er hatte Erfahrung mit Frauen, er wußte, wie man sich in einer solchen Situation benahm, und was man sagte. Er kannte sich aus. »Das ist unfair«, rief sie von der Tür aus. »Ich habe keine Ahnung, wie ich mich verhalten soll, und kann auch keine Witze darüber machen wie du. Ich komme mir dumm vor.«

Lächelnd drehte er sich zu ihr um. »Du trägst einen wunderschönen Ring am Finger, ich liege dir zu Füßen. Was willst du denn sonst noch?«

Schon wieder machte er sich über sie lustig! Kopfschüttelnd ging sie ins Bad. Als sie fertig war, rief sie nach ihm. Nachdem Taylor Kerzen und Kamin gelöscht und die Eingangstür verriegelt hatte, kam er ins Schlafzimmer. Nur die Lampe auf dem Nachttisch brannte. Lindsay lag auf der rechten Seite des Bettes flach auf dem Rücken und hatte die Decke bis zum Kinn hochgezogen. Sie starrte ihn an.

»Hallo«, sagte er lässig. Doch dabei dachte er, daß sie aussah wie die moderne Version einer römischen Vestalin. Er knöpfte sein Hemd auf. »Du hast dich doch an unser Limit gehalten, Eden?«

»Welches Limit?« Sie sah ihn an. Er zog das Hemd aus und streifte dann das T-Shirt über den Kopf.

»Für die Geschenke in den Strümpfen«, sagte er, wobei seine Stimme durch den Stoff gedämpft wurde. »Nur Schnickschnack unter fünfzig Dollar. Hast du dich an die Vereinbarung gehalten?«

Sie beobachtete, wie das weiße T-Shirt zu Boden segelte. Er zog den Gürtel aus den Gürtelschlaufen seiner dunkelgrauen Hose. Während Taylor gewartet hatte, daß sie im Bad fertig war, hatte er beschlossen, in dieser Nacht noch in T-Shirt und Shorts zu schlafen. Nachdem er morgen endgültig mit ihr zusammenlebte, würde er nachts nichts mehr anziehen. Aber dann hatte er seine Meinung geändert. Warum zum Teufel sollte er seinen Körper vor ihr verstecken? Warum zum Teufel sollte er so tun, als ob diese Situation etwas Außergewöhnliches wäre? Warum zum Teufel sollte er vorgeben, sie nicht zu begehren, und warum sollte er ihr die äußerlichen Anzeichen dafür verheimlichen? Warum zum Teufel sollte er nicht dafür sorgen, daß sie sich an ihn gewöhnte? Es war ein Risiko, ein großes Risiko, aber er wollte es eingehen und auf das beste hoffen. Er zögerte einen Moment, aber er wußte, daß er jetzt nicht aufhören durfte. Sie mußte sich an ihn gewöhnen, mußte begreifen, daß er ihr auch im nackten Zustand kein Leid zufügen würde. Sie mußte ihm vertrauen.

»Hast du?« fragte er, ohne sie anzusehen.

Der Gürtel landete auf dem Stuhl, wo bereits das T-Shirt lag. Dann setzte er sich, zog Schuhe und Socken aus und stand wieder auf. Seine Finger näherten sich dem Hosenknopf.

»Was tust du?«

»Ich ziehe mich aus. Normalerweise schlafe ich nicht in meinen Sachen. So halten sie länger, und ich spare mir Reinigungskosten. Also, was ist, hast du dich an unser Limit gehalten?«

»Taylor!«

Sie mußte einfach hinsehen, konnte nichts dagegen tun. Vor ihrem geistigen Auge flackerte das Bild des Prinzen auf.

Wieder sah sie ihn nackt vor sich, mit steifem Geschlecht, und spürte seinen heißen Atem auf ihrer Haut, seine kalten Hände auf ihrem Körper, empfand die alte Angst, die Demütigung, die Furcht und die Ohnmacht.

»Ich habe es geschafft, bei genau 47,69 Dollar zu bleiben. Und ich habe dir ein paar hübsche Sachen gekauft. Du wirst es schon noch sehen.«

Sie wandte den Kopf ab und hörte ihn »Stille Nacht« pfeifen.

Aber sie war nicht mehr achtzehn. Sie war nicht hilflos. »Verdammt, du hast mir versprochen, daß ich dir vertrauen kann, daß du nicht . . .«

Er weigerte sich, so zu tun, als ob nichts geschehen wäre, und zögerte nicht, sie zu unterbrechen. »Ich habe dich nicht belogen, Eden. Dreh dich um und sieh mich an. Gewöhne dich an mich. Ich kann nicht so tun, als würde ich dich nicht begehren, also ist es auch unsinnig, es dir verheimlichen zu wollen. Ich kann nicht so tun, als gebe es keinen Sex, als wäre ich eine Art Eunuch. Sieh mich an und vertrau mir. Ich würde nie etwas tun, was du nicht willst.«

Er sprach langsam und ruhig, so ruhig, daß der Klang seiner eigenen Stimme ihn fast einschläferte. Bei Eden jedoch verfehlte sie diese Wirkung. Sie hatte eine Todesangst.

Langsam wandte sie den Kopf. Er stand nackt mitten in ihrem Zimmer, seine Arme hingen locker herunter, und er sah sie an.

»Ich bin nur ein Mann, Eden.«

Sie starrte ihn an.

»Findest du mich immer noch wunderbar?«

»Ja«, antwortete sie endlich, nachdem sie ihn schweigend betrachtet hatte. »Ich glaube schon.«

Taylor fiel ein Stein vom Herzen, und er lächelte sie an. »Ich mag verrückte Frauen. Komm, schlafen wir ein bißchen.«

Als er sich dem Bett näherte, merkte er, wie sie erstarrte. Aber er ging weiter. Er mußte einfach so tun, als ob alles ganz normal wäre. Er glitt unter die Decke. »Mach das Licht aus. Du hast mich heute ganz schön erschöpft.«

»Das habe ich nicht, was immer du damit auch meinst.«

»O doch. Du hast keine Freudenschreie ausgestoßen, als du den Ring gesehen hast. Du bist mir nicht in die Arme gesunken, hast mich nicht geküßt und nicht gerufen, daß du es kaum erwarten kannst, mich zu heiraten, und daß du die glücklichste Frau in ganz New York bist. Nein, junge Frau, ich habe mich fast gezwungen gesehen, die Armee zur Hilfe zu rufen. Und jetzt muß ich meine Kräfte sammeln. Also, Licht aus. Ich muß nachdenken und Pläne schmieden.«

Das Licht ging aus. Im Schlafzimmer war es stockdunkel. Zuerst rutschte Lindsay ein wenig herum, dann blieb sie still liegen. »Trägst du nie einen Pyjama?«

»Nein.«

»Würdest du einen anziehen, wenn ich ihn dir schenke?«

»Nein.«

Sie seufzte.

»Wenn wir schon bei Pyjamas sind. Ich verabscheue Nachthemden. Würdest du nackt schlafen, wenn ich deine Nachthemden verbrenne?«

»Nein.«

»Siehst du. Gute Nacht, Liebling. Es ist schön zu wissen, wo man hingehört.«

»Gute Nacht, Taylor. Ich bin froh, daß du hier bist; glaube ich.«

»Bekomme ich einen Gutenachtkuß?«

Schweigen.

»Okay. Einen besonderen Kuß, einen Verlobungskuß, einen Weihnachtskuß.«

Sie beugte sich hinüber und küßte ihn, traf aber sein Kinn. Er streckte den Arm aus, um ihre Schulter zu berühren, stieß allerdings gegen ihre Brust. O Gott, dachte er. »Nein, bleib bei mir. Es ist dunkel hier. Versuchen wir doch, ob wir unsere Münder zusammenbringen.«

Der Versuch gelang. Es war ein süßer Kuß, der dafür sorgte, daß Taylor von Leidenschaft ergriffen wurde. Lindsay fühlte ein Flattern in der Magengegend, das sie auf ihre Angst zurückführte.

Als Taylor aufwachte, war es genau zehn Minuten nach

sieben. Sie lag auf dem Rücken, etwa einen halben Meter von ihm entfernt. Wie bereits früher zog er sie an sich. Er schlief nicht mehr ein, sondern lag einfach still da. Er war so glücklich, so zufrieden mit sich, daß er es am liebsten laut hinausgeschrien hätte. Sie murmelte etwas im Schlaf und rückte näher an ihn heran, schlang das Bein um ihn und legte die Hand auf seine nackte Brust. Den Kopf hatte sie an seinen Hals gelehnt. Weich und lockig fiel ihr Haar über sein Gesicht.

Er wartete ab, wie sie wohl reagieren würde, wenn sie aufwachte. Unglücklicherweise schlief sie tief und fest. Inzwischen war es schon acht Uhr, und Taylor mußte auf die Toilette.

Mit einem unterdrückten Fluch löste er sich aus ihrer Umarmung.

Später arrangierte er heiße Schokolade, Croissants, Butter und Erdbeermarmelade auf einem Tablett. »Frohe Weihnachten, Eden. Komm, wach auf.«

Lindsay traute ihren Ohren nicht. Eine Männerstimme in ihrer Wohnung, und sie lag noch im Bett. Sofort war sie hellwach und starrte ihn an. Er stand, in ihren weißen Frotteebademantel gehüllt, in ihrem Schlafzimmer und servierte ihr das Frühstück.

Er wohnte hier. Sie mußte verrückt gewesen sein. Wahrscheinlich hatte die Weihnachtsstimmung sie überkommen. Sie hatte zugestimmt, daß er hier einzog. Dann fiel ihr Blick auf den funkelnden Diamanten an ihrer rechten Hand. Nundenn, es war eben geschehen.

Schnell setzte sie sich auf und massierte ihre Beine. Schließlich bestand kein Grund, die Fassung zu verlieren. »Stell das Tablett hierhin. Ich habe großen Hunger.«

»Mußt du denn niemals aufs Klo?«

Sie senkte den Kopf.

»Eden, jetzt sei nicht albern. Auch wenn du phantastisch bist, einen traumhaften Körper hast, über einen unübertroffen scharfen Verstand verfügst, ein nie versiegender Quell der Weisheit bist . . .«

»Sei still, du Idiot!«

»Trotz all dieser Vollkommenheit mußt du trotzdem gelegentlich aufs Klo gehen.«

»In Ordnung«, sagte sie und stand auf.

Als sie mit geputzten Zähnen und gebürstetem Haar zurückkam, lagen auf dem Bett neben dem Frühstückstablett zwei prall gefüllte Weihnachtsstrümpfe.

»Wie schön«, sagte sie und stellte mit Freude fest, daß sie wirklich glücklich war. Alles war so neu, so ungewohnt, sie konnte es einfach noch nicht fassen. Sie wünschte sich, dieses neue Leben genießen zu können, ohne je wieder Angst zu empfinden. Vielleicht war Taylor ja wirklich anders ...

»Ich versuche dir zu beweisen, daß du ohne mich nicht leben kannst. Und bei einer dünnen Frau, fängt man am besten mit etwas Eßbarem an.«

Sie biß in ein Croissant. »Lecker! Ich hatte schon fast vergessen, wie richtige Butter schmeckt.«

»Und jetzt einen Gutenmorgenkuß. Das ist in unserer Familie eine Tradition, die bis zur Zeit der spanischen Inquisition zurückreicht, und die ich gerne bewahren möchte.«

Als sie ihn küßte, schmeckte sie die Erdbeermarmelade und die Schokolade auf seinen Lippen. Er küßte sie ein kleines bißchen leidenschaftlicher, drängte sie aber nicht.

Vor zwei Wochen hätte Taylor nie zu träumen gewagt, den Weihnachtsmorgen mit Eden im Bett zu verbringen und einen zärtlichen Kuß von ihr zu bekommen.

Und jetzt war es Wirklichkeit geworden.

Wie sie richtig gesagt hatte, war es ein Wunder. Während er sein erstes Geschenk aus dem Strumpf nahm, überlegte er, ob sie ihn liebte und es einfach noch nicht wußte. Doch für den Augenblick wollte er sich mit dem Attribut »wunderbar« zufriedengeben. Es gab noch viel zu tun, ehe er sie noch einmal fragen würde, ob sie ihn liebte.

Bald fand Taylor heraus, daß Eden am liebsten nachts im Bett mit ihm sprach, wenn es dunkel war und sie seine Reaktionen nicht sehen konnte.

Dafür mußte er seinerseits nicht auf seinen Gesichtsausdruck achten, und für den Augenblick kam diese Situation ihnen beiden entgegen.

Ihr wichtigstes Gespräch war sehr kurz gewesen und hatte ihn mehr als erwartet gerührt. »Ich wollte immer wissen, wo ich hingehöre«, hatte sie in sachlichem Ton gesagt. »Ich sehnte mich nach jemandem, der mich liebt und dem ich etwas bedeutete. Jemand, der nie an mir zweifelt und mich so nimmt, wie ich bin.«

Mein Gott, dachte Taylor und schluckte. Dann stieß er sie in die Rippen. »Nun, jetzt hast du jemanden. Vergiß das bloß nicht, wenn wir unseren ersten richtigen Streit haben.«

»Schön«, meinte sie und griff nach seiner Hand. Sie ließ sie nicht mehr los.

Taylor wußte, er würde dieses Gespräch sein Lebtag nicht vergessen. Die ganze Nacht über hatte sie seine Hand gehalten.

Erst am zweiten Januar fiel Lindsay ihre Post ein. Die meisten Briefe waren an Lindsay Foxe adressiert. Möglicherweise hatte Taylor sich die Aufschrift auf den Umschlägen schon angesehen, aber Lindsay glaubte das eigentlich nicht. Falls er ihr nachspionieren wollte, würde er sicherlich nicht in ihrer Post herumschnüffeln. Trotzdem, sie mußte ihm entweder die Wahrheit sagen, oder etwas wegen ihrer Post unternehmen. Sie fühlte sich wie eine Betrügerin, doch sie beließ alles, wie es war.

Um keinen Preis wollte sie zugeben, daß sie in Wirklichkeit Lindsay Foxe hieß. Andererseits würde ihm der Name wahrscheinlich gar nicht bekannt vorkommen. Nur, daß er im April 1983 ebenfalls in Paris gewesen war. Er brauchte nur in einem Klatschblatt nachzulesen. Ganz sicher wußte er Bescheid. O Gott, sie konnte den Gedanken nicht ertragen. Doch vielleicht würde er es nie herausfinden, selbst wenn er sich an den Namen erinnerte. Und wenn er ihn wirklich erfahren wollte, würde es ihn keine Stunde kosten, ihn zu ermitteln. Aber sie war noch nicht bereit, es ihm selbst zu sagen. Noch nicht. Die alte Wunde schmerzte zu ihrer Überraschung immer noch. Seit acht Jahren bemühte sie sich nun schon, das Erlebnis zu verarbeiten.

Sie hatte Selbsterfahrungsgruppen im College mitgemacht und versucht, sich abzulenken, indem sie Kontakttelefonnummern anrief. Bis jetzt hatte sie immer geglaubt, nicht mehr so verwundbar zu sein wie früher, und nicht einmal die beiden Begegnungen mit Dr. Gruska hatten sie völlig in dieser Vermutung erschüttern können. Doch seit Taylor in ihr Leben getreten war, hatte sich alles verändert. Sie wollte nicht, daß er sie für eine kindliche Verführerin hielt. Er wußte schon zu viel, aber das ... damit konnte sie einfach nicht umgehen.

Sie wußte nicht, was sie tun sollte. Schließlich entschied sie, ein Postfach zu mieten. Es würde zusätzliche Umstände bedeuten, aber sie sah keine Alternative — außer der Wahrheit. Nein, das war unmöglich. Falls es Taylor auffiel, daß sie keine Post mehr bekam, erwähnte er es mit keinem Wort.

Allerdings bemerkte er es sehr wohl, denn er hatte sich selbst gefragt, ob er einen Nachsendeantrag stellen sollte. Am liebsten hätte er sie geradeheraus darauf angesprochen, aber er beschloß, damit noch zu warten.

Verdammt, wer war sie? Warum veranstaltete sie ein solches Theater wegen ihres Namens? Wann würde sie ihm endlich vertrauen?

Lindsay schwieg aus Angst, also blieb es ihm überlassen, die Sache anzugehen.

»Entweder ziehen wir in meine Wohnung — sie ist größer, aber trotzdem nicht groß genug für zwei —, oder wir suchen uns eine neue. Was hast du am Samstag vor?«

Die Aussicht auf eine weitere Verpflichtung erschreckte sie. Denn dieser Schritt würde im Gegensatz zum Diamantring an ihrem Finger praktische Folgen haben. Plötzlich kam ihr der Ring unglaublich schwer vor. Ihr fiel das Gesicht ein, das Demos beim Anblick des Schmuckstücks gezogen hatte. Schock, Unglaube und schließlich Freude. Glen hatte den Gekränkten gespielt und unwirsch den Kopf zurückgeworfen. Doch dann hatte er sie fest umarmt. Und jetzt wollte Taylor umziehen. Zwar war das keine Entscheidung über Leben und Tod, aber für Lindsay war das wieder ein entscheidender Schritt.

»Was ist?«

Sie starrte ihn nur an, mit dem Ausdruck, der ihn in den Wahnsinn trieb: ängstlich und unentschlossen.

»Eine Frage, Eden. Jetzt leben wir seit zwei Wochen zusammen. Ist dir aufgefallen, daß du gestern abend einfach seelenruhig weitergeredet hast, während ich mich auszog?«

»Ich habe mich auf das konzentriert, was ich dir sagen wollte.«

»Ich hatte eine Erektion, und du hast nicht mit der Wimper gezuckt.«

»Ach das? Allmählich gewöhne ich mich an dich — an alles von dir. Und weiter?«

»Vor zwei Tagen bin ich früher aufgewacht. Du bist auf mir gelegen. Als du die Augen aufgeschlagen hast, habe ich mich schlafend gestellt. Du bist aufgestanden, aufs Klo gegangen und hast dich dann wieder an mich gekuschelt. Was hatte das zu bedeuten?«

»Ich war so müde, ich wußte nicht, was ich tat.«

»Okay.«

»Mir war so kalt, und du warst warm wie ein Ofen.«

»Okay. Und erinnerst du dich daran, daß du dich erst gestern mit mir durch die geschlossene Badezimmertür unterhalten hast? Ganz normal, als ob das nichts Besonderes wäre?«

»Ich habe mir gerade das Gesicht eingecremt. Du kannst froh sein, daß dir dieser Anblick erspart gebieben ist.«

»Und mehr hast du da drin nicht getrieben?« Er strich mit der Fingerspitze über ihre geröteten Wangen. »Nein, keine Gewalt bitte. Wie dem auch sei, es ist Zeit für den nächsten Schritt. Werfen wir doch einmal einen Blick in die Vermietungsanzeigen.«

Sie warf ihm die Zeitung zu. »In Ordnung. Mach, was du willst, und sei still.«

»Okay«, meinte er lächelnd, um der Situation die Schärfe zu nehmen. »Wieviel Miete kannst du dir leisten?«

Lachend breitete sie die Arme aus. »Gönnen wir uns etwas Luxuriöses. Ich verdiene Geld wie Heu. Am liebsten hätte ich eine große Altbauwohnung mit hohen Decken und viel

Stuck, einem Kamin aus Marmor und einer romantischen Aussicht. Aber selbstverständlich mit einem modernen Bad und einer gut ausgestatteten Küche.«

In der Fifth Avenue zwischen 80th und 85th Street fanden sie genau, was sie suchten. Das elegante Bishop Building stammte aus dem Jahre 1926 und war natürlich nicht in der Zeitung annonciert gewesen. Doch Taylor und Lindsay hatten sich umgehört, und schließlich hatte Demos ihnen diesen Tip gegeben. Die Wohnung hatte zweihundert Quadratmeter, schimmernde Holztäfelungen an den Wänden und einen Parkettboden. Sie war sündhaft teuer, aber Taylor kümmerte sich nicht darum. Als er sich umdrehte, sah er Eden gebannt mitten in dem riesigen Wohnzimmer stehen. Sie betrachtete den Central Park und das Museum durch die großen Panoramafenster.

»Wieviel verdienst du?«

Lindsay wußte, wie hoch die Miete war. Außerdem war ihr klar, daß er als Mann es sich nur schwer vorstellen konnte, daß eine Frau ein hohes Einkommen hatte. Deswegen reckte sie das Kinn und antwortete: »Ich kann meine Hälfte problemlos bezahlen, wenn du dir deswegen Sorgen machst. Die Kaution könnte ich auch alleine hinblättern, und eigentlich kann ich mir die ganze Wohnung auch allein leisten.«

»Gut. Die Hälfte genügt. Ich habe nur keine Lust, im Frühling auf meine Reise nach Frankreich zu verzichten, oder am Ende jedes Monats von Zwiebelsuppe zu leben. Sollen wir den Mietvertrag unterschreiben?«

Ohne zu zögern setzte Lindsay ihren Namen auf die gestrichelte Linie unter Taylors. Sie betrachtete seine Unterschrift. Während sie unterschrieb, hatte er ihr nicht über die Schulter geblickt und war sogar ein paar Schritte zurückgetreten. Auch jetzt sah er nicht nach. Wortlos wartete er, bis sie den Vertrag in die Handtasche gesteckt hatte. Sie würde ihm die Wahrheit schon sagen, wenn sie dazu bereit war. Und das war im Augenblick offenbar noch nicht der Fall. Überrascht hörte er sie fragen: »Du hast mit S.C. Taylor unterschrieben. Was bedeutet S.C.?«

»Das erzähle ich dir in unserer Hochzeitsnacht.« War ihr nicht klar, daß er es ihr mit gleicher Münze heimzahlen konnte? Anscheinend nicht. Er sah, wie bei seinen Worten ein erschrockener Ausdruck auf ihr Gesicht trat, und tat sein bestes, das zu ignorieren.

Bei ihrem Umzug am zwanzigsten Januar kam es zu nicht mehr als den üblichen Schwierigkeiten, mit denen man in New York immer rechnen mußte.

Ihre gemeinsamen Besitztümer reichten nicht aus, um die Wohnung zu möblieren, aber Lindsay gefiel es so besser. So würden sie wenigstens Gelegenheit haben, gemeinsam zu planen, die Zimmer zu dekorieren und Kompromisse zu schließen. Besonders Kompromisse zu schließen, der Spaß, alles miteinander zu besprechen, machte ihr Leben reicher und brachte Normalität hinein, da sie nun endlich die Gefühle und Meinungen eines anderen Menschen in Betracht ziehen mußte. Es war merkwürdig, aber es war auch wunderschön.

Außerdem war sie nun eine Verpflichtung eingegangen, die so groß war, daß sie es sich niemals hätte träumen lassen. Es war eine Verpflichtung, die nach Ehrlichkeit schrie. Bald, sagte sie sich, bald. Taylor war ihr zu wichtig, um mit ihm zu spielen.

Am 2. Februar nahmen sie sich einen Nachmittag Zeit, um einen Perserteppich zu kaufen. Sie stritten sich, stellten den Geschmack des anderen in Frage und amüsierten sich großartig. Schließlich erstanden sie einen Tabriz mit hellblauem, beigem, rotem und blaßgelbem Muster, der wunderbar ins Wohnzimmer paßte. Taylor beharrte, es sei nur ihm zu verdanken, dieses Stück gefunden zu haben, und Lindsay behauptete das gleiche von sich. Lachend versuchten sie, einander zu überbrüllen. Nachdem sie sich wieder beruhigt hatten, tranken sie Tee, obwohl Lindsay viel lieber ein Eis gegessen hätte. Es war an diesem Abend um zehn nach acht, als das Telefon klingelte.

Lindsay brach mitten im Satz ab und griff nach dem Hörer. Immer noch lachend, meldete sie sich: »Hallo!«

Ein kurzes Schweigen am anderen Ende der Leitung. Dann: »Lindsay, hier spricht dein Vater.«

Ihr Lachen war auf einmal wie weggeblasen. Sie umklammerte den Hörer. »Was ist geschehen?«

»Deine Großmutter ist tot und deine Mutter ebenfalls. Deine Mutter hat sich betrunken hinters Steuer gesetzt, um Großmutter zu einer ihren ewigen Ausschußsitzungen zu fahren. In der Webster Street hat sie die Kontrolle über den Wagen verloren und ist mit vier anderen Autos zusammengestoßen. Glücklicherweise saß niemand darin. Deine Mutter . . .«

O Gott, wie sehr sie ihn doch haßte. Sie starrte das Telefon an.

»Wann ist es passiert?«

»Gestern.«

»Und warum hast du mich nicht schon gestern angerufen?«

Er sagte nichts, und sie konnte sich sein ungeduldiges Schulterzucken vorstellen. »Ich rufe dich jetzt an. Die Beerdigung findet am Freitag statt. Vielleicht möchtest du auch kommen.«

»Ja, ich komme. Danke, daß du mich angerufen hast. Wirklich nett von dir.«

»Deinen Sarkasmus kannst du dir sparen, Lindsay. Er paßt genausowenig zu dir wie deine extreme Körpergröße. Gestern habe ich mit Sydney gesprochen. Sie kommt aus Italien.«

Selbstverständlich hatte er Sydney auf der Stelle angerufen. Aber nicht sie. Ihre Mutter war tot. Ihre Großmutter, die unsterbliche alte Dame, lebte nicht mehr. Gates Foxe, eine Institution in San Francisco. Immer aktiv, immer unterwegs. Und ihre Mutter? Betrunken? Nein, Lindsay konnte das nicht glauben. Sie war Weihnachten nicht nach San Francisco geflogen, hatte sich gefreut, daß das Flugzeug wegen des Schneesturms nicht starten konnte. Und sie hatte sich keine Mühe gegeben, einen späteren Flug aufzutreiben. Sie hatte Mutter und Großmutter nicht mehr gesehen. Und jetzt waren beide tot.

»Wenn du ankommst, nimm dir ein Taxi zur Villa. Vermutlich wirst du dort übernachten müssen.«

»Ja«, antwortete sie und legte auf. Dann hob sie den Kopf.

Taylor blickte sie fragend an. »Das war mein Vater«, sagte sie. »Meine Großmutter und meine Mutter sind gestern bei einem Autounfall ums Leben gekommen. Am besten rufe ich sofort die Fluggesellschaft an und lasse mir für morgen Vormittag einen Flug reservieren. Die Beerdigung findet am Freitag statt.«

Taylor sah zu, wie sie die Auskunft anrief und sich die Nummer von United Airlines geben ließ. Sie war ruhig, viel zu ruhig. Doch er wartete ab, bis sie das Telefonat beendet hatte.

Nachdem sie aufgehängt hatte, sagte sie: »Du meine Güte, ich muß ja noch Demos anrufen und den morgigen Fototermin absagen. Freizeitkleidung im Januar, ist das nicht komisch? Ich weiß nicht . . . hatte ich am Freitag irgendwelche Termine, Taylor?«

Er ging zu ihr hinüber und nahm sie sehr sanft in die Arme. Sie war stocksteif und zog sich vor ihm zurück. Da er nicht wußte, was er tun sollte, hielt er sie einfach fest und streichelte ihr den Rücken.

»Warum stellst du dich nicht einfach unter die heiße Dusche? Ich rufe Demos an.«

»Danke, Taylor.« Sie löste sich aus seiner Umarmung und ging durch das riesige, leere Wohnzimmer und den langen Gang entlang zum Schlafzimmer.

Taylor rief Demos an.

»Begleitest du sie nach San Francisco?«

»Ich weiß nicht; sie hat mich nicht gefragt.«

»Wahrscheinlich ist es besser, wenn du hierbleibst«, sagte Demos nach einer Weile. »Soweit ich weiß, ist ihr Vater gräßlich und ihre Stiefmutter noch viel gräßlicher. Und dann hat sie noch eine Halbschwester, Sydney, die . . . nun, bei der man nie weiß, woran man ist. O Gott, jetzt klatsche ich. Paß auf sie auf, Taylor.«

»Ja, Demos, mache ich.«

Als Taylor ins Bad kam, lag Lindsay in der Wanne und hatte den Kopf gegen den rosafarbenen Marmor gestützt. Ihr nasses Haar bedeckte ihre Brüste.

»Bist du okay, Liebling?«

Es kümmerte sie nicht, daß sie nackt war. Als sie die Augen aufschlug, sah sie ihn auf dem Toilettendeckel sitzen. Sein Gesichtsausdruck war so besorgt, daß es sie rührte.

»Ich bin okay. Es ist nur der Schock. Meine Mutter ... Ich hatte, seit ich sechzehn war, nicht mehr viel mit ihr zu tun. Mein Vater und sie haben mich nach Connecticut ins Internat gesteckt. Jetzt sagt Vater, sie sei betrunken gewesen und schuld an dem Unfall. Aber meine Großmutter. Ich kann es noch nicht glauben, daß es sie nicht mehr gibt. Sie war immer da, immer.«

Immer noch konnte sie nicht weinen. Sie spürte nur eine leichte Angst.

»Soll ich mitkommen?«

Sie schüttelte den Kopf. »Nein, nein. Ich möchte nicht, daß du meine ... ich bin ja am Freitag wieder zurück. In der Villa bleibe ich nicht länger, als ich muß. Ich habe mich dort schon immer unwohl gefühlt.«

Die Villa? Es gab so vieles, was er gern erfahren hätte. Täglich war sie ihm ein Stückchen näher gekommen. Erst gestern hatten sie sich scherzhaft gestritten, gelacht und waren einander in die Arme gesunken. Sie hatten sich sogar geküßt. Und nun das.

»Ruf mich an, wenn du angekommen bist.«

»In Ordnung.«

In dieser Nacht hielt er sie wie immer dicht an sich gedrückt. Sie war sehr still, aber er vermutete, daß nicht Trauer der Grund war. Es war Schock, sie konnte es nicht fassen und war wie betäubt, denn sonst wäre es ihr wohl nicht möglich gewesen, den Verlust zu ertragen. Ganz normal, sagte er sich. Zwei tragische Todesfälle an einem Tag. Wie gern hätte er sie begleitet. Doch er wollte sie nicht drängen. Noch nicht.

Sie nahm ein Taxi zum Kennedy Airport.

Wenigstens wußte er, wann sie zurückkommen würde. Er

würde sie vom Flughafen abholen. Vielleicht würde sie ihn dann brauchen.

In San Francisco war es sonnig und zwanzig Grad warm. Ein Paradies. Lindsay holte tief Luft, als sie von der Gepäckausgabe zum Taxistand ging.

Eine halbe Stunde später hielt das Taxi vor der Villa. Der Taxifahrer stieß einen Pfiff aus. »Toller Schuppen. Wohnen Sie hier, junge Frau?«

»Nein, ich komme nur manchmal zu Besuch.«

»Ich beneide die Leute, die hier wohnen. Können Sie sich das ganze Geld vorstellen?«

»Eigentlich nicht.«

Lindsay wollte nicht klingeln, wollte nicht ihrem Vater oder Holly begegnen. Immer noch empfand sie nichts als ein unbestimmtes Gefühl der Erstarrung, das von ganz innen her zu kommen schien. Es war erst zwei Uhr nachmittags.

Komisch, in New York war es schon drei Stunden später und bereits dunkel. Was tat Taylor gerade? War er zu Hause?

Zu Hause. Das klang einfach wundervoll.

Sie klingelte.

Holly öffnete die Tür. Eine aufgedunsene Holly mit einem Doppelkinn, teigigem Teint und blutunterlaufenen Augen. Vom Weinen? fragte sich Lindsay, allerdings bezweifelte sie das. Sie kannte die Symptome von ihrer Mutter. Wahrscheinlich lagen die blutunterlaufenen Augen daran, daß Holly zu viel trank.

»Da bist du ja«, sagte Holly und trat zurück. »Komm herein.«

Sie trug ein weites, fließendes Oberteil über sehr engen Leggins und Turnschuhe und wirkte wie eine vierzigjährige Frau, die aussehen wollte, als sei sie zweiundzwanzig und fünfzehn Kilo leichter.

»Hallo, Holly, hoffentlich geht es dir gut.«

Holly lächelte. »Es ist deine Familie, nicht meine. Aber ich werde die alte Dame vermissen, so seltsam das auch klingt.«

»Das klingt überhaupt nicht seltsam.«

»Aber du mußtest auch nicht tagein tagaus als Schwiegertochter hier leben und dich von ihr herumkommandieren lassen. Nie konnte ich tun, was ich wolle, immer mußte ich betteln und flehen, um etwas zu bekommen. Dein Vater war ihr Lieblingskind. Du hast wirklich Glück, daß du fünftausend Kilometer weit weg wohnst.«

»Niemand zwingt dich zu bleiben, Holly. Es war deine Entscheidung.«

Holly warf Lindsay einen gehässigen Blick zu. Dann ging sie achselzuckend ins Wohnzimmer. Die schweren Brokatvorhänge waren zugezogen. Im Zimmer herrschte feuchte Kälte.

»Du meine Güte!« rief Holly aus. Sie lief zu den Fenstern und riß die Vorhänge auf. »Diese furchtbare Haushälterin. Am Montag fliegt sie. Ja, ab Montag bin ich hier der Boß, und jeder, dem das nicht paßt, kann verschwinden. Einschließlich der lieben Mrs. Dreyfus. Die alte Hexe tut nichts weiter als die Nase zu rümpfen und darüber zu reden, wie Mrs. Gates dieses oder jenes getan hätte.«

Lindsay stellte ihre Reisetasche in der Vorhalle ab und ging zum großen marmornen Kamin hinüber. »Ich mache Feuer, in Ordnung?«

»Gut, es ist kalt wie in einer Gruft hier drin.« Lindsay zuckte zusammen.

»Ich brauche einen Drink.« Lindsay beobachtete, wie Holly zum Tablett mit den Flaschen hinüberging und den Stöpsel aus einer Waterford-Karaffe zog. Dann schenkte sie sich einen doppelten Glenlivet ein.

»Trinkst du schon wieder, Holly? Aber, meine Liebe, du solltest versuchen, dich zu beherrschen. Es werden Leute vorbeikommen, um uns ihr Beileid auszusprechen. Und du möchtest doch nicht, daß sie die neue Dame des Hauses für eine Schlampe halten.«

Sydney trug ein schmal geschnittenes schwarzes Wollkleid, dazu Pumps mit siebeneinhalb Zentimeter hohen Absätzen.

Ihre Nahtstrümpfe waren ebenfalls schwarz. Das Haar hatte sie sich mit goldenen Kämmen aus dem Gesicht gesteckt. Dazu war sie dezent geschminkt. Sie sah bleich, zerbrechlich und wunderschön aus.

»Hallo, Sydney«, sagte Lindsay vom Kamin aus. »Wann bist du angekommen?«

»Gestern abend. Der Flug von Mailand dauerte eine Ewigkeit. Du hast dich gar nicht verändert, Lindsay. Wie ist das Wetter in New York?«

»Kalt und sonnig.«

»Und wie geht es Demos?«

»Wie immer.«

»Wirklich, Holly, noch einen Drink? Du hattest doch genug. Du säufst viel ungenierter als es Lindsays Mutter je getan hat, und du bist auch viel dicker als Lindsays Mutter. Und diesen Spiegeltick, den du offenbar hast. Ist es inzwischen schmerzlich für dich, dich selbst im Spiegel zu sehen?«

»Laß mich in Ruhe, Sydney!«

Sydney lachte. »Ich bezweifle, daß ich jemals darauf angewiesen sein werde. Ganz im Gegensatz zu dir. Arme Holly, du bist so fett, daß kein Mann dich mehr anfaßt. Wußtest du das nicht? Besonders Vater ekelt sich.«

»Hört auf damit! Alle beide!«

Sydney und Holly starrten Lindsay an. Bleich vor Wut, war Lindsay aufgesprungen. Sie hatte genug. »Hör zu, Sydney, spar dir deine Seitenhiebe! Behalte deine gemeinen Bemerkungen für dich. Mein Gott, Mutter und Großmutter sind tot! Seid endlich still!«

»Welche Leidenschaft«, bemerkte Sydney an Holly gewandt. »Und ich hatte immer geglaubt, der Prinz hätte das meiner kleinen Schwester abgewöhnt.«

Lindsay ließ die beiden schweren Holzscheite, die sie gerade in der Hand hielt, zu Boden fallen. Sie sah zu, wie sie über den glänzenden Eichenfußboden rollten. Wo ein Scheit aufgeschlagen war, zeigte das Parkett nun eine große Delle.

Wortlos und kerzengerade ging sie aus dem Zimmer; ihr war, als wäre sie soeben gestorben. Nichts änderte sich. Es wurde nur noch schlimmer, und nun, da Großmutter tot war, würde niemand mehr Sydney einen Riegel vorschieben.

Lindsay ging in ihr Zimmer und schloß die Tür. Mechanisch packte sie die wenigen Kleider aus, die sie mitgebracht hatte und räumte sie in den Schrank.

Ihre Gedanken waren wie gelähmt, und sie war froh darüber.

Sie fragte sich, was ihre Großmutter wohl mit ihrer Mutter hatte unternehmen wollen.

Soweit sie wußte, waren sich die beiden Frauen nie sehr nahe gestanden. Doch sie war schon seit vielen Jahren fort. Möglicherweise hatte Großmutter ihre ehemalige Schwiegertochter der jetzigen vorgezogen. Lindsay sollte das nie mehr erfahren.

Als sie die Augen schloß, sah sie Taylor vor sich. Er lachte, zog sie an sich, umarmte sie fest und knabberte an ihrem Ohrläppchen. Dabei flüsterte er, daß sie einen abscheulichen Geschmack in Perserteppichen habe. Bokaras seien zu dünn und viel zu rot für einen Menschen mit seinem ausgeprägten Sinn für Ästhetik.

Und dann lästerte er über ihr Raumspray mit Wiesenduft. Er bekäme davon Stirnhöhlenentzündung, und der Geruch klebe sogar unter seinen Fingernägeln. Außerdem stänke die ganze Wohnung wie ein Bordell. Wie das Katzenklo bei feinen Leuten. Mein Gott, wie sie es vermißte, daß er so normal, so ausgeglichen, so humorvoll war.

Sie sah die große Sorge und Hilflosigkeit vor sich, die sie am letzten Abend aus seinem Blick gelesen hatte. Er hatte nicht mehr gewußt, was er tun, oder was er zu ihr sagen sollte.

Er bedeutete ihr so viel.

Um sieben Uhr klopfte es an der Tür. Lindsay saß angezogen vor dem Fenster und blickte zur Insel Alcatraz hinüber.

Sie wußte, daß jemand sie holen kommen würde und daß sie Sydney würde gegenüber treten müssen. Und Holly. Und ihrem Vater.

Sie folgte Mrs. Dreyfus hinunter ins Wohnzimmer.

Zuerst entdeckte sie ihren Vater, Richter Royce Foxe, der in seinem strengen schwarzen Anzug so gut wie immer aussah. Er lachte über etwas, was Sydney ihm zuflüsterte. Als sein Blick auf Lindsay fiel, erstarb das Lachen in der Kehle.

16.

LINDSAY

»Ich sehe, du bist gekommen«, sagte Royce Foxe und nickte Lindsay beiläufig zu. Seine gute Laune war bei ihrem Anblick verflogen. Er hatte nicht einmal ein Willkommenslächeln für sie übrig. Allerdings hatte Lindsay auch gar nicht damit gerechnet. Sie fragte sich, wann es sie wohl endlich nicht mehr schmerzen würde, daß er sie aus unerklärlichen Gründen verabscheute.

»Hallo, Vater, hallo Sydney«, sagte sie und wandte sich Holly zu. Diese hielt ein Whiskeyglas umklammert. »Guten Abend, Holly.«

»Möchtest du etwas trinken?«

»Ein Mineralwasser wäre schön. Danke.«

Sydney lächelte sie an. »Brav, Lindsay. Ach, ich habe vergessen, dir durch meine Sekretärin eine Dankeskarte für Melissas Weihnachtsgeschenk schicken zu lassen. Melissa ist ja so verwöhnt, daß sie sich kaum mit dem niedlichen Teddy beschäftigt hat, aber es war eine nette Geste von dir. Der Prinz hat sich auch sehr gefreut. Er sagte, ich solle dir in seinem Namen danken.«

»Es freut mich, daß der Teddy ihr wenigstens kurze Zeit gefallen hat.«

Mrs. Dreyfus kündigte mit roten Augen und gesenktem Kopf an, daß das Abendessen serviert sei.

Royce dankte ihr. Dann wandte er sich an Lindsay. »Du bist so mager, daß man deine Hüftknochen sieht. Und außerdem hast du schon wieder diese lächerlichen Stöckelschuhe an. Ich habe dir schon einmal gesagt, du sollst sie nicht tragen, aber du hast nicht gehorcht. Du hast damit albern damit ausgesehen, und du tust es auch jetzt.« Allerdings forderte er sie diesmal nicht auf, sie auszuziehen, was Lindsay als stillschweigenden Sieg wertete.

Sie lächelte. Es war seltsam, aber heute schienen sie seine Worte kaum noch zu berühren. »Es tut mir leid, daß du so denkst, Vater.«

Royce nahm Sydney beim Arm, und Holly und Lindsay folgten ihm ins Eßzimmer. Er sagte kein Wort mehr, doch Lindsay spürte, wie wütend er auf sie war. Allerdings tat es viel weniger weh als früher. Lindsay hatte das Gefühl, eine nie geahnte Macht zu besitzen.

»Am Montag kommt ein Innenarchitekt«, fing Holly an, als sie am Tisch saßen. »Er ist ein Freund von mir. Er wird dieses steife pompöse Zimmer bis in den letzten finsteren Winkel entrümpeln.«

»Du meine Güte, ich hoffe, du wirst dir keinen Chintz aufschwatzen lassen, Holly«, sagte Sydney mit einem Blick auf ihre Stiefmutter.

Holly sah wütend und gekränkt aus. Hilfesuchend wandte sie sich an ihren Mann. Doch dieser war damit beschäftigt, den Lammrücken zu begutachten, den Dorrey, die Köchin, gerade auf einem silbernen Tablett vor ihn hinstellte. Lächelnd dankte er Dorrey und lobte sie für ihre Kochkunst.

Dann drehte er sich zu Sydney um. »Was meinst du mit dem Chintz?«

»Ich fragte mich nur, wie Holly dieses Zimmer umgestalten will.«

»Dieses Zimmer umgestalten?« Mit hochgezogenen Augenbrauen sah Royce seine Frau an. »Sie wird nichts dergleichen tun. Jedenfalls nicht ohne meine Erlaubnis. Obwohl es hier wirklich ziemlich dunkel und bedrückend ist. Findest du nicht, Sydney?«

»Das hat deine Frau gesagt.«

»Nun, zweifellos versteht sie nichts vom Zusammenspiel von Licht und Schatten. Aber das spielt keine Rolle.«

Holly schnappte nach Luft, doch Vater und Tochter ignorierten sie. »Sag mir, was sollte man hier verändern, Sydney?« fragte Royce.

»Nun«, fing Sydney an. »Ich würde dem Raum eine hellere und geräumigere Note geben, was die schweren, dunklen Möbel verhindern. Andererseits muß man auch die Wirkung der einzelnen Stilperioden in Erwägung ziehen, Vater.« Darauf folgte eine Erörterung zum Thema Stoffe, Mode und die verschiedenen Wege, Lichteinfall und Atmosphäre eines Zimmers zu verändern. »Das braucht seine Zeit und bedarf selbstverständlich eines guten Geschmacks. Ich finde, du solltest dich selbst darum kümmern, Vater.«

Royce nicke ihr zu, während er das Fleisch tranchierte. »Irgendwann tue ich es vielleicht.«

»Reich mir bitte das Gemüse, Holly, meine Liebe«, sagte Sydney. »Brav. Nimm dir nur von den grünen Bohnen und laß die Kartoffeln weg.«

»Was meinst du damit, Royce? Willst du dich selbst um die Inneneinrichtung kümmern?«

»Das habe ich doch laut und deutlich gesagt«, antwortete Royce seiner Frau.

»Ich möchte auf Großmutter und meine Mutter anstoßen«, meinte Lindsay plötzlich. »Wir werden sie vermissen.«

Royce hob lächelnd sein Weinglas. »Wie fromm das klingt«, meinte er. »Aber wenn du willst, Lindsay. Nicht, daß du sie wirklich gekannt hättest. Denn du hast dir natürlich nicht die Mühe gemacht, über Weihnachten nach Hause zu kommen. Deine Großmutter war sehr enttäuscht. Sie hat einige Male über deine Abwesenheit gesprochen, nicht wahr, Holly? Und was deine Mutter betrifft, hat sie deine Treulosigkeit wahrscheinlich gar nicht zur Kenntnis genommen. Allerdings weiß man bei Säufern ja nie. Richtig?« Und er prostete Holly zu.

Lindsay war, als hätte sich der letzte Vorhang gesenkt. Die Vergangenheit war für immer hinter diesem Vorhang verschwunden und konnte ihr nichts mehr anhaben. Sie war fort. Langsam erhob sich Lindsay und schob leise ihren Stuhl zurück. Sie war kein Kind mehr. Sie war erwachsen. Niemand konnte ihr mehr Vorschriften machen. Und im Augenblick wollte sie diesen Raum, in dem Häßlichkeit und Gemeinheit herrschten, so schnell wie möglich verlassen. »Wann findet morgen die Beerdigung statt?« fragte sie in die Runde gewandt.

»Um zwölf Uhr mittags. Setz dich, Lindsay.«

»Ich möchte nicht, Vater. In St. Mary's?«

»Ja. Und jetzt setz dich, Kind. In New York kannst du meinetwegen deine Allüren austoben, aber hier an meinem Tisch werde ich deine schlechten Manieren und deine Unhöflichkeit nicht dulden. Mein Gott, wie sehr du deiner Mutter ähnelst!«

»Vielen Dank, Vater«, erwiderte Lindsay. »Gute Nacht«, fügte sie an Sydney und Holly gewandt hinzu. Ganz ruhig, sagte sie sich immer wieder, als sie das Eßzimmer verließ. Langsam. Du bist erwachsen und kein Kind mehr, das er einschüchtern und herumkommandieren kann. Das ist vorbei.

Nachdem sie ihr Zimmer erreicht hatte, stellte sie fest, wie hungrig sie war. Aber glücklicherweise gab es noch eine Hintertreppe. Schon fast in der Küche angelangt, hörte sie, wie Mrs. Dreyfus mit Dorrey sprach: »Diese Respektlosigkeit kann ich nicht mehr ertragen, Dorrey. Jetzt, da Mrs. Gates nicht mehr lebt, bleibe ich keine Minute länger. Ich werde der neuen Mrs. Foxe am Freitag nach der Beerdigung meine Kündigung mitteilen.«

»Das wird ihr gar nicht gefallen«, meinte Dorrey zufrieden. »Dann muß sie das Wochenende über allein zurechtkommen. Nein, das wird ihr gar nicht gefallen.«

Gut, dachte Lindsay. Also würde sie nicht warten, bis Holly sie vor die Tür setzte.

»Unsere Lindsay kann froh sein, daß sie in New York ist, da bin ich mir sicher«, fuhr Dorrey fort.

Seit wann war sie ›unsere‹ Lindsay? fragte sie sich. Dorrey hatte ihr als Kind nie selbstgemachte Plätzchen geschenkt, wie man es immer in Filmen sah oder in Romanen las. Immer wenn Lindsay in die Küche gekommen war, hatte Dorrey sie prompt hinausgeschickt.

»Bestimmt. Ach, aber es ist eine Freude, Sydney wiederzusehen«, meinte Mrs. Dreyfus. »Sie ist so schön, so vollkommen, sie sieht so reizend aus, daß sie jetzt sogar in all den Zeitschriften abgebildet ist.«

»Unsere Lindsay auch«, sagte Dorrey.

»Ich weiß, und sie ist ein liebes Mädchen. Sydney jedoch

ist so ganz anders, das haben Sie bestimmt auch schon bemerkt.«

»Meistens ist sie einfach nur gemein«, widersprach Dorrey.

Lindsay betrat die Küche. Eigentlich machte es ihr nichts aus, die beiden zu belauschen, aber sie hatte Angst, eventuell etwas zu hören, was sie nicht wissen wollte.

»Hallo«, sagte sie und zwang sich zu einem Lächeln. »Oben im Eßzimmer geht es zu wie in einem Kriegsgebiet. Haben Sie vielleicht etwas Eßbares für mich?«

Dorrey und Mrs. Dreyfus behandelten sie sofort wie die junge Dame des Hauses. Respektvoll wurde ihr ein Platz am Küchentisch freigemacht und sie wurde bedient. Nein, dachte sie, während sie eine ordentliche Portion Waldorfsalat verzehrte, jetzt war sie nicht mehr »unsere« Lindsay. Sie gehörte zu denen da oben.

»New York würde Ihnen bestimmt gefallen, Mrs. Dreyfus«, meinte Lindsay und biß in eines von Dorreys hausgemachten Brötchen, die das Wunderbarste waren, was sie jemals gekostet hatte.

»Ha! Da wimmelt es doch von Verbrechen und Sünde!«

Lindsay grinste. »Den Verbrechern kann man aus dem Weg gehen, wenn man sich vorsieht, und Sünde macht Spaß.«

»Sie dürfen nicht so reden, Miss Lindsay. Sie sind nicht so weltgewandt wie Miss Sydney.«

»Das stimmt.«

In ihrem Schlafzimmer angelangt, rief Lindsay zuerst Taylor an. Er hob noch vor dem zweiten Läuten ab, und Lindsay lächelte glücklich.

»Ist das meine wunderbare Verlobte, der es hoffentlich gutgeht?«

»Ja, mit mir ist alles in Ordnung.«

Eine Pause entstand. »Hältst du es durch, Liebling? Wirklich?«

»Ja. Meine Familie . . . sie sticheln, machen gemeine Bemerkungen, und versuchen, einander wehzutun. Aber, weißt du was? Diesmal hat es mich nicht so getroffen wie sonst. Morgen abend komme ich zurück.«

»Mit der Mitternachtsmaschine?«

»Ja. Du brauchst mich nicht abzuholen, Taylor«, sagte sie, obwohl sie es eigentlich nicht meinte, und sie wußte, daß man ihr das auch anhörte.

»Okay. Dann komme ich eben nicht.«

»Du Fiesling!« schimpfte sie ins Telefon.

Er lachte. »Natürlich werde ich grinsend am Flughafen stehen und deiner harren. Nun erzähl mir mal, was sich bei dir so tut.«

Sie antwortete nicht, denn sie brachte es einfach nicht über sich.

Nachdem Taylor einige Zeit versucht hatte, sie zum Reden zu ermutigen, gab er auf. »Heute abend war ich mit Enoch chinesisch essen. Die Wohnung gefällt ihm sehr; er meint, für mich wäre sie etwas zu elegant, aber zu dir würde sie gut passen. Der neue Perserteppich im Wohnzimmer ist seiner Meinung nach ein Anzeichen für meinen erlesenen Geschmack. Übrigens, der Spruch in meinem Glückskeks war heute besonders zutreffend. ›Du bist ein Engel. Hüte dich vor denen, die Federn sammeln.‹«

Sie lachte. Er lächelte ins Telefon. Er liebte dieses Geräusch und hörte, wie die Anspannung in seiner Stimme schwand.

»Enoch und Sheila lassen dich grüßen.«

Dann plauderten sie über das Wetter und weitere Nebensächlichkeiten.

»Ich habe einen neuen Fall«, berichtete Taylor, dem das oberflächliche Gespräch so auf die Nerven ging, daß er unbedingt das Thema wechseln wollte.

»Computer oder Detektivarbeit?«

»Letzteres. Ein Mann möchte, daß ich seine Frau überführe. Er ist überzeugt, daß sie einen Einbruch in ihr eigenes Haus arrangiert hat. Alle Wertgegenstände und ihr Schmuck sind verschwunden. Merkwürdig, nicht? Aber solche Fälle ziehen mich nunmal magisch an. Wie dem auch sei, morgen treffe ich mich mit der Dame. Sie soll so eine Art Femme fatale sein. Ihr Mann hat mir außerdem erzählt, daß sie nicht nur einen, sondern gleich zwei Liebhaber hat.«

»Paß auf, daß du nicht Nummer drei wirst. Viel Glück.« Wieder entstand eine lange Pause. Dann sagte Lindsay ganz leise: »Ich vermisse dich wirklich, Taylor.«

»Mir geht es genauso«, antwortete er.

Am nächsten Morgen ging Lindsay erst dann nach unten, als es Zeit war, in die Kirche zu fahren.

Da sie kein schwarzes Kleid besaß und wußte, daß ihre Großmutter Schwarz verabscheut hatte, kleidete sie sich von Kopf bis Fuß in Weiß und trug dazu acht Zentimeter hohe Absätze. Was ihrer Mutter gefallen hätte, wußte sie leider nicht.

Zum erstenmal hielt Sydney den Mund.

Die Trauerfeier war elegant und diskret. St.Mary's war bis auf den letzten Platz besetzt. Lindsays Vater zeigte ihr den Mann, der der letzte Liebhaber ihrer Mutter gewesen war. »Wenigstens läßt er sich blicken und erweist ihr die letzte Ehre. Hoffentlich hat es der jämmerliche Kerl nicht auf ihr Geld abgesehen.«

Nach dem Gottesdienst kam die Gesellschaftskolumnistin vom Chronicle, Paula Kettering, auf Lindsay zu.

Ohne Einleitung meinte sie: »Ihre Großmutter war eine wunderbare Frau, Miss Foxe. Das wollte ich Ihnen sagen. Außerdem glaubte sie, Sie hätten alles, was man braucht, um Erfolg zu haben. Und Sie haben Erfolg. Sie war sehr stolz auf Sie, und auch auf Ihre Halbschwester. Wie ich mich erinnere, drückte sie das so aus: ›Sydney, La Principessa, wird immer so fallen, daß ihr Sturz durch ihren Nerzmantel gedämpft wird. Lindsay paßt sich an. Darin ist sie gut.‹ Im letzten Jahr hat sie sich zu einem Interview mit mir bereiterklärt. Ich wollte Ihnen nur erzählen, was sie mir damals gesagt hat.«

Lindsay war überrascht und erfreut. Sich anpassen, ja, das war offenbar ihre Spezialität. Plötzlich sah sie ihre Großmutter deutlich vor sich. Ohne es zu wollen, brach sie in Tränen aus. Paula Kettering tätschelte ihr die Schulter. »Ich wollte Sie nicht traurig machen, Miss Foxe, ich wollte nur . . .«

Lindsay faßte sich wieder und dankte ihr. Endlich, es kam Lindsay wie ein Jahrhundert vor, kehrte die Familie zur Villa zurück. Mr. Grayson Delmartin schloß sich ihnen an. Mr. Delmartin war seit 1959 Gates Anwalt gewesen. Damals war ein Betrunkener in die schönen Rhododendronbüsche vor dem Haus gefahren und hatte Gates zu allem Überfluß daraufhin verklagt. Grayson Delmartin hatte sich als sehr tüchtig erwiesen. Er hatte nicht nur die Anzeige abgeschmettert, sondern den Betrunkenen noch dazu gezwungen, die Büsche zu ersetzen.

Als Lindsay schon nach oben gehen wolle, um ihre Sachen zu packen, rief Mr. Delmartin sie zurück. »Einen Augenblick, Lindsay. Ich weiß, Sie möchten jetzt allein sein, aber das Testament muß in Gegenwart aller Familienmitglieder verlesen werden. Bitte folgen Sie mir in die Bibliothek.«

Eigentlich war Lindsay das Testament gleichgültig. Doch sie setzte sich hinter ihren Vater, Holly und Sydney.

Mrs. Dreyfus, Dorrey und Lansford, der ehemalige Butler, erbten jeweils eine kleine Summe. Dann hatte Gates Foxe noch den Einrichtungen, die sie im Laufe der Jahre unterstützt hatte, etwas vermacht. Nachdem die umfangreiche Liste der wohltätigen Vereine und Umweltinitiativen verlesen war, hob Mr. Delmartin den Kopf und nahm die Brille ab. Er sprach langsam, als ob er sich jedes Wort gut überlegte, was wahrscheinlich auch der Fall war. »Ich weiß nicht, ob selbst Sie, Richter Foxe, sich über den Umfang des Vermögens Ihrer Frau Mutter im klaren sind. Es ist, mit einem Wort gesagt, sehr groß. Sie hatte stets das Geschick, die richtigen Vermögensberater auszuwählen und das Geld, das ihr verstorbener Mann hinterlassen hat, im Laufe der Jahre zu mehren.«

Mit ernster Stimme nickte Royce. »Sie war eine kluge Frau und außerdem für ihre glückliche Hand bekannt. Machen Sie weiter, Grayson.«

Mr. Delmartin war offenbar nicht im mindesten gekränkt. Er setzte die Brille wieder auf, nahm den dicken Akt zur Hand und las:

»›Ich vermache meinem Sohn, Royce Chandliss Foxe, eine

Million Dollar. Ich vermache meiner ehemaligen Schwiegertochter, Jennifer Foxe, eine Million Dollar. Ich vermache meiner gegenwärtigen Schwiegertochter, Holly Foxe, eine Million Dollar. Ich vermache meiner älteren Enkelin, Sydney Foxe di Contini, eine Million Dollar. Ich vermache meiner Urgroßenkelin, Melissa di Contini, fünf Millionen Dollar. Schließlich vermache ich mein Haus an der Bayberry Street 358 meiner Enkelin, Lindsay Foxe. Außerdem vermache ich ihr mein gesamtes restliches Vermögen, sowohl Geld als auch Immobilien zur freien Verfügung. Sie hat ein großes Herz und wird vielleicht in den Jahren, die noch vor ihr liegen, die Weisheit gewinnen, die Menschen um sie herum zu verstehen. Ich hoffe, diese Erbschaft wird ihr ermöglichen, in Glück und Sicherheit zu leben, wie sie es verdient.‹«

Ungläubiges Schweigen breitete sich aus. Dieses Schweigen bedeutete die Ruhe vor dem Sturm. Feindseligkeit lag im Raum, und dann schien es, als würden alle auf einmal zu sprechen beginnen.

Holly sprang auf, wobei sie fast ihren Stuhl umstieß. Ihr Gesicht hatte vor Wut häßliche Flecken bekommen. »Aber das ist doch lächerlich, Lindsay dieses Haus zu vermachen! Ich möchte es umgestalten!«

Royce packte sie am Arm. »Meine Frau hat sich vielleicht etwas unglücklich ausgedrückt, Delmartin, aber trotzdem hat sie recht. Es ist Unsinn, Lindsay das gesamte Vermögen zu vermachen. Und ich als ihr Sohn und Erbe bekomme nur eine lächerliche Million? Erklären Sie mir das.«

Grayson Delmartin nahm feierlich die Brille ab und überlegte, ehe er antwortete: »Ich war Mrs. Foxes Anwalt, Richter Foxe, nicht ihr Vermögensberater oder ihr Beichtvater . . .«

»Unsinn! Sie haben sie die ganze Zeit über beraten! Sind Sie für dieses Narrenspiel verantwortlich?« Er warf Lindsay einen kurzen Blick zu. Seine Augen funkelten zornig, und auch aus ihren Augen blitzte Wut. »Sie haben wohl ein Problem, Delmartin. Wahrscheinlich eine Schwäche für dumme, naive Gören von eins achtzig.«

Lindsay rutschte auf ihrem Stuhl hin und her. Sie starrte ihren Vater an. Eigentlich hätten sie seine Worte nicht überraschen sollen, doch diese Grausamkeit, diese Skrupellosigkeit . . .«

»Richter Foxe«, sagte Grayson Delmartin. »Ich bitte Sie, sich sowohl in ihrer Ausdrucksweise als auch im Inhalt Ihrer Worte zu mäßigen. Miss Lindsay Foxe ist Ihre Tochter und keine dahergelaufene Erbschleicherin. Außerdem ist sie Gates Foxes Enkelin. Und nun ist sie eine reiche Frau, denn sie ist auch Alleinerbin des Vermögens ihrer Mutter, Jennifer Foxe. Da nur sie allein vom Testament ihrer Mutter nutznießt, werde ich es später unter vier Augen mit ihr besprechen.«

»Das ist doch verrückt!« kreischte Holly. »Das war reine Boshaftigkeit! Damit kommt diese verdammte alte Hexe nicht durch!«

»Das letzte Wort ist noch nicht gesprochen«, warf Royce ein. Er wandte sich an Sydney. »Nun, was meinst du? Du hast noch kein Wort gesagt. Eine Million, Sydney, nur eine lächerliche Million. Mein Gott, und fünf Millionen für deine Tochter! Ich wette, die alte Schlampe hat das Geld so angelegt, daß du nie einen Pfennig davon zu Gesicht bekommen wirst. Und Melissa auch nicht, ehe sie einundzwanzig ist. Was zum Teufel wirst du tun?«

Sydney lächelte ihren Vater nur sanft an. Sie wirkte tatsächlich wie eine Prinzessin: kühl, distanziert und höflich. Dann drehte sie sich zu ihrer Halbschwester um. Ihre Stimme klang gefaßt und leise. »Herzlichen Glückwunsch, Lindsay. Jetzt hast du uns alle ausgetrickst. Großmutter meinte immer, daß stille Wasser tief seien. Ich habe bis jetzt nie gewußt, was sie damit sagen wollte. Wie dem auch sei, mein Kompliment, daß du die alte Dame so geschickt um den Finger gewickelt hast.«

»Ich habe nichts dergleichen getan, ich hatte keine Hintergedanken. Das ist Unsinn, und du weißt es, Sydney. Und ich habe auch niemanden um den Finger gewickelt. Mein Gott, ich bin ebenso überrascht wie du.«

»Ah, wenigstens einmal sagst du die Wahrheit, Lindsay«, warf Royce ein. »Ausgezeichnet.« Blitzschnell erhob er sich und baute sich drohend vor Lindsay auf. »Beweise deine

Ehrlichkeit und Aufrichtigkeit, indem du dein Erbe mir — deinem Vater — überschreibst. Denn ich hätte es eigentlich sowieso bekommen sollen. Du hast nicht das Recht, meinen Platz einzunehmen. Und du wirst diesen Fehler jetzt wieder gutmachen.«

Grayson Delmartin sprang auf. »Einen Moment mal, Richter Foxe! Ich lehne Ihr Vorgehen schärfstens ab. Sie dürfen Ihre Tochter nicht unter Druck setzen, vor allem nicht zu einem solchen Zeitpunkt. Ihre Einschüchterungsversuche sind gänzlich unangemessen . . .«

»Ach, seien Sie doch still!« schrie Holly ihn an. »Halten Sie die Klappe, Sie vertrottelter alter Narr! Zahlt Lindsay Ihnen dafür Prozente? Haben Sie das Testament zu Ihren Gunsten manipuliert?«

Mr. Delmartin kniff die Lippen zusammen. Er sammelte seine Papiere ein, wobei er sich Zeit ließ. Ganz langsam rückte er jede Seite zurecht, um sich wieder zu fassen. Er zitterte, was für ihn ungewöhnlich war, denn schließlich hatte er noch viel stürmischere Testamentseröffnungen miterlebt. Doch von den Foxes hätte er das nicht erwartet. Geld, dachte er, Geld verdirbt alle. Es schlug Wunden, die nie mehr heilten.

Er wandte sich an Lindsay, die wie eine Statue auf ihrem Stuhl saß. »Folgen Sie mir bitte, Lindsay.«

»Ja«, antwortete sie. »Ich komme.«

Aber Royce ging ihr nicht aus dem Weg. Er hatte die Hände zu Fäusten geballt, sein Gesicht war bleich, und in seinen Augen stand ein kalter, gemeiner Blick. »Du verdammte kleine Nutte, du widerliche Schlampe! Bleib, wo du bist! Ich wußte ja schon immer, daß du eine Heuchlerin und Betrügerin bist. Mein Gott, und jetzt bestiehlst du deinen eigenen Vater, stiehlst mir mein Geburtstrecht. Was für ein Narr . . .« Er preßte die Hand vor die Stirn und holte dann zum Vernichtungsschlag aus. »Aber dein wahres Gesicht zeigt sich immer wieder. Wie konne ich das vergessen? Hast du nicht den Ehemann deiner Schwester verführt? Hast du sie nicht gezwungen, auf ihn zu schießen? Hat das nicht gezeigt, was für einen schlechten Charakter du schon mit achtzehn Jahren hattest? Mein Gott, du widerst mich an, Lindsay, ich verstoße dich!«

»Wenn Sie sie verstoßen, Richter Foxe, wären Sie nicht mehr Mitglied ihrer Familie. Demzufolge wäre sie weder moralisch noch juristisch verpflichtet, Ihnen auch nur einen Pfennig in ihrem Testament zu hinterlassen. Wenn sie stürbe, ohne Ihnen etwas zu vererben, hätten Sie keine Möglichkeit, das Testament anzufechten. Kurz gesagt, Sie hätten sich selbst zum Narren gemacht.«

Mr. Delmartin war mit seinem Seitenhieb sehr zufrieden. Richter Foxe hingegen schien ärgerlich, daß er so die Beherrschung verloren hatte.

Sehr gut, dachte Grayson Delmartin, während er Lindsay den Arm bot. Gemeinsam verließen sie die Bibliothek. Lindsay ging stocksteif und war leichenblaß. Sie blickte starr geradeaus. Er führte sie ins Wohnzimmer, als sei sie eine Blinde.

Er setzte sie in einen Sessel und zog sich selbst einen heran. Beim Sprechen hielt er ihre Hand. Doch Lindsay entzog sie ihm. Sie konnte keine Berührung ertragen, die sie wieder in die Gegenwart zurückgeholt hätte, diese entsetzliche Gegenwart, der es schließlich gelungen war, sie zu zermahlen. Doch ihr stand noch ein neuer Schock bevor. Jennifer Foxe hatte ihrer Tochter fast fünf Millionen netto und eine bereits bezahlte Eigentumswohnung auf dem Russian Hill hinterlassen.

Lindsay begriff es nicht. Sie saß nur stumm in dem Sessel und schaute das Gemälde ihres Großvaters über dem Kamin an. Großmutter hatte das Gemälde geliebt; Lindsay konnte sich gut daran erinnern, wie sie es betrachtet hatte. Damals hätte sie gern die Gedanken ihrer Großmutter gelesen.

»Verstehen Sie mich?« fragte Delmartin mit sanfter Stimme.

»Schon, aber es ergibt keinen Sinn.« Sie lächelte ihn traurig an. »Aber es ändert eigentlich nichts. Mein Vater haßt mich. Mir war nur bis heute nicht klar, wie sehr er mich haßt und verachtet. Er hätte mich auch haßerfüllt angeschrien, wenn Großmutter mir wie allen anderen eine Million Dollar hinterlassen und ihm das Gesamtvermögen vermacht hätte.«

»Wahrscheinlich«, antwortete Grayson sachlich. »Gerüchten zufolge steht es mit den Finanzen Ihres Vaters nicht zum besten. Offenbar hat er geschäftlich nicht so geschickt wie Ihre Großmutter spekuliert.«

»Aber eine Million . . .«

»Eine Million Dollar würde, soweit ich informiert bin, nicht mehr bewirken als ein Tropfen auf den heißen Stein. Und was seine Idee betrifft, sollten Sie ihm Ihr Erbe überschreiben. Also davon würde ich Ihnen dringend abraten. Wie Sie schon sagten, würde das nichts ändern. Sie wissen, daß es Ihnen nicht gelingen wird, mit dem Geld seine Liebe zu erkaufen. Sie sind klug genug, um das zu erkennen. Seinen Respekt würden Sie dadurch auch nicht bekommen. Es würde Ihnen überhaupt nichts nützen. Meiner Ansicht nach sollten Sie nach New York zurückkehren, Lindsay, und sich alles gründlich überlegen. Ihre Großmutter hat eine schwere Last auf meine Schultern geladen. Hier haben Sie meine Karte mit meiner Privatnummer. Ich bin für Sie da, Lindsay. Eigentlich sollte ich das nicht sagen, aber ich kann nicht anders: Lassen Sie sich nicht von Ihrem Vater einschüchtern oder Schuldgefühle einjagen. Lassen Sie nicht zu, daß er diesen alten Skandal in Paris wieder aufrollt, um sie zu vernichten. Ich wußte schon von Anfang an, daß an dieser Geschichte etwas nicht stimmte. Ihre Großmutter hat es mir erzählt. Versprechen Sie mir das?«

Sie blickte ihn schmerzerfüllt an.

»Versprechen Sie es mir«, wiederholte er.

»Gut, ich verspreche es.«

»Gut. Wann fliegen Sie wieder nach New York?«

»Jetzt.«

»Äh, und was wird aus dem Haus?«

Sie sah ihn verwirrt an.

»Dieses Haus, die Villa Foxe, gehört Ihnen, vom Keller bis zum Speicher. Ihr Vater und seine Frau wohnen darin. Was wollen Sie tun?«

Lindsay machte eine abwehrende Handbewegung. »Ich

weiß es nicht. Wie Sie schon sagten, wohnen sie hier. Sollen sie hierbleiben. Ich kann mir nicht vorstellen, daß ich jetzt in die Bibliothek gehe und ihnen sage, sie sollen bis drei Uhr die Koffer packen.«

Für Grayson Delmartin wäre es die größte Genugtuung seit zehn Jahren gewesen, Richter Foxe vor die Tür zu setzen. »Soll ich Mrs. Foxe mitteilen, daß ohne Ihre schriftliche Genehmigung keine Änderungen vorgenommen werden dürfen?«

Wieder warf sie einen Blick auf das Porträt ihres Großvaters. Würde Holly es in den Mülleimer werfen? »Tun Sie, was Sie für richtig halten, Mr. Delmartin. Nein, ich möchte nicht, daß etwas am Haus verändert wird. Noch nicht. Schriftlich ist gut, so ist es offiziell.«

»Gut, gut.« Er stand auf und reichte Lindsay die Hand. »Ich werde warten, bis Sie gepackt haben, und Sie dann zum Flughafen fahren.«

Sie lächelte. »Mein Retter vor den reißenden Wölfen!«

»Ja, genau.« Außerdem freute er sich darauf, Mrs. Foxe mitteilen zu können, daß sie keinen ihrer Wurstfinger an das Haus legen konnte.

Als Grayson Delmartin die nun schwerreiche Miss Foxe zum Flughafen fuhr, hoffte er, daß sie in New York einen Beschützer hatte. Sie würde einen brauchen, bis sie sich wieder gefangen hatte. Er hatte den Skandal um den Prinzen und die Vergewaltigung der achtzehnjährigen Lindsay ganz vergessen. Er schüttelte den Kopf. Mein Gott, ein Vater, der seine Tochter eine Hure nannte. Das war wider jede Logik, und Grayson konnte auch nicht begreifen, warum Richter Foxe seine Tochter so sehr haßte.

Der Mann war ein Unmensch.

Erst auf dem Weg zum Flughafen dämmerte Lindsay, was ihre Großmutter getan hatte. Sie hatte ihr, Lindsay, die uneingeschränkte Macht über den gesamten Besitz der Familie Foxe übertragen. Aber im Augenblick brauchte sie diese Macht nicht. Wie gern hätte sie ihrer Großmutter erzählt, daß ihr an Macht eigentlich sehr wenig lag. Für sie hieß Macht, die Dinge, die sie nicht ändern konnte, zu verstehen und zu akzeptieren. Die Angst zu überwinden und den Schmerz, den die Worte ihres Vaters in ihr ausgelöst hatten. Macht bedeutete, für immer den Vorhang des Vergessens über die Ereignisse des gestrigen Abends zu breiten, nie mehr zuzulassen, daß die Vergangenheit ihren Schatten auf die Zukunft warf. Macht war, sich selbst zu kennen, genau zu wissen, wer man war und welches Potential in einem ruhte. Macht war, die eigene Familie zu entlarven und sich damit abzufinden, daß sie sich niemals ändern würde. Und vor allem die Gewißheit, daß sie, Lindsay, nicht die geringste Schuld traf. Sie hatte es nicht nötig, diese zerstörerischen Spiele mitzuspielen. Sie war frei. Lindsay holte tief Luft. Als Delmartin sie fragend ansah, schüttelte sie den Kopf, und er schwieg.

Zu ihrer Überraschung schlief Lindsay während des Fluges nach New York. Sie träumte nicht. Sie weinte nicht. Sie fühlte sich wie betäubt. Die letzte halbe Stunde verbrachte sie in einem Dämmerzustand und dachte an Taylor.

Sie wollte ihn sehen, ganz dicht bei ihm sein, ihn berühren, an ihm schnuppern. Sie wollte sicher sein können, daß sie nicht allein war. Nie mehr allein. Mein Gott, sie sehnte sich so nach Taylor.

Es war kurz nach Mitternacht, als sie durch den Tunnel am Flugsteig ging. Sie rannte fast, aber das war ihr gleichgültig, denn sie wollte keine Sekunde mehr auf Taylor verzichten. Einmal wäre sie fast gestürzt, wenn ein Mann sie nicht festgehalten hätte. Sie dankte ihm kurz und eilte weiter.

Er stand mit verschränkten Armen an einen Betonpfeiler gelehnt und schaute ihr erwartungsvoll entgegen. Zum erstenmal, seit sie sich kannten, sah sie ihn wirklich und blickte bis auf den Grund seiner Seele. Sie erkannte, wie hart er sein konnte und auch wie sensibel. Und das Herz klopte ihr so wild, als wollte es zerspringen.

Während sie auf ihn zuging, starrte sie ihn an. Sie wußte nicht, woher dieses Gefühl kam, aber sie wollte ihn mehr als alles andere auf der Welt. Er sagte nichts und rührte sich nicht von der Stelle, sondern beobachtete sie nur mit zur Seite geneigtem Kopf.

Lindsay ließ die Tasche fallen und lief auf ihn zu. Er reagierte schnell, hob sie in seine Arme und drückte sie so fest an sich, daß sie kaum noch Luft bekam. Als er sie wieder herunterließ, spürte er ihren warmen, weichen Körper. Aber er spürte noch etwas anderes: In ihr tobten Gefühle, so wild, wie er es gar nicht bei ihr kannte. Ihre Arme lagen immer noch um seinen Hals, und sie bedeckte sein Gesicht mit Küssen.

Mein Gott, dachte er und öffnete seine Lippen, als sie ihre dagegenpreßte. Zum erstenmal, seit er sie kannte, ließ er sich fallen, reagierte er spontan, zeigte er ihr, wie sehr er sie begehrte. Er dachte nicht mehr daran, daß er sich beherrschen mußte und daß er ihr keine Angst einjagen durfte. Er wollte sie mit jeder Faser seines Körpers und ...

Stöhnend liebkoste er ihren Rücken. In diesem Moment hörte er jemanden lachen und hob langsam den Kopf, obwohl er es kaum ertragen konnte, sich von ihr zu lösen. Es dauerte eine Weile, bis er begriff, was um ihn vorging. Sie standen mitten auf dem Kennedy Airport, und er war kurz davor gewesen, ihr die Kleider vom Leibe zu reißen.

Er holte tief Luft, nahm ihr Gesicht zwischen seine Hände und küßte sie sanft — ihre Nase, ihr Kinn, ihre Wangen — und strich mit den Daumen über ihre Augenbrauen.

»Willkommen Zuhause, Liebling, ich habe dich vermißt.«

»Fahren wir nach Hause, Taylor, jetzt, sofort nach Hause.« Noch nie hatte er ihre Stimme so gepreßt und heiser gehört, und er wurde von einer Verwegenheit ergriffen, die er gar nicht an sich kannte. Er nahm ihre Tasche und zog sie zum Ausgang.

Sie rannten fast und sprachen kein Wort. Lindsay wurde von erschreckenden Gefühlen ergriffen, die ihr völlig fremd waren, aber es gab kein Zögern. Sie wollte es — ganz gleich was —, und sie verspürte weder Angst noch Ekel. Sie sah nur Taylor vor sich, und er würde sie beschützen und ihr geben, wonach sie sich sehnte, was sie brauchte. Sie atmete schwer. Seine Finger umfaßten fester ihre Hand.

Als sie ihn betrachtete, entdeckte sie, daß seine Wangen gerötet waren. Mein Gott, sie wollte ihn berühren, ihn fühlen, ihre Hand über seinen Bauch gleiten lassen, seinen Penis streicheln, damit er noch härter wurde, ihn in sich spüren ...

Die Zeit schien sich unendlich zu dehnen. Der Straßenverkehr jenseits der Autofenster verschwamm zu einem Schleier mitternächtlicher Geräusche und Lichter. Er fuhr zu schnell, umklammerte mit beiden Händen das Steuerrad, seine Fingerknöchel waren weiß. Er sah nichts mehr als nur sie, nichts auf der Welt als nur sie.

Lindsay blickte starr geradeaus. In ihrem Körper pulsierte ein unbekannter Rhythmus tiefer und tiefer, doch sie dachte nicht darüber nach, atmete nur schwer. Und er saß dicht neben ihr, so daß ihr sein männlicher Geruch in die Nase stieg. Sie sehnte sich danach, ihn zu berühren.

Plötzlich, nur etwa einen Block von ihrer Wohnung entfernt, drehte sie sich zu ihm um und sagte nur: »Taylor.« Mehr brachte sie nicht heraus.

»Ja, Eden, wir sind gleich da.«

Atemlos erreichten sie die Wohnungstür, und es dauerte viel zu lange, bis er sie aufgeschlossen hatte. Er warf ihre Tasche auf den Boden, stieß die Tür mit dem Fuß zu, zog sie an sich. Als sie so eng an ihn gepreßt dastand, wurde ihm zum erstenmal klar, wie vollkommen sie zueinander paßten. Aber die Kleider ... mein Gott, die verdammten Kleider. Er wollte ihre nackte Haut spüren, ihren heißen Körper an seinem ...

»Taylor«, sagte sie wieder. Diesmal ergriff sie seine Hand, und sie liefen ins Schlafzimmer. Sie ließ sich aufs Bett fallen und zog ihn auf sich. Lindsay hätte nie gedacht, daß es so wundervoll sein würde. Er küßte sie, nicht sanft wie sonst, sondern leidenschaftlich stieß er seine Zunge in ihren Mund. Er bemerkte ihre Überraschung, wußte, daß es das erstemal war, daß sie so etwas noch nie getan hatte; doch bei ihm ließ sie es zu.

Taylor zitterte unter der Macht seiner unterdrückten Gefühle, sein Herz hämmerte, seine Lenden zuckten. Dann berührte er ihre Brüste, liebkoste ihre Brustwarzen durch die Kleidung. »Ausziehen«, flüsterte er. Die Kleider waren im

Weg. »Ja.« Lindsay schob ihn weg und zerrte verzweifelt an seinen Hemdknöpfen. Vergebens versuchte sie, den Reißverschluß seiner Hose zu öffnen.

Alles, was sie so lange unterdrückt hatte, lag nun offen und hemmungslos da. Sie stöhnte, wurde von einem wilden Trieb erfaßt, den sie bisher noch nie empfunden und den sie sich auch nie erträumt hatte.

Taylor konnte es nicht länger ertragen. Er sprang auf, öffnete mit einem Ruck ihre Hosen und zog sie ihr samt Slip die Beine hinab. Fluchend stellte er fest, daß er die Stiefel vergessen hatte, und zerrte sie ihr von den Füßen. Bis zur Taille nackt saß sie da und versuchte hastig, ihm die Hosen abzustreifen. Taylor riß sich Jacke und Pullover vom Leib.

»Taylor, bitte.«

Er konnte nicht mehr warten. Er öffnete den Reißverschluß und befreite sein Geschlecht. Gebannt betrachtete sie seinen erigierten Penis. Und in ihrem Gesicht stand eine solche Sehnsucht, daß er aufstöhnte. Dann beugte er sich über sie.

»Eden, jetzt!« Und er berührte sie mit zitternden, warmen Fingern und drang dann mit einem kräftigen Stoß in sie ein.

Sie stieß einen Schrei aus und bäumte sich auf. Die Arme fest um seinen Rücken geschlungen, vollführte sie Stoßbewegungen mit den Hüften, ließ sich von dem wunderbaren Gefühl treiben und spürte ihn tief in sich. Ihr Atem ging so schwer, daß sie fast zu ersticken glaubte, doch nichts war mehr wichtig, nur sein warmer, kräftiger Körper und sein Geschlecht, das tief in ihr pulsierte. Sie stöhnte, sie wollte nicht, daß es jemals aufhörte, wollte mehr, etwas, das sich in ihr aufbaute und immer mehr steigerte . . .

Er lag auf ihr, das Gesicht vor Leidenschaft gerötet, immer fester stieß er in sie hinein und küßte sie dabei heftig; dann erschauderte er, und seine Bewegungen wurden langsamer. Er küßte sie zärtlich. Er konnte es kaum noch ertragen. »Komm, Eden, komm zu mir.« Er schob seine Hand zwischen ihre Körper und ertastete sie, feucht und geschwollen, und liebkoste sie. Sie schluchzte, ihre Brust hob und senkte sich vor rauhem Stöhnen. »Komm, Liebling«, sagte er immer wieder. »Komm, laß dich fallen, komm, vertrau mir . . .«

Erschaudernd kam sie zum Orgasmus. Ihr Blick verschleierte sich. »Taylor!« Sie bäumte sich auf, zuckte wild mit den Hüften, zog ihn tiefer und tiefer in sich hinein, ihre Muskeln kontrahierten, und er wußte, daß er sich nicht mehr zurückhalten konnte. Als er ihr Stöhnen hörte, ließ er los und kam mit einem Aufschrei zum Höhepunkt. Er wußte, daß dies ihr erster Orgasmus war, daß er ihn ihr gegeben hatte und daß sie ihm in dieser wilden Verzückung nähergekommen war. Doch er wollte jetzt nicht weiter darüber nachdenken.

Da flüsterte sie ganz leise: »Ich heiße Lindsay, nicht Lynn. Und ich hasse Eden. Bitte, nenn mich Lindsay.«

»Ich liebe dich, Lindsay«, sagte er, und mit diesen Worten hatte er sich ihr ganz hingegeben, ohne Einschränkungen und für immer.

»Ich dich auch«, antwortete sie mit heiserer Stimme. Ihre warme Zunge strich durch seinen Mund. Dann leckte sie seine Oberlippe, seine Zunge, sein Kinn, und er fühlte, wie sich ihre Hüften wieder an ihn preßten.

»Ich will dich ganz spüren«, sagte er und glitt aus ihr hinaus.

17.

TAYLOR/LINDSAY

Und wieder pulsierte er wild in ihr, dieser unbezähmbare Drang, diese Sehnsucht nach diesem Mann, die alles andere in den Hintergrund stellte. Der Orgasmus hatte sie mit aller Macht überkommen; sie zitterte am ganzen Leibe, fühlte sich erhitzt und merkwürdig weich. Sie hatte nicht wirklich verstanden, was mit ihr geschehen war, aber sie wußte, es würde wieder geschehen. Wieder baute sich die Lust in ihr auf, und sie zögerte keine Sekunde. Sie setzte sich auf und riß sich die Kleider vom Leibe.

»Ja«, sagte sie, während sie mit ihrem Büstenhalter hantierte. »Ich will dich spüren, Taylor, ich will alles an dir kennenlernen, alles . . . will dich berühren. Dein Bauch ist so wunderschön hart und . . .«

Er hielt inne. Sein Atem ging schneller und schneller, als er ihr zuhörte. Und er wußte, daß er sie genau so begehrte wie noch vor wenigen Minuten. Das Blut pulsierte in seinen Adern, ihm war warm, und er fühlte sich unglaublich stark. Lachend beobachtete er, wie sie mit ihrem Büstenhalter kämpfte. Er schob ihre Hände beiseite, öffnete ihn schnell, streifte ihn ab und betrachtete ihre Brüste. Als er sich vorstellte, sie in seinem Mund zu spüren, an ihnen zu saugen und sie zu liebkosen, entfuhr ihm ein Stöhnen.

»Mach schnell«, stieß er hervor. Als er sich wieder auf sie legte, spreizte sie für ihn die Beine. Er fühlte ihre Brüste an seiner nackten Brust, ihren Bauch und ihre Beine an seinen, und die Leidenschaft war kaum noch zu ertragen.

»Ach, Lindsay, diesmal wollte ich es ganz langsam und zärtlich machen.«

»Nein, antwortete sie und tastete nach seinem Geschlecht. Er stützte sich auf die Ellenbogen und spürte, wie sich ihre Hand zwischen ihre Leiber schob, und wie sie ihn umfaßte.

Er schloß die Augen, rieb sich an ihrer weichen Hand. Wenn er sich nicht sofort zurückzog, würde er auf der Stelle zum Orgasmus kommen. »Ich halt es nicht mehr aus. Hör auf, Liebling, leg dich auf mich.« Er zog sie über sich.

Zuerst verstand sie nicht, was er wollte. »Knie dich hin und laß mich in dich eindringen. Dann kannst du dich bewegen, wie du willst.«

Bei seinen Worten leuchteten ihre Augen auf, und Taylor bemerkte das leidenschaftliche Feuer, das in ihnen glomm. Sie betrachtete seinen Penis, berührte ihn und kauerte sich dann mit weit gespreizten Beinen über ihn, er spürte ihren heißen Körper, als er in sie eindrang. Es war ein unglaublich weiches, warmes Gefühl, als sie ihn willkommen hieß. Er glaubte, es keinen Moment länger ertragen zu können. Mit den Händen umfaßte er ihre Hüften und zog sie mit einem Ruck zu sich hinunter.

Sie stieß einen Schrei aus und bäumte sich auf. Als er zu ihr aufblickte, sah er ihre Brüste über sich wippen, den Kopf hatte sie in den Nacken gelegt, und ihr dichtes Haar umwogte ihr Gesicht wie ein Heiligenschein. Sie schien nichts mehr wahrzunehmen als seinen Penis, der in ihr zuckte, und der unbeschreiblichen Lust, die sie von ihm empfing. Er tastete nach ihrer Klitoris und berührte sie sanft.

»Taylor!« ein Aufschrei entrang sich ihrer Kehle, und er konnte nicht mehr an sich halten.

Sie hatte die Hände flach auf seine Brust gestützt und bewegte sich in wildem Rhythmus. Die Spannung in ihr steigerte sich unerträglich, und sie wußte, daß sie sich nicht mehr bremsen konnte. Wie von Sinnen vor Lust bäumte sie sich auf.

Er kam vor ihr zum Orgasmus und sah dann zu, wie sie den Höhepunkt erreichte. Langsam entspannte sie sich, und ihre Beine lockerten ihre Umklammerung um seine Hüften. Sie betrachtete ihre Hände, die immer noch flach auf seiner Brust lagen. Mein Gott, dachte er, während er zu ihr aufblickte. Diese wahnsinnige, unkontrollierte Leidenschaft hätte er nie für möglich gehalten. Doch er würde sie nehmen, wie sie war, genauso wie er es auch mit ihrer gesamten Person tat.

Als er die Hände von ihren Hüften hob, stellte er fest, daß sie wohl blaue Flecken davontragen würde. Er umfaßte ihre Brüste. Sie erschauderte noch einmal und lächelte ihn an.

»Du bist ziemlich leicht erregbar«, sagte er, was wohl die größte Untertreibung seines Lebens war. Er mußte lachen. »Du bist wunderbar, Lindsay.«

»Nicht so wie du«, antwortete sie. Ihr Mund fühlte sich trocken an, und sie war benommen. »Nicht wie du.«

»Ich möchte deine Brust berühren. Beug dich über mich. Genau so.« Und er nahm ihre Brustwarze zwischen seine Lippen. Sie fuhr zusammen, als sich diese völlig neue Empfindung ihrer bemächtigte, doch schließlich konnte sie es nicht mehr ertragen. Sie war völlig erschöpft.

Sie ließ sich auf ihn sinken, bedeckte ihn mit ihrem Körper, und er streichelte ihren Rücken. Er spürte, daß er immer noch tief in ihr war.

Beim erstenmal war sie so eng gewesen, wie eine Jungfrau. Nein, keine Jungfrau, aber wie eine Frau, die seit langer Zeit nicht mehr mit einem Mann geschlafen hatte.

Und sie war zweimal zum Orgasmus gekommen. Taylor konnte es vor Glück kaum fassen. Am liebsten hätte er ihr noch zehn gegeben. Heute nacht. Aber er drehte sie auf den Rücken und glitt aus ihr heraus. Stöhnend bedeckte sie das Gesicht mit ihrem Arm.

»Beweg dich nicht«, sagte er.

Ihre Antwort war nur ein weiteres Stöhnen. Sie zog die Beine hoch.

Als er zurückkam, rollte er sie wieder sanft auf den Rücken und wischte ihr mit einem feuchten Waschlappen seinen Samen ab. Sie war immer noch erhitzt. Taylor stellte sich vor, sie im Sommer zu lieben, wenn die Hitze der Nacht sie beide ergriff und sie schwitzend miteinander verschmolzen. Beim bloßen Gedanken erschauderte er. Dann betrachtete er ihre langen Beine, die wundervoll geformten, schlanken Schenkel, die weiche Haut und ihr feuchtes blondes Schamhaar. Sie war zu mager, aber das machte ihm nichts aus. Selbst beim Anblick ihrer Rippen wäre er am liebsten sofort wieder in sie eingedrungen. Und ihre Brüste waren viel üppiger, als er erwartet hatte, die Brustwarzen zart und rosa. Er beugte sich herunter und berührte eine Brustwarze mit den Lippen.

Nach Luft schnappend fuhr sie auf. »Bitte, Taylor, o Gott!«

Daß sie so heftig auf ihn reagierte, erfüllte ihn mit einem tiefen Glücksgefühl.

Sie umfaßte sein Haar und flüsterte: »Mein Gott . . . Warum hört das nicht auf? Warum Taylor? Ich verstehe es nicht, o Gott, wie schön. Mach weiter, bitte.«

Sie war vor Lust nicht mehr bei sich. Aber er wußte, daß sie trotz alledem erschöpft war. Kein Wunder. Er hatte keine Ahnung, was in San Francisco vorgefallen war. Aber ganz gleich, worum es sich handelte, es hatte sie dazu gebracht, sich ihm ganz zu öffnen. »Nein, Liebling, verzeih mir, du bist so schön. Noch nicht, später.« Sanft schob er sie wieder in die Kissen, warf den Waschlappen zu Boden und breitete die Decke über sie beide. Nach wenigen Minuen war sie eingeschlafen, an ihn geschmiegt, warm und geborgen.

Taylor unterdrückte den Drang, sie noch einmal zu lieben. Aber er konnte nicht einschlafen. Gedanken rasten durch seinen Kopf. Er ahnte, daß sie morgen, wenn sie aufwachte, ganz anderes sein würde; entweder kalt und vernünftig oder von nackter Angst ergriffen, einer Angst, die ihre Wurzeln in ihrer Vergangenheit hatte. Er stellte sich vor, was sie wohl morgen denken würde, nachdem sie sich heute nacht von wilder Leidenschaft hatte hinreißen lassen. Sie hatte sich benommen wie eine Frau, für die Sex das Allergrößte im Leben ist. Sie hatte dieses Gefühl neu entdeckt und konnte einfach nicht genug davon bekommen. Taylor lächelte zufrieden. Doch seine Zufriedenheit wurde zunehmend von Sorge abgelöst. Er mußte etwas tun, damit sie ihm vertraute. Verdammt, wenigstens hatte sie ihm endlich ihren Namen gesagt. Wann würde er endlich alle Geheimnisse aufgedeckt und alle Rätsel gelöst haben? Heute hatte sie sich ganz anders verhalten, als die Frau, die sie sonst zu sein vorgab. Warum verstellte sie sich überhaupt? Warum? Außerdem konnte er sich nicht vorstellen, welches Ereignis diese Veränderung in ihr ausgelöst haben könnte. Dann jedoch wurde ihm plötzlich klar, daß das für ihn eigentlich keine Rolle spielte. Auch all die anderen Fragen waren unbedeutend. Für ihn zählte nur, sie hier neben sich zu wissen, an ihn geschmiegt, jetzt und für immer . . .

Er spürte ihren Busen an seiner Brust, spürte ihr Bein zwischen seinen. Ach, zum Teufel, dachte er und gab seiner Sehnsucht nach. Langsam und sanft rollte er sie auf den Rücken und drang tief in sie ein. Diesmal spürte er, wie sich ihr Körper ihm anpaßte. Sie war so weich, und ihre unbeschreibliche Hitze weckte in ihm den Wunsch, tiefer und tiefer in sie hineinzustoßen und niemals damit aufzuhören.

Vorhin hatte ihn die Leidenschaft so ergriffen, daß er gar nicht wahrgenommen hatte, wie sie sich anfühlte. Er hatte nur gespürt, wie eng sie war, und das hatte ihn fast in den Wahnsinn getrieben. Doch jetzt war er sich jedes Zentimeters an ihr bewußt. Er schloß die Augen und genoß ihre wunderbare Nähe.

Sie erwachte. Er spürte, wie ihre Muskeln sich um ihn zusammenzogen. Unmöglich, daß sie ahnte, was das in ihm auslöste! Er bewegte sich sanft in ihr, sein Körper verspannte sich, sein Herz klopfte heftiger, und er wußte, er würde ohne sie zum Höhepunkt kommen, wenn er jetzt nicht aufhörte. Schnell glitt er aus ihr heraus, rutschte zwischen ihre Beine und liebkoste sie mit den Lippen. Er wußte, sie würde ihn gewähren lassen. Sie war schläfrig und zufrieden, sie wollte ihn wieder, die Dunkelheit verbarg sie, und sie wußte, daß es keinen Grund gab, sich vor ihm zu fürchten.

Sie kam. Dann, als er schon seine leidenschaftlichen Berührungen in sanfte Liebkosungen übergehen ließ, kam sie noch einmal. Ihre Hüften bäumten sich auf, er spürte, wie ihre Beinmuskeln zuckten. Ihre Faust verkrampfte sich in sein Haar, sein heißer Atem streichelte ihr Gesicht, und dann kam sie noch einmal, und als ihre Zuckungen nachließen, glitt er wieder in sie hinein und erreichte den Höhepunkt.

Sein Gehirn war wie leergefegt. Sie lag dicht an ihn

geschmiegt, war Teil von ihm, und als sich sein Atem allmählich beruhigte, lächelte er auf sie hinunter. Sie schlief. Er legte sich neben sie und folgte ihrem Beispiel.

Erschrocken wachte Taylor auf und fuhr hoch. Als er sich eilig umsah, wußte er, daß es zu spät war. Eden ... nein, nicht Eden und auch nicht Lynn — Lindsay war fort. Er betastete ihr Kopfkissen, das immer noch warm war und den Abdruck ihres Kopfes zeigte. Hoffentlich war sie nicht wieder vor ihm davongelaufen! Er hätte sich am liebsten geohrfeigt, weil er nicht aufgewacht war, als sie sich aus dem Bett geschlichen hatte. Er betete, es möge noch nicht zu spät sein.

Er warf die Bettdecke zurück und rannte nackt aus dem Schlafzimmer und den langen Flur entlang zur Eingangstür. Als er mit ihr zusammenstieß, wären sie beide fast gestürzt. Sie war zum Ausgehen angezogen, mit Wintermantel, Stiefeln und Handschuhen. Über der Schulter trug sie ihre große Tasche.

Er packte sie beim Arm und drehte sie herum.

Ihr Gesicht war kreidebleich. Angst stand in ihren Augen. Angst und noch etwas anderes — ein erschreckender und fürchterlicher Ausdruck. Er achtete nicht darauf.

Taylor packte auch ihren anderen Arm. »Wohin zum Teufel willst du?«

Sie versuchte, sich loszureißen, aber er ließ nicht locker. »Kennst du die Regeln bei einem Liebesverhältnis nicht? Regel Nummer eins lautet, daß man nicht einfach davonläuft. Man verdrückt sich nicht, nur weil man der Sache nicht ins Auge sehen will. Du mußt dich dem stellen, was du — Lindsay — gewollt und mit großer Freude, Begeisterung und Leidenschaft getan hast. Nein, verdammt, bleib stehen. Ich lasse dich nicht fort, also vergiß es. Komm mit. Ich bin nackt und friere. Und du gehörst zu mir ins Bett. Hör auf, dich zu wehren, verdammt.«

Er schleppte sie zurück ins Schlafzimmer. Obwohl sie beide Absätze gegen den Boden stemmte, hatte sie keine Chance, denn Taylor war stark, zornig und fest entschlossen, die Angelegenheit zu klären. Sie hatte kein Wort gesagt und kein Geräusch von sich gegeben. Außer ihrem keuchenden Atem war nichts zu hören. Nachdem er sie ins Schlafzimmer gezerrt hatte, schlug er die Tür zu und schloß ab. Den Schlüssel warf er unters Bett. Dann nahm er ihr die Tasche ab, wobei er seine Körperkraft einsetzte, die er sonst in ihrer Gegenwart nie gezeigt hatte. Er zog ihr Mantel, Handschuhe und Schal aus. Darunter trug sie einen weiten Wollpullover, enge Jeans und Stiefel.

Er stieß sie aufs Bett, und als sie aufzuspringen versuchte, schubste er sie sofort wieder zurück. Sie trat aus und traf ihn am Schienbein. Taylor zuckte vor Schmerz zusammen. Allerdings schien sie nicht vorzuhaben, ihre Karatekenntnisse gegen ihn einzusetzen. Obwohl sie mit den Fäusten auf ihn einschlug, bemerkte er, daß sie ihn nicht wirklich verletzen wollte. Ein gutes Zeichen, nahm er an, während er ihr rechtes Bein packte, es hochriß, so daß sie umfiel, und ihr dann den Stiefel auszog. Den anderen entwand er ihr auf die gleiche Weise. »Jetzt machen wir endlich Fortschritte«, meinte er, während er nach ihrem Pullover griff.

Nun fing sie an, sich ernsthaft zu wehren. Aber immer noch sagte sie kein Wort. Sie strampelte, sträubte sich und schlug um sich. Die ganze Zeit herrschte eine unheimliche Stille, die Taylor zu ignorieren versuchte. Ihr die Jeans auszuziehen, erwies sich als ziemlich schwierig, weil sie sehr eng waren. Doch Taylor schaffte es trotz ihres Widerstandes. Zwar trug er dabei einige blauen Flecken davon, aber das war nicht weiter wichtig. Er bemerkte die blauen Flecken an ihren Hüften, die sie letzte nacht davongetragen hatte, und fragte sich, ob sie ihr wohl aufgefallen waren. Er erinnerte sich, wie sie wild zuckend auf ihm gesessen war und sich seine Finger heftig in ihre Haut gegraben hatten. Und während der ganzen Zeit hatte sie Schreie ausgestoßen und gestöhnt.

Kniestrümpfe und Unterhosen durfte sie anbehalten. Statt eines Büstenhalters trug sie nur ein wollenes Unterhemd. Doch für modische Details hatte Taylor jetzt keinen Sinn. Er riß es ihr vom Leibe.

»Nun«, sagte er, nachdem er sie unter die Bettdecke gezogen hatte. Steif wie ein Brett und völlig in sich zurückgezogen lag sie neben ihm. Taylor wurde wütend. »Verdammt, ich bin hier, Lindsay!« brüllte er. Er preßte sie gegen seinen Bauch und seinen harten Penis. »Ich gehöre dir, und mein Körper gehört dir auch. Ich lasse mich nicht dazu benutzen, die Geister auszutreiben, die dich letzte Nacht geritten haben. Ich werde nicht zulassen, daß du erst vier Orgasmen hast und dann einfach davonläufst, als ob nichts geschehen wäre. Hörst du mir zu, verdammt noch mal?«

»So wie du schreist, kann ich dich schlecht überhören. Und das Fluchen kannst du dir sparen.«

»Mein Gott, wenigstens machst du jetzt den Mund auf. Nein, das ist kein Fluchen, sondern die richtige Ausdrucksweise in dieser Situation. Jetzt hör schon auf zu strampeln, ich lasse dich sowieso nicht los. Du hast mich ganz schön zugerichtet. Du kämpfst unfair, Lindsay, und mit deinen langen Beinen kannst du mich überall hintreten. Aber ich habe mehr Erfahrung, also vergiß es, mir entkommst du nicht. Lehn deinen Kopf an meine Schulter und entspann dich. Los, verdammt noch mal! Ja, so ist es besser!«

Er spürte ihren stockenden Atem und die Angst, die sie ergriffen hatte. Angst vor ihm? Nein, wahrscheinlich war es die Angst vor sich selbst, Angst vor einer Vergangenheit, die in den letzten Jahren jede ihrer Handlungen überschattet hatte. Endlich wurde ihr Atem ruhiger. Er blieb still liegen und streichelte sie, bis sich ihre Muskeln entspannten.

»Jetzt, da du wieder dort bist, wo du hingehörst, habe ich dir etwas zu sagen.«

Aber er schwieg, bis sie zu reden anfing. »Was?« fragte sie.

Er antwortete nicht.

Er küßte ihren Scheitel und umarmte sie fest. »Du bist die tollste Frau, mit der ich je im Bett war.«

Sie erstarrte, aber er hielt sie weiter fest umschlungen. Verdammt, das war die Wahrheit, und sie mußte lernen, die Wahrheit ohne Beschönigungen zu verkraften. »Außerdem«, fuhr er fort, nachdem er einige Minuten ihres eisigen Schweigens erduldet hatte, »ist es für mich eine Erleichterung, daß wir zwei im Bett so gut zusammenpassen, denn schließlich wollen wir ja die nächsten fünfzig Jahre miteinander verbringen. Findest du nicht auch?«

»Ich weiß nicht.«

»Natürlich weißt du es. Du hast letzte Nacht großen Spaß gehabt. Du hattest vier Orgasmen!«

»Nein, nein, bitte red nicht so, Taylor. Ich verstehe nichts davon, weder mich selbst, noch warum ich das überhaupt getan habe. Gestern nacht . . . die ganze Nacht. Ich weiß nicht. Es waren fünf.«

Ein guter Anfang, dachte er grinsend. Er küßte ihr Ohr und meinte: »Okay, dann fünf Orgasmen. Mir wäre ein glattes halbes Dutzend lieber gewesen. Und ich mag deinen wirklichen Namen. Als ich noch dachte, daß du Lynn heißt, war ich bereit, das zu akzeptieren, aber ich muß sagen, daß Lindsay besser zu dir paßt.« Als sie nichts erwiderte, fuhr er im Plauderton fort: »Wenn du mir den Rest deiner Geschichte erzählen willst, werde ich dir gerne zuhören. Deswegen läßt du dir deine Post wahrscheinlich nicht mehr hierherschicken. Und deswegen hast du mich beim Unterschreiben des Mietvertrags mit einem Auge beobachtet und die Hand über deine Unterschrift gehalten. Macht nichts, erzähl mir alles, wann du es willst. Ich schwöre dir, ich werde keine Nachforschungen anstellen, obwohl ich das, wie du weißt, als ehemaliger Polizist, Privatdetektiv und Hacker könnte. In drei Minuten wüßte ich, wer du wirklich bist. Ich hätte es schon vor zwei Monaten herausfinden können. Aber ich habe es nicht getan. Obwohl mein Glaube daran, daß jeder Mensch ein Recht auf Privatsphäre hat, auf eine harte Probe gestellt wurde.«

Sie bewegte sich, was aber keinen Befreiungsversuch darstellte, sondern eher Ausdruck ihrer Unruhe war. Schließlich sagte sie: »Ich wollte dir irgendwann meinen Namen sagen. Es war nur einfach nie der richtige Zeitpunkt, und ich hatte Angst, du würdest alles wissen, wenn du ihn hörst, oder daß du es herausfindest und mich dann haßt . . .«

Er hätte Zeit gebraucht, um sich aus diesen Worten einen Reim zu machen, doch er hatte sie nicht. »Ich weiß, ich habe dich in einem schwachen Moment erwischt.« Was meinte sie damit, daß er sie hassen würde, wenn er herausfand, wer sie war? Die Tochter eines Serienmörders? Das uneheliche Kind von Jackie Kennedy Onassis? Taylor verabscheute ungelöste Rätsel. Sie schrien regelrecht nach einer Antwort, und er liebte es, sie bis zur letzten Unstimmigkeit und bis zur letzten offenen Frage auszuknobeln. Warum hatte er Lindsay nur sein Wort gegeben? Immer wieder diese Sache mit dem Vertrauen.

»Ich wollte nicht, daß du Eden liebst. Sie ist nicht wirklich und nichts weiter als ein Trugbild, eine Phantasie. Das hätte ich nicht ertragen.«

Er umarmte sie wieder. »Okay, du hast es mir ja rechtzeitig gesagt. Ich wußte, daß du es bist und daß du tatsächlich existierst. Du bist Wirklichkeit, Lindsay, und du gehörst ganz mir.« Er strich ihr mit der Hand über den Rücken. »Meinetwegen hast du jetzt blaue Flecken auf den Hüften. Man kann noch die Umrisse meiner Finger sehen. Hast du das bemerkt?«

Sie nickte mit dem Kopf.

»Und es tut mir leid, daß ich mich nicht um die Verhütung gekümmert habe. Als ich bemerkte, wie sehr du mich willst, daß du es nicht mehr aushältst . . . Wenn es deine fruchtbaren Tage sind, bist du jetzt vielleicht schwanger.«

Er wartete, beobachtete ihren erschrockenen Gesichtsausdruck und hoffte. Zu seiner Freude bekam sie keinen hysterischen Anfall und zog sich auch nicht vor ihm zurück. Aber er wußte, daß sie nachdachte, was auch den Tatsachen entsprach. Lindsay erinnerte sich an die Schwester in der Notaufnahme und die Pille, die man ihr gegeben hatte, um eine Schwangerschaft zu verhindern. Um zu verhindern, daß sie das Kind des Prinzen zur Welt brachte. Um zu verhindern, daß sie eine Abtreibung durchmachen mußte. Sie schloß die Augen und zwang sich, an etwas anderes zu denken. Und nun war es wieder geschehen, nur daß sie sich diesmal freiwillig daran beteiligt hatte. Würde sie Taylors Kind gebären? Sie erschauderte, und ihr Gehirn war auf einmal wie leergefegt.

Taylor wartete.

»Ich habe schon wieder eine Erektion, das fühlst du bestimmt. Möchtest du, daß ich wieder Liebe mit dir mache, im hellen Tageslicht, damit ich dich ansehen kann, wenn du zum Höhepunkt kommst, und auch du mich siehst?«

Bei diesen Worten erschauderte sie, und Taylor wurde von einem Triumphgefühl ergriffen.

Er wandte sich um und warf einen Blick auf ihr geliebtes Gesicht. Sie war ungeschminkt und unglaublich schön. Ihr Haar fiel in einem zerzausten Schopf über die Schultern und umrahmte in dicken Wellen ihr Gesicht. Ihre Augen funkelten tiefblau, und er hoffte, das Feuer in ihnen möge aufkeimende Begierde sein. Doch das würde er bald feststellen. Als er sie küßte, spürte er, wie sie sich für einen Sekundenbruchteil zurückzog. Aber dann kam sie ihm entgegen. Taylor küßte sie leidenschaftlicher, strich mit der Zunge über ihre Unterlippe, drängte sie, den Mund zu öffnen. Sie tat es, allerdings nur für einen Augenblick.

Dann, ganz plötzlich, fuhr sie zurück und ließ sich vom Bett rollen. In ihrer Hast, ihm zu entkommen, griff sie nach der Decke, die jedoch ihren Händen entglitt. Lachend blickte er zu ihr hinunter. »Du brauchst nicht vor mir davonzulaufen. Du mußt mir nur sagen, was dir nicht gefallen hat, und ich werde es ändern. Ich bin gut, Lindsay, und ich will, daß du mit mir zufrieden bist.«

Lindsay saß, nur mit Kniestrümpfen und Unterhosen bekleidet, auf dem scharlachroten Bokara-Teppich. Sie keuchte, und ihre Augen waren weit aufgerissen. Die Hände hatte sie zu Fäusten geballt; sie sah aus, als ob sie sich schämte.

Nur das nicht, alles, nur das nicht. Taylor konnte diesen Anblick nicht ertragen. »Komm, Liebling. Du möchtest jetzt nicht mit mir schlafen? Macht nichts, wir waren ja in der letzten Nacht intensiv zusammen.« Er streckte ihr die Hand entgegen, doch sie blickte ihn nur verwirrt an. Seine Hand war kantig. Er hatte lange Finger mit kurzen, ordentlich gefeilten Nägeln. Schöne Hände, männliche Hände, doch ein Mann konnte ihr mit diesen Händen weh tun, wie der Prinz ihr weh getan hatte. Aufschluchzend kroch Lindsay ein paar

Meter vom Bett weg, sprang dann hoch und rannte ins Badezimmer.

»Mist!« rief Taylor aus.

Da er die Badezimmertür im Auge behalten konnte, mußte er nicht befürchten, daß sie sich wieder davonschleichen würde. Außerdem lag der Schlüssel zum Schlafzimmer gut versteckt unter dem Bett. Also zog sich Taylor die Decke hoch, schüttelte sein Kopfkissen auf, legte sich hin und beobachtete die vermaledeite geschlossene Tür. Er fing an, alles zu sagen, was ihm spontan in den Sinn kam: »Lindsay? Bestimmt kannst du mich durch die Tür hören. Habe ich dir schon erzählt, daß meine Mutter Opernsängerin war? Sie war wirklich ziemlich gut — Sopranistin. Sie ist mit Beverly Sills, Carlo Panchi und noch einigen Berühmtheiten aufgetreten. Ihr Künstlername war Isabella Gilliam. Hast du schon von ihr gehört? Mein Vater und sie starben Anfang der achtziger Jahre bei einem Flugzeugabsturz in Arizona. Dad war so stolz auf sie, er verabscheute Opern, aber das verriet er Mutter nie. Immer wenn ich heute an die beiden denke, fällt mir ein, ob Mutter wohl ahnte, was für eine Qual es für ihn war, sich eine Oper nach der anderen anzuhören. Vielleicht tat sie nur so, als bemerkte sie es nicht, damit er nicht wußte, daß sie es wußte. Verstehst du, was ich meine? Willst du mir nicht sagen, was du denkst?«

Schweigen. Dann hörte er, wie die Dusche rauschte.

Okay, genug geredet. Er hatte sich etwas vorgemacht, als er gehofft hatte, sie würde ihm antworten. Taylor stand auf, zog einen dicken Frottebademantel an und ging in die Küche. Da er sie schließlich nicht einsperren konnte, ließ er die Schlafzimmertür offen, steckte allerdings den Schlüssel ein. Dann machte er Kaffee, nahm einige Croissants aus der Tiefkühltruhe und schob sie ins Backrohr. Dabei pfiff er vor sich hin, behielt aber immer die Tür im Auge.

Als sie eine halbe Stunde später in der Küche erschien, saß er an dem schweren Holztisch und trank seine dritte Tasse Kaffee.

Sie hatte sich das Haar geföhnt und war von Kopf bis Fuß anständig angezogen. Jeder Zentimeter ihres Körpers vom

Kinn abwärts war mit Kleidungsstücken bedeckt, und sie trug soviele Schichten übereinander, daß sie fast unförmig wirkte. Ihr Versuch, sich hinter einer Schutzschicht zu verstecken, wie Taylor vermutete.

»Kaffee?«

Mit einem Nicken setzte sie sich an den Tisch.

»Croissants mit kalorienfreier Erdbeermarmelade?«

»Nein, danke, Taylor.«

Als er an ihr vorbeiging, bemerkte er, wie sauber und frisch sie roch. Im Gegensatz zu ihm, dem noch der Geruch nach Sex anhaftete.

Er prostete ihr mit seiner Kaffeetasse zu, aber sie achtete nicht auf ihn. Statt dessen zerpflückte sie mit gesenktem Kopf ihr Croissant.

»Kannst du mir eine Frage beantworten, Lindsay?«

Schweigen.

»Kannst du mir sagen, wohin du heute morgen wolltest? Du wohnst hier. Deine alte Wohnung ist vermietet. Wohin also, Lindsay?«

Als sie aufblickte, stellte er sofort fest, daß sie keine Ahnung hatte. Ihr einziger Gedanke war gewesen, ihm so schnell wie möglich zu entkommen.

Diese Erkenntnis war nicht sehr angenehm.

»Wohin, Lindsay?«

»Zu Gayle.«

»Das stimmt nicht, wenigstens nicht in diesem Augenblick. Wahrscheinlich wäre dir Gayle früher oder später eingefallen, aber in diesem Augenblick hast du nicht an sie gedacht. Lüg mich nicht an, verdammt.«

Sie warf ein Croissant nach ihm. Da sie keine Butter darauf geschmiert hatte, blieben nur Krümel an seinem bartstoppeligen Kinn hängen.

»Besser ein Croissant als ein linker Haken«, meinte er und wischte sie fort.

»Ich würde jetzt gerne gehen, Taylor.«

»Nein, nicht ehe wir einiges zwischen uns geklärt haben. Du bist nicht fair zu mir, Lindsay.«

Diesmal sah sie ihn wirklich an, anstatt durch ihn hindurchzublicken. Sie betrachtete sein zerzaustes Haar, sein stoppeliges Kinn und seine eindringlichen Augen. Und sie erkannte noch etwas: Er sorgte sich wirklich um sie.

»Ich glaube, du hast recht.«

»Ja.«

»Ich bin Millionärin, Taylor. Multimillionärin.«

Er sah sie skeptisch an.

»Meine Großmutter hat meinen Vater und meine ältere Halbschwester übergangen. Ich habe die Villa und das Gesamtvermögen geerbt. Die anderen Familienmitglieder haben nur jeweils eine Million Dollar bekommen, aber das ist für sie eine lächerliche Summe, und nun haben sie es auf mich abgesehen.« Sie erschauderte. »Es war entsetzlich.«

»Komm her, Lindsay.«

Als sie den Kopf hob, sah sie, daß er auf seinen Schenkel klopfte. »Komm her«, wiederholte er.

Also folgte sie seiner Aufforderung. Sie setzte sich auf seinen Schoß, und er umarmte sie fest. Aber sie weinte nicht. Ihre Tränen waren zu tief in ihrem Innersten vergraben, als daß Taylor sie hätte erreichen können.

»Willst du mir darüber erzählen?«

»Mein Vater haßt mich. Er hat mich immer gehaßt. Das weiß ich schon seit langem. Nachdem der Anwalt das Testament meiner Großmutter verlesen hatte, und meinem Vater bewußt wurde, was das bedeutete, ist er auf mich losgegangen. Es war schrecklich. Holly, seine Frau, kreischte und tobte, doch er war so wie immer: kalt, skrupellos und grausam. Merkwürdigerweise hat sich meine Halbschwester nicht eingemischt, obwohl sie es sehr gut versteht, andere Leute zu verletzen. Doch sie hat sich zurückgehalten, warum, weiß ich nicht. Dann hat mir der Anwalt — er heißt Grayson Delmartin — vom Testament meiner Mutter erzählt. Bislang hatte ich einen Treuhandfonds, hauptsächlich in Aktien angelegt, der zu meinem Einkommen beisteuert, aber niemals habe ich eine solche Summe Geldes besessen. Niemals, Taylor, ich weiß nicht, was ich tun soll.«

»Glaubst du, dein Vater würde das Testament anfechten?«

»Er war so wütend, daß er mich enterbt hat. Aber er wird

es sich sicherlich anders überlegen, denn Mr. Delmartin hat ihm erklärt, er habe dann kein moralisches und juristisches Recht auf mein Vermögen, falls ich vor ihm sterben sollte.«

»Das klingt ja reizend, Lindsay.«

»Warum haßt er mich so, Taylor?«

»Vielleicht könnte ich deine Frage beantworten, wenn du mir mehr erzählst.«

»Er hat immer meine Halbschwester Sydney bevorzugt. Sie ist neun Jahre älter als ich und war schon immer perfekt: Schön, unglaublich intelligent — sie hat Jura in Harvard studiert —, und sie ist mit einem italienischen Prinzen verheiratet. Nun ist sie hier und . . .«

Taylor wartete. Verdammt, endlich hatte sie geredet, aber jetzt war sie wieder stumm wie ein Fisch; er konnte das nicht ausstehen.

»Warum, glaubst du, hat deine Großmutter dir ihr Vermögen hinterlassen?«

»Ich weiß nicht. Sie war sehr stolz auf Sydney. Vielleicht ist ihr klargeworden, daß sie ihren Sohn — meinen Vater — falsch eingeschätzt hatte. Er und seine Frau Holly haben in den letzten zwei oder drei Jahren bei ihr in der Villa gewohnt.« Sie hielt einen Moment inne und betrachtete die schicke Kaffeemaschine, die Taylor angeschafft hatte. »Doch ich kann es mir vage vorstellen. Sie wollte mir etwas in die Hand geben, damit ich mich gegen meinen Vater und Sydney wehren kann. Sie wollte, daß ich Macht habe, und Geld ist die einzige Form von Macht, die sie kannte. Aber weißt du, ich habe festgestellt, daß es noch eine Art Macht gibt, eine, die mit Geld nichts zu tun hat.«

Er umarmte sie fest und wartete, aber sie sagte nichts mehr.

»Wie heißt du mit vollem Namen, Lindsay? Da du mich heiraten wirst, würde ich gerne wissen, wie meine Zukünftige wirklich heißt.«

Sie machte schon den Mund auf, um zu sprechen. Macht. Ja, sie hatte viel Macht. Aber Paris und das Schreckliche, was der Prinz ihr angetan hatte . . . Tränen traten ihr in die Augen, und sie schüttelte den Kopf. »Ich kann nicht, Taylor.

Es ist zu schrecklich, glaube mir . . . zu schrecklich. Bitte, gib mir mehr Zeit.«

»Bist du wirklich sehr, sehr reich?«

»Ja, sehr.«

»Und was fangen wir damit an?«

»Ich weiß nicht.«

»Hast du dich deswegen am Flughafen so auf mich gestürzt?«

Wieder zog sie sich zurück, aber nicht völlig, nein, diesmal war sie sich ihrer Sache nicht so sicher. Er wartete. »Was ist passiert, Lindsay? Warum wolltest du mich?«

Er fragte sich, ob sie es selbst wußte, und sagte laut: »Weil dein Vater dir zum letztenmal gezeigt hat, wie sehr er dich verabscheut? Weil du dich entschlossen hast, dich nicht mehr von ihm beherrschen zu lassen? Ein Befreiungsschlag?« Mein Gott, was redete er für einen Unsinn! Schließlich war er kein Psychologe und sollte sich mit solchen Aussagen vorsehen. Aber er war sich ganz sicher, daß Lindsay das Mädchen war, von dem Dr. Gruska gesprochen hatte. Der Vaterkonflikt . . . aber Verführung? Er wußte es nicht und wagte nicht, darüber nachzudenken.

»Vielleicht. Ich habe an dich gedacht, nur an dich, all meine Kraft auf dich konzentriert. Wahrscheinlich, weil ich die bohrenden Erinnerungen an all die schrecklichen Szenen in der Villa loswerden wollte. Ich wollte dich, noch ehe ich dich am Flughafen sah. Ich konnte an nichts anderes denken, als nur an dich. Und als ich dich sah, so gesund, so vernünftig und warm . . . du wolltest mich und hast mich nicht gehaßt . . . also . . . ich weiß nicht.«

»Lindsay?«

»Ja?«

»Verlaß mich nicht. Lauf nie mehr vor mir fort. Auch wenn dich etwas bedrückt und dir angst macht, bleibe. Rede mit mir oder sitz einfach nur da und starr mich an. Du kannst mir sogar den Rücken zuwenden. Nur lauf bitte nicht davon. Ich liebe dich, und gemeinsam können wir alle Probleme lösen. Bitte, versuch, mir zu glauben.«

Schweigen.

»Ich lasse mich von dir sogar zu einem Hot-dog im Museum einladen, um deinen neuen Reichtum zu feiern.«

Sie schmiegte sich in seine Arme, sah ihn schweigend an und lächelte. »Okay, ich werde nicht mehr vor dir davonlaufen. Es ist an der Zeit, damit aufzuhören. Schließlich bin ich kein Kleinkind mehr, etwas, was ich mir in letzter Zeit häufig sage. Nein, ich bin kein Kind mehr, das man herumstoßen und mit grausamen Worten vernichten kann. Ich bin erwachsen, und von Erwachsenen erwartet man, daß sie vernünftig nachdenken und sich in der Gewalt haben.«

»Amen«, sagte er, aber er war sich nicht sicher, was sie wirkich hatte sagen wollen.

Doch nachdem sie an jenem Samstagnachmittag vom Joggen zurückkamen, sollte Taylor erfahren, daß das Leben immer wieder eine neue unliebsame Überraschung bot.

18.

Da Taylor beim Knobeln, wer zuerst dran war, gewonnen hatte, stand er gerade unter der Dusche; das zweite Badezimmer in dieser wunderschönen Altbauwohnung verfügte nur über eine Wanne mit Füßen, und sie waren noch nicht dazugekommen, einen Duschvorhang anzubringen.

Fröhlich vor sich hinpfeifend, schrubbte er sich ab. Er fühlte sich besser als jemals in seinem Leben. Leider hatte er die Singstimme seines Vaters geerbt, aber wen kümmerte das? Er seifte sich ein. Zum erstenmal hatte er Anlaß zur Hoffnung. Lindsay war mit ihm verlobt, sie hatte sich ihm geöffnet und sich ihm hingegeben. Und noch nie hatte er Sex so genossen, was für ihn die allergrößte Überraschung gewesen war.

In Wahrheit hatte Taylor daran gezweifelt, jemals wieder ein normales Sexualleben führen zu können. In trüben Momenten hatte er sich Lindsay vorgestellt, die passiv im Bett lag, zusammenzuckte, wenn er sie berührte, ihn steif und kalt erduldete. Dieser Gedanke hatte ihm das Blut in den Adern gefrieren lassen, aber letzte Nacht ...

Immer noch pfeifend kam er aus dem Badezimmer. Er trug Jeans und einen engen dunkelblauen Rollkragenpullover. Als er ins Wohnzimmer ging, hörte er eine Frauenstimme. Wahrscheinlich war Gayle Werth zu Besuch gekommen.

Er wollte das Wohnzimmer schon betreten, doch da fiel sein Blick auf eine wunderschöne Frau — also nicht Gayle. Die Fremde war in schwarzes Leder gekleidet, das ihre vollkommene Figur hauteng umhüllte. Sie hatte sich vor Lindsay aufgebaut. Lindsay sah aus wie ein trotziges Schulkind, das gerade von der Lehrerin getadelt wird. Taylor blieb stehen und lauschte.

»... ach, ja, Lindsay«, sagte die Frau in einer süßlichen Stimme, die Taylor eine Gänsehaut über den Rücken jagte. »Vater würde dir immer noch am liebsten den Kopf abreißen.

Er findet — wie er ja laut und deutlich sagte —, daß du eine bösartige, gemeine kleine Nutte bist. Aber du hast ihn ja selbst gehört. Er ist leider etwas außer sich geraten. Wie dem auch sei, ich glaube, er ist bereit, seine Meinung über dich zu ändern, wenn du tust, was von dir erwartet wird, nämlich die Erbschaft zurückzugeben. Du weißt, daß das Geld eigentlich ihm zusteht. Und da er nicht glaubt, daß du das verstehst, bin ich hier, um in seinem Namen zu sprechen. Ich sagte ihm, ich würde dich aufsuchen, nachdem du genug Bedenkzeit gehabt hättest. Ich sagte ihm, Großmutters Tod habe dich sehr durcheinandergebracht, so daß du nicht in der Lage seist, ein klares Urteil zu fällen. Außerdem sagte ich ihm, er solle dich nicht unterschätzen, Lindsay. Du seist nicht dumm, sagte ich. Du seist nicht selbstsüchtig und gierig. Du würdest schon tun, was richtig und gerecht ist.«

Einige Augenblicke herrschte Schweigen. Fast wäre Taylor jetzt hereingekommen, um diese Szene zu beenden, aber er rührte sich nicht, noch nicht. Dann hörte er Lindsay verwirrt antworten: »Aber du hast dich damals nicht weiter geäußert, Sydney, du hast nur etwas über ›stille Wasser‹ zum besten gegeben. Und jetzt bist du im Auftrag von Vater hier, als seine Anwältin.«

»Ja, wenn du es so direkt ausdrücken willst. Doch außerdem bin ich seine Tochter und deine Schwester. Ich bin hier, um den Schaden zu begrenzen und um dir Vernunft beizubringen. Du weißt ja, wie stolz Vater ist. Es fällt ihm schwer, klein beizugeben und Fehler einzugestehen.«

Sie hielt einen Moment inne und lachte. »Du hättest noch etwas bleiben sollen. Nachdem Delmartin dich zum Flughafen gebracht hatte, rief er an und teilte Holly mit, sie dürfe nichts am Haus verändern. Ansonsten würde er zu rechtlichen Schritten greifen. Die dumme Kuh war außer sich vor Wut. Es war ein amüsantes Schauspiel. Es machte mir Spaß zuzuschauen, wie sie sich betrank und heulend und wehklagend durchs Haus taumelte. Vater spricht schon davon, ihr den Laufpaß zu geben. Bei gesellschaftlichen Anlässen kann er sowieso nicht auf sie zählen, weil sie immer betrunken ist. Und dann schau dir an, wieviel sie zugenommen hat — sie sieht aus wie ein Kartoffelsack. Nein, es dauert bestimmt nicht mehr lange, bis wir Holly los sind.

Aber unser Vater, Lindsay, ist jetzt der Allerwichtigste. Es ist sein Geld, und er muß es bekommen. Wie ich schon sagte, glaubt er nicht, daß du Vernunft an den Tag legen wirst, doch ich meinte, ich kenne dich besser, und du würdest genug Grips beweisen. Du liebst ihn schließlich und möchtest ihm bestimmt nicht so weh tun, wie Großmutter es getan hat.«

»Du willst also, daß ich mein gesamtes Erbe ihm überschreibe?«

»Oh, einen kleinen Teil kannst du schon behalten, aber das tatsächliche Vermögen gehört Vater. Findest du nicht auch? Immerhin ist er der Stammhalter. Außerdem hast du ja noch das Geld deiner Mutter. Wieviel ist das? Etwa fünf Millionen, oder?«

»Kann ich eine Million von Großmutters Geld behalten?«

»Warum nicht? Für dich wäre es ja keine Beleidigung wie für Vater.«

»Wird Vater mich nicht mehr für eine selbstsüchtige Nutte halten, wenn ich es tue?«

»Ich rede mit ihm. Ich sorge dafür, daß er es versteht.«

»Glaubst du wirklich, ich könnte mir seine Liebe erkaufen, indem ich ihm Großmutters ganzes Geld gebe?«

»Sei nicht töricht, Lindsay. Er liebt dich. Leider verachtet er deine Mutter und hat das auf dich übertragen. Aber heute ist das alles anders. Wenn du jetzt das Richtige tust, würde er seine Meinung über dich bestimmt ändern.«

»Ich kann mir kaum vorstellen, daß er sich mir gegenüber anders verhalten könnte.«

»Das tut er bestimmt. Ich verspreche es dir. Unterschreibst du die Papiere? Ich habe sie mitgebracht.«

»Darf man Großmutters Wünsche einfach so mißachten? Glaubst du nicht, daß sie das Recht hatte, mit ihrem Geld anzufangen, was sie wollte? Schließlich war es nicht Vaters Geld, sondern ihres.«

»Er ist ihr einziger Sohn. Nach Erbfolge, Moral und Gerechtigkeit gehört das Geld ihm. Hier sind die Papiere. Sie sind deutlich formuliert. Ich habe sie selbst gemeinsam mit dem Anwalt ausgearbeitet, damit du auch alles verstehst. Unterschreibst du jetzt, Lindsay?«

Taylor wollte schon ins Zimmer stürzen, aber er hielt inne. Das hier war Lindsays Problem, ihre Entscheidung. Sie klang völlig ruhig, so ruhig, daß es ihm fast schon Sorgen machte. Mit angehaltenem Atem wartete er.

Und dann sagte sie mit derselben ruhigen Stimme: »Lieber nicht, Sydney.«

»Jetzt hör mir mal zu, Lindsay, ich habe genug von deinen . . .« Aber Sydney sprach den Satz nicht zu Ende. Als sie sich beim Sprechen umwandte, sah sie einen unglaublich attraktiven Mann in der Tür stehen. Einen Mann, dem sie noch nie zuvor begegnet war. Sydney bemerkte, daß er aus der Dusche gekommen war. Er wirkte kräftig, schlank und athletisch gebaut, genau der Typ Mann, der ihr am besten gefiel. Dazu hatte er markante Züge und dunkles Haar. Erschrocken dämmerte ihr, daß er hier zusammen mit ihrer Schwester wohnte. Ihr war, als sei sie in die falsche Wohnung geraten. Sydney konnte es nicht fassen. Sie mußte sich irren. Der Mann war wahrscheinlich ein Handwerker. Lindsay würde nie einen Mann in ihre Nähe lassen, geschweige denn einen Mann wie diesen hier. Dieser Mann war gefährlich. Er würde sich nehmen, was er wollte. Er konnte Lindsay mit einer Hand zerquetschen. In diesem Moment bemerkte Sydney zum erstenmal den schimmernden Diamanten an Lindsays Finger. Ein Verlobungsring. Sie traute ihren Augen nicht. Das mußte doch ein Irrtum sein! Sicherlich gab es eine andere Erklärung.

»Mein Gott! Wer ist das, Lindsay?«

Lindsay wirbelte herum und entdeckte Taylor, der ihr zugrinste und Sydney dann fragend ansah. Lindsay zwang sich zu einem Lächeln. Eigentlich hatte sie verhindern wollen, daß Taylor und Sydney einander begegneten. Allerdings war ihr beim Anblick ihrer Halbschwester klar geworden, daß sich das nun nicht mehr vermeiden ließ. Also mußte sie in den sauren Apfel beißen. »Das ist mein Verlobter, S.C. Taylor«, machte sie die beiden höflich bekannt.

»Taylor, das ist meine Halbschwester, Prinzessin Sydney di Contini.«

»Taylor«, wiederholte Sydney und starrte den Mann an. Kopfschüttelnd sagte sie: »Sind Sie wirklich mit Lindsay verlobt? Ich glaube Ihnen kein Wort, das muß doch ein Witz sein. Was machen Sie hier? Reparieren Sie die Heizung? Oder sind Sie schwul? Läßt Lindsay Sie deshalb in die Wohnung?«

Lindsay erkannte die absolute Ungläubigkeit in der Stimme ihrer Schwester. Daß Taylor schwul war, schien für sie die einzige Erklärung seiner Anwesenheit zu sein. Das war zu viel. Wie würde Taylor auf eine solche Unterstellung reagieren? Sie blickte zwischen Taylor und ihrer Schwester hin und her. Sydney war so schön, daß kein Mann ihr widerstehen konnte. Auf einmal wurde Lindsay von Eifersucht ergriffen, die sich wie ein Messer tief in ihr Herz bohrte. War es wirklich so absurd, daß ein Mann mit ihr verlobt sein konnte? In den Augen ihrer Schwester offenbar schon.

Jetzt starrte Sydney Taylor an. Sie streckte ihm die Hand entgegen und beugte den Oberkörper vor. Ihr Gesichtsausdruck war eine Einladung. Zu Lindsays Überraschung warf Taylor der unbeschreiblich schönen Sydney nur einen Blick zu und nickte. »Lindsays Halbschwester. Nett, Sie kennenzulernen, Ma'am.«

»Ma'am?« Wie können Sie mich so gräßlich anreden. So, als wäre ich ein altes Weib oder etwas ähnlich Abstoßendes.«

Doch Taylor fuhr nur fort, sie weiterhin, schweigend zu mustern. Verlegen sah Sydney zu Lindsay hinüber, die ein Gesicht machte, wie ein Kaninchen vor der Schlange. Sydney blickte ziemlich verwirrt drein. »Wo habt ihr euch denn kennengelernt? Und warum hast du mir bisher nichts von ihm erzählt? Wir haben uns doch erst gestern gesehen?«

»Nehmen Sie doch Platz«, forderte Taylor sie auf. »Da Sie Lindsays Halbschwester sind, können wir Ihnen ja sagen, daß ich Lindsay vor einigen Monaten kennengelernt habe. Mein Auftrag war, sie zu beschützen. Und jetzt beschütze ich sie, auch im Privatleben.«

»Ach, Sie sind Leibwächter. Das hätte ich mir bei Ihrer Figur denken können. Haben Sie sich mit ihr verlobt, nachdem Sie von ihrem Reichtum erfuhren, Taylor? Hat es sich gestern nacht ergeben?«

»Nein, Sydney, es hat sich nicht ergeben.«

Obwohl Taylor immer noch lächelte, ahnte Sydney plötzlich, daß sie einen großen Fehler gemacht hatte. »Ich habe von Ihnen gehört, Sydney«, sprach er weiter. Seine Stimme klang so ruhig, als sei sie es gar nicht wert, daß man sie anschrie. »Ich sehe, Sie sind wirklich begabt. Sie bemannen alle Schießscharten und feuern blindlings drauflos. Ein interessantes Verfahren, obwohl ich selbst andere Methoden vorziehe. Aber möglicherweise haben Sie im Laufe der Jahre ja die Erfahrung gemacht, daß Sie so am weitesten kommen. Ihre gelegentlichen Treffer haben gewiß große Verheerung bei Ihren Gegnern angerichtet.«

»Seien Sie doch nicht albern«, meinte Sydney, doch Lindsay bemerkte, daß sie inzwischen ein wenig ängstlich aussah. Woher kannte Taylor Sidney? Sie hatte ihn nie mit einem Wort erwähnt. Und trotzdem durchschaute er sie, erkannte sie als das, was sie war.

Schnell fuhr Sydney fort: »In San Francisco hat Lindsay keinen Verlobungsring getragen. Wenn Sie damals schon mit ihr verlobt waren, warum trug sie dann den Ring nicht?«

»Ich habe ihn abgenommen, weil ich keine Lust auf Fragen hatte«, antwortete Lindsay. »Schließlich waren wir alle wegen der Beerdigungen da, nicht um zu feiern und Glückwünsche auszutauschen.«

Taylor wünschte, sie hätte den verdammten Ring getragen. Sie hatte Angst gehabt, zu ihrer Verlobung zu stehen, Angst vor der Neugier und dem Spott ihrer Familie. Er fragte sich, wann sich endlich etwas daran ändern würde.

»Aber es ging noch um viel mehr, oder nicht, Lindsay? Hast du Taylor schon gesagt, wie reich du wirklich bist?«

»Hör mal, Sydney, ich bin verschwitzt und müde, und ich kann mir vorstellen, daß du ebenfalls eine Menge zu tun hast. Wann fliegst du zurück nach Mailand? Wann erwartet Vater, von dir zu hören?«

Sydney antwortete nicht sofort. Stirnrunzelnd musterte

sie Taylor. »Sagten Sie nicht, Sie hätten Lindsay beschützt?«

»Richtig.«

»Sind Sie Privatdetektiv?«

»Unter anderem.«

»Du meine Güte, dann sind Sie Valeries Taylor!«

Diese Worte trafen Taylor wie ein Faustschlag in den Magen. Warum hielt dieses verdammte Weib nicht den Mund, stand auf und ging?

Aber er wußte, das würde nicht geschehen. Jetzt war er an der Reihe.

Seine Stimme klang immer noch ruhig und gelangweilt. »Kennen Sie Valerie Black? Das überrascht mich nicht; Sie beide ähneln sich sehr. Ich bin eine Zeitlang mit Valerie ausgegangen, was ist schon dabei?«

Sydney sah ihn an, und Taylor wußte sofort, daß sie mit Valerie vertrauliche Gespräche geführt hatte. Und diese Gespräche hatten offenbar ihn zum Inhalt gehabt. Hatten die beiden Frauen seine Fähigkeiten erörtert? Im Bett und im Alltag?«

Jetzt warf Sydney Lindsay, die stocksteif neben Taylor stand, einen Seitenblick zu. Als Taylor ihr mitleidiges Lächeln sah, hätte er sie am liebsten geohrfeigt. »Vielleicht sollte ich Lindsay mit Valerie bekannt machen. Die beiden könnten ihre Aufzeichnungen austauschen. Frauen lieben so etwas, wissen Sie? Valerie war stets beeindruckt von Ihrem Durchhaltevermögen und Ihrer Begabung in ... Nun ja, reden wir nicht mehr davon. Was meinst du, Lindsay?«

Lindsay machte einen Schritt nach vorne, und Taylor hatte keine Ahnung, was sie jetzt sagen würde. »Ich bin müde, Sydney«, wiederholte sie. »Ich würde jetzt gerne duschen. Bist du nur gekommen, um mich umzustimmen? Wenn du willst, kannst du die Papiere hierlassen, ich lese sie später und denke darüber nach. Würdest du jetzt bitte gehen?«

»Du stinkst nach Schweiß, Lindsay, und mit deinem verklebten Haar siehst du wirklich unmöglich aus. Aber, meine liebe Schwester, was deinen Verlobten betrifft und die Sache mit Valerie . . .«

»Welche Verhältnisse Taylor hatte, ehe wir uns kennenlernten, ist seine Angelegenheit. Es ist mir egal. Also, was ist noch, Sydney? Hast du mir noch etwas zu sagen? Möchtest du mir die Papiere hierlassen?«

Sydney schüttelte mit einem Blick auf Taylor den Kopf. »Nein, ich nehme sie wieder mit. Ich rufe dich an, und wir vereinbaren ein Treffen unter vier Augen.«

»In Ordnung. Auf Wiedersehen.«

»Du meine Güte, du bist ja richtig selbstbewußt, seit du einen Freund hast. Eigentlich hast du schon in San Francisco ein wenig Mumm bewiesen. Ich muß zugeben, daß mich das überrascht hat. Vater war ziemlich gekränkt. Ist es wegen diesem Muskelmann hier? Willst du ihn deswegen heiraten, Lindsay? Damit er dich beschützt, weil du selbst es nicht kannst?«

Langsam stand Taylor auf. Er lächelte Sydney an. »Jetzt feuern Sie wieder blindlings drauflos. Aber diesmal haben Sie danebengetroffen. Würden Sie uns jetzt bitte entschuldigen, Prinzessin. Wir sind beide müde. Ich bringe Sie zur Tür.«

Sydney machte ein triumphierendes Gesicht, und Lindsay wünschte sich, Taylor wäre sitzengeblieben und hätte den Mund gehalten. Diesmal wäre sie selbst mit ihrer Schwester fertiggeworden. Wenigstens hätte sie es versucht. Aber zumindest war es Sydney diesmal nicht gelungen, sie zu verletzen, trotz ihrer Salven und ihrer Seitenhiebe. Lindsay kämpfte gegen das altbekannte Gefühl an, eine Verliererin zu sein, das sie immer in Sydneys Gegenwart überkam. Wann würden diese Gefühle endlich verschwinden? Wann würde sie Sydney endlich gegenüberstehen können, ohne sich um ihre Worte zu kümmern? Sie sah zu, wie Taylor Sydney aus dem Wohnzimmer führte. Die Absätze ihrer Schwester klapperten auf dem Marmorboden im Flur. Sie malte sich aus, daß Sydney zu Taylor emporlächelte und ihm einen Blick zuwarf, der die meisten Männer in willenlose Sklaven verwandelt hätte — doch nicht Taylor.

Dann hörte sie Sydney lachen und sagen: »Eine wunderschöne Wohnung, Taylor. Wird Lindsay jetzt die ganze Miete bezahlen? Und dieser Diamant! Der muß ein ganz ordentliches Loch in ihr Budget gerissen haben. Apropos, mir fällt gerade ein, daß Valerie sagte, Sie seien recht wohlhabend — natürlich nicht das, was man in unseren Kreisen unter wohlhabend versteht. Und jetzt haben Sie sich mit meiner kleinen Schwester eingelassen. Meiner schwerreichen kleinen Schwester. Übrigens, hat sie Sie schon rangelassen?«

Lindsay schloß die Augen und wartete. »Auf Wiedersehen, Sydney«, hörte sie Taylor in seiner lässigen Art sagen. »Es war interessant, Sie kennenzulernen. Verwandte können eine wirkliche Freude sein. Allerdings sollten Sie sich vorsehen. Ihre Strategien sind möglicherweise nicht mehr auf dem neuesten Stand.«

Die Eingangstür fiel ins Schloß. Sydney war fort.

Lindsay ließ sich in den Sessel sinken, von dem Taylor gerade aufgestanden war. Sie verkrampfte die Hände zwischen den Knien und betrachtete das schimmernde Eichenparkett. Beim Anblick einer Staubflocke runzelte sie die Stirn.

»Interessant, daß deine Halbschwester Valerie Balack kennt, aber eigentlich ist es kein Wunder. Sie sind sich unglaublich ähnlich und verkehren in denselben Kreisen. Also ist es nur natürlich, daß sie sich miteinander angefreundet haben, denn sie sind beide schön, selbstbewußt, klug und reich. Allerdings kennen sie kein Mitgefühl, alles und jeder auf der Welt ist nur zu ihrem Vergnügen da. Ich sage es ja nur ungern, Lindsay, deine Halbschwester wird bestimmt nicht eine meiner besten Freundinnen werden. Ist dein Vater noch schlimmer? Jetzt komm her, damit ich dich umarmen kann. Deine Schwester kennenzulernen, war eine so gräßliche Erfahrung, daß mir immer noch die Knie zittern. Ich brauche jemanden, der mir den Rücken stärkt. Ich muß wissen, daß du immer noch für mich da bist und dich um mich kümmerst.«

Stirnrunzelnd blickte sie zu ihm hoch. »Den Rücken stärkt?« wiederholte sie, stand auf und schmiegte sich in seine Arme.

»Ach, Liebling, ich brauche dich so!«

Sie glaubte ihm, glaubte seinen Worten. »Alles ist in Ordnung, Taylor«, sagte sie, streichelte seine Oberarme, seine Schultern und seine Wangen. »Alles ist in Ordnung. Du hast dich großartig geschlagen. Viel besser, als ich es jemals geschafft hätte. Nachdem ich sie gesehen habe, fühle ich mich immer dumm und so, als hätte ich etwas verbrochen.«

»Ich dachte, sie wäre in San Francisco.«

»Sie muß kurz nach mir nach New York zurückgekehrt sein. Wahrscheinlich haben Vater und sie sich zusammengesetzt und beschlossen, sie könnte die besten Chancen haben, mich dazu zu bringen, Vater das Geld zu überschreiben.«

»Das klingt logisch, aber nicht sonderlich intelligent, wenn man sich ansieht, wie offensichtlich ihre Taktik war. Ich frage mich, welchen Anteil dein Vater ihr versprochen hat, falls es ihr gelingt. Bestimmt ein ordentliches Sümmchen.«

»Du glaubst doch nicht . . . Nun, vielleicht hast du recht. Jetzt, da du hier bist, wird sie sich etwas neues einfallen lassen müssen. Wie wird sie es wohl anstellen? Ich bezweifle nicht einen Moment, daß sie schon etwas ausheckt.«

»Ich kann es kaum erwarten, es zu erfahren — aber es wird mindestens zwanzig Jahre dauern. Glaubst du, wir können sie so lange abwimmeln?«

»Ich werd's versuchen, aber ich würde mich nicht darauf verlassen.«

»Vergiß nicht, Lindsay, wir sind jetzt zu zweit. Für immer.«

»Ich werde es nicht vergessen.«

An diesem Abend gestattete sich Lindsay in einem kleinen italienischen Restaurant ein Glas Chianti, ein paar Bissen von Taylors Spaghetti und einen großen Salat.

»Am Dienstag habe ich einen Fototermin, und ich darf nur Haut und Knochen sein. Ich muß mich als Skihäschen verkleiden und mich in einen knallengen Skianzug quetschen. Die Spaghetti schmecken übrigens großartig.«

Er lächelte sie an und bemühte sich, so langsam zu essen wie sie. »Wirklich köstlich. Das mit deiner Großmutter tut mir leid.«

»Ich werde sie vermissen.«

»Und deine Mutter.«

Stirnrunzelnd nagte Lindsay an einem Stück Gurke. »Arme Mutter. Sie war nicht sehr glücklich. Sie war Alkoholikerin, und damals, als ich sechzehn war — ehe sie mich ins Internat schickten — hatte sie ziemlich zugenommen und trank immer mehr. Das lag daran, daß mein Vater sie betrog, und sie zu schwach war, um sich zu wehren. Nicht einmal am Anfang seiner Ehe war er ihr treu. Und das sind nicht nur Vermutungen. Ich weiß es genau, obwohl ich erst sechzehn war.«

»Erzähl mir alles.«

»Einmal verspottete Sydney meine Mutter, weil sie so fett war und zuviel trank. Außerdem macht sie sich über Holly lustig, die sich genauso benimmt wie meine Mutter, kurz bevor sie meinen Vater verließ. Sydney lachte und lachte, bis ich sie darauf hinwies, daß Vater ihrer Mutter wahrscheinlich ebensowenig treu war. Warum hätte er es auch sein sollen? Ich dachte schon, sie würde mich schlagen. Sie lief rot an und zitterte vor Wut. Sie glaubt nämlich, ihre Mutter sei die große Liebe meines Vaters gewesen. Jede, die danach kam, sei nur eine schlechte Kopie des Originals. Sydney ist davon überzeugt, daß Vater immer noch nach einem Ersatz für seine erste Frau sucht. Ich weiß nicht einmal, wie sie hieß.«

Fast hätte Taylor ihr eine Antwort gegeben, die klang wie Dr. Gruskas Geschwätz. »Was geschah mit Sydneys Mutter?«

Lindsay runzelte die Stirn. Die Tomate auf ihrer Gabel hatte sie vergessen. »Sydney meint, daß ihre Mutter unter tragischen Umständen ums Leben gekommen ist, aber das stimmt nicht. Ich habe aufgeschnappt, daß sie wieder geheiratet hat und in Neu Seeland lebt. Vermutlich mußte sich Vater von ihr scheiden lassen, um zuerst meine Mutter und später Holly zu heiraten. Doch er hat die Lüge aufrecht erhalten, daß Sydneys Mutter tot ist. Vielleicht, um Sydney an sich zu binden, ich weiß nicht.«

Taylor lächelte sie an. »Und du bist nicht gemein genug, ihr die Wahrheit zu sagen.«

»Was würde das bringen?«

»Ach, eine ganze Menge. Das nächstemal, wenn Sydney uns besuchen kommt, unterhalten wir uns doch einmal über ihre Mutter. Möglicherweise verwirrt sie das ein wenig, und das würde ihr nicht schaden. Ich kann mir nicht vorstellen, daß es jemals eine Situation gab, in der sie nicht dominiert hat.«

»Nein, das wäre grausam.«

Taylor zog die Augenbrauen hoch. »Du mußt viel härter werden, Lindsay. Sydney braucht einen Dämpfer, sie muß lernen, daß nicht die ganze Welt nach ihrer Pfeife tanzt.«

»Das war auch nicht immer der Fall. Denn selbst der Prinz . . .«

»Was ist mit dem Prinzen? Das ist ihr Mann, richtig?«

Doch Lindsay hatte den Kopf gesenkt. Eine dichte Haarlocke fiel ihr übers Gesicht und hing fast im Salat. Taylor beugte sich vor, um ihr das Haar hinters Ohr zu stecken. Sie fuhr zurück.

»Nein, Liebling, laß das. Vergiß nicht, du mußt mir den Rücken stärken.«

»Hast du mit dieser Valerie Balack geschlafen?«

»Ja.«

Er wickelte Spaghettis um seine Gabel und schob sie in den Mund. Bitte, sei doch eifersüchtig, dachte er. Nur ein ganz klein wenig. Mach eine schnippische Bemerkung, halt mir einen Vortrag, lauf rot an und schrei.

Statt dessen sanken ihre Schultern vornüber. Wieder eine Niederlage. Mit Niederlagen kannte sie sich aus.

»Allerdings«, sagte er langsam und deutlich, »habe ich in meinem gesamten Erwachsenenleben noch nie mit einer Frau geschlafen, die leidenschaftlicher, liebevoller und zärtlicher war als du.«

Bleich sah sie ihn an; ihre wunderschönen Augen wurden dunkler.

»Möchtest du mit mir schlafen, wenn wir nach Hause kommen?«

Sie betrachtete die Salatblätter auf ihrem Teller. Ihre Antwort überraschte ihn: »Was ist, wenn ich diesmal nichts empfinde? Wenn es letzte Nacht nur eine Ausnahme, ein Zufall gewesen wäre?«

Taylor beugte sich vor und nahm ihre Hände zwischen seine. Seine Stimme klang leise und eindringlich wie die eines Predigers und zeugte von seiner Entschlossenheit.

»Ich verspreche dir, daß das nicht stimmt. Nachdem du erst einmal mit mir die Grenze überschritten hast, gibt es kein Zurück mehr. Du hast keine Angst mehr, wenn ich dich berühre, Lindsay, du zuckst nicht mehr zurück. Ich würde dich niemals belügen. Ich schwöre dir, wenn du mich jetzt küssen würdest — jetzt in dieser Minute —, würdest du mich ebenso begehren wie letzte Nacht. Wenn der Damm gebrochen ist, kann niemand mehr die Flut stoppen. Von jetzt an hast du ein Leben voller Glück vor dir — mit mir. Das ist die Wahrheit, vertrau mir. Du brauchst dir darüber nie mehr Sorgen zu machen.«

»Auf diesen Gedanken bin ich noch nie gekommen.«

»Du bist wunderschön, und du hast ein Stück Salat zwischen den Zähnen.«

Sie schlug die Hände vor den Mund. Er schob sie weg, zog ihr Gesicht zu sich hinüber und küßte sie wieder und wieder, bis ihre Wangen glühten, und auch sie lachen mußte. Taylor war unbeschreiblich glücklich.

Unglücklicherweise mußte an diesem Abend eine Wiederholung der gestrigen Vergnügungen ausfallen, was allerdings auch bedeutete, daß Lindsay nicht schwanger sein konnte. Lindsay war das alles sehr peinlich, doch seine sachliche Einstellung warf ein völlig neues Licht auf die Sache. Als Lindsay aus dem Badezimmer kam, war sie so bleich, daß Taylor aufhörte, sich auszuziehen, und sie anstarrte. »Laß mich raten: Du hast die Pest.«

»Nein, viel schlimmer.«

»Soll ich mal unter deinen Armen nachsehen, nur um sicherzugehen?«

»Nein, nein, es ist nur, daß ich nicht kann . . . ich habe mich schon gefragt, warum ich ein Kilo zugenommen habe, obwohl es nicht am Essen liegen konnte. Die Wasseransammlungen im Körper, du weißt schon, und jetzt . . .«

»Oh«, meinte er. »Also nicht die Pest, sondern das Zeichen dafür, daß wir beide Glück gehabt haben. Wahrscheinlich ist es eine Warnung, daß ich in Zukunft vorsichtiger sein muß, und gleichzeitig die Strafe für unsere sexuelle Zügellosigkeit.«

»Wenigstens ist es nicht gestern nacht passiert.«

»Gott sei Dank«, meinte er mit Nachdruck und umarmte sie. »Hast du Schmerzen?«

»Leg dich ins Bett, ich besorge dir ein paar von diesen wunderbaren Tabletten.«

Und damit war das Thema erledigt.

Als er sie im Arm hielt und spürte, wie sich ihr Körper entspannte, nachdem die Tabletten ihre Wirkung getan hatten, sagte er: »Vergiß nicht, ich liebe dich, auch wenn dein Körper mir heute die kalte Schulter zeigt.«

Am Dienstag löste Taylor den ›Fall der erpresserischen Ehefrau‹. Er gab seinen Fällen gern Namen. Wenn er einmal achtzig war und sein Gedächtnis nachließ, würde er sich wenigstens an die Namen der Fälle erinnern können. Deswegen hatte jeder eine Bezeichnung im Stil von Perry Mason.

Mittags traf er sich mit dem Ehemann und gab ihm alle notwendigen Informationen. Mitleid war überflüssig, denn der Mann hatte bereits die Polizei auf seine Frau gehetzt und den Bezirksstaatsanwalt eingeschaltet.

Taylor pfiff vor sich hin und grübelte über ein Problem mit einem Verbindungsmodul, das einem Freund von der Westküste Kopfzerbrechen bereitete. Dabei spazierte er die Fifth Avenue entlang. Der Tag war sonnig und kalt, und die Luft klar. Wunderschönes Wetter in New York, obwohl die Temperaturen sich dem Gefrierpunkt näherten. Als er an Lindsay dachte, strich ein Lächeln über sein Gesicht. Beim Frühstück heute morgen — er hatte eine Schale Frühstücksflocken, sie ein Stück trockenen Toast verzehrt — hatte sie ganz beiläufig gemeint: »Gehen wir am Donnerstagabend aus, okay?«

»Donnerstagabend? Ist etwas Besonderes los?«

Sie errötete, und er überlegte, den Löffel mit Weizenflocken in der Hand, was sie wohl meinen mochte.

»Nun ja, wenigstens für mich.«

Er aß noch einen Löffel Flocken. »Okay. Rufen wir Enoch und Sheila an und fragen, ob sie Lust haben, etwas zu unternehmen. Gute Idee.«

»Das ist es nicht, was ich meine, Taylor.«

»Oh?« Er starrte sie fragend an.

Sie errötete noch mehr, sah das schelmische Funkeln in seinen Augen und warf den Rest ihrer Toastscheibe nach ihm.

»Du bist ekelhaft; man sollte dich . . . vierteilen!«

»Nein, nicht vierteilen! Alles, nur das nicht, Herrin, lieber die Löwengrube!«

Sie runzelte die Stirn. »Nein, das wäre nicht das Richtige.«

Taylor konnte sich vor Lachen kaum halten. Er stand auf, umarmte sie von hinten und drückte sie so fest, daß sie aufschrie.

»Dann bleiben wir Donnerstagabend zu Hause und feiern zwölf Stunden lang.«

Lächelnd wie ein verliebter Narr fragte er sich, wie ihre Skimoden-Aufnahmen wohl laufen mochten. Wenigstens war das Wetter schön, und im Skianzug würde sie bestimmt nicht frieren. Seiner Meinung nach hätte man Skimoden am besten auf einer Piste fotografieren sollen, aber die Aufnahmen fanden am Washington Square statt.

Allerdings liefen die Aufnahmen überhaupt nicht gut. Lindsay warf seufzend einen Blick auf den Regisseur. Er war überheblich, was ziemlich häufig vorkam, doch abgesehen von seiner Arroganz hatte er nichts zu bieten. Verschlimmert wurde die Sache noch dadurch, daß der Fotograf zwar Ahnung von seinem Metier, jedoch kein Durchsetzungsvermögen hatte. Er schien völlig überfordert. Und Lindsay war in den Augen dieser beiden Männer nichts weiter als ein dummes Püppchen, das Team eine unfähige Horde von Idioten und die Maskenbildner und Garderobieren Tunten und alte Hexen. Kurz gesagt: Der Regiseur war der Neffe des Generaldirektors des Skimodenherstellers. Die Mitarbeiter ballten die Fäuste, versuchten, die Wogen zu glätten und machten ihm höflich konstruktive Vorschläge. Alles war vergebens. Der Mann legte eine unglaubliche Forderungshaltung an den Tag, widersprach sich ständig und wußte nicht, wovon er redete. Demos war so verärgert, daß er mit einem mitleidigen Nicken zu Lindsay davonging. Sie zischte ihm ein »Feigling!« hinterher, worauf er zustimmend zwinkerte.

Lindsay seufzte wieder, lehnte sich an die Dekoration und wartete und wartete. Das männliche Modell, Barry, hatte sich mit einer obszönen Geste hinter dem Rücken des Regisseurs versteckt und saß jetzt an einem der Steintische und spielte Schach. Auf dem Washington Square wimmelte ein buntes Völkchen. Ernste Schachspieler, die meisten ebenso alt wie der Platz selbst, bestritten neben Drogendealern, die sich auch jetzt nicht von ihren Transaktionen abhalten ließen, ihre Partien. Prostituierte musterten Lindsay, wohl um festzustellen, was sie ihnen voraushatte. Auch für sie schienen die Geschäfte gut zu laufen. Zwischen diesen Leuten stand gelangweilt und wütend das Fototeam herum. Die luxuriöse Kulisse, die sich der Skimodenhersteller fast sechzigtausend Dollar hatte kosten lassen, ragte dunkel etwa hundertzwanzig Meter in die Höhe und war bislang noch nicht zum Einsatz gekommen. Nach endlosem Gerangel mit der Stadtverwaltung hatte die Werbeagentur endlich die nötigen Genehmigungen erhalten. Doch dem Regisseur war bislang nicht eingefallen, wie Eden und der Skilift auf demselben Foto Platz finden sollten. Es gab sogar einen Sessellift, aber Eden war noch nicht darin gesessen. Die Gondel schwang in der leichten Brise über ihrem Kopf.

Lindsay ging zu Barry hinüber, um ihm beim Schachspielen zuzusehen. Obwohl sie das Spiel ein wenig beherrschte, wagte sie nicht, einen der Graubärte hier auf dem Platz zu einer Partie herauszufordern. Schnell erkannte sie, daß Barry wenig Chancen hatte. Sie stand ruhig da und beobachtete Zug um Zug, als einer der Dekorateure zu ihr hinüberkam und ihr zuflüsterte, sie solle sich vor den Lift stellen, da einige Probeaufnahmen gemacht werden müßten. Sie wunderte sich, warum Barry nicht gebraucht wurde, aber der Mann schien nichts von ihm zu wollen. Also begab sich Lindsay zurück zum Lift, lehnte sich gehorsam an die schweren, hölzernen Pfeiler und fragte sich, was Taylor wohl in diesem Augenblick machte. Beim bloßen Gedanken an ihn fing sie schon an, albern zu grinsen. Er machte sie so glücklich, wie sie es noch nie zuvor gewesen war; Taylor war jetzt ihr Leben.

Summend stand sie da, blendete das Genörgel des Regisseurs aus, betrachtete ihre Skistiefel und wackelte mit den Zehen. Die Stiefel waren zu eng. Als sie aufblickte, sah sie, wie einer der Kameraassistenten den Regisseur anschrie. Der offene Krieg war ausgebrochen. Der Mann meinte, in einer halben Stunde werde es dunkel sein, und der Regisseur solle endlich seinen Job erledigen. Außerdem koste die Warterei ein Vermögen. Kurz und gut: Der Regisseur sei ein Vollidiot.

Daraufhin tobte der Regisseur noch mehr. Der Kameraassistent, der auf viele Jahre Berufserfahrung zurückblicken konnte, sah ihn nur spöttisch an und sagte nichts mehr. Allerdings ahnte Lindsay, was er sich dachte: Wen zum Teufel kümmerte es, wenn dieser Schwachkopf seinen Onkel dreimal mehr Geld kostete, als nötig gewesen wäre? Wen kümmerte es, wenn dieser Waschlappen von einem Fotografen herumstand und an seinen Fingernägeln kaute?

Lindsay fragte sich, was aus dem Dekorateur geworden war, der sie gebeten hatte, sich vor den Lift zu stellen. Von Probeaufnahmen keine Spur. Nichts rührte sich. In diesem Moment kam Edie, die Maskenbildnerin auf sie zu.

Vielleicht ging jetzt endlich etwas voran. Lindsay wollte Edie schon etwas Aufmunterndes zurufen, weil sie ebenso erschöpft und verärgert wirkte wie alle anderen. Doch da ließ Edie ihre Tasche fallen und starrte nach oben. »Weg da, Eden!« kreischte sie. »Schnell!«

Lindsay machte einen Satz nach vorne. Menschen schrien. Sie blickte nach oben.

Die gesamte Skiliftkonstruktion schien sich aus ihrem Fundament zu heben. Flammen, wie auf einer Bohrinsel, schossen aus ihr empor, züngelten orangefarben gen Himmel. Eine schwarze Rauchwolke stieg auf. Die Explosion schleuderte Stahlsplitter in alle Richtungen. Trümmer prasselten zu Boden. Der Lärm war ohrenbetäubend. Seltsam, aber die Schreie der Menschen um sie herum übertönten alles. Sie klangen schrill, ganz nah und doch unwirklich. Um sie herum tobte der Lärm und . . .

»Nein«, flüsterte sie. In ihrer Todesangst blieb sie einen Moment lang wie angewurzelt stehen. Dann machte sie noch einen Satz nach vorne.

Sie war nicht schnell genug. Ein dicker Stützpfeiler traf sie an der Schulter, prallte ab und schlug neben ihr auf das Pflaster. Lindsay hatte ein merkwürdig warmes Gefühl, eine Leere, die ihr seltsam vorkam. Aber sie empfand keine Schmerzen, nur diesen Druck, der von innen her in ihr hochstieg. Er wurde immer heftiger, ließ sie in die Knie sinken. Wieder wurde sie von einem Trümmerstück getroffen, diesmal im Gesicht; ihre Knie gaben endgültig nach, und sie kippte nach der Seite. Ein plötzlicher scharfer Schmerz ließ sie aufschreien. Holzbalken regneten auf den verdorbenen Skianzug herab. Sie war hilflos. Und dann die Schmerzen, die mit aller Macht auf sie einstürmten. Endlich die ersehnte Leere, die ihr die Schmerzen nahm, so wie man züngelnde Flammen mit einer Wolldecke erstickt.

Was waren das für Schreie? Sie wollten einfach nicht aufhören. Waren noch mehr Menschen verletzt worden? Warum hörten sie nicht auf? Die Schreie waren nun ganz dicht an ihrem Ohr, klangen aber leiser, verwaschener, und Lindsay hatte das Gefühl, sie mit Händen greifen zu können. Doch da, allmählich, schwebten sie davon, und Lindsay glitt immer tiefer in diese wunderbare Leere, die alles verhüllte und nichts an seinem Platz beließ.

19.

Die Sirenen heulten schrill. Sie hallten in ihrem Kopf wider. Lindsay haßte sie, wollte ihnen entfliehen, doch sie konnte sich nicht bewegen. Jemand drückte ihre Hand, plötzlich spürte sie seine warmen, kräftigen Finger. Ein Mann redete leise und sanft auf sie ein. Er war sehr beharrlich. Er hörte nicht auf. Er war wie die Sirenen. Sie wollte ihm sagen, er solle den Mund halten, aber es gelang ihr nicht, die richtigen Worte zu finden. Zuerst verstand sie nicht, was er sagte, doch sie erkannte, daß er sich ständig wiederholte, und gegen ihren eigenen Willen hörte sie ihm zu; seine Stimme zwang sie in die Wirklichkeit zurück.

»Wissen Sie, wer Sie sind?«

Sie schlug die Augen auf. Nein, nur das linke Auge, das rechte konnte sie nicht öffnen. Ein junger Mann redete mit ihr. Sein Gesicht war dicht an ihrem. Er hatte blaue Augen und große Ohren. Wahrscheinlich war er Ire. Sie konnte nur schwer atmen.

Als sie nach Luft schnappte, durchschoß sie ein Schmerz.

»Alles ist in Ordnung. Ich weiß, daß Sie Schmerzen haben. Atmen Sie einfach ganz flach. Nein, nein, keine Panik. Nur ganz flach atmen. Ja, so ist es gut. Ich glaube, Sie haben einen Lungenkollaps. Deswegen haben Sie die Sauerstoffmaske über dem Gesicht. Atmen Sie nur ganz flach und strengen Sie sich nicht an. Gut. Wissen Sie, wer Sie sind?«

Sie konzentrierte sich auf die Maske, die Nase und Mund bedeckte. Aber es tat so weh. Sie versuchte es weiter und bekam etwas Luft, aber die Schmerzen trieben sie fast in den Wahnsinn. Wieder fragte er sie, wer sie war. Sie war sie selbst, und sie war hier, und sie wußte nicht, was vor sich ging, was geschehen war, nur daß sie entsetzliche Schmerzen hatte und keine Luft bekam.

»Wissen Sie Ihren Namen? Bitte, sagen Sie ihn mir. Wer sind Sie? Wissen Sie, wer Sie sind?«

»Ja, ich bin Lindsay.« Mein Gott, es tat so weh, diese Worte auszusprechen, so sehr, daß sie am liebsten aufgeschrien hätte. Sie wimmerte vor Angst. »Nur ganz flach atmen«, sagte der Mann. »Strengen Sie sich nicht an. Sie müssen nichts weiter tun, als zu atmen. Verstehen Sie mich? Über Ihrem Gesicht liegt eine Sauerstoffmaske, die Ihnen dabei hilft. Kämpfen Sie nicht dagegen an. Lassen Sie sich helfen. Wir glauben, Sie haben einen Lungenkollaps, deswegen tut es so weh. Aber Sie müssen wach bleiben und mir zuhören, okay?«

Mein Gott, es tat so weh. Sie versuchte, die Luft anzuhalten, um diese schrecklichen, stechenden Schmerzen zu lindern, aber das funktionierte auch nicht. Er redete weiter. Warum wiederholte er sich ständig? Hielt er sie für beschränkt?«

»Ich weiß, es tut weh, aber halten Sie durch. Wir sind gleich im Krankenhaus, und Sie werden schon erwartet. Keine Sorge. Nur einfach ruhig weiteratmen. Schön, Sie kennenzulernen, Lindsay. Ich heiße Gene. Bleiben Sie nur ruhig liegen. Gleich sind wir im Krankenhaus. Nein, bleiben Sie still liegen.«

»Was ist geschehen?« Das Sprechen tat so weh. Und durch die Plastikmaske klang ihre Stimme, als käme sie von ganz weit her.

»Es hat eine Explosion gegeben, und Sie wurden von fallenden Trümmern getroffen.«

»Werde ich sterben . . . Lungenkollaps?«

»Aber nicht doch. Sie kommen wieder in Ordnung. Ich verspreche es.«

»Taylor. Bitte rufen Sie Taylor an«

»Ja, versprochen. Nein, bewegen Sie sich nicht. Sie haben eine Infusion im Arm, die dürfen Sie nicht rausreißen. Nur einfach weiteratmen.«

»Ich habe so viele Schreie gehört.«

»Die anderen sind alle mit dem Schrecken davongekommen. Sie sind genau neben dem Gerüst gestanden, als es in die Luft flog. Sagen Sie es mir noch einmal, wer sind Sie?«

»Ich war dort, weil ich Eden bin.«

Er runzelte die Stirn, aber das konnte Lindsay nicht sehen. Es tat so weh, und sie wollte nicht, daß er mitbekam, wie sie die Kontrolle über sich verlor. Sie wandte den Kopf ab.

Die Schmerzen ließen nicht nach. Bis jetzt hatte sie sich nicht vorstellen können, wie es war, wenn man nicht atmen konnte. Jeder Atemzug tat so weh, daß sie am ganzen Körper erschauderte.

»Wie geht es ihr, Gene?«

»Sie ist in Ordnung, das hoffe ich wenigstens. Sie hat starke Schmerzen, aber sie hält durch.« Gene wandte sich vom Fahrer wieder Lindsay zu. »Es tut mir leid, Eden, aber wir können Ihnen kein Schmerzmittel geben. Der Unfallarzt muß Sie zuerst untersuchen. Halten Sie durch. Drücken Sie meine Finger ganz fest, wenn die Schmerzen zu groß werden. Wir sind gleich da.« Gene fragte sich, ob Taylor ihr Ehemann war. Mein Gott, er würde ziemlich erschrecken, wenn er seine Frau sah. Sie war Model. Er betrachtete ihr Gesicht. Schwer zu sagen, wie ernst die Verletzungen waren, denn alles war voller Blut. Er hielt ihre Hand fester. Er, Gene O'Mallory, wollte, daß sie gesund wurde. Er wollte es mit aller Macht.

Sechs Menschen umringten sie, drei Männer und drei Frauen. Sie schlitzten ihre Kleider auf, sprachen miteinander, tasteten sie ab, drückten an ihr herum. Doch während der ganzen Zeit streichelte jemand ihren Arm, und eine leise Frauenstimme wiederholte ständig: »Alles kommt in Ordnung. Sie sind jetzt hier bei uns, und wir kümmern uns um Sie. Verstehen Sie mich, Lindsay? Alles kommt in Ordnung.«

Eine andere Stimme sagte: »Sie ist Eden, das Model. Elsie, ruf Dr. Perry. Er soll herkommen, so schnell er kann.«

»Gene hat ihn schon vom Krankenwagen aus angefunkt«, antwortete Elsie. »Er ist unterwegs.«

Lindsay hatte ein kaltes Gefühl auf der Haut. Sie wußte, daß sie nackt war wie damals vor langer Zeit in Paris. Aber heute hatte sie zu große Schmerzen, um sich weiter Gedanken darüber zu machen. Jeder einzelne Atemzug war schlimmer als alles, was sie sich jemals ausgemalt hatte. Doch die weiche Hand streichelte immer weiter ihren Unterarm, und sie versuchte, sich darauf zu konzentrieren.

Dann sah sie ein Männergesicht ganz nah an ihrem. »Lindsay?« sprach der Mann. »Gut. Hören Sie mir zu. Sie haben einen Lungenkollaps, eine gebrochene Rippe hat sich in Ihre Lunge gebohrt. Also müssen wir zwischen Ihren Rippen einen kleinen Einschnitt vornehmen — hier an der Seite — um einen Schlauch einzuführen. Den schließen wir an eine Herz-Lungen-Maschine an, die Ihre Lungen wieder aufpumpt. Es tut nicht weh. In ein paar Minuten ist alles vorbei, und dann können Sie wieder schmerzfrei atmen. Okay? Haben Sie mich verstanden?«

Die Finger auf ihrem Unterarm hörten auf zu streicheln.

»Ja, ich verstehe.«

»Okay, dann fangen wir an, Leute.«

Fünf Minuten später konnte Lindsay endlich Luft holen, ohne das Gefühl zu haben, jeden Moment sterben zu müssen. Es gelang ihr sogar, den Mann anzulächeln, der sich immer noch über sie beugte.

»Geht's jetzt besser?«

»Ja, viel besser.«

»Okay. Sie haben zwei gebrochene Rippen. Die lassen wir am besten in Ruhe, aber sie werden Ihnen noch einige Zeit Schmerzen verursachen. Wir haben Ihnen intravenös Morphium verabreicht. Tut es noch weh?«

Seltsamerweise spürte Lindsay nichts mehr. »Und mein Gesicht?«

»Ihr Gesicht ... nun, Dr. Perry ist inzwischen hier, und er wird es sich einmal ansehen.«

Die sanften Finger auf ihrem Unterarm hörten auf zu streicheln, und Lindsay wurde von Panik ergriffen. »Wo sind die Finger?«

»Wovon redet sie?« fragte jemand.

»Was ist los?«

»Ach, sie meint Debra. Deb, setz dich bitte wieder hier hin.«

Lindsay spürte wieder die Finger auf ihrem Arm und schloß die Augen.

Alles war in Ordnung. Sie hörte wieder die leise, beruhigende Stimme.

Dann beugte sich Dr. Perry über sie. Er war, wie er sagte, plastischer Chirurg und Spezialist für Gesichtsrekonstruktionen. Er werde Lindsay unter den Computertomographen legen, um festzustellen, was genau mit ihr los war. Lindsay solle sich keine Sorgen machen, und wenn sie Schmerzen habe, solle sie einfach laut schreien.

Die Zeit verging, und Debra blieb immer an ihrer Seite. »Taylor«, sagte Lindsay zu ihr. »Mein Verlobter. Könnten Sie ihn anrufen?«

»Nachdem ich Sie in den Operationssaal begleitet habe, Lindsay. Dann rufe ich ihn an, versprochen. Geben Sie mir seine Telefonnummer.«

Dann war Dr. Perry zurück. Seine Stimme klang sanft und ruhig. »Sie haben Glück gehabt, Ms. Foxe. Dic Haut an Ihrer rechten Gesichtshälfte wurde nicht schwer beschädigt, was bedeutet, daß Sie keine oder nur ganz kleine Narben zurückbehalten werden. Allerdings haben die fallenden Trümmer einige Knochen zerschmettert — hier und hier.« Er zeigte auf die entsprechenden Stellen in seinem eigenen Gesicht. »Wir müssen das sofort in Ordnung bringen. In drei Wochen sind Sie wieder wie neu geboren.«

»Darf ich es sehen?«

»Ich glaube, das wäre nicht gut.«

Lindsay dachte über diese Antwort nach. Ihre rechte Gesichtshälfte fühlte sich taub an. Als sie die rechte Hand hob, hielt Debra sie fest und drückte sie ihr herunter. »Nein, Lindsay, lassen Sie das bitte. Bleiben Sie einfach ruhig liegen.«

Dann hörte sie wieder Dr. Perrys Stimme. »Sie müssen noch die Einwilligung zur Operation unterschreiben, Ms. Foxe.«

Lindsay folgte seiner Aufforderung. Eine Viertelstunde später wurde sie zum OP gerollt. Sie hatte keine Schmerzen, fühlte sich benommen und fürchtete sich nicht.

Die Explosion hatte um halb eins stattgefunden.
Um halb sechs lag sie auf dem Operationstisch.

Demos stand auf dem Krankanhausflur. Er lehnte sich an die Wand vor Lindsays Krankenzimmer — Lindsay wurde noch operiert.

Es würde einige Zeit dauern, bis die Operation abgeschlossen war. Die Krankenschwester hatte Demos mehrfach versichert, daß Dr. Perry als einer der besten plastischen Chirurgen im ganzen Land galt. Er habe gesagt, Lindsays Knochen hätten die ideale Lage, um sie wieder an der ursprünglichen Stelle zu justieren. Demos solle sich also keine Sorgen machen. Diesem beruhigend gemeinten Satz hatte Demos nur wenig abgewinnen können. Warum, so fragte er, wurde die Operation dann sofort durchgeführt?

Die Schwester hatte ihm geduldig erklärt, daß es, wenn man nicht umgehend etwas unternahm, zu Schwellungen kommen würde, die einen Eingriff für mindestens eine Woche unmöglich machten. Selbstverständlich sei Lindsay einverstanden gewesen.

»Aber wie konnte sie einverstanden sein?«

»Sie war bei Bewußtsein, Mr. Demos. Dr. Perry hat auf der Stelle eine Computertomographie ihres Gesichts und ihres Schädels anfertigen lassen. Am besten sprechen Sie mit ihm persönlich, Mr. Demos. Etwa um sieben Uhr wird die Operation beendet sein, und dann muß sie noch eine Stunde unter Beobachtung bleiben. Warum gehen Sie nicht einen Happen essen?«

Demos und Glen saßen in der Krankenhauscafeteria und blickten einander über ihre Roast-Beef-Sandwiches bedrückt an.

»Solange ich lebe, werde ich diesen schrecklichen Anruf nicht vergessen«, sagte Glen mit zitternden Händen.

Genau um zehn vor eins hatte ein aufgelöster Angestellter der Werbeagentur bei ihnen angerufen. So schnell sie konnten, waren Demos und Glen ins Krankenhaus gefahren, aber sie durften Lindsay nicht sehen, da das gegen die Vorschriften verstieß. Man werde alles für sie tun, und sie sollten sich keine Sorgen machen. Demos hatte einige Papiere für Lindsay ausgefüllt. Dann war ihm eingefallen, daß er Taylor anrufen mußte. Sollte sich Taylor um Lindsays Verwandte kümmern und Sydney informieren. Schließlich war er mit Lindsay verlobt. Demos wußte Lindsays Nummer auswendig. Doch als er anfing, sie in die Tasten des Telefons einzutippen, hielt er plötzlich inne und starrte das Tastenfeld verwirrt an.

»Glen, hilf mir.«

Glen schob ihn beiseite und wählte die Nummer.

Nach zweimal Klingeln nahm Taylor ab.

»Taylor, hier spricht Glen.«

»Ja, Glen, was gibt's?«

»O Gott, Taylor, du mußt sofort kommen!«

»Was zum Teufel redest du da? Wo ist Demos? Was ist passiert?«

Glen warf Demos den Hörer zu.

»Taylor, ich bin's, Vinnie. Es hat einen Unfall gegeben, und Eden ist verletzt. Komm sofort, beeil dich. Ich weiß nicht genau, was los ist, mach schnell!«

Demos legte auf und lehnte die Wange an den kalten Stahl des Telefons. In diesem Moment hörte er eine Männerstimme. »Kennt hier jemand eine Lindsay oder Eden?«

»»Ich«, antwortete Glen.

»Ich war bei ihr im Krankenwagen. Sie hat mich gebeten, Taylor anzurufen. Ich habe überall herumgefragt, um seine Telefonnummer herauszufinden, aber niemand weiß sie. Kennen Sie Taylor?«

»Ja«, erwiderte Demos. »Ich habe ihn eben angerufen.«

»Ihr Gesicht«, sagte der junge Mann. »Sie ist so schön. Wird sie es überleben? Hat jemand etwas Genaueres gesagt? Über ihren Lungenkollaps?«

»Sie kommt wieder in Ordnung«, entgegnete Demos und betete dabei mit aller Kraft, daß diese Worte wahr werden würden.

Das war um fünf nach zwei.

Zwanzig Minuten später kam Taylor in die Notaufnahme gerannt. Er war kreidebleich und verängstigt.

»Wir wissen noch nichts«, erklärte Glen rasch. »Sie unternehmen etwas wegen ihres Lungenkollapses, wenigstens konnte ich soviel erfahren. Aber ihr Gesicht . . .«

»Ihr Gesicht? Was ist mit ihrem Gesicht?«

»Es wurde zerschmettert.«

»Mein Gott!« Taylor konnte es nicht fassen. Vor Schreck war er wie gelähmt. Dann aber wurde er aktiv. »Wo ist sie? An wen kann ich mich wenden?« Er wartete die Antwort nicht ab, sondern eilte raschen Schrittes zum Schwesternzimmer.

Die Oberschwester, Ann Hollis, war sechzig Jahre alt und mit allen Wassern gewaschen. Als sie den Mann völlig verängstigt auf sich zukommen sah, rechnete sie schon mit einem Gefühlsausbruch, dem Geschrei und der ohnmächtigen Wut, die normalerweise mit der Hilflosigkeit von Angehörigen einhergehen. Doch zu ihrer Überraschung sprach der Mann sie mit leiser und ruhiger Stimme an.

»Können Sie mir helfen . . .«, er warf einen Blick auf ihr Namensschild. »Ms. Hollis? Ich suche eine Lindsay oder Eden. Soweit ich weiß, hat es einen Unfall gegeben, und sie wird hier behandelt. Ich bin ihr Verlobter. Bitte sagen Sie mir, was geschehen ist. Ich bin in großer Sorge.«

Und Ann Hollis sagte ihm die Wahrheit. »Ich erzähle Ihnen, was ich weiß. Zuerst einmal hören Sie auf, sich verrückt zu machen. Das Unfallteam, lauter fähige Ärzte, kümmert sich gerade um sie. Am besten warten Sie hier, und ich erkundige mich, wie weit sie sind, okay?«

Taylor nickte, und sie machte sich auf den Weg. Während er reglos stehenblieb, kamen Demos und Glen auf ihn zu. Keiner der Männer sprach ein Wort.

Als Schwester Hollis zurückkam, tätschelte sie Taylors Arm. »Zwei gebrochene Rippen und eine kollabierte Lunge, die sie gerade aufpumpen.«

»Wie funktioniert das?«

»In einen kleinen Einschnitt zwischen zwei Rippen wird ein Schlauch eingeführt, der an eine Herz-Lungen-Maschine angeschlossen ist. Das erleichtert ihr das Atmen. Dazu hat sie Prellungen und Abschürfungen, aber das ist nicht weiter schlimm. Und dann ihr Gesicht.« Wieder berührte sie seinen Arm. »Im Augenblick kann man nichts Genaues sagen, da Dr. Perry sich noch nicht geäußert hat. Er muß zuerst eine Computertomographie anfertigen, ehe er eine Diagnose stellen kann. Meiner Ansicht nach wird man sie sofort operieren, da sie ja Model ist. Bestimmt noch heute nachmittag.«

Taylor schwieg und bemühte sich, nicht zu zittern. Schwester Hollis tätschelte wieder seinen Arm.

»Ich rufe Sie, sobald ich Näheres weiß. Bitte setzen Sie sich. Ich kann mir vorstellen, wie schwer es für Sie ist, aber Sie müssen ruhig bleiben. Sie wird nicht sterben. Ihr Gesicht wird heilen. Dr. Perry ist einer der besten Gesichtschirurgen der ganzen Stadt. Sie ist Eden das Model, nicht wahr?«

»Ja.«

»Ich habe ihr Bild schon oft gesehen. Sie ist sehr schön, und das wird sie auch wieder sein.«

»Danke, sie ist noch viel mehr als das . . . sie ist . . .«

Am liebsten hätte Schwester Hollis seine Hand genommen, aber sie tat es nicht. »Ich verstehe Sie, Mr. Taylor. Sobald ich mehr weiß, informiere ich Sie.«

Als er nickte, wußte sie, daß er sich mit aller Kraft zu beherrschen versuchte. Es schnitt ihr ins Herz, solchen Schmerz mitzuerleben, auch wenn er sich noch so große Mühe gab, ihn zu unterdrücken. Manchmal war es besser zu schreien und zu toben, alle Ärzte, Schwestern, den lieben Gott und das Schicksal zu verfluchen. Aber dieser Mann würde niemals die Kontrolle über sich und seine unmittelbare Umgebung verlieren.

Ann Hollis lächelte ihm zu und tätschelte noch einmal seinen Arm. Die arme junge Frau war Model . . . in Zukunft nicht mehr, dachte Ann Hollis. Außer sie hatte sehr großes Glück. Schließlich hatte Schwester Hollis ihr Gesicht gesehen. Da es noch nicht gesäubert worden war, ähnelte es einer Masse aus Blut, Knochensplittern und verklebtem Haar. Ja, es würde schwierig werden, nach einem solchen Unfall wieder so schön zu sein wie früher.

Sie beobachtete, wie Taylor sich umwandte und zu den anderen beiden Männern ins Wartezimmer ging.

Am liebsten hätte Lindsay einen Stein nach der Lampe geworfen. Sie schien grell und blendete sie in den Augen. Warum war das Licht an? Sie hatte es nicht angeknipst. Warum machte es niemand aus? Sie wollte nicht die Augen öffnen, wollte nichts sehen, wollte nichts wahrnehmen, nichts tun. Nur ganz tief in der warmen Dunkelheit bleiben. Es war so angenehm hier, bis auf das verdammte Licht. Sie wußte, sie würde es bereuen, wenn sie die Augen aufschlug.

Das Licht war heller als zuvor, und Lindsay hörte eine Frauenstimme, drängend und heiser, die immer wieder die gleichen Worte sagte: »Lindsay, Lindsay, wachen Sie auf, wachen Sie auf. Kommen Sie, Sie schaffen es. Wachen Sie auf.«

»Nein«, antwortete sie und bemerkte gleichzeitig, daß es sogar schwierig war, dieses kurze Wort hervorzubringen. Ihr Hals war so trocken, daß es schmerzte.

»Hier, ich stecke Ihnen einen Strohhalm in den Mund. Trinken Sie ein wenig Wasser, Sie brauchen es.«

Woher wußte die Frau das? Lindsay sog an dem Strohhalm. Es war ein wundervolles Gefühl, als das Wasser ihren Mund füllte und ihr die Kehle hinabrann — bis sie versuchte, es zu schlucken. Ein Schmerz durchfuhr sie, der ihr den Atem stocken ließ. Sie verkrampfte sich und erschauerte.

»O Gott.«

»Ich weiß, es tut weh. Ich gebe Ihnen gleich noch ein Schmerzmittel. Aber zuerst müssen Sie sich von der Narkose erholen. Ich muß feststellen, ob Ihr Gehirn funktioniert.«

»Das Licht. Es tut weh.«

Das Licht verschwand. Als Lindsay die Augen aufschlug, war der Raum dämmrig. Eine in Weiß gekleidete Frau beugte sich über sie. Lindsay hörte, daß sich noch weitere Menschen im Zimmer befanden, aber sie konnte sie nicht sehen. Nur ihr Atmen und hin und wieder ein Stöhnen.

»Sehr gut. Und jetzt sagen Sie mir, was Sie sehen.«

»Sie. Ich sehe Sie, Sie haben etwas Weißes an und sind sehr hübsch.«

»Danke. Haben Sie keine Angst. Sie sind gerade operiert worden und liegen jetzt im Beobachtungsraum. Sie haben alles glänzend überstanden. Dr. Perry wird am Morgen nach Ihnen sehen. Er sagt, Sie werden wieder so traumhaft aussehen wie früher. Im Augenblick ähneln Sie allerdings eher einem Wattestäbchen — ihr ganzer Kopf ist einbandagiert, das ist auch der Grund, warum Sie Ihren Mund nicht weit öffnen können. Die Verbände sind dazu da, um Ihr Gesicht ruhigzustellen. Verstehen Sie mich? Sehr gut. Und jetzt: Wieviele Finger halte ich hoch? Vier? Wunderbar. Und jetzt? Gut, Lindsay, sehr gut.«

»Meine Rippen tun mir weh.«

»Ich weiß. Und das wird auch noch eine Zeitlang so bleiben. Aber das Schmerzmittel wirkt Wunder. Dr. Shantel kommt sofort, um mit Ihnen zu sprechen. Halten Sie durch, Sie bekommen bald ein Schmerzmittel.«

»Taylor? Wo ist Taylor?« Das Sprechen fiel ihr so schwer. Jetzt spürte sie den Druck der Verbände am ganzen Kopf, und es schmerzte sogar, wenn sie den Mund nur ein kleines bißchen öffnete.

»Er ist hier. Ich habe versucht, ihn abzuwimmeln, aber er hat geschworen, Kleinholz aus mir zu machen, wenn ich ihn nicht hineinlasse.« Die Schwester beugte sich über Lindsay und flüsterte. »Außerdem ist er wirkich niedlich. Falls er einen Bruder hat, hätte ich nichts dagegen, ihn kennenzulernen.«

Als die Schwester ging, spürte Lindsay, wie Taylor ihre Hand nahm und dann sanft ihren Unterarm streichelte. Komisch, er berührte sie auf die gleiche Weise, wie Debra es vorhin getan hatte. Lindsay fragte sich, ob man ihm geraten hatte, sie so anzufassen, um zwischenmenschlichen Kontakt herzustellen.

Er blickte auf sie hinunter, und in seinen Augen stand solche Sorge, daß es sie ängstigte. Seine Stimme allerdings klang zärtlich und leise. »Hallo, Liebling. Du kommst schon wieder in Ordnung. Mein Gott, jag mir nie mehr so einen

Schrecken ein. Hier ist deine Ärztin. Ich bleibe in der Nähe. Mach dir keine Gedanken.«

Dr. Shantel war fast so groß wie Lindsay und von ihrem letzten Urlaub in Maui sonnengebräunt. »Bleiben Sie, Mr. Taylor. Halten Sie Ihre Hand. Sie haben einen beruhigenden Einfluß auf sie, und ich möchte, daß sie ruhig ist, wenn sie aus der Narkose aufwacht.« Dann wandte sich die Ärztin an Lindsay: »Sie haben großes Glück gehabt. Ich werde mich um Sie kümmern, abgesehen von Ihrem Gesicht, für das Dr. Perry zuständig ist. Ihre Rippen sind nicht bandagiert, sie heilen schneller, wenn man sie einfach in Ruhe läßt. Wir haben einige Schnittwunden an Schultern, Brust und Hals genäht. Nicht weiter schlimm, und es werden praktisch keine Narben zurückbleiben. Sie machen sich großartig. Aber Sie werden eine Weile bei uns bleiben müssen. Ich möchte, daß Sie sich entspannen und den Kopf ganz ruhig halten.«

Dr. Shantel betrachtete die Bandagen, die den Kopf und das Gesicht der jungen Frau umhüllten. »Ihr Gesicht wird heilen. Und von der Narkose haben Sie sich gut erholt. Jetzt bekommen Sie ein Schmerzmittel, und dann schlafen Sie.«

»Taylor?«

»Ich bin da, Lindsay. Du kriegst noch ein Medikament. Nein, ich lasse dich nicht allein.«

Er sah zu, wie die Schwester einen neuen Tropf anschloß. Währenddessen streichelte er ihren rechten Unterarm, wie Schwester Debra ihm geraten hatte. Am liebsten hätte er geweint.

»Sie sind ihr Verlobter?« fragte die Schwester leise.

»Ja.«

»Ich sag Ihnen etwas: Ich rede mit den Schwestern im vierten Stock. Wenn Sie wollen, können Sie bei ihr bleiben. Wir stellen Ihnen ein Bett ins Zimmer. Hat Miss Foxe noch weitere Verwandte, die benachrichtigt werden müssen?«

Taylor starrte sie nur an. Miss Foxe. Lindsay Foxe.

»Foxe. Sie heißt Lindsay Foxe, ein hübscher Name«, sagte er laut.

Die Schwester sah ihn erstaunt an. »Um den Papierkram

brauchen Sie sich nicht zu kümmern. Mr. Demos hat uns bereits mitgeteilt, wo sie versichert ist.«

Es war genau neun Uhr abends, als es ihm einfiel. Er saß allein neben Lindsay in ihrem Einzelzimmer. Außer dem leisen Zischen der Herz-Lungen-Maschine und seinen eigenen Atemzügen war nichts zu hören. Die Erinnerung traf ihn wie ein Blitzschlag — glasklar und gnadenlos. Er fuhr zusammen.

Lindsay Foxe.

Das junge Mädchen, das in dem Abteil neben seinem im St. Catherine Hospital gelegen hatte. Im April 1983. Das junge Mädchen, das von ihrem Schwager — einem verdammten italienischen Prinzen — vergewaltigt worden war. Sie hatte geschrien und sich gegen die männlichen Ärzte gewehrt.

Er dachte daran, wie die Ärzte über sie gesprochen und was sie ihr angetan hatten. Taylor schüttelte den Kopf. Es war unfaßbar. Und nun war dieses junge Mädchen erwachsen geworden. Er liebte sie, und sie würde seine Frau werden.

Lindsay Foxe. Mein Gott, er konnte es nicht glauben. Es wollte ihm einfach nicht in den Kopf — dieser unglaubliche Zufall. Doch irgendwie ahnte er, daß das Schicksal war. Wieder schüttelte Taylor den Kopf. Er begriff es nicht — Lindsay Foxe!

Kein Wunder, daß sie ihren Namen geändert hatte, als sie Karriere als Model machte. Kein Wunder, daß sie ihm nicht hatte verraten wollen, wie sie in Wirklichkeit hieß. Sie hatte gemeint, sie wolle nicht, daß er sie haßte. Sie hatte nur versucht, sich zu schützen. Vor der ganzen Welt und dann vor ihm. Wann hätte sie ihm die Wahrheit gesagt? Wann hätte sie entschieden, daß sie ihm jetzt genug vertraute.

Mein Gott. Taylor dachte an Sydney di Contini, La Principessa, Lindsays Halbschwester. Ihr Ehemann hatte Lindsay vergewaltigt, und Sydney, die aufgetakelte Ziege, die er erst vor vier Tagen kennengelernt hatte, hatte auf ihn geschossen.

Taylor bemerkte, daß Lindsay schlief. Er rief Enoch an und

erzählte ihm flüsternd, was geschehen war. Dann meinte er: »Du muß mir einen Gefallen tun, Enoch.«

»Was du willst, Taylor.«

»Es ist etwas Ernstes, und du darfst nicht einmal mit Sheila darüber sprechen.«

»Was ist los?«

Taylor berichtete ihm alles. »Genau. Nur französische Zeitungen, keine amerikanischen, da steht nichts darüber drin.« Er sagte Enoch das genaue Datum. Nachdem er aufgelegt hatte, betrachtete er Lindsay. Ihr Atem ging flach, ihr Gesicht war gerötet. Die Herz-Lungen-Maschine, die aussah wie ein blauer Aktenkoffer, zischte und blubberte. Taylor schloß die Augen, lauschte auf die Maschine und dachte an das junge Mädchen, das an ihm vorbeigerollt worden war, während er darauf wartete, daß der Arzt seinen Arm behandelte. Sie war so jung gewesen, so bemitleidenswert, so völlig allein. Niemand war für sie dagewesen, niemand.

Und in diesem Augenblick wurde ihm auch klar, wie sehr sie ihn lieben mußte. Nach all diesen schrecklichen Erlebnissen hatte sie sich ihm dennoch geöffnet. Sie vertraute ihm ihren Körper an, sie glaubte ihm, daß er ihr keinen Schaden zufügen würde. Wen kümmert es, daß sie ihm noch nicht ihren Namen gesagt hatte? Es spielte keine Rolle. Er lehnte seine Stirn an ihre Hand und sprach ein stilles Gebet.

Es war beinahe Mitternacht, als Sydney eintraf.

»Mein Gott«, sagte sie noch von der Tür aus.

»Ja«, antwortete er und betrachtete sie mit völlig neuen Augen. »Sprechen Sie leise. Sie schläft.« Mit einem Nicken kam Sydney ins Zimmer und schlüpfte aus dem langen Zobelmantel. Darunter trug sie ein ärmelloses, tiefausgeschnittenes, rückenfreies Kleid aus schwarzem Stoff, das ihr bis zu den Knöcheln reichte. Ihr Schmuck bestand aus Diamanten — Kette, Ohrringe und ein Armband. Das Haar hatte sie kunstvoll zu einer Hochfrisur aufgesteckt. Ihre ganze Erscheinung war der Inbegriff teurer Eleganz. Taylor wünschte, sie würde aus dem Fenster stürzen.

»Was ist geschehen?«

»Sie hatte Modeaufnahmen am Washington Square. Man

hatte einen Skilift aufgebaut, der in die Luft geflogen ist. Offenbar stand sie genau davor. Die Polizei und Feuerwehr untersuchen die Sache. Woher wissen Sie es?«

»Nun, Sie haben es ja nicht für nötig befunden, mich anzurufen.«

»Sprechen Sie leise. Könnte es vielleicht möglich sein, daß ich Sie nicht angerufen habe, weil ich Ihre Adresse nicht kenne?«

»Selbst wenn Sie sie wüßten, hätten Sie nicht angerufen, oder, Taylor? Ach, reden wir nicht mehr drüber. Es kam im Fernsehen, und ich sah zufällig, wie man meine Schwester auf eine Trage hob.« Sydney ging zum Fenster und spielte dabei mit einem Smaragdring an ihrer rechten Hand herum.

Dann wandte sie sich zu ihm um. Er war blaß, aber auch das änderte nichts an seinem zornigen, harten Gesichtsausdruck. Er erwiderte ihren Blick aus zusammengekniffenen Augen. Dabei hielt er Lindsays schlaffe Hand zwischen seinen kräftigen Fingern.

»Ach, dann hat sie Ihnen also erzählt, daß ich die böse Halbschwester bin.«

»Nein, sie hat mir eigentlich fast gar nichts gesagt. Sie hatte mir noch nicht einmal ihren Familiennamen verraten. Aber das Krankenhaus brauchte ihn, also hat Demos es ihnen mitgeteilt.«

Sydney sah ihn nur an. Er konnte fast hören, wie fieberhaft es in ihrem Gehirn arbeitete. »Also erinnern Sie sich an den alten Skandal?« fragte sie schließlich. »Du meine Güte, das ist doch schon Jahre her. Oder hat Demos Ihnen das auch verraten?«

»Das brauchte er nicht. Ich war zufällig in derselben Notaufnahme in Paris, als Lindsay eingeliefert wurde. Ich hatte mir bei einem Motorradunfall den Arm gebrochen. Ihre Schreie, ihre Angst, ihre Schmerzen und ihre völlige Verlassenheit werde ich mein Lebtag nicht vergessen. Am liebsten hätte ich diese verdammten Ärzte, deren Pflicht es gewesen wäre, sich um sie zu kümmern, mit bloßen Händen erwürgt. Und sie war hilflos, denn die Männer hielten sie fest, zwangen ihr die Beine auseinander und bohrten in ihr herum. Es war wie eine zweite Vergewaltigung, und es war diesen Kerlen scheißegal, weil es sich sowieso nur um eine Ausländerin handelte. Und den Schweinehund, der sie vergewaltigt hat, hätte ich auch am liebsten umgebracht. Ich nehme an, es war Ihr ehrenwerter Gatte.«

Sydney gelang es, ihren Schrecken und ihre Überraschung zu verbergen. Wie sie sich erinnerte, hatte Valerie ihr erzählt, daß Taylor Frankreich liebte und zwei- bis dreimal im Jahr dorthin reiste. Und auch von seinem Unfall ... vor vielen Jahren, bei dem er sich den Arm gebrochen hatte, und seinem Krankenhausaufenthalt.

Es fiel ihr schwer, ihre Stimme zu dämpfen und ihr einen beiläufigen Klang zu geben. »Ich habe sie damals nicht zur Notaufnahme begleitet, denn ich war ebenfalls ziemlich außer mir. Wahrscheinlich hysterisch, obwohl das ein Wort ist, das ich nur sehr ungern auf mich selbst anwende. Und der Schweinehund, der sie vergewaltigt hat, erfreut sich weiterhin bester Gesundheit. Er liebt junge Mädchen. Da er immer noch über genügend Geld und Charme verfügt, daß alle ihm nachlaufen, hat er es nicht nötig, jemanden zu vergewaltigen. Nur außerhalb von Italien ist es ein wenig problematisch. Allerdings ist er dort nur einmal in Schwierigkeiten geraten, mit meiner kleinen Schwester in Paris. Ich kümmere mich nicht mehr darum. Und wenn es Ihnen hilft, Taylor: Ich war es, die auf ihn geschossen hat und Lindsay gerettet hat. Leider hat er sich wieder erholt.«

Es war schwer, ruhig zu bleiben und ihr nicht an die Gurgel zu springen. »Falls das als Entschuldigung gedacht war, ist sie nicht sehr zufriedenstellend. Ich würde es nicht einmal als Ausrede durchgehen lassen. Vielleicht könnten Sie mir auch erklären, warum Sie erst auf Ihren Mann geschossen haben, nur um sich danach gegen Lindsay zu wenden und sie zu beschuldigen, sie habe ihn verführt. Mein Gott, haben Sie denn nicht gesehen, daß er sie vergewaltigt hat?«

Sydney zuckte die Achseln.

»Warum haben Sie Ihre Meinung geändert und ihr Vorwürfe gemacht? Warum haben Sie zugelassen, daß Ihr Vater sie beschimpfte? So ist es doch gewesen, oder etwa nicht?«

»Seien Sie nicht so melodramatisch! Du meine Güte, die Angelegenheit ist und war sehr kompliziert, besonders damals.« Sie schleuderte ihren Mantel über einen Stuhl und warf ihre schwarze Handtasche darauf. Dann ging sie wieder zum Fenster hinüber. Das Zimmer lag im elften Stock. »Es ist so finster draußen«, sagte sie nach einer Weile. »Ich hasse den Winter. Schon um halb sechs ist es stockdunkel. Ich verabscheue die Dunkelheit.«

»Komplikationen entstehen durch Lügen. Die Wahrheit hingegen ist meist ganz einfach.«

Sie wandte sich um. »Eine Lebensweisheit, Taylor? Eigentlich wissen Sie gar nichts. Sie stellen nur Vermutungen an.«

»Was wollen Sie hier, Sydney?«

Plötzlich lächelte sie. »Ich habe Vater angerufen und ihm mitgeteilt, Lindsay habe einen Unfall gehabt. Möchten Sie wissen, was er gesagt hat? Er fragte mich, ob Lindsay überleben wird. Ich antwortete, ich wisse nichts Genaues über ihren Zustand. Daraufhin meinte er, ich solle ihn sofort anrufen, wenn ich etwas in Erfahrung gebracht hätte. Wenn sie sterben würde, würde er ihr gesamtes Vermögen erben, und dazu müsse er die nötigen rechtlichen Schritte unternehmen.«

Taylor erstarrte vor Wut. »Und was haben Sie darauf gesagt, Sydney?«

Sydney lachte. »Nun ja, natürlich habe ich gesagt, ich würde ihn zurückrufen.«

»Ihr plastischer Chirurg heißt Dr. Perry, ihre Ärztin Dr. Shantel. Vielleicht möchten Sie mit den beiden sprechen. Lindsay wird weiterleben. Sie hat Rippenbrüche und einen Lungenkollaps. Und ihr Gesicht — soweit ich weiß, wurden einige Knochen zerschmettert, aber sie wird wieder gesund werden. Vergessen Sie nicht, das Ihrem Vater mitzuteilen. Sagen Sie dem Dreckskerl, er soll mit seinen rechtlichen Schritten zum Teufel gehen. Wenn er mir zu nahe kommt, kann er sein Testament machen.«

»Sie mögen ihn nicht sehr, oder, Taylor?«

»Nein.«

»Sie sollten ihren Vater nicht hassen. Schließlich kennen Sie ihn nicht.«

»Ich will ihn auch gar nicht kennenlernen. Er ist ein Mistkerl.«

»Sie hatten Valerie doch gern, oder? Schließlich waren Sie drei Monate mit ihr zusammen.«

»Ich bin gern mit ihr ins Bett gegangen«, antwortete er schonungslos. »Aber auch das ließ bald nach. Sie ist zu besitzergreifend, zu egoistisch, und sie kann sich nicht beherrschen. Sie benimmt sich wie eine verwöhnte Göre, und alles muß nach ihrem Kopf gehen. Als ich Lindsay begegnete, bedeutete Valerie mir nichts mehr. Ich habe Lindsay erzählt, daß Sie mich an Valerie erinnern.«

Sydney griff nach ihrem Mantel und zog ihn an. Dann ging sie zur Tür. Die Hand schon an der Klinke, drehte sie sich noch einmal um. »Was ist mit Lindsays Gesicht?«

»Ein fallender Pfosten hat sie direkt getroffen.«

Sydney sah ihn fragend an. »Valerie erzählte mir, wie sehr Sie ihre Schönheit bewundert hätten. Lindsay kann ihr nicht das Wasser reichen. Was hat sie getan, um Sie an sich zu binden?«

»Offenbar glauben Sie, daß es ihr Geld ist.«

»Vielleicht, obwohl Valeries Vermögen Sie ja nicht interessiert zu haben scheint.«

»Nein.«

»Was dann?«

Er schwieg eine Weile.

Sie lächelte. »Ach, möglicherweise tut Ihnen der Spatz mit dem gebrochenen Flügel einfach nur leid. Glauben Sie nicht, Taylor? Doch das hält nicht lange vor, wie es bei kläglichen Geschöpfen stets der Fall ist. Und dann sieht man nur noch, daß der verdammte Spatz einen gebrochen Flügel hat; und man hat Schuldgefühle, weil es einen nicht mehr interessiert.«

Überraschenderweise erwiderte Taylor ihr Lächeln, und sein Blick war so kalt und herausfordernd wie der ihre. »Sie erstaunen mich, Sydney, ebenso wie ihr Vater. Soll ich Ihnen etwas sagen? Es ist ein Jammer, daß wir uns unsere Verwandten nicht aussuchen können. Und meiner Meinung nach hat Lindsay in dieser Hinsicht großes Pech gehabt.« Dann wandte er sich wieder Lindsay zu und blickte sich nicht eher um, bis er die Tür ins Schloß fallen hörte.

Um zehn Uhr am folgenden Morgen wachte Lindsay auf. Sie hatte Schmerzen, und Taylor konnte es kaum ertragen, sie leiden zu sehen. Endlich gab ihr die Schwester wieder ein Schmerzmittel. Lindsay schlummerte ein. Wie die Schwester Taylor sagte, waren es die Schwellungen in ihrem Gesicht, die diese Schmerzen verursachten.

Gerade wollte Taylor nach Hause gehen, um sich zu duschen und sich umzuziehen, als Sergeant Barry Kinsley vom Revier Manhattan Süd hereinkam.

»Du meine Güte!« rief Taylor aus und starrte den alten Polizisten an. »Was zum Teufel tun Sie denn hier?«

»Taylor? Es war ein ziemlicher Schock, alter Junge, aber in meinem Alter sollte einen eigentlich nichts mehr vom Hocker hauen. Warum sind Sie hier? Kennen Sie die Dame?«

»Sie ist meine Verlobte. Im Augenblick schläft sie. Was führt Sie hierher, Barry?«

»Die Pflicht, Taylor, die Pflicht. Jemand hat versucht, der jungen Frau das Lebenslicht auszublasen. Diese Explosion war kein Unfall, sondern wurde durch eine Bombe verursacht. Ein hübsches, kleines Spielzeug aus Plastiksprengstoff, das aus etwa zwanzig Metern Entfernung gezündet wurde. Genau in dem Moment, als sie sich an den Skilift lehnte. Niemand sonst war in der Nähe. Das war Absicht, da beißt die Maus keinen Faden ab. Kein Zweifel möglich.«

Taylor sah rot. »Entschuldigen Sie mich, Barry«, stieß er hervor und stürzte aus dem Zimmer.

20.

Taylor rannte Demos nach, der Lindsays Krankenzimmer erst vor zwei Minuten verlassen hatte. Demos wartete vor dem Aufzug. »Du verdammter, kleiner Drecksack!« schrie Taylor ihn an. »Du mieses Stück Mist! Bleib stehen!«

Schreckensbleich drehte Demos sich um, als Taylor sich auf ihn stürzte. In panischer Angst drosch Demos auf die Aufzugknöpfe ein. Doch Taylor packte ihn beim Krawattenknoten, hob ihn hoch und drückte ihn an die Wand.

»Du widerlicher, kleiner Perverser!« Er knallte Demos' Kopf gegen die Mauer. »Das war kein Unfall, sondern eine Bombe! Lindsay wurde absichtlich in die Luft gesprengt. Und diesmal hast du dir nicht mal die Mühe gemacht, mich zu warnen. Warum nicht? Mein Gott, Lindsay liegt hier, weil du mieses Stück Dreck deine Spielschulden nicht bezahlt hast!«

Taylor versetzte Demos einen kräftigen Boxhieb in den Magen und einen Kinnhaken. Dabei hielt er ihn immer noch hoch und unterstrich jede seiner Beschimpfungen, indem er Demos' Kopf gegen die Wand schlug.

Taylor hörte die Schwestern schreien, sah, daß Menschen auf ihn zuliefen und daß andere vor Angst flohen. Ein Patient, der gerade mit einer Bettpfanne in der Hand aus seinem Zimmer kam, ließ diese fallen, so daß sich der Urin über den Boden ergoß. Taylor spürte, daß Arme ihn von Demos wegzerren wollten, aber er ließ nicht locker.

»Taylor, alter Junge, hören Sie auf damit!«

Barry Kinsley war gebaut wie ein Preisboxer. Er war zwar schon fünfundfünfzig Jahre alt und hatte eine beginnende Glatze, aber eine Statur wie ein Kleiderschrank. Trotz seines Alters war er immer noch einer der stärksten Männer bei der New Yorker Polizei. In der Polizeiakademie war er einer von Taylors Lehrern gewesen und hatte ihn bei jedem Training auf die Matte gezwungen. Während all der Jahre war er Taylors Freund geblieben, auch wenn die beiden Männer sich nur selten sahen.

Er zerrte Taylor von Demos weg, wobei er vor Anstrengung ein Grunzen ausstieß. Mein Gott, dachte er, ich werde zu alt für diesen Drecksjob. Demos rutschte zu Boden. Er war bei Bewußtsein, blickte wimmernd zu Taylor hoch und zog schützend die Knie vor den Leib.

»Ich habe nichts getan, Taylor, ich schwöre!«

»Du elender Lügner! Barry, laß mich los, verdammt! Ich werde die Wahrheit aus diesem Schwein herausprügeln!«

»Nichts da, Taylor. Jetzt beruhigen Sie sich erstmal, alter Junge. So ist es gut. Atmen Sie ruhig durch und beherrschen Sie sich. Und jetzt erzählen Sie Papa Barry mal, was los ist.«

Taylor versuchte, langsamer zu atmen und seine Wut zu zügeln, was ihm sehr schwer fiel. Als Barry seinen Griff ein wenig lockerte, machte er jedoch keine Anstalten, sich zu befreien.

»So, und jetzt benehmen Sie sich, Taylor. Ich helfe diesem kleinen Burschen inzwischen auf. Und dann gehen wir alle zusammen ins Zimmer Ihrer Verlobten. Mir scheint, da ist Demos im Augenblick am sichersten. Schließlich wollen wir ja nicht, daß Lindsay aufwacht, oder?«

»Er verdient es, daß man ihm die Gedärme herausreißt.«

»Kann sein«, meinte Barry, während er Demos musterte. »Ist durchaus möglich. Und jetzt kommen Sie alle beide mit ins Krankenzimmer.« Er betrachtete all die erschrockenen Gesichter. Die Show ist vorbei, Leute. Machen Sie sich wieder an die Arbeit. Hey, was stinkt denn hier so?«

Sergeant Kinsley ging zwischen Taylor und Demos, der immer noch gekrümmt einherwankte.

»Ich habe nichts getan, Taylor«, wiederholte Demos, der sich in Kinsleys Gegenwart sicherer fühlte.

»Nichts überstürzen, Sir«, sagte Barry betont ruhig. »Warten Sie, bis wir im Zimmer sind. Dann kann ich wenigstens sicher sein, daß Taylor Sie nicht zu Kleinholz schlägt.«

»O Gott«, stöhnte Demos.

»Vertrauen Sie mir, Sir, ich bin Polizeibeamter.«

»O Gott«, meinte Demos noch einmal.

Nachdem sich Lindsays Zimmertür hinter ihnen geschlossen hatte, eilte Taylor sofort an ihr Bett. Sie schlief fest. Nur das Zischen der Herz-Lungen-Maschine war zu hören.

Er wandte sich wieder an Barry. »Anfang Dezember hat Demos mich angestellt, damit ich ein Auge auf Lindsay habe, da er einer Gang aus New Jersey eine schöne Stange Geld schuldete. Sie ist Model und arbeitet unter dem Künstlernamen Eden. Seine Gläubiger haben gedroht, sich nicht nur ihn, sondern auch seine Mitarbeiter vorzuknöpfen. Um ihn allein wär's nicht schade gewesen. Ich habe ihm geraten, zu zahlen, da es sonst seine Schuld wäre, wenn ihr etwas zustöße. Falls er sich geweigert hätte, hätte ich die Polizei informiert. Erinnern Sie sich an den Mann, den man in der Nähe des Lincoln Tunnels zusammengeschlagen im Kofferraum seines Autos gefunden hat? Nun, das war eine Kostprobe. Der Mann war der Regisseur des Werbespots, in dem Eden mitgewirkt hat. Zum Glück für diesen Vollidioten hier, hat der Regisseur überlebt. Damals hat Demos mir hoch und heilig versprochen zu bezahlen und so etwas niemals wieder zu tun. Und jetzt zu dir, du kleiner Drecksack: Wer hat es diesmal auf dich abgesehen? Wer hat dich jetzt in der Hand? Wieviel schuldest du diesen Leuten?«

Endlich war es Demos gelungen, sich aufzurichten und sich zu fassen. Er blickte zwischen Taylor und Lindsay hin und her und achtete nicht auf den Sergeant. »Ich habe mein Wort gehalten, Taylor«, sagte er. »Glaubst du, ich würde jemals riskieren, daß Eden etwas zustößt. Mein Gott, sie ist so . . .«

»Vertrauensselig?«

»Ja, und außerdem . . .«

»Zart? Verletzlich?«

»Vielleicht. Aber ich würde sagen, sie ist einfach nur ein netter, mitfühlender Mensch. Ich liebe sie, Mann. Anders als du natürlich, schließlich ist sie ja eine Frau. Doch ich fühle eine tiefe Liebe für sie.« Das klang ziemlich kitschig, und Demos relativierte es sofort. »Was ich meine, ist, daß sie mir etwas bedeutet. Und Glen geht es genauso! Schau sie dir an!

Ich würde niemals etwas tun, das sie in einen solchen Zustand versetzt. Niemals! Ich schwöre!«

Er weinte.

»Mein Gott«, sagte Taylor. Seufzend warf er einen kurzen Blick auf Barry. »Er sagt die Wahrheit, verdammt noch mal.«

»Das sollte dich doch freuen«, erwiderte Demos und wischte sich mit einem verlegenen Blick die Augen. »Du hast mir ganz schön weh getan, Taylor.« Er rieb sich Kopf und Magen.

»Nun, ich bin überhaupt nicht zufrieden«, mischte sich Sergeant Kinsley ein. »Verstehen Sie zwei Holzköpfe denn nicht, was das bedeutet? Die junge Dame hat einen Feind, Jungs, einen wirklichen Feind, der keine Skrupel hatte, Sprengstoff zu benutzen, obwohl noch viele andere Menschen hätten verletzt werden können. Allerdings ist niemandem etwas passiert, was heißt, daß er sich ein wenig vorgesehen hat. Also, meine Herren, reden wir einmal Tacheles. Ich muß wissen, wer möglicherweise etwas gegen Lindsay haben könnte.«

»Niemand«, antwortete Demos mit dem Brustton der Überzeugung. »Nicht einmal ... ach, nein.« Mit einem Blick auf Taylor brach er ab.

Taylor strich über die schwarzen Bartstoppeln auf seinem Kinn. »Sie hat gerade von ihrer Großmutter und ihrer Mutter ein wahres Vermögen geerbt«, meinte er nachdenklich. »Die beiden kamen bei einem Autounfall vor anderthalb Wochen ums Leben. Ihre Mutter hat ihr alles vermacht, ihre Großmutter hat ihr den Großteil des Familienbesitzes hinterlassen. Lindsay ist eine schwerreiche Frau. Ihre Halbschwester und ihr Vater sind furchtbar wütend auf sie. Ihr Vater glaubt, daß das ganze Geld ihm zusteht.«

»Wollen Sie damit andeuten, daß La Principessa etwas damit zu tun haben könnte?« fragte Demos entsetzt. »Aber ich dachte doch ...« Er hielt inne; er hatte schon zuviel gesagt.

»Wer ist das?« wollte Barry wissen.

»Ihre Halbschwester, Prinzessin Sydney di Contini. Sie arbeitet auch als Model. Sie und Lindsay-Eden kommen nicht gut miteinander aus. Der Grund ist eine sehr, sehr alte Geschichte . . .«

»Nennen wir sie Lindsay«, sagte Barry. »Ihren Unterlagen entnehme ich, daß ihr voller Name Lindsay Foxe lautet. Wo leben ihre Verwandten, Taylor?«

»In San Francisco, offenbar eine alteingesessene, wohlhabende Familie mit großem Einfluß. Dazu noch die passende Portion Habgier.«

»Ist ihr Vater der Bundesrichter, Royce Foxe?«

»Das weiß ich nicht«, antwortete Taylor. »Hast du eine Ahnung, Demos?«

»Stimmt. Ein schlauer Fuchs, wenn man Sydney glauben kann. Sehr gerissen, und Sydney hat seinen Verstand geerbt. Du weißt ja, daß sie Anwältin ist. Sie hat ihren Abschluß in Harvard gemacht und dann den italienischen Prinzen geheiratet, der Lindsay 1983 in Paris vergewaltigt hat.«

»Mein Gott!« Barry blickte zwischen den beiden Männern hin und her. »Höre ich richtig? Sie wurde 1983 von ihrem Schwager vergewaltigt? Aber damals war sie doch noch praktisch ein Kind!«

Es klopfte, die Tür ging auf, und Enoch kam ins Zimmer. »Oh«, meinte er. »Hallo, Sergeant. Was machen Sie denn hier? Hat Taylor Sie alarmiert?«

»Ach, wenn das nicht Enoch Sackett ist. Immer noch dürr wie eine Bohnenstange. Gibt Sheila Ihnen nicht genug zu essen?«

»Sie nudelt mich wie eine Weihnachtsgans. Es liegt am Stoffwechsel. Hallo, Taylor . . .«

Als Enoch Lindsay mit ihren weißen Verbänden um den Kopf bemerkte, verstummte er. Er schluckte und blickte zu Taylor hinüber.

»Wird sie wieder?«

Taylor nickte. Dann sagte er zu Barry: »Kann ich einen Moment unter vier Augen mit Enoch reden?«

»Warum berichtet uns Enoch nicht sofort alles, was er weiß?«

»Es geht nicht um den Fall; es ist persönlich. Ehrenwort.«

Sergeant Kinsley machte ein zweifelndes Gesicht. Er warf einen Blick auf die Frau im Bett und zuckte unwillkürlich zusammen. Dann gab er Taylor mit einer Handbewegung die Erlaubnis.

»Ich habe aus dem Radio von dem Unfall erfahren. Warum ist Barry Kinsley hier?«

»Es war kein Unfall. Jemand wollte Lindsay mit Plastiksprengstoff in die Luft jagen.«

»Mannomann! Warum denn das?«

Taylor sah sehr müde aus, und er fühlte sich auch so. Er brauchte dringend Schlaf, eine Dusche und eine ausgiebige Mahlzeit. Sein Kopf fühlte sich bleischwer an. »Ich weiß nicht«, anwortete er endlich. »Danke, daß du mir die Sachen besorgt hast, Enoch.«

»Ich habe in fünf französischen Zeitungen und Boulevardblättern etwas über die Vergewaltigung gefunden. Taylor, sie war erst achtzehn, und die Presse hat sie fertiggemacht! Allerdings ist da noch etwas: Die Zeitungen sind sich nicht einig. Einige behaupten, sie habe ihren Schwager verführt, andere meinen, ihre Halbschwester habe ihren Mann kaltblütig ermorden wollen und die Vergewaltigung deshalb arrangiert. Ein Blatt geht sogar soweit zu vermuten, daß der Prinz mit beiden Schwestern sexuelle Beziehungen hatte, und daß seine Frau darüber so wütend war, daß sie auf ihn schoß. Aber ganz gleich, wie die Theorien im einzelnen lauteten: Lindsay wurde als achtzehnjährige Lolita hingestellt. Den Rest kannst du dir vorstellen.«

Im Augenblick konnte sich Taylor überhaupt nichts vorstellen.

»Ach ja, sie zitieren sogar eine Bemerkung, die sie von ihrem Vater aufgeschnappt haben. Er sagt, seine Tochter sei eine Nutte, und der Mensch, der wirklich unter der ganzen Sache zu leiden habe, sei Sydney, die Ehefrau. Der Mann klingt wie ein richtiges Schätzchen.«

Schweigen entstand.

Schließlich faßte sich Taylor wieder. »Alles okay im Büro?«

Enoch nickte. »Läuft prima.«

»Ich ruf dich später an, Enoch. Danke für deine Hilfe.«

Beim Betreten des Zimmers fiel sein Blick sofort auf Lindsay. Sie schlief immer noch tief und fest.

»Demos kann mir keine anderen Verdächtigen nennen als ihre Familie«, meinte Barry mit leiser Stimme. »Fällt Ihnen noch jemand ein?«

Taylor betrachtete die Frau, die er liebte, die Frau, die beinahe durch die Hand eines oder einer Unbekannten zu Tode gekommen wäre. Er fühlte sich so unbeschreiblich hilflos.

»Geben Sie mir Zeit zum Nachdenken. Lindsay hat eine gute Freundin — ich werde mit ihr sprechen. Noch etwas, Barry: Sollte sie nicht hier im Krankenhaus bewacht werden?«

»Ich habe schon nach zwei jungen Polizisten geschickt, die ein Auge auf sie haben sollen. Die beiden haben diese Art von Job zwar schon ziemlich satt, aber sie sind die besten. Also schauen Sie mich nicht so an und sparen Sie sich Ihre klugen Bemerkungen, Taylor. Nein, ich brauche mich nicht mit der jungen Dame zu unterhalten. Ich sehe mich mal nach ihrem Arzt um und frage, wann sie in der Lage sein wird, mit mir zu sprechen. Bis später.«

»Die Leute am Drehort haben gesagt, ihr Gesicht wurde zerschmettert«, meinte Demos.

»Sie ist wieder in Ordnung«, sagte Taylor.

»Glaubst du, sie hat etwas gesehen?«

»Weiß nicht. Aber du kannst dich drauf verlassen, daß Barry jeden verhören wird, der am Drehort anwesend war. Bete zu Gott, daß jemand sich an etwas erinnert.«

Lindsay wachte auf. Die Augen hielt sie immer noch geschlossen, und sie wagte nicht, sich zu bewegen. Auf ihrem Nachttisch zischte die Herz-Lungen-Maschine. Ihre Rippen schmerzten. Es war ein pochender, bohrender Schmerz, der einfach nicht aufhören wollte, und ihr Gesicht fühlte sich an, als würden zwei Tonnen Zement darauf lasten. Aber wenigstens konnte sie atmen; wenigstens war sie am Leben. Alles andere würde sie überstehen.

Sie konnte ihre Schmerzen unter Kontrolle halten, und das mußte auch sein, weil sie über das Geschehene nachdenken wollte. Sie hatte gehört, wie sich der Polizist mit Taylor und Demos unterhielt. Also war es kein Unfall gewesen!

Jemand hatte versucht, sie zu ermorden.

Die Schmerzen unter Kontrolle halten. Nachdenken. Doch es ergab keinen Sinn. Wer? Soweit sie wußte, hatte sie keine Feinde. Wer? Sie spürte Finger auf ihrem Unterarm, die sie sanft streichelten, Kontakt zu ihr herstellten.

»Alles in Ordnung, Liebling.«

Taylors Stimme — so zärtlich und ruhig. Sie hatte gar nicht bemerkt, daß er im Zimmer war. Jetzt wischte er ihr die Augen mit einem Papiertaschentuch. Sie hatte gar nicht gespürt, daß sie weinte. Dann küßte er sie zart.

»Alles in Ordnung. Ich bin bei dir. Hast du große Schmerzen?«

»Es geht.« Das Sprechen fiel ihr schwer; ihr Gesicht schmerzte. »Wasser.«

Er schob ihr den Strohhalm in den Mund, und als sie daran saugte, schoß ihr ein Schmerz durch die Kehle.

Er wischte die Tränen auf ihren Wangen ab.

»Wenn du ein Schmerzmittel brauchst, drücke nur auf diesen Knopf. Er ist an deine Infusion angeschlossen. Die Schwester hat das vor ein paar Stunden getan. Sie sagte, du könntest soviel nehmen, wie du brauchst. Genau, so funktioniert es; gib dir eine Dosis. Es ist überflüssig, zu leiden, wenn du nicht mußt.«

Taylor schwieg und wartete, bis das Medikament seine Wirkung tat. Dabei streichelte er weiter ihren Arm, eine Angewohnheit, die er wahrscheinlich für den Rest seines Lebens beibehalten würde. Endlich spürte er, wie sie sich entspannte.

»Jetzt bleib nur ruhig liegen. Ich hole die Schwester. Sie wollte informiert werden, wenn du aufwachst. Außerdem hast du zwei Ärzte, die dich beide untersuchen wollen.«

Lindsay schloß die Augen. Sie fühlte, wie die Schmerzen nachließen. Sie wurde von einer eigenartigen Lethargie und Taubheit übermannt und erinnerte sich, wie ihre Großmutter ihr den Knopf gezeigt hatte, mit dem sie sich soviel

Schmerzmittel zuführen konnte, wie sie wollte. Jetzt war sie in der gleichen Lage. Sie spürte den Druck und das Pochen in ihrem Gesicht, aber die Schmerzen waren fort.

Zuerst kam Dr. Perry ins Zimmer. Als sie ihn bemerkte, versuche sie zu lächeln. »Sie machen sich großartig«, sagte er zur Begrüßung.

»Mein Gesicht fühlt sich an, als wöge es eine Tonne.«

»Ich weiß. Das sind die Schwellungen durch den Schlag und von der Operation. Sie werden noch einige Tage lang starke Schmerzmittel nehmen müssen. Bald wird es nachlassen, und Sie werden jeden Tag eine Besserung bemerken. Morgen wechseln wir die Verbände. Schließlich wollen wir keine Infektion riskieren. Und in etwa neun Tagen ziehen wir die Fäden. Dann können wir das Ergebnis meiner Arbeit schon ziemlich gut abschätzen.«

Das Sprechen fiel ihr noch sehr schwer. Sie konnte kaum den Mund öffnen, weil die Verbände fest um ihren Kopf und um ihr Kinn gewickelt waren. »Werde ich entstellt sein?«

»Nein. Wahrscheinlich sehen Sie genauso aus wie früher. Wie ich Mr. Taylor schon sagte, haben Sie großes Glück gehabt. Hauptsächlich sind Ihre Knochen und nicht ihre Haut verletzt worden. Sie werden deshalb kaum Narben zurückbehalten. Sie werden wieder wunderschön sein. Also machen Sie sich bitte keine Sorgen.«

»Danke.«

Taylor folgte Dr. Perry auf den Flur. Der Arzt lächelte. »Ich habe die Wahrheit gesagt. Sie kommt wieder in Ordnung. Und was ihre Schönheit betrifft, ich weiß, daß sie Model ist und mit ihrem Gesicht ihr Geld verdient. Sie sollten sie schonend darauf vorbereiten, daß sie vielleicht ihren Beruf wechseln muß. Möglicherweise wird es nicht nötig sein, aber ich kann noch nichts mit Gewißheit sagen. Das genaue Ergebnis der Operation kann man nicht vorhersehen. Es wäre also gut, wenn sie andere Zukunftspläne in Erwägung ziehen würde. Die Operation ist wirklich sehr erfolgreich verlaufen, doch man kann nie absolut sicher sein.«

Am liesten hätte Taylor ihm gesagt, daß Model nicht Lindsays Traumberuf war, aber er schwieg. Er wollte wieder zurück in ihr Zimmer. Also dankte er dem Arzt und sah ihn den Gang entlang davongehen. »Haben Sie jemand Verdächtigen gesehen?« fragte er den Polizisten, Jay Fogel, der vor Lindsays Tür saß und im People Magazin blätterte.

Bedauernd schüttelte Fogel den Kopf. »Nicht einmal eine hübsche Krankenschwester.« Nachdem Fogel Taylor eine Weile gemustert hatte, meinte er: »Außerdem, Mr. Taylor, sind Sie ja hier. Nur ein Wahnsinniger würde es wagen, unter diesen Umständen in ihr Zimmer einzudringen.«

Taylor schüttelte nur den Kopf. Fogel war klein und drahtig und hatte ein jungenhaftes Gesicht, das in allen Frauen Muttergefühle auslöste — was er, soweit Taylor informiert war, schamlos ausnützte.

»Halten Sie weiter die Augen offen«, riet Taylor ihm und ging wieder ins Zimmer.

Dort setzte er sich neben Lindsay, legte sofort wieder die Finger auf ihren Unterarm und streichelte ihre weiche Haut. Er spürte, wie sie sich entspannte.

»Ich weiß«, sagte sie undeutlich mit halb geschlossenem Mund.

»Du weißt, daß es kein Unfall war?«

»Ja.«

»Hast du irgendwelche Vermutungen?«

Er klang so sachlich, so unbeteiligt, daß sie ihn ansah.

Lächelnd stellte er fest, daß sein Tonfall sie beruhigt und aus ihrer hysterischen Stimmung herausgeholt hatte. Sie hatte sich unter Kontrolle, und in diesem Augenblick bewunderte er sie. »Ich möchte, daß du dich an die Aufnahmearbeiten erinnerst. Schritt für Schritt. Ach, wenn man vom Teufel spricht, Lindsay: Das ist Sergeant Barry Kinsley von der New Yorker Polizei. Der Sergeant und ich kennen uns schon seit sehr vielen Jahren. Er sieht zwar aus wie ein Ringer, und das ist er auch, aber außerdem ist er ein schlauer Fuchs. Er ist hier, um herauszufinden, wer dir das angetan hat.«

Als Barry ihr in die Augen sah, wußte er, warum Taylor ihr verfallen war — jeder Mann wäre machtlos gewesen. Ihre Augen waren von einem tiefen Blau, und in ihnen schimmerten geheimnisvolle Lichteffekte. Und dazu dieser Blick: weich und unglaublich sexy! Da ihr Kopf in weiße Bandagen eingewickelt war, hatte er sich bislang keine Gedanken über ihr Aussehen gemacht, obwohl sie als Model arbeitete. Jetzt brannte er darauf, Fotos von ihr zu sehen.

»Hallo, Miss Foxe«, sagte er.

Lindsay nickte, aber dann fuhr sie zusammen. Foxe! Sie sah Taylor in dem Bewußtsein an, daß er nun ihren Namen kannte, und nicht sie es gewesen war, die ihn verraten hatte.

»Lindsay Foxe ist ein hübscher Name«, kam Taylor ihr schnell zuvor, ehe sie etwas sagen konnte. »Aber ich finde, daß Lindsay Taylor noch viel besser klingt. Was meinst du?«

Sie antwortete nicht, sondern weinte vor Erleichterung, Scham und Reue. Er wischte ihr die Tränen ab. Was war nur los mit ihr? Noch nie im Leben hatte sie soviel geweint. Sie hatte sich nicht mehr in der Gewalt.

»Pssst, Liebling. Alles ist in Ordnung. Wir reden später darüber. Es ist nicht wichtig. Bitte, glaub mir, es ist nicht wichtig. Der arme Barry muß dir ein paar Fragen stellen. Ich möchte, daß du dir Zeit läßt und alles gründlich überlegst. Erzähl uns jede Einzelheit, auch wenn sie dir noch so albern vorkommt, selbst deine verrücktesten Eindrücke. Laß nicht einmal die Pinkelpausen aus. Erzähl uns alles, was gestern vormittag passiert ist.«

Lindsay folgte dieser Aufforderung. Sie sprach langsam. Vieles, was sie vergessen hatte, fiel ihr wieder ein, und auch Taylors Fragen halfen ihrem Gedächtnis auf die Sprünge. Als Barry auf seine Art und Weise weitere Fragen stellte, kehrten noch mehr Erinnerungen zurück. Das alles ging sehr langsam vor sich. ». . . Dann stand ich neben dem dummen, nachgebauten Skilift, und plötzlich fing Edie an zu schreien. Ich war zu langsam. Ich sah sie an, weil ich nicht verstand, was sie wollte, dann blickte ich nach oben, weil sie auch in diese Richtung schaute, und schon regneten Trümmer auf mich herab.«

»Und sie haben niemanden gesehen, der nicht hätte da sein sollen?« fragte Barry. »Niemanden, der in Ihnen Zweifel weckte?«

»Nein.«

»Etwas stört mich noch, Miss Foxe«, meinte Barry. »Sie standen als einzige vor dem Skilift, als er explodierte. Niemand sonst war in der Nähe. Warum waren Sie gerade in diesem Augenblick dort, und warum waren Sie allein?«

Sie schloß die Augen. Warum? »Oh, nein!« rief sie aus. »Oh, nein!«

»Sag es uns«, drängte Taylor. »Was siehst du? Was ist dir eben eingefallen?« Sie hörte, wie eindringlich seine Stimme klang, aber die Finger auf ihrem Unterarm streichelten sanft weiter.

»Einer der Dekorateure kam zu mir hinüber. Ich sah gerade einem Schachspiel zu. Der Mann sagte, sie wollten Probeaufnahmen machen, und ich sollte mich bitte vor den Skilift stellen.«

»Aha«, sagte Barry. »Denken Sie gut nach, Miss Foxe. Gehörte der Kerl zum Team? Haben Sie ihn wiedererkannt?«

»Nein.«

»Dann ist er wahrscheinlich unser Mann. Stellen Sie ihn sich gut vor. Beschreiben Sie ihn, so gut Sie können.«

Lindsay rief sich den Fremden wieder ins Gedächtnis. Sie sah ihn so deutlich wie sie Sergeant Kinsley vor sich sitzen sah. »Er war etwa eins fünfundsiebzig groß, nicht mehr, hatte helle Haut und hellbraune Augen. Seine Augenbrauen waren dicht und gerade. Er hatte ziemlich langes und fettiges Haar. Ich weiß, welche Farbe es hatte, weil es lang war und unter seiner roten Wollmütze hervorlugte.« Lindsay beschrieb den Mann von Kopf bis Fuß.

Barry war erstaunt.

Auch Taylor konnte es kaum glauben. Er wußte nicht, womit er eigentlich gerechnet hatte, aber sicherlich nicht mit so einer detaillierten Schilderung.

»Ich werde den Polizeizeichner kommen lassen, Miss Foxe. Werden Sie mit ihm zusammenarbeiten?«

»Ja.«

»Die Fotokartei zeige ich Ihnen später.« Dann wandte sich Barry an Taylor: »Für mich klingt das, als wäre der Mann für diesen Job bezahlt worden. Der Sprengstoff war zwar nicht professionell angebracht, doch der Täter kann kein Amateur gewesen sein. Er wußte, was er tat, und er hat seine Spuren gut verwischt. Außerdem hat er keine Teile verwendet, deren Herkunft man nachweisen kann. Ja, die Chancen sind, daß man ihn angeheuert hat. Miss Foxe, ich möchte Sie ja nicht ängstigen, doch ich habe noch eine wichtige Frage an Sie: Können Sie sich vorstellen, wer Sie gern aus dem Weg räumen möchte?«

»Sie meinen, ermorden?« fragte Lindsay in einem sachlichen Ton.

»Genau«, antwortete Barry und klang dabei genauso unbeteiligt wie Taylor vor einigen Stunden. Es war beruhigend. Lindsay mußte fast über die Anstrengungen der beiden Männer lachen. Aber die Schmerzen nahmen allmählich wieder zu.

»Niemand«, erwiderte sie.

Taylor sah, daß sie auf den Knopf drückte, um eine weitere Dosis Schmerzmittel zu bekommen. Er lenkte Barry lange genug von ihr ab, bis sie sich wieder in der Gewalt hatte, denn er wußte, wieviel ihr das bedeutete. Ihm wäre es ebenso wichtig gewesen.

»Sydney di Contini, Lindsays Halbschwester, wird gleich vorbeikommen. Wollen Sie nicht bleiben und die Dame kennenlernen?«

»Wer würde nicht gern einer richtigen Prinzessin begegnen?«

Sydney kam nicht allein. In ihrer Begleitung befanden sich Richter Royce Foxe und seine Frau Holly. Taylor erhob sich, als sie das Zimmer betraten. Er musterte den aristokratischen älteren Mann, der hinter Sydney stand. Mein Gott, dachte er erstaunt. Lindsay hat seine Augen. Nur seine Augen, sonst nichts. Nun, vielleicht auch seine Körpergröße. Aber ihre Augen ähnelten einander wie ein Ei dem anderen.

»Was geht hier vor?« fragte Foxe.

Was für eine kalte, ausdruckslose Stimme, dachte Taylor. Nein, nun ähnelten seine Augen überhaupt nicht mehr denen seiner Tochter. In ihnen lag keine Wärme; sie waren kalt wie zwei Eiskristalle.

Barry stellte sich vor und wandte sich dann zu Taylor um. »Und das ist der Verlobte Ihrer Tochter, S.C. Taylor.«

Royce Foxe starrte den Mann an, den Sydney ihm aufgeregt als Lindsays Verlobten beschrieben hatte. Er war sich nicht sicher, womit er gerechnet hatte, aber gewiß nicht mit einem solchen Mann. Dieser Mann war knallhart und mit allen Wassern gewaschen. Er hatte schon viel erlebt. Royce fand, daß er recht gut aussah. Allerdings machte er einen gefährlichen, vielleicht sogar grausamen Eindruck. Und ganz sicher kannte er keine Skrupel. Dieser Mann sollte mit Lindsay verlobt sein? Das war absurd. Bestimmt hatte Lindsay gelogen.

Er nickte Taylor zu. Dann wurde Holly vorgestellt. Am liebsten hätte Taylor Royce Foxe fürchterlich verprügelt, doch seine Vernunft siegte. Diesen Triumph würde er sich für später aufsparen. Also sagte er nur lässig: »Hier in diesem Zimmer ist es ziemlich eng, und Lindsay schläft. Ich möchte nicht, daß sie aufwacht. Warum gehen wir nicht alle ins Wartezimmer?«

Royce warf einen Blick auf seine Tochter. Mit ihrem bandagierten Kopf sah sie lächerlich und albern aus, wie der eingebildete Kranke in einem Theaterstück. Mit einer Grimasse drehte er sich auf dem Absatz um. Als Barry Taylor ansah, bemerkte er, daß dieser vor Wut erbleicht war.

Er zwinkerte Taylor zu, und Taylor verkniff sich die Bemerkung, die ihm schon auf der Zunge lag.

Nachdem sich alle in dem kleinen Wartezimmer versammelt hatten, kam Barry sofort auf den Punkt. »Soweit ich weiß», sind Sie wütend, weil Ihre Mutter Lindsay alles Geld hinterlassen hat«, wandte er sich an Richter Foxe.

»Nicht schlecht, Sergeant«, antwortete Royce Foxe, »aber so kommen Sie mir nicht bei. Wer mir an den Karren fahren will, muß früher aufstehen.«

Taylor zwinkerte Barry zu. Dieser Mann war ein harter Brocken.

»Nun, haben Sie sich nicht darüber geärgert? Haben Sie

nicht versucht, Lindsay unter Druck zu setzen, damit sie Ihnen Ihr Erbe überschreibt?«

»Gewiß. Das ist nur recht und billig. Ich bin der einzige rechtmäßige Erbe. Meine Mutter war schon sehr alt und nicht mehr ganz bei Verstand. Ich weiß nicht genau, wie Lindsay sie beeinflußt hat, aber ich werde es schon noch herausfinden. Und dann wird sie das ganze Geld verlieren. Allerdings würde ich dabei nicht so weit gehen, meine eigene Tochter umzubringen.«

Er lachte leise auf. »Ich habe während meiner Jahre auf der Richterbank einige merkwürdige Väter kennengelernt, Sergeant; doch als Bundesrichter käme es nicht für mich in Frage, meine Tochter zu ermorden. Ganz gleich aus welchem Grund.«

»Das ist lächerlich!« rief Holly aus und wies mit einem beringten Finger auf Taylor. »Alles Unsinn. Ich wette, Lindsay hat sich unüberlegt mit diesem Menschen eingelassen. Und jetzt will sie ihn loswerden, weil sie Geld hat und er nicht. Dehalb hat er bestimmt versucht, sie umzubringen!«

»Sie drückt sich manchmal etwas unglücklich aus«, bemerkte Royce zu Barry. »Aber sie hat recht interessante Einfälle, nicht wahr?«

»Das ist doch absurd«, mischte sich Sydney ein. »Niemand von uns würde Lindsay Schaden zufügen. Haben Sie denn keine besseren Beweise auf Lager? Vielleicht war es ja doch ein Unfall.«

»Nein, es war kein Unfall«, widersprach Taylor. »Zufälligerweise beabsichtigt die Polizei, Einblick in Ihre Finanzen zu nehmen. Sie sind ein guter Redner, Mr. Foxe . . .«

»Richter Foxe.«

»Das kann sich schneller ändern, als Sie denken. Ich war einmal Polizist und habe ganz wie Sie viele merkwürdige Väter kennengelernt. Und Sie sind in meinen Augen einer der bemerkenswertesten und ungewöhnlichsten, die mir je untergekommen sind.«

»Was zum Teufel soll das heißen?«

»Ich meine damit Lindsays Vergewaltigung im Jahr 1983 durch Ihren Schwiegersohn. Sie haben sich damals gegen sie gewandt und Ihre Tochter der Presse ans Messer geliefert.«

Royce Foxe erbleichte vor Wut. »Das hat sie Ihnen also erzählt, diese verdammte, undankbare, verblödete Schlampe! Ich werde . . .«

Er bemerkte, was er da tat, und noch dazu in Gegenwart eines Polizisten, und hielt inne.

Bald hatte er sich wieder gefaßt und machte eine wegwerfende Handbewegung. »Meine Frau und ich wohnen im Plaza. Wenn Sie uns sprechen wollen, Sergeant, stehen wir Ihnen selbstverständlich zur Verfügung. Wir bleiben noch zwei Tage in New York. Wenn Lindsay überlebt, ist unsere Anwesenheit ja überflüssig.«

»Ja, die Beerdigung müssen Sie wohl absagen, Richter«, sagte Taylor. Reglos blickte er Richter Foxe nach, bis dieser nicht mehr zu sehen war. »Dem würde ich gern jeden einzelnen Knochen im Leibe brechen«, meinte er zu Barry.

»Ich auch, alter Junge.«

Als Lindsay später am Nachmittag aufwachte, sagte Taylor zu ihr: »Ich habe eine Entscheidung getroffen, Lindsay.«

Er bemerkte, wie sofort Angst in ihren Blick trat, und hätte sich am liebsten geohrfeigt.

»Moment mal, hör mir zu. Es ist mir vollkommen egal, daß du mir nicht gesagt hast, wer du bist. Ich kann sogar verstehen, warum. Ich weiß es jetzt, und ich habe Lust, deinen Vater zu verdreschen, bis ihm Hören und Sehen vergeht. Er ist ein Schwein. Ich liebe dich, und ich werde dich immer lieben. Wenn du damit einverstanden bist, würde ich gern folgendes tun . . .«

»Nein, hör auf«, unterbrach sie ihn. Sie schloß die Augen und versuchte, die Welle des Schmerzes zu unterdrücken, die sie zu übermannen drohte. Schließlich gelang es ihr. »Ich glaube dir, daß du mich liebst, Taylor. Ich kann mir zwar kaum vorstellen, warum, aber ich glaube dir, daß du mich immer lieben wirst. Du hast mich noch nie belogen, und das würdest du auch nie tun. Es ist einfach nicht deine Art. Du sagst, es kümmert dich nicht, wer ich bin. Und das glaube ich dir auch. Ich bin dir dafür sehr dankbar. Außer meiner

Familie fällt mir niemand ein, der den Wunsch haben könnte, mir zu schaden.« Sie hielt inne. Dann sah sie ihm in die Augen und sagte ganz ruhig: »Wenn meine Familie hinter dem Anschlag steckt, gibt es eine Lösung. Willst du mich heiraten? So bald wie möglich? Dann hätten Vater, Sydney und Holly kein Motiv mehr, weil du in diesem Fall mein Haupterbe wärst.«

Tayor lächelte. Er hatte sie aus demselben Grund bitten wollen, ihn zu heiraten. »Du bist ziemlich schlau, weißt du das? Was hältst du von morgen nachmittag. Du bist Protestantin, und ich kenne einen presbyterianischen Geistlichen. Bist du einverstanden?«

Sie nickte. Erleichterung und Glücksgefühl ließen die Schmerzen in den Hintergrund treten.

Taylor versuchte, sich vorsichtig auszudrücken, aber es gelang ihm nicht ganz. »Das Verhalten deines Vaters kommt mir irrational vor. Ebenso das deiner Halbschwester. Und was deine Stiefmutter betrifft, die ist völlig übergeschnappt. Wenn einer von ihnen — oder zwei oder alle drei — hinter dem Anschlag auf dein Leben stecken, können sie dir, wenn du erst einmal verheiratet bist, nichts mehr anhaben. Sie werden dir nie verzeihen, aber mit der Zeit werden sie es vergessen.«

»Was ist mit dem Prinzen?«

»Sergeant Kinsley hat ihn überprüfen lassen. Der Prinz befindet sich hier in New York. Er ist am Sonntag am Zoll abgefertigt worden und wohnt jetzt bei seiner Frau. Falls er hinter deinem Geld her ist, wird die Polizei es bald herausfinden.« Er spürte, wie sie sich versteifte, und sah die schreckliche Angst in ihren Augen.

»Ich fürchte mich.«

»Ich mich auch. Aber ich sag dir was, Lindsay. Wenn dieser Mann versuchen sollte, sich dir zu nähern, wird er sein blaues Wunder erleben. Bitte, glaub mir.«

»Verprügelst du ihn so wie Demos?«

»Viel schlimmer.«

»Mit einem Brautschleier werde ich im Augenblick ziemlich albern aussehen.«

»Wenn sie dich erst einmal aus deinen Verbänden gewickelt haben, und du wieder richtig gesund bist, holen wir die Feier nach. Ich liebe dich. Willst du mich morgen heiraten?«

»Ja.« Lindsay schloß die Augen. Verheiratet mit Taylor. Sie sah das Gesicht ihres Vaters, seine Wut, denn er würde entsetzlich zornig sein, da er sie nicht mehr unter Druck setzen konnte, wenn Taylor ihr Ehemann war. Hatte Vater versucht, sie ermorden zu lassen? Dann dachte sie an Holly, die ebenso erbost war wie ihr Mann. Die beiden haßten sie und warfen ihr vor, sie habe ihre Großmutter dazu gebracht, ihr alles zu hinterlassen. Lindsay konnte sich immer noch nicht vorstellen, warum sie alles geerbt hatte. Sie war sehr müde, ihr Gesicht pochte und drückte, sie spürte ein Stechen in den Rippen; das leise Zischen der Herz-Lungen-Maschine ging ihr auf die Nerven. Die Ärztin hatte gesagt, man würde das Gerät vielleicht morgen schon entfernen können. Und Taylor wollte sie heiraten. Alles würde gut werden.

Taylor küßte sie und sagte, er werde in einigen Stunden wiederkommen.

Er hatte eine Privatschwester namens Missy Dubinsky angestellt. Nachdem er gegangen war, kam sie hereinmarschiert. Ihre großen Brüste wippten, und die weißen Hosen spannten über ihren strammen Schenkeln. Sie lächelte übers ganze Gesicht. Lindsay wußte, daß es besser war, wenn sie nicht allein blieb, aber diese Frau war von einer nervenzerfetzenden Fröhlichkeit und begeistert davon, ein schönes Model zu pflegen. Sie strotzte geradezu vor guter Laune. Zähneknirschend machte Lindsay gute Miene zum bösen Spiel.

Schön ... dachte sie und strich mit den Fingerspitzen über die dicken Verbände, die ihren Kopf und ihre rechte Gesichtshälfte bedeckten.

Ja, im Moment war sie eine wirkliche Schönheit. Sie glaubte Dr. Perry kein Wort. Schließlich war sie nicht dumm. Und Taylor hatte so beiläufig von ihrer Karriere gesprochen, sie gefragt, wie sie sich ihre Zukunft vorstellte. Nein, sie war nicht dumm. Er versuchte, sie vorzubereiten. Sie betete nur, daß sie nicht entstellt sein würde, mit einem Auge, das tiefer saß als das andere. Sie betete, Taylor würde sich nicht angewidert von ihr abwenden, wenn die Verbände abgenommen und die Fäden gezogen wurden.

Aber wenigstens war sie noch am Leben.

Wer hatte nur versucht, sie umzubringen?

21.

Es war eine wunderschöne Hochzeit, auch wenn die Braut mit einem Krankenhausnachthemd unter dem Morgenmantel aus Satin — selbstverständlich einem weißen — im Bett lag, einen Rosenstrauß in der rechten Hand und Verbände um den Kopf.

Gayle Werth und Sheila Sackett hatten sich zusammengetan und innerhalb von vierundzwanzig Stunden mit der Hilfe von Schwestern, Ärzten und Pflegern das Zimmer in einen Blumengarten aus roten Rosen und weißen Nelken verwandelt. Sogar das Bett hatten sie mit rosafarbenem und weißem Kreppapier umwickelt. Der Monet-Druck an der Wand war mit einer großen weißen Schleife verziert.

Das Krankenhauspersonal hatte sich selbst übertroffen: Die Schwestern hatten Lindsay eine riesige Schachel voller Kondome überreicht und die Herz-Lungen-Maschine mit einer roten Schleife dekoriert. Auf der Karte an der Kondomschachtel stand: »So schnell wie möglich nachfüllen«, und an der Herz-Lungen-Maschine klebte ein Zettel mit der Aufschrift: »Bald sind Sie das Ding los!«

Dr. Perry hatte Lindsay ein antikes Frisierset, bestehend aus Haarbürsten und einem Spiegel, geschenkt. Er sagte ihr, sie werde wieder so schön sein wie zuvor, und sie werde dann einen Spiegel brauchen, um sich selbst darin zu bewundern. Auch Demos und Glen ließen sich nicht lumpen und bestellten bei La Viande zwei Dutzend Menus. »Schließlich weiß ich ja, daß Lindsay nicht mehr als ein Salamisandwich zustandebringt«, meinte Demos. »Sie hat erzählt, du wärst fürs Kochen zuständig, Taylor, aber das kaufe ich ihr nicht ab.« Dann wandte er sich an Lindsay und nahm ihre Hand. »Eigentlich bestehe ich darauf, daß meine Models keine Mühe scheuen, um schlank zu bleiben. Habe ich dir schon erzählt, daß die Menus aus sieben Gängen bestehen?«

Taylor amüsierte sich über die Kondome. Auch für die Menus war er dankbar, denn inzwischen konnte er seine eigenen Rippen zählen. Lindsay ging es großartig, und Taylor war Dr. Perry sehr dankbar. Er wünschte ihm eine glückliche Zukunft, weil er so freundlich zu ihr gewesen war.

Enoch war der einzige, der an einen schwarzen Anzug gedacht hatte. Er hatte ihn und ein weißes Hemd reinigen lassen und eine Stunde vor der Hochzeit, die im Krankenhaus stattfinden sollte, in Taylors Wohnung gebracht.

»Wo sind die Manschettenknöpfe?« schimpfte Taylor und durchwühlte die Schubladen der Kommode.

»Hier«, meinte Enoch und reichte ihm ein Paar aus Gold, die die Form von Einhörnern hatte. »Ich habe mir schon gedacht, daß du zu aufgeregt sein würdest, um an dich selbst zu denken. Sie gehörten meinem Vater, und Sheila sagt immer, daß er ein phantasiebegabter Mensch war. Dabei lächelt sie stets. Ein komischer Gedanke, daß die eigenen Eltern miteinander ins Bett gehen, findest du nicht?«

»Danke.« Taylor lächelte seinem Freund geistesabwesend zu. »Und ich danke dir und deiner Mutter für die Klavierstunden. Woher wußtet ihr, daß Lindsay spielen kann und daß ich es auch gern lernen wollte?«

Enoch tippte sich an die Schläfe. »Mama sagt, unsere Geistesgaben datieren noch auf die Zeit vor der Mayflower zurück.«

»Schon gut, Enoch, hör auf, bevor du noch völlig überschnappst.«

Als sie endlich im Taxi saßen, meinte Enoch: »Hey, Taylor, lächle doch mal. Du fährst zu deiner Hochzeit, nicht zu deiner Beerdigung.«

»Ich mache mir vor Angst fast in die Hosen«, gestand Taylor leise.

Enoch tätschelte seine Hand und nickte weise. »Hör mal, ich weiß ja, daß du nie heiraten wolltest. Nicht nach der Ehe mit Diane, und Lindsay ist wahrscheinlich noch viel reicher als sie, aber . . .«

»Ich habe eine Todesangst wegen des Verrückten, der irgendwo da draußen herumläuft und sie umbringen will.«

»Oh, Entschuldige.«

»Ist schon okay«, seufzte Taylor. »Komisch. Eigentlich sollte ich ja Bedenken haben, ein zweitesmal zu heiraten, aber ich habe keine. Ich liebe Lindsay, und ich kann mir vorstellen, daß wir zusammenbleiben, bis mein Hirn sich in Rauch auflöst und meine Knochen zu Staub zerkrümeln. Seltsam, doch ich habe nicht die geringsten Zweifel. Und was ihr Geld betrifft, nun, damit werden wir auch fertig.«

»Wirst du im Geschäft bleiben?«

Taylor drehte sich um und sah den Mann, der seit sechs Jahren sein Freund war, direkt an. »Warum fragst du?«

Enoch machte ein verlegenes Gesicht und zuckte die Achseln. »Jetzt bist du ein reicher Mann. Du brauchst nicht mehr zu schuften.«

»Nein, Lindsay ist reich. Ich bin immer noch der alte. Nun versteh mich nicht falsch, ein Mann, der vom Geld seiner Frau nichts wissen will und darauf besteht, daß sie von seinem Gehalt lebt, ist ein Idiot.«

»Damals bei Diane hattest du noch diese Einstellung.«

»Ich weiß. Inzwischen bemühe ich mich, eine reifere Haltung einzunehmen, Enoch. Lindsay kann mit ihrem Geld machen, was sie will. Wenn sie möchte, daß es uns beiden gehört, ist es in Ordnung. Hey, vielleicht investieren wir ja in Schweinehälften oder Pinto-Bohnen. Oder wir kaufen Kauai. Was hältst du von einem Hubschrauberservice? Fällt dir möglicherweise noch was ein?«

Enoch lachte. »Lindsay ist eine tolle Frau, Taylor. Seit damals im November hat sie sich sehr verändert. Und wenn ich schon dabei bin, du auch.«

Taylor erinnerte sich an den Abend, als Lindsay aus San Francisco zurückgekommen war. Immer noch spürte er ihren Mund auf seinen Lippen und fühlte ihre Überraschung, als er sie geküßt und berührt hatte. Welche Leidenschaft, welche Wildheit! Er dachte an ihre weiche Haut und daran, wie eng sie gewesen war, als er in sie eindrang. »Ja, das stimmt«, meinte er. Und er wußte noch genau, was er empfunden hatte, als sie sich ihm hingab. »Ich ebenfalls.«

»Hat Barry schon etwas herausgekriegt?«

»Erinnerst du dich noch an ihre Beschreibung des angeblichen Dekorateurs?«

»Ja, ich fasse es immer noch nicht. Ich habe noch nie eine so gute Zeugin erlebt. Wenn der Typ eine Warze am Po gehabt hätte, hätte sie das wahrscheinlich an seinem Akzent erkannt.«

»Sie hat es immer für unwichtig gehalten und mir deshalb noch nie davon erzählt, aber sie hat ein fotografisches Gedächtnis für Gesichter. Ich habe ihr gesagt, sie kann bei uns einsteigen. Wie dem auch sei, ein Beamter bei der Mordkommission hat die Zeichnung gesehen und das Schwein sofort erkannt. Der Bursche heißt Bert Oswald, ein kleiner Profikiller, der sein halbes Leben im Gefängnis verbracht hat. Meistens enden seine Unternehmungen mit einer Pleite, doch manchmal klappt es, obwohl er normalerweise bald wieder im Kittchen landet. Er ist ziemlich billig und, wie ich schon sagte, nicht sehr zuverlässig.«

»Gott sei Dank, daß er auch diesmal versagt hat.«

Das Taxi hielt vor dem Krankenhaus.

»Seh ich okay aus?« fragte Taylor mit einem ängstlichen Unterton, der Enoch nicht entging.

»Du hast dich schlampig rasiert, deine Augen sind blutunterlaufen, und du bist klapperdürr. Aber ansonsten machst du einen recht guten Eindruck. Ein richtiggehender Romeo.«

Der Taxifahrer drehte sich um und grinste die beiden Männer breit an. »Hey, welcher von euch Jungs ist denn der werdende Vater?«

»Immer noch lachend fuhr er davon.

»Schon viel besser«, meinte Enoch, als er das Lächeln auf Taylors Gesicht sah.

Gayle und Sheila zupften an Lindsay herum. Inzwischen war sie ein wenig geschminkt, was in ihrem augenblicklichen Zustand etwas komisch wirkte, aber Taylor beugte sich über sie, und nachdem er sie geküßt hatte, war fast nichts mehr von den Verschönerungsmaßnahmen zu sehen.

Der Geistliche, Reverend Battista, hatte Taylors Eltern und seine Schwester gekannt. Er war ein freundlicher, gütiger alter Herr und hatte nichts dagegen, ein Paar im Krankenhaus zu trauen. Da er sein Leben dem Glauben gewidmet hatte, stellte er die merkwürdigen Wendungen, die das Leben zuweilen nahm, nicht in Frage, denn schon vor langer Zeit hatte er erkannt, daß man viele Verwicklungen auf dieser Welt nicht erklären konnte. Also begrüßte er Taylor lächelnd und sagte ihm, er freue sich, ihn nach drei Jahren wiederzusehen.

Wie Reverend Battista sofort bemerkte, waren die Brautleute bis über beide Ohren ineinander verliebt, was ihn sehr glücklich machte. Hochzeiten begeisterten ihn immer wieder, vor allem dann, wenn die Braut offenbar nicht schwanger war. Seiner Erfahrung nach waren Muß-Ehen in den meisten Fällen nicht von langer Dauer. Dieses junge Paar jedoch würde miteinander alt werden, dessen war sich der Reverend ganz sicher. Er beobachtete, wie Taylor Lindsay den Ehering ansteckte. Ganz offensichtlich bestand zwischen den beiden eine innere Harmonie.

Als Reverend Battista sie endlich zu Mann und Frau erklärte, leuchteten Taylors Augen, und sein ernster Gesichtsausdruck entspannte sich. Er küßte die Braut, und die Ärzte und Schwestern, die in der Tür standen, applaudierten.

»Für eine Braut, die erst vor fünf Tagen operiert worden ist, siehst du phantastisch aus«, flüsterte Taylor Lindsay ins bandagierte Ohr. »Glaubst du, du verträgst einen Tropfen Champagner?«

»O ja, Dr. Shantel sagt, ich darf ein halbes Glas trinken.«

Sein Blick verdunkelte sich, und sie wußte, daß er an ihre eine gemeinsame Nacht dachte, seit dem Lichtjahre vergangen zu sein schienen. Es war fast, als habe sie nie stattgefunden. Doch das stimmte nicht, und Lindsay konnte sich noch gut an die Lust erinnern; eine Lust, die so überwältigend gewesen war, daß es ihr angst machte. Und er hatte ihr versprochen, daß es zwischen ihnen immer so bleiben würde. Sie glaubte ihm.

Die sechs Flaschen Champagner waren genug für alle Ärzte und Schwestern, die ins Zimmer kamen, um zu gratulieren.

Auch Polizist Fogel, Missy Dubinsky und Barry Kinsley erschienen, um dem jungen Paar alles Gute zu wünschen. Kinsley erzählte, Oswald, der miese Schweinehund, sei noch auf freiem Fuß, aber sie würden ihn bald erwischen.

Taylor warf einen Blick auf seine Frau, die sich gerade mit Glen unterhielt. »Ich bin mir nicht sicher, ob es klug ist, wenn sie im Krankenhaus bleibt. Die Herz-Lungen-Maschine wurde heute vormittag abgenommen. Dr. Perry meint, wenn sie sich ruhig verhält, kann sie sich ebenso gut zu Hause wie hier erholen. Allerdings weiß ich nicht, ob man sie in unserer Wohnung ausreichend beschützen kann.«

»Dann soll sie hier bleiben, Taylor. Es ist leichter, im Krankenhaus auf sie aufzupassen.«

»Okay.«

»Ein Gläschen, aber nicht mehr«, mahnte Dr. Shantel und lächelte Lindsay zu, als Enoch sich anschickte, ihr nachzuschenken. »Sie stehen immer noch unter starken Medikamenten und dürften eigentlich gar keinen Alholhol trinken. Herzlichen Glückwunsch, Mrs. Taylor.«

Nachdem Lindsay ihr halbes Glas Champagner geleert hatte, schlief sie ein. Dr. Shantel scheuchte die Gäste aus dem Zimmer. »Unsere Patientin ist so erschöpft vor Glück, daß sie ein wenig Schlaf braucht.«

»Okay«, meinte Barry mit einem Blick auf die junge Mrs. Taylor. »Muß ein tolles Gefühl sein, wenn die Braut in der Hochzeitsnacht einfach umkippt.«

»Wir haben die nächsten fünfzig Jahre Zeit, um sie nachzuholen.«

»Guter Junge.«

Sheila lachte und warf Barry einen interessierten Blick zu. »Mögen Sie Jazz, Sergeant?«

»Nun, Ma'am«, meinte Barry und musterte Sheila, die ein langes smaragdgrünes Seidenkleid trug, bewundernd. »Ich brüste mich gern damit, ziemlich gut Trompete zu spielen. Ja, Jazz, das ist schon etwas besonderes. Im Augenblick höre ich am liebsten Harry Delios. Er kommt aus . . .«

»Atlanta! Du meine Güte, ist das nicht ein wunderbarer Zufall, Enoch?«

Enoch stöhnte. »Er ist mein Cousin, Sergeant. Aber Vorsicht, wenn Sie zu viel Zeit mit meiner Mutter verbringen, werden Sie so dünn wie ich.«

»Eigentlich keine schlechte Idee«, antwortete Barry und betrachtete seinen Bauch. Dann wandte er sich an Taylor, der sich über seine Frau beugte und sie mit Blicken verschlang. »Ich muß nachher noch mit Ihnen reden.«

Eine Viertelstunde später bat Barry Kinsley Gayle Werth, ihn und Taylor ins Wartezimmer zu begleiten.

Ohne Einleitung sagte er: »Taylor hat mir von einem gewissen Dr. Gruska erzählt, einem Professor, der ständig versucht hat, Lindsays Adresse herauszufinden.«

»Gayle, glauben Sie, er wäre verrückt genug, Lindsay etwas anzutun?« fragte Taylor.

Gayle dachte angestrengt nach und nickte schließlich. »Ja. Der Typ ist absolut übergeschnappt. Lindsay erzählt, sein Lieblingsthema sei die unterdrückte Sexualität in der Kindheit, Sie wissen schon, Freud und so weiter.«

»Ich bin Ihrer Ansicht«, meinte Taylor. »Wenigstens sollte man dem Mann mal auf den Zahn fühlen. Ich habe Erkundigungen über ihn eingezogen. Man sagte mir, daß er morgen in der Universität ist. Ich werde mich mit ihm unterhalten.«

»Ich komme mit«, sagte Barry. »Jetzt schauen Sie mich nicht an, als würde ich Ihnen den Spaß verderben wollen, alter Junge. Ich möchte nur verhindern, daß sie ihm an die Gurgel gehen, wenn er plötzlich Schaum vor dem Mund kriegt und alles gesteht.«

»Fällt Ihnen sonst noch jemand ein, Miss Werth?«

»Nein, Lindsay war immer sehr verschlossen. Besonders nach 1983, Taylor. Sie wissen schon, nach der Sache in Paris.«

»Keine Männer?« fragte Barry. »Keiner vor Taylor?«

»O, nein. Sie hätte nie einen Mann an sich herangelassen. Tayor ist der erste, den sie überhaupt angelächelt hat. Ich kann es immer noch nicht fassen.« Sie hielt inne und schüttelte Taylor die Hand. »Ich danke Ihnen, Lindsay geht es sehr gut. Ich habe mich immer so um sie gesorgt.«

»Dieser Bursche hier wird sie glücklich machen, Miss Werth«, meinte Enoch.

»Ja, das glaube ich auch. Er hat ein großes Herz.«

Nachdem Gayle fort war, sagte Barry: »Wir haben die Familie überprüft. Keine großen Überraschungen, nur das, was wir uns schon gedacht hatten. Der Vater steckt in finanziellen Schwierigkeiten. Als Richter ist er eine Kanone, aber als Geschäftsmann eine Niete. Seine Frau hat ihn wegen des Geldes geheiratet, und jetzt ist sie gar nicht erfreut darüber, daß ihre Stieftochter das ganze Moos bekommen hat. Außerdem heißt es, sie sei Alkoholikerin. Sydney verdient als Model ein ganz hübsches Sümmchen. Allerdings gibt sie zuviel aus, wobei man fairerweise sagen muß, daß sie das Geld nicht für sich selbst verwendet. Ihr Taugenichts von einem Ehemann verpraßt das Familienvermögen, und Sydney schickt einen Großteil ihrer Einkünfte nach Italien, um einen Bankrott zu verhindern. Auch wenn sie viele Fehler hat, sie läßt ihre Familie nicht im Stich.«

»Sie soll eine Tochter in Italien haben.«

»Richtig. Das Mädchen ist ein richtiges kleines Prinzeßchen. Soweit mir der Polizeileutnant in Mailand erzählt hat, ist sie entsetzlich verwöhnt und sorgt für Auftritte in der Öffentlichkeit. Also ist es durchaus möglich, Taylor, daß die Familie Lindsay aus dem Weg haben will. Mein Gott, meistens geht es doch nur ums Geld. Viel zu oft, mein Freund, viel zu oft. Aber sie deswegen gleich ermorden? Da bin ich mir nicht so sicher.«

»Nun, da wir jetzt verheiratet sind, ist die Gefahr gebannt. Falls die Familie wirklich hinter dem Anschlag steckt, wird es keinen zweiten geben. Denn wenn Lindsay nun stirbt, bekommen die Verwandten keinen Pfennig.«

»Aber wer wird ihnen sagen, daß ihnen das Täubchen entwischt ist?«

Es geschah so schnell, daß Lindsay nicht reagieren konnte. Sie war benommen und noch im Halbschlaf. Zwar hatte sie glücklicherweise keine Schmerzen, aber ihr Hals fühlte sich trocken an. Sechs Tage waren seit der Operation vergangen.

Am liebsten hätte sie für jeden Tag eine Kerbe in den Bettpfosten geritzt.

Und jetzt war sie verheiratet.

Sie lächelte.

Und dann hörte sie die Stimme, so freundlich und vertraut, daß sie glaubte, es handle sich um eine Einbildung. Es mußte ein Alptraum sein — aber nein, es war Wirklichkeit.

»Arme, kleine Lindsay. Ich weiß nicht, ob du jetzt noch so hübsch bist wie früher. Jedenfalls bist du alt geworden. Dein armes Gesicht. Ganz zerschmettert. Sydney hat es mir erzählt. Nur Blut und Knochensplitter. Aber das ist doch jetzt nicht mehr wichtig, oder?«

Wo zum Teufel steckte Missy? Warum hatte der junge Polizist vor der Tür ihn hineingelassen?

Dann sah sie Missy strahlend in der offenen Tür stehen. Officer Fogel stand hinter ihr; allerdings betrachtete er nicht den Prinzen, sondern Missys Hinterteil.

»Ihr Schwager wollte sie kurz besuchen«, meinte Missy und bleckte fröhlich die Zähne. Sie lächelte noch breiter, als der Prinz sich zu ihr umdrehte.

Er hat sich nicht verändert, dachte Lindsay. Nein, er sah sogar noch attraktiver aus. Inzwischen mußte er mindestens vierzig sein, und er wirkte tatsächlich wie ein Prinz aus dem Märchen: groß, schlank, elegant und mit langen, schmalen Händen. Ein Mann wie aus dem Bilderbuch.

Er mochte junge Mädchen, und er hatte sie vergewaltigt. Was würde Missy sagen, wenn Lindsay ihr das erzählte. Missy würde wahrscheinlich breit lächeln, ihren riesigen Busen vorstrecken und meinen, der arme Mann brauche nur eine gute Frau, die ihn auf den richtigen Weg führte.

»Willst du mich nicht begrüßen, Lindsay?« fragte der Prinz. »Ich bin weit gereist, um dich zu sehen.«

In diesem Augenblick geschah etwas Seltsames: Die alte, lähmende Angst war auf einmal wie weggeblasen. Als sie den Kopf auf dem Kissen wandte, um ihn anzusehen, ging in ihr eine Veränderung vor. Etwas wuchs, wurde groß und stark. Es war mächtig, dieses Etwas, und es kannte keine Gnade.

Lindsay fühlte sich großartig. »Hallo, Prinz. Lange her. Was tust du in New York? Ich bin ein wenig überrascht, daß die Behörden dich haben einreisen lassen. Aber schließlich weiß man hier nichts über deine kleinen Gewohnheiten, oder?«

Einen Augenblick sah er verwirrt aus. Er runzelte die Stirn. »Deine Stimme klingt so anders. Ach, ich sehe. Der Verband unter dem Kinn macht dir das Sprechen schwer.«

»Nein, eigentlich nicht«, entgegnete sie. »Der Verband ist nicht mehr so eng. Es liegt an etwas anderem. Was tust du hier in New York? Neue Jagdgründe erkunden?«

Er antwortete ihr ruhig, wie man zu einem aufsässigen Kind spricht. »Ich bin hier, um dich zu besuchen. Mehr nicht. Und ich bitte dich, deine Verlobung mit diesem ungehobelten Tölpel noch einmal zu überdenken. Sydney hat mir von ihm erzählt, Lindsay, und ich muß ihr zustimmen. Es ist offensichtlich, worauf er es abgesehen hat. Er heiratet dich deines Geldes wegen. Jeder weiß das. Er ist brutal und wahrscheinlich ein Betrüger. War er nicht früher bei der Polizei? Er würde dir weh tun. Gewalt ist für ihn etwas Normales. Denk darüber nach. Laß dir Zeit.«

Am liebsten hätte Lindsay laut aufgelacht. Sie spürte Lust, ihn zu verletzen, eine innere Härte erfüllte sie, und sie wurde stärker und stärker. Als er die Hand ausstreckte, um sie zu berühren, schreckte sie nicht zurück, sondern blickte ihm direkt in die Augen. »Laß das, Prinz.« Sie sprach langsam und ruhig und lächelte ihn dabei an. »Wenn du noch einen Zentimeter näher kommst, werde ich dafür sorgen, daß du es bereust. Ich bin kein Teenager mehr, den man einschüchtern kann.«

Er zog die Hand zurück, und seine Augen veränderten sich. Sie blickten nicht mehr warm und zärtlich. Sein Mund verwandelte sich in einen dünnen Strich. Seltsam, aber er sah dadurch noch attraktiver und charismatischer und auch gefährlich aus. Lindsay blickte an ihm vorbei zur Tür. Missy und Officer Fogel hatten sich auf den Flur zurückgezogen, doch die Tür stand offen. Wahrscheinlich Taylors Anweisung.

Der Prinz beugte sich ein wenig tiefer über sie. Seine Augen funkelten. »Gehst du gern mit deinem Bauern ins Bett, Lindsay?« zischte er leise. »Packt er dich hart an? Bläst du ihm einen? Das gefällt dir doch, oder? Ist es das?«

Lindsay hatte in den letzten Jahren versucht, objektiv über diesen Mann nachzudenken. Sie hatte sich bemüht, herauszufinden, wie seine Denkweise funktionierte und warum er so verdreht war. Hatte es schon in seiner Kindheit angefangen? Oder war er erst als Erwachsener so geworden? Wer trug die Schuld daran? Sein Vater? Seine Mutter? War es genetisch? Inzwischen war es ihr gleichgültig. Sie wollte nur, daß er verschwand. Obwohl sie ans Bett gefesselt war, fühlte sie sich stark und frei.

»O, ja, Alessandro«, flüsterte sie und sah ihn aus leuchtenden Augen an. »Der Bauerntölpel vergewaltigt mich fast jede Nacht. Er hält mich fest und fesselt mir mit seinen Krawatten die Handgelenke an den Bettpfosten. Und dann schlägt er mich, manchmal, bis ich blute, weil er so heftig ist. Das hast du mir doch alles beigebracht, oder? Diese wunderbaren Schläge und die Schmerzen? Aber es ist gut so. Ich schulde dir so viel, Prinz, so unglaublich viel.«

Er richtete sich auf. »Das habe ich mir gedacht. Du hast dich verändert, Lindsay, und das gefällt mir gar nicht. Niemand kann dich mehr leiden. Und du lügst mir wegen dieses Mannes etwas vor. Er wird sein wahres Gesicht zeigen, sobald du mit ihm verheiratet bist. Du hast Geld, und er ist ein Habenichts. Heirate ihn nicht. Ich bin gekommen, um dich zu bitten, mich nach Mailand zu begleiten. Ich werde für dich sorgen. Du gehörst zu meiner Familie und wirst Melissa eine liebende Tante sein. Komm mit mir nach Italien, Lindsay.«

»Bin ich dir nicht ein bißchen zu alt, Prinz?«

»Du bist meine liebe Schwester, nicht mehr.«

»Wie wählerisch bu bist, Prinz. Ich fürchte nur, du kommst einen Tag zu spät.«

»Was soll das heißen? Ich verstehe kein Wort.«

In diesem Moment war von der Tür aus eine tiefe Stimme zu hören: »Sie meint, daß Sie allein nach Italien zurückkehren werden. Und auf welche Weise Sie reisen möchten, Prinz, liegt ganz bei Ihnen: Entweder flach auf dem Rücken in einem hübschen, kleinen Sarg oder in Begleitung Ihrer charmanten Prinzessin im Flugzeug erster Klasse.«

Der Prinz drehte sich langsam um. Lindsay beobachtete die Szene mit einem neugierigen Lächeln. Einen Augenblick lang bedauerte sie es fast, daß Taylor gekommen war. Sie hatte dem Prinzen sagen wollen, daß sie sich endlich von ihm befreit hatte, daß die Vergangenheit, die er ihr aufgezwungen hatte, ihr nichts mehr anhaben konnte. Sie wollte, daß er begriff und erkannte, daß er keine Macht mehr über sie hatte.

»Hallo, Taylor«, sagte sie vergnügt. »Darf ich dich mit meinem Schwager, dem Prinzen di Contini, bekannt machen? Ist er nicht phantastisch? Zum erstenmal, seit ich ihn kenne, stelle ich fest, wie bemerkenswert er ist. Solche Güte hätte ich ihm nämlich nie zugetraut. Was hältst du davon? Er möchte für mich sorgen, weil ich seine liebe Schwester bin und sonst nichts. Wie du weißt, bin ich inzwischen sehr alt geworden — über achtzehn. Seit er mich vergewaltigt hat, scheint er keinen Respekt mehr vor mir zu haben. Aber ich glaube, mein Reichtum wird ihm helfen, sich mit meiner Greisenhaftigkeit abzufinden. Glaubst du, er möchte, daß ich ihn begleite, damit ich für seine kleinen Mädchen bezahle?«

Taylor musterte den Prinzen von seinem eleganten italienischen Anzug bis hinunter zu den Gucci Mokkassins und sagte lässig: »Ich glaube, du hast recht, Liebling. Er ist wirklich ein Prachtexemplar. ›Bemerkenswert‹ wird ihm allerdings nicht gerecht.

»Was hältst du dann von ›pervers‹?« fragte Lindsay laut genug, so daß auch Missy und Officer Fogel es hören konnten.

Missy schnappte nach Luft.

Officer Fogel kicherte.

Taylor wandte sich um und schickte sie mit einer Handbewegung weg. »Die Show ist vorbei.« Dann schloß er leise die Tür und wandte sich wieder an den Prinzen. »Also haben Sie sich schon mit meiner Frau unterhalten, Prinz.«

»Ja, ich habe ihr geraten, Sie zum Teufel zu schicken. Ich will verhindern, daß Sie ihr weh tun, was sicherlich der Fall sein wird, weil Sie ein ungebildeter Banause sind. Ich möchte, daß sie mich nach Italien begleitet ... Was haben Sie da gesagt?«

»Meine Frau. Sie ist meine Frau und heißt nun Lindsay Foxe Taylor. Das klingt doch nicht schlecht, oder?« Taylor ging am Prinzen vorbei zu Lindsay hinüber und hielt ihre Hand hoch, an der Verlobungs- und Ehering schimmerten.

»Nein, du kannst ihn doch nicht geheiratet haben, das ist nicht möglich. Mein Gott, das ...«

Der Prinz verstummte entsetzt. Lindsay wußte nicht genau, was er jetzt dachte. War es das Geld, das er nun nie von ihr bekommen würde? Hatte er sie tot sehen wollen?

Nur Sydney fehlte noch, um diese dramtische Szene abzurunden, und sie traf prompt zwei Minuten später ein. Im Zimmer wurde sie von Schweigen empfangen. Mit einem Blick auf ihren Mann sagte sie: »Ich habe mir schon gedacht, daß du hier bist, du Trottel. Ich habe überall nach dir gesucht. Du konntest einfach die Finger nicht von ihr lassen.«

Gelangweilt sah der Prinz seine Frau an. Eine schmale, ärgerliche Falte entstand auf seiner Stirn.

»Ich habe dir doch gesagt, du sollst sie in Ruhe lassen, verdammt noch mal! Mein Gott, warum bist du überhaupt nach New York gekommen? Ich wollte nicht, daß du in ihrer Nähe bist. Sie würde dir sowieso nichts glauben!«

»Ich bin froh, daß er hier ist, Sydney«, mischte sich Lindsay mit ruhiger Stimme ein. »Wirklich. Denn inzwischen sehe ich die Dinge klar.«

Mit einem leichten Lächeln sah Sydney ihre Halbschwester an. »Hast du bei seinem Anblick wieder Herzklopfen bekommen? Ist er nicht attraktiv? Und mit seiner Figur könnte er jederzeit Model werden«

»Ach, sparen wir uns doch die Komplimente. Er will, daß ich ihn nach Italien begleite. Er möchte für mich sorgen. Ich glaube ihm fast, denn inzwischen bin ich ja eine sechsundzwanzigjährige Greisin, ebenso alt wie du, als du ihn geheiratet hast; also solltest du wissen, was das bedeutet. Vermutlich hat er es auch auf mein Geld abgesehen.«

»Das spielt doch jetzt keine Rolle, Sydney«, sagte der Prinz leise.

»Was spielt keine Rolle?«

Einen Augenblick lang empfand Taylor fast Mitleid mit diesem Mann, der dem mörderischen Sarkasmus seiner Frau ausgeliefert war. Allerdings nicht lang.

»Sie ist bereits mit ihm verheiratet. Begreifst du? Sie ist bereits mit ihm verheiratet.«

Sydney blieb der Mund offen stehen und sie schüttelte den Kopf. »Das stimmt«, sagte Taylor zu ihr. »Wir haben Sie nicht eingeladen, da Ihr Geschrei und Geschimpfe die anderen Patienten und den Geistlichen gestört hätten.«

»Sie ist mit ihm verheiratet«, wiederholte der Prinz.

»Also«, meinte Taylor, »reden wir jetzt Klartext. Falls einer von Ihnen sie wegen ihres Geldess umbringen wollte, kann er es jetzt vergessen. Wenn Lindsay stirbt, erbe ich alles, und Sie bekommen keinen Pfennig. Nicht einmal eine halbe Lira, gar nichts. Haben Sie beide mich verstanden?«

»Sie ist mit ihm verheiratet, und er wird ihr weh tun. Schau dir diesen grobschlächtigen Bauerntölpel doch an. Wie konntest du so einen Menschen heiraten, Lindsay?«

»Du widerst mich an!« rief Sydney aus. Sie packte ihren Mann beim Arm und zerrte ihn zur Tür. »Halt den Mund! Ich kann es nicht fassen!«

Beim Verlassen des Zimmers drehte Sydney sich noch einmal um. »Ach ja, kleine Schwester, herzlichen Glückwunsch. Ich sage Valerie, sie soll dich anrufen und dir einige Ratschläge geben. Hoffentlich weißt du, was du tust.«

»Davon bin ich überzeugt, Sydney. Ich habe ihn gebeten, mein Ehemann zu werden, und er hat ja gesagt.«

»Ich wette, er konnte es kaum erwarten.«

»Stimmt«, mischte sich Taylor ein. »Ich war so ungeduldig, daß ich ihr fast den Verband vom Leibe gerissen hätte.«

»Sie hat ihn geheiratet«, wiederholte der Prinz kopfschüttelnd. »Diesen Menschen«.

»Ach, halt doch den Mund!« schrie Sydney ihn an. Dann

waren sie verschwunden; der Prinz murmelte noch vor sich hin, ließ sich aber willig von Sydney wegführen, die bleich im Gesicht geworden war und ihn fest beim Arm gepackt hielt.

Taylor musterte Lindsay schweigend für eine Weile. »Tut mir leid, daß ich dir die Show vermasselt habe. Mir war nicht klar, daß du alles unter Kontrolle hast«, sagte er schließlich. »Aber diesmal hat er dir nichts getan, oder? Du hast ihn durchschaut.«

Erstaunt sah sie ihn an. »Wie schaffst du es nur, immer zu erraten, was in mir vorgeht? Du hast recht. Er hat mir kein bißchen Angst gemacht. Ich fand es fast schade, als du hereinkamst. Aber es spielt keine Rolle. Er ist ein klägliches Etwas, nicht wahr, Taylor?«

»Ja, sehr kläglich.«

Er küßte ihre Finger, ihre Nase und ihren Mund.

»Mir gefällt das, Taylor, die Kontrolle zu behalten. Ja, er hatte keine Chance. Und weißt du noch etwas? Ich war gemein und sarkastisch zu ihm und habe ihn fertiggemacht. Ein wundervolles Gefühl.«

Er küßte sie weiter. »Wie geht es deinen Schmerzen?«

»Ich fühle mich halbtot, doch es tut kaum weh.«

»Geht Missy dir auf die Nerven?«

»Nein, aber Officer Fogel kann wegen ihr kaum noch an sich halten.«

»Er hat es verdient, der geile Bock.«

Sie unterhielten sich noch eine Zeitlang. Dann sah Taylor auf die Uhr und meinte: »Ich muß zu Dr. Gruska. Barry begleitet mich. Fogel und Missy passen auf dich auf. Ich werde ein ernstes Wörtchen mit ihnen reden, weil sie den Prinzen hereingelassen haben. Am besten schläfst du jetzt, okay?«

»Paß auf dich auf, Taylor.«

Es war kalt im psychologischen Institut. Die alten Heizkörper an den Wänden blubberten und zischten, und das alte Linoleum, das den Boden des langen Korridors bedeckte, quietschte unter ihren Schritten. »Hier ist sein Büro«, sagte Taylor. Die Tür von Zimmer 223 war zwar geschlossen, aber drinnen brannte Licht. Als sie stehenblieben, hörten sie Stimmen.

»Er hat eine Studentin bei sich«, meinte Barry und hob die Hand, um anzuklopfen.

Taylor hielt sie fest. »Moment mal«, zischte er. Sie standen da und lauschten. Von drinnen war die aufgeregte Stimme eines Mädchens zu hören. Sie konnte höchstens zwanzig Jahre alt sein. Durch die Milchglasscheibe war zu sehen, daß sie sich vorbeugte. »Ich vertraue Ihnen. Glauben Sie wirklich, Sie können mir helfen, Dr. Gruska?«

»Bettina, ich weiß, daß ich es kann. Sie sind noch so jung, und dazu so wunderschön und intelligent. Sie haben so viele Ihrer Gefühle unterdrückt, meine Liebe. Ihr Vater hat Ihnen nicht geholfen, indem er Sie ignorierte und so tat, als bemerke er nicht, daß Sie inzwischen fast eine Frau sind. Aber ich kann Ihnen helfen, indem ich diese Gefühle freisetze. Ich werde Sie befreien. Gemeinsam werden wir sie freisetzen, und ich zeige Ihnen, wie es ist, alles zu geben und nichts zurückzuhalten.«

»Ich traue meinen Ohren nicht«, zischte Barry. »Meint der Kerl das ernst?«

»Leider sehr ernst. Klingt fast, als hätte er ein neues Opfer gefunden.«

»Sollen wir die Kleine retten?«

»Vorwärts!«

Zuerst erkannte Dr. Gruska den Mann mit dem grimmigen Gesicht nicht, der in sein Büro gestürmt kam. Hinter ihm ging ein älterer Mann, der noch grimmiger dreinblickte. Dr. Gruska erschrak, doch dann erinnerte er sich wieder.

»Sie haben mich doch vor einer Weile aufgesucht. Sie sind doch Arzt in Omaha, richtig? Dr. Winston.«

»Richtig, aber eigentlich auch falsch. Ich habe Sie angelogen. Mein Name ist Taylor, und das ist Sergeant Barry Kinsley von der New Yorker Polizei.«

Wenn Dr. Gruska ihn auch für einen Polizisten hielt, konnte das nur von Vorteil sein. Taylor hielt inne und warf einen Blick auf das junge Mädchen, das die beiden Eindringlinge verängstigt anstarrte.

Sie war schlank, zierlich und hatte langes blondes Haar. Zwar war sie nicht besonders hübsch, dafür aber unschuldig und ahnungslos wie ein Welpe. Taylor fragte sich, wie Lindsay in diesem Alter wohl ausgesehen hatte. Er nickte ihr kühl zu und wandte sich dann wieder an Dr. Gruska. »Wir möchten uns mit Ihnen gern über Lindsay Foxe unterhalten, Dr. Gruska.«

Als Gruska aufsprang, stürzten einige Bücher vom Schreibtisch. Das Mädchen im Zimmer war vergessen. »O Gott. Wie geht es ihr? Ich habe es im Fernsehen gesehen, doch ich wußte nicht, in welches Krankenhaus man sie gebracht hat. Ich habe überall angerufen, niemand wollte mir eine Auskunft geben. Ich vermute, daß sie im St.Vincent liegt, allerdings hat man mich auch dort abgewimmelt. Und dann hieß es in den Nachrichten, es sei kein Unfall gewesen. Stimmt das?«

Barry und Taylor sahen einander an.

Die Neugier des Mädchens siegte über ihre Angst. »Sind sie wegen Eden, dem Model, hier?«

»Genau«, antwortete Barry. »Dr. Gruska wollte ihr offenbar auch helfen. Seiner Ansicht nach steckte sie voller unterdrückter Gefühle, ebenso wie Sie. Er wollte derjenige sein, der sie äh ... befreite, wie bei Ihnen. Er ist wirklich ein äußerst hilfsbereiter Herr. Warum gehen Sie nicht nach Hause, Miss, und denken über ihn nach. Er ist nicht der gute Mensch, für den Sie ihn halten.«

Zweifelnd und furchtsam sah das Mädchen Dr. Gruska an. Doch er achtete gar nicht mehr auf sie. Also lief sie wortlos hinaus.

Vielleicht hatte er wenigstens eine junge Frau gerettet, dachte Taylor.

Dann sagte er: »Lindsay wird gesund werden. Es ist richtig, daß jemand versucht hat, sie umzubringen. Wir würden gern wissen, wo Sie zum Zeitpunkt der Explosion waren. An jenem Montag gegen zwölf Uhr mittags.«

»Ich?« Dr. Gruska starrte die beiden Besucher kopfschüttelnd an. »Wie können Sie glauben, daß ich etwas damit zu tun habe? Ich würde Lindsay nie schaden. Ich liebe sie schon seit vielen Jahren. Mein Vater liebt sie auch. Ich möchte für sie sorgen. Sie braucht mich, sie braucht mich sehr. Nur ich kann ihr helfen, aber sie will es nicht zulassen. Bitte, bringen Sie mich zu ihr.«

»Der Kerl hat nicht alle Tassen im Schrank«, flüsterte Barry.

»Vielleicht können Sie uns sagen, wo Sie zum fraglichen Zeitpunkt waren, Dr. Gruska«, wiederholte Taylor.

Gruska gestikulierte wild. »Ich war den ganzen Tag hier bei diesen vernagelten Studenten. Sie haben ja gerade ein Exemplar kennengelernt — nichts als Dummköpfe! Bringen Sie mich jetzt zu Lindsay.«

»Können Sie sich vorstellen, wer ihr etwas antun will?« fragte Barry geduldig.

»Niemand. Sie ist schüchtern, das war sie schon immer, weil ihr der Schwager übel mitgespielt hat. Als ich herausfand, was ihr zugestoßen war — sie besuchte mein Hauptseminar —, versuchte ich, ihr zu helfen. Aber sie hatte Angst. Sie wehrte sich. Nein, es gibt niemanden, der einen Groll gegen sie hegt, außer vielleicht einem Mann, der Sex mit ihr haben wollte und von ihr zurückgewiesen wurde. Vielleicht war es die Rache eines Mannes, dem sie einen Korb gegeben hat.«

»Kennen Sie einen solchen Mann, Dr. Gruska?«

»Nein, nein . . . sie war so schüchtern, so zurückgezogen. Immer versuchte sie, sich zu schützen.«

»Kennen Sie einen Mann namens Oswald?« fragte Barry. »Bert Oswald?«

Dr. Gruska sah ihn zweifelnd an. »Der gleiche Nachname wie der Mann, der Kennedy erschossen hat?«

»Der gleiche Nachname.« Barry seufzte und wandte sich zu Taylor um.

»Vielen Dank, daß Sie uns Ihre Zeit geopfert haben, Dr. Gruska. Wo Lindsay sich aufhält, dürfen wir Ihnen nicht verraten, ehe wir den Täter gefaßt haben. Allerdings ist es das beste, wenn Sie sie vergessen, denn sie hat jemanden gefunden, der ihr hilft. Sie ist verheiratet und sehr glücklich. Sie hat keine Probleme mehr, das versichere ich Ihnen.«

»Verheiratet? O, nein, das ist nicht möglich.« Dr. Gruska rang entsetzt die Hände. »Nein, nein. Sie müssen sich irren. Ich kenne sie. Nie würde sie einen Mann an sich heranlassen, auf keinen Fall.«

»Sie ist meine Frau«, mischte sich Taylor mit ruhiger Stimme ein. »Ich schwöre Ihnen, Dr. Gruska, daß sie sich sehr verändert hat. Sie liebt mich, und sie vertraut mir. Sie ist nicht mehr die Lindsay Foxe, die sie kannten. Am besten wäre es, wenn Sie sie vergessen.«

Als sie gingen, stand Dr. Gruska noch immer neben seinem Schreibtisch und starrte verloren ins Leere. Er sah aus wie ein Mann, dessen Welt endgültig zusammengebrochen war.

»Mir sind ja schon viele Verrückte untergekommen«, meinte Barry. »Aber dieser Typ kann es mit ihnen allen aufnehmen. Ist es nicht ein Trost, daß er seinen Wissensschatz an die jüngere Generation weitergibt?«

»Das kann man sagen. Und wir sind der Antwort auf die Frage, wer hinter alldem steckt, noch keinen Schritt nähergekommen«, räsonierte Taylor.

»Der alte Gruska war es nicht, soviel steht fest. Und wenn ich ehrlich sein soll, Barry, kann ich mir nicht vorstellen, daß ihre Familie die Finger im Spiel hat. Sie ist zwar ein Horrorkabinett, aber ein Mord . . . Wenigstens glaube ich nicht, daß sie so bald nach der Testamentseröffnung einen Mordplan parat haben konnten. So eine Sache muß gründlich durchdacht werden. Und man mußte sich in gewissen Kreisen auskennen, um jemanden zu finden, der die Tat begeht.«

»Richter Foxe kennt bestimmt alle möglichen Taugenichtse im ganzen Land, Taylor.«

»Richtig, aber die Zeit war einfach zu kurz, um zuzuschlagen. Zuerst hat jemand den Gedanken laut aussprechen müssen: ›Bringen Sie Lindsay doch um, dann bekommen wir ihr Geld, und alles ist in Ordnung‹. Und dann mußten noch alle dem Plan zustimmen. Und schließlich mußte der Richter jemanden finden, der es tut. All das hätte viel zu lang gedauert.«

Barry seufzte. »Leider muß ich zugeben, daß Sie recht haben. Wer war es denn, Taylor? Wer?«

»Verdammt, wenn ich das nur wüßte!«

»Wohin wollen Sie jetzt?«

Taylor lächelte. »Zu meiner Frau.«

22.

»Ganz ruhig, Mrs. Taylor. Gleich haben wir's.«

Mrs. Taylor! Wie seltsam das klang. Lindsay konnte sich kaum vorstellen, daß Taylor jetzt ihr Ehemann und sie tatsächlich seine Frau war. Sie hatte Angst. Taylor mußte das gespürt haben, denn er hielt ihre Hand und drückte sie ganz fest.

»Alles kommt in Ordnung«, sagte er, während er beobachtete, wie Dr. Perry vorsichtig die Verbände entfernte.

»Können Sie jetzt sagen, ob die Operation erfolgreich war?« hatte er ihn vorhin auf dem Flur gefragt.

»Ich habe eigentlich keinen Zweifel. Allerdings ist das Gesicht Ihrer Frau immer noch geschwollen und wird ein wenig merkwürdig aussehen. Doch das ist nur vorübergehend. Ja, wir werden das Ergebnis sehen können, und ich bin mir sehr sicher. Machen Sie sich keine Sorgen, Mr. Taylor, ich verstehe etwas von meinem Beruf.«

Lindsays Haar klebte am Kopf. Sie hatte fünf Kilo abgenommen, was man auch an ihrem Gesicht erkennen konnte. Die Haut hatte an den Stellen, wo sie nicht abgeschürft war, eine blasse Färbung. Man sah Lindsay an, daß sie sehr krank gewesen war. Dazu kamen noch die Fäden, die sich wie eine schwarze Schlangenlinie durch ihr Fleisch zogen. Über dem rechten Ohr hatte man ihr das Haar abrasiert, und diese kahle Stelle ließ sie so verletzlich aussehen, daß Taylor am liebsten geweint hätte. Er beobachtete Dr. Perry, der schweigend arbeitete. Lindsay hielt die Augen geschlossen, und Taylor wußte, sie würde sie erst öffnen, wenn es sich nicht mehr vermeiden ließ.

Das Gesicht war noch geschwollen, wie Dr. Perry vorausgesagt hatte. Allerdings verteilten sich die Schwellungen unregelmäßig, so daß Lindsays Züge verschoben wirkten. Ehrlich gesagt war ihr Anblick — zumindest für einen medizinischen Laien — noch ziemlich schreckenerregend, und Taylor hatte keine Ahnung, wie es weitergehen würde. Dennoch sagte er ohne zu zögern: »Du siehst einfach phantastisch aus.«

»Er hat recht«, warf Dr. Perry in sachlichem Ton ein. »Man erkennt die Arbeit des Fachmanns. Hoffentlich sind Sie gut versichert, denn ich verlange ein hohes Honorar.«

»Wirklich?« Lindsay schlug die Augen auf und blickte fragend zu Taylor hoch. In seinem Gesicht konnte sie nicht den leisesten Anflug von Ekel entdecken, und seine Stimme klang aufrichtig. Sie lächelte ihn schüchtern an. »Kann ich den Spiegel haben, den Dr. Perry mir geschenkt hat?«

»Noch nicht«, antwortete Dr. Perry. »Zuest ziehen wir die Fäden und reinigen Ihr Gesicht mit ein wenig Alkohol, um das getrocknete Blut zu entfernen. Jetzt müssen Sie ganz stillhalten. Es wird nur ein bißchen zwicken.«

»Zwicken« war wohl nicht ganz das richtige Wort, dachte Lindsay, aber sie rührte sich nicht. Als er die drei Wunden in ihrem Gesicht mit Alkohol betupfte, schloß sie wieder die Augen. »Es werden keine Narben zurückbleiben«, meinte Dr. Perry. »Aber das habe ich auch nicht angenommen. Glücklicherweise rauchen Sie nicht, denn darauf müßten Sie im Augenblick verzichten. Außerdem dürfen Sie in den nächsten drei Monaten kein Vitamin C zu sich nehmen, da das die Narbenbildung fördert. Ich gebe Ihnen noch eine Liste derjenigen Nahrungsmittel, die Sie meiden müssen. Ansonsten brauchen Sie nur einige Wochen Bettruhe. Keine Anstrengung, kein Sport. Lassen Sie sich von Ihrem Ehemann bedienen. Und nehmen Sie ein paar Kilo zu. Dr. Shantel sagt, Ihren Rippen geht es gut, aber Sie müssen vorsichtig sein. Mindestens noch zwei Wochen lang. Okay, Lindsay?«

Sie berührte ihr Gesicht mit den Fingerspitzen. Die kühle Haut fühlte sich merkwürdig an, und sie zuckte zurück.

»Ehe Sie in den Spiegel schauen, sollten Sie sich vor Augen führen, daß Ihr Gesicht geschwollen ist. Die Beulen sind zwar schon etwas zurückgegangen, aber Sie sehen immer noch zum Fürchten aus. Aber schließlich hat Ihr Mann soeben bekundet, daß er Sie phantastisch findet. Und in etwa einer Woche werde ich mich seiner Meinung anschließen. Jetzt schauen Sie.«

Angesichts all seiner Warnungen war Lindsay sich gar nicht sicher, ob sie das überhaupt wollte. Sie hielt den antiken Spiegel hoch und zwang sich, hineinzusehen. Beim Anblick ihres Gesichts mit den drei Operationswunden und den seltsamen Schwellungen, fand sie sich einem Frosch ähnlich. Sie schluckte. Doch eigentlich sah sie mit ihren grünlichen und gelblichen Schwellungen urkomisch aus. Lindsay mußte lächeln. Wie schaffte es Taylor nur, sich nicht lachend auf dem Boden zu wälzen? Lange Zeit musterte sie sich schweigend.

Taylor wude unruhig.

Dr. Perry machte ein Gesicht, als würde er jeden Moment anfangen, an seinen Fingernägeln zu kauen.

»Ich bin ja wirklich eine Schönheit«, meinte Lindsay schließlich lachend. »Am besten setzt Demos gleich heute nachmittag einen Fototermin für mich fest.«

»An deiner Stelle würde ich mir aber zuerst die Haare waschen«, witzelte Taylor, beugte sich zu ihr hinunter und küßte sie. »Jetzt habe ich mich schon auf ein kleines Schreckgespenst gefreut, und du mußt mich so enttäuschen.«

»Ich habe mit Ihrer Privatpflegerin gesprochen«, warf Dr. Perry grinsend ein, »und ihr erklärt, wie sie Ihre Wunden reinigen soll. Sie ist im Bilde. Heute abend können Taylor und Sie Ihre erste normale Mahlzeit zu sich nehmen. Demos läßt etwas von La Viande anliefern.« Er schüttelte Lindsay die Hand. »Ich hielt es nur für richtig, Sie zu warnen.«

»Darf ich morgen nach Hause?«

»Ja«, antwortete Taylor rasch. »Missy wird uns begleiten. Sie kann im Gästezimmer übernachten. Ich möchte noch nicht, daß du alleine bleibst, Liebling. Barry schickt uns Officer Fogel. Wahrscheinlich wird er seine Aufmerksamkeit hauptsächlich Missy widmen, aber je mehr Menschen um dich herum sind, desto besser. Ich will nicht, daß du nur eine Minute ohne Bewachung bist, ehe wir den Täter nicht gefaßt haben.«

»Ist es nicht Dr. Gruska?«

»Nein.«

»Und auch nicht meine Familie?«

»Wahrscheinlich nicht. Sie hatten nicht genug Zeit, die Sache zu planen.«

Lindsay seufzte. Wer dann? Sie gab Dr. Perry die Hand. »Ich danke Ihnen. Wann sehe ich Sie wieder?«

Sie vereinbarten einen Termin für den kommenden Montag. Taylor würde sie in die Praxis an der Ecke Fifth Avenue-51ste Straße bringen. »Dritter Stock, Apartement 306.«

Als sie endlich allein waren, meinte Lindsay: »Bitte, Taylor, du muß nicht so tun, als würde ich gut aussehen.«

»Okay«, antwortete er grinsend. »Aber du weißt doch, wie gern ich mir die Ninja Turtles im Fernsehen anschaue.«

»Du bist dünn geworden.«

»Du auch.«

»Schläfst du mit mir, wenn wir wieder zu Hause sind und ich mir eine Tüte über den Kopf stülpe?«

Er fragte sich, ob sie nur noch ans Schlafen oder an Sex dachte.

»Vielleicht setzte ich mir die Tüte auf«, sagte er. »Weißt du, Lindsay, wir sollten die riesige Schachtel voller Kondome anbrechen, die die Schwestern dir geschenkt haben.«

Wie er jetzt sah, hatte sie nicht von Sex geredet, aber sie dachte darüber nach. Er beobachtete, wie ein Gesichtsausdruck den anderen ablöste. »Okay«, sagte sie schließlich gähnend. »Ich hoffe nur, daß sie auch groß genug sind.« Und mit diesen Worten schloß sie die Augen.

Als er sie ansah, bemerkte er das Lächeln auf ihren Lippen. Er malte sich aus, wie er ein Kondom über seinen Penis streifte und wie sie lächelte und die Beine für ihn spreizte. Fast hätte er auf der Stelle einen Orgasmus gehabt.

»Ich hol mir ein Glas Wasser«, meinte er.

Am nächsten Morgen brachte Taylor sie nach Hause. Sie hatte darauf bestanden, eine Sonnenbrille aufzusetzen, aber ihr Haar fiel ihr in schimmernden, weichen Wellen über die Schultern, und Taylor hätte am liebsten sein Gesicht hineinvergraben.

Fogel fuhr Missy im Streifenwagen zur Wohnung. Das mache die Frauen scharf, wie er Taylor anvertraute.

Enttäuscht und erstaunt stellte Lindsay bei ihrer Ankunft in ihrem Zimmer fest, daß sie schon wieder müde war.

»Am besten legst du dich gleich ins Bett, oder?«

Sie schüttelte den Kopf. »Das ist doch albern.«

»Nein, du mußt dich noch erholen, Kleines.«

»Und was ist mit unserer Hochzeitsnacht?«

»Unserer was? Das hätte ich fast vergessen.«

Sie versetzte ihm einen Boxhieb in den Bauch.

Lindsay verschlief den ganzen Vormittag. Als sie aufwachte, brachte Missy ihr das Mittagessen. Taylor sei nicht da, sagte Missy, aber Fogel säße im Wohnzimmer. Wahrscheinlich heckte er einen Plan aus, um Missy zu verführen.

Um zwei Uhr klingelte das Telefon. Missy hob ab und rief dann Fogel.

Lindsay konnte ihre Stimmen hören, verstand aber kein Wort. Einige Minuten später kam Fogel ins Zimmer. Ein erleichtertes Grinsen stand auf seinem jungenhaften Gesicht. »Das war Captain Brooks. Er sagte, sie hätten diesen Oswald erwischt. Ich soll zurück aufs Revier.«

In diesem Moment dämmerte Fogel die Tragweite seiner Worte, und er schaute bedrückt. »Mist«, zischte er und sah dabei Missy an. »Ich werde gebraucht«, fügte er hinzu. Er trat eine Weile von einem Fuß auf den anderen und fragte Missy: »Begleitest du mich zum Streifenwagen?«

»Warten Sie«, unterbrach Lindsay. »Hat Ihnen dieser Captain Brooks nicht mehr gesagt? Wer hat Oswald angeheuert?«

»Das hat er mir nicht verraten, Mrs. Taylor. Soll ich ihn noch einmal anrufen?«

Lindsay bemerkte, daß Missy im Begriff war, Officer Fogel mit Liebesbeweisen zu überschütten. Also schüttelte sie lächelnd den Kopf. »Nein, geben Sie mir die Nummer, und ich rufe selbst an. Danke für Ihre Hilfe und viel Glück.«

Nachdem Fogel Lindsay die Nummer gegeben hatte, zogen er und Missy ihre Mäntel an und verließen Arm in Arm die Wohnung.

Lindsay griff zum Telefon. Nach dreimal Läuten meldete sich eine Männerstimme: »Zwölftes Revier, Johnson.«

»Kann ich bitte Captain Brooks sprechen?«

»Einen Moment bitte.«

Lindsay wartete. Ihr Atem ging schneller. Sie hatte ihn erwischt! Sie hatten Oswald festgenommen. Gott sei Dank. Aber wer hatte ihn angeheuert? Bald würde alles vorbei sein, bald würde Oswald ihnen alles verraten. Ihre Handflächen fühlten sich feuchtkalt an. Bald, sehr bald würde sie wissen, wer sie tot sehen wollte. Sehr bald.

Ein anderer Mann meldete sich.

»Hallo? Sie wollen Captain Brooks sprechen?«

»Ja, bitte.«

»Er ist schon seit vier Tagen im Urlaub, Ma'am, und kommt erst Montag in einer Woche zurück. Sind Sie eine Freundin?«

O Gott, eine Lüge, um Officer Fogel aus der Wohnung zu locken. »Ich bin Lindsay Foxe Taylor. Captain Brooks hat soeben angerufen und gesagt, Oswald sei festgenommen worden. Er hat Fogel zum Revier zurückbeordert.«

Schweigen.

Dann dämmerte es dem Mann am anderen Ende der Leitung. »Ach, verdammt! Hören Sie, Mrs. Taylor. Vergewissern Sie sich, daß Ihre Tür verriegelt ist. Ich schicke sofort einige Männer . . .«

»Was? Meinen Sie, daß . . .? Was ist denn los?«

Plötzlich war das Telefon tot. Ganz unvermittelt war die Verbindung abgebrochen. Kein Freizeichen, nur Stille. Totenstille.

Lindsay nahm den Telefonhörer vom Ohr und starrte ihn an. Dann wurde ihr klar, daß der Mann nicht aufgelegt hatte. Jemand hatte das Kabel durchgeschnitten. Voller Angst sah sie zur Tür. Sie mußte die Eingangstür abschließen, denn Missy hatte sie bestimmt nur zufallen lassen, als sie mit Fogel hinausgegangen war. Oder stand sie gar offen, während Missy den Polizisten im Streifenwagen küßte?

O Gott!

Als Lindsay aufstand, schoß ihr ein stechender Schmerz

durch die Rippen. Aber sie achtete nicht darauf. Die Angst ließ ihr das Adrenalin in die Blutbahn schießen. Sie rannte aus dem Schlafzimmer und wäre fast über ihr langes Nachthemd gestolpert. So schnell sie konnte, eilte sie zur Eingangstür.

Wie angewurzelt blieb sie stehen, als sich die Tür langsam öffnete. Sie konnte sich nicht rühren, sie konnte nur die Tür anstarren und um ihr Leben beten.

Sie war nicht überrascht, als ein Mann hereinschlüpfte, und es überraschte sie auch nicht, daß er mit einer Pistole auf sie zielte. Es war derselbe Mann, den sie bei den Werbeaufnahmen gesehen hatte. Als er sie dastehen sah, mit verschwollenem Gesicht, in einem altmodischen Nachthemd, bleich und verängstigt, lächelte er.

»Hallo«, sagte er. »Schade, daß du noch lebst, Schätzchen. Hast ganz schön Schwein gehabt.« Er schloß die Tür hinter sich ab. »Ach, um die Kleine mit den dicken Titten mußt du dir keine Sorgen machen. Die bleibt noch eine Weile weg. Sie ist voll und ganz damit beschäftigt, unten im Streifenwagen mit diesem Bullen zu vögeln. Sie parken in einer Seitengasse, damit sie niemand stört. Und dabei heißt es immer, die Bullen wären so unsensibel. Also sind wir zwei Hübschen jetzt ganz allein. Mein Gott, du siehst einfach zum Fürchten aus. Wärst du nicht lieber tot, als mit so einer Visage herumzulaufen?«

Lindsay hatte das Gefühl, als drehe sich ihr der Magen um. Das Herz klopfte ihr bis zum Halse. Hörte er es denn nicht? Merkte er nicht ihre Angst, die sie zu ersticken drohte? Machte ihm so etwas Spaß? Da vernahm sie eine gepreßte, leise Stimme, die fragte:

»Warum? Warum wollen Sie mich töten? Was habe ich Ihnen getan?«

Bert Oswald zuckte nur die Achseln. »Zu schade, daß du aussiehst wie ein Monster. Sonst hätten wir beide uns noch ein bißchen amüsieren können, ehe ich dich diesmal richtig in die ewigen Jagdgründe befördere. Tut mir leid, Süße, aber ich hab's ziemlich eilig. Wenn ich dran denke, wie der Bulle bei der Kleinen rangegangen ist, sind sie bestimmt bald fertig. Natürlich könnte ich auch mit ihr ein wenig Spaß haben, wenn sie zurückkommt.«

Lindsay drehte sich um und rannte los. In diesem Moment hörte sie ein scharfes Surren. Holzsplitter spritzten aus der Wand wenige Zentimeter von ihrem Kopf entfernt. Er kam ihr nach, wieder das surrende Geräusch — o Gott, eine Kugel! Diesmal traf sie ihren Arm. Sie hatte ein kaltes Gefühl, dann wurde alles taub. Lindsay schaffte es ins Schlafzimmer, sie schlug die Tür zu und drehte den Schlüssel um. Da sie viele Kriminalfilme im Fernsehen gesehen hatte, wußte sie, wie wichtig es war, sich so rasch wie möglich von der Tür zu entfernen. Und das war ihr Glück: Eine Kugel durchschlug das Holz; die Splitter flogen in alle Richtungen.

Keuchend vor Angst preßte sie sich an die Wand. Sie wußte, daß sie nachdenken und etwas tun mußte, aber es gelang ihr nicht einmal, sich zu rühren. Wie lange würde er brauchen, um die Tür aufzubrechen? Wie lange, bis er hereinkam, um sie zu erschießen?

Wieviel Zeit blieb ihr?

Sie schlug die Augen auf und blickte sich verwirrt im Schlafzimmer um. Instinktiv wußte sie, daß sie hier keinen Gegenstand finden würde, um sich zu verteidigen. Ohne zu zögern lief sie ins Bad. Noch eine verschlossene Tür, die sie eine Weile schützen würde. Doch wenn es ihm gelang, auch ins Badezimmer einzudringen, saß sie in der Falle.

Sie schlug die Badezimmertür zu und drehte den Riegel herum. Diese Tür war dicker als die zum Schlafzimmer und bestand aus massivem Holz. Lindsay verfluchte sich, weil sie nicht daran gedacht hatte, die Schlafzimmertür mit Möbelstücken zu verbarrikadieren, um mehr Zeit zu gewinnen. Zu spät. Als sie das Licht anknipste, sah sie sich im Spiegel. Fast hätte sie die verängstigte Frau, die ihr da entgegenblickte, nicht erkannt.

Eine Waffe, sie brauchte eine Waffe. Wenn er die Badezimmertür aufbrach, würde sie sich nicht einfach abknallen lassen. Was sollte sie nur nehmen? Sie riß den Medizinschrank auf und fegte die Flaschen aus den Regalen. Das Scheppern des zerbrochenen Glases hallte von den Kacheln wider. Da hörte sie die Schlafzimmertür bersten. Er war jetzt im Schlafzimmer und sah sich um. Bald würde er wissen, wo sie sich versteckt hatte. Glücklicherweise war es ein altmodisches, großes Badezimmer mit einer hohen Decke. Sie hatte Platz. Doch auch im Medizinschrank konnte sie nichts finden, was sie als Waffe hätte benutzen können.

Sie bückte sich und öffnete das Kästchen unter dem Waschbecken. Putzmittel. Eine Toilettenbürste, ein grüner und ein gelber Schwamm, beide verschrumpelt und abgenützt. Dazu eine Dose Scheuersand, eine Rolle Toilettenpapier, einige Kulturbeutel und eine Dose Raumspray — ja! — aber sie war fast leer. Aber da, mein Gott, ganz hinten stand die Spraydose mit Badezimmerreiniger . . . eine schaumige Substanz, die man wunderbar versprühen konnte. Lindsay griff nach der Dose und schüttelte sie. Sie war fast voll. Als sie auf den Knopf drückte, kam Schaum heraus. Stopp, sie mußte genug für den Angreifer aufsparen.

Da hörte sie seine Stimme ganz in ihrer Nähe. Offenbar drückte er das Gesicht an die Badezimmertür.

»Süße? Ich stehe hier draußen, und ich habe nicht mehr viel Zeit, um sie mit dir zu verschwenden. Du hast ja bestimmt bemerkt, daß ich die Telefonkabel durchgeschnitten habe, und wer weiß, wie lange es dauert, bis jemand von der Telefongesellschaft kommt, um nachzuschauen. Außerdem möchte ich deiner kleinen Krankenschwester mit den dicken Titten nur ungern was antun. Und jetzt öffnest du diese Tür. Wenn ja, erledige ich alles ganz schnell, so daß du gar nichts spürst. Sonst . . .« Er ließ den Satz unbeendet ausklingen, um sie zu ängstigen. Aber Lindsay lächelte nur; es war ihr gelungen, ihre Furcht zu unterdrücken.

Sie hielt die Spraydose in der Hand. Was sollte sie tun? Wie konnte sie ihn am besten treffen?

Langsam erhob sie sich und ging zur Tür, wobei sie sich seitlich hielt, für den Fall, daß er noch einmal auf sie schießen sollte.

»Komm schon«, sprach Oswald weiter. Er versuchte, sie zu überreden. Mein Gott, dachte sie, war er wirklich so dumm zu glauben, daß sie ihm aufmachen würde?

Ein Knall, und eine Kugel durchschlug das Holz und prallte von den Kacheln über der Badewanne ab. Die Kacheln zersplitterten, und die Scherben flogen im Badezimmer herum. Lindsay spürte, daß einige sie getroffen hatten. Es fühlte sich an, wie kleine Nadelstiche, aber sie achtete nicht darauf.

Es war Zeit. Sie wußte, daß es Zeit war.

Sie schlich sich zur Tür und streckte die rechte Hand nach dem Riegel aus. Sie bemerkte das Blut, das durchs Nachthemd sickerte, eine Menge Blut, doch das war im Augenblick nicht weiter wichtig. Es sah nur komisch aus, so häßlich und feucht auf dem weichen Stoff des Nachthemdes. Sie hatte keine Schmerzen. Als er wieder abdrückte, schob Lindsay den Riegel zurück. Nur noch ein Schuß . . . ja, nur noch einer.

Er schoß noch einmal, diesmal voller Wut. In diesem Moment packte Lindsay den Türknauf und stieß die Tür auf.

Er hielt die Pistole locker in der Hand. Als die Tür ihn traf, taumelte er zurück, aber er ließ die Waffe nicht fallen. Doch es war Lindsay gelungen, ihn zu überraschen, und diese Sekunde verschaffte ihr einen Vorteil.

Stöhnend versuchte der Mann, sich auf die neue Situation einzustellen, aber Lindsay war schneller. Sie hielt ihm die Spraydose geradewegs ins Gesicht und drückte auf den Knopf. Dicker weißer Schaum spritzte ihm direkt in Augen, Nase und Mund.

Als er aufschrie, drang ihm der Schaum in den Mund. Er ließ die Waffe fallen, kippte nach rückwärts, schlug die Hände vors Gesicht und versuchte, sich den Schaum aus den Augen zu reiben. Lindsay legte die Dose weg. Sie beugte sich vor und versetzte ihm mit all ihrer Kraft einen Magenschwinger. Dann machte sie einen Schritt zurück, hob das Bein und trat ihn in die Hoden. Mit einem Aufschrei krümmte er sich auf dem Boden. Lindsay verpaßte ihm mit dem rechten Fuß noch einen Tritt gegen den Hals.

Der Mann lag wimmernd auf dem Boden und hielt sich den Bauch. Mit dem Schaum, der ihm aus dem Mund quoll, sah er aus wie ein tollwütiges Tier. Keuchend betrachtete

Lindsay den Angreifer, und als sie die Wut in seinen Augen bemerkte, überkam sie lähmende Furcht. Wieder roch sie die Angst, doch diesmal kam dieser Geruch nicht von ihr, sondern von ihm.

»Ich mach dich fertig«, schnaufte Oswald. »Ich mach dich fertig.« Er versuchte, sich aufzurappeln. Als er seine Pistole auf dem Boden entdeckte, machte er einen Satz danach.

Lindsay hob das Bein und ließ ihren Fuß mit aller Wucht auf seine Nieren krachen. Oswald fiel mit einem Aufschrei flach auf den Bauch.

In diesem Augenblick kam Taylor, gefolgt von zwei Polizisten, hereingestürmt. Als die Männer die entsetzlichen Schreie hörten, blieben sie wie erstarrt stehen.

Doch dann warf sich Taylor gegen die von Kugeln durchlöcherte Schlafzimmertür und stolperte in den Raum. Der Anblick, der sich ihm dort bot, ließ ihn erneut mitten im Lauf innehalten: Lindsay trat dem Mann in die Nieren, der sich daraufhin auf dem Boden krümmte und aus vollem Halse schrie. Als sie wieder den Fuß hob, rief Taylor: »Genug, Lindsay! Es reicht!«

Ein Gefühl der Macht durchflutete sie, pulsierte in ihren Adern und machte sie stark und unbesiegbar. Es war ungeheuerlich und großartig. Sie wollte diesen jämmerlichen Wurm umbringen, sie wollte ihn töten, jetzt sofort.

»Ich bring ihn um!«

Als sie schon den Fuß hob, packte Taylor sie am Bein und zog sie an sich. Dann nahm er sie in die Arme. Er spürte das Klopfen ihres Herzens, das Zucken ihrer Muskeln und verstand, was in ihr vorging.

»Du hast ihn erwischt«, sagte er wieder und wieder. »Du hast ihn erwischt, und er wird seine Tat bereuen. Du hast ihn fertiggemacht, Lindsay. Es ist vorbei, Liebling, vorbei.«

Sie war so steif, so sehr in sich selbst versunken, daß es einige Zeit dauerte, bis sie sich wieder entspannte.

Sie blickte zu ihm auf. »Badreiniger«, sagte sie. »Schaum. Ich habe ihn überrascht und ihm das Zeug mitten ins Gesicht gesprüht. Mit dem Schaum im Mund sieht er aus wie ein tollwütiger Hund.« Sie stieß ein häßliches, blechernes

Lachen aus. »Oder ein Baisser. Er hat versucht, den Schaum mit den Fingern rauszuholen. Ich weiß nicht, ob es ihm die Augen verätzt hat. Mein Arm!« schrie sie plötzlich auf.

Sie betrachtete das blutdurchtränkte Nachthemd und sah das Blut auf den Boden tropfen. Auf einmal wurde sie ganz still, mit einem unsicheren Blick auf ihren Mann erbleichte sie und fiel zum erstenmal im Leben in Ohnmacht.

»O Gott, laß das, du Schwein!«

Taylor wirbelte herum. Oswald hatte nach seiner Waffe gegriffen.

Doch einer der Polizisten hatte beereits die Pistole gezogen. Er schrie Oswald an, er solle damit aufhören und sich nicht unglücklich machen. »Laß die Kanone fallen, verdammt!«

Aber Oswald war so von Schmerzen benommen, daß er nur noch das Ziel seiner Wut wahrnahm. Er richtete die Pistole auf Lindsay.

Der Polizist drückte ab.

Oswald stieß ein leises Wimmern aus. Er wandte den Kopf zu dem Polizisten, wollte etwas sagen, sank dann aber zur Seite.

»Ich glaube, wir brauchen zwei Krankenwagen«, meinte Taylor. Er war erleichtert, daß Lindsay diese Szene nicht hatte miterleben müssen.

Er hob sie auf und legte sie aufs Bett. Während er den Ärmel ihres Nachthemdes aufriß, fragte er: »Ist Oswald tot?«

»Nein, aber schwer verletzt. Dave hat ihn am Kopf getroffen, doch die Verletzung ist nicht tödlich, wenigstens hoffe ich das.«

»Gut. Wir müssen ihn so lange am Leben erhalten, bis er uns verrät, wer ihn angeheuert hat.«

»Wie geht's Mrs. Taylor?«

Taylor entblößte ihren Oberarm. »Glücklicherweise nur eine Fleischwunde. Sie blutet zwar ziemlich kräftig, aber es ist nicht weiter schlimm.«

Er betrachtete ihr verschwollenes Gesicht. »Sie hat sich selbst verteidigt. Sie hätte Oswald wahrscheinlich umgebracht, wenn wir nicht rechtzeitig gekommen wären, um seinen Arsch zu retten. Schaut nur, daß er am Leben bleibt, Jungs.«

Der Polizist verband Oswalds Kopf mit einem Handtuch.

Taylor beugte sich über Lindsay. »Ich liebe dich«, sagte er und küßte sie auf den Mund.

»Hoffentlih kriegt sie nie eine Wut auf mich«, hörte er einen der Polizisten sagen. »Wo die hinhaut, wächst kein Gras mehr.«

»Die Presse tobt«, keuchte Demos, als er ins Krankenzimmer kam. »Fast hätten sie mich erwischt, aber Glen hat mich noch rechtzeitig in den Lastenaufzug gezogen.«

»Ja, sie sind völlig außer sich«, meinte Taylor. Jetzt würde alles ans Licht kommen, dachte er. Er betrachtete Lindsay, die zwar wach war, aber so unter Medikamenten stand, daß sie ihre Umgebung kaum wahrnahm.

»Taylor, ich habe schlechte Nachrichten.«

»Was ist los, Demos?«

»Ihr Vater, der Richter. Er steht in der Vorhalle, und es sieht ganz so aus, als würde er uns wieder Schwierigkeiten machen.«

Taylor starrte Demos entgeistert an. »O nein! Was sagt er denn?«

»Glen wartet unten auf uns und hört alles mit. Ich habe nur mitbekommen, daß er meinte, Lindsay sei schon immer scharf auf Publicity gewesen. Auch damals, als sie achtzehn war und in Paris ihren Schwager verführt habe. Sie dränge sich stets in den Vordergrund — schließlich sei sie Model, oder? — und entkleide sich gern in der Öffentlichkeit. Wenn sie in der Nähe sei, geschehe immer ein Unglück. Mein Gott, man könnte glauben, sie habe sichdie Kugel selbst verpaßt! Ich weiß nicht, ob er inzwischen mit der Presse gesprochen hat, aber ich befürchte es fast.«

Ganz langsam stand Taylor auf und lächelte Demos an. »Das ist genug, es reicht. Egal, ob er ihr Vater ist, jetzt schlage ich ihm den Schädel ein.«

Demos versuchte nicht, Taylor aufzuhalten, sondern bot ihm seine Hilfe bei diesem Unternehmen an.

Vor der Tür stand heute ein anderer Polizist. »Rühren Sie sich nicht von der Stelle, Dempsey, und lassen Sie niemanden hinein, und wenn's der liebe Gott und die himmlischen Heerscharen höchstpersönlich wären. Verstanden?«

»Jawohl, Sir.« Dempsey hatte von Fogels Schnitzer gehört. Solange er hier Wache hielt, würde nicht einmal eine Fliege an ihm vorbeischlüpfen.

Taylor war ganz ruhig. Er würde tun, was getan werden mußte. Allerdings wollte ihm einfach nicht in den Kopf, wie ein Vater seine Tochter so hassen konnte. Aber es war ihm gleichgültig. Er würde diesem Mann einen Denkzettel verpassen. Als er in der Vorhalle ankam, war dort die Hölle los. Reporter schrien Fragen, und überall waren Kameras aufgebaut. Und mitten in diesem Durcheinander stand, elegant und gut aussehend, Richter Royce Foxe. Er wirkte von Kopf bis Fuß wie ein ehrenwerter Richter. Im Augenblick schwieg er. Sydney stand neben ihm. Sie hielt das Kinn hoch erhoben, und auf ihrem schönen Gesicht stand ein entschlossener Ausdruck, als sie ihren Vater durch die Menge zog. Sie nickte Taylor zu und sagte etwas zu ihrem Vater.

Ohne ein Wort folgte Taylor den beiden. Er mußte sich zwischen den drängenden Reportern hindurchschieben. Es dauerte nicht lange, bis sie auch ihn erkannten, und sich an seine Fersen hefteten. Doch Taylor beantwortete keine ihrer Fragen, sondern schubste sie nur aus dem Weg. Die Presse kannte keine Gnade. Sydney steuerte auf die Krankenhausverwaltung zu. Taylor schlüpfte hinter ihr und Richter Foxe ins Büro des Verwaltungschefs. Ein umsichtiger Angestellter schlug den Reportern die Tür vor der Nase zu und schloß ab.

»Vielen Dank«, sagte Sydney zu den drei Verwaltungsangestellten. »Bitte lassen Sie mich jetzt mit meinem Vater allein. Er fühlt sich nicht wohl, und ich muß mit ihm sprechen.«

Zuerst waren die Männer nicht damit einverstanden, aber Taylor sagte: »Es ist wohl das Beste. Sie sollten sowieso etwas unternehmen, ehe die Presse das Krankenhaus in Einzelteile zerlegt; dieser Meute ist alles zuzutrauen.«

Auf diesen Gedanken waren die drei Angestellten noch gar nicht gekommen. Eilig verließen sie das Zimmer. Diesmal schloß Demos die Tür hinter ihnen ab.

»Alles in Ordnung, Taylor«, meinte Sydney mit einem Blick auf ihren Schwager. »Die Reporter haben nichs von dem gehört, was er gesagt hat. Nur Demos, Glen und einige Krankenhausangestellten haben etwas mitbekommen. Ich habe ihn gerade noch rechtzeitig aufhalten können. Und jetzt muß ich ihn zum Flughafen und zurück nach Kalifornien schaffen. Demos, könnten Sie mir dabei behilflich sein?«

Als Sydney sich schon zum Gehen anschickte, fragte Taylor: »Warum haben Sie ihn am Reden gehindert, Sydney?«

»Weil er vor Haß außer sich ist, und . . .«

Taylor starrte sie an. »Und was?«

Aber sie schüttelte nur den Kopf.

»Ach, ja, Sydney, wenn er vor der Presse den Mund aufgemacht hätte, wären seine Aussichten auf Lindsays Geld ein für allemal dahin gewesen, richtig? Deswegen haben Sie ihn gestoppt.«

»Nein!«

»Also befürchteten Sie, der Skandal könne jetzt Ihnen anstelle von Lindsay schaden. Mein Gott. Sie sind wirklich ein harter Brocken!«

Sydney versetzte ihm eine schallende Ohrfeige.

Taylor ballte die Fäuste, aber er rührte sich nicht. Er lächelte sie einfach nur an. »Schaffen Sie ihn raus, ehe ich ihn niederschlage.«

»Ich hoffe, Lindsay setzt Sie so bald wie möglich vor die Tür!«

Anstelle einer Antwort schüttelte Taylor nur lächelnd den Kopf.

Lindsay saß im Bett, blickte zum Fenster in die Dunkelheit hinaus und dachte daran, wieviel Glück sie gehabt hatte. Dr. Perry, der sich große Sorgen um ihr Gesicht machte, hatte eine weitere Computertomographie angeordnet — mit bestem Ergebnis. Nun wurden die Operationswunden von drei Pflastern zusammengehalten, die die Haut nach der heftigen Anstrengung straffen sollten. Ihren Rippen war es nicht so gut ergangen, doch sie würden heilen. Auch die Schußverletzung war nicht weiter schlimm. Allerdings hatte sie eine Menge Blut verloren; Taylor, der zufällig die gleiche Blutgruppe hatte, hatte welches gespendet.

Zu jedermanns Überraschung stand Lindsay nicht unter Schock. Als sie aus der Ohnmacht erwacht war, hatte sie nur die genähte Wunde an ihrem Arm betrachtet und Taylor gefragt: »Du meine Güte, werde ich eine Narbe zurückbehalten?«

Taylor hatte gelacht. Er lachte immer noch, während die Schwester die Wunde verband. Lindsay hatte wieder ein Einzelzimmer; nicht das gleiche wie zuvor, sondern diesmal eines, dessen Fenster auf den Fluß hinausgingen. An der Wand gegenüber dem Bett hing ein Druck von Degas.

»Sie sollte über Nacht hierbleiben.« Das war die Stimme von Dr. Shantel, die sich neben der Tür mit Taylor unterhielt. Warum redete sie nicht direkt mit ihr? fragte sich Lindsay. Schließlich war sie kein viktorianisches Dämchen, das beim kleinsten Schrecken die Besinnung verlor. Sie knirschte mit den Zähnen. Sie war tatsächlich ohnmächtig geworden; die Erkenntnis, daß ihr Körper sie so im Stich lassen konnte, erschreckte sie ziemlich.

»Sie hat eine Reihe traumatischer Erlebnisse hinter sich«, hörte sie Dr. Shantel flüstern. »Ich glaube, ich sollte Ihnen einen guten Therapeuten empfehlen, der ihr helfen kann, darüber hinwegzukommen.«

»Ich brauche keinen Psychoonkel«, mischte sich Lindsay mit lauter Stimme ein. »Ich will nur wissen, wer Oswald angeheuert hat. Wenn wir das nicht bald herausfinden, bekomme ich wirklich einen Schock, und Sie können mich in die Psychatrie einweisen.«

»Sie hat recht«, meinte Taylor. »Hören Sie, Dr. Shantel, ich werde gut auf sie aufpassen. Sie hat Kraft, und sie ist zäh wie Leder. Außerdem ist sie nicht auf den Kopf gefallen. Sie wird mir schon sagen, wenn sie Hilfe braucht. Machen Sie sich keine Sorgen. Auch wenn Lindsay so gleichmütig scheint, kann sie mich damit nicht hinters Licht führen. Okay?«

Als sie endlich — zum erstenmal seit dem Überfall in der Wohnung — miteinander allein waren, sagte Taylor: »Ich habe gerade mit Barry gesprochen. Oswald wird soeben operiert. Seine Chancen stehen fifty-fifty. Nein, es liegt nicht an deinen Schlägen, sondern an dem Kopfschuß, den ihm der Beamte verpaßt hat. Und wie fühlst du dich, liebstes Weib?«

»Wie würde ich mich als Leibwächterin machen?«

Taylor war zufrieden. Er fragte sich, wieviel ihres Gleichmutes nur vorgespielt war. Allerdings war im Augenblick das Wichtigste, daß sie durchhielt. Er legte sich neben sie aufs Bett und sah sie an. »Dein Gesicht kommt wieder in Ordnung, und Dr. Perry ist sehr erleichtert. Er sagt, die Schwellungen werden nun ein wenig länger andauern. Du sollst unbedingt die Pflaster auf den Operationswunden lassen. Verstanden?«

Sie nickte. »Mir fällt ein Stein vom Herzen. Sehe ich sehr schlimm aus?«

»Ja, aber glücklicherweise bin ich ein bißchen kurzsichtig, und so stört es mich nicht weiter.«

»Weißt du, was, Taylor?«

Er knabberte an ihrem Hals. »Was?«

»Seit ich dich kenne, habe ich mich noch kein einziges Mal gelangweilt. Aber ich weiß nicht, ob mein Körper in dem gleichen Tempo heilt, wie du dir neue Abenteuer ausdenkst.«

Er hielt mitten im Kuß inne.

»Taylor?«

Er stützte sich auf einen Ellenbogen und sah sie an. »Ich glaube, du hast mich gerade auf eine Idee gebracht, Liebling«, sagte er langsam.

Sie sah ihn schweigend an. Ihr Arm pochte, doch das kümmerte sie nicht.

»Warum ist mir das nicht schon früher eingefallen? Vielleicht haben wir die ganze Sache falsch angefangen. Du hast gesagt, ich denke mir ständig neue Abenteuer aus. Was wäre, wenn die Überfälle nicht gegen dich, sondern gegen mich gerichtet gewesen wären?«

Sie starrte ihn an. »Ist das möglich?«

»Ich habe Feinde, schließlich war ich jahrelang Polizist. Ja, es kann durchaus sein, daß wir bis jetzt immer ins falsche Ende des Kaleidoskops geschaut haben. Ich muß sofort Barry anrufen.«

Barry versprach zu kommen, nachdem er mit dem Abendessen fertig war. Aßen Taylor und Lindsay den nie etwas?

»Okay«, meinte Taylor und ließ sich wieder neben Lindsay auf dem Bett nieder. »Ich möchte dich etwas fragen.«

»Schieß los.«

»Jetzt mal was ganz anderes, Lindsay: Erzähl mir, warum dein Vater dich haßt.«

Sie sah ihm in die Augen. »Das kann ich dir beim besten Willen nicht sagen. Seit Jahren schon grüble ich darüber nach. Ich habe meine Mutter und meine Großmutter gefragt, aber sie haben immer geantwortet, ich bilde mir das nur ein, oder mein Vater stünde zur Zeit unter großem Streß. Schließlich hat Großmutter zugegeben, daß er Sydney mehr liebt als alles andere auf der Welt. Er sei, so sagte sie, ein Mann, der offenbar nur einen einzigen Menschen wirklich lieben könne. Es scheint, als sei er von ihr besessen.«

»Hat er dich immer schon schlecht behandelt?«

»Nein. Er veränderte sich vor Sydneys Hochzeit, kurz vor meinem sechzehnten Geburtstag, glaube ich. Er hat mich einfach nicht beachtet. Sydney bekam alles, obwohl sie meistens nicht zu Hause war. Ich glaube, zu dieser Zeit begannen auch die Pobleme zwischen ihm und meiner Mutter. Sie wurde immer dicker und trank, so wie Holly heute.«

»Sydney ist neun Jahre älter als du?«

«Ja, also studierte sie bereits Jura. Sie wohnte damals nicht mehr in San Francisco, sondern in Harvard.«

»Und du kannst dich an nichts erinnern, was sein Verhalten dir gegenüber ausgelöst haben könnte? Diese Gehässigkeit?«

»Nein. Woran denkst du, Taylor?«

Er küßte sie. »Ich denke, daß wir endlich einige Antworten bekommen werden. Und noch etwas, Liebling: Oswald wird singen wie ein Vögelein, wenn er aus dem Operationssaal kommt. Mach dir keine Sorgen.«

»Warum sollte ich mir Sorgen machen?« meinte sie lächelnd. »Schließlich habe ich ja noch einen gesunden Arm.«

23.

Barry Kinsley stand, die Hände in den Hosentaschen, neben Taylor vor den Schwingtüren zum Operationssaal. Beide warteten auf den Chirurgen.

»Ich habe heute morgen ein graues Haar gefunden«, sagte Taylor, wobei er die Tür nicht aus den Augen ließ.

»Und ich habe von all dem Wirbel, den Sie beide veranstalten, schon Verdauungsbeschwerden. Meine Frau sagt, wenn ich den Kerl heute nicht schnappe, geht sie fünf Monate lang nicht mehr mit mir ins Bett.«

»Warum gerade fünf Monate?«

»Dann zieht unser Sohn aus, um aufs College zu gehen. Und sie meint, bis dahin wäre sie so scharf auf mich, daß sie mir alles verzeiht.«

»Ich wußte gar nicht, daß Sie Kinder haben. Mehr als eins?«

»Vier. Der hier ist der letzte, der ins College geht — ein richtiges Genie.«

Die Schwingtüren flogen auf.

Zwei Schwestern kamen heraus, sie waren in ein Gespräch versunken. Kein Chirurg.

Drei weitere Minuten vergingen. Die beiden Männer liefen schweigend auf und ab.

Schließlich erschien der Chirurg, ein älterer Mann mit müden Augen. Er trug immer noch den grünen Kittel, der jetzt mit Blut bespritzt war. Während er sich die Kappe vom Kopf zog, sagte er: »Er hat's nicht geschafft. Tut mir leid. Die Operation war von Anfang an schwierig, und die Kugel hat mehr Schaden angerichtet, als ich zuerst vermutet habe. Wenn er es überstanden hätte, wäre er für den Rest seines Lebens schwerst behindert gewesen. Tut mir leid.«

»Nundenn«, seufzte Barry. »Danke, Doktor.«

Taylor ging zu den Aufzügen hinüber. Er fühlte sich entsetzlich elend.

Wütend drosch er auf die Aufzugknöpfe ein.

»Hat der Typ denn keine Verwandten? Jemanden, den wir fragen könnten, wer ihn angeheuert hat?«

Kopfschüttelnd stieß auch Barry seinen Finger heftig gegen den Aufzugknopf. »Keine Menschenseele, leider. Ich habe das sofort überprüft. Mein Gott, Taylor, jetzt sind wir wieder ganz am Anfang.«

»Ich lasse nach, seit ich nicht mehr bei der Polizei bin. Was sollen wir tun, Barry?«

»Okay, dagegen, daß er den Löffel abgegeben hat, sind wir machtlos. Aber Sie sagten doch, Ihnen sei etwas eingefallen. Gehen wir zurück in Lindsays Zimmer.«

Als sie dort ankamen, fanden sie Sydney vor, die sich mit Officer Dempsey stritt. Er weigerte sich, sie einzulassen. An ihrer Körperhaltung erkannte Taylor, daß sie ihm am liebsten den Kopf abgerissen hätte. Und an der Körperhaltung des Beamten konnte er deutlich ablesen, daß er am liebsten nachgegeben hätte, aber sich nicht beirren lassen würde.

»Nein, Ma'am«, wiederholte Dempsey mit kläglichem Gesicht. »Tur mir leid, aber niemand darf hier herein. Weder Gott noch die himmlischen Heerscharen. Tut mir leid, Ma'am, aber so lauten die Befehle. Taylor bringt mich um, wenn ich jemanden hineinlasse.«

Bei diesen Worten zog Barry die Augenbrauen hoch.

Noch ehe Sydney den Polizisten in die Mangel nehmen konnte, rief Barry: »Wir haben ein Auge auf die Dame, mein Junge.« Dann hielt er Sydney lächelnd die Tür auf. »Gut gemacht«, meinte er im Vorbeigehen zu Dempsey. Taylor schwieg, bis sich die Zimmertür hinter ihnen geschlossen hatte.

Lindsay schlief. Durch die Schwellungen in ihrem Gesicht sah sie aus, als käme sie geradewegs vom Schlachtfeld, was eigentlich auch den Tatsachen entsprach.

Taylor senkte seine Stimme zu einem Flüstern. »Ist der Richter abgereist?« fragte er Sydney.

»Ja, ich habe aber gewartet, bis ich ihn ins Flugzeug steigen sah und die Maschine abhob.« Sydney warf einen Blick auf ihre Halbschwester. »Mein Gott, sie sieht entsetzlich aus. Kommt sie auch diesmal wieder in Ordnung?«

»Sie meint, sie möchte Leibwächterin werden.«

»Ich bin hier, um Ihnen einen Deal vorzuschlagen.« Sie sah Sergeant Kinsley an. »Ich will nicht, daß er dabei ist. Das ist eine Sache nur zwischen uns beiden, Taylor. Wenn Sie hören, was ich Ihnen zu sagen habe, wird Ihnen bestimmt viel daran gelegen sein, Lindsay aus der Angelegenheit herauszuhalten.«

»Okay, ich hör's mir an. Worum geht's?« Ehe Sydney antwortete, blickte sie Barry vielsagend an. Taylor sagte: »Können Sie einen Moment draußen warten, Barry? Es dauert bestimmt nicht lang.«

»Ganz bestimmt nicht«, fügte Sydney hinzu.

Sie wartete, bis sich die Tür hinter Barry geschlossen hatte.

Dann trat sie einige Schritte zurück, als ob sie einen Sicherheitsabstand zwischen sich und Taylor bringen wollte.

»Nun?« fragte er.

»Es geht um meinen Vater. Gewiß haben Sie sich gefragt, warum er Lindsay so haßt. Und ich bin gekommen, um Ihnen den Grund zu verraten.«

Taylor vergewisserte sich, daß Lindsay wirklich schlief. »Okay, aber sprechen Sie leise.«

»Vergessen Sie nicht, ich habe das erst nach Großmutters Tod erfahren, nachdem das Testament verlesen und Lindsay bereits nach New York abgereist war. Grayson Delmartin, Großmutters Anwalt, kam zur Villa zurück, nachdem er Lindsay zum Flughafen gefahren hatte. Mein Vater drohte ihm mit einer Klage. Er schrie, Lindsay werde nicht damit durchkommen, er werde es jeder Zeitung im ganzen Land erzählen, es sei ihm völlig gleichgültig, und die ganze Welt solle zur Hölle fahren. Der Name Foxe werde dann ruiniert sein. Noch am nächsten Tag werde er sich der Presse stellen. Dann werde er alles Geld bekommen. Ich wußte nicht, wovon er sprach, und Holly hatte auch keine Ahnung.«

»Verdammt, Sydney, kommen Sie auf den Punkt.«

»Er sagte, Lindsay sei nicht seine Tochter. Er sagte, er habe die Wahrheit vor etwa zehn Jahren herausgefunden und seiner Mutter alles verraten. Sie habe geantwortet, sie wisse es bereits, und es störe sie nicht. Außerdem befahl sie ihm, nichts darüber verlauten zu lassen; sie werde nicht dulden, daß jemand davon erführe. Er erklärte sich bereit, zu schweigen, aber nur, wenn sie dafür verspräche, ihm das gesamte Vermögen zu vermachen.«

»Der Richter ist nicht ihr Vater . . .« Taylor schüttelte den Kopf. »Das kann nicht sein. Ich habe sie beide gesehen. Sie hat seine Augen — sie sind identisch — dieses geheimnisvolle Dunkelblau, so tief, daß es fast unheimlich wirkt. Absolut identisch. Ist der Mann blind? Oder hat er etwa einen verschollenen Zwillingsbruder?«

»Er hat Delmartin ins Gesicht geschrien, sein Cousin Robert sei Lindsays Vater, und er könne es beweisen.«

»Cousin?« fragte Taylor verwirrt. »Lindsay hat mir nie von einem Cousin erzählt, der ihr ähnlich sieht, und auch nicht von irgendwelchen anderen Verwandten.«

»Sie ist ihm nie begegnet, und sie weiß, soweit ich informiert bin, nichts von seiner Existenz. Warum sollte sie auch? Ihre Mutter, dieses klägliche Geschöpf, hat ihr bestimmt nichts davon verraten, darauf können Sie Gift nehmen. Offenbar hielt sich der Cousin nur für kurze Zeit in der Stadt auf, dann verschwand er in der Versenkung. Er ist tot. Er kam in den siebziger Jahren bei einem Skiunfall in den Alpen ums Leben. Vergessen Sie nicht, das waren die Worte meines Vaters, als er Delmartin anschrie.«

»Gibt es von diesem Robert denn keine Fotos? Hat Ihre Großmutter nie darüber gesprochen?«

»Kein Foto und nicht der geringste Hinweis.«

»Was für eine komische Familie ist das? Ach, ich vergaß, Sie gehören auch dazu. Weiter, Sydney, kommen Sie zum Ende. Ich kann mir schon denken, worauf Sie hinauswollen.«

»Jedesmal, wenn Sie mich beleidigen, geht mein Preis hoch, Taylor. Dieser Robert war der Sohn des jüngeren Bruders meiner Großmutter und sah ihm offenbar sehr ähnlich. Die Augen vererben sich, wie ich herausfand, von Generation zu Generation. Ich habe die Sachen meiner Großmutter nie durchgesehen, weder vor noch nach ihrem Tod. Aber ich habe mich schon immer gefragt, warum Vater Lindsay nicht ausstehen kann. Natürlich habe ich nicht darauf geachtet, obwohl ich mich erinnere, daß sich etwas veränderte. Allerdings bin ich mir über den genauen Zeitpunkt nicht sicher, da ich mich meistens nicht in San Francisco aufhielt. Immer, wenn er sie sah, demütigte er sie. Selbstverständlich vergötterte er mich — was wahrscheinlich hauptsächlich an meiner Mutter lag. Er sagt, ich sehe aus wie sie. Er liebte meine Mutter mehr als alles andere auf der Welt. Also bekam ich seine ganze Liebe und Aufmerksamkeit.«

»Und Sie sind in seine Fußstapfen getreten und haben Ihrer Schwester das Leben zur Hölle gemacht.«

Sydney zuckte die Achseln. »Sie war lästig und stand ständig im Weg. Außerdem ist sie nicht einmal richtig mit mir verwandt.«

»Okay, Sydney, die Sache interessiert mich. Wie geht die Geschichte weiter? Wie wollen Sie verhindern, daß Ihr Vater alles an die Presse ausposaunt?«

Sydney lächelte. »Ehe ich ins Krankenhaus fuhr, habe ich Mr. Delmartin angerufen und ihm gesagt, womit Vater gedroht hat. Er hat gelacht und gemeint, Großmutter habe das bereits vorausgesehen und Schritte unternommen, um seine Absichten zu vereiteln — das seien ihre Worte gewesen.«

»Welche Schritte?«

»Das weiß ich nicht.«

»Wahrscheinlich eine Adoption«, meinte Taylor, »die zwischen Lindsays Mutter und ihrer Großmutter arrangiert wurde.«

»Das sähe der alten Dame ähnlich«, meinte Sydney. »Diese gräßliche Hexe . . .«

»Was wollen Sie, Sydney?«

»Okay. Für fünf Millionen halte ich den Mund. Lindsay wird die Wahrheit nie erfahren.«

Taylor zog die Augenbrauen hoch, und Sydney fuhr fort: »Nundenn, dann reden wir mal Klartext, Süßer. Für fünf

Millionen wird sie nie erfahren, daß ihre Mutter eine Hure war und daß sie ein Bastard ist.«

Taylor lachte auf. »Und was veranlaßt Sie zu der Annahme, daß ihr Vater nicht trotzdem die Wahrheit publik macht, nur um sich zu rächen?«

»Er wird selbst mit Ihnen eine Vereinbarung treffen, daran besteht kein Zweifel. Wenn er sich erst einmal beruhigt hat, wird er begreifen, was er aus seinem Wissen herausschlagen kann. Und dann wird er sich mit Ihnen in Verbindung setzen und seinen Anteil einfordern.«

Taylor schwieg eine Weile, und Sydney wußte aufgrund ihrer Erfahrung als Anwältin, daß sie ihn jetzt nicht beim Nachdenken stören durfte.

»Okay«, sagte er schließlich.

»Einfach so? Sie rücken einfach so die fünf Millionen heraus?«

»Aber nein, Sie bekommen keinen Pfennig.«

»Ist Ihnen denn nicht klar, was das für Ihre geliebte Frau bedeutet? Ihre geliebte, sehr reiche Frau?«

»Sie wird es nie erfahren, am allerwenigsten von Ihnen. Ihr Vater ist allerdings ein Unsicherheitsfaktor. Ich werde mich mit ihm befassen, wenn er bei mir auftaucht.«

»Sie werden sich mit mir befassen!«

»Nein.«

»Okay, denn wecke ich Lindsay und sage ihr alles.«

Als sie versuchte, sich an Taylor vorbeizuschieben, packte er sie am Arm. »Sprechen Sie leise, Sydney. Sie werden sie nicht wecken. Zuerst hören Sie sich an, was ich Ihnen zu sagen habe. Wissen Sie, ich möchte gern mit Ihnen einen Deal abschließen.«

»Sie haben nichts zu bieten«, sagte sie, aber an ihrem Blick erkannte Taylor, daß sie Angst hatte.

»Ihre wundervolle Mutter«, sagte er ganz leise, »die Frau, die ihr Vater angebetet hat, die Frau die gestorben ist, die alle Frauen, die nach ihr kamen, in den Schatten stellte. Sie sind ihr sehr ähnlich, deswegen behandelt ihr Vater Sie so gut, deswegen vergöttert er Sie.«

»Was ist mit meiner Mutter?«

Er hörte die Furcht in ihrer Stimme. Sie versuchte zwar, sie zu verbergen, aber es gelang ihr nicht ganz. Doch sie war wirklich eine großartige Schauspielerin.

»Möchten Sie ihre Adresse, Sydney?«

Sie fuhr zurück, als hätte er sie geschlagen.

»Sie lügen!«

»Sprechen Sie leise, oder ich schleppe Sie mit Gewalt hinaus auf den Flur.«

Er brauchte sie nicht zu schleppen, denn sie stürzte an ihm vorbei aus dem Zimmer. Taylor folgte ihr. Es machte ihn nicht sehr glücklich, aber es war nötig. Er würde das Unumgängliche tun und diese Geschichte endlich zu einem Abschluß bringen.

Sydney stand vor dem Zimmer und lehnte sich mit geschlossenen Augen an die Wand. »Sie lügen doch, oder?« fragte sie, ohne ihn anzusehen.

»Fragen Sie doch Ihren lieben Vater.«

»Sie ist tot. Sie starb, als ich sechs Jahre alt war. Er hat mich von der Schule abgeholt und mir gesagt, sie sei im Himmel. Er hat geweint und mich in den Arm genommen. Sie ist tot. Ich haßte Jennifer, als er sie heiratete. Und sie hat ihren wahren Charakter doch bewiesen. Sie war eine Hure und brachte Lindsay, einen Bastard, zur Welt. Noch kein Jahr war sie mit Vater verheiratet, als sie sich schon mit anderen Männern herumtrieb! Zum Teufel mit Ihnen, meine Mutter ist tot!«

»Nein, das stimmt nicht.« Am liebsten hätte er ihr gesagt, ihre Mutter habe ihren Vater und damit auch ihre Tochter verlassen, weil sie seine Untreue nicht mehr habe ertragen können, aber er brachte es nicht übers Herz.

Auf einmal wurde ihr Blick kalt. »Was wollen Sie, Taylor?« fragte sie in eisigem Ton. »Auch wenn Sie die Wahrheit sagen, kümmert das niemanden. Diese Information ist wertlos.«

»Zuerst einmal würde sich Ihr Vater bestimmt dafür interessieren. Ich bezweifle, daß es ihm gefallen wird, wenn man ihm eine Lüge auf den Kopf zusagt, und ich glaube, er würde sich auch nicht freuen, Ihre Mutter wiederzusehen. Wer weiß? Sie sind ja offenbar der Meinung, daß er sie liebte. Vielleicht kann er sie bei diesem Wiedersehen davon überzeugen, sich von ihrem augenblicklichen Mann scheiden zu lassen und zu ihm zurückzukehren.«

»Sie ist tot.«

»Möglicherweise möchte sie ja nach New York kommen, um Ihre schicken Bekannten kennenzulernen. Es könnte auch sein, daß sie nur zu gerne ihre Enkelin in Mailand besuchen würde. Was meinen Sie, Sydney?«

»Sie verlogenes Schwein!«

»Ich frage mich, wieviele Stiefgeschwister Sie inzwischen haben. Glauben Sie, sie sind alle so klug, schön und charmant wie Sie?«

Sie versetzte ihm eine kräftige Ohrfeige, so daß sein Kopf zurückzuckte.

Ganz ruhig packte Taylor sie bei den Handgelenken und hielt sie fest.

»Ich muß sagen, ich bin überglücklich, daß Sie nicht meine Schwägerin sind. Bestimmt haben Sie auch gute Seiten — das haben die meisten Leute, möglicherweise auch Massenmörder. Wie dem auch sei, ich habe jetzt genug von diesem Spiel. Sie werden Lindsay kein Sterbenswörtchen über ihre Mutter verraten. Statt dessen fliegen Sie nach Hause zu Ihrem Vater und sagen ihm, wenn er den Mund aufmacht, wird seine verstorbene Ex-Ehefrau ihm einen Besuch abstatten. Falls er einen Skandal will, kann er ihn gerne haben. Verstehen Sie, Sydney?«

»Ich hoffe, Lindsay verläßt Sie.«

Er lachte. »Und dabei waren wir noch nicht einmal in den Flitterwochen. Was werden Sie jetzt tun? Losgehen und eine Voodoo-Puppe kaufen?«

Er hörte auf zu lachen, machte aber weiter ein vergnügtes Gesicht. »Für eines bin ich Ihrem Vater dankbar: Er hat Ihnen nie von Lindsay erzählt. Ich kann mir gut vorstellen, wie Sie Lindsay und ihre Mutter zehn Jahre lang gequält haben. Verschwinden Sie und lassen Sie sich nie mehr blicken.«

Er ließ ihre Handgelenke los. Sydney machte auf dem Absatz kehrt und ging langsam davon, ohne sich noch einmal umzusehen.

Taylor seufzte. Hoffentlich hatte er richtig gehandelt. Aber eigentlich spielte es keine Rolle, was Sydney oder ihr Vater taten. Er würde Lindsay die Wahrheit über ihre Mutter und ihren wirklichen Vater sagen, wenn der richtige Zeitpunkt gekommen war. Wahrscheinlich würde sie glücklich sein zu erfahren, daß Royce Foxe nicht ihr Vater war.

Taylor fragte sich, ob Sydneys Mutter tatsächlich noch lebte.

Eine halbe Stunde später wachte Lindsay auf. Barry und Taylor saßen an ihrem Bett.

»Okay, Lindsay«, fing Barry an. »Wir haben die Mitglieder Ihrer Familie praktisch als Verdächtige ausgeschlossen. Taylors Vermutung scheint mir in die richtige Richtung zu gehen.«

»Und die wäre?«

»Jemand will seinen Kopf. Und dieser Jemand versucht, ihn zu treffen, indem er Ihnen etwas antut. Bestimmt ist es ein Racheakt.«

Lindsay klopfte das Herz bis zum Halse. Sie fühlte sich so ohnmächtig. »Bitte sag mir, wenn du einen Verdacht hast«, meinte sie zu Taylor.

»Eigentlich habe ich mehrere. Unglücklicherweise . . .«, er holte tief Luft und sprach dann weiter, »ist Oswald tot. Aber mach dir keine Sorgen, Liebling, wir werden die Lösung bald finden.«

Am liebsten wäre Lindsay in Tränen ausgebrochen und hätte laut losgeschrien. Es war so ungerecht. Sie fühlte sich so hilflos, daß es fast körperlich spürbar war. Taylor konnte das gut nachvollziehen. Ruhig holte er seine Achtunddreißiger aus dem Halfter, reichte sie ihr und sagte: »Leg sie in die Nachttischschublade. Sie ist gesichert. Wenn dir jemand zu nahe kommen will, zögere nicht, entsichere die Waffe und drück ab. Okay?«

Barry wollte noch sagen, daß ein uniformierter Polizist vor der Tür Wache hielt, aber er überlegte es sich anders. Schließlich hatte ihr der Beamte auch beim letztenmal wenig genutzt. Er tätschelte Lindsays Schulter und verabschiedete sich.

Taylor würde in Lindsays Zimmer auf einem Feldbett schlafen, um in ihrer Nähe zu sein und um sie zu beschützen. Er ging ins Bad, putzte sich die Zähne und duschte. Als er wenige Minuten später hinauskam, trug er einen Bademantel, den sie noch nie zuvor an ihm gesehen hatte. Fragend blickte sie ihn an.

»Er ist neu. Ich möchte die Ärzte und Schwestern nicht schockieren, indem ich nackt herumlaufe, wie du mich am liebsten siehst.«

»Möchtest du nicht bei mir im Bett schlafen?«

Taylor seufzte. Wie gern wäre er dieser Aufforderung gefolgt, aber er befürchtete, ihr weh zu tun.

»Ich halte dich lieber, bis du eingeschlafen bist. Die Schlaftablette wirkt bestimmt bald.«

Er umarmte sie sanft. »Ich fasse es nicht, daß Oswald so gemein war, zu sterben«, meinte Lindsay.

»Dieses miese, kleine Stück Dreck.«

»Was wirst du jetzt tun?«

»Ich muß sämtliche Fälle durchgehen, mit denen ich in den drei Jahren vor meinem Abschied von der Polizei betraut war. Das wird eine Zeit dauern, aber ich finde schon, was ich suche. Mach dir keine Sorgen.« Dieser Rat klang hohl in seinen Ohren.

»Ich verspreche es«, antwortete sie und kuschelte sich eng an ihn.

Taylor konnte es kaum glauben, daß sie hier neben ihm lag. Sie war seine Frau, und sie liebte ihn. Er küßte ihre Schläfe. »Du bist tapfer und zäh und . . .«

»Die tollste Frau, mit der du je im Bett warst?«

»Ja. Ich würde dir gern eine Geschichte erzählen. Vielleicht hätte ich das schon früher tun sollen, vielleicht auch nicht. Es geht um ein Mädchen . . .«

»Eine deiner Freundinnen?«

»Nein. Erinnerst du dich, daß ich dir gesagt habe, ich sei 1983 um die gleiche Zeit wie du in Paris gewesen?« Sie nickte, aber er spürte, wie sie sich zurückzog und sich hinter ihre schützende Mauer duckte. Sie wollte sich verstecken, glaubte, sich verteidigen zu müssen. »Natürlich erinnerst du dich«, sprach er deshalb schnell weiter. »Ich habe dir doch gesagt, wie sehr ich Frankreich liebe. Wie dem auch sei, ich fuhr auf dem Motorrad durch Paris, als ein verdammter Peugeot aus einer Seitenstraße gerast kam und mich erwischte. Ich hatte Glück, denn ich landete in einem Gebüsch. Aber ich hatte mir den Arm gebrochen. Der Krankenwagen brachte mich ins St.Catherine Hospital zur Notaufnahme. Als ich allein in einem der Kabinen auf den Arzt wartete, wurde ein junges Mädchen eingeliefert, das vergewaltigt worden war. Sie lag in der Kabine neben mir hinter einem Vorhang.«

»Taylor, verdammt, nein . . .«

»Pssst. Ich hörte sie schreien und weinen, hörte, was die Ärzte redeten, und daß sie das Mädchen überhaupt nicht interessierte, weil es sich nur um eine Ausländerin handelte. Ich hörte, daß die Schwester versuchte, sie zu schützen. Aber 1983 waren die Ärzte in Frankreich alle Männer und hatten die Macht. Außerdem standen sie unter Streß, weil gerade ein großer Auffahrunfall stattgefunden hatte. Und schließlich sah ich, wie man die Kleine hinausschob. Am De Gaulle Flughafen auf dem Weg zu meiner Maschine kaufte ich einige Zeitungen und las alles über dieses Mädchen. Mir kamen die Berichte erstunken und erlogen vor, denn schließlich war ich selbst in der Notaufnahme gewesen. Und ich habe weder sie noch ihren Namen jemals vergessen. Sie hieß Lindsay Foxe. Ich dachte damals, daß kein Mensch solchen Demütigungen ausgesetzt werden sollte. Die Presse verbreitete nichts als Lügen. Das hat mich verändert. Ich konnte nicht glauben, was ich las, denn ich war schließlich dabei gewesen.«

Sie schluchzte leise. Taylor umarmte sie und sagte mit gedämpfter Stimme. »Deine Vergewaltigung hat in mir etwas ausgelöst, Lindsay. Noch nie war ich auf einer so persönlichen Ebene mit einer Vergewaltigung konfrontiert worden. Ja, als Polizist mußte ich mich öfter damit beschäftigen, aber mir war nie klar gewesen, was für eine Erniedrigung und

Demütigung es bedeutet. Ich wußte nicht, in welche Hoffnungslosigkeit ein solches Erlebnis eine Frau stürzt. Ich habe die Polizei verlassen, nachdem ich einen Fall ermittelt hatte, in dem eine Vierzehnjährige von ihrem Onkel vergewaltigt worden war. Du hast mehr Glück gehabt als dieses Mädchen, Lindsay. Sie hat es nicht überstanden. Du bist damit fertiggeworden, weil du Kraft und Mut hast. Und zu meinem Glück habe ich dich gefunden, und nun bleiben wir für immer zusammen. Okay?«

Taylor fühlte sich wie von einer Zentnerlast befreit. »Lindsay? Es ist vorbei, Liebling. Und bald haben wir den Kerl. Dann ziehen wir nach Connecticut in ein weißes Haus und schaffen uns einen Hund und ein halbes Dutzend Kinder an. Wie findest du das?«

Schweigen.

Dann sagte sie leise: »Hier in Manhattan gibt es so vieles, was mich interessiert. So vieles, was ich kennenlernen möchte, was ich noch nie getan habe und immer tun wollte. Können wir das alles nicht gemeinsam erleben, Taylor? Ich liebe unsere Wohnung und möchte nicht umziehen.«

»Ich bin flexibel. Dein Wunsch sei mir Befehl.«

Taylor und Barry gingen auf dem Revier die alten Fälle durch. Er wollte die Akten mit zu Lindsay ins Krankenhaus nehmen und sie dort gemeinsam mit ihr studieren.

Lindsays Arm pochte. Wie gern hätte sie ihn gerieben, aber da sie das schon einmal ausprobiert hatte, wußte sie, daß es höllisch weh tat. Hin und wieder betastete sie die Pflaster über ihren Operationswunden.

Sie wollte aufstehen und laufen. Sie konnte das Liegen nicht mehr ertragen. Also schlug sie Laken und Decke zurück und schwang die Beine über die Bettkante.

Selbst von dieser geringen körperlichen Anstrengung wurde ihr schwindelig. Sie hielt inne und atmete tief durch. Als ihr dabei ein Schmerz durch die Rippen schoß, stieß sie einen Fluch aus. Sie war erst sechsundzwanzig und fühlte sich wie eine Greisin.

Bald würde alles vorbei sein. Sehr bald. Sie mußte nur

Geduld haben. Mein Gott, sie hatte das Kranksein gründlich satt! Ihre Geduld war am Ende. Sie setzte die Füße auf den Boden.

In diesem Augenblick öffnete sich leise die Tür. »Bist du es, Taylor? Schön, daß du wieder zurück bist. Was hast du herausfinden können?«

Ein Arzt im weißen Kittel mit einem Stethoskop um den Hals stand auf der Schwelle. In der Hand hielt er ein Krankenblatt. Er lächelte Lindsay an, kam herein und schloß hinter sich die Tür.

»Wer sind Sie?«

»Ich bin Dr. Grey. Dr. Shantel hat mich gebeten, Sie einmal anzusehen. Er hat gesagt, ich soll Ihnen eine Spritze geben.«

»O, nein! Nicht noch eine Spritze! Was ist es denn diesmal?«

»Nur ein Antibiotikum.« Er holte ein Spritzbesteck aus der Tasche, zog die Sicherheitshülle ab und kam auf sie zu. »Ihren Arm, bitte. Würden Sie sich wieder ins Bett legen?«

Lindsay erstarrte. Dr. Shantel, war kein »er«, sondern eine »sie«.

Jetzt kam der Mann mit einem routinierten Lächeln näher. Lindsay war ihm noch nie begegnet. Ach was, jetzt sah sie schon Gespenster! Er war doch Arzt, er war ... Sie musterte ihn, aber sie war sich sicher: Dieser Mann war ein Fremder. Er hatte hier nichts zu suchen.

Er war gekommen, um sie zu töten.

Flucht war unmöglich. Also tat Lindsay das einzige, was ihr einfiel: Sie riß den Mund auf und schrie, so laut sie konnte.

Schnell wie der Blitz stürzte er sich auf sie und warf sie aufs Bett. Mit der linken Hand versuchte er, sie festzuhalten, während er in der rechten die Spritze hielt.

Lindsay schrie wieder.

»Halt's Maul, verdammt!« Er holte aus, um sie zu schlagen, aber sie wich ihm aus und zog die Beine an. Die Angst verlieh ihr unglaubliche Kräfte, und als ihre Knie seinen Magen trafen, kippte er mit einem Aufschrei zur Seite.

Lindsay spürte, wie Angst in ihr hochstieg, aber sie lächelte. Immer noch lächelnd riß sie die Nachttischschublade auf, holte die Achtunddreißiger heraus und zielte auf den Mann. Der falsche Arzt zitterte vor Wut. In Windeseile sprang er auf. Die Spritze hielt er hoch empor, damit Lindsay sie ihm nicht aus der Hand treten konnte.

»Jetzt ist es aus«, sagte er, doch dann sah er die Pistole.

»Dieser verdammte Drecksack hat dir eine Knarre gegeben!« Und mit diesem Worten stürzte er auf sie zu.

Lindsay drückte ab. Die Spritze flog durchs Zimmer, und der Mann hielt sich das rechte Handgelenk. Blut sickerte zwischen seinen Fingern hindurch.

Er starrte sie an. »Nicht, verdammt!« kreischte er. »Du dreckiges Miststück!« Wieder drückte Lindsay ab, aber diesmal geschah nichts. »Scheiße!« stieß sie aus und warf die Pistole nach ihm. Das Wurfgeschoß verfehlte zwar sein Ziel, aber das spielte keine Rolle. Im nächsten Augenblick war Lindsay aus dem Bett geprungen und hatte sich auf den Mann gestürzt. Voller Wut drosch sie auf ihn ein, während wildes Geheul aus ihrer Kehle drang. Fluchend versuchte er, sich zu befreien und sie zu schlagen, aber sein verletztes Handgelenk behinderte ihn. Als Lindsay ihm einen Hieb gegen den Kehlkopf versetzte, röchelte er. Er riß sich los und stürmte aus dem Zimmer, wobei er sich das Handgelenk hielt. Keuchend stand Lindsay da und starrte auf die Tür.

Als Taylor und Barry angerannt kamen, bot sich ihnen folgende Anblick: Lindsay stand immer noch keuchend da. In der Hand hielt sie Taylors Pistole. Sie hob den Kopf und sagte: »Verdammt, Taylor, auf die Technik kann man sich nicht verlassen. Das Ding hat beim erstenmal funktioniert und sich dann nicht mehr gerührt.« Taylor fiel ein Stein vom Herzen. Als er Dempsey nicht auf seinem Posten vorgefunden hatte, war er vor Angst fast außer sich gewesen. Entgeistert sah er Lindsay und die Pistole an.

»Mein Gott«, sagte er.

Sie fanden Officer Dempsey fünf Minuten später besinnungslos auf der Herrentoilette. Das Krankenhauspersonal beteiligte sich an der Suche.

Den Mann, der versucht hatte, Lindsay zu ermorden, fanden sie nicht, aber das spielte keine Rolle. Taylor wußte, um wen es sich handelte.

Zwei Stunden später standen Taylor und Barry in Begleitung zweier Polizisten vor dem Maklerbüro Ashcroft, Hume, Drinkwater und Henderson in der Water Street Nummer zwei. Das Privathaus hatten sie bereits durchsucht, allerdings außer einigen blutigen Handtüchern, einem offenen Verbandskasten und einem Terminkalender nichts gefunden.

»So ein Schwein«, sagte Barry, als er aus dem Streifenwagen stieg.

»Ich weiß, wo sein Büro ist«, meinte Taylor.

»Also dann los.«

»Mit Vergnügen.«

Während sie in den vierzehnten Stock hinauffuhren, sagte Taylor: »Ich habe angerufen und mir bestätigen lassen, was in seinem Terminkalender stand. Die Chefsekretärin erzählte mir, daß Brandon Waymer Ashcroft in zwanzig Minuten bei einer Vorstandssitzung erwartet wird. Und das ist genau jetzt.«

»Onkel Bandy«, sagte Barry kopfschüttelnd. »Ein toller Spitzname.«

»Wollen Sie die Wahrheit jetzt oder später hören, Barry?«

»Jetzt, aber fassen Sie sich kurz.«

Taylor war überrascht, wie ruhig seine eigene Stimme klang. »Onkel Bandy hat seine Nichte Ellie seit ihrem zehnten Lebensjahr sexuell mißbraucht. Eines Nachmittags kam ich zufällig vorbei, als ihre Mutter schreiend aus einem sehr hübschen Backsteinhaus gelaufen kam und rief, ihre kleine Tochter würde verbluten. Sie blutete wirklich. Das Schwein hatte sie gerade vergewaltigt, und sie schwebte in Lebensgefahr. Ich wollte ihn ins Gefängnis bringen, und es gelang mir schließlich, die Mutter zu einer Zeugenaussage zu überreden. Ellies Schilderung der Vorfälle hatte ich auf Tonband. Es war herzzerreißend, Barry. Sie war so ein liebes, kleines Mädchen und am Boden zerstört . . .«

Barry räusperte sich und blickte starr geradeaus.

»Wie sich herausstellte, war Onkel Bandy reich, hatte gute Verbindungen und war Direktor dieses Maklerbüros. Er unterstützte seine Schwester finanziell, und als Gegenleistung stellte sie ihm ihre kleine Tochter zur Verfügung. Der Rest der Geschichte wird Ihnen bekannt vorkommen: Wir nehmen ihn fest, aber in einer Stunde war er wieder auf freiem Fuß, und er brachte seine Schwester dazu, ihre Aussage zu widerrufen. Er kam ungestraft davon. Ich habe Ellies Tonband Richter Riker vorgespielt. Das mußte ich einfach, aber natürlich reichte es nicht aus. Der Richter meinte, es sei wahrscheinlich, daß Onkel Bandy seine Schwester bestochen habe, damit sie nicht gegen ihn aussagte. Sicherlich hätten sie und Ellie sich schon längst aus dem Staub gemacht. Er war wirklich der Ansicht, daß dem Mädchen jetzt nichts mehr geschehen würde. Doch alles kam ganz anders. Zwei Wochen später sprang das Mädchen in der Schule aus einem Toilettenfenster.«

»Damals haben Sie ihren Abschied genommen, Taylor?«

»Ja. Aber ich mußte etwas tun, um Ellie zu rächen. Ich habe Onkel Bandy ordentlich verprügelt. Ich habe ihn vor seinem Haus abgepaßt und ihn verdroschen, daß ihm Hören und Sehen verging. Ich wollte ihn umbringen, aber dann habe ich es doch nicht getan. Vielleicht hat mich etwas, das ich von Ihnen auf der Polizeiakademie gelernt habe, daran gehindert. Möglicherweise war es auch eine innere Stimme. Wer weiß? Später hat er mir gedroht, es mir heimzuzahlen. Doch ich habe nur gelacht. Allerdings habe ich ihm nicht in die Augen gesehen. Hätte ich es nur getan, dann hätte ich ihm geglaubt.«

»Wir sind da.« Die Aufzugtür öffnete sich, und vor ihnen lag eine riesige Empfangshalle, die mit französischen Antiquitäten und Kunstdrucken dekoriert war. Gedämpftes Licht fiel auf den dicken Teppich.

Eine Frau erhob sich, als sie die beiden Männer sah. Sie runzelte die Stirn, und Taylor wußte, ihr war klar, daß es sich bei ihnen nicht um Vorstandsmitglieder handelte.

Joanna Bianco kam auf sie zu und sagte ruhig und höflich:

»Meine Herren, es tut mir leid, aber Mr. Ashcroft ist gerade in einer Vorstandssitzung. Wenn Sie mir bitte Ihre Namen geben wollen . . .«

Barry zeigte ihr sein Abzeichen. »Sergeant Kinsley, Ma'am. Und das ist S.C. Taylor. Wir wollen Mr. Ashcroft sofort sehen.«

»Dann werde ich ihn holen gehen . . .«

»O, nein«, widersprach Taylor. »Ich möchte ihn überraschen. Am Kopfe seines Mahagonytisches, wo er einer Runde alter Herren viel Unsinn erzählt. Kurz gesagt, ich möchte ihn in eine peinliche Situation bringen. Dieser Mann ist der letzte Dreck.«

Joanna Bianco musterte ihn, Taylor konnte ihrem Blick nicht entnehmen, was sie dachte. Dann sagte sie: »Vermutlich hat er etwas sehr Schlimmes getan, wenn Sie ihn für den letzten Dreck halten.«

»Etwas sehr Schlimmes«, erwiderte Taylor.

Joanna machte ihnen den Weg frei und wies auf die Tür. »Viel Vergnügen«, meinte sie mit einem Lächeln.

Barry wies die beiden Polizisten an, hier in der Vorhalle auf ihn zu warten. »Haltet die Augen offen, Jungs. Ihr habt ja sein Foto gesehen. Wenn der Kerl rauskommt, schnappt ihn euch, aber bringt ihn nicht gleich um.«

Ganz leise öffnete Taylor die dicke Doppeltür aus Mahagony, und sie traten lautlos ein. Der Raum war mindestens zwanzig Meter lang. Den Boden bedeckte ein cremefarbener Berberteppich, und die Wände waren mit dunklem Holz vertäfelt. Gegenüber der Tür waren Bücherregale in die Wand eingebaut. Eine Seite des Zimmers bestand aus einer Glasfront, die im Moment jedoch von dicken, beigen Vorhängen verdeckt wurde. In regelmäßigen Abständen waren silberne Wasserkaraffen auf silbernen Tabletts auf dem Tisch verteilt. Vor jedem der Anwesenden stand ein Kristallglas. Am Kopfe des Tisches saß Mr. Brandon Waymer Ashcroft, Onkel Bandy. Er hielt einen Zeigestab in der Hand und erläuterte eine Grafik auf der Staffelei hinter ihm.

In den gepolsterten Sesseln rund um den Tisch saßen außer Onkel Bandy zehn Personen. Sechs ältere Herren, ein schwarzer Gentleman und drei Frauen jenseits der Fünfzig. Die Frauen waren elegant gekleidet, die Herren wirkten wohlhabend, konservativ und selbstsicher.

Taylor erkannte auf den ersten Blick, daß Ashcroft die rechte Hand herunterhängen ließ. Lindsay hatte ihn ja ins Handgelenk geschossen.

»Darf ich?« fragte Taylor Barry.

»Er gehört Ihnen, alter Junge.«

Taylor räusperte sich. Die Mitglieder des Vorstandes drehten sich nacheinander zu ihm um. In ihren Gesichtern war nur gemäßigtes Interesse zu lesen. Ashcroft hingegen war sichtlich erbleicht.

»Ich bedauere es unendlich, Ihre Sitzung stören zu müssen, meine Damen und Herren. Das ist Sergeant Barry Kinsley, und ich bin S.C. Taylor. Wir sind hier, um Mr. Ashcroft wegen versuchten Mordes zu verhaften.«

Die Anwesenden schnappten nach Luft.

». . . was zum Teufel soll das?«

»Brandon, was geht hier vor?«

»Was wollen diese Leute, Ash?«

Taylor wartete, bis sich die Aufregung gelegt hatte. Ashcroft schwieg; er war immer noch leichenblaß. »Ich vermute, die meisten von Ihnen haben von dem Mordanschlag auf das Model Eden und der Explosion auf dem Washington Square gehört«, fuhr Taylor fort. »Nun, Onkel Bandy, das heißt, Brandon oder Ash, hat einen Mann namens Oswald dafür bezahlt, sie umzubringen. Als Oswald zweimal versagte, ist er vor etwa drei Stunden selbst ins Krankenhaus gekommen, um die Sache persönlich zu erledigen. Unglücklicherweise ist sein Opfer klüger als er und hat darüber hinaus mehr Mut. Sie hat ihn ins rechte Handgelenk geschossen. Würden Sie bitte den rechten Arm heben, Onkel Bandy?«

Die Vorstandsmitglieder betrachteten nun den Mann am Kopfe des Tisches und starrten ihn an, als sei er ein Fremder, ein Außerirdischer, mit dem sie nichts mehr zu tun haben wollten.

Brandon Waymer Ashcroft reckte das Kinn. »Das alles ist

ein lächerlicher Irrtum, meine Herren. Und der Verdacht wegen meiner verletzten Hand ist ebenfalls an den Haaren herbeigezogen. Wenn Sie sich bitte in mein Büro bemühen würden, werde ich Ihnen ein paar Minuten meiner Zeit opfern, um diese absurde Verwechslung richtigzustellen.«

Aber Taylor schüttelte nur den Kopf und wandte sich an den Vorstand. »Möchten Sie wissen, warum er Eden umbringen lassen wollte? Nun, ich werde es Ihnen erzählen. Bis vor ein paar Jahren war ich Polizist, und ich wurde zu einem vierzehnjährigen Mädchen gerufen, das vergewaltigt worden war und heftig blutete. Ihr Onkel Bandy war der Täter, und er hatte sie schon seit ihrem zehnten Lebensjahr mißbraucht. Um die Sache kurz zu machen: Onkel Bandy kam ungeschoren davon, seine kleine Nichte nahm sich das Leben, und ich habe ihn verprügelt, die einzige Strafe, die er bekam. Er hat geschworen, mir das heimzuzahlen, und deshalb hat er versucht, meine Verlobte zu ermorden. Doch er ist gescheitert. Jetzt ist alles vorbei, und diesmal wird die Gerechtigkeit siegen.«

»Sie sind ja verrückt! Verlassen Sie auf der Stelle mein Büro!«

»Und noch etwas«, fuhr Taylor in lässigem Ton fort. »Lindsay Foxe, oder Eden, wie ihr Künstlername lautet, hat ein fotografisches Gedächtnis für Gesichter. Sie hat Sie genau beschrieben, bis zu den drei Haaren, die Ihnen aus dem rechten Ohr wachsen.«

Die Anwesenden schnappten wieder nach Luft, tuschelten erstaunt und schüttelten entrüstet die Köpfe.

»Wie ich vermute«, schaltete sich Barry ein, »werden wir eine hübsche Schußwunde an ihrem rechten Handgelenk finden. Außerdem haben wir die Skizze, die der Polizeizeichner nach Lindsay Foxes Beschreibung angefertigt hat.« Barry zog ein zusammengerolltes Stück Papier aus der Brusttasche, glättete es und reichte es dem alten Herrn, der ihm am nächsten saß.

Dieser schaute sich die Zeichnung an. Schweigend gab er sie der Dame neben ihm.

»Das sind Sie, Ash«, meinte sie in dem ausdruckslosesten

Tonfall, den Taylor jemals gehört hatte, und reichte das Blatt weiter.

Taylor und Barry warteten, bis jeder am Tisch die Zeichnung gesehen hatte.

Der schwarze Herr war der letzte, der es in die Hand bekam. Lange Zeit studierte er das Porträt. Dann hob er den Kopf und sagte: »Das mit den Haaren in Ihrem rechten Ohr stimmt. Ich habe mir schon immer gedacht, daß Sie sie abschneiden sollten.«

Ein nervöses Kichern raunte durch die Runde.

»Und wie würden Sie abstimmen?« fragte Taylor. »Alle, die Mr. Ashcroft in dieser Zeichnung erkannt haben, heben bitte die Hand.«

Schweigen herrschte im Raum. Kein Laut war zu hören. Einer der alten Herren räusperte sich angewidert und hielt die Hand hoch.

Die zehn Mitglieder des Vorstandes folgten einer nach dem anderen seinem Beispiel.

»Sind Sie bereit, Onkel Bandy?« fragte Taylor.

»Das ist doch albern, vollkommener Wahnsinn. Ich gehe nirgendwo hin, Sie Idiot!«

»Tut mir leid, Sir, aber Sie sind hier der Idiot.« Barry ging auf Brandon Ashcroft zu. Er zog ein Paar Handschellen aus der Tasche.

»Wollen Sie es auf die einfache Art, oder soll ich Ihnen erst ein paar verpassen, damit Sie merken, daß ich es ernst meine?«

»Bleiben Sie mir vom Leibe, Sie verdammter Schwachkopf! Verdammt noch mal! Sie werden schon noch sehen, Taylor! Diesmal bin ich noch schneller auf freiem Fuß als damals! Haben Sie mich verstanden? Und dann mache ich diese Schlampe fertig, kapiert?«

»Ich verstehe Sie sehr gut«, antwortete Taylor. Er sah zu, wie Barry Ashcroft die Arme hinter den Rücken zog, so daß dieser vor Schmerz aufstöhnte. Dann schnappten die Handschellen zu. Barry beugte sich dicht an Ashcrofts Ohr und flüsterte: »Komm, mein Junge, jetzt werden wir erst einmal deine hübsch manikürten Fingerchen mit Tinte einschwärzen, um deine Fingerabdrücke zu nehmen. Und dann kommt ein netter, kräftiger Gefängniswärter, zieht dich aus und schaut dir in jede Körperöffnung, ob du nicht vielleicht noch ein bißchen Koks dabeihast. Ich kenne einen Wärter, der diesen Job besonders gern hat. Es gibt nur ein Problem: Er ist kein junges Mädchen, das sich von dir einschüchtern läßt.«

Ashcroft verlor die Beherrschung. Er versuchte, sich von Barry loszureißen. Dabei schlug er wild um sich, fluchte und kreischte: »Zur Hölle mit Ihnen, Taylor. Alles ist allein Ihre Schuld! Sie Schwein, Sie Mörder! Sie haben meine kleine Ellie auf dem Gewissen, Sie haben sie so unglücklich gemacht, daß sie es nicht mehr ertragen hat und aus dem Fenster gesprungen ist! Sie sind schuld an ihrem Tod! Mein Gott, ich wollte Sie fertigmachen. Und dann haben Sie mich auch noch zusammengeschlagen! Mich! Damals habe ich geschworen, mich zu rächen. Sie würden für alles bezahlen, indem Sie einen geliebten Menschen leiden sehen müssen! Es hat nur so lange gedauert, bis Sie eine Frau fanden, die Ihnen wirklich etwas bedeutete. Und dann haben Sie sich diese Schlampe von einem Model angelacht.«

Nachdem dieser Wortschwall aus ihm hervorgebrochen war, entstand eisiges Schweigen im Raum. Die Anwesenden wandten sich angewidert ab.

Taylor starrte Onkel Bandy nur entgeistert an, als Barry ihn keuchend und um sich schlagend aus der Tür zerrte. »Ich erwische Sie schon, Taylor!« schrie Ashcroft über seine Schulter hinweg. »Bald bin ich wieder draußen, und dann mach ich Sie fertig, Sie Schwein! Wenn ich Sie das nächstemal in die Finger kriege, sind Sie ein toter Mann. Und dieser verdammten Nutte besorg ich's auch noch!«

Taylor lächelte. »Sie ist keine Nutte, sondern meine Frau.«

EPILOG

»Es ist alles vorbei, Lindsay. Die Geschworenen haben Onkel Bandy schuldig gesprochen, und er wird so lange im Gefängnis sitzen, daß wir ihn bis ans Ende unserer Tage los sind.«

»Dem Himmel sei Dank, Taylor. Es hat so lang gedauert.«

Damit hatte Lindsay recht. Die Gerichtsverhandlung hatte sich fast neun Monate hingezogen, und die Geschworenen hatten sich zwei Wochen lang beraten. Lindsay hatte sich im Zeugenstand großartig geschlagen, und auch Taylor hatte sich nicht aus der Ruhe bringen lassen. Erleichtert kratzte sich Taylor den nackten Bauch, der noch feucht vom Duschen war. Er fühlte sich sensationell. Er betrachtete seine Frau, deren wunderschönes Gesicht von dickem, lockigem Haar umrahmt wurde. Sie war nicht mehr so mager, doch sie arbeitete immer noch als Model, was ihr offenbar große Freude machte.

Er ging zum Fernseher und schaltete ihn aus. »Die Medien werden sich wohl noch ein paar Wochen lang überschlagen«, meinte er, als er wieder ins Bett kletterte. »Aber bald sind wir nur noch das Ehepaar Taylor, Liebling, ein Pünktchen in der Menge.«

Sie kuschelte sich an ihn.

»Ich hab mir etwas überlegt«, sagte er, während er die Hand ihren nackten Rücken hinuntergleiten ließ und ihr Hinterteil umfaßte. »Was hältst du von ein oder zwei Wochen Urlaub auf Hawaii? Nur wir beide. Wir könnten uns am Strand verstecken, bis die Presse uns vergessen hat, und uns lieben, bis wir zu schwach sind, um zu laufen.«

»Klingt prima«, seufzte sie und schmiegte sich noch enger an ihn. Ihre Hand lag flach auf seinem Bauch, und er wünschte, sie würde tiefer wandern, was sie sicher bald tun würde. Sie ließ sich gerne Zeit, was ihn in den Wahnsinn trieb und unglaublich glücklich machte.

»Was gefällt dir nicht an Maui? Es ist ein weiter Flug, aber wenn du willst, könnten wir ja ein paar Tage in L.A. Station machen.«

Sie stützte sich auf einen Ellenbogen und sah ihn an. »Nein, daran liegt es nicht.«

»Woran dann?«

»Ich möchte, daß du mir Frankreich zeigst.«

Er traute seinen Ohren nicht. »Frankreich?«

»Ja, ich glaube, daß ich diesem Land nur wenig Chancen gegeben habe, bei mir einen Eindruck zu hinterlassen.«

»Frankreich«, wiederholte er. Seit seiner letzten Reise dorthin war mehr als ein Jahr vergangen. Aufregung überkam ihn. Sie würden auf dem Motorrad durch das Loiretal fahren. Er würde ihr die Menhire in der Bretagne, den Kaufmannstisch in Locmariaquer, die Ritterhalle in der Abtei Mont St.Michel und noch so vieles mehr zeigen.

»Wie wäre es nächsten Dienstag?«

»Frankreich«, sagte er wieder. »Am Dienstag?«

»Ja, aber eins nach dem anderen.« Er seufzte, als sich ihre Finger um sein Geschlecht schlossen. Ein Lustgefühl durchflutete ihn.

»Ich brauche nicht viel mitzunehmen. Wir sollten mit wenig Gepäck reisen, und . . .«

Sie drückte ein wenig fester, so daß er aufstöhnte und sie anlächelte. »Du läßt dich nicht so leicht ablenken. Tun wir's.«

Da fiel Lindsay etwas ein, und sie sagte: »Wir haben unsere Hochzeitsnacht gar nicht gebührend gewürdigt.«

»Traurig aber wahr. Aber ich beklage mich nicht.«

»Das solltest du auch nicht. Erinnerst du dich, Taylor? Du hast mir versprochen, mir in unserer Hochzeitsnacht zu verraten, was S.C. bedeutet.«

»Dein Gedächtnis ist furchterregend.«

»Nun? Schieß los, Taylor. Schließlich kennst du all meine Geheimnisse.«

Das entsprach der Wahrheit, dachte er. Außerdem kannte er noch einige, von denen sie vielleicht nie erfahren würde, besonders das, das den Mann betraf, der nicht ihr Vater war.

Seit seinem Erscheinen im Krankenhaus hatten sie beide kein Wort mehr mit ihm gewechselt. Lindsay hatte die Villa nicht ihm, sondern Holly überschrieben und sich dabei grinsend die Hände gerieben. Taylor war mit dieser Entscheidung sehr zufrieden gewesen. Nicht etwa, daß er Holly für eine sehr sympathische Frau gehalten hätte, aber nun würde Richter Foxe, jedesmal wenn er über die Schwelle trat, daran erinnert werden, daß das Haus nicht mehr ihm gehörte. Und falls er sich von Holly scheiden lassen sollte — oder sie sich von ihm — würde sie ihn auf der Stelle davonjagen können. Das war eine angemessene Rache, die der Gerechtigkeit zum Sieg verhalf. Taylor fragte sich, ob Royce Foxe es unter diesen Umständen noch wagte, seine Frau zu betrügen. Ja, es war wirklich ein angenehmer Gedanke. Außerdem hatte der Richter nie ein Wort über Lindsay oder ihre Mutter verlauten lassen. Sydney hatte ebenfalls geschwiegen. Sie war dieses Jahr sogar noch berühmter als im vergangenen und wurde ständig in Begleitung verschiedener wichtiger Persönlichkeiten gesehen. Man feierte und bewunderte sie, und die Reporter folgten ihr auf Schritt und Tritt. Taylor hoffte, daß sie trotz all ihrer Erfolge unglücklich war, doch in vernünftigeren Augenblicken zweifelte er daran. Der Prinz lebte immer noch in Italien und hatte sich keinen Deut geändert. Nur in einem Punkt hatte die Gerechtigkeit gesiegt: Er war von seiner Frau völlig finanziell abhängig.

»Du willst also meinen richtigen Namen wissen«, meinte Taylor und küßte Lindsay. »Okay. Versprochen ist versprochen. Das S.C. steht für Samuel Clemens.«

Lindsay sagte lange nichts.

Schließlich meinte sie mit sanfter Stimme: »Das ist doch großartig. Ich bin mit einem Mann verheiratet, dessen Mutter hoffte, er würde einmal ein großer Autor werden. Wußtest du, daß Clemens in seinen Anfangsjahren eine Zeitlang in San Francisco lebte? Ich hatte schon Angst, S.C. bedeutet etwas Lächerliches wie Santa Claus.«

Sie kicherte und schmiegte sich an seine Schulter. »Mit zweitem Vornamen hieß er Langhorne. Das habe ich im Literaturseminar gelernt.«

»Wenn ich Pech gehabt hätte, könnte ich heute S.L.C. heißen. Aber glücklicherweise war meine Mutter nicht völlig übergeschnappt.«

»Und wie hieß deine Mutter?«

»Ihr Mädchenname lautete Rebecca Thatcher.«

»Das klingt sehr schön, Taylor. Und wie hat sie deine Schwester genannt?«

»Ann Marie Taylor.«

»Nach wem?«

»Ich war das einzige Kind, dem so übel mitgespielt wurde.«

»Ich liebe dich, Taylor.«

»Ich liebe dich auch, Lindsay. Also willst du Frankreich wirklich noch eine Chance geben?«

»Ja. Am Dienstag. Zeigst du mir alles?«

»Alles«, antwortete er und küßte sie.